듣기교육과 현장조사연구

Teaching and Researching Listening

언어교육 04

듣기교육과 현장조사연구

Teaching and Researching Listening

미카엘 로스트(Michael Rost) 지음 / 허선익 뒤침

글로벌콘텐츠

뒤친이 머리글

국어교육의 얼개를 보여주는 교육과정이 몇 걸음씩 건너뛰어 2014년부터는 또 교과서가 바뀌는 모양이다. 현장에서 그 바뀌는 모양새를 바라보면 교사들이 공감을 하기는커녕 허둥지둥 당황하는 모습들로 나타나서 씁쓰레할 뿐이다. 다른 교과도 마찬가지이지만 교과교육의 밑천이 그대로 드러나는 것 같아 부끄럽기도 하다. 이런 때일수록 깊이 있는 논의를 통해 그 밑바탕을 다지고 넓고 멀리 보는 안목을 지녀야 할 것이라는 생각을 한다.

국어교육에 대한 논의의 폭을 넓히고 깊게 하기 위해서 필요한 것이 현장조사연구이다. 현장조사연구의 필요성을 느끼는 것 자체가 현장조사연구의 필요성을 느낄 정도로 국어교육을 위한 논의들이 일정 수준에 올랐음을 의미하는 것이기도 하지만, 국어교육을 논의하기 위한 올바른 토대가 마련되지 않았음을 의미하는 것이기도 하다. 그런 점에서 이 책을 뒤쳐서 펴내는 일은 때를 맞추었다고 생각한다. 그지없이 좋은 일은 오롯이 우리말을 대상으로 하는 현장조사연구 방법을 다루는 책의 출간이지만 지금은 바라는 대로 이룰 수 없는 소망이기도 하다. 국어교육 안에서 학문하는 방법과 도구를 만들어 내는 일은 바람직한 일이지만, 기예를 배워서 국어교육의 내실을 다지자는 데 뜻을 두고 묶음 간행물을 우리말로 뒤쳐서 펴내자는 제안을 하였던 것이다.

이 책은 국어교육을 위한 현장조사연구 가운데 듣기를 대상으로며 어떤 모습을 보여주는가? 그 지형이 어떠한가?

- 조사연구가 어떻게 응용되었고 어떤 조사연구 가능성을 실천사례들이 끌어올렸는가? 탐구하고 설명할 필요가 있는 쟁점들은 무엇인가?
- 실천가들이 수행할 수 있는 조사연구 가능한 핵심적인 주제는 무엇인가? 조사연구를 어떻게 실천 행위로 바꿀 수 있을까?
- 교사와 조사연구자가 필요로 하는 중요한 자원들이 어디 있는가? 누가 정보를 가지고 있는가? 그것을 어떻게 평가할 수 있을까?

연속 기획 도서에 있는 각각의 책들은 일정하게 정해진 특징을 유지한 채 독자들이 원하는 것을 빠르게 찾을 수 있으며 그들에 관련되는 핵심적인 문제와 주제에 가능한 한 접속할 수 있도록 조심스럽게 기획되었다. 그 구조는 실천사례에서 이론으로 그리고 다시 실천사례로 돌아오는 식으로 해당 분야에 대한 이해의 발달 주기를 따라 움직인다.

연속 기획물의 첫 번째 판은 저자들과, 설계 내용에서 폭넓은 칭찬을 받았고, 실천과 조사연구를 뒷받침하기 위해 널리 쓰였다. 이전에 출간되었던 연속 기획물의 성공과, 새로운 조사연구가 빠른 속도로 수행되고 출판되는 세상에서 적절한 자리를 차지하고 있다는 깨달음은 이 두 번째 판을 추친하는 원동력이 되었다. 이 새로운 판은 다른 관련되는 자료들의 추가와 함께 첫 번째 판 이후에 나타나는 조사연구에 대한 설명으로 온전하게 경신되었다. 학생들과 교사들, 조사연구자들이 이 책에서 자신들의 탐구를 뒷받침하는 영감을 계속해서 발견하게 될 것이라고 믿는다.

크리스 캔들린Chris Candlin·데이비드 홀David Hall

머리글

『듣기교육과 현장조사연구』는 언어 가르침과 다른 응용언어학에서 듣기의 구실에 관심을 갖고 있는 조사연구자와 교사를 위해 안내하고 참고자료가 되도록 마련되었다. 현장 연구에서 응용언어학의 의도를 유지하면서 『듣기교육과 현장조사연구』는 제1언어와 제2언어의 조사연구자와 교사들에게 관련되는, 현재의 문제의 얼개를 제시하고 이들 문제를 탐구하기 위한 접근법, 원리들, 개념들을 제안한다.

독자들은 이 책을 선택적인 참고자료로 활용할 수 있는데 오직 현재의 가르침 목표나 조사연구 목표를 분명하게 하는 데 도움을 줄 수 있는 부분만을 이용할 수 있다. 혹은 소개하고 있는 문제들의 범위가 폭넓기 때문에 좀 더 넓은 의미에서 교사나 조사연구자의 연구와 관심사에 영향을 미칠 수 있는 입문서로 활용될 수 있다. 그리고 더 발전된 탐구를 위한 유용한 출발점을 제공할 수 있다.

M. R.

감사의 글

듣기에 대한 연구거리가 언제나 넓어지는 특성이 있기 때문에 조사 연구자들과 언어 전공자들과 교사들의 연구 범위를 검토하는 행운을 누렸다. 교신과 면담, 학회 참석, 비공식적인 대화와 읽기를 통하여 이런 연구거리에 의미심장한 기여를 하고 있는 다수의 사람들을 접속하는 특권을 누렸다. 자신들의 생각을 기꺼이 나누어 갖고자 하는 기꺼움이 없었더라면 이 책은 가능하지 않았을 것이다. 특히 다음의 사람들에게 감사드린다. 켄 비티Ken Beatty, 필 벤슨Phils Benson, 토드 뷔켄스Todd Beuckens, 레티시아 브라보Leticia Bravo, 카타리나 브레머Katharina Bremer, 제닛 클레멘트Jeneat Clement, 데이빗 코니엄David Conium, 쉬린 파룩Shireen Farouk, 마르크 헤겔센Marc Hegelsen, 엘렌 키슬링거Ellen Kisslinger, 신시아 레녹스Cynthia Lennox, 조셉 맥베이Joseph McVeigh, 마리오 린벌루크리Mario Rinvolucri, 캐쓰린 로즈Katherine Rose, 에릭 테뵈다이어Eric Tevoedjre, 메어리 언더우드Mary Underwood, 구디스 화이트Goodith White, J. J. 윌슨Wilson, 질리안 브라운Gillian Brown, 개어리 벅Gary Buck, 앤 카틀러Anne Cutler, 카렌 캐리어Karen Carrier, 월리스 체이프Wallace Chafe, 크래그 쇼드론Craig Chaudron, 데이비스 멘델숀Davis Mendelsohn, 캐쓰린 다우티Catherine Doughty, 로드 엘리스Rod Ellis, 존 플라워듀John Flowerdew, 스테판 핸델Stephen Handel, 조나단 해링턴Jonathan Harrington, 그레그 키어슬리Greg Kearsley, 월터 킨취Walter Kintsch, 토니 린취Tony Lynch, 도미닉 마사로우Dominic Massaro, 린드세이 밀러Lindsay Miller, 데이비드 누넌David Nunan, 테레사 피카Teresa Pica, 질 로빈슨Jill Robinson,

래리 반델그리프트Larry Vandergrift, 제프 베르슈어렌Jef Verschueren이 그들이다. 저자가 선택된 부분에서 이들의 연구를 통합하고, 부연하며 종합하고자 하면서 이들을 올바르게 나타내고자 하였지만 지나친 단순화와 생략, 해석에서 잘못에 대한 책임은 받아들이려고 한다.

저자는 또한 동료인 줄리 윈터Juli Winter, 루쓰 데즈몬드Ruth Desmond, 스티브 브라운Steve Brown, 브렛 레이놀즈Brett Reynolds, 레이 스톨Leigh Stolle에게 감사를 드린다. 이들은 참고문헌과 자료들을 점검하고 이 책의 몇몇 절들을 시험해 주셨다. 또한 영감을 준, 버클리에 있는 템플 대학과 캘리포니아 대학의 많은 학생들에게 감사드린다. 그리고 가르침에 대한 세계 곳곳의 세미나 참석자들에게도, 가르침을 위한 응용자료와 연구 계획을 검토해 주신 점에 감사드린다.

연속 기획물의 편집자이자 개인적인 스승인 크리스 캔들린Chris Candlin에게는 이 연구거리를 수행하도록 불러주고 응용언어학에 대한 폭넓은 지식에 접속하도록 해주며 이 연구를 전개해 나가는 미로를 참을성 있게 안내해 주신 점에 특별히 감사드린다.

이 연속 기획물의 공동 편집자인 데이비드 홀David Hall과 피어슨 에듀케이션의 직원들 특히 케이트 알Kate Ahl, 조지 오동궤Josie O'Dongue, 레이 오포드Ray Offord, 캐이시 오거Kathy Auger는 기획과 제작과정을 통해 이 기획물을 안내해 주신 점에 또한 감사드린다.

M. R.

저작권 알림

우리는 다음에 대해 복사 자료로 다시 만들도록 허락해 주신 점에 감사드립니다.

그림

- 〈그림 10.7〉은 (CD와 함께) 『*Official Guide to Pearson Test of English Academic*』의 첫 번째 판으로부터, 〈그림 10.9〉는 www.examenglish.com으로부터 빌려 씀.

표

- 〈표 2.1〉은 「입말 담화에 대한 우리의 이해를 드넓히기」, 『*International Handbook of English Language Teaching*』, pp. 859~873으로부터 빌림(McCarthy, M. and Slade, D. 2006).
- 〈표 10.3〉은 유럽 위원회(2010), http://www.coe.int/T/DG4/Portfolio/?M=/main_pages/levels.html,[1] http://www.ealta.eu.org, 유럽 위원회로부터 빌림.

덧잇말

- 66쪽의 〈개념 2.3〉은 「어려움에 맞서기: 듣기 이해에서 지각 작동의 중요성」(콜드웰(cauldwell, R.)), 2002, www.developingteachers.com을, 293~294쪽의 '실천가로부터 나온 착상들'은 Hegelsen, M., Wiltshier, J., Brown, S.(2010), ***English First Hand, Teacher's Manual***(4판), Pearson Longman을 고쳤다. 473~475쪽의 '자원 1: 스스로 접속하는 언어 마당 설정을 위한 일반적인 지침'은 「몇 가지 스스로 접속하기 원리」, 『*Independence*』 봄, pp.20~21(Cooker, L. 2008), IATEFL Learner Autonomy SIG로부터, 448~450쪽[2]에 있는 표는 http://www.joemcveigh.com으로부터 빌림.

몇 가지 사례들에서 저작권의 소유자를 추적할 수 없었는데 우리는 추적할 수 있도록 해주는 어떤 정보에도 감사를 드릴 것이다.

---

1) 이 주소로는 연결이 되지 않으며, 다음 주소에 있는 ealta는 European Association For Language Testing and Assessment의 줄임말이다. 맨 아래에 있는 http://www.joemcveigh.com도 연결이 되지 않는다.

2) 이 지면은 원서의 범위를 넘어선다. 해당 누리그물에도 접속이 불가능하여, 원서에 있는 쪽수를 그대로 실어둔다.

목차

뒤친이 머리글 ____ 4
총서 편집자 머리글 ____ 8
머리글 ____ 10
감사의 글 ____ 11

도입: 듣기에 대한 전망 ······ 21

| 제1부 | 듣기 자리매김하기

들머리: 처리의 본질 ······ 30

| 제1장 | 신경학적 처리 ____ 33

1.1. 청각(hearing) ······ 33
1.2. 의식 ······ 41
1.3. 주의집중 ······ 44
1.4. 신경학적 처리에서 개인별 차이 ······ 49

| 제2장 | 언어적 처리 ____ 55

2.1. 발화 인식하기 ······ 55
2.2. 입말의 단위 확인하기 ······ 59
2.3. 발화 처리에서 운율적인 자질들 활용하기 ······ 63
2.4. 낱말 인지하기 ······ 69

2.5. 음소배열(phonotactic) 지식 활용하기 ········· 77
2.6. 통사적 분석 활용하기 ········· 86
2.7. 언어적 처리에서 비언어적 실마리 통합하기(integrating) ········· 95

| 제3장 | 의미 처리 ——— 99

3.1. 이해: 지식 구조의 역할 ········· 99
3.2. 인지적 이해: 개념틀의 역할 ········· 105
3.3. 사회적 이해: 공동 배경의 역할 ········· 109
3.4. 의미구성에서 추론의 역할 ········· 111
3.5. 입력물에 청자의 더하기(listener enrichment) ········· 113
3.6. 이해 도중에 문제 해결하기 ········· 114
3.7. 이해 도중에 추론하기 ········· 118
3.8. 이해 도중에 보완 전략들 ········· 122
3.9. 이해 도중에 기억 구성하기 ········· 126
3.10. 이해와 학습 ········· 128

| 제4장 | 화용적 처리 ——— 133

4.1. 화용적 관점으로부터 듣기 ········· 133
4.2. 화자 의도 추론하기 ········· 136
4.3. 속임 찾아내기 ········· 143
4.4. 화자 의미를 풍부하게 하기 ········· 145
4.5. 사회적 기대를 불러내기 ········· 146
4.6. 감정적인 연대감 조정하기 ········· 149
4.7. 응답을 공식화하기 ········· 154
4.8. 화자와 연결하기 ········· 160

| 제5장 | **자동적인 처리** 167

5.1. 자동적인 처리의 목표 ········· 168
5.2. 언어적 처리 ········· 172
5.3. 의미 처리 ········· 183
5.4. 화용적 처리 ········· 189

| 제6장 | **언어 습득에서 듣기** 195

6.1. 제1언어 습득에서 듣기: 언어적 처리의 발달 ········· 196
6.2. 제1언어 습득에서 듣기: 의미 처리의 발달 ········· 205
6.3. 제1언어 습득에서 듣기: 화용적 처리의 발달 ········· 211
6.4. 제2언어 습득에서 듣기: 언어적 처리의 발달 ········· 215
6.5. 제2언어 습득에서 듣기: 의미 처리의 발달 ········· 224
6.6. 제2언어 습득에서 듣기: 화용적 처리의 발달 ········· 227

| 제2부 | **듣기 가르침**

들머리: 듣기에서 가르침의 구실 ········· 234

| 제7장 | **듣기 가르침에 접근** 237

7.1. 듣기 가르침에 대한 맥락 ········· 238
7.2. SLA 조사연구와 언어교육 ········· 240

| 제8장 | 입력물과 상호작용 257

8.1. 적합성 ··· 258
8.2. 갈래 ··· 260
8.3. 실생활 관련성(authenticity) ··· 266
8.4. 어휘 ··· 270
8.5. 난도 ··· 274
8.6. 간소화 ··· 275
8.7. 재구조화하기 ··· 279
8.8. 상호작용 ··· 280
8.9. 전략들 ··· 284

| 제9장 | 가르침 설계 291

9.1. 일정한 범위의 듣기 유형을 포함하도록 가르침 설계하기 ··· 292
9.2. 깊게 듣기 ··· 293
9.3. 선택하여 듣기 ··· 297
9.4. 상호작용을 통한 듣기 ··· 302
9.5. 널리 듣기 ··· 308
9.6. 반응하며 듣기 ··· 313
9.7. 자율적인 듣기 ··· 316

| 제10장 | 듣기 평가 321

10.1. 평가를 위한 사회적 맥락과 교육적 맥락을 자리매김하기 ··· 322
10.2. 기준과 구성물을 계발하기 ··· 325
10.3. 평가를 위한 듣기 모형의 형식화 ··· 332

10.4. 평가의 형식 만들기 ········· 335
10.5. 검사 수행에 영향을 미치는 요인들 조정하기 ········· 340
10.6. 듣기 검사를 위한 청자의 준비 ········· 343
10.7. 입말 면접에서 듣기 유창성 평가하기 ········· 348
10.8. 듣기 유창성 기술하기 ········· 351

| 제3부 | 듣기 조사연구하기

들머리: 직접적인 통찰 ········· 358

| 제11장 | 사회언어적 방향 ——— 361

11.1. 청자 관점 ········· 362
11.2. 청자의 참여 ········· 373
11.3. 청자의 반응 ········· 380
11.4. 문화 교차적인 상호작용에서 청자 ········· 390

| 제12장 | 심리언어적 방향 ——— 399

12.1. 청자의 처리하기 ········· 400
12.2. 청자의 기억 ········· 405
12.3. 청자의 오해 ········· 413
12.4. 청자의 전략들 ········· 422

| 제13장 | **발달적 방향** 431

13.1. 학업에서 듣기 432
13.2. 듣기 자료들 436
13.3. 자율적인 듣기 441
13.4. 교사 연수 449

| 제4부 | **듣기 더 탐구하기**

| 제14장 | **더 탐구하기 위한 자원들** 457

14.1. 듣기를 가르치기 위한 자원들 457
14.2. 듣기 조사연구를 위한 자원들 466

용어풀이 481
참고문헌 532
찾아보기 605

도입 듣기에 대한 전망

듣기는 우리 모두에게 관련이 있는 주제이다. 듣기가 없는 입말은 없기 때문에 입말 처리의 본질적인 요소 가운데 하나로서 듣기는 또한 수많은 탐구와 개발의 영역들과 서로 연결되어 있는 영역이다. 듣기는 분명하게 인문학과 언어학, 교육, 사업, 법률과 같은 응용 과학과 관련이 있으며 인류학, 정치학, 심리학과 사회학과 같은 사회 과학과도 관련이 있다. 동시에 듣기의 과정은 생물학이나 화학, 신경학과 의학과 같은 자연 과학과 관련이 있고 컴퓨터 과학과 체계 과학의 형식 연구와도 관련이 있다.

그러나 듣기와의 관련성이나 듣기의 널리 퍼짐이 듣기를 쉽게 알 수 있게 하지는 못했다. 실제로 입말 처리에 대한, 최근의 학회에서 잘 알려진 발표자가 '입말은 우리가 알고 있는 우주에서 가장 복잡한 유기체의 가장 복잡한 행위'라고 말하는 상황에까지 이르렀다. 수십 년의 연구를 한 뒤, 그때에도 우리와 같은 종의 구성원들과 의사소통을 하는 능력을 뒷받침하는 기본적인 과정과 기제에 대한 심층적인 이해의 거죽만을 긁고 있을지 모른다고 하더라도 놀랍지 않을 것이다.

언어학자와 교육자로서 듣기에 대한 연구에서 저자가 일상생활에서 마주치는 사람과 다양한 분야의 전문가들에 의해 듣기가 묘사되는 방법에 관심을 갖게 되었다. 당연하게도 개인들과 전문가들은 주제에 대한 이론적인 관심과 개인적인 관심에 따라 듣기를 자리매김하는 경향이 있었다. 전문가들의 경향을 살펴보면 어떻게 이와 같은 관심들이 진화해 왔는지 알 수 있다. 기록 기술의 발달로 청취 음성학이 의사소통 연구에서 중요한 돌파구로 간주되었던 1900년대 초반에는, 듣기에 대하여, 뒤에 사용되도록 머리에 청취 신호를 믿을 만하게 저장하는 것으로 자리매김하였다. 1920년대와 1930년대에는 인간 심리에 대한 조사연구의 발달과 함께 듣기는 신비한 인지적 기제에 의해 통제되는 대체로 무의식적인 과정으로 자리매김되었다. 1940년대에는 먼 거리 통신에서 발전이 폭발적으로 나타나고 정보처리가 광범위한 과학의 미개척 분야이던 때로 듣기는 메시지의 성공적인 전송과 그것을 다시 생산하는 것으로 자리매김되었다(이를테면 니콜스(Nichols, 1947)[1)]가 있다). 1950년대는 컴퓨터 과학에서 발전이 인지 심리학에 영향을 미치는 때로 듣기는 효과적으로 저장되고 인출되기 위해 입력물을 분할하고 딱지를 붙이는 것으로 자리매김되었다(이를테면 체리(Cherry, 1953)가 있다). 1960년대에 개인의 범위를 넘어선transpersonal 심리학의 출현으로 듣기는 화자와 청자 두 사람이 내면세계를 이해하기 위한 진단법으로 자리매김되었다(예를 들면 도이취와 도이취(Deutsch and Deutsch, 1963)가 있다). 1970년대의 글로벌리즘과 인류학에서 새로워진 관심으로 문화적 개념틀을 환기하는 것으로써 듣기에 대한 자리매김이 받아들여졌다(역사적 살핌은 예로써 롭

---

1) 표기의 편의와 읽기의 편의를 위해서 다음과 같이 사람을 적는 방법을 정하였다.
- 본문에서 괄호 안에 e.g.나 for example 다음에 나오는 인명은 우리말 표기와 병기하였다. 예를 들면 '이를테면 니콜스(Nichols, 1974)가 있다'와 같이 적는다.
- 본문에 나와 있는 사람은 괄호 안에 영어를 같이 적는다. 예를 들면 '솔리어(Solier, 2005)'와 같이 적는다. 다만 같은 이름이 되풀이 되면 두 번째부터는 한글만 적는다.
- 본문에서 괄호에 묶어서 문장의 끝에 나오는 사람 이름은 우리말 표기를 하지 않는다.

(Robb, 2006) 참조). 1980년대는 조직적인 행위에 대한 관심이 자라남에 따라 듣기는 '사람들의 기술'로 그리고 듣기를 성취하기 위해 사람들이 의식적인 결정을 하는 것으로 자리매김되었다. 1990년대에는 방대한 분량의 자료를 처리할 수 있는 컴퓨터 기술의 발달로 인해 듣기는 입력물에 대한 처리로 자리매김되기에 이르렀다. 2000년대에는 디지털 연결망이 온누리에 있게 됨에 따라 듣기는 개인의 연결망 접속에서 여러 겹의 사건과 사람들을 관리하고, 다른 사람과 재빠르고 효과적으로 연결하기라는 개념을 아우르게 되었다. 이런 변천들은 듣기를 통해서 이룰 수 있는 것들에 대한 기대의 변화를 반영한다. 듣기에 대해 그리고 좀 더 일반적으로 의사소통에 대해 밝혀놓은 특징들이 과학과 기술의 발전을 통해 사람들로 하여금 할 수 있게 하는 것에 대한 기대와 세계관의 변화를 반영하기 위해 계속해서 앞으로 발전시켜 나갈 것이라고 저자는 믿는다.

듣기는 본질적으로 덧없고 직접적으로 관찰할 수 없는, 비가시적인 과정이기 때문에 간접적인 기술, 즉 그것을 설명하기 위해 유추와 비유를 필요로 한다. 여기서도 저자가 제시한 기술이 현재의 전망과 일관된다는 것을 발견한다. 많은 사람들로부터 나온 일반적인 비유는 무엇인가를 가진다는 것이다. 그에 따라 듣기는 화자가 말한 무엇을 붙듦을 의미한다. 다른 무엇보다도 낯익은 상거래 비유가 있다. 말하자면 듣기는 어떤 바람직한 결과나 정보를 위한, 타개하기negotiation의 한 갈래이다.

들어 보았던 특징들이 독특한 관점이나 개성적인 어조를 지니고 있지만, 저자가 마주쳤던, 듣기에 대한 자리매김이 네 개의 방향 가운데 하나로 끌리고 있는 듯하다. 수용적인 방향, 구성적인 방향, 협력적인 방향, 변환적인transformative 방향이 있다. 다음에 저자가 마주치는 자리매김의 몇 가지 사례가 있다.

방향 1. 수용적(receptive)

듣기 = 화자가 실제로 말한 것을 받아들이는 것

- 듣기는 화자가 말한 것을 붙듦을 의미한다.
- 듣기는 화자의 생각을 가지는 것이다.
- 듣기는 화자의 메시지를 해득함을 의미한다.
- 듣기는 화자의 진의(content)를 풀어냄을 의미한다.
- 듣기는 화자의 마음에 있는 것을 거둬들이는 것이다.
- 듣기는 청각적 부호를 기억하고 이해하고 들으며 집중하는 선택적 과정을 가리킨다.
- 듣기는 화자로부터 감정과 태도, 사고, 믿음, 인상, 이미지의 전달을 받아들이는 것이다.

방향 2. 구성적(constructive)

듣기 = 의미 구성하기와 표상하기

- 듣기는 화자의 마음에 있는 것을 이해하는 것이다.
- 듣기는 화자가 말하고 있는 것에 관심이 있는 무엇인가를 발견하는 것이다.
- 듣기는 당신에게 관련되는 무엇인가를 찾아내는 것을 의미한다.
- 듣기는 화자의 메시지를 당신에게 맞도록 다시 틀을 짜는 것이다.
- 듣기는 화자가 왜 당신에게 말하고 있는가를 이해하는 것을 의미한다.
- 듣기는 말해지지 않은 것을 알아채는 것이다.
- 듣기는 과거의 경험과 미래에 대한 예측에 기대어 비판적이고 목적에 맞게 주의를 기울이고 입말을 수용하고 인식하고 해석하는 과정이다.

방향 3. 협력적(collaborative)

듣기 = 화자와 협상하고 반응하기

- 듣기는 맥락과 부호(≒말)의 선택에 대하여 화자와 협력하는 것이다.
- 듣기는 화자가 말한 것에 대하여 반응하는 것을 의미한다.
- 듣기는 화자와 공유되는 정보와 가치들을 타개해나가는 과정이다.
- 듣기는 화자가 말하는 동안 관심이 있는 것처럼 행동하는 것이다.
- 듣기는 어떤 생각이 분명하고 받아들일 수 있는지 화자에게 알려주는 것이다.
- 듣기는 화자의 감정의 분위기를 공유하는 것이다.
- 듣기는 사람 사이라는 맥락에서 정보를 습득하고 처리하며 유지하는 것이다.

방향 4. 변환적(transformative)

듣기 = 참여하고 상상하며 공감함으로써 의미를 창조하는 것

- 듣기는 판단 없이 화자와 연루되는 것이다.
- 듣기는 화자와 청자 사이에 연결을 만드는 것이다.
- 듣기는 화자에게 공감을 보이는 것이다.
- 듣기는 화자와 동시성(synchronicity)을 찾는 것이다.
- 듣기는 화자가 전달하는 의미를 위하여 있을 수 있는 세계를 상상하는 것이다.
- 듣기는 화자 안에서 의미를 생성하는 과정이다.
- 듣기는 의사소통 과정을 완결하려는 의도이다.
- 듣기는 사물에 주의를 기울이는 동안 의식의 흐름을 느끼는 것이다.
- 듣기는 다른 매체의 수렴에 의해 만들어진 흐름으로 들어가는 것이다.
- 듣기는 화자와 청자의 인지 환경을 바꾸는 과정이다.

• 듣기는 감동을 받고 감상을 하고 깊이 생각하는 것이다.

몇 가지 자리매김과 묶어주기가 공감을 주지만 다른 몇몇은 혼란스럽거나 의미 없어 보일 것이다. 이 책의 목적은 어느 것이 가장 완결되어 있는지, 가장 포괄적이고 어떤 것이 입말에 대한 조사연구와 가르침에 가장 이바지할 것인지 발견하기 위해 듣기에 대한 관점들을 폭넓게 검토하는 것이다.

이 책의 목적은 가장 폭넓은 의미에서 듣기를 고려함으로써 그 다음에 조사연구 맥락과 가르침 맥락에서 듣기의 탐구를 안내하고 자극함으로써 어느 정도 알려진 가르침과 조사연구에 동기를 제공하는 것이다. 독자는 이 책에서 매우 낯익고 관련이 있는 주제를 많이 발견할 가능성이 높다. 다른 한편 다른 주제들은 자신들의 관심사에서 약간 빗겨가는 것처럼 보일 것이다. 저자의 바람은 독자로서 여러분이, 가르침과 조사연구를 위하여 자신의 생각이 뒤섞임을 허용하는 개방적인 태도를 가지고 이런 낯익은 측면들에 더 많이 호기심을 갖기를, 그리고 그 다음에 더 새로운 측면들을 탐구하기를 바란다.

『듣기교육과 현장조사연구』에 대한 얼개

제1부 '듣기 자리매김하기'는 듣기의 가르침과 조사연구에 관련되는 다수의 개념들에 초점을 맞춤으로써 듣기의 개념적 배경을 소개한다. 제2부 '듣기 가르침'은 다양한 교육적 문제들에 대한 해결책을 제안하고 다양한 접근법의 핵심적인 특징들을 강조하면서 듣기 가르침의 방법과 교육적 설계에 관련되는 원리들을 검토한다. 제3부 '듣기 조사연구하기'는 교사들이 자신들의 가르침 맥락에서 그들에 의해 수행될 수 있는, 듣기와 관련되는 조사연구 영역에 대한 선택 묶음들을 제공한다. 그리고 이들 영역을 탐구하기 위한 현장조사연구

얼개를 제공한다. 4부 '듣기 탐구하기'는 듣기를 가르치고 자리매김하며 가르치는 일과 관련된 질문거리를 탐구하는 데 활용될 수 있는 일정한 범위의 자료를 제공한다.

독자들은 여러 가지 방식으로 이 책을 이용할 수 있다. 이 책은 특정의 방향에 따라 각 부들은 1~4부로 나누고 장들은 특정의 내용에 초점을 맞추어 나누었다. 이 책을 통하여 여러 부분들에 걸쳐 의도적으로 논제들이 겹쳐 있다. 이는 교재에 어떻게 접근하든 상관없이 독자들이 핵심적인 개념들에 확실하게 접속하도록 해준다.

제1부 듣기 자리매김하기

들머리

처리의 본질

이 부분은 처리 유형, 즉 신경학적 처리, 언어적 처리, 의미 처리, 화용적 처리의 겹침에 기대어 듣기를 자리매김한다. 듣기에 대한 온전한 이해는 네 가지 모든 처리 유형을 설명할 필요가 있는데 이는 어떻게 이들 처리가 통합되고 어떻게 서로를 메워주는지를 나타낸다.

1장은 의식과 청각, 주의집중과 관련되는 신경학적 처리를 기술한다. 이 장은 신경학적 처리에 대한 기저에 있는 보편적인 성질과 언어 사용자로서 모든 인간에게 갖추어져 있는 방식을 기술한다. 이 장은 또한 신경학적 처리에서 개인별 차이의 본질을 끌어내고 듣기 경험의 개인화된 특성을 설명하려는 시도를 한다.

2장은 언어적인 처리를 기술하는데 이는 언어 자원으로부터 입력물을 필요로 하는 듣기의 측면이다. 이와 같은 처리는 아마도 대부분의 언어 사용자들이 말을 듣는 기본적인 측면으로 간주할 것이다. 발화 인식에 대한 부분으로 시작하며 청자가 입말의 단위를 확인하며 발화의 단위를 묶기 위해 운율적인 자질을 활용하고 문법 단위와 인식하는 낱말로 분석하는 방법을 기술하도록 진행된다.

3장은 의미 처리를 자세하게 다루는데 이는 기억과 앞선 경험을 사건을 이해하는 데 통합하는 측면이 있다. 이 장에서는 의미를 구성하는 것으로 이해와 이와 관련되는 기억처리에 초점을 맞춘다.

4장은 화용적 처리라는 조금 폭넓은 문제를 소개한다. 의미 처리와 밀접하게 관련되어 있지만 화용적 처리는 적합성이라는 개념으로부터 진화한다. 그 생각은 청자가, 입말 입력물과 비언어적 입력물에서 적합한 요인을 확인하는 데 능동적인 역할을 하며 의미구성 과정에 자신들의 의도를 주입한다는 것이다.

끝으로 5장에서는 자동적인 처리, 즉 컴퓨터에 의한 듣기의 모의실험을 기술한다. 이 장에서는 자연 언어에 대한 인간의 언어적 처리, 의미 처리, 화용적 처리를 컴퓨터를 통해 모의하는 방법의 얼개를 제시한다.

제1부에서는 다음 부분에서 이어지게 될 듣기 조사연구와 듣기 가르침의 논의를 위한 얼개를 제시해 둔다. 제1부에서는 가르침과 조사연구를 고려하는 몇 가지가 제시되지만 여기에 있는 장들의 주요 초점은 과정 그 자체에 대한 이해에 있다.

제1장 신경학적 처리

이 장에서는

- 듣기와 청각을 구별하며 청각에 관련되는 과정을 세부적으로 기술하고
- 듣기에 관련되는 의식의 속성들을 자리매김하고
- 듣기 처리의 시작으로서 주의집중을 기술할 것이다.

1.1. 청각(hearing)

조사연구와 가르침에서 듣기의 탐구를 위한 자연스러운 출발점은 말소리를 듣는 데 관련되는, 기본적인 물리적 체계와 신경학적 체계와 과정을 고려하는 것이다.

청각hearing[1)2)]은 음파에 대한 수용과 전환을 허용하는 중요한 생리

1) 우리말에서는 영어의 hearing과 listening을 구별할 수 있는 유의어가 없다. 대체로 1.1은 신체적 반응으로서 들리는 대로 듣기를 설명하고 있다는 점을 염두에 두고, 특별히 구별해야 한다면 여기서처럼 hearing은 '(들리는 대로) 듣기'로 뒤친다. 따로 청력이나 청각을 영어로 hearing이라고 한다.

이 책에는 저자의 각주가 거의 없다. 따라서 대부분의 각주는 〈원저자 주〉라고 표시되지

적인 체계이다. 음파는 압력 맥동pressure pulse으로 경험되며 파스칼pascal(면적 분의 힘: p=F/A)로 측정할 수 있다. 인간의 청각에 대한 일반적인 문턱값은 대략 20마이크로 파스칼인데 귀로부터 3미터 떨어진 거리에서 모기가 날면서 내는 소리와 비슷하다. 이처럼 전기적으로 변환된 맥동이 외이outer ear로부터 내이inner ear를 거쳐 머릿속의 청각 피질auditory cortex로 전달된다. 다른 감각 현상과 마찬가지로 청각은 두뇌에서 피질 영역에 수용되고 처리될 때에만 지각perception에 이르는 것으로 간주된다. 비록 우리는 종종 감각 지각이 수동적인 처리라고 생각을 하지만 두뇌의 청각 피질에서 뉴런의 반응은 주의집중에 의해 강하게 조정을 받는다(Fritz 외, 2007; Feldman, 2003).

외부 자극을 청각 인식으로 전환하는 과정을 넘어서 청각은 어떤 사건에 참여하는 감정적인 경험과 동일시되는 감각이다. 우리의 주요 감각 경험과는 달리 청각은 삶의 가락과 사건의 '생생한 얼개vitality contour'를 인식할 수 있도록, 유일하게 관찰하고 조정해나가는 능력을 제공해 준다(Stern, 1999). 뿐만 아니라 실시간으로 인간 상호작용의 빠르기와 인간적인 접촉과 의사소통에 대한 '느낌'을 지각할 수 있도록 해 준다(Murchie, 1999).

생리학적인 용어로 청각은 신경 회로인데 두뇌의 전정 체계vestibular system의 일부로 공간에서 방위와 시간에서 방향(시간 맞추기)뿐만 아니라 신체 내부 체계에 대한 감각 자료를 조정하는 내부 감각interoception을 도맡고 있다(Austin, 2006). 청각 신경 회로는 또한 두뇌를 활성화하는 데도 중요한 역할을 맡고 있는데 솔리어(Sollier, 2005)에서는 두뇌에서 감각 처리 중심부의 피질 재충전소라고 부른 바 있다.

우리의 감각 가운데 청각은 가장 확실한 근거가 있으며 의식에 가

않는다면 읽기의 편의를 위해 뒤친이가 붙인 것이다.

2) 본문에 나오는 고딕 글씨는 그 뜻매김이 용어 풀이에 나온다.

장 본질적인데 실시간에 일어나며 시간에서 연속체를 이루기 때문이다. 청각은 지속적으로 들어오는 소리를 수초 이상의 폭을 지닌 맥동과 같은 청취 사건으로 묶어낸다. 음성 지각에는 소리에 대한 일관된 묶음을 조합해 낼 수 있도록 무엇에 대해서 듣게 될 것이라는 것에 대한 예상, 즉 앞으로 듣기뿐만 아니라 방금 들은 것을 되돌려서 구성하는 뒤로 듣기가 있다.

청각이 듣기를 위한 토대를 제공하지만, 오직 듣기를 위한 전조precursor일 뿐이다. (들리는 대로) 듣기와 듣기라는 용어는 종종 일상 대화에서 서로 바꿔 쓸 수 있도록 이용되지만, 이들 사이에는 본질적인 차이가 있다. (들리는 대로) 듣기와 듣기는 소리 지각을 통해 시작되지만 이들 사이의 차이는 본질적으로 의도의 정도a degree of intention에 있다. 의도는 여러 수준으로 관련되는 것으로 알려져 있지만 애초에 의도는, 거리가 있는 원천에 대한 인정과 이 원천으로부터 영향을 받아들이려는 기꺼움이다(Allwood, 2006).

심리학의 용어로 지각은 에너지 장에서 차이를 구별하고 검색함으로써 거리가 있는 대상들에 대한 지식을 만들어낸다. 청각audition의 경우 에너지 장은 청자를 둘러싸고 있는 대기이다. 지각 주체는 대기에서 미세한 움직임인, 밀도에서 변화를 음파의 형태로 검색하고, 두뇌의 왼쪽 피질에서 임시 처리temporal process와 오른쪽 피질의 스펙트럼 처리spectral processing의 융합을 통해서 이들 유형을 구별한다. 지각 주체는 음파에 있는 유형pattern들을 학습한 다양한 범주로 지정하는데 이는 소리에 어떤 의미를 부여하는 첫 번째 단계이다(Zatorre 외, 2002; Harnad, 2005; Kaan and Swaab, 2002).

청각에 대한 해부구조는 그 효율성에서 훌륭하다. 사람의 청각 체계는 외이, 중이, 내이와 뇌간에 연결되는 청신경으로 이뤄져 있다. 여러 개의 상호 의존적인 하위 체계들이 청각 체계를 이룬다(〈그림 1.1〉 참조).

<그림 1.1> 청각이 일어나는 기제

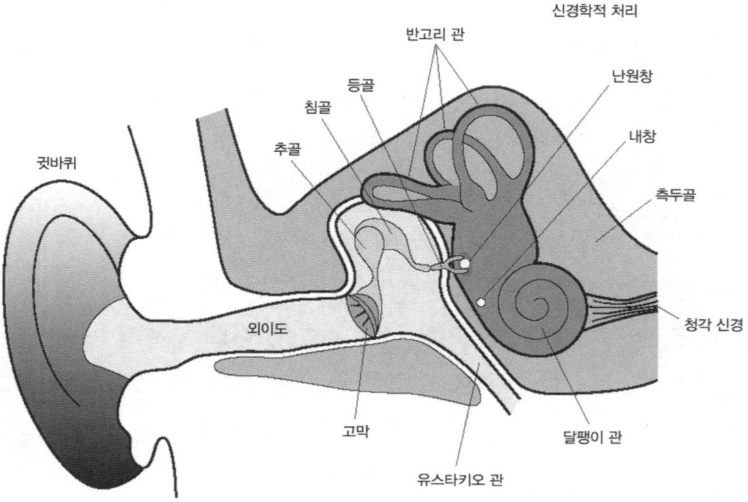

음파는 외이도를 따라 흐르며 고막의 진동을 유발한다. 이 떨림은 중이를 따라 지나가는데 중이는 두개골에서 작게 열려 있는 부분(난형 창: oval window)을 둘러싸고 있는 세 개의 작은 뼈(소골, 망치뼈, 침골, 등골)로 이뤄진 민감한 변환기이다. 중이의 중요한 기능은 공기 미립자의 형태로 있으며 달팽이관 안에 흐르고 있는 소리의 효율적인 변환을 보장하는 것이다. 소리는 청각 신경을 따라 더 위의 수준에서 처리되기 위해 청각 피질로 지나간다.

*주석. 내이의 일부분인 반고리관은 주로 평행상태를 위해 쓰이지만 청각계가 사용하는 것과 같은 (여덟 번째) 뇌신경을 공유한다. 따라서 듣기와 균형 잡기는 신경에서 서로 관련되어 있다.

외이는 우리가 볼 수 있는 귀의 일부로 귓바퀴와 외이도로 이뤄져 있다. 귓바퀴의 정교한 깔때기 모양은 들어오는 소리를 거르고, 확대하는데 특히 더 높은 주파수에서 그러하다. 그리고 소리의 원천이 어디에 있는지 알 수 있도록 해준다.

음파는 외이도를 따라 흐르며 고막의 진동을 유발한다. 이 떨림은 중이를 따라 지나가는데 중이는 두개골에서 작게 열려 있는 부분oval window(중이의 난형 창)을 둘러싸고 있는 세 개의 작은 뼈(소골)로 이뤄진 민감한 변환기이다. 중이의 중요한 기능은 공기 미립자의 형태로 있고 달팽이관 안에 흐르고 있는 소리의 효율적인 변환을 보장하는 것이다. 달팽이관에서 소리들은 전기적인 파동으로 바뀔 것이다.

이런 변환 기능에 더하여 중이는 중요한 보호 기능을 지니고 있다. 소골에는 작은 근육들이 있는데 유연하게 수축하는 성질에 의해 내이에 이르는 소리의 수준을 줄일 수 있다. 떨어지는 책의 소리나 경찰 사이렌의 울림과 같은, 갑작스럽게 큰 소리가 날 때 이 유연한 작동은 일어난다. 이런 수축은 소음이 지속되는 사건에서 손상으로부터 미세한 청각 기제를 보호한다. 흥미롭게도 같은 반사 작용이 말하기를 시작하는 때에도 자동적으로 일어난다. 이와 같은 방식으로 소골의 반사 작용은 자신의 말에서 너무 많은 되먹임을 수용하는 것을 막고 그에 따라 분산이 된다.

달팽이관은 청각 지각에서 귀의 초점이 되는 구조물이다. 달팽이관은 작은 뼈로 이뤄진 구조물로 대략 어른 엄지손톱 크기인데 한쪽 끝은 좁고 다른 쪽 끝은 넓다. 달팽이관은 액체로 채워져 있는데 그 작동 방식은 기본적으로 유체 역학의 일종이다. 최근에 MIT의 생체 전기 공학자가 달팽이관의 유체 역학에 바탕을 둔 초광대역 라디오 칩chip 모형을 다시 설계하였다(트랩튼(Trafton, 2009) 참조). 달팽이관에 있는 막membrane은 액체의 흐름에 기계적으로 반응하는데 그 과정은 정현파 자극sinusoidal stimulation이라 부른다. 낮은 주파수의 소리는 막의 좁은 끝 부분을 주로 자극하고 더 높은 주파수의 소리는 더 넓은 쪽 끝을 자극한다. 달팽이관을 지나가는 각각의 다른 소리는 액체와 막에서 움직임의 유형을 다르게 한다.

뇌간에 가장 가까운 달팽이관 측면에는 수천 개의 작은 모세포가 있는데 달팽이관 안쪽과 바깥쪽 끝부분을 이룬다. 바깥쪽 모세포는 청각 신경 섬유에 연결되어 있는데 이는 두뇌의 청각 피질로 이어진다. 이들 모세포는 막 안에서 일어나는 액체의 미세한 움직임에도 반응하고 기계적인 움직임을 신경 작용으로 변환한다transduce.

사람의 몸에서 다른 신경체계와 마찬가지로 인간의 청신경은 고도의 전문성을 띠도록 진화하였다. 여기에는 다섯 가지 유형의 신경세포가 있다. 각각의 청각 신경 체계는 자극 제시를 통해 끊임없이 반응하는 서로 다른 특성 주파수CF: Characteristic Frequency가 있다. 높은 특성 주파수를 지니는 신경 섬유들은 신경섬유 다발의 반구 안에서 발견된다. 그리고 신경섬유다발 중심을 향해 특성 주파수가 차례대로 줄어든다. 음위상 조직tonotopic organization은 달팽이관으로부터 주파수 스펙트럼을 보존하는데 이는 들어오는 신호 맥동에 대한 빠르고 정확한 처리를 위해 필요하다. 특성화된 주파수에 반응함으로써 이들 신경들은 실제로 세포의 실제 형상에 대응하는 조율 곡선[3]을 만들어내고 음성 주파수에 대하여 매우 정확한 정보를 중추 청각계[4]에 있는 상올리브 핵superior olivary complex으로 넘긴다(Musiek 외, 2007).

신경 활동의 이와 같은 배분은 자극 패턴excitation pattern이라 부른다. 이 자극 패턴은 듣기 기제의 기본적인 출력물이다. 예컨대 만약 특정의 소리 연쇄를 듣는다면 반응으로 산출되는 특정의 자극 패턴이 있게 된다. 말하자면 원칙적으로 듣고 있는 다른 모든 사람에게서 정확하게 똑같이 산출되는 자극 패턴이 있다는 것이다. 자극 패턴은 같을지 모르지만 어떻게 청자가 그 신호를 해석하고 결과적으로 그것에 어떻게 반응하는가 하는 것은 물론 개인별 차이 특히 나이와 언어학습 배경의 폭에 좌우된다.

---

3) 영어로 tuning curve인데 주파수를 함수로 하여 모세포로부터 작은 반응을 일으키기 위해 필요한 소리의 세기를 표시하는 그래프를 가리킨다(네이버 지식백과사전).

4) 영어로 central auditory nerve system인데 전정 코르티신경에서 대뇌 측두엽의 청각피질에 이르는 중추성 청각 경로 기관을 가리킨다(네이버 지식백과사전).

<개념 1.1> 자극 패턴과 청각

> 내이에 있는 자극 패턴과 청신경은 낯익은 자극에 대한 경험을 통하여 자동화되기 시작한다. 자극 패턴이 없다면 청각은 일어날 수 없고 소리 자극은 두뇌에 도달하지 않을 것이다.

어떤 의미에서 이것은, 특정의 자극에 대한 자극 패턴이 신경학적으로 인간에게 비슷하지만 모든 사람이 같은 것을 듣지 않음을 의미한다. 물리적인 수준에서 인간의 지각에서 차이는 신경 섬유를 구성하는 개별 뉴런들neurones이 상호작용한다는 사실 때문이다. 즉 상호작용하는 다른 뉴런들의 작용에 영향을 받는 것이다. 때로 한 개 뉴런의 작용이 두 번째 음조가 도입됨에 따라 억제되거나 증폭된다. 게다가 이들 신경들은 물리적 구조물이기 때문에 인간의 일반적인 건강 상태와 각성이나 피로에 의해 영향을 받기도 한다. 일관되고 믿을 만한 듣기를 방해하는 또 다른 사실은 이들 신경이 아무런 듣기 자극이 제시되지 않은 경우에도 무의식적으로 점화된다는 것이다. 이는 청신경과 얽혀 있으며 균형을 유지하도록 도움을 주는 전정 신경vestibular nerve이 활성화될 때 일어난다. (Musiek 외, 2007; Moore, 2004).

듣기의 생리학적 속성들은 청각 피질이 자극을 받을 때 시작된다. 일차 청각 피질은 측두엽temporal lobe에 자리 잡고 있는 작은 영역이다. 이것은 상측두회STG: Superior temporal Gyrus의 후반부(後半部)에 있는데 횡측두회transverse temporal gyri(혹은 Heschl' gyri라고도 부름)의 일부이다. 이 부분이 들어오는 청각 정보를 처리하는 첫 번째 두뇌 구조물이다. 해부학적으로 횡측두회는 다른 모든 측두엽과 다른데 앞에서 뒤dorsiventrally로 진행하는 것이 아니라 두뇌의 중심으로 향한다mediolaterally는 점에서 그러하다.

어떤 정보가 청각 피질에 도달하자마자 두뇌에 있는 발화 인지와 어휘 이해, 통사 이해에 관여하는 베르니케 영역Wernicke's area과, 계산과

<그림 1.2> 듣기와 관련된 두뇌의 주요 영역

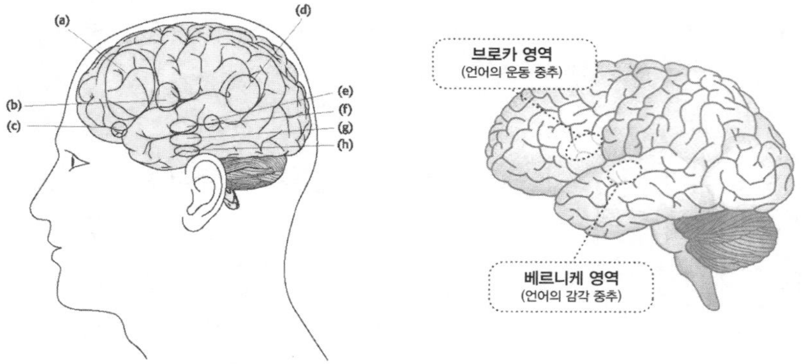

두뇌의 여러 영역들이 듣기에 관련되는데 그 가운데 이들 대부분은 좌반구에 있다.

(a) 좌측 전두부 피질은 발화 이해 도중의 정보 처리에 관련된다.
(b) 왼쪽 삼각부는 통사적 처리에 관련된다.
(c) 왼쪽 안와부는 어휘 항목에 대한 의미 처리에 관련된다. (두뇌의 우반구에 있는) 오른쪽 안와부는 담화의 의미 처리에 관련된다.
(d) 상측 두구(STS)는 말소리의 음운론적 처리에 관여하고, 오른쪽 상측 두구는 운율 처리에 관련된다.
(e) 왼쪽 언어 부위는 발화 운동 근육 접합면이다.
(f) 일차 청각 피질 발화 인지와 관련된다.
(g) (1차 청각 피질을 둘러싸고 있는) 2차 청각 피질은 억양과 리듬의 처리에 관련된다.
(h) 왼쪽 상측두회(STG)는 어휘 항목에 대한 의미 처리와 관련된다. 오른쪽 상측두회는 담화 수준에서 의미 처리와 관련된다.

언어와 관련된 과제 반응하는 데 관련되는 브로카 영역Broca's area을 포함하는 다른 신경 중추에 제공되기 위해 중계된다.[5]

이미지로 표현하는 연구에서는 많은 다른 두뇌 영역들이 언어 이해에 관여한다는 것을 보여주었다(<그림 1.2> 참조). 이와 같은 신경학적 발견사실들은 서로 다른 정보 유형에 대한 동시적인 병렬 처리parallel processing[6]를 지적하는 언어 처리 조사연구와 일관된다.

---

5) <그림 1.2>에서 오른쪽 그림 참조. 이 그림은 두뇌에서 일어나는 언어 처리 가운데 어느 정도 영역과 기능이 밝혀진 부서를 보여준다(그림 자료는 문영진 외(2010), 『고등국어』 하, 창작과비평 자료 참조).

이들 연구는 특별히 복잡한 문장의 처리나 흐릿한 지시표현을 분명하게 하는 동안 어떤 영역은 좀 더 활성화된다는 것과 함께 이들 영역이 모두 정도에서 다양하게 유창한 언어 이해에 관여한다는 것을 보여주었다. (부상이나 나이를 먹어가는 과정에서 얻게 되는) 실어증aphasia으로 종종 자리매김되는 어떤 영역에서 손상은 어휘 이해, 통사적 처리, 전국적인 의미 처리와 적절한 반응의 형성에 어려움을 유발할 수 있다(Poeppel 외, 2008; Harpaz 외, 2009).

1.2. 의식

<개념 1.2> 의식과 듣기

> 의식은 환경에 대한 자기중심적인 관점과 지향을 지니고 있는 마음의 한 측면이다. 의식은 의도성과 직접적으로 관련되는데 그 의도는 이해하고자 하는 것과 이해되고자 하는 것이다.

청각과 듣기에 대한 기본적인 생리학을 이해하고 나면, 인간의 내면과 주변 세계, 언어를 이해하는 능력의 기저에 있는 복잡한 신경 구조물을 이해하게 된다. 동시에 간단한 내성을 통하여, 방금 얼개를 잡았던 체계를 훨씬 넘어서는 이해와 처리에서 비물리적 측면이 있음을 깨닫는다.

이와 같은 개인적인 경험과 인식, 보편적인 경험과 인식 사이의

6) 인지심리학에서 정보처리를 보는 틀과 관련되는 용어이다. 병렬처리에서 핵심은 일반적으로 활성화 강도에 의해 신경 연결망이 연결되거나 연결되지 않을 수 있다고 가정한다는 점이다. 이에 맞서는 개념으로 순차적 처리가 있다. 어떤 처리 단원체(module)에서 수준에 맞게 처리가 이뤄지고 나면 다음 단원체로 넘어가고 그런 여러 과정을 거쳐 인간의 인지적인 처리가 이뤄진다고 본다. 이들을 아우르는 관점이 혼합처리 관점이다. 즉 인지처리의 갈래와 특성에 따라 이들이 적용되는 모습이 달라진다고 가정한다.

신경학-인지적 교량을 기술하기 위해 가장 자주 사용되는 개념은 의식consciousness이다(Chafe, 2000).[7] 의식은 주의집중, 의미구성과 기억, 배움을 시작하는 과정을 기술하기 위한 기본 개념이다.

소리 인식을 우리의 바깥 공기에 있는 에너지 패턴으로부터 시작되는 신경물리학적 과정으로 특징을 밝힌 것처럼 의식도 그와 비슷한 방식으로 생각할 수 있다. 의식은 두 인지적 처리가 일치할 때, 즉 (1) 외부의 물체나 사건이 독자적인 속성을 구성하는 것으로 두뇌가 확인하며 (2) 두뇌는 기꺼이 의도를 갖고 이 사건이나 대상을 목격하는 중심적인 주체로서 청자를 설정할 때, 나타나는 에너지의 흐름으로 기술되어 왔다. 의식은 이 통합을 주관적인 현상으로 경험하는 현상이다(Czikszentmihalyi, 1992; Chella and Manzotti, 2007).

주관적인 경험에 대한 이와 같은 특징을 넘어서 의식은, 사람들을 능동적으로 만들어주며 내적 환경과 외적 환경 둘 다에서 목표 지향적이 되도록 해주는 동적인 신경 물리학적 기제로 언급되어 왔다(Alexandrov and Sams, 2005). 이는 내적 환경과 외부 환경에서 경험을 연결하고 경험 주체로 하여금 이들 경험의 의미를 이해하고 어느 정도는 그것들을 주도하도록 하는 지속적인 힘이라는 것을 의미한다.

듣기를 기술하기 위한 목적으로 의식이라는 개념은 중요한데 맥락context이라는 개념을 자리매김하는 데 도움을 주기 때문에 중요하다. 의식은 주변 세계에 대한 청자 모형의 활성activation 부분과 관련된다. 그 모형은 반드시 자기 참조적이다.[8] 이 모형에서 활성화되는 부분

7) 뒤의 〈개념 1.3〉에서 인용 내용에서 알 수 있듯이 체이프는 "의식이란 주위환경의 자기중심적 모델 일부분을 그때그때 활성화하는 과정"이라고 하였다(Chafe(1994), 김병원·성기철 뒤침(2006), 『담화와 의식과 시간』, 한국문화사, 50~51쪽).

8) 영어로 self-reference인데 언어학에서는 자기 지시 표현으로 받아들다. 심리학에서는 이를 자기 참조 효과와 관련지어 이해를 하는데 자기 참조 효과란 자기와 관련된 현상의 정보가 잘 처리되는 것. 기억에도 개인적으로 관련 있고 중요한 의미를 지닌 경험은 잘 기억되며 비교적 오래 지속되는 현상을 가리킨다. 여기서 필자가 언급한 내용도 심리학적인 의미에 가깝기 때문에 이를 살려 쓴다.

<개념 1.3> 의식의 속성들[9]

듣기에 영향을 미치는 다섯 가지 의식의 속성이 있다.

- 의식은 주변적인 자각을 둘러싸고 있는 영역에 묻혀 있다. 정보에 대한 맥락을 제공하는 준활성화된(semi-active) 정보의 주변부에 의해 활성 초점이 둘러싸여 있다.[10]
- 의식은 **동적**이다. 의식의 초점은 하나의 초점이나 항목, 정보로부터 다음의 것으로 끊임없이 움직인다. 이 움직임은 청자에게는 '속성 사진'으로 이루어진 변별적인 연속물이라기보다는 연속적인 사건으로 경험된다.
- 의식에는 **관점**이 있다. 세계에 대한 어떤 사람의 모형은 필연적으로 자신에게 맞추어져 있다. 그런 자신의 위치와 욕구는 관점을 설정하게 되는데 이 관점은 의식의 지속적인 구성성분이며 이어지는 움직임의 선택을 위한 길잡이이다.
- 의식에는 **방향성**이 필요하다. 주변 자각에는 반드시 지속되는 행위와 공간, 시간, 사회에서 어떤 사람의 위치와 관련되는 정보를 포함하여야 한다. 이런 방향성은 의식으로 하여금 현재의, 만져서 알 수 있는 지시표현에 주의집중하는 **즉각적인 방식**(immediate mode)에서, 현재가 아니며 추상적이거나 상상적인 지시표현과 개념에 주의를 기울이는 **원격 방식**(distal mode)으로 옮겨가도록 해준다.
- 의식은 한꺼번에 오직 하나의 사물에 **초점**을 모을 수 있다. 의식의 이런 제한된 용량은 언어적 제약에 반영되어 있다. 화자는 한 번에 의식의 한 초점만 산출할 수 있는데 이는 언어의 짧은 토막, 즉 **억양 단위**(intonation units)라고 부르는 것에 반영되어 있다.

—채머스(Chalmers, 1996), 체이프(2000), 올우드(Allwood, 2006)로부터 인용함

---

9) 여기에 제시된 생각은 Chafe(1994)에서도 나타난다.

10) 이 부분은 이론적 가정이라고 이해를 하면 될 듯하다. 인간의 언어 사용이 의식적이라고 하더라도 실제 언어 사용에 쓰이는 여러 층위의 지식이 언제나 깨어 있는 것은 아니라고 보아야 한다. 언어 사용을 외부 자극이나 의도에 촉발되어 나머지 지식들이 사용될 준비가 되어 있다가 필요한 때에 활성화된다는 것으로 이해가 되고, 그런 점에서 의식도 이해를 할 수 있다.

은 언어와 관련이 있는 모든 것을 포함하여 현재 마주치고 있는 대상을 이해하는 데 관련된다. 전문적인 입장에서 본다면 이 모형의 활성 부분은 주관적인 경험(내적 맥락, internal context)으로부터 그리고 외부 사건(외적 맥락, external context)과의 지각을 통한 접촉으로부터 구성된다.

의식이라는 개념은 듣기와 말하기라는 의사소통을 위해서도 중요한데 무엇인가가 외부 세계에 대한 개인의 주의집중을 이끌어야 하기 때문이다. 화자의 경우 의식은 의사소통하고자 하는 개인 경험의 어떤 측면에 영향을 미친다. 말하자면 의사소통의 수준을 드러내고 알려 준다(Holmqvist and Holsanova, 2007). 청자에게는 의식은 화자의 세계를 경험하도록 화자의 의도를 이끌어주고 이 경험으로부터 의미를 구성하고자 하는 시도를 하도록 이끌어준다.

1.3. 주의집중[11)]

주의집중은 의식이 작동하는 모습이며 좀 더 구체적으로 논의될 수 있다. 주의집중은 확인 가능한 물리적 대응물이 있다. 입력물의 어떤 측면이나 특정 자원에 주의를 기울이도록 결정하는 반응에서 활성화되는 두뇌의 구체적인 영역이 있다는 말이다. 주의집중은 어떤 대상에 대한 의식의 초점이나 사고의 맥락에서 초점인데 그것을 처리하도록 준비된 피질 부분을 활성화시킨다.

주의집중의 고의적인 측면 때문에 연루의 시작으로 주의집중을 고려할 수 있는데, 이는 (들리는 대로) 듣기hearing와 듣기listening의 구별에서 본질적이다. 심리학자들은 종종 현대의 실험 심리학의 창시자인 윌리엄 제임스William James[12)]에 의해 제시되었던 원래의 뜻매김으로 거

11) 주의집중에 대한 좀 더 자세한 인지심리학적 설명은 한국실험심리학회 편(2003), 『인지심리학(개정판)』(학지사)의 4장(109~134쪽)을 참조할 수 있다.

<그림 1.3> 주의집중의 3단계. 주의집중은 거의 동시에 일어나는 세 단계로 이뤄진다.

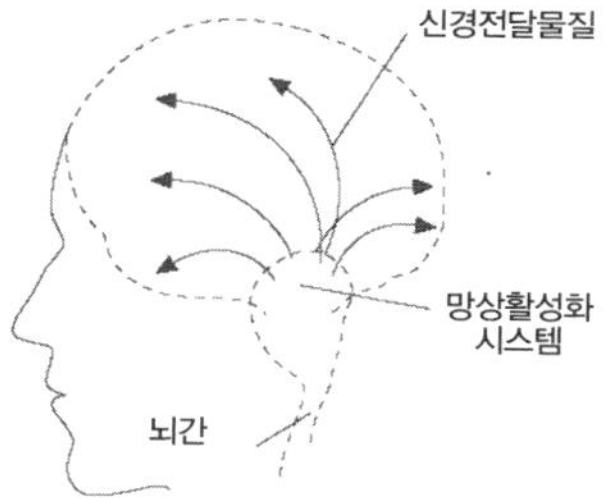

1단계는 환기. (내적이든 외적이든) 어떤 자극에 반응하여 뇌간(망상활성화시스템)에서 시작된 신경전달 물질이 뇌 전체에 점화되고, 뇌 화학물질(도파민과 노르아들레날린)이 활성화되며 전기적 활동의 폭발이 일어남.

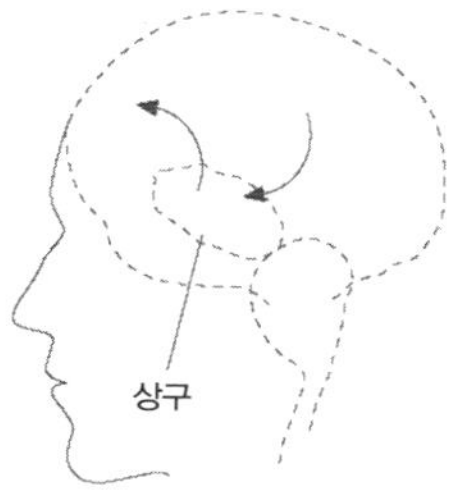

2단계는 방향 잡기. 상구는 신경전달물질을 조정하고 자극을 처리하기 위해 사용될 두뇌의 영역으로 이들을 몰아간다.

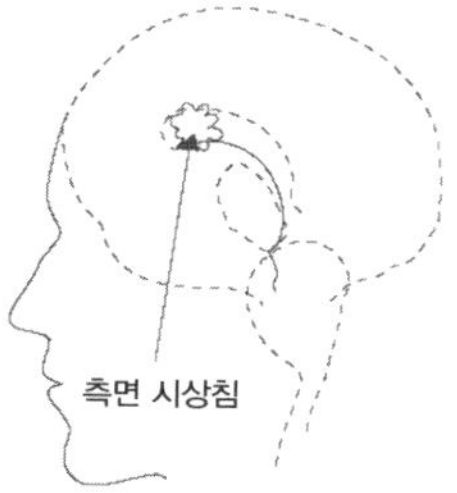

3단계는 초점. 두뇌의 측면 시상침 영역(의식 경험에서 가장 활성화되는 두뇌의 부분)이 자극을 처리하는 데 필요한 부분에 신경전달물질을 가두어 둔다.

슬러 올라간다.

신경언어적 조사연구에서 주의집중은 세 개의 신경 요소를 필요로 하는, 시간에 맞춰진 과정으로 간주한다. 즉, 각성arousal과 방향 잡기orientation, 초점focus이 있다는 것이다. 뇌간에 있는 망상 활성 시스템RAS: Reticular Activating System이 활성화되기 시작하는 것으로 시작한다. 이런 일이 일어나면 뇌 전체에 뉴런을 점화하기 위해 망상활성 시스템에

12) 이 사람 외에도 독일의 심리학자 분트(Wundt, 1832~1920)가 손꼽힌다.

<인용1.1> 주의집중에 대한 윌리엄 제임스의 언급

> 모든 사람들은 주의집중이 무엇인지 안다. 그것은 사고 맥락이나 동시에 여럿이 가능한 대상인 것처럼 보이는 것으로부터 하나의 생생하고 분명한 마음을 가지는 것이다. 초점 맞추기(focalization)와 의식의 집중이 그 본질이다. 그것은 효과적으로 다루기 위해 다른 것을 물리는(withdrawal) 것을 함의한다.
>
> ―윌리엄 제임스(1890: 405)

는 신경전달물질의 홍수가 일어난다. 방향 잡기는 뇌간 근처(뇌간 위에 있는, 두뇌의 상구 부분)에서 수행되는 신경조직 처리이다. 이 과정에서 두뇌는 지각된 물체(외부 사건이나 내적인 사고 맥락)에 반응하고 이해하는 데 가장 관련이 높은 통로를 이용한다. 활성화는 두뇌의 두 부분 즉, 병렬 처리기의 기능을 하는 우반구와 순차적인 처리기의 기능을 하는 좌반구에서 동시에 일어난다. 초점은 두뇌의 더 높은 부분, 즉 측면 시상침 부분에서 이뤄진다. 이 과정은 선택적으로 두뇌의 전두엽으로 이어지는 통로와 들어오는 자극을 처리하는 데 관여하는 통로를 잠그는데 이는 에너지를 좀 더 효과적으로 사용하도록 해준다(Carter, 2003).

주의집중이 듣기에 어떤 영향을 미치는가를 이해하는 데 두 가지 개념이 핵심적이다. 제한된 용량limited capacity과 선택적 주의집중selective attention이다. 제한된 용량이라는 개념은 듣기에서 중요하다. 비록 서로 다른 자원들 사이에서 왔다 갔다 하면서 쉽고 빠르게 처리할 수 있지만 그리고 공통점이 없는 자료들의 묶음을 주의집중의 초점으로 끌어들일 수도 있지만 인간의 의식은 한 번에 단 하나의 정보 자원에 대해서 상호작용할 수 있다. 정보의 홍수나 여러 개의 정보 원천이 제시될 때는 언제나 선택적 주의집중이 사용된다. 선택적 주의집중은 하나의 자질 다발들의 묶음이나 정보의 흐름 하나를 처리하는 제한된 용량으로 관여하고 결정하는 것과 관련된다.

<개념 1.4> 주의집중의 과정

- 주의집중은 제한된 용량을 지닌 체계이다.
- 주의집중을 거의 필요로 하지 않거나 아무런 필요가 없는 자동적인 활성화는 아무런 지장을 주지 않는다.
- 통제된 과정은 주의집중을 필요로 하며 다른 통제 과정으로 간섭을 받는다.
- 주의집중은 세 개의 분리되어 있지만 서로 관련이 있는 연결망으로 볼 수 있다. 즉 각성, 방향 잡기와 검색이 있다.
  1. 각성(alertness)은 들어오는 자극을 다룰 수 있는 일반적인 준비상태를 나타낸다.
  2. 방향잡기는 주의집중에 대하여 구체적으로 맞춤을 의미한다.
  3. 검색은 감각 자극에 대한 인지적 등록이다.
- 검색된 정보는 다른 인지적 처리를 위해 이용 가능하다.

들을 때 공간적 위치와 소리의 높낮이, 주파수와 강도intensity, 음조 지속시간tone duration, 음색timbre, 개인별 목소리의 특징을 포함하여 언어적 측면을 넘어서는 청각 자질들의 풍부한 다양성에 대하여 주의집중은 선택적으로 유도될 수 있다. 다양성 가운데 어떤 음향적 기준을 선택하여 집중하도록 하는가에 따라 두뇌의 다른 영역이 활성화될 것이다. 실제로 청각 정보 처리에 주의집중이 미치는 영향이 두뇌의 여러 장소에서 나타나는 위치는 유연성이 있으며 입력물의 성질뿐만 아니라 수행되고 있는 행동 과제의 구체적인 요구사항에도 달려 있다는 것이 드러났다. 주의집중이 대뇌의 피질 부위에 미치는 다른 영향은 또 다른 방법의 개입이다. 예를 들어, 시각 주의집중과 청각 주의집중이 동시에 활성화되면 두뇌에 있는 전두엽-두정엽 연결망의 다른 영역이 활성화될 것이다.

이에 대한 일상적인 사례는 사교모임 효과cocktail party effect이다. 혼란스러운 그리고 본질적으로 예측이 불가능한 사교모임 환경에서 다수의 대화 흐름이 일어나고 있지만 한 번에 오직 하나에만 주의집중할 수 있다. 더 가깝고 더 소리가 큰 대화를 무시하면서 건넌방에서 일어나는 대화에 초점을 맞추는 것이 가능하다. 주의집중은 어떤 제약 안에서 방향성을 띠며 청자의 다스림 아래에 있다. 이 능력은 청각의 상실 혹은 보청기나 인공 달팽이관을 갖춤으로써 개인별로 상당히 줄어든다.

일반적으로 주의집중이 통제될 수 있지만, 주의집중의 전환은 언제나 자발적인 것은 아니다. 예컨대 텔레비전을 보고 있는 동안 아기가 울기 시작하는 것이 원하든 원하지 않든 순간적으로 주의집중의 체계를 차지해 버린다. 본능적으로 욕구에 가장 적합한 것에 반응한다. 이전의 (뉴스를 보는 것과 같은) 주의집중 초점을 차지해 버리는, 분명히 드러나는 응급 신호(아기의 울음은 아기를 돌봐 달라는 필요성을 신호한다)를 넘어서 욕구는 복잡하고 미묘하며 완전히 의식적이지 않은 방식으로 전달될 수 있다. 정보 욕구와 감정적인 욕구의 이와 같은 복잡한 성질 때문에 들을 때 부지불식간에 산만한 반응을 할 수 있으며 원래의 초점에서 벗어나게 되기도 한다.

<개념 1.5> 선택적 주의집중과 처리 중단

선택적 주의집중을 다루는 가장 잘 알려진 실험 연구는 두 갈래 듣기(dichotic listening) 연구이다. 여기서는 실험 참여자들에게 왼쪽 이어폰과 오른쪽 이어폰을 통해서 다른 메시지를 제시한다. 하나의 메시지에만 주의집중하도록 하거나 그것을 지우도록 할 때 실험 참여자들은 두 번째 메시지로 주의집중을 바꾸면서 쉽게 따라 잡을 수 있다. 그러나 실험 참여자들은 주의를 기울이고 있는 메시지가 멈추었을 때에만 주의집중을 옮길 수 있었는데 이는 입력물에서 적절한 '처리 중단'에서만 주의집중을 바꿀 수 있음을 암시한다.

이들 연구로부터 나온 결과만큼이나 중요한 결과는 주의집중이 입력물을 조정할 뿐만 아니라 효과적으로 저장하고 회상하기 위해서 필요함을 보여준다. 이들 실험에서 일관된 발견사실은 주의집중된 경로(이를테면 주의집중을 하고 있는 입력물이 있는 귀)에 있는 정보만이 기억될 수 있다는 것이다.

1.4. 신경학적 처리에서 개인별 차이

언어학자, 철학자, 심리학자들은 언어가 모든 인간 행위에서 가장 복잡한 것으로 간주된다. 그리고 언어 사용의 감각적 양상 안에서 발화 처리가 가장 복잡할 수 있다. 언어 처리가 이뤄지는 특정의 시점에서 말하기, 듣기, 읽기, 조직화formulation와 이해에 동시에 몰두할 수 있다. 이들 구성 기술들의 각각은 두뇌에 넓은 범위가 관여하며, 신경 활력의 복잡한 상호작용, 주의집중 준비성, 지엽적인 신경 처리, 기능에 따른 신경 회로의 협조, 고차원적인 전략 구성이 필요하다. 이 장의 이전 절에서 보았듯이 인지적 신경심리학에서 연구가 언어 처리의 측면과 관련하여 두뇌 영역들의 기본적인 기능을 밝히는 데 도움을 주었다. 새로운 스캐닝 기법은 또한 이러한 상호작용과 언어 처리를 위해서 기능에 따른 신경 회로로 연결되는가에 대해 더 온전한 이해로 이끌어주고 있다. 언어 처리를 위한 이러한 일반적인 능력에도 불구하고 모든 사람이 똑같은 방식으로 언어를 처리하지는 않는다. 신경 처리의 다른 영역에서처럼 개인들은 이들 기능에서 상당한 범위의 차이를 보여준다. 이 절에서는 개인들 사이의 여섯 가지 중요한 차이들을 개관하고자 한다.

1.4.1. 지엽적인 처리(*Local processing*)

기본적인 수준의 처리와 관련하여 개인별로 신경 전달의 속도, 신경 전달물질의 활성화, 시상thalamus(모든 신경 맥동을 중계하는 중심부)과 해마(방향성과 관련이 있는 대뇌변연계)의 개입 정도, 기억과 주의집중, 신경 연결의 유형과 같은 기본적인 속성에서 두르러진 차이를 보인다.

1.4.2. (신경의) 관여와 가소성(*commitment and plasticity*)

기본적인 언어 기능이 자라남에 따라 점진적으로 신경 섬유의 더 작은 부분으로 국한되는데 이 과정을 신경의 관여neural commitment라고 부른다. 처리의 속도와 자동성에서 장점의 증가로 이루어지지만 가소성에서 불가피하게 감소를 가져온다. (그리고 이웃하는 영역에서 두뇌 손상이 일어났을 경우 기능에서 잠재력의 상실이 있게 된다.) 신경의 관여 과정은 이중 언어와 제2언어 학습자들 사이의 신경 분리로 이어진다. 언어 재구성을 위해 필요한 가소성이나 신경에서 유연성은 아동기와 사춘기를 거치면서 감퇴된다. 그리고 아마도 제2언어 학습에서 어른이 맞닥뜨리는 어려움의 몇 가지를 유발하는 듯하다(Gitterman and Datta, 2007; Van Den Noort 외, 2010).[13]

1.4.3. 통합 회로(*integrative circuits*)

일화 기억[14]의 병합과 형성에 대한 현재의 모형은 통합적인 표상

---

13) 이 글의 필자는 강하게 가정하지 않지만, 외국어와 모국어 습득에 대한 논의에는 좌뇌와 우뇌가 분리되어 있다는 가정과 그렇지 않다는 가정이 있다. 아직껏 확연한 결론이 난 것은 아닌 듯한데 외국어 습득 연령, 실험과제, 측정치, 분석 방법 등에 따라 일관성 있는 결과를 얻기 어렵다는 점이 문제이다(조명한 외(2003), 『언어심리학』, 학지사, 434쪽 참조).

14) 최근의 인지심리학에서 기억 이론의 주도적인 흐름은 중다기억 이론이다. 이는 기능에 따른 기억의 구조가 한 겹이 아니라 여러 겹임을 가정하는 이론이라는 의미이다. 기본적으로 세 가지 기억 구조가 제안되었는데 감각기억으로 감각정보가 인지체계에 처음 등록된다. 그 다음에 매우 제한된 용량을 지닌 단기기억이 있는데 감각기억에 등록된 정보를 새로운 정보로 치환하거나 아니면 장기기억으로 전이시키는 역할을 하는 기억인데 최근에는 작업기억이라고 한다. 장기기억은 크기가 무한대인데 여기에 있는 정보는 영구적으로 지속되고, 일생을 통해 기억된다.

여기서 언급하고 있는 일화 기억은 장기기억 가운데 하나로 의미기억과 맞선다. 일화기억은 개인의 경험, 즉 자전적 사건에 대한 기억이며, 대상 간의 관계 또는 단어 의미들 간의 관한 지식인데 학자들에 따라서는 이들이 구분되는가에 회의하고 있다. 한편 서술지식과 절차지식으로 지식을 구분한데서 비롯된 기억 구분으로 서술기억과 절차기억이 있다. 서술기억은 사실에 관한 지식을 표상하는 반면 절차기억은 행위나 기술, 조작에 관한 기억이라고 한다(이정모 외(2003), 『인지심리학』, 학지사 참조).

형성에서 해마에 의해 수행된 역할에 초점을 맞추고 있다(MacWhinney, 2005a; Kroll and Tokowitz, 2005). 언어 학습과 사용의 측면에서 이들 신경 연결은 두뇌의 다양한 지역으로 하여금 일련의 감각 인상과 발화의 개념적 측면을 형성하게 한다. 이는 그 다음에 새로운 문법 형식이나 통사적 구문으로 연결된다. (모든 포유류들은 기억을 형성하기 위해 해마와 지엽적인 영역들 사이의 연결을 이용한다. 그러나 언어 학습을 지원하기 위해서 이와 같은 연결을 이용한다는 점에서 인간들은 독특하다.) 이와 같은 중심 기억 통합 회로에 더하여 다양한 지엽 회로들이 공명resonance이라고 부르는 과정을 통하여 지엽적인 기억을 분석하고 분리하는 데 사용되는 듯하다. 지엽적인 기억에서 지각된 자료를 보유하고 있는 동안, 처리되지 않고 들어오는 자료들에 그 체계가 초점을 맞출 수 있도록 하기 위해, 공명 회로는 일시적이고 지엽적인 임시저장고로서 검색된 언어 형식을 성공적으로 복사한다. 모든 신경 기제에서와 마찬가지로 이런 개인별 회로들의 효율성 차이가 가정될 수 있다.

1.4.4. 기능에 따른 신경 회로(*functional neural circuit*)

일화 기억 체계의 뒷받침을 받는 지엽적인 통합의 유형은 두뇌의 폭넓은 영역에 거쳐 통합을 하고 있는 기능에 따른 신경 회로의 다양성에 의해 보완이 된다. 그와 같은 회로의 중요한 사례는 음운 되뇌임 저장고phonological rehearsal loop인데(Lopz 외, 2009), 이는 측두엽에서 이뤄진 청각 처리를 전두엽 피질로부터 나온 운동 처리와 연결한다. 이 저장고는 일련의 낱말들을 저장하고 되풀이하거나 새로운 낱말을 배우는 속도를 내는 데 이용한다. 이 저장고에서 항목들을 저장하는 청자들의 능력에서 차이는 제1언어와 제2언어 학습에서 상대적인 성공과 강하게 상관이 있음을 보여준다(Aboitiz 외, 2010; Gathercole 외, 1994).

1.4.5. 전략적 통제(*strategic control*)

두뇌 기능은 더 높은 수준의 전략 처리에 의해 쉽게 수정되고, 확대되며, 통합되고, 다스릴 수 있다. 이들 더 높은 수준의 처리는 분위기 통제, 주의집중 통제, 동기부여 통제뿐만 아니라 학습 전략과 인지 지도[15]와 각본의 적용이 포함된다. 이들 높은 수준의 처리를 청자가 적용하고 활성화할 수 있는 정도는 특정의 사례에서 그리고 언어 학습에서 장기적인 습득과 이해의 상대적인 성공과 실패를 결정할 것이다(Van Heuven and Dijkstra, 2010).

1.4.6. 주의집중의 수준(*level of attention*)

어떤 청자들은 전체적인 개념 구조에 더 많은 주의를 기울이고 하향식 추론을 통하여 들어오는 언어를 더 많이 처리하려고 하는 반면 다른 학습자들은 하향식 세부내용에 더 많이 초점을 맞춘다(Bransford, 2003). 이와 같은 개인별 차이는 특정의 덩잇글에 대한 언어 이해와 언어에 대한 장기적인 습득에서 청자들의 상대적인 성공을 결정하는 데 중요할 듯하다.

요약: 신경학적 처리의 구성

이 장에서는 듣기에 관련되는 신경학적 처리를 살펴보았다. 비록 그 과정은 복잡한 전기 화학적 회로를 통하여 배선이 되어 있지만

15) 영어로 cognitive map인데 동물이 경험으로 자신의 영역 안에 있는 대상 사이의 의미관계를 파악하여 의식을 바탕으로 형성하는 환경에 관한 인지적 지도를 뜻한다. 학습에 관한 인지심리학의 개념인데 이에 따르면 학습은 이러한 인지지도의 형성과정이라고 할 수 있다(네이버 지식 사전).

기계 방식과 로봇을 이용하는 방식과는 거리가 멀다. 사람들은 의미를 지향하는 종이며, 인간의 신경생물학(적 특징)은 정보처리와 외부 세계 이해뿐만 아니라 외부 세계와 내적 세계에서 의미를 발견하고 이해하는 데 맞춰져 있다.

철학자들은 인간 이해의 가장 심층적인 자원들은 외부 정보 자원이나 정보 처리에 있는 것이 아니라, 감정이나 느낌, 성질quality,[16] 신체를 통한 지각과 운동의 패턴에 있다고 오랫동안 주장해 왔다. 이미지나 성질, 감정과 은유는 세계에서 맞닥뜨리는 물리적 대상들에 뿌리내리고 있는데 추상적인 이해라는 의미 있는 위업들에 대한 근거를 제공한다. 존슨(2007)에서 강조하듯이, 현대의 신경 언어적 연구가 의미 수립과 정보 처리의 과학적 측면에 더 많이 초점을 맞추지만 의미 형성은 근본적으로 인간적이며, 상호작용적이고, 미적이라고 하는 이해와 단절되어서는 안 된다.

16) 영어로 quality로 표현되어 있는데 이는 근대 물리학자들이 자리매김하는 의미로 이해할 수 있다. 근대 물리학자들은 물리적으로 설명할 수 있는 사물의 속성을 제1차 성질로 보았고, 그렇지 않고 마음으로 인지되는 어떤 속성들을 제2차 성질로 보았는데 여기서 이야기하는 quality의 개념에 잘 맞아 들어가는 듯하다. 따라서 문맥을 고려하면 '인지되는 성질'이라는 의미로 이해 가능하다.

제2장 언어적 처리

이 장은 듣기의 토대가 되는 언어적 해득decoding 과정에 초점을 맞춘다. 이 장에서는

- 발화 지각에 관련된 음운론적 절차를 간략하게 설명하고
- 낱말 인지 절차를 간략하게 설명하며
- 청자가 습득하여야 하는 음운 규칙의 갈래를 개관하고
- 듣는 도중에 이뤄지는 분석의 절차 혹은 문법 규칙의 적용 절차를 설명하며
- 발화 처리의 기본적인 단위인 쉼 단위를 기술하고 이것이 어떻게 청자가 들어오는 발화를 관리하는 데 도움을 주는지 보이며
- 청자들이 이용 가능한 비언어적 실마리를 개략적으로 소개한다.

2.1. 발화 인식하기

발화 산출의 목표는 의사소통을 최대화하는 것이며 발화의 매순간마다 가능한 한 많이 회복 가능한 정보 조각들을 표현하는 것이다(Boersma, 1998). 언어는 이와 같은 효율성 원리efficacy principle에 맞추어

진화해 왔다. 이런 목적을 위해 가장 자주 사용되는 낱말들은 어떤 언어에서 가장 짧은 낱말이 되는 경향이 있었다. 그리고 의사소통 패턴은 생략ellipsis의 최대, 즉 청자에 의해 이해되리라 가정되는 것의 생략이 허용되도록 발전하여 왔다.[1)] 지프(Zipf, 1949)는 이런 전개 경향을 최소 노력의 원리principle of least effort라고 처음으로 요약하였다. 말하자면 화자는 조음 노력을 최소화하고자 하며 그에 따라 간결성과 음운 단위의 축약phonological reduction이 장려되었다.

이와 같은 방식으로 청자는 발화 이해를 위한 효율적인 원리를 채택하여야 한다. 이는 화자와 맞추어 나가기 위해서 가능한 한 효율적으로 언어를 처리한다는 것을 의미한다. 이를 위해서 지각 수준에서 두 가지 기본적인 대처 방법이 필요하다.

- 인지[2)]의 최대 활용(*maximisation of recognition*). 화자는 산출에서 노력을 줄이기 때문에 화자는 발화의 의미를 재구성하기 위해서 이용 가능한 음향 정보를 최대한 이용하려고 노력할 것이다.
- 범주화의 최소 활용(*minimisation of categorization*). 화자들 사이에 상당한 변이가 있기 때문에 청자는 일시적인 흐릿함을 참아야 하고 음향적

---

1) 한편 이런 점들은 동사의 활용에서 불규칙 동사와 규칙 동사의 비율을 실증적으로 제시한 스티븐 핑커(1999; 김한영 뒤침 2009: 307), 『단어와 규칙』(사이언스북스)에서 지적한 점도 고려해 볼 필요가 있다. 영어에서 자주 사용되는 동사 10개를 지적하면서 이들이 모두 불규칙 동사라는 점을 보여준다. 핑커는 이를 불규칙 동사가 기억의 두드러짐을 위해 필요하다는 것이고, 필요하다면 그것은 사용에 불편이 없어야 한다는 언어 사용에서 편리성을 좇는다는 점에서 이 부분에서 저자가 지적한 점과 일맥상통하는 점이 있다.

2) 일반적으로 인지심리학이나 언어심리학에서 영어 recognition을 우리말로 재인(再認)으로 뒤친다. 이때 재인은 기억 활동의 한 형태로, 개인이 현재 대하고 있는 인물, 사물, 현상, 정보 등을 과거(이전)에 보았거나 접촉했던 경험이 있음을 기억해 내는 인지 활동이다. 즉, 현재 경험하고(접촉하고) 있는 자극이나 정보가 과거(또는 이전)의 학습 또는 입력 과정을 통해 기억 체계 속에 저장되어 있는 자극이나 정보와 같은 것임을 알아보는(확인하는) 인지 과정으로 받아들이는 것이다(Goldstein(2007), 김정오 외 뒤침(2010), 『감각과 지각』 제7판, 시그마프레스 참조). 그렇지만 이 부분의 맥락으로 보면 음성을 받아들이는 감각 수용의 측면이 강하기 때문에 인지로 뒤친다. 아마도 실험상황에서 재인이라는 용어가 더 알맞은 듯하고, 그렇지 않은 실생활에서는 인지나 지각이란 말이 더 알맞은 듯하다.

입력물이 집단으로 묶을 수 있도록 가능한 한 적은 수의 지각 부류들을 만들어야 한다.

들은 것에 대한 인식을 최대한 활용하기 위해, 청자는 세 부류의 지각 경험을 활용한다. 첫 번째 유형은 귀를 때리는 음성의 조음 원인 articulatory cause에 대한 경험이다. 입말의 경우 지각 대상은 화자의 내부에서 소리를 내는 위치의 효과이다(귀에서 주된 자극의 원인이 되는 입술, 혀와 성대 움직임이다). 두 번째 유형은 청각심리 효과psychoacoustic effects이다. 지각 대상은 귀로 들리는 성질이 있다(귀에 도달하는 음성의 주파수, 음색, 지속기간이 있다). 세 번째 유형은 화자의 언어적 의도 linguistic intention에 대한 청자의 구성물이다. 지각된 음성은 어떤 언어를 대상으로 하여 여러 수준(음소, 형태소, 어휘, 의미, 화용)에서 대조 contrast의 행렬로부터 나온다. 이 세 개의 체계, 즉 음성의 조음 원인, 음성의 청각 심리 효과, 화자의 있음직한 언어적 의도에 대한 청자의 경험과 지식은 발화 인식의 효율성을 최대한 활용한다. 동시에 만약 청자의 지식과 경험이 불완전하거나 흠이 있다면 이들 체계의 사용은 제한되거나 인식을 잘못되게 할 것이다.

<개념 2.1> 발화 인식에서 보완적인 자원들

네 개의 청각심리적 요인(psychoacoustic elements)들은 발화 신호에서 청자가 이용할 수 있다. 이들 요소들의 고유한 결합을 확인함으로써 말소리들을 구별한다.

- 주파수(frequency): 헤르츠로 측정됨(Hz). 사람들은 20Hz에서 20,000Hz에 이르는 말소리를 들을 수 있지만 사람의 말은 일반적으로 100-3,000Hz 범위에 가깝다. 말소리의 기본적인 주파수에서 변동을 탐지하는 것은 발화 인지에 중요한 요소이다.

- 음조(*tone*): 사인파 형식으로 측정됨. 성대의 모양은 고유의 특징들을 만들어내는데 이는 음압 변이형태로 나타나고 사인파로 나타낸다. 더 나아가 각각의 말소리는 기본파 (fundamental frequency)의 위에 배음(overtones or harmonic tones)[3]의 병렬 묶음일 것이다. 기본파에 대한 배음의 관계(말하자면 음성 구성 음소)는 청자에게 특정 화자를 확인하는데 도움을 준다.

- 지속시간(*duration*): 밀리세컨드(ms)로 측정됨. 언어는 음소들과 음절의 평균 길이에서 다르다. 예컨대 미국 영어의 음절은 대략 75ms이고 프랑스말의 음절은 대략 50ms이다. 말소리들 사이의 지속 시간은 매우 다양할 수 있다.[4]

- 강도(*intensity*): 데시벨(dB)로 측정됨. 속삭이는 말은 1m 거리에서 대략 20dB인 반면 정상적인 발화는 1m 거리에서 60dB이다(예컨대 록 음악 공연장과 운동장은 120dB에 이른다. 가장 큰 경우에는 195dB이다). 일반적인 대화에서 어떤 화자의 단독 발화는 30dB에 이르는 일반적인 변동이 있다. 세기는 어떤 발화에서 두드러짐(이를테면 화자가 무엇을 초점 정보로 고려하는가)을 검색하는 데 특히 중요하다.

<개념 2.2> 지각과 표본화(sampling)

사람들은 발화 신호, 즉 주파수, 지속시간과 진폭에서 말소리의 특징에 대한 **표본화**(sampling)를 통해 발화를 지각한다. 발화 신호의 잉여적인 성질은 선택적인 표본화가 이뤄지도록 해준다. 청자는 정확한 지각을 확인하기 위해 계속해서 발화 신호에 주의를 기울일 필요는 없다.

말소리의 본래적인 특성 때문에 말소리를 만들어낼 때마다 동시에 여러 배음의 범위 안에서 그 말소리를 만들어낸다. 이들 배음의

3) 따로 overtone을 상음이라고도 하는데 기본파를 넘어서는 음을 가리킨다. 이 상음 가운데 기본파의 정수배가 될 때를 harmonic frequency라고 하며 우리말로 배음이라고 한다.

4) 우리말의 초분절음으로 길이가 있다. 다른 언어에서와 달리 이와 같은 소리 바탕이 있기 때문에 우리말의 지속시간은 다양할 것이라 생각한다. 우리말에서는 특히 소리의 길이가 화자의 정서적 태도를 나타낼 수도 있다(예컨대 '자~알 한다'가 있다).

범위에서 주파수들 사이의 비율은 다른 비슷한 소리로부터 어떤 말소리를 구별해내는 데 중요한 영향을 미친다. 다른 말로 한다면 어떤 언어의 개별 음소들은 각각 어떤 말소리의 기본파(f0)와 다른 배음의 범위에서는 말소리의 주파수(f1, f2, f3)사이의 비율에 따라 고유한 정체성을 지니고 있다. 이를 말소리의 지각에서 선perceptual goodness이라고 불렀다(Pickett and Morris, 2000). 어떤 언어의 말소리 조음을 배울 때 의식적인 주의집중 없이 이런 주파수를 조작하도록 배운다(Kuhl, 2000). 비록 어떤 언어에서 각각의 음소에 대한 이상적인 원형이 있지만 주파수들 사이에 비교적 넓게 용인 가능한 범위도 있다. 말하자면 화자들에게 이해 가능한intelligible 음소를 다른 음소와 구별할 수 있도록 해주는 해당 음소 안에서 말소리 변이형태가 있는 것이다(Lachmann and van Leeuwen, 2007).

2.2. 입말의 단위 확인하기

실시간으로 발화를 관리하기 위해서 청자에게 단기 기억 안에서 쉽게 작업할 수 있는 몇 안 되는 성분들로 발화를 묶어주는 일이 필수적이다. 청자가 맡고 있는 과제의 본질을 기술하기 위해 때로 소시지 기계 은유가 사용된다. 언어가 나오는 대로 가져다가 구성성분별로 분리시키는 것이다. 그러나 이 은유는 두 요인을 더하지 않는다면 잘못이다. 청자는 소시지 혼합물 안에 어떤 성분들이 있는지 알아야 할 필요가 있을 것이며 어떻게 포장을 하고 만들어지고 난 뒤에 어디로 소시지를 배달할 것인지 알아야 한다.

지각 과정을 좀 더 온전하게 이해하기 위해서 청자의 듣기 전 상태와 듣고 난 뒤 상태를 이해할 필요가 있다. 입말은 청자로 하여금 단기 기억에 있는, 해당되는 특정의 자원이 가장 효과적으로 실시간으로 발화를 분석할 수 있도록 전개된다. 자연 발생적인 맥락(계획되지 않은 담화unplanned discourse)에서 여러 개의 입말 말뭉치에 대한 검토에 바탕을 두고 조사연구자들은 자발적인 입말 영어를 대표하는 특징들 다수를 찾아내었다(〈표 2.1〉 참조).

발화의 이와 같은 특징들 다수는 일반인들에게는 특히 입말 표준 형태의 관점으로부터 보면 언어의 부주의한 사용을 알려주는 신호로 간주된다. 그러나 이제는 입말과 글말이 기저에 똑같은 개념 체계, 문법 체계, 어휘 체계, 음운 체계를 지니고 있지만 단순히 다른 실현 규칙과 적형식에 대한 다른 표준을 따른다는 것이 널리 인정되고 있다(Chafe and Tannen, 1987; Houston, 2004; Carter and McCarthy,[5] 2004). 그 이유는 입말에 대한 관례와 표준이 상호작용을 하면서 발전되어 왔기 때문이다. 즉 이들은 화자와 청자가 입말 매체로 의사소통하는데 필요한 속도 조절하기timing와 조건을, 정해진 시간에 조정할 수 있도록 허용해 준다.

발화와 글에서 표면적인 수준의 차이에 대한 구체적인 원인은 계획 시간에서 차이에 있다. 브라질(Brazil, 1995)은 화자들이 어떻게 실시간으로 발화를 구성하는가에 대해 처음으로 자세하게 기술한 사람 가운데 한 사람이다. 그는 입말 구성을 단편적이며 계획 시간이 매우 짧게 일어나는 특성을 기술하였는데, 이는 부분적으로 화자가 청자의 반응과 청자의 '알고자 하는 필요성'에 바탕을 두고 메시지를 조정해야 하는 필요성 때문이다. 그리고 부분적으로 화자는 자신이 말하고 있는 것에 대하여 그리고 어떻게 자신의 메시지를 청자에게 건넬 것인가에 대한 자신의 평가에 바탕을 두고 자신의 메시지를 조정해야 하는 화자 자신의 필요성 때문이다. 브라질이 제안하듯이 입말

5) 머카씨는 영국의 노팅엄대학 교수인데 그가 노팅엄대학의 말뭉치를 중심으로 분석한 연구서가 우리말로 뒤쳐서 출간되었다. 김지홍 뒤침(2010), 『입말 그리고 담화 중심의 언어교육』, 도서출판 경진.

의 문법을 기술하는 데 이와 같은 단편적인 설계를 고려한다면 사용자, 즉 화자와 청자를 위하여 입말의 본질에 대한 이해에 더 많이 가까워질 것이다. 화자와 청자는 일반적으로 특정의 의사소통 목적을 만족시키려는 맥락에서 움직이기 때문에 (필자나 독자보다) 시간에 더 민감하고 맥락에 더 예민한 전략들을, 언어를 이해하고 구성하는 데 이용할 가능성이 높다. 그 전략들이 성공적이지 않은 것처럼 보일 경우 화자와 청자들은 그 전략을 포기하거나 발화의 중간에라도 다시 짤 것이다. 바깥 사람이나 엿듣는 사람들에게는 이와 같은 조정이, 결과로 나오는 언어표현을 '깔끔하지 못하게' 하는 것으로 보일지 모르지만, 전략과 장치에서 이와 같은 변화는 실제 참여자들을 위해서 실제로 이해를 더 나아지게 해준다.

<표 2.1> 입말의 특징들

특징들	사례
화자는 발화를 짧은 간격의 터짐이다(short bursts of speech).	다음번에 그를 봤는데 / 그는 우호적이지 않았고 / 그 이유를 난 몰라. The next time I saw him / he wasn't as friendly / I don't know why.
입말에는 주제-평언 구조(topic-comment structure)가 많이 있으며 주제를 더 많이 재진술한다.	이 도시에 있는 사람들—그들은 이전보다 우호적이지 않아. The people in this town-they're not as friendly as they used to be.
화자들은 and, then, so, but이 있는 추가적인(병렬적인, paratatic) 어순을 사용한다.	그가 왔고 / 그리고 방금 TV를 켰는데 / 그러나 아무 말도 않았고 / 그래서 그거에 대해 많이 생각하지 않았어. He came home/ and then he just turned on the TV/ but he didn't say anything/ so I didn't think much about it./
발화에는 내용어(content word)(명사, 동사, 형용사, 부사, 의문사)에 비해 기능어(function words) 혹은 문법적인 낱말 grammatical words)(불변화사, 전치사, 대용 형식, 관사, be 동사, 조동사, 접속어)의 비율이 높다는 특징이 있다.	글말 형식: 그 법관은 마감 시간이 존중되어야 한다고 선언하였다. The court declared that the deadline must be honoured. (내용어 4, 기능어 5) 입말 형식: 그 법관은 마감 시간을 지켜야

	할 것이라고 말했다. The court said that the deadline was going to have to be kept. (내용어 4, 기능어 9)
발화는 불완전한 문법 단위, 잘못된 시작(false start), 불완전한/그만둔 구문(incomplete / abandoned structure)이라는 특징이 있다.	…라는 의문이 들어. 함께 갈래? I was wondering if… Do you want to go together? 그게 아니라 나는…. 내가 뜻한 바는, …가 아니길 바라는데. It's not that I … I mean, I don't want to imply…
화자들은 종종 생략(ellipsis), 즉 알려진 문법 요소를 생략한다.	(너) (저녁식사에) 올래? (Are you) (Coming) (to dinner)? 조금 뒤(에 갈게). (I'll be there) In a minute.
화자들은 언어에서 가장 빈번한 낱말을 쓰는데 이는 어느 정도 느슨하게 되고, 때로 부정확한 표현이 된다.	the way it's put together
주제가 명시적으로 언급되지 않을 수 있다.	그거 좋지 않은 생각이야. (주제는 이전에 언급되던 것이지만 결코 명시적으로 언급되지 않는다). That's not a good idea.
화자는 채움말(fillers), 상호작용 표지(interactive marker)와 환기 표현(evocative expression)을 많이 쓴다.	그래, 글쎄, 음, 아다시피, 거기에는, 왠지, 한 무리의 사람들이 … And, well, um, you know, there was, like, a bunch of people… 그리고 생각해. 어쩜, 제기랄, 그게 무슨 상관이지? And I'm thinking, like, what the hell's that got to do with?
화자들은 종종 상황지시 표현(exophoric expression)[6]을 쓰고 몸짓과 비언어적 실마리를 이용한다.	저기 있는 저 녀석 that guy over there 이거 this thing 그거 왜 입고 있는냐? why are you wearing that?
화자는 가변적인 속도, 강세, 언어딸림 자질(paralinguistic features)과 몸짓을 이용한다.	

*출처. 맥카시와 슬레이드(McCarthy and Slade 2006), 로날드(Ronald 등 2007).

6) 영어로 exophoric으로 나타내고 있는데 deixis로도 쓴다. 이들은 영어에서 조응 표현의

2.3. 발화 처리에서 운율적인 자질들 활용하기

계획하기 제약이 말하기에서 핵심이기 때문에, 입말의 문법은 실시간 설계에서 효과를 고려하는 것이 중요하다. 발화는 일반적으로 연속적인 흐름으로 발화되지 않고 짧은 간격의 터짐이다(발화에서 짧은 간격의 터짐이 의사소통에서 기능이 무엇이든 이런 방식으로 말하기는 생물학적으로 필수적이다. 그것을 통해 화자는 주기적으로 효율적으로 폐에 있는 공기를 교체한다). 이와 같은 발화의 단위는 다양한 용어로 확인하여 왔는데 억양 단위가 가장 선호할 만하다. 이 용어는 억양의 윤곽이 화자에 의해 주의집중의 초점에 있는 중심대상focal centre of attention을 나타내도록 구성된다는 것을 나타낸다.

억양 단위는 일반적으로 절이나 구절들로 이뤄지는데 길이로 평균 2초나 3초이다. 쉼pause[7]에 의해 경계가 나누어지는 이와 같은 일시적인 단위는 개념을 제시하고 구성하기 위한 화자의 가락rhythm을 표시한다. 몇몇 인류학자들은 진화론적 관점에서 음운론적인 단기 기억의 지속시간은 일반적으로 조음 단위의 길이와 일치한다는 것이 의미 있다고 주장하여 왔다(Chafe, 2000). 이 단위들이 지각 가능한 쉼에 의해서 묶이기 때문에 언어학자들은 때로 쉼의 단위pause units 라고 부른다.

화자는 어느 낱말에 강세를 둘 것인가에 대한 선택을 하지만 언어 그 자체는 어떻게 이 강세가 발음될 수 있는가에 대해 제약을 한다. 모든 내용어들이 일반적으로 어느 정도 강세(대조적인 지속시간 contrastive duration과 소리의 크기)를 받으며 음운론적 구절에서 최근의 새

일종으로 상황에 따라 지시표현의 의미가 달라지는 표현들이 이에 딸린다.

7) 말하기에서 쉼은 여러 갈래로 나타나는데 가장 일반적인 용어가 쉼(pause)이다. 쉼의 여러 갈래에 대한 논의는 르펠트(김지홍 뒤침, 2008), 『말하기』1·2(한국학술진흥재단 명저번역 총서, 나남)를 참조할 수 있다.

<인용 2.1> 입말 연구에 대한 체이프의 견해

> 조사연구자들은 언제나 그들이 연구하고 있는 현상의 단위를 확인하게 되었을 때 기뻐한다. … 언어적 단위가 음운적 속성으로부터 명확하게 확인될 수 있다면 편리할 것이다. 예컨대 만약 음소가 분광 사진으로 인지 가능하다면 혹은 억양 단위가 고저의 추적을 통해 인지 가능하다면 말이다. 좋든 나쁘든 심리적으로 알맞은 단위에 대한 물리적 표현은 언제나 성가시고 모순될 것이다.
>
> — 체이프(1994)

로운 내용어가 억양 단위에서 제1강세(강세의 두드러짐tonic prominence)를 받는다. '새로운 낱말'은 이전의 담화에서 나타나지 않은 낱말이나 이전의 담화에 있는 낱말과 어휘적으로 밀접하지 않은 낱말을 의미한다.

강세의 두드러짐이 비록 쉼의 단위에서 단일 음절에서 일반적으로 확인될 수 있지만 강세의 시작과 강세의 감퇴는 일반적으로 여러 음절에 걸쳐 퍼져 있다. 거의 대부분 언제나 하나 이상의 낱말을 아우른다. 쉼의 단위에서 두드러지거나 초점으로 확인된 것은 일반적으로 접어군clitic group일 것이다. 이들은 하나의 핵심 낱말에서 다른 문법화된 낱말로 이루어진 낱말이다.

입말 실현과 글말의 실현 사이의 차이를 쉽게 확인할 수 있다. 예상하는 것처럼 첫 번째 절과 세 번째 절에서 억양 단위가 나타지만 주절은 네 개의 음조 단위(단위 2~5)로 나누어졌다. 화자는 다음에 무엇을 말할 것인지 결정하는 시간을 얻기 위하여 단위 2~4에서 평탄조를 사용한다. 화자는 하나가 아니라 두 개의 내림조(단위 5와 6)를 사용하는데 이는 '마지막' 명제에 어떻게 추가적인 쉼 단위가 덧붙을 수 있는지를 보여준다.

음조의 선택은 브라질(1995)에서 언급되었던, 점진적인 방식(짬짬이 조금씩)으로 구성된다. 음조의 선택은 부분적으로 청자의 현재 지식

<개념 2.3> 쉼의 단위와 두드러짐

발화는 억양 단위나 쉼의 단위에서 가장 잘 기술된다. 음운론적 단위로서 덩잇말의 특징을 밝힘으로써 처음으로 청자에게 듣기의 감각을 가장 잘 재현할 수 있다. 대문자로 된 음절은 강세가 나타나는 곳에서 두드러짐을 나타낸다. 이중 빗금(//)은 단위의 경계, 즉 발화의 터짐들 사이에 있는 쉼을 가리킨다. 화살표는 높낮이를 나타낸다.[8] r=오름(혹은 지시함), l=평탄함, f=내림

1. // (r) WHILE i was at uniVERsity //
2. // (l) i was VEry inVOLVED //
3. // (l) with THE //
4. // (l) STUdents //
5. // (f) ARTS society //
6. // (f) which was CALLED the umBRELla //

―예들은 콜드웰(Cauldwell, 2002)에서 가져옴

상태에 대한 계속되는 화자의 평가, 즉 발화의 순간에 화자가 '청자와 공유하고' 있다고 간주하거나 '청중에게 새롭다'고 고려하는 것과 관련이 있다. 음조의 선택은 또한 화자의 유형과 유창성과도 부분적으로 관련이 있다. 쉼 단위의 끝에 오는 올림조(r)는 종종 공동의 배경이나 화자가 이미 청자와 공유하고 있다고 간주하는 정보임을 지적하기 위해 사용된다. (이와 같은 이유로 '지시하는' 음조라고도 불린다.) 공유되는 정보는 청자에 대하여 가정되는 지식을 통하거나 이전에 언급되었던 정보에 대한 재활성화를 통한 것일 수 있다. 평탄조(l)는 부가적인 정보가 들어오고 있음을 나타내거나 화자가 발언권을 유지하고 싶음을 나타내기 위해 사용된다. 내림조(f)는 초점 정보나 새로운 정보를 밝히기 위해 사용한다. 이런 이유로 이들 음조를 때로 '선언하는' 음조라 부른다. 내림조는 보통 말할 차례를 얻는 역할을 하는데

8) 원서에서 아래의 사례들에 화살표는 나타나지 않는다.

화자가 방해를 받았거나 발언권이 넘어갈 수 있음을 보여준다.

한 명의 화자에 의해 연결된 말할 차례 안에서 대부분이 연쇄들은 비록 화자와 주제에 따라 다양하겠지만 일반적으로 2(지시하는 음조) 대 1(선언하는 음조),9) 즉 2 대 1의 비율을 지닌 쉼 단위의 묶음으로 이뤄진다. 이런 관찰로부터 대화에서 유창한 화자는, 청자의 정보 요구와 관련하여, 그들이 말하는 동안 새로운 정보 대 공유된 정보 사이의 균형을 유지하려고 한다고 가정하는 것이 사리에 맞다. 예컨대 청자들이 새로운 정보에 반응하지 않을 때 화자들은 종종 현재 담화에서 앞서 언급되었는지 아니면 자신들의 경험에서 대화 참여자들에게 이전에 알려졌는지 (지시하는 음조를 쓰면서) 공유되는 정보를 되살필 것이다. (8장에서 보게 되듯이, 언어 학습 목적을 위해 단순화된 발화에서 기본 요소들은 공유된 정보를 알려주고 있는 지시하는 음조의 사용이 매우 높다. 화자가 청자가 이해할 필요가 있는 새로운 정보의 양을 다스리고자 하기 때문이다.)

쉼 단위의 연쇄에서 얻을 수 있는 세 번째 유형의 정보는 연결성이다. 화자는 억양 묶기intonation bracket를 통하여 어떤 쉼 단위가 매우 가까운 것으로 해석되어야 하는지 알려준다. 앞의 사례에서처럼 화자는 다른 내림조를 덧붙일 수 있지만 연결된 쉼 단위의 연쇄는 내림조, 즉 선언하는 음조로 끝날 것인데, 일반적으로 마지막에 하나의 내림조가 있다. 화자가 다시 올림조로 시작한다면 그는 새로운 음조 단위의 묶음이 시작됨을 나타낸다.

화자와 조화를 이루는 청자들은 화자가 말하고자 하는 것에 대한 계획에 대응하는 이 음조 묶음과 관련지어 쉼을 쉽게 처리할 것이다. 로우치(Roach, 2000)는 개척자적 연구인 브라운(Brown, 1977)을 따르면서 발화의 언어적 의미를 변화시키기 위해 화자가 이용할 수 있는

---

9) 맥락에서 이 부분의 의미는 어휘사슬을 통해 이해를 하면 된다. 올림조와 내림조를 각각 지시하는 음조와 선언하는 음조에 대응을 시켜 이해할 수 있다.

언어딸림 자질들의 얼개를 다듬었다. 높낮이의 폭, 발성 범위에서 목소리 잡기placing voice, 빠르기, 세기louness, 목청 다듬기(바람 새는 소리-꺽꺽대는 소리), 조음 맞추기(긴장하지 않음-긴장함)[10], 정확성(정확함-정확하지 않음), 입술 조정(웃음짓기-오므리기), 시간 맞추기와 쉼이 있다. 자질들의 결합을 통해 화자는 따뜻함, 사려 깊음, 화, 성적 매력을 포함하는 어느 정도의 감정적 음조를 만들어낼 수 있다(〈표 2.2〉 참조).

억양의 역할을 바라보는 다른 관점은 적합성 이론의 얼개 안에서이다. 이 이론은 모든 의사소통이 현시적 추론 과정ostensive inferential process이라고 간주한다(Sperber and Wilson, 1995[11]; Moeschler, 2004). 이 이론 체계에 따르면 화자는 계속적으로 청자가 추론을 끌어내는 언어적 신호와 언어딸림 신호 둘 다를 이용하여 현시적인 신호ostensive signals를 제공한다. 청자가 화자의 억양을 추론할 수 있을 것이라는 아무런 보장은 없지만 목소리 조정과 같은 언어딸림 신호들은 실마리의 부가적인 층위를 더해 줄 수 있다(Mozziconacci, 2001; Gobl and Chasaide, 2010).

10) unmarked-tense로 표시되어 있는데 이를 대립 관계로 보고 '긴장하지 않음-긴장함'으로 뒤친다. 일반적으로 언어학에서 unmarked는 무표적인 성질을 나타낼 때, 즉 연구의 대상으로 삼은 성질이 나타나지 않을 때 쓰는데 트루베츠코이, 야콥슨 등 프라그 학파가 쓴 이후에 널리 쓰인다.

11) 이 책의 첫 번째 판이 김태옥·이현호 뒤침(1993), 『인지적 화용론』(한신문화사)으로 출간되었다.

<표 2.2> 감정과 관련된 목소리 조정: 미국 영어와 영국 영어를 참조함

조음 환경	답변하기	쏘아붙임 탄성지름	중요함 젠체함 책임감	의기소침 비참함 슬픔	흥분함	걱정됨 불안함 신경쓰임	비명 부르짖음 외침(절규)	따뜻함	차가움	사려 깊음	성적임	심술궂음 화남	캐물음 흉내 냄
높낮이 폭		넓음		제한됨	넓음		넓음	넓음	제한됨		넓음	넓음	넓음
발성범위에서 목소리 잡기			낮춤	낮춤	올림	올림	올림	낮춤	낮춤		낮춤	높임	높임
빠르기		빠름	느림		빠름	빠름	빠름			느림	느림	빠름	
세기				부드러움	셈		셈				부드러움	셈	셈
조음 맞춤					바람 샘	긴장	긴장		긴장			긴장	
조음 정확성				부정확함					정확함		부정확함		
입술 조정								웃음 지음			웃음 지음		
시간 맞추기			늘어짐				늘어짐		늘어짐		늘어짐		

*주석. 이 표는 화자가 조정해야 하는 조음 환경을 보여준다. 높낮이 폭은 넓을 수도 있고 제한될 수도 있으며 빠르기는 느리거나 빠를 수 있다. 세기는 부드럽거나 셀 수 있으며 조음 맞춤은 바람이 새거나 긴장이 있을 수 있으며 조음 정확성은 정확하거나 그렇지 않을 수 있다. 입술 조정은 웃거나 오므릴 수 있으며, 시간 맞추기는 늘어지거나 제한될 수 있다. 모든 환경들은 '중립적'이다. 말하자면 추가적인 의미에 대해 무표적이다(색칠된 칸).

*자료. 브라운, 1977; 로스트(Rost), 1990; 야누세브스카야(Yanushevskaya) 외, 2008.

<개념 2.4> 발화 신호에서 얻을 수 있는 정보의 유형

모든 언어에서 화자가 보여주는 언어딸림 신호에서 여섯 가지 유형의 정보가 주목을 받았다.

- 감정(*emotional*): 억양은 열정, 의심, 혹은 주제에 대한 혐오와 같은 태도와 관련되는 의미를 표현하는 데 쓰인다(Ohala, 1996).
- 문법(*grammatical*): 글말에서 구두점과 같이 발화의 문법적 구조를 표시하는 데 쓰일 수 있다(브라질, 1995).12)
- 정보(*information*): 억양 정점(intonational peak)은 어떤 화자가 자신과 청자 둘 다 주의를 끌기를 바라는 발화의 두드러진 부분을 가리킨다(체이프, 1994).
- 덩잇글다움(*textual*): 입말에서 단락과 마찬가지로 억양은 담화의 큰 덩이들이 대조나 의미연결되록 하는 데 도움을 준다.
- 심리적(*psychological*): 모음의 리듬에 관련되는 억양은 다루기 더 쉬운 단위로 복잡한 정보 덩이를 묶는 데 이용된다. 예컨대 낱말들의 목록이나 전화 번호, 신용카드 번호는 단기 기억에서 더 유지되기 쉽도록 단위별로 무리를 이룬다(Cheng 외, 2005).
- 지표적(*indexical*): 억양과 발화에서 멜로디는 사회집단을 확인하는 표시로 쓰일 수 있다. 종종 의식적이거나 습관적인 '발화 전략'으로 쓰이는 것이다(Eckert and McConnell-Ginet, 2003). 예컨대 목사와 뉴스 프로그램 진행자들은 인지 가능한 억양 유형을 사용하지만, 동성애자들은 그들의 발화에서 억양 유형과 멜로디 유형을 통하여 확인된다(Livia and Hall, 1997).

2.4. 낱말 인지하기

입말 단위의 인지는 입력물에서 단위들의 변동 범위를 수용할 수 있는 유동적인 과정이다. 안정성을 부여하는 것은 입말 단위 인지에

12) 문법은 의미전달에 필수적이지만, 비문법적인 표현이 언제나 이해가 불가능한 것은 아니다. 언어딸림 신호로서 문법은 규범을 지키는 수준과 관련이 있다. 즉 문법을 지키는 정도가 화자에 대한 청자의 태도를 보여준다.

서 낱말 인지word recognition에 본질적인 초점이 있다는 것이다. 그침 없는 발화에서 낱말 인지는 입말 이해의 토대이며 낱말 인지의 자동성 발달은 제1언어와 제2언어 습득에서 중요한 측면으로 간주한다(Segalowitz 외, 2008). 발화 인지의 모든 측면들이 이해에 이바지하지만 소음이 있는 조건이나 인지적으로 스트레스를 받는 조건에서 혹은 말소리가 흐릿하거나 품질이 떨어질 때(혹은 특히 제2언어의 청자인 경우 통사 구조를 읽어낼 수 없을 때) 청자들은 어휘 정보에만 기대거나 초점을 맞출 것이다(Mattys 외, 2009).

낱말 인지에서 청자에게 맡겨진, 동시에 나타나는 중요한 두 개의 과제는 (1) 낱말과 어휘 구절lexical phrase을 확인하고 (2) 이들 낱말, 구절과 관련되는 지식을 활성화하는 것이다.

입말로 제시되는 낱말 인지를 이해하고자 한다면, 어떤 낱말의 개념 그 자체가 어떤 언어에서든 입말과 글말에서 다르다는 것을 아는 것이 중요하다. 입말에서 어떤 낱말의 개념은 음운론적 계층구조phonological hierarchy의 일부로 이해할 때 가장 잘 이해된다. 음운론적 계층구조는 심리적으로 타당한psychologically valid(일반적인 화자들이 언어 사용 설계에서 인정하는) 가장 큰 단위로 시작한다. 그 다음에 일련의 점진적으로 더 작아지는 발화 영역을 기술하는데 이 영역은 일반적인 사용자가 인정하는 단위일 필요는 없을 것이다. 더 큰 단위에서 더 작은 단위에 이르기까지 이 계층구조는 일반적으로 다음과 같이 기술된다.13)

13) 신지영·차재은(2003), 『우리말 소리의 체계』(한국문화사), 123쪽에서는 우리말 운율 구조들의 계층구조를 다음과 같이 요약하고 있다. 이에 따르면, 강옥미(1992)에서는 '발화 → 억양구 → 음운 구 → 음운 낱말 → 음절'로 보았고, 이호영(1996)에서는 '문장 → 말마디(=억양구) → 말토막(=음운 구 혹은 강세 구) → 낱말(=음운론적 낱말) → 음절'로 보았다. 전선아(1993)에서는 '발화 → 억양구 → 강세 구 → 음운 낱말 → 음절'로 보았다. 여러 단계들의 설정에서, '억양구'는 계층구조 구분의 역할을 하고 있다.

• 발화(utterance): 억양 단위로 이뤄진 문법적 단위에 더하여 해석을 위해 필요로 하는 주변의 문법적인 요소들

• 억양 단위(intonation unit)(IU)/음운론적 구절(phonological phrase) (P-구절): 음운론적 단위는 어휘적으로 강세를 받는 항목에 더하여 단일의 쉼 안에서 발화되는 문법적인 요소들.

• 어휘 구절(lexical phrase): 자주 쓰이는 접군과 음운론적 낱말을 이루는 형식적 요소. 이를테면 try as one might(할 수 있는 만큼 해보라.)

• 음운론적 낱말(phonological words)(P-낱말): 단일 항목으로 해석되거나 발화되는 낱말들의 묶음 혹은 어떤 낱말. 이를테면 집 안에서(in the house).

• 접어군(clitic group)[14]: 초점 항목에 더하여 문법화를 이루는 요소들. 이를테면 사과(an apple).

• 음보(foot)(F): '강-약' 음절 연쇄. ladder, button, eat it과 같이.

• 음절(syllable)(σ): 이를테면 cat(1음절), ladder(2음절). 음절들은 그 자체로 부분, 즉 시작(onset)(수의적), 핵(nucleus)(필수적), 종결부(coda)(수의적)로 이뤄진다.

• 모라(Mora)[15](μ): 일본말이나 하와이 말과 같은 몇몇 언어에서 사용되는 반음절이나 음절의 단위 길이.

• 분절음(segment)(음소 phoneme): 이를테면 cat 에서 [k], [æ], [t].

• 자질(feature). 경과음(glides), obstruents(장애음), 공명음(sonorant)

음운적 낱말의 확인은 그렇다면 어휘 단위와 더 큰 음운론적 무리

14) 접어들은 이음말과 구별하여 쓰인다. 영어의 접어는 국어의 형식 형태소에 대응되는 개념인데, 의미에서 내용 단어에 붙어서 덩이를 이루기 때문에 이런 이름을 붙였다. 관사라든지 전치사들이 대표적인 접어들이다. 그에 비해서 이음말은 특정의 내용 단어들의 이어짐이 다른 내용 단어들의 이어짐보다 잦은 경우를 가리킨다.

15) 각 언어의 단모음이 실현되는 길이가 1모라에 해당하며, 장모음은 2모라에 해당한다. 이것은 종래 음절의 하위단위인데, 하나의 음절을 이루고 있으나 그 속에서 2개 이상의 운율적 자질(주로 고·저)을 가지고 있는 언어의 분석에 매우 유용한 개념이다(네이버 백과사전). 중세국어에 있었던 성조 가운데 상성은 2모라로 이뤄진다고 분석할 수 있다.

들 안에서 경계를 추정하는 처리에 관련되는 과정이다(Cutler and Broersma, 2005). 연속적인 발화를 들을 때는 연속적인 덩잇글을 읽을 때 마주치는 단어들 사이의 빈 공간에 직접적으로 대응할 수 있는 요소들이 없다. 낱말 경계들마다 표시되는, 아무런 믿을 만한 실마리가 없기 때문에 처음에 낱말 인지는 연속적인 불확실성이라는 특징을 지니는 추정의 과정이다. 낱말 인지의 신뢰성을 높여주는, 동시에 이뤄지는 여러 가지 과정들이 있다.

- 낱말들은 해당 맥락에서 발화되는 낱말과 마찬가지로 지각된 말소리와 이해의 상호작용을 통해 인지된다.
- 발화는 주로 연쇄적으로 처리된다. 낱말, 그 다음 낱말.
  어떤 낱말의 인지는 두 가지 목표를 달성한다.
  - 곧바로 뒤따르는 시작부의 위치를 정한다.
  - 뒤따르는 낱말의 수를 예측하기 위하여 사용되는 통사론적 제약과 의미 제약을 제공한다.
- 낱말들은 다양한 실마리에 의해 접속된다.
  - 낱말을 시작하는 말소리
  - 어휘적 강세(lexical stress)[16)]
- 뒤따르는 실마리가 처리되는 동안 단기 기억(STM: Short-Term Memory)의 음운 임시저장고(phonological loop)에서 수초 동안 인지되지 않는 낱말 형태로 유지하고 있는 화자에 의해, 발화는 부분적으로 되돌아가서 처리된다(Baddeley and Larsen, 2007).
- 음향적 구조 분석 분석을 통해 모든 후보들을 제거했을 때 오직 하나의

---

16) 우리말에서 강세라는 낱말이 stress와 accent를 아우른다. 사람에 따라서 stress를 일반적인 개념으로 보고, accent는 개인적인 차이를 반영한다고 보기도 하고, stress는 구나 문장에 적용되고 accent는 낱말 하나하나에 있는 강세를 가리키는 개념으로 보기도 한다. 이 책의 저자도 뒤의 구분을 받아들이고 있는 듯하다.

낱말만을 인지한다. 다른 말로 한다면, 청자는 가장 가능성이 있거나 가장 알맞은 후보를 확인한다.

낱말 인지는 물론 언제나 성공하는 것은 아니다. 입말 이해는 일반적으로 모든 낱말들이 인지되지 않는 경우에도 성공적으로 계속된다. 왜냐 하면 청자는 화용적 맥락을 포함하여 정보의 다른 원천을 통해 발화의 의미에 대하여 추론을 할 수 있기 때문이다. 성공적인 청자들은 종종 말소리와 의미에서 흐릿함을 참고 견디어야 하며 이전에 의도한 것이 무엇인지 결정하기 위해 잠시 기다려여야 한다. 이는 시쿠렐(Cicourel, 1999)이 **기타 원칙**et cetera principle이라고 불렀다.

<개념 2.5> 구분과 변이

낱말 인지에 대한 어떤 모형에서든 유동적인 발화의 특징 두 가지를 설명하여야 한다. 구분과 변이가 그 것이다.

구분(segmentation)은 물리적 실마리가 거의 제시되지 않을 때 연속적인 신호 안에서 낱말 경계를 정하여야 하는 문제를 가리킨다.

각각의 언어에는 낱말 경계를 정하기 위해 선호되는 전략들이 있다. 영어에서 선호되는 어휘 **구분 전략**(lexical segmentation strategy)은 강세를 받는 음절을 확인하고 그런 강세를 받은 음절들을 중심으로 낱말의 정체를 구성한다. 영어에 90퍼센트의 내용어들은 첫 번째 음절에 강세가 있기 때문에(물론 다수는 단음절이다), 그리고 내용어가 아닌 낱말은 강세를 받지 않기 때문에 영어에 유창한 청자는 새로운 낱말의 시작을 나타내는 표지로 이용할 수 있다(Indefrey and Cutler 2004, Altenberg 2005).

변이형태(variation)는 '깔끔하지 않은(sloppy)' 조음이라는 특징을 지니는 낱말들의 인지 문제를 가리키는데 그에 따라 낱말들은 종종 부분적인 음향 정보로부터 재구성되어야 한다.

유창한 화자는 어떤 언어에서 기억에 특정의 말소리에 대한 **원형**(prototype)을 지니고 있다. 실제 발화에서 순수한 원형을 들으리라고 거의 기대하지는 않지만. 원형은 **변이음**(allophonic variation)으로 해석되는 토대를 제공한다.

<그림 2.1> 낱말 인지 동안에 활성화되는 어휘 틀.

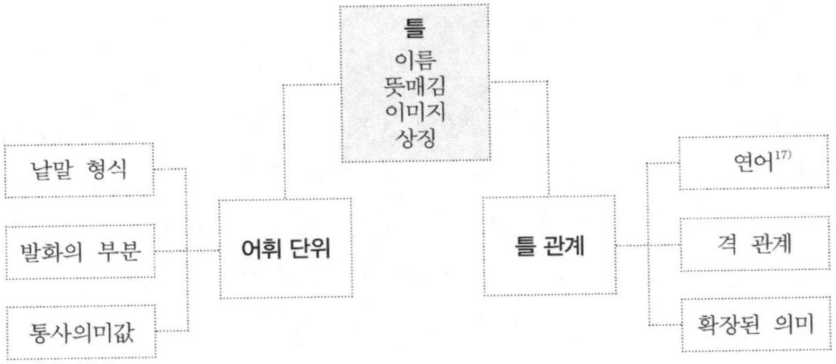

어떤 낱말이 인지될 때 그 낱말과 관련되는 틀이 활성화된다. 이 틀은 의미와 관련된 연상과 그 용법에 대한 통사적 추정값을 아우른다.
*출처. 틀 연결망(FRAMENET)에서 고른 그림(Lonneker-Rodman and Baker, 2009).

낱말 인지라는 개념에는 단순히 어떤 낱말의 단일한 의미를 인지하는 것보다 더 많은 것이 관련된다. 현재의 의미 이론에 따르면 유창한 낱말 인지는 그 낱말에 대하여, 존재론과 같은 연결망에서, 받아들일 수 있는 낱말 형식, 그 통사의미값lemma(기본적인 의미)[18], 발화의 부분, 틀 관계와 다른 낱말들과의 이음말collocation과 관련되는 틀frame을 불러온다(Lonneker-Rodman and Baker, 2009).

17) 우리말 논의에서 '연어'는 이은말, 접속어는 이음말로 풀이하기도 한다.
18) 말하기의 심리적 과정을 모의하고 있는 르펠트(1989; 김지홍 뒤침, 2008), 『말하기』1·2에서는 통사의미값이 말하기의 심리적 과정의 두 번째 단계와 관련이 있다고 한다. 르펠트는 개념형성기→언어형식 주조기→조음기관을 거치는데 통사의미값은 언어형식 주조기와 관련이 있다고 본다. 한편 화자의 통사의미값 정보는 서술 지식이며, 화자의 머릿속 낱말 창고 속에 저장되어 있다. 한 어휘 항목의 통사 정보는 그 어휘 항목의 '의미'(*meaning*) 또는 '내포 의미'(*sense*)—즉, 그 낱말과 어울리는 개념을 담고 있다. 우리말 말뭉치를 이용하여 이런 과정을 잇대어 설명하고 있는 논의로 허선익(2013), 『국어교육을 위한 말하기의 기본개념』(도서출판 경진)이 있다.

<개념 2.6> 낱말 인지에서 정보의 원천

낱말 인지가 일어나는 동안, 청자는 낱말을 인지하기 위해 여러 겹의 정보 원천을 활용한다. 이 인지가 어떻게 일어나는가에 대하여, 자질 분석(feature analysis), 다중 시간 해결(multi-time resolution), 합성에 의한 분석(analysis-by-synthesis)과 관련되는 세 개의 잘 알려진 모형의 얼개를 제시한다.[19]

• 자질 탐색 모형들

모턴(Morton)에 의해 제안된 원래의 로고젠(logogen)[20] 모형과 같이, 탐색 모형들은 언어 사용자가 장기기억 안에 뇌 활동의 표상(neural representation)으로서 개인들이 알고 있는 각각의 낱말을 저장하고 있다는 생각에 바탕을 두고 있다. 이 표상을 기술하기 위하여 모턴(Morton)은 로고젠(말을 뜻하는 logos와 태생의 뜻을 지니는 gene)이라는 용어를 썼다. 각각의 로고젠은 활동의 지속 수준을 지니고 있는 것으로 간주하고, 그 수준은 입력물에 있는 맥락 정보에 의해 늘어날 수 있다. 로고젠이 문턱값에 이르면 그것은 점화되고 그 낱말은 인지된다. 그 문턱값은 낱말 빈도에 대한 함수이다. 빈도가 잦은 낱말이 인지를 위하여 더 낮은 문턱값을 지닌다는 말이다. 낱말 인지는 시간과 노력을 필요로 하는데 경쟁자가 있기 때문이다. 예컨대 speech와 같은 낱말은 speed, species와 peach와 같은 (비슷한 음운 형식을 지닌) 경쟁자가 있다. 낱말 인식에 대한 문턱값 수준은 정신 어휘부(mental lexicon)[21]에 있는 경쟁자가 음운론적 증거나 맥락 증거에 의해 혹은 둘 다에 의해 무효로 될 때까지 도달하지 못한다. 뒤따르는 탐색 모형은 상호작용을 하는 활성화 모형(interactive activation Models, McClelland와 Rumelhart 1981에 의해 만들어진 용어)이라 부르는데 자질 억제 요소(feature inhibitor)라는 개념을 더하였다. 이 요소는 언어의 음운 규칙(말소리의 허용 가능한 연쇄를 지배하는 규칙)을 어기는 경쟁 낱말들을 배제함으로써 인지의 속도를 높인다(McQueen 2005).

• TRACE 모형

TRACE 모형은 맥락에서 있음직한 낱말들에 대한 지각에 기대고 있는 발화 지각의 하향식 모형이다. 맥클랜드 외(McCelland 외, 2006)에서는 세 수준의 상향식 정보(bottom up information)가 낱말 인지에 동시에 이용된다고 제안하였다. 음운 자질, 음소와 낱말 얼개(word contour)가 그것이다. 특정 음운 자질에 대한 지각(이를테면 /b/와 /v/의 유성음 자질)은 이들 자질을 포함하는 모든 음소들을 활성화한다. 이는 그 다음에 이들 음소를 지니고 있는 정신 어휘부에서 낱말들을 활성화한다. 이와 같은 갈래의 상호작용 활성화 모형의 중요한 특징은 고차원의 단위가 또한 낮은 차원의 단위들을 활성화한다는 것이다.

TRACE 모형에 따르면, 낱말 인지는 이어지는 시간 절편(slice)에서 확실성의 정도에 따라 일어난다. 입력물 처리는 모든 수준이 동시에 각각의 활성화와 확실성의 정도를 경신하는 동안 상호작용의 방식으로 여럿의 반복 주기를 겪는다. 예컨대 /b/+/r/을 지각한다면, 청자는 이들 음소로 시작하는 낱말들을 활성화할 것이다. 연쇄적으로 /I/와 같은 말소리를 추가로 듣는다면 이 연쇄를 포함하는 낱말이 활성화되기 시작한다. 뒤따르는 음소 /ng/가 지각된다면 낱말 /bring/이 높은 수준의 확실성으로 활성화된다.

• 퍼지 논리 모형

발화 지각에 대한 퍼지 논리 모형은 낱말 인지 과정이 세 개의 지각 조작, 즉 자질 평가, 자질 통합과 결정을 거쳐 이뤄진다고 주장한다. 들어오는 발화 자질들은 계속해서 평가되고 가중치를 재고, (입수 가능하다면 화자의 입술 움직임과 같은 시각 정보를 포함하여) 다른 정보와 통합된다. 그리고 기억에서 원형 기술 내용에 적합한 것을 찾아낸다. 확인 결정은 모든 수준에서 적합성 판단에 바탕을 두고 이뤄진다(Massaro, 1994).

퍼지 논리 모형은 정확한 값보다는 근사값인 언어 이해와 같은 일상적인 추론을 다루기 위해 **퍼지 집합 이론(Fuzzy set theory)**(Zadeh, 1965)으로부터 나왔다. 2진 논리(binary logic)만을 채택하는 명쾌한 논리(crisp logic)와 달리 퍼지 논리학의 변수들은 0과 1의 값만 가지는 것이 아니며 고전적인 명제 논리학의 흑백 진리 값에 제약을 받지 않는다. 예컨대 '저에게 어떤 … 해 주시겠습니까?'라는 맥락에서 청자가 /brig/을 지각한다면 'brig'가 올바른 목표물이 아니라는 가능성을 열어둘 가능성이 있다. 왜냐 하면 일상적인 추론에서 의미가 이해되지 않기 때문이다.

퍼지 논리 모형에서 입력물 가운데 가장 정보력이 있는 자질은 언제나 결정 국면에 가장 큰 영향을 미치는 자질이다. 그 영향이 계산되고 나면 선택적인 추론은 다음으로 넘어가고 다른 원천으로부터 나온 정보의 영향은 무시된다. 예컨대 만약 청자가 음운 수준에서 입력물 veer을 분명하게 확인하였지만 맥락은 마실 거리에 대한 것이고 통사적인 구절도 'bring me a …'였다면 입력물의 통사적인 자질과 의미인 자질이 입력물에 있는 음운론적 자질들보다 더 무게가 있을 것이다. 그리고 청자는 beer라는 낱말이 발화되었다고 결정할 것이다. 이 시점에서 모든 다른 논리적 계산은 멈출 것이다(컴퓨터의 발화 인지 프로그램에서 여러 겹의 양상 처리에 적용했을 때 이는 정보 통합에 대한 모턴-마사로 법칙(Morton-Massaro law)으로 알려져 있다(Massaro, 2004)).

세 개의 모형이 공통 자질을 공유하고 있음을 강조하기 위하여 낱말 인지에 대한 공통 모형을 개관하였다. 이런 특징들은 여러 겹으로 이뤄진 지식의 원천에 대한 활성화이며, 발화의 빠른 해득에서 필요로 하는 효율성을 설명하고 의사 결정에 초점을 맞추었다.

2.5. 음소배열(phonotactic) 지식 활용하기

효율적인 발화 인지에는 어떤 언어의 음소배열론적[22] 체계에 대

---

19) 아래에 나오는 세 개의 모형은 위의 설명과 대응하지 않다. 세 개의 모형에서 나타나는 특징들을 요약해서 설명하고 있기 때문이다.

20) 로고젠 모형에 대한 이 책의 설명은 로고젠 체계에서 일어나는 활성화에 초점을 맞추고 있다. 즉 단어 사용의 빈도 효과에 따라 로고젠 사이의 상호작용(뒤에 인지처리에 대한 여러 모형 가운데 상호작용 모형에 영향을 미침)을 설명하고 있는데 이는 시각이나 청각의 자극에 대한 분석에서 비롯된다. 로고젠 모형에 로고젠 체계 말고 다른 하나의 체계를 상정하는데 인지 체계이다. 이 체계는 언어지식 또는 일반 지식의 집합체로서 문맥이나 상황을 해석하고 그것에 근거하여 낱말을 예측한다. 이를 통해 그 낱말의 활성화 수준을 높인다. 이 책에 제시된 설명, 즉 로고젠 체계 안의 상호작용과, 인지 체계를 통해 낱말의 인지과정을 설명하는 로고젠 모형은 상호작용적이라고 말할 수 있는 것이다(이정모 외(1999), 『인지심리학』 8장 참조).

21) 여기에 대해서는 Aitchison(1987; 임지룡·윤희수 뒤침, 1993)의 『심리언어학』(경북대학교 출판부)을 참조할 수 있다. 수십 만 개의 낱말이 우리의 마음에서 어떻게 갈무리되어 있는지, 그리고 그런 낱말을 어떻게 배우는지를 설명하기 위해 인지언어학적 관점에서 정신 어휘(혹은 심성 어휘, mental lexicon)라는 개념을 설정하고 이를 구체적인 예를 통해 보여준다. 이와 같은 로고젠 모형은 이 책의 뒤친이 각주에 자주 나타나는 킨취(1998; 김지홍 뒤침, 2010)의 『이해』에서 제시하는 낱말 인지 모형과 일치한다.

22) 음운과 음소는 일반적으로 혼동되어 쓰이기도 하지만 둘은 구별되는 개념이다. 음운은 음소와 운소(소리의 고정 장단)가 합쳐진 것이다. 음소는 대체로 분절이 가능하지만, 운소는 성조와 같이 비분절적인 특성을 지니고 있다.

해 자동화된 지식, 즉 허용 가능한 말소리와 말소리 유형에 대한 지식 그리고 그 체계에서 음소의 변이음에 대하여 습득한 민감성이 개입한다. 몇몇 발화 처리 조사연구자들은 청각 피질에서 언어 단위로 청자가 발화를 등재하도록 해주는 **음운 자질 검색기**phonetic feature detector가 발달이 이뤄지는 동안 사용되지 않는다면 위축된다고 주장한다. 이는 어른들은 결국 자신들의 모국어에 의해 자극을 받은 음운 자질 검색기만을 지니게 된다는 것을 의미한다. 그리고 자신들의 제1언어에 있는 음운과 비슷하지 않은, 제2언어의 음성에 지각적인 어려움을 경험할 것이다. 이런 관점에 따르면 어린 시절에 발화에 노출이 되는 것은 어떤 언어든 배울 수 있도록 타고난 개인들이 저마 자신들의 모국어를 위해 특화된 지각 처리와 인지 처리를 발전시킬 신경조직을 바꾸게 된다. 이는 제2언어를 배우는 어른의 경우 제2언어에 있는 다른 음소가 같은 것처럼 소리 난다면 제2언어 발화에서 낱말과 음소로 분절하기에 어려울 수도 있음을 의미한다. 그리고 제2언어에서 조음 근육 운동이 음소를 산출하는 데 어려울 수 있다(Kuhl, 2000; Yuen 외, 2010).

청각적인 해득 가운데 흥미로운 측면 한 가지는 **변이음**allophonic variation인데 이는 맥락에 의해 낱말이나 구절의 **인용형**citation form(순수한 형식, 따로따로 발음됨)[23]에 대하여 교체된 발음을 가리킨다. 변이음들은 일상 언어에서 허용되는데 산출에서 효율성 원리 때문이다. 효율성 때문에 어떤 언어의 화자들은 오직 최소한의 에너지만을 사용하는 경향이 있다.

변이는 **동화**assimilation, **모음 축약**vowel reduction과 **모음탈락**elision 과정을 통해 일어난다. 본질적으로 간소화인 이와 같은 변화들은 산출과 인지

23) 인용형이란 용어가 귀에 익숙하지는 않은데, 다른 사람에게 이름을 이야기할 때 혼동의 여지가 있기 때문에 한 자씩 읽어주는 경우가 있다. 인용형이라는 용어는 이런 점에서 비롯되는 듯하다.

시간을 줄여준다. 근본적으로 화자로 하여금 산출에 좀 더 효과적일 수 있도록 하며 청자로 하여금 지각과 인지에서 좀 더 효과적일 있도록 해준다(Hughes, 2010 참조). 물론 이와 같은 원리는 어떤 언어의 토박이 화자들에게 대해서만 참이다. 비토박이 청자들은 입말 언어를 단순하게 하는 것이 특히 자연스러운 입말 담화에 참여하기 시작하기 이전에 해당 언어에서 낱말의 발음을 인용형과 글말 형식을 배운다면 더욱 처리하기에 어려움을 준다는 것을 발견한다.

<개념 2.7> 연결된 발화 연쇄

연결된 발화는 청자가 변이음과 동일한 것으로 해석해야 하는 다수의 변이음을 유발한다. 대부분의 변이음은 모음 축약과 자음군 축약, 자음 동화에 의해 기술될 수 있다. 형태소나 낱말 경계에서 일어나는 이들 변화는 때로 집단적으로 연성(sandhi)이라고 부른다.

2.5.1. 동화

자음 동화는 자음의 순수 형식이 음운론적 맥락 때문에 일어난다(음운 자질에 따라 만들어진 〈표 2.3〉 참조. 이 표는 IPA[24] 방식으로 영어에서 자음들을 보여준다). 제일 윗줄은 주로 조음되는 위치를 나타낸다. 왼쪽 세로줄은 만들어지는 마찰의 유형을 나타낸다. 동화는 여러 가지 방식으로 일어난다.

---

24) 국제 음성학회(International Phonetics Association)의 줄임말이다.

<표 2.3> 영어의 자음들

마찰	양순음 (bilabial)	순치음 (labiodental)	치음 (dental)	치조음 (alveolar)	구개-치조음	구개음 (palatal)	연구개음 (velar)	성문음 (glottal)
파열음 (plosive)	p b			t d			k g	ʔ
비음 (nasal)		m		n			ŋ	
마찰음 (fricative)		f v	θ ð	s z	ʃ ʒ			
과도음 (approximate)				ɹ		j		
설측음 (lateral)				l				

*주석. 대부분의 입말 영어의 사투리에서 스물두 개의 자음이 있는데 여기서는 IPA(국제 음성 자모) 전사로 나타내었다. 그러나 모든 자음들이 다양한 사투리에서 쓰이는데 그러한 변이음이 나타나는 조건은 입말 영어의 사투리에 달려 있으며, 자음이 나타나는 음운 맥락에 달려 있다.

- /t/는 /m/, /b/, /p/ 앞에서 /p/로 바뀐다(순음화).

basket maker
best man
cat burglar
cigarette paper
circuit board
coconut butter
mixed bag
mixed blessing
mixed marriage
mixed metaphor
pocket money
post mortem

- /m/, /b/, /p/ 앞에서 /d/는 /b/로 바뀐다(순음화).

bad pain
blood bank
blood bath
blood brother
good cook
good morning
grand master
ground plan

- /m/, /b/, /p/ 앞에서 /n/은 /m/으로 바뀐다(비음화).

Common Market
con man
cotton belt
botton pusher
open prison
pen pal
pin money

- /k/, /g/ 앞에서 /t/는 /k/로 바뀐다(연구개음화).

cigarette card
credit card
cut glass
short cut
smart card
street cred

• /k/, /g/ 앞에서 /d/는 /g/로 바뀐다(성문음화).

bad girl	hard cash
bird call	hard copy
closed game	hard core
cold call	hard court

• /k/, /g/ 앞에서 /n/은 /ŋ/로 바뀐다(성문음화).

Golden Gate	tin can
golden goose	tone control
human capital	town clerk
in camera	town crier

• /ʃ/, /j/ 앞에서 /s/는 /ʃ/로 바뀐다(구개음화).

bus shelter	nice yacht
dress shop	space shuttle
nice shoes	less yardage

• /ʃ/, /j/ 앞에서 /z/는 /ʒ/로 바뀐다(구개음화).

cheese shop	where's yours?
rose show	whose yoghurt?
these sheep	

• /s/ 앞에서 /θ/는 /s/로 바뀐다(구개음화).

bath salts	earth science
bath seat	fifth set
birth certificate	fourth season
both sides	north-south divide

2.5.2. 자음군 축약과 탈락

둘 또는 그 이상의 자음이 함께 나올 때 때로는 자질이 비슷한데 영어에서는 이들 가운데 하나를 생략함으로써 그와 같은 자음군을 간단하게 하는 경향이 있다. 자음군이 길수록 생략의 기회가 더 많아진다.

• 자음군 축약의 사례

낱말/결합	생략이 없음	생략
asked	[aːskt]	[aːst]
desktop	[ˈdɛskˌ tɒp]	[ˈdɛsˌtɒp]
hard disk	[ˌhɑːdˈdɪsk]	[ˌhɑːˈdɪsk]
kept quiet	[ˌkɛptˈkwaɪət]	[ˌkɛpˈkwaɪət]
kept calling	[ˌkɛptˈkoːlɪ ŋ]	[ˌkɛpˈkoːlɪ ŋ]
kept talking	[ˌkɛptˈtoːkɪ ŋ]	[ˌkɛpˈtoːkɪ ŋ]
at least twice	[əˌtliːstˈtwɑɪs]	[əˌtliːsˈtwɑɪs]
straight towards	[ˌstɹeɪtˈ tʊwoːdz]	[ˌstɹeɪˈ tʊwoːdz]
next to	[ˈnɛkstˌtʊ]	[ˈnɛksˌtʊ]
want to	[ˈwɒntˌtʊ]	[ˈwɒnˌtʊ]
seemed no to notice	[ˈsiːmdˌnɒttənəˈʊtɪs]	[ˈsiːmˌnɒtənəˈʊtɪs]
for the first time	[fə ð əˌ fɜstˈtaɪm]	[fə ð əˌ fɜ:ˈstaɪm]

• 탈락의 사례

탈락 전	탈락 후
where he lived	where (h)e lived
comfortable chair	comf(or)table
going to be here	go(i)n(gt)o be here

I'll pay for it	I('ll) pay
given to them	given to (th)em
succeed in imagining	succeed in (i)magining
terrorist attack	terr(or)ist attack
in the environment	in the envir(on)ment

2.5.3. 모음 변화

모음 축약vowel reduction은 모음의 다양한 청취 음향 품질[25)]에서 다양한 변화를 가리킨다. 이는 강세와 공명도sonority,[26)] 지속 시간, 소리의 크기loudness, 조음, 낱말에서 위치의 변화와 관련되는데 약화weakening로 지각된다.

• 축약된 모음의 예시

Chariot	Connecticut	symthesis[27)]
idiot	Iliad	harmony
Mohammed	myriad	period

---

25) 일반적으로 음향 음성학에서 quality는 음질을 가리키는데 이는 각각의 소리가 지니고 있는 파형 때문에 비롯된다.

26) 공명도(sonority, 소리 울림 정도: 청자의 귀에 도달되는 음향 에너지의 강도를 나타내므로 '可聽度'로 뒤치기도 함)에서 수치가 높은 음들을 말하는데, 예스퍼슨(Jesperson, 1904)에서는 다음처럼 보았다(르펠트, 1989; 김지홍 뒤침, 2008), 『말하기』1·2(나남), 뒤친이 주석 참조). 다음에서 숫자가 낮을수록 공명도가 낮다.

공명도 1: 무성 자음 (폐쇄음 p, k, t) 및 마찰음(f, s, ç, x)
공명도 2: 유성 폐쇄음(b, d, g)
공명도 3: 유성 마찰음(v, z, ɣ)
공명도 4: 비음 및 유음(m, n. l, ŋ)
공명도 5: 탄설음(r)
공명도 6: 폐모음(i, y, u)
공명도 7: 반폐모음(e, o, ɸ)
공명도 8: 개모음(ɔ, æ, ɑ)

<그림 2.2> 영어의 모음들

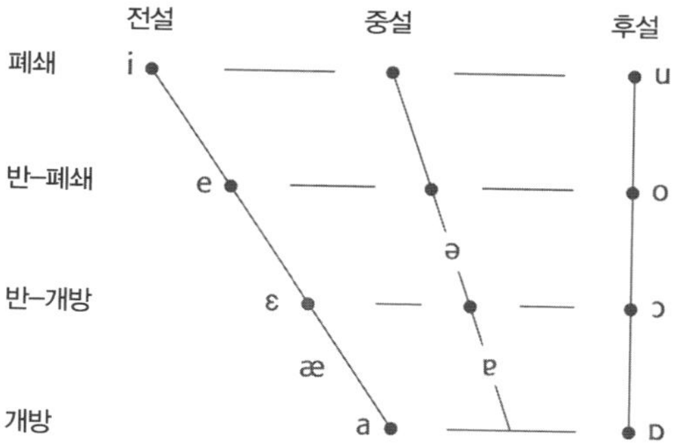

대부분의 영어에서 11개의 주요 모음이 있다. 모음 체계는 자주 두 가지 기준으로 묘사되는데 모음을 소리 내는 동안 입의 앞, 뒤(앞-가운데-뒤 축)에 놓이는 혀의 위치와 입과 턱의 상대적인 열림 정도와 관련이 된다. 자음보다는 모음이 영어 사투리에 따라(모든 전설음과 후설음은 원순성을 지닌다) 그리고 음운론적 맥락에 따라 다를 것이다(강세를 받지 않는 음절에서 모음들은 일반적으로 축약되거나 혹은 빠른 조음을 위해 중설음화된다).

모음탈락elision은 동화의 또 다른 사례이다. 특이하게 어떤 낱말이나 구절 안에서 하나 또는 그 이상의 음절(모음 하나, 자음 하나 혹은 전체 음절)이 생략된다. 산출되는 결과는 화자에게 발음하기 더 쉽다는 것이다. 모음탈락은 일반적으로 자동적이고 의도하지 않은 것이지만 고의적인 것일 수도 있다. 모든 언어에는 이런 음운 현상의 사례가 있다.

• 영어에서 모음탈락의 사례

comfortable　　/ˈkʌmfərtəbəl/→/ˈkʌmfətbəl/(영국 영어)
→/ˈkʌmftərbəl/(미국 영어)

---

27) synthesis를 잘못 입력한 듯이 보인다. 다음 줄 바로 아래에 있는 harmony도 n에 굵은 글씨로 되어 있지만 o에 돋움 글씨가 되어야 할 것이다.

fifth	/ˈfɪfθ/ → /ˈfɪθ/
him	/ˈhɪm/ → /ɪm/
laboratory	/læˈbɔrətɔri/ → /ˈlæbrətɔri /(영국 영어)
	→ /ˈləbɔrətri /(미국 영어)
temperature	/ˈtɛmpərətʃər/ → /ˈtɛmpərtʃər/, /ˈtɛmprətʃər/
vegetable	/ˈvɛdʒətəbəl/ → /ˈvɛdʒtəbəl/

2.5.4. 통사적 분석

발화 처리는 말소리를 음운론적 무리로 성공적으로 묶어두는 것으로 시작하지만, 낱말 인지가 뒤따른다. 그리고 청각 입력물에 대한 좀 더 정확하고 자동화된 처리는 들어오는 발화를 그 언어의 문법 모형으로 사상할 수 있게 될 때 가능하다(Baggio, 2008). 언어 처리의 이런 측면을 분석parsing이라고 부르는데 낱말 인지와 마찬가지로 두 국면이 관련되며 두 수준에서 일어난다. 음운 분석에서 그러한 것처럼 이 두 국면은 동시에 일어나지만 다른 시간 범위에 걸쳐서 작동하며 일관되기는 하지만 다른 우선순위로 작동한다. 신경을 이미지로 나타내는 연구로부터 추론한 것에 따르면 첫 번째 국면은 폭넓은 시간 얼개가 관련되는데 (일반적으로 6~8초에 이름, 두세 개의 쉼 단위에 걸치는 폭), 두 번째 국면에는 좀 더 제약된 시간 얼개가 관련된다(일반적으로 하나의 쉼 단위에 걸치는 이 초 또는 삼 초)(Schuler 외, 2010).

2.6. 통사적 분석 활용하기

발화에 있는 낱말들이 인지됨에 따라 의미에 대한 언어 처리에는 들어오는 발화를 문법 모형으로 그리고 통사적으로 사상하는 일이 필요하다. 어느 정도의 통사적 실마리와 형태론(낱말 형태)적 실마리가 청자가 어떻게 의미를 처리하는가에 영향을 미친다. 여기에는 어순이나 주어-동사(주제-평언) 대응시키기, 대용 형식 일치(선행 명사에 대명사를 일치시키기), 격 굴절(I와 me), 대조적인 강세 등이 있다. 청자의 문법 지식과 이들 지식을 실시간으로 활용할 수 있는 능력이 통사적 처리가 이뤄지는 동안 필요하다.

통사적 처리는 두 수준에서 일어난다. 즉각적인 발화의 수준, 즉 **문장 수준**sentence level과 더 확장된 덩잇말 즉, **담화 수준**discourse level이 있다. 통사적 처리가 두 국면에서 일어난다는 증거가 어느 정도 있다. **첫 번째 국면**first pass은 발화 흐름에서 통사적 범주를 확인하고 **두 번째 국면**second pass에서는 즉각적인 발화의 통사 구조를, 처리되고 있는 더 큰 발화 단위의 통사 구조로 통합한다(Osterhout and Nicol, 1999).

첫 번째 국면에서 통사적 처리, 즉 분석은 세 가지 기본적인 목표를 달성한다. (1) 들어오는 발화의 부분들에 어길 수 없는 통사적 범주를 재빨리 할당하는 제약을 활용함으로써 청각 자료 처리의 속도를 높인다. (2) 발화에서 들어오는 부분들에 대한 예측 기능을 허용하고 발화에서 부분적으로 들은 부분을 분명하게 해 준다. (3) 더 나아간 이해를 위해 계산될 수 있는 **논리적 추론**logical inference으로부터 들어오는 발화의 처리를 위한 **명제 모형**propositional model을 처리 주체가 형성하는 데 도움을 준다.

이어지는 의사소통에서 잉여적인 부분[28]이 있기 때문에 청자들은 일반적으로 충분히 이해하기 위해 분석의 두 수준을 완결지을 필요

28) 말을 이용한 인간의 의사소통은 잉여적인 부분이 많다. 가까운 사이에서 말보다는 간단한 몸짓이나 손짓이 더 요긴하게 의사소통에 쓰이는 경우가 단적이다. 또한 입말 의사소통 상황에서도 배경지식이나 친밀함의 여부에 따라 대화 참여자의 말을 끝까지 듣지 않아도 그 뜻이 통하는 경우가 많다. 음운 하나하나를 새겨듣지 않아도 의사소통이 가능하다는 말이다. 물론 전문적인 용어의 경우는 음운을 반드시 챙겨들어야 한다. 이런 점들은 우리말 듣기 교육에서 챙겨 보아야 하는 점이다.

가 없다. 실제로 기능적 관점으로부터 보면 청자들은 제한적인 처리 자원을 가지고 있기 때문에, 그들은 아마도 더 넓은 범위로 분석의 첫 번째 국면, 즉 발화의 의사소통 기능과 담화의 전체적인 주제 구조에서 갖는 지위에 주의를 기울일 것이다. 이와 같은 첫 번째 국면은 이해를 위한 일종의 망으로 사용될 수 있는 통사적인 참조 틀reference frame을 만든다. 만약 자동화된 통사적인 참조 틀이 활성화되고 의사소통 기능이 인지되고 나면 청자는 각각의 발화 안에서 그 기능을 보여주는 모든 형식(이를테면 통사적인 형식)에 주의를 기울일 필요가 없을 것이다(Baggio, 2008).

극단적으로 느린 발화를 제외한다면 들어오는 청각 신호에 대한 두 번째 국면의 분석(낱말 대 낱말 분석)의 완결을 청자가 조정하는 것은 거의 가능하지 않다. 완결된 입말 분석에는 모든 인지된 단위(낱말들과 어휘 구절들)를 의식적으로 문법적인 성분(명사, 동사, 형용사, 등)으로 할당하고 이들 성분들 사이에서 작용 가능한 의미 관계를 셈하는 일이 수반된다. 청자는 오로지 형식-기능 사상의 해석에서 이와 같은 일들을 도와주는 문법 규칙들의 한정된 묶음을 이용하여야 한다. 유능한 청자는 기계 번역에서 언급되고 있는 하향식 조각문법fragment grammar을 활용한다. 이는 언어표현의 상당 부분이 분석되지 않은 채로 남아 있지만 만족할 만한 수준에서 이해(혹은 번역)가 이뤄지도록 해준다(O'Donnell 외, 2009).

첫 번째 국면의 분석은 들어오는 발화에서 의존성을 결정하기 위해 문장 주제의 상위 개념으로 담화 주제, 즉 일반적으로 언급되고 있는 무엇을 확인하기 위해 참조 접합면reference interface 혹은 참조 틀을 활용한다(Winkler, 2006).

첫 번째 국면의 분석에서 발화들은 처음에는 참조를 위해 표면을 본뜨는데scanned, 이전의 발화에 연결되어 있고 궁극적으로 담화의 주제 의존성에 연결되어 있다(Martín-Loeches 외, 2009). 온전하게 되었을 때, 두 번째 국면의 분석parsing이 필요하다. 청자들은 모든 낱말들을 문법적인 범주(명사, 동사, 형용사, 부사와 같은 내용어들과 내용어에 붙어 있는 기능어들)에 할당하고 이들 사이에 구조 관계와 의미 관계를 할당한다. 두 번째 국면의 분석에서 필요로 하는 중요한 문법적 실마리는 어순, 주어-동사 일치, 대용 형식 일치, 격 굴절이다. 이와 같은 통사적 단서와 형태론적 단서의 선택적 사용은 유정성animacy과 같은 의미 실마리semantic cue의 사용과 주제-평언 관계와 같은 화용적 단서의 사용, 대조적인 강세와 함께, 청자로 하여금 그 언어의 문법적인 지식과 실제 세계 지식 사이에 참조 접합면을 활용할 수 있도록 해준다 (Tanenhaus 외, 2004).

유창한 화자의 경우, 발화 수준에서 통사적 처리는 일반적으로 비정상적인 면이 나타날 때에만 인식된다. 통사적인 비정상성에 대한 지각은 제1언어 청자에게 두드러진 혼란을 가져온다. 이는 P-600 효과라고 부르는데 청각 피질에서 전기적 활성화가 비정상성이 나타난 600ms 뒤에 혼란이 있다는 것이다. 습득에서 고급 수준에 이르지 못한 대부분의 제2언어 청자에게는 흥미롭게도 이와 같은 통사적 혼란이 일반적으로 일어나지 않는다. 이는 어떤 언어의 초급자나 중급자 수준에 있는 학습자들에게는 온전하게 자동화되지 않음을 암시한다 (Rayner and Clifton, 2009).

두 국면이 겹치고 수렴하기 때문에 청자에게 제공되는 정보의 통합이 가장 중요하다. 청자에게 가장 중요한 통사적 통합 처리는 (1) 연결된 덩잇말에 나타나는 항목들 사이의 동치 관계를 포함하여 발화들 사이의 결합에 대한 결정인데 선행조응anaphoric(앞서 언급됨), 후행조응 cataphoric(뒤에 언급됨), 외부조응 표현exophoric(덩잇말 밖에 있는 대상 지시표현)에 대한 결속 표지를 셈하여 이뤄진다. (2) 생략된 요소ellipsis(청자에 알려져 있는 것으로 가정되거나 덩잇말에서 이미 제시된 것으로 가정되기 때문에 발화로부터 제외된 항목들)를 채워 넣기 (3) 담화 안에서 명제들을 연결한 논리적 추론에 대한 셈하기인데 이는 주로 명시적으로 언급되지 않는다(Charter and Manning, 2006).

다른 언어적 처리와 마찬가지로 분석의 통합은 여러 수준에서 기저에 있는 지식에 의해 촉진된다.

- 일반적인 담화 기능(discourse function)(이를테면 사과, 초대, 불평)과 유형(이를테면 판에 박힌 인사, 개인적인 일화)에 대한 화용적 지식(pragmatic knowledge). 특히 발화를 한 묶음으로 묶어주는 일화 경계나 판에 박힌 절차 혹은 다른 관례적인 분리 지점을 주목할 수 있는 능력은 담화의 (첫 번째 국면) 분석에서 도움을 줄 것이다(Gernsbacher and Foertsch, 1999).
- 메시지의 의미에 영향을 미치는, 개연성 있는 화자의 경험에 대한 서로 얽혀 연결되는 텍스트 지식(intertextual knowledge).[29] (어떤 발화이든 화자와 청자의 과거 언어 경험을 반영할 가능성이 높다는) 언어에서 널리 퍼져 있는 얽혀 있는 텍스트성 때문에 화자가 사용하는 경향이 있는 은유의 유형과 화자가 끌어들일 수 있는 문화적 경험의 폭을 포함하여 화자의 배경 경험에 대한 자각은 언어 처리의 효율성과 속도에 영향을 미칠 것이다(Flowerdew and Miller, 2010). (처리에서 이런 측면은 3장과 4장에서 다룰 것이다.)
- 재빠르게 처리될 수 있는 **관용적 언어표현**(formulaic language)으로 이뤄진 일반적인 연쇄에 대한 낯익음. 관용적인 언어표현이라는 이런 범주는 기억에서 전체적으로 저장되어 있는 듯하며 최소한의 실마리만으로도 청자에 의해 기억으로부터 재빨리 복구되는 낱말들의 연쇄들에 대한 폭넓은 유형들을 아우른다. 관용적인 언어표현 연쇄는 미리 만들어진

29) 이 용어와 관련하여 '상호텍스트성'이라는 용어가 텍스트언어학에서 널리 쓰이고 있지만 텍스트라는 명사와 상호라는 부사가 결합되어 이음말이 될 수 없다는 지적이 있었다(페어클럽, 김지홍 뒤침(2012), 『담화 분석 방법』, 도서출판 경진 참조).

것으로 보이는 낱말들의, 연속적일 수 있거나 불연속적일 수 있는 연쇄이다. 말하자면 사용이나 해석의 순간에 기억으로부터 전체가 저장되거나 인출된다. 이는 레이(Wray, 2009)에서 대체로 바꿀 수 없는 꽉 짜인 관용구라고 부른 것뿐만 아니라 NP be-TENSE sorry to keep-TENSE you waiting[30]처럼 열려 있는 항목에 대하여 빈칸이 있는 유연성이 있는 관용구에 대한 지식을 아우른다.

이런 성질을 지닌 관용적 언어표현은 여러 용어로 언급되었는데 혼합어amalgams gambit, 재조합된 발화reassembled speech, 미리 만들어진 판박이prefabricated routines, 말덩이chunks, 전체 구절holistic pattern, 한 구절 말holophrase, 조정된 구절co-ordinate construction, 높은 빈도의 이음말collocation, 혼합 구절composites, 불규칙적이지만 판에 박힌 관용 형식, 어휘 구절, 반쯤 미리 짜인 구절들, 고정된 표현, 여러 단어로 이뤄진 단위, 발화의 분석되지 않은 말덩이 등이 포함된다. 그와 같은 구절들이 입말의 사용에서 유창성과 편의성을 높일 수 있도록 허용된다는 생각을 암시한다(Hughes, 2000 참조).

- 레이와 퍼킨스(Wray and Perkins, 2000)는 관용적 언어표현을 여섯 가지 주요 범주로 구성하였다.
  - 복합어: 가장 오래된 직업(the oldest profession), 폭발시키다(새 blow up), 영원히(for good)
  - 고정된 구절: 순전히 우연하게(by sheer coincidence)
  - 상위-메시지: 그 문제에 대해서라면(for that matter)… (메시지: 내 관점을 설정하는 좋은 방법이 막 생각났어.), … 그걸로 끝이야(that's

30) 대문자로 나타낸 NP(명사구), TENSE(시제)를 채워 넣을 있다는 것이다. 이를테면 'I am sorry to have kept you waiting'으로 쓸 수 있는데 이런 유형의 관용구는 거의 판에 박혀 있다.

all)(메시지: 좌절하지 마라.)

- 문장 구성 표현(sentence builder): 장광설을 늘어놓다((person A) gave (person B) a (long) song and dance about (a topic)
- 상황에 따른 발화: 어떻게 보답하지?(How can I repay you?)
- 축어적인(verbatim) 덩잇말: 아예 안 오는 것보다는 늦게라도 오는 것이 낫다(better late than never), 가지 마세요(How ya gonna keep 'em down on the farm?).

• 맥락에 맞는 운율에 대한 지식은 높낮이 수준에 대한 주의를 기울이는 능력과 함께 담화에서 일어나는 일들로서 종종 억양으로 묶인다. 쉼 단위들 사이에 나타나는 서로 다른 높낮이 형세는 새로움, 분리됨, 연결됨, 미완, 완결을 나타낸다(Zubizarreta, 1998). 예컨대 영어에서 완결은 낮은 음조로 주제를 마무리함으로써 이뤄지는데 곧바로 새로운 주제가 높은 음조로 뒤따른다(Traat, 2006).

<개념 2.8> 표상으로서 명제 모형

청자의 마음 안에서 발화의 명제 모형은 덩잇글 지시대상(덩잇말에서 어휘 항목)과 서로에 대한 관계를 표상한다.

이 과정을 명시적으로 이해하기 위하여, 격 문법case grammar(Fillmore, 1968)이나 체계 문법system grammar(Halliday and Webster, 2009), 혹은 구문 문법construction grammar(Brisard 외, 2009)과 같은 기능 문법을 활용할 수 있다. 이들은 발화의 논항 구조와 발화에서 요구되는 문법적 맥락과 동사 사이의 연결에 초점을 맞춘다.

문법적인 맥락에는 행위주, 대상역,[31] 수혜주, 도구, 목표, 시간과

31) 의미역 이론에서는 일반적으로 정격과 사격으로 나누어서 필수적인 논항으로 행위주, 피동주, 대상역을 인정하고 있다. 이 책에서 대상역은 object를 가리키는데 일반적으로 theme으로 나타낸다. 이는 문장 성분과 의미역을 구분하지 않는다는 비판을 할 수 있다.

<개념 2.9> 분석에서 단위로서 의미역

대부분의 언어에서 특히 영어 발화에서 가장 일반적으로 확인할 수 있는 격은 행위주(agent), 목적어(object), 피동주(patient)이고 일반적으로 문법적인 발화에서 필요로 한다. 다른 의미역(시간, 장소, 원천)은 덜 명시적으로 나타나지만 다른 관련되는 의미역은 발화의 의미를 이해하기 위해 추론되어야 한다.

행위주(A) (어떤 행위의 으뜸 행위 주체)
피동주(P) (행위를 당하는 주체)
대상역(O) (행위주에 의해 영향을 받는 대상)
도구역(I) (어떤 행위를 하는 수단)
목표역(G) (목적지나 바람직한 종점)
시간(T) (행위가 수행되는 시간)
처소(L) (행위가 수행되는 장소)
경로(P) (운동의 진로)
원천(S) (기원, 출발점)
방식(M) (행위의 방법)
정도(E) (얼마나 완결되는 것과 거리가 있는가)
이유(R) (행위에 대한 동기)
수익자(B) (누구를 위해 행위가 수행되었는가)

처소와 같은 의무적인 격 관계와 수의적인 격 관계가 포함된다. 구문문법에서 어떤 발화에서 구성성분들은 동사나 주어와의 관계에 의해 자리매김된다. 듣는 동안 수용자는 발화에서 인지된 낱말들이 발화에서 나타나는 동사의 의미 얼개 안으로 맞추어지는 방법에 대한 계층적인 지도를 구성할 수 있다. 예컨대 만약 청자가 give와 같은 동사를 확인한다면 그는 그 동사는 행위주, 수혜주, 대상을 요구하며 수의적으로 시간과 장소를 포함할 수 있음을 안다. 구조적-기능적 예

그렇게 표현하지 않은 것은 아마도 이 글의 필자가 theme을 주제로 나타내기 때문인 것으로 보인다. 우리말의 의미역에 관한 논의로는 김지홍(2010), 『국어 통사론의 몇 측면』(도서출판 경진)과 허선익(2009), 「국어지식 교육의 자리매김과 그 원리」, 『국어교육학연구』 34를 참조할 수 있다.

상에 대한 지도에 바탕을 두고, 청자는 발화의 명제적 의미를 재구성할 수 있다.

다른 방식으로 언급한다면 만약 동사 혹은 주제가 발화 분석에서 핵심적이라고 한다면 청자는 먼저 동사를 확인하지 않는다면 분석을 완전하게 마무리할 수 없을 것이다. 일단 동사가 확인되고 나면 청자는 그 다음에 다른 성분과 그것을 관련을 지을 수 있다. 예컨대 만약 청자가 'Tom and Mary took us to dinner last night'이라고 들었다면 그녀는 이 발화를 다음과 같이 분석할 것이다.

(A) VERB (P) (G) (T)
Tom and Mary / took / us / to dinner / last night.

좀 더 추상적으로 명제 표상은 다음과 같을 것이다.

THEME: took('take'의 과거)
행위주 = 탐과 메어리
피동주 = 우리(= 화자 + 누구)
목표역 = 저녁 식사에
시간 = 지난 밤

이들 두 관점은 심리적 타당성psychological validity을 지니고 있다. 이들은 실제 사용자들의 경험과 동조를 이룬다. 선형 모형linear model은, 비록 발화 혹은 더 큰 문법적 단위나 의미 논항이 완결되었다고 판단이 내려질 때까지 그것을 완전하게 분석하지 않고 단기 기억 안에서 성분들을 유지하여야 한다는 것이 분명하지만, 분석에서 시간적 속성을 표상한다. 이해되지 않은 단위 안에서 항목들은 일시적으로 수초 동안 임시적인 저장고에 유지될 수 있다(Baddeley, 2001). 계층적인 관점은 실시간으로 청자가 하는 것에 대한 심리적인 표상에 더 가까울 수 있다. 왜냐 하면 단기 기억이 입력물을 발화에서 주제와 연관이 되고 덩잇말에 대하여 전개되고 있는 계층(상황이나 명제) 모형에 들어맞을 때까지만 어떻게 유지하는지 설명하고 있기 때문이다(Kintsch, 1998).

2.7. 언어적 처리에서 비언어적 실마리 통합하기 (integrating)

조사연구의 다수가 듣기에는 언어적 실마리와 비언어적 실마리의 통합이 개입한다는 것을 예증하고 있다. 발화가 전개됨에 따라 청자는 입말만 활용하는 것보다 더 빠르게 이해에 이르기 위해 언어적 정보와 비언어적 정보 둘 다를 활용한다. 예컨대 청자들은 이해를 하는 동안 장면에 대하여 시각적(상황 지시표현) 정보의 활용을 보여주었으며(Tanenhaus 외, 1995), 상대방에 대한 관점과 목표에 대한 정보(Hanna 외, 2003), 세상에서 대상들이 어떻게 조정될 수 있는가에 대한 공간적 정보(Chambers 외, 2002) 활용을 보여준다. 이들은 모두 고려되어야 하는, 있을 수 있는 해석의 묶음들을 제한하는 데 이바지한다. 이와 비슷하게 음운과 운율, 통사, 의미와 같은 처리의 다른 수준으로부터 나온 정보들은 실제 세계 지시표현과 함께 탐색되고 있는 있을 수 있는 정보들의 묶음을 제약하기 위해 청자에 의해 결합된다.

시각적 신호도 동시 맥락co-text[32]으로 간주되어야 한다. 이는 해석을

32) 이 용어는 아예 맥락으로 뒤칠 수 있는데 이 책의 저자는 context와 구분하고 있지만 실제로는 의미가 확연하게 구별되지는 않은 듯하다(부록의 용어 풀이 참조). 좀 더 정확하게 말하면 설명하는 대상의 차이만 있을 뿐이다. 어떤 이들은 이를 공유 텍스트로 받아들이

위해 청자가 이용할 수 있는 입력물의 통합된 부분이다(Harris 2008, Fukumura 외, 2010). 시각적 신호에는 기본적인 두 유형이 있다. 상황중심 지시표현과 동작kinesic 신호가 있다. 화자가 어떤 사진을 들고 있거나 칠판에 무엇인가를 쓰고 있는 것과 같은 상황 지시표현은 일반적으로 입말로 이뤄지는 덩잇말에서 지시표현으로 제공되고 덩잇말 해석을 위해 중요하다. 상황 지시표현은 자연과학 기록물이나 학업을 위한 강의와 같은 밀집도가 높은 정보 흐름에서 특히 중요하다.

동작 신호kinesic signal는 눈 움직임과 머리 움직임을 포함하여 화자가 덩잇말을 전달하는 동안 화자가 하는 몸 동작이다. 화자의 몸 동작과 의사소통에서 그 역할을 기술하기 위한 다수의 체계가 있다(Goffman, 1974; Birdwhistell, 1970; Harrigan 외, 2007; Plonka, 2007). 이런 자료들로부터 가장 일반적으로 나타나는 동작 신호의 묶음들은 지시막대 신호, 방향을 나타내는 시선, 안내 신호가 있다.

지시막대 신호baton signals[33]는 손과 머리 움직임으로 일반적으로 강조와 운율적인 리듬과 관련이 있다. 예컨대 화자는 어떤 쉼 단위에서 강세를 받는 음절들에 손의 일정 구간 안에서 반복운동을 함으로써 리듬감을 나타낼 것이다. 조음과 관련하여 입술, 뺨, 턱의 힘이 들어간 움직임도 지시막대 신호이다.

방향을 나타내는 시선directional gaze은 눈 움직임이며 청자나 청중으로 하여금 상황중심 지시표현으로 안내하거나 어떤 방법으로 청자에게 관련되는 어떤 순간을 확인하기 위해 사용된다. 강의에서도 화자와 청자 사이에 언어를 통하여 거의 혹은 아무런 직접적인 상호작용이 없을 때 강의를 하는 사람은 의미를 강조하고 개인화하기 위해 강의

기도 한다.

33) 이렇게 뒤치면 용어가 분명히 드러나지 않지만 지시막대를 수평과 수직으로 흔들 듯이 몸이나 일부를 이와 같이 수평, 수직으로 흔들면서 나타나는 신호를 이 부류로 보면 될 듯하다. 또는 경우에 따라 지시막대를 들고 수평이나 수직으로 흔드는 경우를 아우르는 용어로 볼 수 있을 것이다.

내내 이따금씩 여러 사람들과 눈을 통한 접촉을 하고 유지할 것이다. 모든 생생한 대화에서 눈을 통한 접촉의 주요 기능은 청자와의 의미 접촉을 유지하는 것이며 청자들로 하여금 발화나 대화에 대한 이해와 관심의 상태에 대하여 공개적이지 않은 경로로 신호를 제공하도록 허용해 준다.

안내 신호guide signals는 앞으로 숙이거나 팔을 뻗치는 것과 같이 신체의 어떤 부분의 체계적인 움직임과 몸짓이다. 여러 안내 신호는 순전히 색다르며, 분명한 의미가 전혀 없지만 대부분은 화자가 특별한 점을 가리거나 강조하는 분명한 역할을 지니고 있을 것이다. 예컨대 자신의 팔을 내밀며 말하는 것은 화자가 청자로 하여금 특정의 관점을 진지하게 받아들이도록 설득하는 방법일 수 있다. 말할 필요도 없이, 안내 신호는 문화마다 다를 것이며 화자마다 다를 것이다. 그리고 특정 화자의 안내 신호를 익힘으로써 이해를 늘리는 일이 가능하다. 그러나 여러 화자들에 걸쳐 담화 의미에 일관되게 기여하는 안내 신호를 하는 몸짓의 체계적인 문법을 형식화하기는 어렵다. 여기에서 예외인 것은 입술 읽기인데 안내 신호를 해석하는 것으로 간주될 수 있다(Vendrame 외, 2010).

언어딸림 실마리와 마찬가지로 비언어적 실마리들은 화자의 언어적 의미를 확실하게 하려는 의도가 있다. 그러나 메시지가 언어적 경로나 비언어적 경로, 언어딸림 경로에서 일관되지 않은 것으로 검색이 된다면 청자에게는 화자가 속이고 있다고 믿을 만한 이유가 있게 되고, 비언어적 실마리에 주의를 기울일 가능성이 높다(McCornack, 1997). 이와 마찬가지로 여러 문화들 사이의 의사소통에서 화자가 의도하지 않았지만 자신의 문화로 청자에게 무엇인가를 내포할 수 있는 몸짓이나 몸짓 언어를 화자가 사용할 때, 청자에게는 비언어적 메시지와 언어적 메시지를 따로 처리하기가 어려울 것이다(Arasaratnam, 2009; Scollon and Scollon, 1995; Roberts, Davies and Jupp, 1992).

<개념 2.10> 듣기에서 비언어적 실마리

낯익은 화자와 얼굴을 맞댄 듣기는 듣기를 더 쉽게 해주는데 가외의 정보 층위 즉, 비언어적 실마리를 제공해주기 때문이다. 비언어적 실마리는 언어적 의미를 확대해 주거나 확실하게 혹은 불확실하게 하는 데 이바지한다.

요약: 듣기 처리에서 통합

이 장에서는 상향식 처리로 언급되는 언어적 해득 과정을 개관하였다. 언어 이해에는 병행 처리와 보정complementary 처리가 개입한다는 점을 함의한다는 점에서 상향식 처리라는 유추는 하향식 처리라는 개념과 연결하여 쓰일 때 매우 유용하다. 상향식 처리(발화 신호로부터 나온 자료들을 의미를 이해하기 위해 직접적으로 이용함)와 하향식 처리(머리에 있는 개념을 의미를 부여하기 위해 이용함)를 결합해서 사용하는 것은 적어도 대부분의 경우, 그리고 적어도 제1언어의 경우, 유창하게 일어나고 있는 이해에 대하여 받아들일 수 있는 평가를 하게 해준다.

상향식 처리는 한계가 있다. 빠른 속도로 녹음 자료를 되돌려 본다면 제1언어에서 쉽게 그 한계를 경험해 볼 수 있다. 대부분의 사람들은 낯익은 주제에 대해 정상적인 말하기 속도의 세 배나 네 배에 이를 때까지 들을 수 있다(일 분에 180낱말이 정상적인 속도로 간주된다). 그러나 이는 발화의 몇몇을 뽑아내고 그 의미에 대해 재빠르게 추론하고 단순하게 흐릿하거나 들을 수 없는 부분(지나치게 축약된 부분)을 무시할 때에만 가능하다. 일상적인 발화 이해에서 이와 비슷하게 발화 흐름에서 뽑아내지만 받아들일 만한 이해에 도달하기 위해 일반적으로 덜 무시하고 좀 더 신중한 추론을 한다. 상향식 언어 처리는 이해의 목표가 아니라 오히려 이해를 통합하기 위해 사용할 수 있는 도구이다.

제3장 의미 처리

의미 처리는 이해, 추론하기, 배우기, 기억 형성이 개입하는 듣기 처리를 아우른다. 이 장에서는

- 제시된 정보와 새로운 정보, 경신되는 정신 모형에 기대어 이해의 과정을 개관하고,
- 지식 활성화라는 개념, 개념틀과 구성적인 기억이라는 개념을 논의한다.
- 모든 언어 이해에서 핵심적인 추론의 과정을 논의하고 추론에 대한 다른 체계를 제시한다.
- 음운 저장고나 음향 기억(echoic memory), 단기 기억과 장기 기억을 포함하여 듣는 동안에 활용되는 기억의 기본적인 개념들을 제시한다.
- 듣기가 어떻게 배움과 관련이 있는지 개관한다.

3.1. 이해: 지식 구조의 역할

이해는 듣기의 일차 목표first order goal, 듣기의 가장 우선순위로 간주된다. 많은 사람들은 그것을 듣기의 유일한 목적으로 간주하기도 한

다. 비록 일상적인 용어로 듣고 이해하기는 듣기의 모든 측면을 가리키도록 널리 쓰이고 있지만 이해라는 용어는 이 장에서 좀 더 특별한 의미로 사용된다. 이해는 샌더스와 건스바커(Sanders and Gernsbacher, 2004)가 의미연결과 적합성을 찾아내고자 하는 것을 목표로 하는 방식으로 언어를 기억에 있는 개념과 관련을 짓고, 언어를 실제 세계에서 지시 대상과 관련을 짓는 구조 형성structure building이라고 부른 과정이다. 낱말이 아니라 개념들은 추론과 이해의 기본적인 단위이며 머리 안에서 신경 활성화의 결과로 가정되고 있다(Gallese and Lakoff, 2005). 건스바커의 구조 형성 틀structure building framework에 따르면 이해의 초기 목표는 개념으로부터 일관된 정신 표상을 형성하는 것이다. 이해주체(청자나 독자나 관찰자)는 그 개념에 들어맞는 지도를 먼저 전개해 나감으로써 이해 구조를 형성한다. 들어 나감에 따라(혹은 읽거나 관찰해 나감에 따라) 이해주체는 새로운 정보를 표상하는 개념들을 이 형상화된 지도에 배치한다. 그들은 새로운 정보가 구조 안에서 이미 있던 이전의 정보와 관련될 때 그 때에만 이런 일을 할 수 있을 뿐이다. 그러나 들어오는 정보가 관련이 없다고 판단될 때에는 이해주체는 주의를 다른 데로 돌리고 새로운 하부 구조를 갖다 붙인다. 정신 구조의 형성 블록은 기억 교점memory node들로 들어오는 정보에 의해 활성화되고 두 가지 인지 기제 즉, 억제suppression와 증강enhancement에 의해 다스림을 받는다.

언어 처리의 관점에서 이해는 들었던 언어가 개인의 경험이나 외부 세계에서 무엇을 가리키는지 이해하고 들어오는 어떤 말이 어떻게 개인의 현재의 이해를 증강하거나 억제하는지 감지하는 경험이다. 그렇다면 온전한 이해는 화자가 사용한 모든 지시표현reference에 대하여, 반드시 화자의 기억에 있는 지시대상과 같은 필요는 없지만 청자가 분명한 개념을 기억에 지니게 됨을 가리킨다.

이해에는 화자가 사용한 지시표현의 경신updating과 사상mapping이 관련되기 때문에 이해의 과정은 청자가 발화에 주의를 기울임에 따라 계속 이어지는 주기로 일어난다. 이해, 즉 경신과 사상 절차가 어떻게 일어나는가를 논의하기 위한 유용한 출발점은 제시된 정보given information와 새로운 정보new information라는 개념이다.

화자에 의해 발화되는 각각의 억양 단위에서 단위는 새로운 혹은 초점 정보focal information와 제시된 혹은 배경 정보background information 둘 다를 포함하고 있는 것으로 볼 수 있다. '새로운'은, 화자의 마음에서 청자의 작업 기억에 당시로는 활성화되지 않은 정보라는 가정된 상태를 가리킨다. '새로운 정보'가 화자가 정보 그 자체가 새롭다거나 청자에게 알려지지 않았다는 믿음을 반드시 의미할 필요는 없다. '제시한'은 여기서 화자의 마음에서 제시된 정보가 청자의 기억에서 이미 활성화된 상태를 가리킨다. (물론 화자는 이들 가정에서 잘못을 저지를 수 있다.) 입말 담화에서 새로운 정보와 제시된 정보의 상호작용은 발화의 운율에 반영된다. 일반적으로 올림조rising tones(또한 지시하는 어조referring tones)는 제시된 정보에, 내림조는 새로운 정보에 대응한다. 이는 청자에게 어떻게 발화에 주의를 기울일 것인가에 대한 분명한 실마리를 제공한다.

이해에서 중심적인 과정은 청자에 의해 알려진 정보, 개념들과 덩잇말에 의해 전달되는 정보의 통합integration이다.1) 이해는 청자에 의한 담화의 내부 모형의 수정(더하기, 덜어내기, 바로잡기)으로 나타난다. 여기서는 덩잇글에 있는 명시적인 정보는 한 측면으로만 역할을 한다. 이 통합의 과정은 반드시 어떤 문장에 의해 전달된 정보가 제시된 정보(청자에게 이미 알려진)인지 아니면 새로운 정보(청자에 의해 이미 알려져 있지 않거나 제시된 맥락에서 이미 알려지지 않은)인지에 민감

---

1) 킨취는 이해의 과정을 구성-통합의 과정으로 모의한다. 킨취(1998; 김지홍 뒤침, 2010), 『이해』1·2(나남) 참조. 이를 적용한 논의들 가운데 허선익(2010), 「논설문 요약과정에 관련된 변인 분석」(경상대학교 박사논문) 참조.

<개념 3.1> 담화에서 정보의 지위: 활성화된 정보 대 접속 가능한 정보

제시한-새로운이라는 개념은 화자와 청자 사이의 관계를 이해하는 데 도움을 준다. 이 개념은 대화에서 화자가 무엇을 활성화 혹은 두드러지게 하고자 하는지 타개하기 위한 토대를 제공한다.

'새로운'에 대해 좀 더 정확하게 그 특징을 밝힌다면 '이 시점의 대화에서 새롭게 활성화된다.'이다. 반대로 '제시한'은 이 시점의 대화에서 이미 활성화되었다는 것으로 특징을 밝힐 수 있다. 저자는 이 구분에 대하여 가능하다면 이전에 활성화된 정보에 반(半) 활성화 상태(semi-active state)라는 이름을 붙임으로써 세 번째 가능성을 더할 수 있다(체이프, 1994:72).

체이프는 비활성화 혹은 반 활성화 정보를 대화에 끌어들이는 과정을 정신의 노력이나 활성화 비용이 관련되는 것으로 보았다. 제시한 정보는 분명히 이런 점에서 최소한의 비용이 드는데 그 정보가 이미 활성화되었기 때문이다. 접속 가능한 정보는 좀 더 비용이 들고 새로운 정보는 가장 비용이 많이 든다. 새로운 정보는 이 정보 단위가 더 많은 주의집중과 처리가 필요할 것임을 신호해 주기 위해 두드러질 가능성이 가장 높다. 이 두드러짐은 음운을 통해 그리고 발화에서 특별한 배치를 통해 알려질 수 있다.

할 수밖에 없다. 새로운 정보와 제시된 정보 사이의 상호작용이 없다면, 아무런 경신도 일어나지 않으며 아무런 이해도 일어나지 않을 것이다. 청자는 화자가 말하고 있는 모든 것을 알 수 있지만 화자 자신의 기억에서 활성화한 것과 화자의 덩잇말로부터 나온 정보를 통합하지 않는다면 화자에 대해 이해하지 못한다.

화자는 새로운 정보와 제시된 정보 사이의 구별을 제시 실마리presentation cues를 통하여 전달한다. 영어에서 제시 실마리는 언어적 속성이기도 하고 언어딸림 속성을 보이기도 한다. 언어딸림 실마리는 주로 억양이다. 어떤 정보 단위 안에서 강세 혹은 탁립도prominence[2](지속시간duration의 증가, 세기loudness, 그리고/혹은 높낮이pitch)는 새로운 정보에 있는 낱말들에서 강세가 온다. 영어에서 모든 내용어들은 기본적

2) 우리말에 대한 음운론에서는 탁립도로 옮겨서 쓰고 있다. 이에 대한 자세한 논의는 전상범(2004), 『음운론』(서울대학교 출판부)을 참조할 것.

인 음운-어휘 규칙에 따라 어느 정도 강세를 받지만 탁립되는 낱말들은, 일반적으로 모음의 길이를 길게 함으로써 나타나는데 더 큰 강세를 받을 것이다. 이를테면 다음에서 정확하게 강세를 받는 음절(종종 전체 낱말인데)들은 대문자로 나타냈다. 반면에 개별 억양 단위에서 탁립이 되는 낱말들은 더 큰 소리와 길어짐을 나타내기 위해 대문자로 나타내면서 밑줄을 그었다.

she'd been <u>STAND</u>ing in the CAR park
and it was <u>FREEZ</u>ing COLD
and she asked her to <u>TAKE</u> her round to her DAUGHTer's
so she a<u>GREED</u> to take her ROUND
what <u>ELSE</u> could she DO
she <u>COULD</u>n't leave her STANDing
in this <u>CAR</u> park

— 브라질(1995: 100)

이와 같이 탁립이 된 낱말들은 무엇이 '새로운' 정보로 처리되어야 하는지를 나타냄으로써 대본의 이해에서 청자를 안내한다. 초점 정보를 향한 안내를 제공하는 정보에 대한 실마리 없이 하나의 어조로 전달된다거나 혹은 억양에 따른 실마리가 잘못된다면 이 덩잇말에 대하여 다음의 만들어진 변이형에서처럼 발췌글의 이해에 중요한 어려움을 지니게 될 것이라고 상상해 볼 수 있다.

she'd <u>BEEN</u> standing in THE car park
and IT <u>WAS</u> freezing cold
and she <u>ASKED</u> her to take her ROUND to her daughter's
so <u>SHE</u> agreed to take HER round

WHAT else COULD she do
she couldn't LEAVE her standing
in THIS car park

뒤에 나오는 사례들은 만들어진 덩잇말로 청자들은 새로운 정보를 관례에 따르지 않고 알려줌에 따라 최소한의 처리 노력을 필요로 하는 이야기에 대해 알맞은 이해로 나아가고 있다는 느낌보다는 잘못 안내되고 있다는 뭔가 부자연스러운 느낌을 가질 수 있을 것이다.

제시 실마리는 보조 맞추기pacing, 멈추기pausing, 말더듬disfluency의 주기와 유형을 포함하여 화자의 전달 방식manner of delivery에도 나타난다. 종종 흠이 있는 발화의 신호로 간주되는 말더듬은 청자를 위한 처리 실마리를 더해 줌으로써 의사소통을 실질적으로 나아지게 할 수 있다. 아놀드(Arnold 외, 2007)의 연구에서는 가르침에서 쉼, 채움말filler, 스스로 고치기와 같은 말더듬이 포함될 때 실험 참여자들이 더 나은 이해를 함을 보여주었다(〈그림 3.1〉 참조).

- 말더듬이 없는 지시: 그 빨간 물건을 누르시오. 그 다음에…
- 말더듬이 있는 지시: 그, 어, 빨간 물건을 누르시오. 그 다음에…

이해는 기억과 복잡하게 엉켜 있으므로 청자가 듣기 경험으로부터 무엇을 가지고 가는지 고려하는 것이 중요하다. 여러 억양 단위에 걸쳐 발화에 주의를 기울이는 동안 담화의 정신 표상metal representation을 저장해야 하고 계속해서 새로운 정보로 경신을 하여야 한다. 이해된 덩잇글에 대한 청자의 표상은 상호 연관된 명제들의 묶음으로 저장된다(Singer, 2007). 명제들은 기억에서 단위로 볼 수 있는데 이는 이해된 정보의 등재와 인출에 사용된다.

<그림 3.1> 말더듬에 맞추기 위한 청자의 전략

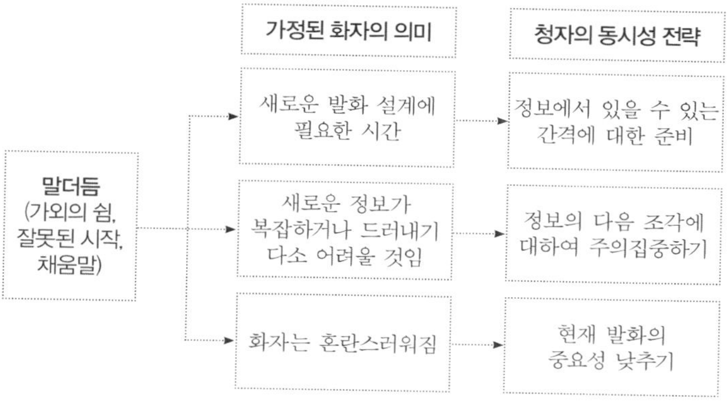

청자가 (쉼이나 채움말, 다시 시작과 같은) 화자의 말더듬을 들었을 때 화자가 혼란스럽고 다음 발화를 설계하기 위한 시간이 필요하거나 복잡한 정보를 청자를 위해 준비하고 있다고 가정한다. 이 가정에 바탕을 두고, 그들은 화자와 동시성을 이루기 위해 자신들의 예상을 조정할 수 있다.

3.2. 인지적 이해: 개념틀의 역할

듣기는 청자의 마음에서 개념들에 대한 수정과 활성화가 끼어드는 주로 인지적 활동이다. 청자가 덩잇말 이해를 위해서 부려 쓰는 개념 지식을 효과적으로 활성화하며 지속적으로 입력물에 대해 받아들일 만한 이해에 이를 수 있도록 조정될 필요가 있다.

개념 지식의 활성화 비율에 대한 언급을 하는 방법으로서 인지 심리학과 인지 언어학에서는 지식의 조직화된 구성단위module를 개념틀schemata이라고 자주 언급한다. 어떤 어른이든 기억에서 이용 가능한 수만 개의 개념틀을 지니고 있으리라고 어림잡아 언급하는데 이는 수만 가지의 방식으로 서로 관련되어 있다. 게다가 새로운 개념틀이 만들어지고 이미 있던 개념틀들도 지속적으로 경신된다. 새로운 것을 읽고, 관찰하며 새로운 것에 귀를 기울이는 순간마다 논리적 연결이나 기호의 연결을 통하여 한 가지 사실을 다른 사실과 관련을 맺음으로써 새로운 개념틀을 만들어낸다(Amoretti 외, 2007; Reitbauer, 2006). 이해를 조사연구하는 사람들은 효과적인 이해에서 핵심은, 들어오는 덩잇글을 이해하는 데 도움을 줄 알맞은 개념틀을 활성화하는 것이라는 데 동의한다.

개념틀은 머리의 넓은 부분인 전두엽에서 동시에 활성화되는 연결(관련되는 교점들)의 어떤 묶음에 대한 비유적 기술이다. 개념틀 이론에 따르면 활성화의 전체 연결망은 연결망에 있는 어떤 교점에서 일어난 개별적인 활성화에 의해 점화될 수 있다(Rumelhart and Norman, 1981). 개념틀을 자리매김하는 것은 개념틀이 신경 구조물이 아니기 때문에 그 구조가 아니라 스스로 발견하는heuristic 속성이다. '자동지급기로부터 돈을 인출하기'나 '전화 판매원 다루기'와 같이 어떤 행위를 통하여 안내될 필요가 있는 기억 교점들의 다발은 이해 문제의 해결 방안으로 처음으로 작동할 때 스스로 발견하는 속성을 지닌다. 이런 개념틀이 다양한 방식으로 상호 관련되고 엇갈려 참조될 수 있기 때문에 이들 사이의 연결은 실제로 무한하다(Churchland, 1999). 실시간 이해를 위해 스스로 발견법으로서 개념틀이 쓰이는 데 유용하기 위해서 새로운 개념틀이 매일 만들어지고 이미 있던 개념틀은 지속적으로 경신된다. 새로운 어떤 것을 읽고, 관찰하며 귀 기울이는 순간마다 논리적 연결이나 기호를 통한 연결을 통하여 한 가지 사실과 다른 사실을 관련지음으로써 새로운 개념틀을 만든다(Feldman, 2006).

예를 들어 만약에 국제 분쟁에 대한 뉴스 방송을 듣고 있다면 관련되는 나라들에 대해 그 나라의 지도자, 과거의 역사, 최근에 관련되는 사건들에 대해 이미 있는 개념틀을 마음에 떠올려 볼 수밖에 없다. 실제로 뉴스의 이야기에 관심을 유지하고 그것을 이해하기 위해 단기 기억으로부터 관련되는 개념틀을 가져와야 할 것이다. 세계에 대한 축적된 이해로부터 수립되는 이들 개념틀은 듣는 순간 실시간으로 접속 가능하도록 마음에서 연결되어 있을 것이다. 아무런 특별한 노력이 끼어들지 않는다. 개념틀이 구체적인 물리적 장소라기보다는 머리에서 활성화된 교점들의 연결 다발이라는 점을 알아차리는 것이 중요하다. 개념틀 조직과 접속 가능성은 개인적인 가치 체계에서 상대적인 중요성뿐만 아니라 빈도(얼마나 자주 특정의 개념틀을 활성화하는가)와 최신성(얼마나 최근에 관련되는 개념틀을 활성화하는가)과 같은 다수의 요인들에 의해 영향을 받는다.

대화, 라디오 프로그램 등의 듣기 활동 중에 있을 때 덩잇말을 충분히 이해하기에 적절할 것으로 추정하는 가장 작은 수의 개념틀을 활성화한다. 이를 언어 처리에서 간결성의 원칙parsimony principle(혹은 오컴의 면도날Occam's razer[3])이라고 불렀다. 사람들은 어떤 것을 설명하는 데 필요한 개체의 수를 늘려서는 안 되며 필요한 것 이상의 가정을 해서도 안 된다는 것이다(Wimmer and Dominick, 2005). 예컨대 새로운 이야기를 이해할 때 덩잇글을 전체적으로 새롭고 고유한 정보로 이해하려고 시도하는 것보다 새로운 이야기에서 특정의 항목에 관련되는 활성화된 개념틀을 경신하는 것이 훨씬 간결하다(Murray and Burke, 2003).

사람이 지니고 있는 개념틀에는 언어적인 측면과 비언어적인 측면으로 이뤄진 인출 체계와 누적되는 개념을 위한 속기 부호shorthand code가 있다. 여러 개념틀의 활성화는 정교한 추론의 토대인데 덩잇말에서 명시적으로 언급되지 않은 다른 감각 자료와 동적인 이미지,

3) '필요 없이 많은 전제를 설정하지 않는다'고 하는 이른바 사고 경제를 존재 문제에까지 적용한 유물론의 격언을 말한다. '존재는 필요 이상으로 수를 늘려서는 안 된다'고 하는 명제. 스콜라 철학자 오컴이 애용한 원리이기 때문에 그의 이름이 붙여지게 되었다. 유물론에게는 개별적 사물의 존재 이외에 보편적 존재는 인정되지 않으며, 보편적 존재는 사고를 혼란하게 하는 무용한 것으로 간주되었다. 그러나 이것은 경험에만 의지해 존재를 설명하고, 보편과 개개 사물의 변증법적 실재 관계를 파악하지 못한 일면적인 견해에 불과하다는 비판을 받는다(임석진 외 편저(2009), 『철학사전』, 중원문화사).

사람들, 사건들, 상태의 존재를 환기할 수 있도록 해주기 때문이다. 예컨대 만약 화자가 출퇴근 시간에 어떤 도시의 기차역에서 일어난 사건을 묘사하고 있다면 청자는 수많은 사람들의 존재, 기차의 소음, 신체의 부딪힘 등을 상상할 수 있다. 개념틀에는 온전하게 다듬어진 원형적인 요소들이 포함되기 때문에 그 원형들은 구체적인 사례들이 언급되지 않은 채로 있다면 초기 값을 생성해낼 수 있다.

충분한 이해가 일어나기 위해 대화 주제와 관련하여 동일한 개념틀을 화자와 청자가 지니고 있을 필요는 없다. 단지 활성화되고 적절하게 관련된 개념틀은 청자로 하여금 어떤 덩잇말을 이해하는 데 본질적인 추론을 할 수 있도록 해준다. 화자와 청자의 마음에 비교적 들어맞거나 일치하는 개념틀이 있다면 받아들일 수 있는 이해acceptable understanding가 일어난다. 청자와 화자 사이의 개념틀에서 의의 있는 부조화mismatch가 있다면 오해misunderstanding가 있다고 말하고, 착오가 있고 청자가 어떤any 적절한 개념틀을 활성화할 수 없다면 몰이해non-understanding가 있다고 말한다. (〈표 3.1〉 참조)

표 3.1 이해와 몰이해의 유형들

유형	청자의 행위
몰-이해	청자는 화자를 이해하기 위한 어떤 적절한 개념틀을 활성화할 수 없다.
오해	청자는 화자의 개념틀과 의의 있는 부조화를 이루는 개념틀을 활성화한다.
부분적인 이해	청자는 화자의 활성화된 개념틀과 어느 정도 겹치는 개념틀을 활성화한다.
납득할 만한 이해	청자는 비록 화자와 폭넓게 공유하지는 않지만 화자의 담화에서 중심 항목들을 포함하는 개념틀을 활성화한다.
받아들일 수 있는 이해	청자는 화자의 담화에서 중심 항목들을 포함하는 대체로 화자와 공유하는 개념틀을 활성화한다.
온전한 이해	청자는 화자와 완전하게 공유하는 개념틀을 활성화한다.

*이 표는 담화에서 있을 수 있는 이해의 범위를 나타낸다. 담화의 어떤 시점에서 청자는 화자와 공유하는 개념틀에 바탕을 두고 오해에서 온전한 이해에 이를 수 있다.

3.3. 사회적 이해: 공동 배경의 역할

입말 담화에 대한 이해는 화자가 의도한 의미에 대한 인지 지도 cognitive map의 생성을 넘어선다. 사회적 얼개social framework와 정감적 요소 affective elements 또한 끼어드는데 이는 객관적고 아무런 자극이 없어 보이는 덩잇말의 경우에도 그러하다. 청자가 이해하는 것은 상당할 정도로 화자와 공유하는 배경, 즉 공유하는 개념과 일상사, 행위 방식과 세계에 반응하는 방식에 달려 있다. 물론 두 사람이 어떤 대화 주제에 대하여 그리고 '저녁 식사'와 같은 구체적인 것이나 '이상적인 혼인'과 같은 다소 추상적인 것에 대하여 동일한 관점이나 개념틀을 공유하게 되리라는 것은 불가능하다. 마찬가지로 두 사람이 '일터로 출퇴근하기'나 '배우자와 논쟁하기'와 같은 행위들의 연쇄에 대하여 동일한 각본scripts을 지니는 것도 가능하지 않다. 그러나 두 사람의 대화 참여자들이 기억에서 공동의 활성화 공간activation space으로 알려진 것을 공유할 것이다. 이것은 상호 공감과 받아들일 수 있는 이해에 이르도록 하는데 공동의 문화적 배경이나 교육적 배경, 경험에 따른 배경을 지니고 있기 때문이다(Bowe and Martin, 2007; Poldrack 외, 2009). (이 개념은, 5장에서 논의되듯이, 컴퓨터에 의한 자동적인 처리에서 본질적이다.)

기억에 있는 개념틀, 개념적 얼개는 두뇌에 있는 뉴런에 걸쳐 일어나는 활성화 유형으로 이뤄져 있다(대략 10^{11}, 즉 100,000,000,000개로 추정됨). 각각의 활성화 공간(신경심리학에서 '활성화 벡터 공간'으로 부름)은 이해에서 쓰이는 개념과 관련된 각각의 신경 시냅스에 대하여 서로 구별되는 무게 혹은 활성화 수준을 지니고 있다. 활성화 수준은 사용의 빈도에 영향을 받지만 감정적 요소에 의해서도 영향을 받는다. 시냅스와 관련된 가중치의 구체적인 형세가 해당 신경 통로의 활성화 공간을 변별적인 원형prototypes으로 나눌 것이다(Churchland, 1999;

Geeraerts, 2006). 화자와 청자들은 부분적으로 비슷한 원형의 활성화를 통해 의사소통한다.

들을 때 원형의 신경 패턴들은 어떤 언어 입력물에 지적으로 반응할 때 활성화되는 상태에 이른다(Rosch 외, 2004). 반응하는 개념들에 대한 시냅스에 의한 가중치에서 개인별 차이가 있을 것이다. 이들 차이가 발생하는 실제적인 신경 공간은 비슷한 배경에 대하여 화자와 청자에게서 비슷하게 분할되어 있을 것이다. 원형 이론prototype theory에 따르면 사람들은 세계에서 비슷한 방식으로 반응하는데 기저에 있는 기억(이를테면 기억에서 시냅스 모양)이 매우 비슷하기 때문이 아니라 활성화 공간이 비슷하게 분할되어 있고 특정 부위에 대한 집중이 비슷하게 활성화되기 때문이다(Haynes and Rees, 2005; Churchland, 2006; Churchland and Churchland, 2002).

신경에서 처리 그 자체에 대한 세부내용들이 청자에게 관련이 없지만 처리의 결과는 중요하다. 모든 듣기 상황에서 저장된 원형으로부터 청자가 지식을 활성화하는 것은 중요하다. 이해가 일어나는 도중에 관련되는 지식이 활성화될 때, 관련되는 개념들에서 부가적인 정보를 청자가 이용가능하게 된다. 동시에 지식 구조가 활성화될 때는 언제나 청자는 그것과 관련되는 정서적인 반응을 경험할 수 있다. 이는 인지적인 몰입cognitive commitment인데 더 나아가서 화자와 그 생각들과의 연결에 영향을 미치고, 화자가 말한 것에 대한 감정적인 반응에 영향을 미친다(Havas 외, 2007; Zwaan, 2004; Firth & Firth, 2006).

<인용 3.1> 구성 기억에 대한 바틀렛(Bartlett)의 견해

이해에 미치는 배경지식의 영향은 오랫동안 심리학자들의 관심사였다. 인지 심리학의 창시자로 종종 간주되는 찰스 바틀렛(Charles Bartlett)은 『기억(Remembering)』이라는 책에서 "모든 사회 집단은 외부 환경을 다룰 때 집단에 어떤 편향을 제시하는, 특정의 심리적 경향이나 집단의 경향에 의해 구성되고 유지된다. 그 편향은 구체적이고 지속적인 집단 문화의 특징을 구성한다 (…중략…) (그리고 이는) 개인이 그 환경에서 관찰하게 되는 것과 이와 같은 직접적인 반응으로 자신의 과거와 연결하게 되는 것을 곧바로 고정한다. 여기에는 뚜렷하게 두 가지 방법이 있다. 먼저, 특정 이미지의 전개에 호의적인 감정과 흥분, 관심의 배경을 제공함으로써 이뤄진다. 다른 한 가지는 구성 기억을 위한 개념틀의 토대로서 작용하는 관습과 기관으로부터 나오는 지속적인 얼개를 제공함으로써 이뤄진다"고 지적하였다.

—바틀렛(1932: 55)

3.4. 의미구성에서 추론의 역할

<인용 3.2> 듣기에 대한 조지 A. 밀러의 견해

조지 밀러는 (제롬 브루너와 함께) 1960년에 하바드대학에서 인지연구센터를 설립하였는데 이는 언어와 기억에 대한 연구가 일어나게 하였다. 밀러는 영향력 있는 개념과 인용구로 많이 인용되고 있다. 여기에는 이해와 관련되는 심리언어적 처리에 관련되는 그의 인용구를 제시한다.[4] '다른 사람이 말하고 있는 것을 이해하기 위해서 그것이 참이라고 가정해야 하며 무엇이 참일 수 있는지를 상상하려고 노력해야 한다.'(이 원리는 지금은 밀러의 법칙으로 언급되고 있다.)

4) 조지 밀러의 연구 가운데 가장 많이 인용되는 연구는 1956년도 논문인 "The Magical Number Seven, Plus or Minus Two: Some Limits on Our Capacity for Processing Information"이다. 최근에는 여기에 대한 반론도 나오고 있는데 이 논문에서 더 중요한 개념은 덩이(chunk)라는 개념이 아닌가 싶다. 그 연구에서 지적한 7개 내외의 숫자는 엄밀히 말하면 덩이이고, 여러 수준으로 나뉘어져 있는 덩이의 수준은 단순히 몇 개로 이뤄진 덩이인가 하는 것보다는 인지 주체의 상황에 따라 달라질 수 있기 때문이다.

<개념 3.2> 결속 장치와 확장된 담화

언어 이해는 여러 발화에 걸쳐 의미연결을 찾아내는 일이다. 청자는 화자가 사용하는 결속 장치의 사용을 따름으로써 의미연결을 구성할 수 있어야 한다.

- 선행조응(*anaphora*): 덩잇말에서 앞서 언급된 항목을 거슬러 올라가는 지시표현. '내 동생은 지난주에 내 아파트에 머물렀다. 그는 그의 개를 여기에 두었다.'
- 외부 조응 표현(*exophora*): 덩잇말 바깥에 있는 항목에 대한 지시표현. (가리키면서) '저게 그의 개야.'
- 어휘 대체(*lexical substitution*): 이전에 있는 항목을 대체하기 위해 비슷한 어휘 항목을 씀. '그의 개 … 그 동물은 …'
- 어휘 사슬(*lexical chaining*)[5]: 이미 언급되어 있는 어휘 항목에 대한 연결로서 관련되는 어휘를 씀. '그 개가 똥을 누는데 … 아무데나 흘리고, 신문지를 찢어놓고 …'
- 접속어(*conjunction*): and, but, so와 같이 명제들 사이의 연결을 위해 씀. '그 개는 나에게는 힘에 부쳐. 그렇지만 돌보기로 약속을 했어.'
- 생략(*ellipsis*): 관례적인 문법지식을 통해 청자에 의해 복구가 가능한 어휘 항목들의 생략. '나는 그것을 돌보기로 했어. 그러니 나는.'
- 통합(*integration*): 시각적인 실마리와 청각적인 실마리의 종합.

어떤 발화나 일련의 발화 산출에서 화자가 의도한 의미에 직접 접속하지 않기 때문에(그리고 어떤 사건에서 화자 자신이 의도하고 있는 의미를 온전히 자각하지 않는 경우도 자주 있기 때문에) 청자는 되풀이해서, 각각의 발화에 대하여 받아들일 수 있는 해석과 일련의 발화들 사이의 연결에 이르기 위한 추론의 과정에 기대어야 한다. 청자에 의한 과정의 한 부분은 사용된 언어 안에서 연결과 관련되는 관례적인 추론을 통해서 이뤄지고, 다른 한 부분은 논리와 실제 세계 지식에 둘 다 관련되는 것으로 문제-해결을 지향하는 발견기법의 절차를 통해서 이뤄진다.

어떤 화자가 발화를 할 때, 일반적으로 그는 이미 '작동하고 있는'

어떤 주제나 주제의 묶음에 대하여 이어지는 정보들을 조금씩 더해 나간다. 어떤 발화 안에 있는 정보에 대한 지시표현(참조)과 발화들에 걸쳐 일정한 양의 정보들 사이의 연결은 대용어와 어휘 대체, 접속어와 생략과 같은 결속 장치의 관례를 따르는 사용을 통해 화자에 의해 알려진다. 이들은 모두 **텍스트 언어학**text linguistics의 영역에 드는데 어떤 언어의 유창한 사용자는 **점화**priming라고 알려진 인지 과정을 통해 재빠르게 처리할 수 있는 능력을 습득할 것이다. 이는 청자로 하여금 예상되는 담화 구조를 예측하고 회상하는 데 도움을 준다(Hoey, 2005).

3.5. 입력물에 청자의 더하기(listener enrichment)

발화 처리는 몸짓과 발화의 산출에 대응하는 조음 운동(입, 입술, 뺨, 턱, 목구멍, 가슴의 움직임)이라는 형식으로 화자로부터 나오는 일관된 시각 신호로 도움을 받는다고 알려져 있다. (뒤집어 이야기하면 발화 처리는 낯설고 일관되지 못한 시각 신호에 의해 방해를 받는다). 시각적 실마리의 중요성 때문에 심리언어학자들은 얼굴을 맞댄 발화 지각과 시청각 발화 지각을 시각과 청각이 관련되는 두 겹 방식bi-modal으로 간주한다(Massaro, 2001; Ouni 외, 2007). 실제로 어린이들은 자신들의 보호자로부터 나오는 시각적 신호에 대한 강한 의존을 통해 제1언어에서 발화 지각이 이뤄지는 것을 보여준다(Ochs and Schieffelin, 2009).

시각 신호와 청각 신호가 일치하지 않을 때, **맥거크 효과**McGurk Effect라고 부르는, 뒤섞여 잘못된 듣기가 일어나는 빈도가 어느 정도 있다

5) 이에 대한 논의가 집중적으로 이뤄진 책으로는 Hoey(1991), *Patterns of Lexis in Text* (Oxford University Press)가 있고, 우리말에서 이를 다룬 논의로 허선익(2008), 「읽기와 어휘 지도에서 어휘사슬 활용 방안」, 『배달말교육』 29호, 325~356쪽이 있다.

(McGurk and McDonald, 1976). 이와 같은 인지 효과는 시각적인 실마리로부터 받아들인 일부와 청각적인 실마리가 융합될 때 나타나며 이는 어떻게 청자가 여러 경로로부터 나온 정보를 통합하는지 보여준다. (스톡과 헤넥(Stork and Hennecke, 1996)에서는 뒤섞여 잘못된 듣기blended mishearing에 대한 논의와 추가적인 사례들은 제공한다.) 통합의 원리와 일관되게 (전화로 듣기나 라디오 듣기에서처럼) 청각적인 실마리가 완전히 없을 경우, 듣기 오류acoustic mishearing와 다른 이해 문제들이 얼굴을 맞댄 메시지 전달에서보다 유의하게 더 높다(Blevins, 2007).

더 늘어난 덩잇말에 대한 이해나 늘어난 말할 차례에는 의미 지식이나 배경지식의 활용이 끼어든다. 비록 덩잇말 수준의 이해에 결속장치들이 이해를 도와주지만 언어 이해의 상당 부분은 관례적인 언어 지식에 기대어 설명될 수 없다. 언어 이해에는 덩잇글에 포함되지 않은 저장된 지식의 활성화가 필요하다. 그리고 오직 간접적으로만 덩잇말에서 알려줄 수 있다. 만약 담화가 편안한 보조로 진행되고 있다면 화자는 메우고 기워주는 작업과 인출 작업을 청자에게 남겨두어야 한다(레빈슨Levinson의 용어로 청자의 더하기). 덩잇글을 이해하기 위하여 이와 같은 더하기 혹은 보충 내용의 제공 과정은 추론하기making inference 혹은 간단하게 추론inferencing이라고 부를 수 있다.

3.6. 이해 도중에 문제 해결하기

추론은 바비와 바살로우(Barbey and Barsalou, 2009)에 따르면 적절한 추론을 끌어들일 필요가 있을 때 그리고 어느 정도 결론을 이끌어낼 수 있는 증거들이 이용 가능할 때 이해가 진행될 수 있기 전에 부려쓰는 문제 해결 과정problem-solving process이다. (연구자들은 기억으로부터 앞선 지식이 인출되는 일반적인 지식 인출 과정을 아우르는 것에 대해 추론이라는 용어를 사용하는 것을 꺼린다.)

추론에는 듣는 도중 청자가 산출하는 정신 모형에 대한 조작이 관련된다. 여러 가지 추론의 알고리즘이 일상 언어 이해 맥락에서 밝혀졌다.

- 흐릿한 지시표현(ambiguous reference)에 대한 의미 추정하기
  - 화 자: 나는 오늘 존에게 들쥐(gopher)[6]에 대해 이야기했어.
  - 청자의 추론: 존은 오늘 우리집 뜰에서 일하고 있는 정원사, …

- 생략된 명제(ellipted proposition)에서 없어진 연결을 보충하기
  - 화 자: 그는 다음 주말에 일할 수 없어. 그러나 그 다음 주말에는 괜찮아.
  - 청자의 추론: …그는 다음 주말에 마음대로 일할 수 있어.

- 논리적 논증에 대하여 납득할 만한 증거 뒷받침하기(supporting grounds)
  - 화 자: 그의 아들이 주말 휴일 동안 시내에 있을 거라고 말했어.
  - 청자의 추론: 그의 아들이 자주 시내에 있지는 않고, 그는 그가 할 수 있는 한에서 많은 시간을 그들과 보내고 싶어 해.

- 무엇이 일어날 것인가에 대한 예측을 하기 위하여 덩일글 갈래를 활용하기
  - 화 자: 그것을 할 수 있는 누군가를 고용한다면 최고일 거야.
  - 청자의 추론: 그녀가 문제-의사결정 유형의 대화를 하고 있으므로 아마도 다음으로 나에게 의견을 요청할 거야.

---

6) 영어 사전을 보면 gopher는 정보 검색기, 들쥐, 멍청한 녀석, 부지런한 사람 등으로 나와 있지만 청자는 존이 정원사임을 알기 때문에 추론하여 '들쥐' 정도로 받아들일 것이라는 설명이다.

• 화자에 대하여 납득할 만한 의도(plausible intention)를 지원하기
  ◦ 화 자: 그렇게 하는 게 너에게도 좋으냐?
  ◦ 청자의 추론: 그녀는 사려 깊다는 것을 나에게 확신시켜 주기 위해 모든 것을 말하고 있어. 그리고 그녀는 내가 원한다면 내 체면을 살려주길 원해.

이런 갈래의 추론 활용을 통해, 청자는 어떤 발화에서 다음 발화로 자신의 인지적 표상을 수립하고 경신하는데 경신은 처리 수준transactional level(무엇이 말해졌고 의미하는 것이 무엇인가)과 상호작용 수준interactional level(이것이 어떻게 청자와 화자 사이의 관계에 영향을 미치는가)이라는 두 수준에서 이뤄진다. 얼마나 많은 새로운 정보 항목들이 추가될 수 있는가에 대해 그리고 얼마나 빠르게 이런 종류의 경신이 이뤄질 수 있는가에 대해 수용 능력에 물론 한계가 있다. 개인의 인지적 표상에 대한 이와 같은 내적인 경신은 청자의 의식의 흐름에 대응한다(Norrick, 2000; 체이프, 1980). 작업 기억 능력의 한계 때문에 처리되었던 언어적인(혹은 현실적인) 표상은 재빨리 잊혀질 것이다. 청자가 이용할 만한 것으로 보이는 모든 것들은 통사적 조회 지도syntactic reference map에 있는 흔적이며 이들은 장기 기억에서 개념들과 관련된다.

인지 심리학적 전통과 맥을 같이 하며 다트리히(Dietrich, 2004)는 어떤 덩잇말의 처리 과정 동안 새로운 정보 덩이들이 더 높은 수준의 덩이들로 통합된다고 제안하였다. 이들은 유동적인 덩이flowing chunks라고 불러왔는데 이들은 두뇌의 양쪽 반구에서 정보의 처리에 관여하기 때문이다. 즉 좌반구에서 일시적인 연상을, 우반구에서는 이미지 중심 연상을 처리한다. 이와 같은 통합이나 덩이짓기 과정은 작업 기억의 기능을 위한 능력을 높이다. 단기 기억의 한계 안에서 작업한다면 청자는 덩잇말에 대해 의미연결된 표상을 유지하는 데 필요한 추론들only those inferences necessary만 구성할 것이다. 덩잇말 처리에 대한 이와

같은 관점에서는 덩잇말에서 명제들의 제시 순서가 처리의 유창성과 편의에 영향을 미칠 것이다.

<개념 3.3> 추론의 유형

지금까지 밝혀진 추론의 주요 유형들이 아래에 제시되어 있다. 두 명제들 사이의 연결을 표상하기 위하여 하나 이상의 추론이 사용될 수 있고 종종 사용되고 있다는 점을 주목할 것. 덩잇말 이해가 일어나는 동안의 논리적 추론의 유형들이다.

- 시작하는 연결(*initiating links*): A는 B에 대한 이유이다. '그는 나는 것을 두려워한다. 그는 그 비행기에 타고 있지 않다.' (두려워하다 → 유발하다 → 타지 않다)
- 가능하게 하는 연결(*enabling links*): A가 Y를 가능하게 하다. '나는 운전자의 자리에 앉았다. 바지를 통해 축축하고 물기가 스며드는 것을 느꼈다.' (자리에 앉음 → 가능하게 함 → 축축함을 느낌)
- 개념틀에 따른 연결(*schematic links*): A는 B를 해석하는 데 필요한 정보 얼개를 포함한다. '그는 외출하기를 꺼려한다. 그는 언제나 남자 종업원에게 청구서에 대하여 질문을 하곤 한다.' (외출(외식) → 함의한다 → 식당 → 함의한다 → 남자 종업원, 청구서)
- 분류 연결(*classification links*): B는 A에 따라 분류될 수 있는 무엇인가를 표현한다. '남편은 매일 한 톤의 과일을 먹는다. 나는 언제나 부엌 곳곳에서 바나나 껍질, 오렌지 껍데기, 포도 줄기를 발견하곤 한다.' (과일 → 포함한다 → 바나나, 오렌지, 포도 → 있다 → 외피)
- 병렬 연결(*paratactic links*): B는 A를 따르는 무엇인가를 표현한다. '넬라는 비옷을 입었다. 그녀는 과장된 표정으로 우리를 쳐다보고는 떠났다.' (입다 → 연쇄에 앞섬 → 쳐다봄, 떠남)
- 논리적 연결(*logical link*): A와 B는 논리에서 삼단논법(syllogism)이다(여러 개의 전제로부터 결론에 이르는 추론하기). '수잔느는 그녀의 아들들이 언제나 학교에서 잘 하고 있다고 뽐내지만 그녀의 아들 알렉스는 게으름뱅이이므로 참일 수가 없다.' (조건 X + Y → 에 이름 → Z)
- 지시표현을 통한 연결(*reference link*): 발화들에 걸쳐 선행조응 표현을 통한 연결을 한다. '나는 차 밖에서 맥주를 마셨다. 그것은 매우 따뜻했다.' (it → 가리킨다 → 차가 아니라 맥주이다)

- 정교화 연결(*elaborative link*): 청자에 의한 어떤 추론이 덩잇말의 의미연결을 위한 것일 필요는 없다. 그와 같은 추론은 일반적으로 문화 상대적이고 개인의 경험과 가치에 의해 알려진다. '바바라는 토드가 대단한 질문을 던졌을 때 전율을 느꼈다. 그녀에게 반지를 주었을 때 더 놀랐다.' (→ 화자는 거의 분명하게 청혼에 대해 그리고 비싼 다이아몬드 반지에 대해 이야기를 하고 있다.)
- 다리 놓기 연결(*bridging link*): 의미연결된 표상을 위하여 가정되는 사실이나 전제의 세부내용을 채워 넣는 추론. 정교화 추론에서처럼 다리 놓는 추론은 문화 상대적이고 쌓이는 경험과 개인적인 태도에 바탕을 두고 있다. '그 외과 의사는 심장 수술을 마무리하면서 땀을 심하게 흘리고 있었다. 참여자 가운데 한 사람이 …에게 말하였다.' (→ 그/그녀에게). 듣는 도중에 청자는 그 의사가 남자인지 혹은 여자인지와 같은 언급되지 않은 세부내용을 포함하여 교량 추론을 통해 외과 의사에 대한 표상을 구성할 것이다.

—닉스(Nix, 1983), 치칼랑가(Chikalanga, 1992),
반 덴 브뤽 외(van den Broek 외, 2005) 참조.

3.7. 이해 도중에 추론하기

나날의 담화 상황에서, 즉 텔레비전 보기에서 동료들과의 대화에 이르기까지 우리가 하는 언어 이해의 대부분은 논리적 추론과 정교화 추론이 개입한다. 이들 두 유형의 추론 과정들은 추리[7]에 바탕을 두고 있다. 마음에 내재된 논리mental logic를 활용하는데 주장claims과 뒷받침의 근거grounds가 관련된다. 담화 이해가 이뤄지는 동안에는 실시간

---

7) 널리 퍼진 구분은 아니지만 추리와 추론을 구분하기도 한다. 김봉순(1996), 「텍스트의 의미구조 표지의 기능에 대한 실험연구」, 『독서연구』 창간호, 168쪽에서는 이들을 구별하는 데 추리는 몇 가지 실마리로 없던 내용을 생성하는 사고 작용을 가리키고, 추론은 제시된 정보를 바탕으로 연결 관계를 파악하는 사고 작용이라고 하였다. 이에 따르면 이 책에서 주로 이야기하는 것은 주로 추론에 가깝다. 다만 이들을 구분하여 영어로 reasoning은 추리하기, inferencing은 추론하기의 구별은 필요한 경우에만 참조하기로 한다. 이 작은 절에서는 주로 추론하기가 많이 언급되고 있다.

추리real time reasoning에서 단기 기억에 기대어야 하는데, 이는 기억 안에서 연산 공간이다. 그리고 단기 기억의 한계 때문에 좀 더 쉽게 받아들일 만한 이해[8]에 이르도록 하기 위해 복잡한 논증과 해석을 지나치게 단순화하는 경향이 있다.

듣는 도중의 추론 과정은 비록 실시간에 적용하기가 언제나 쉬운 것은 아니지만 비교적 곧장 이뤄진다. 추리하기에는 다섯 가지 기본적인 인지적 처리가 끼어든다. 사실들에 대한 파악, 이들 사실에 대한 주장의 범주화, 화자가 말하고 있는 것에서 참값에 대한 상대적인 가정, 제시된 정보로부터 알려지지 않거나 알 수 없는 사실에 대한 귀납추론induction과 제시된 정보에 바탕을 두고 일반화하는 연역추론deduction이 있다.

듣는 도중 추리하기는 사실들, 전제들과 주장들에 대하여 재빠른 확인과 평가와 관련된다. 화자가 하고 있는 주장을 이해하기 위하여 직접적이든 간접적이든 재빠르게 평가를 하여야 한다. 주장들은 화자가 진행되고 있는 대화를 유지하기 위해 우리에게 받아들이기를 바라는 선언이다(이를테면 '두목이 나를 이용하고 있어My boss is taking advantage of me', '우리 아이들이 나를 미치게 해My kids are driving me crazy', '이 새로운 법안은 경제에 좋을 것이다This new law will be goof for the economy' 등). 주장 뒤에는 근거가 있다. 이는 주장을 받아들이도록 이끌어 주리라 가정되는 뒷받침 사실들이나 생각이다. 사람들이 이를테면 '언제나 진주는 우리나라에서 가장 살기 좋은 곳이다Jinju is the best place to live in Korea'와 같은 갈래의 말을 한다고 할 때, 그 사람은 그 주장에 바탕을 두고, 요청을 받는다면, 설명 가능한 의사소통의 규범(그라이스의 용

8) 영어의 comprehension과 understanding은 우리말에서 구별되지 않는데 킨취(Kintsh 1998; 김지홍·문선모 뒤침, 2010), 『이해』(나남)의 뒤친이는 이들을 각각 파악과 이해로 구분하고 있다. 여기서도 이런 구분이 필요한 경우에는 이들을 따로 쓰겠지만, 문맥에서 어색하지 않으면 이 둘을 구별하지 않고 이해로 뒤칠 것이다.

어로 **품질의 규범**maxim of quality)이다.

다음은 최근의 대화에서 들을 수 있는 몇 가지 주장이다.

메타 가족은 좋은 이웃이다.

때로 시험에서 부정행위는 괜찮다.

가솔린에 대해서 정부가 두 배의 세금을 물린다면 그것이 온실 가스를 줄일 것이라고 확신한다.

이들 주장이 이뤄지는 대화들 가운데 하나에 참여한다면 뒷받침되는 함축적인 근거가 있고 이들 근거가 참인 것으로 쉽게 이해할 수 있기 때문에 그것을 기꺼이 받아들일 것이다. 그러나 그 주장을 의심할 만한 이유가 있다면 그 주장에 대하여 기저에 있는 구체적인 근거를 요청하도록 선택할 것이다.

당신은 그들이 좋은 이웃이라고 하였는데(그들이 참견하기 좋아하는 부류라는 것을 알았습니다만), 왜 그들이 좋은 이웃이라고 생각합니까?

시험에서 때로 부정행위가 괜찮다고 하셨는데(그렇지만 저는 부정행위가 인격을 떨어뜨린다고 배웠습니다), 시험에서 어느 때에 부정행위를 해도 된다는 말입니까?

가외의 세금이 소비를 감소시킬 것이라고 하였는데(그렇지만 어찌 되었든 저는 가솔린을 계속 살 것입니다), 가솔린을 소비해야 하는 사람들은 어쨌든 그것을 살 것이라 생각하지 않으십니까?

이런 유형의 맞섬은 일반적으로 화자로 하여금 자신이 주장에 대한 근거를 명시적이도록 할 수밖에 없게 한다.

그들이 자신들의 재산을 잘 관리하기 때문에 좋은 이웃이라고 말했습니다.

시험에서 이따금씩 저지르는 부정행위가 학생들의 전공이 아닌 강좌일 때 정당화될 수 있다고 믿습니다.

나의 경우에 그런 세금이, 절대적으로 필요할 때에만, 가솔린을 쓰도록 한다는 것을 압니다.

명시적으로 그 근거를 듣고 난 뒤 청자는 그 주장의 효력에 여전히 동의하지 않을 수 있다. 그 근거가 적절하지 않을 수 있으며 그 주장과 직접적으로 관련되지 않을 수 있고, 청자의 경험에 모순되어 그것을 받아들이기보다는 거절하도록 이끌기도 한다. 마찬가지로 다른 주장으로 이어질 수 있는 다른 근거나 반례가 있다는 점에서 주장이 너무 강하다는 것을 발견할 수 있다.

여기서 요점은 대화에서 명제 이해의 핵심적인 부분이 처음에는 화자가 하고 있는 주장을 이해는 것, 그 다음에 수용하거나, 거절하거나 혹은 부분적으로 받아들이거나 부분적으로 거절하는 일 혹은 전혀 판단을 거치지 않을 수도 있다는 점이다. 주장이나 근거가 문화의 특징에 매여 있는 정도에 따라 이해에는 (언어에 기반을 둔) 덩잇말에 관련되는 유창성뿐만 아니라 (참조에 바탕을 둔reference-based) 얽혀 있는 텍스트성에 관련되는 유창성intertextual competency이 끼어들 것이다 (Duff, 2007; Chandler, 2007; Ferri, 2007 참조).

성공적인 언어 이해에는 추리가 끼어들기 때문에 성공적이지 못한 언어 이해에는 추리의 잘못fallacy of reasoning이 끼어든다. 실제로 학업 관련 강의에서부터 일상적인 잡담에 이르기까지 모든 갈래의 담화에서 보고된 오해의 사례들 다수가 청자에 의한 잘못된 추리 때문이다. 주의집중과 단기 기억의 한계 때문에 모든 상황에서 어느 누구도 언어를 완벽하게 처리하는 것은 기대할 수 없다. (더 나아가서 우리 주변에 있는 언어의 모든 것을 처리하려는 시도는 인간의 마음이 추구하는 적합성이라는 개념과 상당히 모순이 될 것이다!)

지난 수십 년 동안 다수의 연구가 담화에서 일어나는 추리의 오류들을 탐구하여 왔다(〈표 3.2〉 참조).

3.8. 이해 도중에 보완 전략들

기억에 대한 자연스러운 한계를 전제로 할 때 의미 처리를 수행하기 위해 말하자면 조건이 어렵게 될 때 입말을 이해하기 위하여 수시로 보완 전략에 기대어야 한다. 의미 처리가 이뤄지는 어느 때이든 파악을 위한 청자의 능력은 소진되거나 지나치게 많이 쓰인다. 혹은 청자는 산만해지고 몇 가지 보완이 필요할 수 있다.

의미 처리가 무너지는 것은 다음과 같은 경우에 나타날 수 있다.

- 청자가 화자가 말하고 있는 것을 듣지 못할 때
- 청자가 화자가 쓰고 있는 특정의 표현을 알지 못할 때
- 화자가 주고 있는 정보가 불완전할 때
- 청자는 낯익은 낱말을 듣지만 낯설게 쓰일 때
- 청자가 모르는 낱말이나 개념과 마주칠 때, 혹은 필요로 하는 추리 과정의 전부를 청자가 수행하는 것보다 화자가 더 빠르게 나아갈 때 그리고 분명하게 하는 기회가 이용 가능하지 않을 때

이런 경우에 만약 청자가 담화에서 온전한 참여자로서의 지위를 유지하는 데 목적이 있다거나 온전한 이해를 목적으로 한다면 몇 가지 보완이 필요하다.

<표 3.2> 나날의 담화 추리에서 비형식적인 오류

듣는 중에 나타나는 오류의 범주	오류의 유형	청자에게 입력되는 본보기	추론 과정에서 청자의 오류에 대한 부연	설명
인지적	거짓 딜레마	우리는 친구라고 생각했는데 모든 내 친구는 내 혼인식에 왔어. 그리고 너는 거기에 없었어.	짐작건대 나는 그녀의 진정한 친구가 결코 아니야.	실제로는 선택내용들이 있을 때 오직 두 개의 선택 안이 고려되는 상황. 또한 흑백 사고로도 부름.
	완벽한 해결책	음주 운전 반대 캠페인이 제대로 되지 않고 있어. 사람들은 어쨌든 여전히 술을 마시고 운전을 해.	그래 맞아. 우리는 음주 운전을 단념하려고 시도하는 걸 잘 잊어버려.	이 논증은 완벽한 해결책이 있고/있거나 문제가 그것이 실행된 뒤에도 여전히 있을 것이기 때문에 어떤 해결책을 거부해야 한다고 가정함.
	상관관계를 부정하기	(주려고만 한다면) 가난한 사람에게 돈을 줄 거야. 그렇지만 세상은 멋지고 풍요롭기 때문에 아무도 실제로는 가난하지 않다고 믿어.	이는 정말로 감탄할 만한 태도야. 이전에는 것을 생각해 보지도 않았어.	상관관계를 재규정하려고 하는 논증(서로 배타적인 두 개의 선택내용이 있음). 따라서 하나가 다른 하나는 아우름. 말하자면 하나의 대안은 불가능하게 만듦.
귀납적	잘못된 예외	맞아. 위생 시설, 의료, 교육, 포도주, 공공 질서, 신선한 물 공급 체계, 공중 보건 말고 로마인들이 우리를 위해서 도대체 무엇을 한 거지? (몬티 파이턴의 '브리안의 삶'에서 발췌)	동의해. 현대 사회에 로마인들이 끼친 영향은 지나치게 평가됐어. 이른 바 업적이라는 건 실제로 그렇게 중요하지 않다.	정확한 일반화이지만 너무나 많은 것들이 제거되어 애초의 진술이 가정하게 하는 것보다 남아 있는 것이 훨씬 덜 인상적인 하나 또는 그 이상의 특성을 지니게 됨.
	성급한 일반화	내가 만난 미국인들마다 단일 언어를 사용해. 따라서 모든 미국인들은 단일 언어를 쓴다는 게 참이야.	그가 맞는 것이 틀림없어. 나는 그보다 많은 미국인을 만나지는 않았으므로 그의 말을 믿으려 해.	불충분한 증거에 바탕을 두고 귀납적인 일반화에 이름.
연역적	치우친 사례	모든 지적인 사람들은 공중 보건 안에 반대해– 나는 내 어머니 아버지를 알아.	아마도 나는 내가 생각하는 만큼 지적이지 않아. 실제로 나는 공중 보건 안이 좋다고 생각해.	더 큰 표본집단을 대표하지 않는 표본에 바탕을 두고 연역적인 일반화에 이름.
	잘못된 유추	대학은 사업과 별로 다르지 않아. 성장에 이르게 할 분명한 경쟁 전략이 필요해.	실제로 사업과 같이 대학을 다루는 것이 대학에서 보았던 많은 문제를 해결해 줄 거라고 생각해.	한 가지 특징에 대한 비교를, 다른 특징을 아우르는, 더 큰 논증에 이르도록 확장함.

*출처. 라이즌과 길로비치(Risen and Gilovitch 2007), 베네트(Bennett 2003), 다메(Damer 2001)

일반적으로 주목을 받는 몇 가지 보완 전략들은 다음과 같다.

- 건너뛰기(*skipping*): 이해를 위한 처리에서 덩잇말의 부분 혹은 구역을 생략하기
- 어림잡기(*approximation*): 이해되지 않고 있는 부분의 핵심을 아우를 수 있을 듯한 상위의 개념을 활용하기. 어떤 낱말이나 개념에 대하여 화자가 의도할 수 있는 것보다 덜 정확한 의미 구성하기
- 거르기(*filtering*): 긴 메시지나 명제들의 묶음을 더 간결한 메시지로 압축하기. (이는 '줄이기' 전략인 어림잡기나 건너뛰기와 다른데 거르기에는 더 넓은 의미 맥락에서 능동적인 구성이 끼어들기 때문이다).
- 미완성(*incompletion*): 명료해질 때까지 기억에서 불완전한 명제를 간직하기
- 대체(*substitution*): 이해할 수 없는 낱말이나 개념, 명제를 어떤 것으로 대체하기

〈표 3.3〉은 동시 해석을 하는 사람으로부터 받아들인 보완 전략들의 사례를 보여준다. 동시 해석을 하는 사람은 일반적인 청자가 하지 않는 가외의 산출 과제를 수행하였다. 즉 이들은 제2언어로 이해한 메시지를 중개하여야 하였다. 그 결과 그들의 인지 능력은 일반적으로 지나치게 부담을 졌고, 최상위의 해석자조차 일반적이고 중개를 하지 않는 청자들이 보여주는 것보다 더 많은 보완 전략을 보여 주었다(Weller, 1991; Lee, 2006; Hatim, 2001).

<표 3.3> 해석 맥락에서 청자에 의해 쓰인 보완 전략들

자료 언어 덩잇말(영어)	목표 언어(아랍어)
건너뛰기(skipping)	
프랑스 수상이 조소와 폭력으로 대접을 받았다.	프랑스 수상이 폭력으로 대접을 받았다.
그들은 모두 매우 무뚝뚝하고 서구의 군사 기술을 따라잡는 것이 불가능하다는 불평을 계속했다.	그들은 매우 … 서구의 군사 기술을 따라잡는 것이 불가능하다는 불평을 계속했다.
의회에서 오늘 150억 달러 예산안이 98 대 1의 투표로 승인되었다.	의회에서 오늘 150억 달러 법안이 98 대 1의 투표로 승인되었다.
미사일에는 '혈암(shale)'이라는 이름을 붙였는데 코란에 있는 이야기를 참조하였다.	미사일에는 암석의 한 종류로 이름을 붙이는데 코란에 있는 이야기를 참조하였다.
어림잡기(approximation)	
이란은 … 방법론적인 캠페인에 착수하였다.	이란은 방법론적인 캠페인을 시작하였다.
다마스쿠스 시리아 라디오에서는 집단적인 증오심을 가라앉히기 위하여 전투가 티크리트로 퍼졌다고 보도하였다.	다마스쿠스 시리아 라디오에서는 그들 사이에 일치를 보기 위하여 티크리트에 전투가 있었다고 보도하였다.
언론과 국민들은 오로지 선택된 정보로 이뤄진 이 담화를 대체로 묵인하였다.	언론과 국민들은 오로지 선택된 정보로 이뤄진 이 담화를 반겼다.
지금은 사라진 소비에트 중심의 바르샤바 조약의 일원이었던 동부 유럽 정부	한때 이전의 소비에트 중심의 바르샤바 조약의 일원이었던 동부 유럽 정부
거르기(filtering)	
전시에는 성공에 대한 과장된 주장이나 잔혹 행위에 대한 선동적인 비난에 대하여 새로울 것이 없다.	전시에는 성공에 대한 과장된 주장에 대해 새로울 것이 없다.
나라들이 대치의 국면에 말려들 때 그 지역 전체에 긴장으로 끓어오르는 불길이 퍼져나갔다.	그 지역에서 나라들 끼리 대치로 접어들 때 긴장감이 불어났다.
왕은 제12왕립 기계화 사단이 있는 전방부대를 방문하였다.	왕이 군부대를 방문하였다.
미완성(incompletion)	
그들은 모든 통신 체계와 수송 체계를 완전히 통제하지 않았다. 그들은 실제로 우리를 방해하지 않다.	그들은 모든 통신 체계와 수송 체계를 완전히 통제하지 않았다. 그들은 ….
이스라엘이 궁지에 몰린 신성한 오리의 역할을 부여함으로써 빵 굽는 사람은 거친 상인이나 오리 사냥꾼처럼 행동하지 않았다.	…으로써 빵 굽는 사람은 거친 상인이나 오리 사냥꾼처럼 행동하지 않았다.
폭도들의 당혹스러운 주장에서 정확하게 무엇이 일어나고 있는지 분명하지 않다.	…에서 폭도들의 주장이 있음에도 무엇이 일어나고 있는지 분명히 정확하지 않다.

대체(substitution)	
부수적인 손실 소비에트는 일치하여 마지막 결전을 제안하였다. 그러나 걸프 위기는 인식을 다르게 하였다. 전쟁이 가져온 가장 큰 파괴는 수천 개의 텔레비전 위성 안테나이다.	상당한 손실 소비에트는 한꺼번에 투표를 하였다. 그러나 걸프만 위기는 인식을 바꾸었다. 전쟁이 가져온 가장 큰 문제는 수천 개의 텔레비전 위성 안테나이다.

3.9. 이해 도중에 기억 구성하기

듣는 도중의 기억 접속을 언급할 때, 이해를 도와주는 이미 있는 활성화된 기억의 처리와, 이해 도중에 그리고 뒤따르는 이해에서 이미 있는 기억을 강화하거나 경신하기 혹은 새로운 기억의 연결을 형성하는 처리 둘 다를 의미한다.

기억은 일반적으로 두 가지 기준이 개입하는 것으로 논의되었다. 개인의 전체적인 지식과 경험의 총합과 관련이 있는 장기 기억long-term memory과 특정한 순간에 활성화되는 지식과 관련이 있는 단기 기억short-term memory이 있다. 코원(Cowan, 2000)은 널리 쓰이는 단기 기억이 때로 (1) 현재에 일시적으로 활성화가 고조된 상태에 있는 장기 기억 저장고로부터 나온 표상들의 묶음이나 혹은 (2) 제한된 시간 동안 유지될 수 있는 주의집중의 초점이나 자각의 내용을 가리키기 위해 흐릿하게 사용된다는 점을 지적하였다. 코원은 계층을 이루고 있는 좀 더 일관된 단기 기억의 개념을 주장하였는데 이때 단기 기억은 복합적인 능력의 제약을 받는다. 핵심 개념은 청자들이 동시적으로 주의집중의 초점을 맞출 수 있는 것이 아니라 순서에 따라 장기 기억에서 신경 연결의 다른 부분집합 안에서 주의집중의 초점을 맞출 수 있다는 것이다.

지난 세기에 걸쳐 작업 기억에 대한 조사연구는 구조물로서 기억의 구성에 의해 주도되었다. 단기 기억에 대한 기술은, 전화기 번호판에 입력하기 전에 누군가 이야기하고 있는 새로운 전화번호를 유지하려고 애쓰는 경우처럼 짧은 시간이 지난 뒤에 인출을 위해 정보를 유지하기 위해 특화된 것으로 단기 기억의 역할과 함께 저장에 초점을 맞추었다. 여기에는 정보의 활성화나 변형의 수단으로서 혹은 새로운 자료와 장기 기억의 선택된 부분을 통합하는 수단으로서 단기 기억에 대한 강조는 거의 없었다.

좀 더 최근의 모형에서는 단일의 단기 저장에 대한 전통적인 모형에 도전을 하였다. 예컨대 더 새로운 모형은 다중(*multi*) 작업 기억과, 서로 다른 방식들(이를테면 쓰기와 말하기)과 연관되고 표상의 서로 다른 갈래들(이를테면 공간적, 연속적, 언어적)과 연관된 단원체를 설정하였는데 이들은 모두 입말 처리 과정에서 쓰인다(Ronnberg 외, 2008).

또 다른 새로운 제안은 작업 기억에 대한 연산 모형이다. 시험 삼아 해보기, 입력물에 대한 음운 임시 저장고, 정보 줄이기, 일반화, 추론과 같은 다양한 조작이 일어나는 '연산 공간'으로 간주된다. 작업 기억에 대한 연산 모형에서는 여전히 엄격한 시간-폭 한계를 지니고 있다. 코원(1998)은 매우 다른 속성을 지닌 단기 기억의 두 국면을 논의하였다. (1) 2초 정도까지 유지되는 순간적인 감각 기억[9]으로서 소멸되지 않는 잔상(잔향 기억echoic memory이라고도 함)이 있으며 (2) 20초에 이르기까지 좀 더 지각에서 유지되면서 소멸되는 단기 기억이 있다는 것이다. 이런 개념에 따르면 단기 기억의 두 번째 국면은 10초에서 20초에 이르기까지 유지되는데 기억에서 일련의 활성화되

9) 감각기억에 저장된 정보들은 곧 사라지거나 또는 그 정보의 의미가 해석되는 형태 재인의 단계를 거쳐 단기 기억으로 들어가게 된다. 대체로 감각기억에 정보가 머무르는 시간은 매우 짧아서 시각적 감각기억은 1초 이내, 청각적 감각기억은 그보다 약간 더 오래 지속되는 것으로 알려졌으나 정확한 지속 시간에 대해서는 연구자들에 따라 약간씩 다르다. 일반적으로 감각 기억은 영상 기억(iconic memory)과 잔향 기억(echoic memory)으로 구분된다. 영상 기억은 시각적 자극을 순간적으로 기억하는 과정을, 잔향 기억은 청각적 자극을 순간적으로 기억하는 과정을 뜻한다(국립특수교육원(2009), 『특수교육학 용어사전』, 하우).

는 자질 가운데 바로 하나이다.

단기 기억과 장기 기억은 각각 활성화된 정보active information와 활성화되지 않은 정보inactive information와 관련된다. 입말 의사소통을 이해하기 위한 목적으로 심리학자들은 이제 기억의 크기보다는 기억의 활성화에 기대어 언급하기를 더 좋아한다.

3.10. 이해와 학습

일단 청자가 어떤 일에 참여하고 나면 무엇인가를 유지하거나 학습하게 될 가능성이 높다. 심리학적인 용어로 학습은, 경험에 의해 기억에서 어떤 개념에 대한 지속성이 있는 수정(*durable modification of a concept*)으로 가장 간단하게 뜻매김될 수 있다. 학습의 정도는 처음에는 청자가 아는 것, 어떤 새로운 지식이 그 사건을 겪는 동안 구성되는지를 표상하는 방법에 반영된다. 학습의 정도는 그 다음에 새로운 지식의 충격이 청자의 뒤따르는 태도, 믿음, 행위에 반영된다. 최근의 연구는 일관되게 학습에 관여하는 두 갈래의 기억 체계가 있으며 대부분의 학습은 이 두 체계가 관여하는 혼합물이라는 것을 주장한다.

- 유형 1. 연상에 바탕을 둔 처리(*associative process*): 연상에 바탕을 둔 처리는 기억에서 동일한 신경 연결의 일부를 공유하는 유사성과 관념 연상(contiguity)에 의해 구조화된 연상을 이용한다. 이들 기억을 통한 경험이 불어남에 따라 장기 학습(long-term learning)으로 이어지므로 이들 연상은 자동적으로 일어난다. 연상에 따른 학습은 일반적으로 처리의 단계에 대한 자각 없이 이뤄진다.
- 유형 2. 규칙 기반 처리(*rule-based process*): 언어와 논리에 의해 구조화되고

상징적으로 표상된 규칙을 이용한다. 규칙에 기반을 둔 처리를 통해 새로운 정보를 단 한 번이나 많지 않은 경험으로 배울 수 있다. 규칙에 기반을 둔 학습은 일반적으로 처리에 대한 의식적인 자각과 함께 이뤄진다.

연상 원리를 통한 학습에는 앞선 지식이나 지식 개념들에 대한 활성화와 부가, 부정, 일반화, 줄이기, 추상화를 통해 이들을 경신할 필요가 있다. 연상을 통한 학습에는 세 가지 기본 유형이 있다. 가장 기본적인 배움의 유형은 기억 사용에서 덩잇글 기반 모형textbase model이다(Kintsch, 2007; Zwaan, 2006). 이런 갈래의 학습은 일시적이고 얼마 지나지 않아 사라지는데 새로운 학습이 앞선 지식과 충분하게 통합되지 않고 오직 배운 덩잇말과 관련하여 수립된 색인들을 활용함으로써 인출될 수 있기 때문이다.

장기적인 목적을 위한 학습에는 덩잇말로부터 얻은 지식과 앞선 지식을 통합하는 기억의 상황 모형situation model[10]이 관련된다. 이런 유형의 지식은 더 잘 통합되어 있고, 접속을 위한 여러 겹의 방법이 있기 때문에 몇 시간을 넘어서 지속되는 경향이 있다.

인지적 모형에서는 학습에 네 가지 요소가 필요하다.

- 학습의 단위(*units of learning*): 장기 기억에 표상되는 개념이나 낱말, 개념의 행태이다. 이들 단위(낱말이나 개념, 혹은 행태)는 학습자들에게 심리적 실체(psychological reality)를 지녀야 한다. 말하자면 이들은 학습자에게 관련되어야 한다.

10) 킨취(1998), 김지홍 뒤침(2010), 『이해』1·2(나남)에서는 덩잇글의 이해가 덩잇글 표면구조 → 덩잇글 기반 모형 → 상황 모형을 거치는 것으로 제시한다. 덩잇글에 있는 표면구조와 덩잇글 기반 명제들의 처리를 통해 상황 모형이 점진적으로 다듬어진다고 모의한다. 상황 모형의 형성이 결국 이해의 궁극적인 목적이 된다. 상황 모형은 문제 해결과 정보의 저장, 활용에 깊이 관여하는데 여기에 그치지 않고 대수학의 문제 풀이나 행위의 계획과 같은 일상생활에도 관련이 있다는 점이 논의되었다.

- 이들 단위들에 대한 활성화 값(*activation value*): 학습자에 의해 단위에 부여된 인지적 중요성과, 작업 기억에서 앞선 활성화에 최신성의 중요성. 두드러짐과 최신성은 새로운 단위들이 유지될 가능성을 높일 것이다.
- 연결 가중치(*connecting weighting*): 기억에서 어떤 단위를 다른 단위와 연결하고 연결의 강도. 새로운 단위(개념, 행태)를 앞선 경험, 청자의 관심사, 관점, 욕구와 연결하는 강도는 영구적으로 될 수 있는 새로운 학습의 가능성을 강하게 예측할 것이다. 청자가 덩잇말을 경험하는 방법(경험이 활성화되는 방법)도 새로운 연결의 가중치에 영향을 미칠 것이다.
- 학습 규칙(*learning rule*): 연결이 불어나거나 바뀌거나 학습되지 않은 방법(타고나거나 습득됨). 청자가 덩잇말을 처리하는 방법, 즉 연속감과 완결감을 얻기 위해 덩잇말에 있는 간격을 메우는 방법과, 학습자가 이 과정에 대하여 가지는 믿음, 즉 어떻게 자신의 학습이 바뀔 수 있는지에 대한 믿음이 학습자가 채택하는 학습 규칙들이다.
- 감정과 동기 가중치(*emotional and motivational weighting*): ('탐색하기'나 '인출하기'보다는) 재구성으로서 표상을 말로 나타내게 함으로써 어떤 사람의 모든 측면(이를테면 분위기, 목표, 물리적인 위치)들이 재구성되는 것에 대한 정확한 세부내용을 이해할 수 있다. 다른 말로 한다면 재구성은 같은 사람에 대해서 시간과 맥락에 걸쳐 다를 것이다. 이런 맥락 민감성의 갈래는 듣는 도중에 인간 기억 기능이 지니는 특징이다(Baddeley, 1997).

학습에 대한 이와 같은 복잡한 원리에는 잘 알려지지 않은 일들이 개입하기 때문에 특정의 청자가 특정의 덩잇말 혹은 학습 경험으로부터 무엇을 배울 것인가를 예측하는 것은 불가능하다. 무엇보다도 표상의 단위와 비중에 관련되는 두뇌 회로 연결에서 있는 그대로의 개수를 결정할 수 없다. 두 번째로 학습과 지각 사이의 상호작용을 제공하는 내부 움직임 수준에서 동기와 주의집중과 관련되는 인간 두뇌의 '유도 체계'가 입력물을 지각하고 그것에 반응하는 방법에 영향을 미친다(Austin, 1998). 요약하자면 학습되는 것과 인출되는 것, 결과적으로 회상되는 것에 대한 개인별 차이에는 다수의 원천이 있다.

요약: 파악과 이해

이 장에서는 이해에 관련되는 의미 과정, 의미 중심의 과정에 대한 얼개를 제공하였다. 이와 같이 학습자의 기억에서 시작하는 의미 수준의 처리는, 발화 신호에서 시작하는 상향식 처리bottom up processing로서 언어 수준에서 나타나는 특징과 대조하여, 때로 하향식 처리top down processing라고 부른다. 듣기 과정에서 오해가 있다면 실제 언어 요소에서 오해되는 것이 무엇이며 의미 처리에서 '왜' 오해되는지를 고려해 볼 수 있다.

의미 처리에는 지식 구조의 활성화가 관여하는데 이는 청자의 두뇌에 있는 다양한 요소들로부터 활성화된다. 숙달된 청자는 (입력물을 듣는 순간에 청자의 기억에서 활성화되지 않는) '새로운' 정보와 (입력물을 듣는 순간에 청자의 기억에 활성화되는) '제시된' 정보에 따라 발화를 이해하기 위해 적절하게 이들 구조를 증강시키거나 억제할 필요가 있다. 청자는 또한 놓친 정보를 채우기 위하여 개념틀을 활성화할 필요가 있다. 발화에서 무언은 그것을 이해하는 데 필요한 모든 정보를 포함하고 있기 때문이다. 이해에서 인지적 요소에 더하여 발화를 이해하는 데 관련되는 사회적 요인들이 언제나 있다.

발화 이해를 위해 필요한 심리언어적인 지식에 더하여 청자는 화자가 말하고 있는 것에 대한 적합성의 정도에 따른 비중을 재기 위해서 사회적 구조를 활성화할 필요가 있다. 이런 점에서 가장 중요한 측면은 사회적 기준을 구성하고 메시지의 함축된 의미를 구성하기 위하여 화자와의 공동 배경common ground을 수립하거나 적합하게 하는 일이다. 이는 부분적으로 관례에 따른 추론하기를 통하여(언어 그 자체로부터 회복될 수 있는 결속 요소들) 그리고 추론 처리가 개입되어 있는 입력물에 청자의 더하기를 통하여 이룩된다. 간단히 말해 의미 처리에 청자에 의한 상당한 노력이 끼어든다는 것을 알 수 있다. 브레머(Bremer 외, 1996)에 의해 쓰인 표현대로 한다면 청자에게 이해는 그대로 주어지는 것이 아니라 이뤄내야 하는 것이다.

의미 처리에 대한 부가적인 고려 사항은 기억과 학습에 관련된다. 이 장에서는 기억이 새로운 듣기 경험이 통합되었을 때 어떻게 경신되는지를 보이며 청자의 학습에 대한 연결주의자 모형을 개관하였다. 듣기 경험으로부터 무엇이 기억되고 학습되는지를 주목하는 것이 중요하지만 그것은 순전히 덩잇글 정보나 정보 처리만의 기능은 아니다. 정서와 개인적인 경험에 관련되는 요소들도 듣기를 통한 학습에서 중요한 역할을 한다.

제4장 화용적 처리

이 장에서는

- 대화 관례와 추론의 이용을 통하여 화자의 의도를 추론하는 방법을 설명하고
- 사회적 틀이라는 개념을 뜻매김하고 의미를 구성하기 위해 사회적 틀과, 인식하고 있는 사회적 역할을 어떻게 청자가 활용하고 있는지 보이며
- 청자의 협력이라는 개념과 목표 중심의 의사소통과 참고 전략(benchmark)이라는 개념을 상술한다.

4.1. 화용적 관점으로부터 듣기

앞 장에서 두루 살펴보았듯이, 청자는 발화 신호에서 여러 층위로 된 정보에 접속한다. 이런 정보를 활용하기 위하여 청자는 들을 때 기억에서 여러 겹의 상호연결에 접속할 필요가 있다. 효과적인 듣기에는 발화 신호에 있는 이용 가능한 정보를 활용하고 이들 인지 처리 과정을 활성화하는 일이 관련된다. 그러나 언어적 해득과 의미 처리

보다 더 많은 것이 듣기에는 있다. 화용적 능력pragmatic competence이라고 부르게 될, 추가적이며 널리 걸쳐 있는 요소가 있다. 이 능력은 화용적 이해pragmatic comprehension(Kasper, 2006; Taguchi, 2006)를 포함하여 상호작용 능력interactional competence(Hymes, 2001), 상징 능력symbolic competence(Kramsch and Whiteside, 2008)을 포함하여 듣기의 사회적 기준에 본질적이다. 화용론의 한 갈래로서 담화 분석은 청자가 언어 정보와 배경 지식을 그들이 들을 때 사회적 맥락에서 활용하는 방법과 관련된다. 맥락에서 다른 화자가 의도한 의미를 이해하는 능력은 듣기의 주요 목표이며 제2언어로 배우는 데서 주요한 목적으로 간주할 수 있다.

화용적 관점에서 듣기에 대한 기술은 언어라는 현상을 화자와 청자의 주관적 관점으로부터 그리고 상호작용에서 공동으로 구성하는 서로 얽혀 있는 주관성intersubjectivity의 관점으로부터 고려한다는 것이다. 페어슈어렌(Vershueren, 2009)[1]이 상호작용의 순간에 화자와 청자가 상황에 매여 있는 것으로 언급한 것을 포함한다. 구체적으로 청자의 역할을 고려할 때 출현하는 것이 어떤 사건에 참여를 함의한다는 것을 강조하는 것이 중요하다. 참여라는 개념은 화자의 형편에서 감정의 변화를 자각하는 일을 포함하여 화자와 청자의 관계를 아우른다.

1) 1985년 국제화용론협회를 창설했으며, 벨기에 Antwerp 대학교에 소재지를 둔 국제화용론협회 연구소장과 *JOURNAL OF PRAGMATICS*의 편집장을 맡고 있다. 우리나라에는 이 사람이 쓴 『화용론의 이해』(김영순 뒤침(2003), 동인)가 출간되었다.

<그림 4.1> 청자의 역할

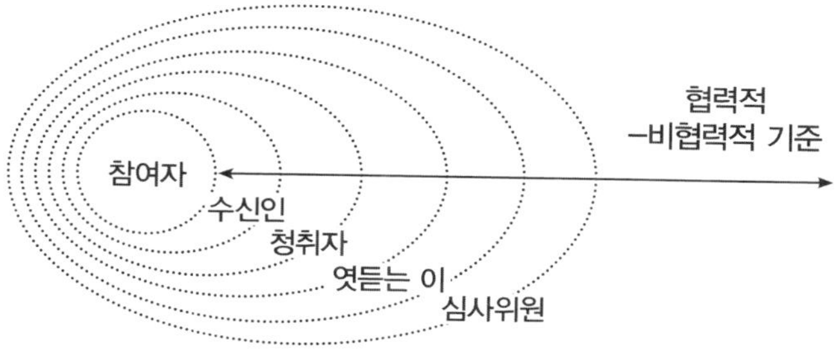

참여의 수준은 화용적 처리에서 중요한 요인이다. 듣기에서 청자가 좀 더 능동적인 참여자가 될수록 참여자는 좀 더 '참여한다.' 다음에 청자의 역할에 따른 범위에 대한 기술을 제시한다.

- 참여자: 직접적으로 말하는 대상이며 담화(이를테면 서로의 관심사인 주제에 대하여 공유하고 있는 배경으로 이뤄지는 두 친구 사이의 대화)에 관련되는 다른 사람들과 같은 발언권을 지니는 사람.
- 수신인: 담화에서 직접적으로 말하는 대상인 사람이며 응답에는 제한이 있는 사람(이를테면 교사가 수업하는 전통적인 교실에서 학생).
- 청취자: 직접적으로 언급되는 청중의 한 사람으로 응답에서 매우 제약을 받으며 반응을 기대하지 않는 사람(이를테면 버스에 있는 승객들(청중)에게 다음 정류장의 이름을 방송하는 버스 운전수).
- 엿듣는 사람: 언급되는 대상이 아니지만 화자의 소리가 미치는 곳에 있으며 응답할 수 있는 권리도 기대도 없는 사람(이를테면 줄을 서서 기다릴 때 당신의 앞에 서 있으면서, 은행 출납원과의 대화를 듣고 있는 사람).

4.2. 화자 의도 추론하기

<인용 4.1> 추론에 대한 스퍼버와 윌슨의 견해

> 입말로 이뤄지는 의사소통은 의사소통 가운데 복잡한 형식이다. 언어 해득과 부호화가 관련되지만 발화된 문장의 언어적인 의미는 화자가 의미하는 것을 등재하는 데 부족하다. 그것은 단지 청중으로 하여금 화자가 의미하는 것을 추론하는 데 도움을 줄 뿐인 것이다.

화용적 차리의 핵심적인 측면은 맥락 의미를 유도하고 수립하는 것이다. 맥락 의미는 상호작용의 지위와 화자와 사람들 사이의 상호작용을 포함한다. 맥락 의미의 부분은 사용되는 언어로부터 회복 가능하며 알려진다. 그리고 청자에 의해 특정의 목적을 위한 언어표현의 규범에 맞추기 위한 혹은 벗어나기 위한 화자의 의도 추론을 통하여 부분이 환기된다.

화용적 관점으로부터 보면 화자와 청자 둘 다 어떤 담화 상황에서든 의도를 지니고 있으며, 이들의 의도에 대한 상호작용이 담화의 의미에 이바지한다. 어떤 상황에서든 이를테면 청자가 부분적으로만 참여하려고 하거나 이해하는 체 하는 경우에도 청자는 어느 정도 의사소통 과정을 마무리하고자 하는 의도intention를 지니고 있다. 이런 마무리가 나타나도록 하려는 것은 참여가 틀림없으며 여기에서 청자는 해석자 노릇interpretor role을 맡는다(페어슈어렌, 1999). 의사소통에 대한 화용적 관점에 함의되어 있는 가정은 언어 자원, 즉 청자가 지니고 있는 음운, 형태, 어휘, 통사 지식은 청자가 화용적 관점을 지니지 않을 때 활성화될 수 없다(*cannot*).

화용적 관점에는 상호작용을 수행하기 위한 규칙들rules과 상호작용하려는 목표goals에서 청자와 화자 사이의 협력과 조정의 정도를 아우른다. 거의 실제적인 언어 사용에서 이와 같은 조정은 언제나 완벽하기보다는 발견적이다. 말하자면 성공적인 조정, 성공적인 가정이나 추론, 상호 이해에 대한 보장은 결코 없다는 것이다.

화용론 분야에서 조사연구자들은 입말 언어에 대한 청자의 이해의 이바지하는 네 가지 핵심적인 개념이 있다는 것에 동의한다. (1) 언어 표현을 실제 표현에 닻을 내리도록 하는 상황중심 지시표현deixis, (2) 사용된 언어에 대해 기대하는 방향을 나타내는 의도, (3) 전략과 (4) 대화 의미가 그것이다.

4.2.1. 상화중심 지시표현(deixis)

의사소통에서 의미 있게 쓰인 언어표현은 실제 세계에 닻을 내려야 한다. 화자와 청자가 상호작용할 때 이들은 시간(그때, 지금, 오늘, 할 때는 언제나)이라는 변수, 공간(거기, 여기, 되돌아오다)이라는 변수, 물체(그것, 이것, 그것들)라는 변수, 사람(그, 그녀,우리, 그들)이라는 변수, 지위(-님, 이봐 너, 불어에서 너tu와 당신vous의 구별)라는 변수를 나타내거나 가리켜야 한다. 발화에서 이와 같은 상황중심 지시표현 요소들은 이들이 발화되는 물리적인 맥락과 관련하여야만 해석될 수 있다. 상황중심 지시표현deictic reference은 맥락에서 듣기가 어떻게 이뤄지는지 이해하는 데 중요한 개념이다.

주제에 대한 획기적인 연구에서 하임즈(Hymes, 1964, 2009)는 맥락에서 확인 가능한 특징으로 이들 요소를 제시하였다.

- 발신자(addressor)(발화의 화자), 수신인(adressee)(화자의 발화에 대한 의도된 수용자(recipient), 청중(audience)(엿듣는 사람들(overhearer)).
- 주제(topic)(대하여 이야기되고 있는 것)
- 배경(setting)(일이 처한 시간과 공간)
- 부호(code)(발화의 언어적 자질)

- 경로(channel)(의사소통이 어떻게 유지되는가—발화나 글로, 문자 메시지(texting), 그림으로 등)
- 일(event)(상호작용과 해석에 영향을 미치는 사회 규범들)
- 메시지 형식(message forms)(발화 사건의 관례에 따른 범주)
- 기조(key)(발화 사건의 어조, 양식, 분위기)
- 목적(발화 사건에서 의도한 결과)

하임즈가 제시한 민족지학적ethnographic[2] 특징들은 의사소통 사건의 관찰자로 하여금 참여자들에게 있을 수 있는 의미의 여러 층위들을 기술할 수 있도록 해주는 점검표로 제공된다.

청자의 경험으로부터 어떤 발화를 온전하게 해석하는 데 필요한, 이와 비슷하고 상황에 매인 조정과 지표들의 얼개를 제시할 수 있다. 이른 시기에 입말 담화에서 의미 처리를 다룬 루이스(Lewis, 1970)는 이를, 문장 수준을 넘어서 발화를 해석하는 데 필요한 '관련 요인들의 묶음'이라고 불렀다. 의미 이해에서 청자가 조정하고 쓰는 것은 다음과 같다.

- 가능 세계(*possible world*): 일들의 현재 상태와 있을 수 있는 상태를 가리키는 지시표현을 설명하기 위하여. '우리의 재정 상태는 실제로는 심각하고, 어느 때든 곧장 나아질 가능성은 없어 보입니다.'
- 시간(*time*): 발화를 해석하는 데 필요로 하는 부사와 시제를 설명하기 위해. 예를 들면 '다음 주에 만날 것입니다.'

---

2) 조사연구 방법을 세 갈래로 나눌 때 양적인 조사연구, 질적인 조사연구, 혼합적인 조사연구가 있다. 민족지학 조사연구 방법은 이 가운데 질적인 조사연구의 갈래에 드는데 이런 방법은 일반적으로 작은 집단에 대한 깊이 있는 기술을 목표로 한다. 그렇기 때문에 아예 소집단에 대한 질적인 조사연구로 받아들이는 것이 좀 더 정확한 의미일 것이다. 표면적으로 드러나지 않는 어떤 집단의 속성이나 특성을 기술하기 때문에 교육이나 판매촉진 분야에서 널리 쓰이는 방법이다.

- 장소(*place*): 상황중심 발화를 설명하기 위하여. 예를 들면 '나는 그것을 찾았어. 여기 있어.'
- 화자(*speaker*): 사람에 관련되는 지시표현을 설명하기 위하여. 이를테면 '저에게 주십시오, 제발.'
- 청중(*audience*): 발화의 지령적 효력을 설명하기 위하여. '당신이 그 어린이를 오늘 데려오지 않으면 안 됩니다.'
- 지적된 대상(*indicated objects*): 대표적인 지적 대상을 설명하기 위하여. '이 방이 맞아요.'
- 앞선 담화(*previous discourse*): 발화에서 어떤 요소들의 재활성화를 설명하기 위하여. '당신에게 언급하고자 하는 그 녀석에 대하여.'
- 지정(*assignment*): 순서, 포함, 배제를 설명하기 위하여. '두 번째 선택이 더 나아.'

화용적 관점으로부터 만약 어떤 청자가 이들 변수 가운데 몇몇에 대하여 조정할 수 있다면 화자가 말하는 것에 대하여 적어도 부분적인 이해가 있으며, 때로 상황이 요구하는 것에 대하여 '충분히 훌륭한 이해'를 할 수 있을 것이다(Ferreira 외, 2002).

4.2.2. 의도

화용론의 기본은 의도를 통하여 사람들에게 영향(*influence*)을 미치는 행위로서 의사소통 목적의 특징을 밝히는 것이다(Berlo, 1960). 상황에 매인 발화는 두 수준, 즉 언급된 낱말의 객관적인 진리 값에 의해서 그리고 그러한 낱말들의 발화에서 화자의 주관적인 의도에 의해서 성공한 것이나 실패한 것으로 이해가 된다. 모든 의사소통 상황에서 화자는 언어적인 요소와 비언어적인 요소들의 제시를 통하여 청자에게 어떤 영향력을 발휘하려고 한다.

언어의 이원 수준에 대한 이와 같은 개념으로부터 뒤따르는 자세한 분석이 진행된다. 오스틴(Austin, 1962)은 발화에서 진위진술constative과 행위수행performative을 구분하였다. 진위진술 발화는 그 진리 값에 따라 평가될 수 있는 발화 행위의 측면이다. 이를테면 '어제 비가 왔어'라는 발화는 관찰 가능한 증거에 따라 참이나 거짓으로 평가될 수 있다. 행위수행 발화는 적절성felicity에 따라, 즉 상호작용에서 발화 행위가 이루고자 하는 것에 따라 평가될 수 있는 발화의 측면이다. 예컨대 '저는 당신에게 어제 전자서신을 보냈습니다.'와 같은 발화는 '왜 당신은 나에게 모임에 대해 이야기해 주지 않았소?'(항의)라는 질문에 대한 응답으로서 그 적절성(어떤 질문에 대한 답변이나 항의에 대한 변호)에 따라 평가될 수 있다.

오스틴은 뒤에 진위진술-행위수행을 세 겹의 대조를 통해 자리매김하였다.

- 언표(*locution*): 참으로서 무엇인가를 말하는 행위(이를테면 나는 당신에게 전자편지를 보냈습니다.).
- 비언표(*illocution*): 무엇인가를 말함으로써 행해지는 것(이를테면 항의를 부정함).
- 수행완료(*perlocution*): 무엇인가를 말함으로써 그 결과로 이뤄지는 것(이를테면 화자는 그 항의가 잘못이라는 점으로 청자가 믿도록 함).

이와 같은 구별은, 발화에 대한 청자의 이해와 그에 따르는 받아들임과 반응이, 화자에 의해 의도되었던 것이 언제나 정확한 것이 아님을 보여준다는 점에서 듣기의 특징을 밝히는 데 유용하다. 담화에서 실패는 이 세 가지 수준 가운데 하나에 있을 수 있으며 때로 화자나 청자의 편에서 언어 유창성의 결함에서 비롯되지 않는다.

4.2.3. 대화 규범

의사소통은 일반적으로 화자와 청자가 일치하는 전략을 지니고 있을 때, 즉 행위의 계획들을 협력하고 자신들의 의사소통 목표가 동시에 달성될 때, 성공적인 것으로 경험한다.

말할 의도의 추론에 대한 얼개 안에서 의사소통 전략은 화자와 청자가 지키기로 일치를 보이는 제약과 규칙들의 구체적인 활용으로 이해할 수 있다. 그라이스(Grice, 1969)는 화자가 대화 규범conversational maxim의 사용에서 협동하도록 하는 일치를 통하여 화용적 수준에서 청자와 의미를 만들어낼 수 있다고 주장하였다. 그는 대화에서 네 개의 협력 원리의 얼개를 제시하였는데 이는 기본적인 전략으로 이해할 수 있다. 행위의 계획은 이에 맞서는 증거가 있지 않다면 움직이는 상태에 있다고 가정한다. 이들은 이 규범의 어김과 지킴 둘 다에 관련되는 사례를 통해서 쉽게 이해될 수 있다.[3]

가. 양의 규범 : 요구되는 만큼의 정보로 대화에 이바지하도록 할 것. 필요로 하는 것보다 더 많은 정보로 기여하지 말 것.

1) 이 규범을 지키는 사례: 적절한 양의 정보

A: 언제 브라질로 떠나려 하는가?

B: 월요일.

2) 이 규범을 어기는 사례: 너무 많은 정보

A: 언제 브라질로 떠나려 하는가?

B: 다음 주 어느 하루 떠나려 하는데. 일요일이 아니고, 화요일도 아니고, 수요일도 아니고….

3) 이 규범을 어기는 사례: 충분하지 않은 정보

3) 아래에서 원문에는 번호가 매겨져 있지 않지만 읽기의 편의를 위해 '가, 나, …', '1), 2) …' 따위의 번호를 붙인다.

A: 어디가 무료 통행로 입구이지요?

B: 멀지 않아요.

4) 이 규범을 지키는 사례: 적절한 양의 정보

A: 어디가 무료 통행로 입구이지요?

B: 중심 도로를 따라 1분 정도 내려가거나 타깃 가게를 지나 오른쪽으로.

나. 품질의 규범: 거짓이라고 믿는 것을 말하지 말 것. 불충분한 증거가 있는 것을 말하지 말 것.

1) 규범을 어기는 사례: 아래의 대화에서 교사는 그 아들이 자신의 수행에 대한 증거에 바탕을 두고는 받아들이지 않을 것이라고 믿지만 (여기서의 구체적인 대화에 관여하는 것을 넘어서는 전략적 목표를 위하여) 그 반대로 이야기한다.

부모: 내 아들 알렉스가 하버드 대학에 들어갈 기회가 있다고 생각합니까?

고등학교 교사: 예, 반드시 그래요.

2) 규범을 어기는 사례: 교사는 그 아들이 자신의 수행에 아무런 증거가 없지만 (여기서도 구체적인 대화에 관여하는 것을 넘어서는 전략적 목표를 위하여) 증거가 있는 것처럼 행동함.

학부모: 내 아들 알렉스가 하버드 대학에 들어갈 기회가 있다고 생각합니까?

고등학교 교사: 예, 반드시 그래요.

다. 적합성의 규범: 상호작용에 적합한 기여를 할 것. 만약 규범에 따라 적합하지 않다면 왜 그것이 적합하지 않을 수 있는지 지적할 것.

1) 규범을 어기는 사례: A의 질문에 직접 응답할 것.

A: 학교에서는 어떻게 지내?

B: 실제로는 그렇게 잘 지내지 않아. 두 과목에 낙제하였어.

2) 규범을 지키는 사례: B의 응답은 A의 질문에 어느 정도 적합하지만 B는 얼마나 적합할 수 있는지는 지적하지 않음.

A: 학교에서는 어떻게 지내?

B: 다음 성적표가 나온 뒤에 여기에 대해 이야기할 시간을 가질 거야.

3) 규범을 어기는 사례: B의 응답이 질문에 적합하지 않거나 A가 그것이 얼마나 적합한지 지적하지 않음.

A: 학교에서는 어떻게 지내?

B: 올해 선생님이 무서워.

라. 방식의 규범: 흐릿하거나 모호한 것을 피할 것. 짧고 순서에 맞출 것. 청자에게 초점이 맞춰질 수 있는 정보만 줄 것.

1) 규범을 지키는 사례: A의 질문에 짧고 순서에 맞게 응답함.

A: 올해 매장이 어떨 것 같습니까?

B: 작년의 4분기에는 10퍼센트가 내려갔지만 다가오는 4분기에는 더 나아질 것이라 기대합니다.

2) 규범을 어기는 사례: 흐릿하거나 모호함을 더해 놓기

A: 올해 매장이 어떨 것 같습니까?

B: 복잡한 경제를 고려할 때 수요의 측면과 관련하여, 판매 합계는 다양한 방식으로 해석이 될 수 있습니다. 예컨대…

4.3. 속임 찾아내기

규범의 준수가 일반적으로 성공적인 의사소통으로 이어지지만 화자는 또한 이들 규범을 어기면서flouting[4] 의미의 어감을 만들어내고 독특한 가감을 할 수 있다. 말하자면 특별한 효과를 거두기 위하여 전

략적으로 침해하고infringing, 무시하며, 파괴하고, 어떤 규범으로부터 벗어날opting out 수 있는 것이다(Thomas, 2006). 실제로 다수의 대화 상황에서 특히 특별한 감정 효과를 자아내기 위하여 화자의 기여를 고쳐야 할 필요를 느끼는 상황에서 규범에 대한 비웃음은 매우 일반적이다. 비웃음은 아이러니irony(Colston, 2007)로 부르는데 우스개에서 다양한 형식으로 쓰인다. 이런 것들은 화자가 일반적인 관례나 규범을 지키는 것이 효과적이지 않다고 평가할 때 청자와 더 많은 청중들에게서 특정의 감정 반응을 불러일으킨다(Kiesling and Johnson, 2009).

나날의 상호작용에서 대화의 규범과 관례를 비웃는 것 상당수가 악의가 없으며 의도적이지 않다고 하더라도, 때로 그것은 화자가 의식적으로 청자를 조정하게 되는 의사소통에서 위선 communicative insincerity(Okamoto, 2008)의 형태를 띠기도 한다. 대화 규범을 어기는 체계와 전략들과 의도적으로 청자를 속이는 일은 정보 조작 이론 information manipulation theory(Levine 외, 2003), 대인 기만 이론interpersonal deception theory(Burgoon and Qin, 2006)의 일부로 공식적으로 검토되었다. 청자 조작과 기만에 대한 이들 이론 안에서 화자들은 전략적으로 이로움을 얻기 위하여 대화 규범을 어쩔 수 없이 어기고자 할 수 있다(McCornack, 1997; Renkema, 2004).

- 양의 규범을 어김으로써 화자는 대화 참여자가 발언권을 얻을 기회를 막고 화자의 의도나 주장과 맞설 수 있는 정보를 제시할 수 있다.
- 품질의 규범을 어김으로써 화자는 주장에 대한 충분한 증거를 제공할 필요가 없이 권위에 대한 인식을 하게 할 수 있다.
- 적합성의 규범을 어김으로써 화자는 대화 참여자들의 의도를 벗어나게

4) 맥락으로 보면 이 낱말이 다음에 나오는 낱말들의 상위어로 받아들이면 될 듯하다. 말하자면 그라이스가 제시한 규범을 무시하고, 규범에서 벗어나며 규범을 파괴하는 이런 일탈적 언어 행위를 이 낱말로 표현했다고 이해할 수 있다.

할 수 있다.

- 방식의 규범을 어기고 애매하게 함으로써 화자는 뒤에 이 애매함을 탐구하고 바람직한 결과로 바꿀 수 있다.

일반적으로 청자는 화자가 규범을 어긴다면 그리고 어기는 때를 찾아낼 수 있을 것이다. 그리고 의도한 효과를 연산할 수 있을 것이다. 말하자면 함축적인 의미implicature를 끌어낼 수 있을 것이다. 명백한 어김을 설명할 수 있는 함의를 끌어낼 수 없다면 그 효과는 단지 기괴함에 지나지 않는다. 청자로서 대화 규범을 몇 가지 어기고 있다는 것을 이해하지만 그 이유를 모르는 경우이다.

A: (기차에서 승객에게 같이 앉기를 청하면서) 실례합니다. 여기에 앉는다면 신경이 쓰이겠습니까?

B: 내 이름은 다프네이고 여기는 내 세상입니다.

비록 규범을 어기는 일이 기만적인 목적이나 경쟁적인 목적을 위해 쓰일 수 있지만, 체면을 살리거나 화자나 청자에게 좀 더 편안한 상황을 만들기 위해 더 자주 속이는 일이 일어난다.

4.4. 화자 의미를 풍부하게 하기

대화 규범의 전략적인 활용을 통해 화자의 의도를 추론하는 것은 화용적 능력의 핵심이다. 추론을 통한 듣기의 다른 측면은 화자의 입력물을 더 풍부하게 하는 일과 관련이 있다. 이는 두 가지 방식으로 성취되는데 화자의 감정에 대한 추론과 화자의 의미에 대한 정교화가 있다.

- 화자의 감정 추론하기(*inferring speaker emotion*): 화용적인 능력의 핵심적인 부분은 화자의 의도에 대한 추론뿐만 아니라 화자의 감정에 대한 추론이다. 의도보다 감정은 거의 분명하지 않으며 화자에 의해 인정되지 않기도 한다(Ekman 등, 1987; Pasupathi, 2003).
- 화자의 의미 정교화하기(*elaborating speaker meaning*): 화자의 의미 정교화하기는 화자에 의해 쓰인 개념들에 바탕을 두고 의미 추론을 하는 일과 현재 담화의 맥락 의존적인 조건에 바탕을 두고 화용적인 추론을 하는 일이 포함된다(Levinson, 1983).

청자가 의사소통의 특징을 중심으로 몰입하게 하도록 하기 위해 레빈슨(Levinson, 2000)은 화자와 청자가 기대어야 하는 화용적 원리로 그라이스의 원래 규범을 줄이도록 제안한다. 그는 Q(품질), I(정보), M(방식)의 원리라는 이름을 붙였다.

4.5. 사회적 기대를 불러내기

분명하게 모든 실제 언어는 상황에 매여 있다. 유의미한 목적을 위해 화자에 의해 사용되며, 그 사용자는 하나 또는 그 이상의 사람으로부터 의미 있는 반응을 바란다. 그 결과로 실제적인 언어에 대한 모든 이해에는 **상황 맥락**context of situation(말린노프스키(Malinowski, 1923)에 의해 만들어진 용어)에 대한 의식적인 설명이 필요하다. 사용자들은 화자들과 목적, 배경, 관련되는 대상, 앞서 있는 관련되는 행위에 대해 서로 받아들일 수 있는 정체성을 지니고 있어야 한다. 언어에 대한 이와 같은 관점에 따르면 발화의 의미 바로 그것을, 발화가 나타나는 문화적 맥락과 상황 맥락에 대한 어떤 기능으로 간주한다.

<개념 4.1> 발화를 이해하기 위한 사회적 틀[5]의 활용

언어적인 메시지가 분명하지 않은 경우에도 화자가 말하는 것을 청자가 이해하는 데 도움을 주는 사회적인 틀을 활용하는 다섯 가지 방법이 있다.

- 덩잇말에서 원형적인 요소를 확인할 것.
- 이들 요소들을 지니고 있는 다른 덩잇말과 의미가 비슷하다고 유추를 통해 가정할 것.
- 관례적인 의미가 통하지 않는다면, 적어도 하나의 관련되는 요소가 있는 다른 덩잇말을 떠올려 볼 것.
- 비슷한 경험에 대한 비교를 통하여 다른 해석을 떠올려 볼 것.
- 받아들일 만한 이해에 이르렀을 때 새로운 요소들을 아우르도록 사회적 틀을 다시 맞출 것.

사회언어적 관점으로부터 자신이 속하는 해석 공동체interpretive community로부터 모든 언어 이해가 걸러진다(Denzin, 2001). 해석 공동체는 공동의 맥락과 경험을 공유하는 어떤 집단으로 자리매김된다. 정치적인 토론을 지켜보거나 시청에서 모임과 같이 이해를 필요로 하는 어떤 복잡한 상황에서는 그 일 안에서 쓰인 언어와 행위를 해석하는 데 청자는 자신이 가장 비슷한 정체성을 느끼는 사회적 집단의 기대를 반드시 끌어올 것이다. 구성원다움에 대한 자리매김은 어느 정도 반복적이다. 레이코프(Lakoff, 2000)[6]에서 지적하듯이 청자로서

5) 이 책의 저자는 social framework와 social frame이란 용어를 같이 쓰고 있다. 우리나라 사람의 직관으로는 이 둘을 구별하기 어려운데, 뒤친이는 전자가 좀 더 추상적이고 후자가 좀 더 구체적이라고 생각하여 각각 사회적 얼개와 사회적 틀이라고 옮겨 놓는다.

6) Geroge Lakoff(1941.5.24.~), 그의 스승인 노엄 촘스키(Noam Chomsky)와 함께 미국의 대표적인 언어학자이자 인지언어학자로 알려져 있다(이 두 사람은 처음에는 공조하였고 레이코프는 스승의 이론을 통일하려고 하였지만 이후 두 사람은 뚜렷하게 다른 입장을 표명하였다). 누리그물 사전 위키피디아에서는 그가 언어학자로서 명성도 있지만 인간의 사고에서 은유를 강조하였고, 진보적인 학자로서 미국의 정치에도 영향을 미친 사람으로 소개되고 있다. 그의 책들은 우리나라에서도 많이 소개되고 있다. 대표적인 책으로 2004년도에 펴낸 『*Don't Think of Elephant*』(유나영 뒤침(2006), 『코끼리는 생각하지마』, 삼인), 1999년에 펴낸 『*Philosophy in the Flesh*』(임지룡 뒤침(2002), 『몸의 철학』, 박이정)이 있다.

같은 경험을 공유하는 사람들은 '이해한' 것으로 간주되지만 이와 같은 기대를 공유하지 않는 사람들은 '단지 이해하지 못할 뿐이다.' 일들에 대한 대부분의 이해는 특히 복잡하고 사회적으로 의미 있는 사건의 경우, 다양한 담화 공동체에서 구성원다움 혹은 구성원을 위한 욕망에 의해 심하게 영향을 받는다. 그리고 제2언어의 청자들이 겪게 되는 향상의 대부분은 토박이 화자로 이뤄진 담화 공동체의 일부분이 됨에 따른 것이다(Swales, 1990; Briggs and Bauman, 2009; Duff, 2007 참조).

<인용 4.2> 틀에 대한 고프만의 견해

> 언어 학습에 대하여 자연적인 대화를 그렇게 상당할 정도로 만들어준 것은 그것이 문화의 그릇이라는 점이다. 고프만(Goffman 1974)이 언급한 것처럼 '발화는 어떤 문화에서 찾을 수 있는 틀에 잡힌 모든 행위의 잡동사니로 이뤄진 짜임새 있는 조개무지요, 쓰레기 더미이다'.

개인적인 차원에서, 즉 일대일 상호작용의 차원에서 이와 같은 사회적 현상은 좀 더 쉽게 관찰 가능하다. 상호작용은 화자와 청자가 행위를 하는 방식에 영향을 미치는 사회적 틀 안에서 일어난다. 상호작용을 위한 사회적 틀에는 뒤섞여 짜인 두 개의 측면들이 관여한다. 하나는 화자와 청자가 몰두하고 있는 행위인 **행위의 틀**activity frame, 다른 하나는 그 행위 안에서 각각의 사람이 하는 역할인 **참여자 틀**participants frame이 있다(Tyler, 1995). 화용적 관점으로부터 실제로 상당한 분량의 대화는 참여자 틀과 행위 틀의 정확한 특성을 구성하고 타개하기 위하여 단순히 정보 교환만 하기보다는 맥락이라는 실마리를 이용한다(Szymanski, 1999; Beach, 2000).

일단 틀이 만들어지고 나면, 모든 관례적인 행위들이 그 특정 맥락 안에서 해석된다. 따라서 청자가 어떤 발화에 제시하는 해석은 상호작용에 할당한 틀과 대화에서 틀이 어떻게 움직일 것인가에 대한 예상에 매우 의존되어 있다. 활성화는 폭넓게 다양할 수 있지만, 참여자가 지니고 있는 틀은 좀 더 간단하게 지적 우위knowledge superior(K+), 지적 등위knowledge equal(K=), 지적 열세knowledge inferior(K-)로 나뉜다.

지식의 우위나 하위에 따르는 결정과 참여자 틀의 결정에는 사회적 계층, 지위, 순위라는 개념이 관련된다. 캐리어(Carrier, 1990)는 지위에 따른 사회적 특성은 기존의 사회로부터 나온 지식으로부터 더 많이 예측될 수 있고(이를테면 의사는 환자보다 지식에서 우위에 있음), 지위에 따른 상황의 특성은 덜 예측 가능한데 특정의 모임마다 참여자들에 의해 공동으로 구성되기 때문이다.

<개념 4.2> 해석

서로 다른 청자들은 같은 덩잇말로부터 다르게 사물을 이해한다. 해석에서 차이는 다음에 기인한다.

- 그 언어와의 친밀도
- 화자와의 친밀도
- 주제에 대한 배경 지식의 갈래와 양
- 청자와 관련되는 것으로 찾아낸 것
- 이해를 위해 작동하는 사회적 틀
- 해석 공동체의 영향

4.6. 감정적인 연대감 조정하기

어떤 대화에서 대화 참여자들이 다른 사람과 관련하여 자신들의 지위를 규정하는가 하는 것, 말하자면 참여자 틀을 어떻게 설정하기를 바라는가 하는 것은 다른 사람과 어떻게 의사소통할 것인가에 대하여, 대화에서 채택하게 될 말투의 상당 부분을 결정할 것이다. 참여자 둘이 말한 것과 말하지 않은 것에 영향을 미칠 뿐만 아니라, 두 참여자들에 대한 감정적인 연대감affective involvement에도 영향을 미친다.

상호작용에서 감정적인 연대감의 한 측면은 불안감과 자신감을 낮추거나 높이고 그에 따라 참여하고자 하는 동기를 의미 있고 개방적이며, 자기를 드러내는 방식으로 만든다. 청자의 경우 더 많이 감정적으로 연대감을 느낌으로써 화자와 더 나은 연결을 통하여 더 나은 이해를 촉진한다. 반면에 감정적으로 더 낮은 연대감은 일반적으로 더 낮은 연결, 더 낮은 이해와 발생하는 오해를 고치고 평가하려는 최소한의 노력으로 이어진다. 이를테면 양(Yang, 1993)에서는 영어를 배우는 중국인 학습자에 대한 연구에서 불안감의 수준과 듣기 수행 사이에 분명한 부적 상관[7]을 발견하였다.

아니에로(Aniero, 1990)는 이와 같은 상황에 따른 불안감(때로는 수신인 두려움receiver apprehension이나 의사소통 두려움communication apprehension이라 부름)이 짝을 이룬 상호작용에서 빈약한 듣기 수행과 상관이 있음을 지적하였다. 한 가지 함의는 수신인 두려움이 역할에 대한 인식과 지위에 대한 인식, 참여자의 역할에 대한 동등한 인식을 지니고 있다거나 지니고 있지 않다는 감각과 같은 사회적 요인들에 의해 유발될 수 있다. 혹은 의사소통 양식에 영향을 미치는 여러 인성 변수 가운데 하나인, 듣기에 대한 낮은 행위 지향성low action orientation[8]에 의해 확대될 수 있다.

7) 일반적으로 양적인 분석 방법으로 널리 쓰이는 분석 도구가 상관 분석이다. 피어슨 상관분석이 널리 쓰이는데 정적인 상관과 부정적인 상관이 있다. 정적인 상관은 비교되는 대상 가운데 한 요소의 양적인 증가가 다른 요소의 양적인 증가에 비례하는 경우이고, 부적 상관은 한 요소가 양적으로 증가하지만 다른 요소는 오히려 줄어드는 경우이다. 위의 예에서도 불안감이 높을수록, 듣기 수행 능력은 줄어든다는 것을 이렇게 표현하였다.

8) 일반적으로 인지 심리학에서 '낮은'이라는 형용사는 무의식적인 처리가 이뤄짐을 나타내지만, 여기서는 뒤의 용어 풀이에서도 드러나듯이 기대가 별로 많지 않다는 의미를 지닌다.

지각된 사회적 거리perceived social distance에 대한 잘 알려진 효과 가운데 하나는 청자가 기꺼이 수행하고자 하는 의미에 대한 타개NfM: negation for meaning의 양에서 감소이다. 대화 참여자들이 의사소통 어려움을 해결하기 위한 작업인 의미를 위한 타개하기는 언어 습득에 속도를 더하는 것으로 알려져 있으므로 액면 그대로 수신인의 불안감은 언어 습득에 주요한 장애물로 골칫거리이다.

두려움과 청자의 사회적 역할에 대한 지각과 관련되는 조사연구의 주요한 흐름 하나는 불확실성 관리 이론uncertainty management theory(Gudykunst, 2003; Bradac, 2001)이다. 이 이론에서는 (1) 어떤 대화에서 다른 사람의 태도에 대한 애초의 불확실성과 두려움이 의사소통에 영향을 미치는 기본적인 요인들이며, (2) 언어와 언어 사용 그 자체는 의사소통에 불확실성과 애매성을 유발하고, (3) 불확실성에 대한 지각은 효과적인 의사소통을 방해한다고 주장한다. 이 이론에서는 정보를 구하는 양과 상호작용에서 일어나는 개방성이 불확실성의 정도에 따라 결정될 것이라고 예측한다.

대학에 다니고 있는 제2언어 학습자 연구에서 캐리어(1999)는 사회적 지위가 듣고 이해하기에 영향을 미칠 것이라는 가설을 제안하였는데 의미 타개의 기회가 대학생과 교수의 사이에서와 같이 사회적으로 비대칭적인 상호작용에서 제한될 가능성이 높기 때문이다. 그녀는 더 나아가 NNS(Non-Native Speaker: 뒤친이)에서 NS(Native Speaker: 뒤친이)에 의한 이해는 비대칭적인 지위 관계에 의해 부정적인 영향을 받을 것이라고 예측한다. 왜냐 하면 불확실한 정보에 대해 재진술할 기회가 적기 때문이다. 어떤 가설도 조사연구에 의해 뒷받침되지 않았다. 그녀의 연구에서 제시된 문화 집단의 경우에 토박이 화자와 비토박이 화자 사이에 지위 관계에 영향을 미치기 위해 그리고 비토박이 화자에 의한 입력물에서 더 많은 시도와 의미 타개를 허용하기 위해 우위에 있는 집단이 자주 공손법 전략을 사용한다는 것을 발견하였다.

불확실성 그 자체는 어떻게 개인의 사회적 혹은 상황에 따른 지위가 상호작용에 영향을 미치는가에 대하여, 명료성의 결핍으로 주로 언급한다. 공동의 배경을 공유하고 있는 상호작용에서 양측이 동등한 지위equality position에 있다는 것은 효과적인 의사소통을 위한 출발점으로 간주된다. 이 입장에서 핵심적인 예측은 평등성이 의심스러울 때 혹은 우월한 지위에 있는 사람이 다른 측의 동의 없이 한쪽에서 주장될 때 의사소통은 뒤틀리고 효과적이지 않을 것이다. 이런 유형의 뒤틀린 만남에서는 공손법 전략politeness strategies이 공동 배경을 복원하기 위해 쓰여야 한다(Clark, 2006). 공손법 전략들은 '체면 세우기'를 위해 발전되었다. 고프만(1974)에 의해 뜻매김된 대로 체면은 공적인 상호작용이나 사적인 상호작용에서 '자존심'을 유지하고자 하는, 화자가 지니고 있는, 내재적인 욕망인 자존심을 가리킨다. 체면 손상 행위face-threatening acts들은 이와 같은 존경심과 존중감을 유지하려는 청자의 능력에 대하여 도전하는 담화 행위이다.

<개념 4.3> 담화에서 공손법 전략들

어떤 참여자가 쓸 수 있는 공손법 전략에는 두 가지 범주가 있다.

- 부정적 공손(negative politeness): 체면 손상을 피하는 방법을 찾을 수 있도록 필요하다면 덜 침해하고, 덜 직접적으로 청자에게 요청할 것.
- 긍정적 공손(positive politeness): 관대함, 겸손, 일치, 공감을 직접접적으로 보여줌으로써 청자를 존중해주는 분명한 시도를 할 것(Leech, 2003; Cutting, 2002).

그러나 스콜론(Scollon, 2008)에서는 다른 문화권끼리의 몇몇 만남들은 공손법 규범이 지나쳐서 그것을 지키지 않을 때보다 더 무례한 것으로 해석될 수 있다고 지적한다(Spencer-Oatey and Franklin, 2009 참조).

<개념 4.4> 듣기에서 성별 역할

의사소통에서 성별 역할과 성별 효과는 다수의 언어 연구에서 초점이었다. 남녀 대화에서 오해가 일어나면 종종 남자와 여자가 대화에 다르게 접근하였다고 주장한다. 그들은 해당되는 대화에 대한 적절한 행위의 틀과 참여자 틀에 암묵적으로 동의하지 않을 수 있고 그에 따라 대화를 서로 다른 규칙들의 묶음으로 계속해서 전개해 나간다.

타넨(Tannen, 1990)은 상호작용에 대한 기대가 어떻게 감정적인 연대감에 영향을 미치는가를 암시하는 다음과 같은 작은 사건을 보고하였다. 어떤 여자가 상쾌한 여름 저녁에 산책하다고 그녀의 이웃, 정원에 있는 어떤 남자를 보았다. 그녀는 그날 저녁에 나온 수많은 개똥벌레에 대해 자신의 의견을 말하였다. '그날은 독립기념일인 것 같았어요.'[9] 그 남자는 동의를 하고 그 곤충의 발광이 어떻게 짝짓기라는 복합한 과정의 일부인지를 장황하게 설명하기 시작하였다. 그 여자는 대화 도중에 화를 내고는 갑작스레 끝내고 가버렸다.

이 작은 사건은 대화 참여자들이 때로 어떤 대화의 목적에 대해 다른 방향을 지니고 있음을 예증해 준다. 그녀가 개똥벌레에 대해 언급한 것은 그날 밤의 쾌적함에 대한 감상의 느낌을 보이는 방법이었고 이웃과 그 느낌을 공유하는 방법이었다. 이웃은 분명히 이 시작을 곤충에 대한 그의 지식을 드러내는 기회로 받아들였고 이웃에게 그가 알고 있는 것 몇 가지를 가르치는 기회로 삼았다. 두 이웃이 우호적인 대화에 관여하려는 좋은 의도를 가지고 있었고 아마도 시작으로 인해 더 깊은 유대 관계를 수립하는 데 이를 수도 있었겠지만 그와 같은 대화가 취해야 하는 방향에 대한 기대를 달리 하였다. 그 남자는 화자의 지식을 보여주는 흥미롭고 사실적인 내용이 훌륭한 대화라고 믿었을 것이고, 반면에 여자는 좋은 대화란 자신의 느낌과 감정을 좀 더 직접적으로 드러내는 개인적인 내용을 지니고 있는 것이라고 믿었을 것이다. 남자-여자 대화의 목적에서 체계적인 차이가 드러나는 이와 같은 경우에 타넨은 상호작용 방식에 차이를 외현하기 위하여 성별 언어(genderlect)[10]라는 용어를 썼다.

---

9) 독립기념일에 하는 불꽃놀이를 가리키는 말이다.

10) gender + dialect의 준말이다. 방언이란 한자어를 굳이 사용해야 하는가 하는 문제에 대하여 명쾌한 설명을 제시하고 있는 김수업(2012), 『국어교육의 바탕과 속살』(휴머니스트)을 참조할 것. 한편 국어에서 성별 언어에 대한 포괄적인 논의로는 민현식(2007), 「국어 남녀 언어의 사회언어적 특성 연구」, 『사회언어학』 5-2를 참조할 것.

<표 4.1> 남자와 여자 대화 방식에서 지적된 차이

여자	남자
• 촉진적 관점	• 경쟁적 관점
• 뒷받침하는 되짚어 주기 경향이 있음	• 방해하는 경향
• 갈등에 타협적인 방향	• 갈등에 맞서는 방향
• 간접적인 화행을 하는 경향	• 직접적인 화행을 하는 경향
• 협조적인 말할 차례를 찾음	• 자동적인 말할 차례를 찾음
• (공적인 대화에서) 쉽게 발언권 넘김	• (공적인 대화에서) 발언 시간을 주도함
• 사람 중심, 과정 중심	• 과제 중심, 결과 중심
• 감정 중심	• 지시 중심(referentially oriented)

*출처. 몰츠와 보커(Maltz and Borker, 2007), 홈즈(Holmes, 2006), 선더랜드(Sunderland, 2006).

4.7. 응답을 공식화하기

비록 종종 무시되기는 하지만, 대화에서 청자는, 화자와 협력으로 상호작용에서 의미를 형성하는 강력한 역할을 지니고 있다. 담화에서 청자의 반응을 검토함으로써 청자가 어떻게 대화에 이바지하며 의미를 이뤄내는지 알 수 있으며 때로 화자 내부에서 의미를 명료화하고 의미를 형성하는 데 어떻게 이바지하는지 알 수 있다.

담화 분석의 얼개 안에서 대화는 일련의 의도를 중심으로 조직되는 것으로 볼 수 있는데 이는 요청과 같은 개시 행위initiating acts에 의해 시작된다. 화자가 대화에서 행위를 시작하고 청자는 시작된 움직임을 받아들이거나uptaking 무시할 수 있는 선택권이 있다. 일반적으로 화자는 청자가 특별한 방식으로 그 행위를 받아들이기를 꾀하거나 기대하는데 그 방식이란 화자와 청자의 담화 공동체 안에서 정상적인 것으로 간주되는 방식이다. 담화 분석의 어조로 이야기한다면 화자는 선호되는 반응preferred response을 끌어내고자 한다. 이 선호되는 반응은 그 교환을 마무리하는 청자로부터 나온다.

예컨대 며칠 동안 네 자리에 머무를 수 있을까?라는 요청은 예나 아니라는 반응을 끌어내도록 마련되었다. 담화 분석적인 의미에서 예, 그럼요나 아니 그렇게 좋은 때가 아니야는 요청의 구조에 '응답한다'는 점에서 선호되는 반응일 수 있다.

A: 며칠 동안 네 자리에 머무를 수 있을까?
B: 음, 아니. 이번 달에는 안 돼.

이는 화자가 선호하는 정상적인 의미와는 다르다. 말하자면 바람으로 다른 사람이 예라고 말하는 것이다. 모르겠는데. 왜 그와 같이 늘 나에게 요청하지?와 내 이름은 다프네야는 모두 선호되지 않는 응답인데 승낙하지 않기 때문이다. 기대하는 방식으로 개시하는 행위를 마무리하지 않는 것이다(Bilmes, 1988).

정상적인 대화에서 청자는 화자의 개시하는 행위를 승낙하리라 예상한다. 불가능함이나 정보 제공하기를 꺼림을 표현하는 청자의 반응이나 화자가 개시한 움직임을 승낙하고자 하는 능력의 부족은 도전거리challenge를 만들어낸다. 이는, 의도적이든 그렇지 않든 청자는 수신인이 정보를 갖고 있거나 혹은 화자가 필요로 하는 자원을 갖고 있으며 그것을 기꺼이 제공하고자 할 것이라는 가정에 맞서거나 혹은 개시하는 행동을 할 수 있는 화자의 권리에 도전하는 것이다.

아들: 저는 내일까지 기한이 있는 기말 논문이 있는데 오늘 저녁에 초고를 읽어낼 수 있을지 궁금해요.
아버지: 네가 바쁜 모양이구나.

이 경우에 도와 달라는 아들의 요청에 직접적으로 응답하지 않고 아들이 찾고 있는 정보나 자원을 원천적으로 막음으로써 아버지는 도전하고 있다. 참여자의 역할에 대한 고프만(1974)의 전통을 따르면서 에커트와 맥코넬-지넷(Eckert and McConnell-Ginet, 2003)은 여기에서 청자(아버지)가 상호작용에서 화자(아들)에 의해 부가적인 권력을 가지고 있는 결정주체adjudicator로서의 역할을 떠맡은 것으로 주장할 것이다.

도전은 체면을 손상한다face-threatening. 어느 한 참여자의 권력을 낮춤으로써 참여자 틀을 뒤집는다. 물론 몇몇 도전들은 다른 것보다 체면을 더 위협한다. 구체적으로 정보를 제공할 수 있다는 전제에 도전하는 것은 기꺼이 정보를 제공하고자 할 것이라는 전제에 도전하는 것보다 체면을 덜 위협한다. 이것이 거의 대부분의 문화권에서 어떤 요청에 부응하기를 거절하는 것보다 무시함을 선언하는 것을 더 공손하게 하는 이유이다.

청자 반응의 또 다른 유형은 맞장구backchannelling이다. 이는 청자가 상대방의 말할 차례에서 혹은 화자의 말할 차례에 곧바로 뒤따라 짧은 메시지를 보낼 때 나타난다. 이들 메시지에는 언어로 된 짧은 발화(이를테면 예~, 맞아), 반언어적인 짧은 발화semi-verbal utterances(이를테면 어-어, 음), 웃음이나 낄낄거림(종종 '호호호'로 기술되듯, 다양한 방식으로 기술됨), 끄덕임과 같은 자세 움직임이 있다. 언제나 문화마다 그리고 같은 문화 안에서도 다른, 맞장구치기는 청자의 상태를 보여주는 것으로 대화에서 중요하다. 청자의 상태에는 메시지의 수용reception, 뒤따르는 메시지에 대한 준비성readiness, 말할 차례 교체 허용permission, 투영projection(일본어에서 추정에 대하여는 다나까(Tanaka, 2001) 참조), 화자의 감정 상태에 대한 감정이입empathy과 대화 도중 감정의 변화가 포함된다.

맞장구치기는 비록 어떤 언어와 어떤 상황에서 더 널리 퍼져 있기는 하지만, 모든 언어와 환경에서 대화 도중에 어느 정도 일관되게 나타난다. 일본말로 이뤄진 일상적인 대화 분석에서 로카스트로(Locastro, 1987)와 그 뒤에 메이너드(Maynard, 2002)에서는 2.5초마다 규칙적으로 맞장구가 있음을 지적하였다. 메이너드는 화자와 청자 사이의 상호작용을 '상호작용이 이뤄지는 춤'이라는 용어로 표현하였는데 효과적인 대화를 구성하는 '감정성'의 어조tenor를 조성하는 핵심적인 부분이다. 맞장구가 줄어들거나 막힌다면 상호작용은 수용에서 방해를 받으며 감정에서 어지럽기고 일반적으로 화자는 상호작용을 고치려고 할 것이다.

담화에서 청자 반응의 세 번째 부류는 후속 행위이다. 후속 행위는 담화 교환에 대한 반응이며, 앞선 교환 행위로부터 청자나 화자에 의해 제공될 수 있다. 후속 행위는 승인endorsement(긍정적 평가)와 용인concession(부정적 평가), 인정acknowledgements (중립적인 평가)가 있다. 다음 발췌글에서 각 유형의 본보기를 볼 수 있다.

<인용 4.3> 청자의 반응에 대한 메이너드의 견해

대화를 살펴보면 화자의 행위가 청자보다 더 많음을 발견하곤 한다. 그러나 맞장구를 통해 최소한으로 행동을 하는 청자 없이는 나아갈 수 없다. 맞장구는 쉽게 확인 가능한 의미를 지니고 있지 않기 때문에 주변적으로 의미에서 유의하지 않다고 간주되지만 이들은 대화를 통한 상호작용에서 상당히 의미가 있다. …

메이너드는 어떻게 맞장구가 폭넓은 행위에 적용되는지를 보여주는 (일본말로부터 나온 사례와 함께) 얼개를 제공하는데 다음과 같다.

- 계속하게 하는 신호(*continuer*): 청자에 의해 화자에게 발화를 계속하게 하는 신호.
- 내용에 대한 이해를 표시함.
- (그것에 동의하지 않을 때조차) 화자의 판단에 대해 감정적인 지지를 보냄.
- 동의함(적어도 표면적으로는 예의를 차림).
- 강한 감정적 반응(위임을 포함하여, '에! 와아!'와 같은 일본어 특유의 지나친 감정을 담은 표현).

— 메이너드(2005)

A: 얼마나 오랫동안 우리와 머무를 수 있어?
B: 다음 주 일요일까지.
A: 멋진데.

A: 우리와 오늘 저녁 만날래?
B: 미안해. 그럴 수 없어. 일이 너무 많아.
A: 알겠어.

A: 어떻게 그가 다쳤대?
B: 스케이트보드 타다가.
A: 아.

받아들이거나(화자 발언의 효력을 받아들임) 화자의 개시 행위에 대한 도전, 혹은 후속 행위를 제공하는 형식에서 청자의 반응은 대화의 통합적 측면이고 능동적인 측면이다. 청자가 어떻게 반응할 것인가에 대한 기대는 제1언어나 제2언어를 배울 때 습득되는 문화적 지식의 일부이다(Lantolf and Throne, 2006; Ohta, 2000; Ushioda, 2008).

전문 직업을 통한 만남(이를테면 의사-환자, 관리자-피고용인, 중개인-고객)에서 청자의 반응이라는 개념은 불어나는 관심을 받고 있는데 문제 평가와 취사선택gatekeeping, 처치의 다양한 국면에서 듣기의 중요성에 대한 인정 때문이다. 점차적으로 수용적 듣기 연수가 전문직업 교육과정의 일부가 되고 있다.

로버츠와 사랑기(Roberts and Sarangi, 2005)에서는 환자에 대한 더 나은 이해와 반응을 하도록 의사들의 연수를 도와주고 기술하기 위해 쓰일 수 있는 얼개를 제시하였다(〈표 4.2〉 참조). 이와 같은 유형의 듣기 연수에서 핵심 개념은 상위 인지이다. 전문가로서 혹은 봉사를 제공하는 사람으로서 고객에 대한 자신들의 반응을 감시하고 조정하도록 배우는데 그와 같은 반응은 결과가 바람직하거나 바람직하지 않는가에 따라 조정, 통제, 관찰의 여지가 더 있게 된다.

<표 4.2> 전문 직업 맥락에서 이해와 반응을 하기 위한 얼개: 공감하기와 물리기(retractive)라는 듣기 유형(의사-환자의 상호작용으로부터 발췌함)

공감적

- 호응하는 듣기(초점 맞추기)
  환 자: 저것은 나에게 어떤 해도 주지 않아요.
  지원자: 저거에 대해 전혀 걱정하지 않지요?
- 포괄성('우리' 효과: 환자의 자각/지각을 유도하고 그것에 맞추어 나감)
  지원자: 우리는 분명히 당신의 문제를 해결하려 하고 있어요.
  지원자: 예. 오직 하루 동안만 봅시다.
  지원자: 왜 먼저 검사를 했는지에 대해 무엇을 이해하였습니까?
- 얼개 짜기(의도와 사회적 관계에 대한 얼개를 짜기. 종종 '말에 대한 말'로 나타낸다)
  지원자: 당신에게 물어보고 싶은데 …
  지원자: …에 대해 어떤 생각이 있습니까?
- 울타리치기(자신의 곤란함을 인정하고 부드러운 표현을 씀)
  지원자: …라고 말하기가 우리에게는 참 어렵군요.
  지원자: …라고 말한다면 만사가 잘 될 거에요.
- 평가하기(이것도 호응하는 듣기의 부분일 것이다)
  지원자: 좋아요.
- 이해하기/동참함을 점검하기
  지원자: 지금까지 이해하지 못한 게 있나요?

물리기

- 연습된 공감
  지원자: 이해할 수 있어요.
  지원자: 가슴 X-선은 어떻게 되었지요?
- 이름 붙이기/ 높은 수준의 추론
  지원자: 죄의식을 느껴요?
- 받아들기와 저장하기에서 실패
  지원자: 어떻게 당신 부군께서 돌아가셨나요?
  환 자: 말했지요, 그는 암으로 돌아가셨어요.

*주석. 지원자는 연수를 받고 있는 전문 직업인(의사)임.
*출처. 자료들은 Roberts and Sarangi(2005), Wilce(2009), Jhangiani and Vadeboncoeur(2000)으로부터 나왔다.

<개념 4.5> 청자의 반응

얼굴을 맞댄 상호작용에서 청자들은 세 유형을 보인다. (1) 화자의 움직임을 받아들이기 (2) 맞장구치기 (3) 뒤따르는 행위가 그것이다. 청자의 반응은 (대화의) 경로를 안내하고 심층적인 대화로 이끄는 데 이바지하며 상호작용의 '감정적인 특성'을 형성한다.

4.8. 화자와 연결하기

이른 시기의 의사소통 이론에서 듣기는 일종의 도관conduit으로서 모든 참여자들이 동시에 메시지를 주고받는 거래의 일부분으로 간주하였다. 그 뒤에 의사소통 이론에서는 말하기와 듣기를 공동 구성 과정의 동등한 부분으로 보았다. 의사소통에 대한 거래의 관점에서 청자는 비언어적인 반응뿐만 아니라 주기적으로 언어적 반응을 통하여 동시에 '말하고 있다.' 화자는 언어적인 메시지와 비언어적인 메시지에 동시적으로 '들으며' 그가 어떻게 이해되고 있는가에 대한 평가에 따라 감정적인 상태, 태도, 의사소통 행위를 맞추어 나간다(Beale, 2009). 그 다음에 듣기는 어떤 의사소통의 결과가 자신과 다른 사람, 관계에 대한 새로운 인식을 포함하는 상호작용적이며 공동 구성적인 과정이 되어 간다. 이런 관점에서 듣기의 목표는 주로 메시지의 이해가 아니라 대화 참여자들과 상호작용이 이뤄지는 연결을 이루고 목표를 향해 공동으로 나아가는 것이다. 이런 목표들은 담화에서 메시지에 대한 상호 이해와 관련될 수 있지만 화자들 사이의 '관계 체계'에서 조정하는 것과 관련될 것이다.

따라서 듣기는 인간 행동에서 행위에 대한 이론의 일부로 연구될 수 있다. 체계 이론은 상호작용에 있는 사람마다 언급되거나 언급되지 않은 집단의 목표에 이바지하는 것으로 본다는 점에서 동적인 상

<개념 4.6> 연결과 이해

> 협력적인 듣기에서 듣기의 주요 목표는 메시지를 이해하는 것이 아니라 대화 참여자와 공동의 연결을 이루고 공동 배경을 발견하며 공동으로 목표를 향해 나아가는 것이다.

호작용으로 보는 행위 이론 가운데 하나이다. 인간의 행위마다 언어 행위와 비언어 행위의 형식으로 체계의 **의사소통 상태**communicative state에 반영된다. 두 사람의 혹은 더 큰 집단에서 체계의 의사소통 상태는 **담화 유형**discourse pattern과 상호작용 도중에 형성된 화자 경계를 검토함으로써 결정될 수 있다(Petronio, 2002).

의사소통을 하는 두 사람 혹은 집단에서 목표는 물론 다양할 것이며 상호작용 도중에 바뀔 것이다. 예컨대 고객 만족 접수대에서 만남에서처럼 어떤 문제에 대하여 받아들일 만한 조처에 일치를 보려는 목표를 지닐 수 있다. 또 다른 두 사람은 상담 기간에서처럼 결국 고객을 특정의 문제를 해결하는 방향으로 나아가도록 도움을 주기 위해 공감을 이루려는 목표를 지니고 있을 수 있다. 어떤 경우에서든 체계 이론 접근이 끌어내고자 하는 것은 규정된 목표의 성취로부터 벗어날 때 혹은 이바지할 때 상호작용의 틀을 평가하고 검토하기 위한 도구이다.

목표 지향의 의사소통goal-oriented communication에서 참여자들의 성공이나 실패는 다수의 요인들에 달려 있다.

- 각자가 지니고 있는 상황에 대한 이해
- 목표들의 명료성
- 다른 사람의 욕구에 대한 지각과 민감성
- 그들이 하고 있는 전략적 선택
- 선택을 행위로 옮길 수 있는 능력

- 목표를 향해 나아가는 과정을 조정 점검할 수 있는 능력
- 지각된 과정에 대하여 되짚어 주기를 할 수 있는 능력

이들 가운데 마지막 두 요인은 의사소통 이론에서 듣기에 대한 자리매김의 출발이 될 정도로 효과적인 의사소통에서 핵심이다. 부부로 이뤄진 123쌍의 대화 연구에서 헤일론과 페키온(Halone and Pecchione, 2001)은 목표를 향한 전개를 점검 조정하는 과정으로서 '관계에 따른 듣기'를 자리매김하였다. 그것은 말할 차례가 바뀔 때마다 연결을 점검 조정하고 그 전개에 대한 개인별 지각을 되짚어주기를 하는 것을 가리킨다.

더 나아가 다른 의사소통 이론가들은 듣기에는 점검 조정과 되짚어 주기뿐만 아니라 반응이 포함된다고 주장한다. '듣기의 반응 단계는 특히 전체적으로 듣기의 성공을 판단하는 데 중요하다(Steil, Baker and Watson, 1983: 22). 이런 관점에 따르면 듣기에는 네 단계가 포함된다. (1) 감지하기sensing(메시지 받아들이기), (2) 해석하기interpreting(어느 정도의 이해에 도달하기), (3) 평가하기evaluating(판단하고 증거를 살피고, 화자와 일치의 정도를 결정함), (4) 반응하기response(이해를 보여주기 위해 비언어적으로 되짚어 주고, 질문을 하거나 부연하는 것과 같은 언어적 기여를 함).

반응 단계는 두 가지 이유에서 핵심적이다. 먼저 다른 참여자들이 이해되고 있는지를 결정할 수 있는 듣기의 구체적인 측면이다. 두 번째로 목표 성취를 점검하고 상호작용에서 또 다른 전략 선택을 결정하기 위해 청자의 메시지listener message를 통합해야 하기 때문이다. 앞에서 지적한 것처럼 간단히 말해 의사소통을 통한 목표의 추구에는 청자의 입장에서 되짚어 주기, 반응하기를 포함하는 효과적인 듣기가 필요하다.

체계 이론의 관점으로부터 효과적인 듣기에는 이해의 깊이, 주의regard, 감정이입과 같은 개념들을 조작하는 방법의 하나로 상호작용에

서 의사소통의 유형에 대한 평가가 필요하다(Gambrill, 2006). 한 가지 본보기는 관계 심리치료에 쓰이는 트루액스-카르크후프(Truax-Carkhuff, 2007)의 저울눈이다.

- 4수준: 청자는 화자의 표현에 대한 자신의 이해를 표현된 것보다 더 깊은 수준에서 의사소통한다.
- 3수준: 청자는 화자에 의해 의도된 깊이와 비슷한 수준에서 듣고 있는 듯하다.
- 2수준: 청자는 의사소통으로부터 두드러진 영향력을 줄이고 있다.
- 1수준: 청자는 주의집중하는 데 실패하고 그에 따라 화자가 건네려고 하는 메시지로부터 유의하게 벗어나 있다.

목표 지향과 의사소통 유지가 매우 높은 우위에 있다고 가정하기 때문에 의사소통 조사연구는 상호작용을 촉진하거나, 유지하기 혹은 감쇄시키는 요인들에 주의를 기울이는 데 전념하여 왔다. 이들 요인들은 흔히 참고 전략benchmark으로 논의되었는데 이는 효과적인 듣기가 모형화되고 학습될 수 있을 것이며 상호작용이 평가될 수 있다는 것을 배경으로 하는 기준이다. 참고 전략은 상호작용의 성공이나 실패에 이바지하는 행위나 태도, 감정적인 신호의 구체적인 유형을 확인하는 실천 사례이다.

<인용 4.3> 점검 조정하기로서 듣기에 대한 로우즈(Rhodes)의 견해

> … 만약에 목표 중심의 의사소통에서 성공하거나 실패하는 정도가 의사소통을 위한 선택이 바람직한 효과를 내는지 여부에 달려 있다면 … 부가적인 요인들이 포함되어야 한다. … 목표를 향한 진행을 점검 조정하고 다른 사람에게 되짚어 주기를 할 수 있는 능력을 포함한다. … 점검 조정하기에 대한 이와 같은 과정은 목표를 향해 진행되며 듣기로 언급될 수 있는 있는 진행에 대한 자신의 지각을 바탕으로 되짚어 주기를 제공한다.
>
> ―로우즈(Rhodes, 1987; 34~35)

<개념 4.7> 참고 전략

상호작용을 위한 다양한 행위와 태도는 의사소통을 위한 행위에 대한 참고 전략으로 수립되었다(Greene and Burleson, 2003).

- 대화에서 적합성: 화자의 메시지에 대하여 적합하게 반응하는 유형
- 대화에서 효과성: 의사소통 목표의 달성에서 듣기 행위의 전체적인 효과
- 대화에서 영향 측정: 청자에 대한 기억 능력(화자가 의사소통에 미치는 청자의 영향을 얼마나 잘 떠올리는가)
- 논쟁에 대한 저울눈: 논쟁이나 맞섬에 대한 접근이나 회피의 경향을 나타내는 의사소통 유형
- 사람들 사이의 의사소통 동기에 대한 저울눈: 다른 사람과 의사소통을 하기 위한 동기나 이유를 발견하고 보여주는 유형
- 사람들 사이의 연대감(solidarity) 저울눈: 화자와 연대감을 보여주는 의사소통의 유형
- 함께 하려는(syntonic) 조정 저울눈: 참여자들 사이의 반응 유형(평가적인 대 총과적인)으로 응답에서 긍정적인 영향 대 부정적인 영향의 활용 유형

의사소통에서 행위 유형에 대한 다른 연구는 친근성을 추구하기, 청중의 행위, 의사소통 불안감, 승낙 얻기, 사람들 사이에서 주의 끌기, 사적인 개입, 수용자의 불안과 자기 표출(self-disclosure)에 초점을 맞추었다.

—박스터와 브레이스웨이트(Baxter and Braithwaite, 2008),
웨일리와 샘터(Whaley and Samter, 2007),
그린과 버얼리슨(Greene and Burleson, 2003), 엘진(Elgin, 2000)

연수를 받고 있는 청자들의 목적 유형에 대한 초점은 조절accommodation, 즉 상호작용에 있는 당사자들이 다른 규범(Giles, 2009) 혹은 상호작용 적응interaction adaptation을 위한 규범을 지향하는 경향을 지님으로써 얻게 되는 자연스러운 효과에 맞닥뜨릴 수 있도록 하는, 말하자면 설득을 구하는 논증이 제시되었을 때 개입을 표시하게 하려는 의도가 있었다(White and Burgoon, 2006). 일단 상호작용이 진행된다면 상호작용을 하고 있는 상대방의 의사소통 의도는 의사소통에서 다른 상대방의 감정

과 인지를 누르고 상호작용에서 의사소통의 방법뿐만 아니라 방식과 듣기의 효능에 대한 결정요소로서 효력을 얻는다.

요약: 의미의 공동 구성으로서 듣기

이 장에서는 듣기의 화용적 기준에 대하여 훑어보았다. 듣기는 본질적으로 내적인 인지 처리이지만, 청자는 적절하고 유창하게 듣기 위하여 사회적 지식을 활용하여야 한다. 듣기에서 화용적인 유창성에는 의사소통에 대한 화자의 의도와 전략들을 이해하고, 언어 사용의 사회적 관례를 활용하며(그리고 이런 관례들이 어떻게 조정되는가), 정교화와 맥락을 보완함으로써 화자 입력물을 풍부하게 하고, 화자가 말하는 동안 상호작용에 따른 반응을 가다듬고, 화자가 말하고 있는 것에 대해 실질적으로 반응하는 일이 포함된다. 무엇보다도 화용적 능력에는 화자와 함께 발화에 참여한다는 감각과 관련이 있으며, 공동의 의미구성에 참여하려는 자발성willingness과 관련이 있다.

제5장 자동적인 처리

자동적인 처리AP: automatic process는 자연 언어 처리NLP: natural language process로도 알려져 있는데 영어나 한국어와 같은 자연 언어를 이해하고 산출하는 컴퓨터 접속 처리interface이다. 이런 의미에서 자연 언어는 일반적으로 컴퓨터와 통신하기 위해 사용되는 C, 자바스크립트, 펄perl[1)]과 같이 프로그램을 짜는 언어나 합성된 언어와 달리 인간에 의해 사용되어 진화되었다.

NLP는 이제 정보 추출, 기계 번역, 자동적인 요약과 상호작용적인 대화 체계에서와 같이 폭넓게 응용되고 있다. 자동 처리도 언어 이해에서 인간이 맞닥뜨린 것과 같은 도전거리가 컴퓨터에도 제시된다. 말하자면 입력물에 대한 언어적 분석(무엇이 실제로 말해졌는가), 입력물에 대한 의미 처리(입력물이 의미하는 것이 무엇인가), 입력물에 대한 화용적 처리(입력물에 어떻게 반응해야 하는가를 결정)가 있는 것이다.

---

1) 자료를 추출하고 그에 의거한 보고서를 작성하는데 사용하는 프로그래밍언어 가운데 하나. 'Practical Extraction and Report Language'의 약자로 C언어와 구문이 비슷하며, sed·awk·tr 등과 같은 유닉스 기능을 포함하는 스크립트 프로그래밍 언어이다. 래리 월(Larry Wall)이 1987년 개발하였다. 텍스트 파일로부터 필요한 정보들을 추출하고 그 정보를 바탕으로 새로운 문서를 구성하는데 적합하다. 특히 텍스트 처리 기능이 뛰어나 CGI(Common Gateway Interface) 프로그램을 개발하는 데 많이 사용된다(두산백과 참조).

이와 같은 비슷한 점 때문에 이 장이 이 책에 포함되었다. 대부분의 언어 가르침과 조사연구 목적에서 독자들이 AP 과정을 자세하게 이해하는 것이 본질은 아니다. 이들 처리는 듣기를 자리매김하는 또 다른 기준을 제공하기 위해 여기서 훑어보았다. 이 장에서는

- 입말에 대한 인간의 이해와 처리에서 어떤 비슷한 점이 문제되는지 보이기 위하여 NLP의 문제를 제시하고 훑어보며
- NLP에서 어떻게 의미의 여러 층위를 활용하는지 보여주고
- NLP의 언어 처리, 의미 처리, 화용적 처리에서 인간의 처리와 어떻게 대응되는지를 보인다.

5.1. 자동적인 처리의 목표

인간의 의사소통에 대한 연구는 새로운 매체와 기술의 발달과 도입으로 그리고 특히 발화를 통한 의사소통을 모의하려는 노력에 의해 더 가속화되고 풍부해졌다. 가장 이른 시기의 노력은 매우 제한된 영역에서 기본적인 과제를 목표로 하였는데 IBM사의 '구두상자'로 1964년 만국 박람회에서 전시되었다. 그것은 미국 표준의 구두상자와 모양과 크기가 비슷하였으며 숫자 0에서 9까지 딱지를 붙인 열 개의 작은 램프 표시 장치가 있었고 마이크가 달려 있었다. 마이크로 어떤 숫자를 말하면 (실제로는 목소리의 높낮이를 조정하는 누군가에 의해) 관련되는 숫자의 램프가 켜지게 하였다(몇몇 설명에 따르면 한 무리의 청중이 이것이 위험한 공중곡예를 하는 것과 같은 반응을 보였다고 한다).

이와 같은 이른 시기의 노력들은 목소리로 전화걸기(예: 집으로 전화하기), 연결된 경로로 전화하기call routing(예: 고객 상담실에 연결해 주세요.), 자동화된 설비 통제 및 내용 기반 입말 청취 탐색기(예: '…' 낱말

이 포함된 팟 캐스트podcast 찾기), 단순 자료 목록(예: 신용 카드 숫자 입력하기), 구조화된 문서 준비(예: 방사선 의학 보고서), 발화-덩잇글 처리(예: 전자편지를 읽어주기), 비행기 조정실에서의 사용(일반적으로 직접 음성 입력으로 표현됨)을 포함하여 이와 비슷하게 제약을 받는 발화 인지 설비로 이어졌다. 우리는 발화 의사소통에 이미 만들어진 물건을 이용하는 것에 익숙해져 있기 때문에 NLP는 주로 특정의 과제와 사업 설비를 중심으로 발전하였다.

<개념 5.1> 자연 언어 처리란 무엇인가?

자연 언어 처리(NLP)는 현대의 컴퓨터 기술인 동시에 인간 언어 그 자체에 대한 주장들을 탐색하고 평가하는 방법이다. 어떤 사람은 뒤의 기능을 붙들기 위해 컴퓨터 언어학이라는 용어를 더 좋아하지만 NLP는 컴퓨터 처리를 통한 인지 기능에 대한 일반적인 연구인 인공 지능(AI: articficail intelligence)의 역사로 거슬러 올라가 연결된다. NLP는 어떤 실제적이고 유용한 목적을 위한 입말과 글말의 처리를 위한 컴퓨터 활용이다. 언어를 번역하고 질문들에 답하기 위해 누리집에 있는 덩잇글 자료 은행으로부터 정보를 얻고 일상적인 주제에 대하여 기계와 대화를 실행하며 어느 한 대본이 다른 것으로부터 다시 쓰였는지 여부를 결정하는 데 컴퓨터를 이용한다. NLP는 단순한 설비가 아니라 이런 과제들의 기저에 있는 핵심적이고 전문적인 방법과 이론이다.

이런 과제의 방향을 넘어서 발화를 통한 의사소통은 실제 일상의 영역에서 더 선호되는 상호작용 방식이 되었다. 인간의 역사를 통하여 발화를 이용한 의사소통은 사회적 유대를 유지하고 정보를 교환하는 주도적인 방법이 되어 왔는데 상호작용의 미묘한 시간 맞추기, 내용에서 층위가 있는 의미, 화자 의도의 흐릿함에 대한 발화의 장점 때문이다. 글말 형식에서는 되풀이되지 않는 발화의 이와 같은 장점을 전제로 할 때 컴퓨터를 통한 인간-인간의 상호작용에서 그리고 인간-기계 상호작용에서 주도적인 의사소통의 매체로서 입말

의사소통에 대한 우리의 선호도는 기술의 발달이라는 여러 겹의 물결을 거치는 동안 살아남았다. 이 영역에서 이른 시기 발달은 바이젠바움(Weizenbaum, 1966)의 모의실험장치simulator로서 기본적인 인간의 상호작용, 즉 질문과 답변의 교환을 모의하기 위해 시도하였다. 이는 '인공 지능'이라는 기본 형식으로 이룩되었다. 이 경우에 다음의 상호작용에서처럼 문법의 단순한 변형과 대화 화제의 표준적인 묶음들의 삽입으로 이룩되었다.

> 안녕, 내 이름은 엘리자야

* 안녕, 엘리자. 내 이름은 미카엘이야.

> 이름에는 관심이 없어.

* 그래, 나는 여기에 이름 이상의 무엇인가를 말하기 위해 왔어.

> 얼마나 오랫동안 이름 이상의 것을 말하기 위해 여기에 머물렀어?

* 방금 여기에 왔어. 그렇지만 오랜 시간 동안 미루어 왔어.

> 그게 나에게 어떤 의미이지?

* 아마도 어느 정도 미루는 버릇이 있는 것 같아. 이전에 너하고 접속을 했어야 했는데.

> 너는 조금 미루는 버릇을 좋아하지 않아? 이전에 나하고 접속을 했어야 했다고.

* 아니, 좋아하지 않아.

> 왜 좋아하지 않지?

－ELIZA 모의실험 누리집에서 구성하였음(http://psych.fullerton.mbirnb aum/)

바젠바움은 교양 있는 사회의 구성원으로 모의 학습을 한 게오르규 버나드 쇼의 인물을 본떠 이 무른모software의 이름을 엘리자라고 불렀다. 엘리자 무른모는 환자 자신의 진술에 따라 울려주고 그와 같은 진술을 하는 기저의 동기에 대하여 질문하는 심리 치료 학교를 패러디하였다.

이와 같은 유형의 모의된 상호작용은 1990년대에 이용 가능하게 된 수다쟁이 로봇chatterbot을 포함하여 인간-컴퓨터 사이의 상호작용 영역에서 발전으로 이어졌다. 인공적인 대화 개체ACE: artificial conversational entity 혹은 대화 로봇chatbot은 청각 형태나 덩잇글 양식을 통해 한 명 또는 그 이상의 사람들과 지적인 대화를 모의하기 위해 설계된 컴퓨터 프로그램으로, 대화 주체의 유형이다. 대부분의 대화 로봇은 여전히 덩잇글에 기반을 두고 있지만 상호작용을 위해서 덩잇글을 입력하여야 한다.

비록 발전이 지속적으로 이뤄지고 있지만, 기계를 통한 의사소통은 두 가지 이유에서 발화에 기반을 둔 의사소통의 통합에서 어느 정도 완고함을 보인다. (1) 입말이 글말보다 상대적으로 복잡하고 (2) 어떤 언어의 유창한 화자는 사용자들 사이에 있는 개인별 차이를 견뎌내기 위한 엄청난 능력을 보여준다는 것이다. 입말 상호작용의 복잡성을 보완하기 위해 컴퓨터를 통한 인간-인간 사이의 상호작용뿐만 아니라 인간-기계 의사소통에서는 그림으로 표상되는 언어에 기반을 둔 그림에 바탕을 둔 사용자 컴퓨터 대화 설비GUI: graphical user interface와 설비 개체(윈도우즈, 아이콘, 메뉴, 포인터)와 기능(자판 누르기, 마우스 단추 누르기, 다른 물리적 움직임)은 의사소통을 도와주고 메시지 수정을 실행하기 위해 활용한다. 대부분의 컴퓨터 운용 체계와 응용 프로그램은 사용자의 자판 누르기와 마우스 단추 누르기를 통해 의도를 시각적으로 부호화는 데 기대고 있으며 의사소통의 효율성을 되짚어 주기 위해 시각적인 화면 표시 장치를 필요로 한다.

그 시작 이후 NLP의 목표는 입말과 글말의 두 경로에서 인간의 자연 언어를 생성하고 이해하며 분석하게 될 컴퓨터 체계를 설계하고 만드는 것이었다. 이런 목표는 구체적으로 '이해'에 초점을 맞춘 응용프로그램을 통하여 제한된 영역 안에서 분명히 달성되고 있으며, 조작이 이뤄지는 특정 영역 안에서 자연 언어를 '생성'하고 있다. 이 장의 나머지 절에서 언어 처리, 의미 처리, 화용 처리가 이런 목표들을 달성하는 데 기여하는 방법을 개관할 것이다.

5.2. 언어적 처리

입력물로서 입말을 활용하는 NLP 응용 프로그램에서는 입말을 활용하는 것보다 더 많은 문제가 있다. 입력물로서 입말을 활용하는 NLP 응용 프로그램에서는 시작에서 도전거리 하나가 나타났는데 그것은 발화 인지이다. 일단 입력물로서 발화가 인지되고 나면, 글말이 처리되는 것과 같은 방식으로 처리될 수 있다.

NLP에서 발화 인지의 첫 단계는 입력물에 대한 음운론적 분석, 즉 자동화된 발화 인지ASR: automated speech recognition이다. ASR은 NLP에서 가장 큰 도전거리 가운데 하나였는데 입말 언어에 대한 불편하고 완고한 몇 가지 사실들 때문이다.

- 인지되어야 하는 방대한 크기의 어휘.
- 정확한 인지를 가로막는 것으로, 입력물이 얼마나 유창하고 얼마나 연결되어 있는지 여부.
- 녹음을 하기 위한 도구의 신뢰도로, 이 녹음 도구에는 발화 신호를 둘러싸고 있는 '소음'이 삽입된다.[2)]
- 강세와 방언 특징인데 이는 변이형태가 끼어든다.

이런 도전거리는 극복할 수 없는데 가장 큰 이유는, 이전의 장들에

---

2) 인간의 청각은 어느 정도 배경소음이 있어야 제대로 발휘된다(환경에 적응한 결과). 그렇지만 기계를 통한 처리에서는 조그만 소음이라도 문제가 될 수 있다.

서 보았던 것처럼, 발화를 통한 의사소통이 잉여적이기 때문이다. 인간-인간 사이의 발화 처리에서처럼 한 경로나 한 수준에서 놓쳤거나 오해한 것은 다른 경로나 수준으로 보완될 수 있다.

<개념 5.2> 발화 인식과 화자 인식

화자 인지(누가 말을 하고 있는가를 인지하기)와 발화 인지(말하고 있는 것에 대한 인식)에는 차이가 있다. 목소리 인식(voice recognition)이 그러한 것처럼 이 두 용어는 자주 혼동된다. 목소리 인식은 이 둘의 결합인데 여기서는 화자 목소리에 대해 자연 언어 처리 장치가 학습한 측면을 말하고 있는 것을 결정하기 위해 활용한다. 목소리 인식 체계는 무작위로 뽑은 화자로부터 매우 정확하게 인식할 수 없지만 일정한 자음 군과 억양 유형을 포괄할 수 있는 2000개의 단어 묶음으로 이뤄진 덩잇글을 읽게 함으로써 훈련된 개인별 목소리에 대해서는 매우 높은 정확도에 이를 수 있다.

발화 입력물을 컴퓨터가 받아들일 때 그 중심 목표는 발화 신호를 전기적으로 다룰 수 있는 띠를 이룬 정보spectral information(지속시간, 세기, 높낮이에 대한 사상)로 바꾸는 것이다. 컴퓨터에 의한 발화 인식은 좀 더 복잡한 신경 구조를 이용하면서 인간의 청각 체계가 산출할 수 있는 산출물 처리를 모의하고자 한다. (전부는 아니지만) 대부분의 들어오는 낱말들에 대한 인식, (전부는 아니지만) 인식한 대부분의 낱말들에 대하여 어휘 의미를 할당하고 (거의 정확하게) 정확한 낱말들이 연쇄를 이루도록 하면서, (적어도 받아들일 만하게) 통사적인 관계를 정확하게 계산한다.

근본적으로 컴퓨터에 의한 인간의 발화 인지HSR: human speech recognition 혹은 자동화된 발화 인지ASR: automated speech recognition는 인간에 의한 처리, 즉 메시지의 이해라는 목표로 시작하였다. 그리고 신호의 어떤 부분이 그 목표에 이바지하는지 확인하기 위하여 과거를 밑천으로 삼고 있다build backward. 2장에서 훑어보았듯이 인간의 청각 체계는 하

<그림 5.1> 발화 인지에 사용되는 띠 모양

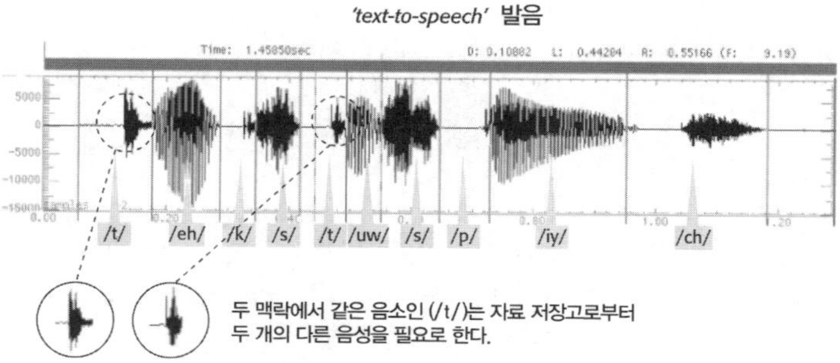
'text-to-speech' 발음
/t/ /eh/ /k/ /s/ /t/ /uw/ /s/ /p/ /iy/ /ch/
두 맥락에서 같은 음소인 (/t/)는 자료 저장고로부터
두 개의 다른 음성을 필요로 한다.

신호. 발화 인지는 띠 모양 신호로부터 시작한다. 위의 그림은 구절 'text-to-speech'에 대한 발화 신호의 단순화된 표상이다. 이 신호는 숫자로 나타낸 계수로 저장될 경우, 매우 짧은 '음향 속성 사진'으로 잘라낼 수 있을 것이다.

향식 실마리와 상향식 실마리를 이용하여 발화에 대한 신경학적 분석을 수행한다. HSR 역시 들어오는 음향 신호에 대한 전기적인 띠 모양 분석으로 시작하면서 두 방향의 정보를 활용한다(〈그림 5.1〉).

자동적인 발화 인식 장치는 음향적인 맥동을 전기적인 신호로 바꾸는 마이크를 이용한다. 마이크 기술의 발전으로 맥동의 밀집도 조정 방식이 이제 듣기 보조 장치에 이용되면서 포착의 정확성을 나아지게 하는데 이는 그 다음에 인지를 나아지게 하였다(Schaub, 2009). 포착된 전기 신호는 띠를 이루는 정보(지속시간, 세기, 높낮이)를 얻을 수 있는 일련의 숫자로 된 계수들의 묶음으로 바뀐다. 관련되는 핵심 조작에는 들어오는 신호를 음향 속성사진acoustic snapshots으로 바꾸는데 이는 길이에서 10분의 1초이다. 일련의 음향 속성사진 혹은 틀frame에서 띠를 이룬 정보들은 프로그램으로 짜인 언어에서, 어떤 음소들의 연쇄가, 그것들을 생성할 가능성이 높은지를 결정하기 위하여 지속적으로 분석된다(Jiang 외, 2006).

어떤 틀이 발화에서 특정 낱말에 반드시 대응할 필요는 없다. 틀에서 낱말로 있을 수 있는 최상의 짝을 유도하기 위해 추가적으로 확률

연산이 수행되어야 한다. (이는 근본적으로 2장에서 기술한 발화 지각에서 자질 검색 모형인데 입력물의 전체 연쇄가 낱말들이 쉽게 인지될 수 있도록 가능성 있는 후보에 앞서 처리되어야 한다.) 이 연산은 문제에 자유롭지 않은데 단일의 화자와 여러 명의 화자에 걸쳐 나온 입말 언어에서 변이의 범위가 너무나 폭넓다는 것을 전제로 할 때 어떤 입말에 대한 틀 연쇄가 너무나 다양하기 때문이다. 배경 소음과 마이크의 민감성 차이와 같은 가외의 변수에 더하여 이와 같은 변이에 기여하는 음운론적인 요인들도 있다. 3장에서 언급한 것처럼 이들 변인들에는 다음이 포함된다.

- 말하기의 다른 속도.
- 참여하고 있는 특정 낱말의 앞서거나 뒤따르는 서로 다른 말소리(동시 조음 효과).
- 토박이 화자나 비토박이 화자의 지역에 따른 발음에서 차이.
- 서로 다른 화자들: 체계적인 연속성을 이루는 차이로 이어지는 서로 다른 성대 모양.
- 불완전한 발화의 서로 다른 유형인데 음성이나 전체 낱말들이 끊어지거나 생략된다.

ASR 장치의 애초 목표는 발화된 낱말을 결정하는 것이다. 낱말들을 결정하기 위해 ASR 프로그램은 있을 수 있는 후보 낱말의 자료 저장고와 이들 낱말의 들어오는 신호를 대응하는 도구를 가지고 있어야 한다. 자료 저장고의 내용들과 그것이 어떻게 구성되고 프로그램되는가(자료 저장고 훈련training of database[3]이라고 부름) 하는 것뿐 아니

3) 분석 장치나 처리 장치가 자료들을 통해서 학습을 한다는 의미에서 직관적으로 쉽게 와 닿지는 않지만 training이라는 영어 낱말의 기본적인 의미를 그대로 살려서 뒤치기로 한다. 이는 반복적인 처리를 통해서 비슷한 유형을 심리학의 용어처럼 재인하도록 하는 과정을

라 가장 잘 대응하는 짝을 찾기 위한 기법들은 어떤 한 처리 장치로부터 다른 처리 장치를 구별하게 해준다. HSR 어휘에서 모든 낱말들은 어떤 입력물 비교가 이뤄지는가에 기대어 컴퓨터의 자료 저장고에서 음운 유형으로서 표상된다.

유형을 대응시키기 위해 세 가지 기본적인 방법이 채택된다. 형판 대응시키기template matching, 통계적인 연산과 신경 연결망neuron net이 그것이다. 형판 대응 체계는 띠를 이룬 틀의 연쇄에서 직접적으로 유형들을 대응시킨다. 인지에 대한 단위로서 낱말들을 사용하는 체계는 체계 어휘 안에서 개별 낱말들에 대해 저장된 형판이 있을 것이다. 연쇄를 이룬 발화가 나올 때, 틀 유형들은 입력물과 있을 수 있는 낱말, 낱말들의 연쇄 사이의 거리나 최소한 차이를 재기 위해 대응이 된다. 인간의 발화 인지와 관련하여 비록 이런 대응이 화자가 발화한 것에 의해 반드시 연결되지는 않을지라도 최상의 대응이 언제나 발견될 수 있다.

통계적인 인지 설비statistical recogniser는 러시아의 수학자 마르코프A. A. Markov의 이름을 따서 숨은 마르코프 모형HMMs: hidden Markov models[4])을 채택한다. HMMs에서는 속성 사진이나 틀로서 발화의 음운적, 문법적, 어휘적 측면을 표상하는 통계적인 확률을 이용한다(Aist 외, 2005·2006). HMM 기법의 기저에 있는 기본적인 가정은 틀의 일시적인 연쇄가 언제나 발생의 확률에 따라, 컴퓨터 자료 저장고에 있는 더

거친다는 의미로 이해를 할 수 있다. 실제로 우리말 정보 처리 분야에서도 이런 용어들을 그대로 쓰고 있다.

4) 이와 같은 기법을 이용한 국내의 논의 가운데 장태엽(2002)이 있다(「음성 인식을 이용한 음운규칙 검증에 관한 연구」, 『한국어학』 17호, 163~179쪽). 이 연구에서는 기존의 음운규칙 연구 방법을 보완하기 위한 방법으로 자동 음성 인식 기법을 이용하자는 제안을 하고 있다. 그렇지만 연구자도 지적하고 있듯이 국내에서 이런 분야의 앞선 연구도 찾기가 쉽지 않고, 이에 뒤따르는 연구도 많지 않다. 그렇지만 이와 같은 연구가 지니는 장점을 고려해 볼 때, 특히 음운 규칙의 필수성과 자의성의 결정 기준 판별과 같은 문제를 고려해 볼 때, 이와 같이 좀 더 객관적이라고 볼 수 있는 연구 방법의 적용은 필요하다고 생각한다.

많은 틀 연쇄와 관찰된 틀 연쇄의 비교에 의해 기술될 수 있다는 것이다. 특히 단일 음성에 대한 속성 사진(어떤 '상태'라 부름)이 다른 속성 사진으로 변하는 확률은 특정 언어에서 낱말과 구절에 대한 더 큰 자료 저장고와 그리고 더 큰 계산 능력을 전제로 할 때 측정될 수 있다. 숨은 마르코프 모형이라는 용어는 특정의 낱말에 대한 틀 연쇄가 입력 자료에서 직접적으로 관찰 가능하지 않고 따라서 숨겨져 있다는 사실에서 비롯된다. HMMs는 일반적으로 형판 처리 기법보다 훨씬 효과적인데 낱말 대 낱말로 해득하는 것이 아니라 완전한 구를 해득할 수 있기 때문이다(〈그림 5.2〉 참조).

<그림 5.2> 발화 인지 동안에 구절과 낱말 해득

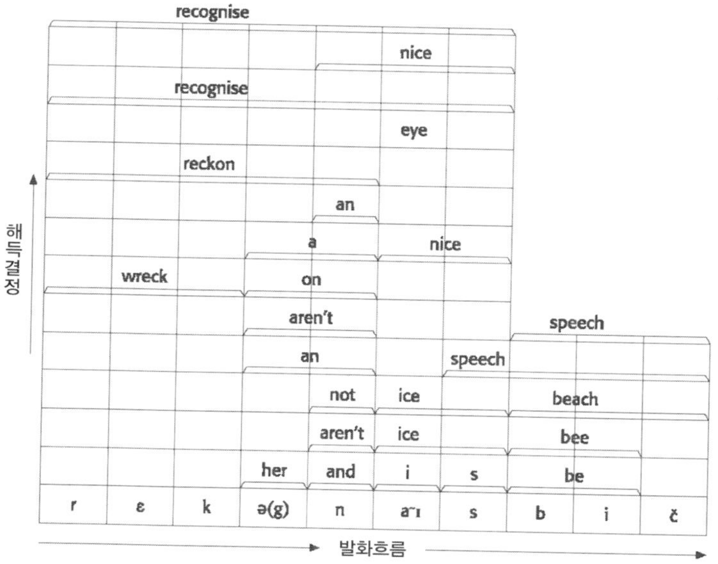

신호가 분석되는 동안 낱말과 구절들에 대한 여러 개의 후보를 활성화하는 일이 관련된다. 여기서 들어오는 신호는 'recognising speech'이다.[5] 여러 개의 후보 낱말과 구절들은 최선의 후보가 결정될 때까지 활성화된다.

신경 연결망 모형NNs은 여러 층위 즉, 음운, 어휘, 통사의 층위에서 이뤄지는 동시 처리에 기대고 있다. 한 층위에서 정보 활용이 다른 층위에서 부분적인 정보를 분명하게 하는 데 도움을 주고 있을 가능성이 없는 후보를 재빨리 제외할 수 있다.

제한된 시간에 고려되어야 하는 낱말들의 수를 제한함으로써 이 세 가지 모형 모두에서 정확성과 효율성이 나아졌다. 어떻게 언어가 부호화되는가에 대해 기저 모형의 활용에서 제약을 얹어둠으로써 효율성을 얻는 것이 목표이다. 만약 어떤 언어 모형이 어휘 이음말 규칙(혹은 확률)[6]과 문법 규칙을 구체적으로 밝힐 수 있다면, 발화 인식 설비도 특정의 발화 연쇄에서 어떤 낱말들이 받아들일 만한 낱말인지 좀 더 정확하게 결정할 수 있다(Chan 외, 2010).

사람들에 대해서 잘못 들음mishearing과 놓친 신호를 다루어야 하듯이, 컴퓨터에 의한 모든 발화 인지도 오류의 문제를 다루어야 한다. 실수의 비율이 더 높은 낱말은 극단적인 운율 특징(매우 거셈/부드러움, 매우 높음/낮음)을 지닌 낱말들, 말할 차례의 처음에 나타나는 낱말, 혹은 담화 표지와 이중으로 혼란스러운 짝들을 포함한다. 이중으로 혼란스러운 짝들은 자료 저장고에서 나타날 확률이 비슷하고 음향에서 비슷한 낱말들(이를테면 breeder/bleeder/believer)이거나, 음향에서 같은 낱말들(band/banned와 같은 동음이의어)이다. 유창하지 않은 방해 지점 앞에 오는 낱말들(조각난 발화의 앞에 오는 낱말)의 오류 비율도 높았다. 대부분의 영역에서 계속되는 해득을 방해하지 않을 것이다. 대부분의 영역에서 인간과 마찬가지로 오류가 낱말 인식에서 5~10퍼센트보다 작을 때 '충분한 인식'으로 간주된다. 그리고 어떤 영역에서는 충분한 이해에 대한 방해 없이도 그보다 더 높을 수 있다. 인간의

---

5) 아마도 저자가 착각한 듯하다. 위의 그림에는 'recognise speech'의 띠만 나와 있다.

6) 확률이 높다는 것은 규칙일 가능성이 높고, 100%에 가깝다는 것은 규칙 가운데서 필수적이라는 의미로 이해할 수 있다.

듣기와 마찬가지로 뒤따르는 의미 처리가 애매성과 인지 오류들을 보완하도록 도움을 줄 수 있다(Palmer 외, 2010).

5.2.1. 통사적 처리

2장에서 논의한 것처럼 두 수준에서 문법 지식은 들어오는 발화를 분석하는 데 쓰인다. 첫 번째 수준은 들은 발화의 범위 안에서 들어오는 발화를 문법적인 단위로 대략적으로 범주화한다. 두 번째 수준은 단기 기억에 축적되는 동안에 발화들에 걸쳐 문법적인 관계를 셈한다. NLP에서는 정확한 통사구조에 대한 점검을 통하여 덩잇글을 컴퓨터가 분석하고 그 다음에 계층 구조의 방식으로 통사구조를 표상하여 자료 구조를 수립하는, 이와 비슷한 여러 단계의 처리가 있다.

예컨대 만약 입력물 연쇄가 '어제 네가 이야기하고 있는 녀석을 나는 만났다.'로 밝혀진다. 분석 장치에는 입력물에 대하여 두 수준이 표상되어야 한다. **내포 수준**embedded level(=너는 어제 어떤 녀석과 이야기를 하고 있었다)과 **상위 수준**superordinate level(=내가 그 녀석을 만났다)이 있다. 통사적인 처리의 첫 번째 단계는 수준에 따른 계층 구조에서 문장들을 성분으로 분석할 것이다.

> [수준1] meet(동사 과거 시제 = met, 행위주 = I, 대상 = guy)
> [수준2] talk(동사 과거 진행 = talking, 행위주 = you, (대상 = guy), 시간 양상 = 어제)

계층 구조parse는 컴퓨터 프로그램 언어로 파이(π)로 외현되는데, 핵어head word와 관련되는 하나의 핵어에 의해 정체가 드러나는 여러 꼬리표tags가 가지처럼 붙어 있는, 통사적인 성분들의 계층 구조를 외현한다(Pauls and Klein, 2009). 위의 간단한 사례에서 핵어는 'meet'와 'talk'인데 이들은 각각 행위주, 대상, 양상이라는 꼬리표와 관련된다.

통사적인 분석의 첫 번째 단계는 확률에 따르는 문맥 자유 문법PCFG: Probabilistic context-free grammar으로 이뤄져 있는데 이는 컴퓨터에 프로그램되어 있는 추상적인 통사 규칙이 권위를 인정받고 있다. 다양한 통사 규칙들을 채택하는 데 필요한 확률을 추정하기 위해 사용되는, 용인된 발화들의 대규모 자료 저장고에 의해 PCFG는 한층 강화되었다(Higuera, 2010). 어떤 의미에서 분석 장치들은 훈련 자료training data로부터 적형식의 발췌글을 뽑아냄으로써 규칙들을 학습한다. 현대의 분석 장치들은 자주 나타나는 이음말들을 배우기 위해 어휘화된 조건 맞추기lexicalised conditioning를 이용하기도 한다. (이와 같은 조건 맞추기는 어휘 구절에 대한 지식이 발화 이해에서 도움을 주는 것과 마찬가지로, 들어오는 연쇄들을 재빠르게 인식하는 데 도움을 준다.) 이를테면 분석 장치에서 동사 '만나다'는 일반적으로 대상으로 사람과 함께 나타나지만(동사+유정물+시간, 예컨대 '나는 미래의 마누라를 어제 만났다'), 대상으로 추상적인 명사와 함께 덜 나타난다(이를테면 '나는 길을 따라 가다가 몇 가지 어려움을 만났다').

분석의 두 번째 단계는 입력물을 가져와서(π) 통사결속된 지도를 만드는 덩잇말 수준의 분석이다. 입력물의 어떤 덩이에 대한 통사결속된 지도는 어휘 항목(덩잇말에서 다른 항목들과 분명하게 관계가 있는 어휘 항목)들의 목록과 이들 사이의 선행조응 표현으로 연결로 되어 있다(Mitkov 외, 2007). 만들어진 사례가 〈그림 5.3〉에 보인다.[7]

7) 아래 그림은 '데이비드와 내가 고등학교 때 친구였다. 우리는 모든 일을 함께 하곤 하였다. 그러나 더 이상 그를 만나지 않는다'라는 문장에 대한 분석을 보여주는 그림이다. 오른쪽은 전체 덩잇말에서 개체(주로 명사류)의 빈도를 나타내고 있는 듯하다.

<그림 5.3> 어떤 입력물로부터 나온 덩잇말 분석 본보기

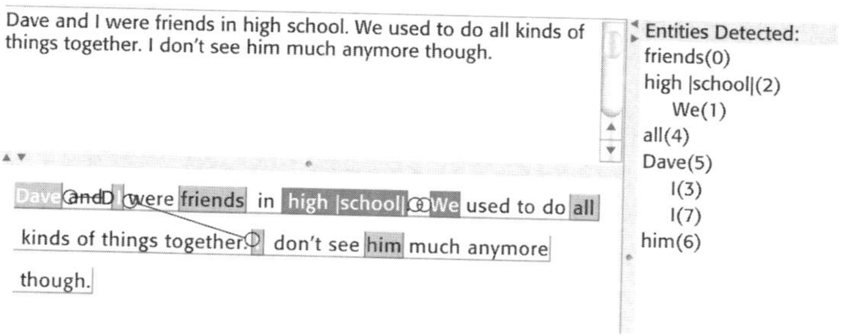

덩잇말이 분석되어 감에 따라, 응용 프로그램에서는 '개체'들과 통사적 상호관계, 의미 상호관계에 대한 지도를 만들어 나간다.

덩잇말 항목들 사이의 통사결속cohesion 연산은 의미연결coherence, 즉 좀 더 추상적이고, 더 높은 수준의 의미에 이르기 위해서 필요하다(Barzilay and Lapata, 2008). NLP에서 의미연결은 언어 표상linguistic representation과 지식 표상knowledge representation 사이에 일관된 상호작용으로 뜻매김한다. 여기서 전부는 아니더라도 대부분의 검색된 개체들은 서로 연결되어 있다. 인간의 처리에서와 마찬가지로, 의미연결은 언어 표상의 서로 얽힌 관계에 대한 연산에 지나지 않는 통사결속보다 언어 이해에서 더 높은 수준의 목표로 간주한다. 그러나 NLP에서는 거친 번역이나 가독성 지표의 연산과 같은 제한된 응용으로 통사결속이 필요한 모든 것이 되기도 한다.

통사결속의 결정이라는 점에서 더 높은 값과 그렇지 않은 값을 전제로 하여 서로 다른 측정값들의 비중을 잰다. 이들 연산 가운데 몇몇은 어떤 덩잇말 안에서 객관적인 수준을 결정하는 데 이용될 수 있다. 예컨대 플레쉬-킹케이드Flesch-Kincaid[8], 스트래스카일드Strathcylde나 리프

8) 이는 읽기 검사의 일종으로 현대의 학업을 위한 영어에서 읽기의 가독성을 검사도구이다. 이 검사에서는 덩잇글을 독해의 난이도로 분석하고 이를 다시 미국의 학년별 수준과 비교하기도 하는데 긴 문장이나 다음절 어휘를 사용하면 그만큼 점수가 높게 나온다.

REAP[9] 검사와 같이 지표를 셈할 필요가 있는 이독성 지표readability index와 이청성 지표listenability index를 지닌 모든 검사들은 무작위 내용 추출과 문장마다의 낱말들, 명사와 선행사 사이의 이웃함, 내용 낱말의 겹침, 인과를 나타내는 결속 표지와 시간을 나타내는 결속 표지, 논리적인 연결어, 자료 저장고의 말뭉치에서 내용 낱말의 상대적인 빈도에 대한 자동화된 셈과 비율이다(Gottron and Martin, 2008).

통사적 분석 도구의 이른 시기의 사례는 해리HARRY(Lowerre, 2005)로서, 제한된 어휘 영역 안에서(처음 시작은 1,000개의 낱말이었음) 정상적으로 산출된 발화를 전사하는 과제가 있는 발화 인식 장치였다. HARRY의 연결된 발화 인지 체계는 다양한 인지적 선택의 상대적인 중요성을 이해하려는 결과였다. HARRY에서 지식은 일련의 처리 절차로서, 입력물 단위들 사이의 변동 확률에 대한 유동적인 묶음들로 구성되어 있는 마르코프 연결망으로 표상된다. (HEARSAY, DRAGON과 같은) 이전의 발화 인지 장치 설비와는 다르게 HARRY는 최적의 경로를 결정하기 위해 동시에 '최선의' 통사적(그리고 음향) 경로(혹은 하위 연결망sub-net) 몇몇만을 검색하고 효과적으로 발화의 길이를 줄이기 위해 늘어난 조각들을 이용함에 따라 이뤄져야 하는 연쇄 확률에서 경신의 수를 줄인다.

수행과 속도를 나아지게 하기 위해 해리HARRY 체계에 여러 가지 진단법이 더해졌다. 전체적인 하위 연결망과 복잡성을 줄이기 위해 일반적인 하위 연결망을 검색하고 그 연결망의 수를 줄였다. 이런 유형의 처리는 매순간에 모든 음소에 대한 음향적인 대응을 할 필요는 없앤다. 그리고 훈련 자료로부터 추가적인 음소 형판과 어휘 표상을 배울 필요성을 제거한다. (동시 조음co-articulation과 생략음elided sounds과 같이) 낱말들 사이의 현상들은 구절을 인지하는 동안 음운 규칙들의

9) '읽고-등재하며-주석을 달고-숙고함(read-encode-annotate-ponder)' 검사의 약자이다.

적용으로 시간을 소비할 필요를 없애는 연결 규칙의 활용으로 조정된다.

5.3. 의미 처리

언어 처리의 역할이 말해진 것에 대하여 가능한 한 분명하게 인지하는 것이지만 의미 처리의 주요 목표는 다소 추상적이다. 의미 처리의 목표는 들어오는 발화를 어떤 결정이나 행위, 혹은 반응에 대한 기초를 제공하게 될 생각의 단위로 바꾸는 데 있다(Song 외, 2010). 의미 처리에는 개념들의 어떤 묶음과 관계에 대한 형식적이고 명시적인 표상과 관련이 있는데 이는 존재론ontology이라 부른다(〈그림 5.4〉 참조). 존재론은 응용 프로그램이 '합리적인' 방식으로 사용자에 반응하고 탐색을 수행하기 위한 계층에 따른 추론을 사용하도록 해준다.

의미 처리의 본보기는 TREC(Ittycheriah and Roukos, 2006; Song 외, 2010)[10]에서처럼 특정 영역에서 질문-답변을 위한 NLP(자연 언어 처리) 응용 프로그램이다. 질문-답변 체계에서는 처리의 다음 단계를 통해 진행되어야 한다.

- 질문 분석(*question-analysis*): 자연 언어에서 질문은 체계에 딸려 있는부분들에 의해 사용되는 형태로 처리된다.
- 처리 전 문서 수집(*document collection pre-processing*): 수집은 질문 답변하기가 실시간으로 이뤄지는 형식으로 분류된다.
- 문서 선택(*document selection*): 답을 포함할 가능성이 높은 서류철의 부분

10) '정보 검색 협의회(Text REtrieval Contest)'의 약자이다. 이 단체는 자신들의 홈페이지에서 알린 대로, 대규모 덩잇글 모음으로부터 조사연구자들의 정보 검색을 도와주기 위해 만들어진 단체로, 미국의 국립 표준 기술 연구소(NIST)에서 운영하고 있다.

<그림 5.4> 의미 처리에서 쓰인 존재론의 본보기

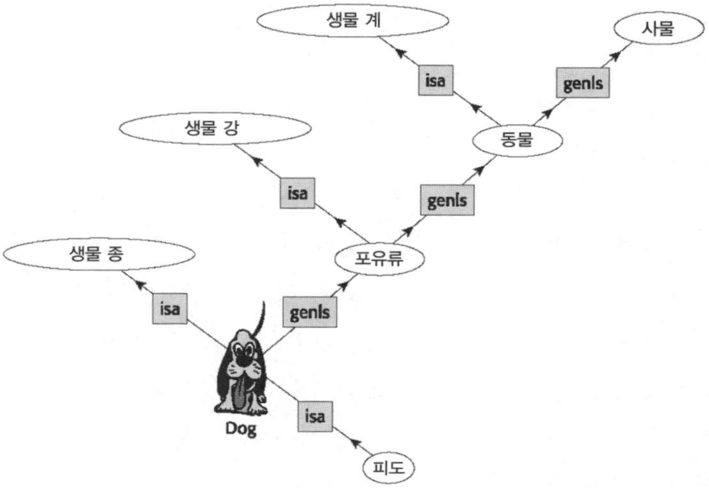

'의미 추론'을 도와주기 위해 NLP에서는 존재론, 즉 지식의 계층 구조를 이용한다. 덩잇말에 있는 어떤 개체는 동치(isa)나 일반화(genls)와 같은 다른 개체와 어떤 관계에 있다.

집합이 자료 저장고로부터 선택된다. 부분 집합은 일반적으로 전체 수집보다 양에서 더 작은 여러 층위가 있다.

- 문서 분석(*document analysis*): 사전 처리가 피상적이라면 후보 서류철들에 대한 자세한 분석이 필요할 수 있다. 명료화 질문은 탐색의 범위를 좁힐 수 있다.
- 답변 추출(*answer extracting*): 서류철로부터 답변이 추출되고 적합할 수 있는 확률에 따라 순위가 매겨진다.
- 응답 생성(*response generation*): 있을 수 있는 대화 맥락에서 답변에 응한다.

진정한 이해 체계GUS: Genial Understanding System(Bobrow, 1977 등)와 같은 이른 시기의 질문-답변 체계는 질문을 요청하는 컴퓨터에 바탕을 두고 있다. 여기에 본보기 상호작용이 있다.

GUS: 안녕하세요. 저는 GUS입니다. 저는 당신의 여행 계획을 도와줄 수 있어요. 어디에 가고프세요?

손님: 3월 28일에 호놀룰루에 가고 싶어요.

GUS: 호놀룰루. 언제 가고 싶다고요? [말할 차례마다 응답의 오직 한 부분만이 인지된다는 것에 주목할 것.]

손님: 5월 28일요.

GUS: 언제 떠나고 싶으세요.

손님: 그건 중요하지 않아요. 아침이 더 좋을 거에요.

GUS: 오전 9:15에 LA에서 출발하는 PSA 비행이가 있네요. 그 비행기가 좋을까요?

손님: 다음 비행기는 언제 있습니까?

GUS: 유나이티드 사 비행기로 오전 11:30이 있습니다.

손님: 더 빠른 걸 탈 게요.

GUS: PSA 122 비행기를 예약할 게요. 5월 28일 오전 9:15에 LA로부터 출발합니다. 맞습니까?

의미 역할 딱지 붙이기semantic role labelling(목적지와 시간)와 개체들 사이의 관계relationship between entities(도시 이름, 방향 관계, 시간 관계)를 활용하여 이와 같은 비교적 단순한 요청을 의미로 처리하는 데 성공한다. GUS는 또한 역시 제한된 영역 안에서 질문에 대한 응답에 대하여 맥락에 민감한 부연 구절을 이해할 수 있었다.

의미 처리에서 좀 더 복잡한 수준에는 좀 더 개방적인 담화 영역에서 정보 뽑아내기IE: Information Extraction가 끼어든다. 정보 뽑아내기는 덧잇글로부터 정보의 유형에 대해 미리 뜻매김된 유형을 확인하는 일에 관련되는 NLP에서 의미 처리의 하위 갈래이다. 예컨대 경찰의 범죄부 인터넷 주소에서는 시도된 범죄의 이름, 범죄자, 피해자, 물리적인 목표, 무기, 날짜, 장소를 뽑아낼 것이다. 사업용 인터넷 주소를

<개념 5.3> NLP에서 존재론적 방법과 추론

'NLP에서 존재론적 방법은 요리나 수의학, 비행 기술과 같은어떤 영역 안에서 개념들과 이러한 개념들의 관계의 묶음을 통한 지식에 대한 표상이다. 존재론은 그 영역 안에서 개체들을 확인하고 그 영역 안에서 그 개체에 대해 추론을 하기 위해 쓰인다. 존재론은 '공유되는 관계에 대한 명시적인 구체화'로 자리매김될 수 있다. 어떤 NLP 응용에서도 중요한데 인간 사용자들과 공유되는 어휘를 제공하기 때문이다.

위한 정보 추출 체계는 사업 활동을 위한 회사의 이름, 생산품, 설비, 재정 상태를 추출할 것이다.

어떤 영역이 확인되고 나면, 활성화 조건과 추출 유형extraction pattern이라 부르는 기폭 낱말trigger words을 이용하여 정보를 뽑아낼 수 있다. 예컨대 경찰청의 NLP 응용 프로그램에서는 기폭 낱말trigger[11])을 활용하여 911 전화가 기록되고 전화의 유형에 따라 등재될 수 있다. 이와 같은 유형의 의미 처리는 개념 중심의 개념틀conceptual schemata을 이용하는 나이센의 정보 분석 방법NIAM: Nijssen's information analysis methods의 발전으로 시작되었다. 이전의 형식은 로저 쉥크Roger Schank의 인공 지능 조사연구 모임에 의해서 개발된 것과 마찬가지로 이야기 이해에 초점을 맞추었다. 각각의 응용 프로그램은 요정 이야기, 전세계 공통적인 우화나 탐정 소설과 같이, 구체적인 담화의 세계UoD: University of discourse에 전념하였다. UoD에서 핵심 설계 요인은 갈래의 본보기들을 담고 있는 상당히 큰 입력 덩잇말로부터 관련이 있는 자료 기반을 만드는 것이다. 이들 본보기로부터 이 프로그램에서는 사건들의 연쇄나 경로를 포함하는 각본scripts들과 이야기에서 개별 개념들에 대한 변이형을 포함하고 있을 가능성이 높은 기억의 구조화된 전송 단위MOPs: Memory Organisational

11) 용어 풀이에 보면 기폭이 되는 낱말, 구절 등을 가리키는데 앞서 낱말을 예로 들었고 뒤에 나오는 〈표 5.1〉에도 낱말이 예로 나오므로 여기서도 살려 쓴다.

<표 5.1> 표본 추출 유형

이름: % 살인당한 사람 %
사건 유형: 살인
기폭 낱말들: 죽은 사람, 죽인, 총을 쏜, 처형하다, 암살되다, 죽이다
활성화 조건: 수동태 동사, 과거 시제
의미인 빈칸
  희생자 주어(사람)
  피해자
  _
  〈전치사 구절, by〉
  _
  (사람)
  도구
  _
  〈전치사 구절, 로(무기)〉
  시간〈전치사 구절, at(시간)〉
  처소〈전치사 구절, on, near, at(장소)〉

Packets[12])를 만들어낸다.

컴퓨터 프로그램은 부연과 질문에 답변하기를 통하여 이야기의 이해를 보여줄 수 있다. 예컨대 '작고 빨간 망토Little Red Riding Hood'라는 이야기를 듣고, PAMPlan Applier Module(Wilenski, 1981)이나 MARGIE(쉥크, 1982)[13])와 같은 프로그램은 다음의 질문에 쉽게 답할 수 있을 것이다.

- 이야기에서 주인공이 누구인가?
- 왜 그 소녀는 할머니를 방문하게 되었는가?
- 그 여우가 …라고 말하고 난 뒤에 무슨 일이 일어났는가?
- 언제 여우가 …라고 말하였는가?
- 그 이야기의 결말은 어떠한가?
- 그 이야기의 핵심은 무엇인가?

12) 원래 package와 bucket의 합성어로 소포의 한 덩이처럼 정보를 전송하는 기본적인 단위를 나타낸다.

13) memory analysis response generation in English의 줄임말로 영어 발음으로는 마지에로 읽는다. 예일 대학 로저 쉥크(Roger Schank) 교수 지도로 개발된 자연 언어 이해 프로그램이다.

이와 비슷하게 PAM, MARGIE와 다른 이야기 응용 프로그램은 최대한 완벽하게 그 이야기를 이해하였는지 여부를 검사하기 위해 이런 질문을 생성할 수도 있다. 컴퓨터나 그 사용자가 질문하기를 다스릴 수 있는 응용 프로그램들은 상호 주도 체계mixed initiative system[14]라고 한다. 이들 체계는 단일 주도 체계single initiative system보다는 훨씬 더 매력적인데 이들이 실제 세계의 의사소통에 더 가깝게 닮아 있기 때문이다. 그리고 사용자들에게 좀 더 적합한 것으로 간주될 것이다.

쉥크는 마지에MARGIE와 같은 실용적인 이야기 이해 응용 프로그램은 논리적 추론을 포함하여 이야기 이해의 여러 수준을 보여줄 수 있어야 한다고 주장한다. 사건의 자리매김, 사건의 연결, 맥락에 따른 이해, 전국적 맥락에 따른 이해가 있어야 한다는 것이다.

근본적으로 어떤 이야기의 의미처리 기간 동안 혹은 다른 담화세계UoD에서 NLP 응용 프로그램은 개념 지도concept maps를 활성화할 것이다. 개념 지도는 담화의 유형에 대한 개념틀을 포함하고 있는 구조화된 그림의 일종이다. 그리고 개념틀에서, 밝혀진 명제와 핵심어로 채워져야 하는 빈칸을 채워야 할 것으로 보인다. (이는 듣거나 읽을 때 추론을 하면서 개념틀에서 기본값을 사람이 이용하는 것에 대응한다.)

개념들은 층위를 이룬 구조에서 연결되어 있다. 개념들 사이의 관계는 '유발하다, 초래하다, 요청된다, 이바지하다'와 같은 의미 연산자semantic operator를 통해 분명하게 될 수 있다. 온전한 의미 처리에는 계층 구조에서 모든 빈칸들을 채우는 일이 관련되기 때문에 응용 프로그램에서는 무엇을 모르는지 알게 될 것이며, 담화를 완벽하게 '이해함'을 확실하게 해주는 구체적인 질문을 물을 수 있다.

---

14) 기계와 인간의 소통을 다루는 기술의 모든 분야에 걸쳐 인간이 주도하거나 컴퓨터가 주도하는 체제로 되어 있는데 여기서는 인간과 기계가 서로 상호 주도하는 체제의 의미를 지니고 있다. mixed의 의미를 존중해서 '뒤섞이다'의 의미가 담기도록 뒤쳤지만 이 용어가 의도하는 의미는 상호적이라는 의미가 더 강하게 함의되어 있다. 뒤에 나오는 single의 의미와 대립된다.

5.4. 화용적 처리

자연 언어 처리NLP에서 화용적 처리의 목표는 외부의 일상적인 정보로부터 정보를 끌어내고 의미 처리로부터 얻은 지식과 그 지식을 통합하며 알맞은 반응을 찾아내는 것이다. NLP 조사연구를 위한 널리 알려진 얼개 지도를 보여주는 보고서(Hirschman and Gaizauskas, 2001)에서는 NLP 체계로부터 사용자들이 기대할 수 있는 다섯 가지 화용적 기준을 밝히고 있다.

- 시간 속성(*timeliness*): 체계에서는 수천 명의 사용자들이 접속하는 경우에도 실시간으로 입력물이나 사용자에 반응할 수 있어야 한다. 그리고 자료들은 시간에 따라 보관되어야 한다.
- 정확성(*accuracy*): 부정확하고, 잘못된 답은 응답 없음보다 더 나쁘다. 체계에서는 자료 원천에 있는 모순을 발견하고 해결하여야 한다.
- 이용 가능성(*usability*): 체계에 있는 지식은 사용자의 요구에 맞춰 다듬어져야 한다.
- 완결성(*completeness*): 여러 자료 저장고로부터 나온 반응은 일관되게 융합되어야 한다.
- 적합성(*relevance*): 답변은 특정의 맥락 안에서 적합해야 한다. 그 체계에 대한 평가는 사용자 중심이어야 한다.

여기에 대한 사례는 Q-A 체계인데 여기서 사용자는 세계사에 대한 질문을 한다. 위에 제시한 기준을 충족하도록 하기 위해, NLP 응용 프로그램에서는 사용자의 질문을 정확하게 확인하고 그 다음에 응답을 하는데 (1) 사용자의 의사소통 가락(흐름)에 조화를 이루도록 시간에 맞추어 제시되고, (2) 사용자가 질문한 것을 제시하는 데 정확하고, (3) 사용자의 지식수준에서 이용 가능하고 알아둘 필요가 있으며, (4) 여러 정보의 원천이 있을 경우 온전하고 일관되며 순위가 정해져 있어야 하며, (5) 사용자에게 적합하고 맥락에 맞아야 한다.

버그(Burger 외, 2002)에서는 특정의 사용자들에 의해 제기되는 질문의 유형에 바탕을 두고, 사용자들에 대한 네 수준을 밝히고 있다. '인과적 질문'은 표면적인 정보를 찾고 있으며 반응을 보이기 위해서 쓰이는 정보도 그렇게 '깊지' 않다. 말하자면 여러 개의 자료 파일들을 찾아보고 비교하면 되는 것이다. 좀 더 안목이 있어 보이는 질문자의 경우, '전문적인 정보 분석가'로 사용자의 기준을 충족시키기 위해 정보 원천이 통합되고 더 많이 축적되어 있어야 한다. (〈표 5.2〉는 질문하기의 수준을 보여준다.)

사용자 적합성이 자연 언어 처리의 중요한 목표이기 때문에 화용적 처리에는 사회적 가치나 행위 중심, 즉 사용자에게 어떻게 반응할 것인가의 가치에 기대어 입력물을 해석하는 일이 관련된다. 화용적 처리의 일부로 간주되는 반응 처리response process는 담화 처리에서 의도에 대하여 단일 수준 저장 장치SLS[15]에 의한 정확한 계산에 바탕을 두고 있다. 영화를 좋아하는 사람들은 큐브릭Kubrick의 영화 〈2001 스페이스 오딧세이〉에서 유명한 SLS 반응을 떠올릴 것이다.

> 데이브 바우먼: 격납고를 열어, 할(HAL).
> 할(HAL): 미안합니다, 데이브. 그렇게 할 수 없어서 유감입니다.

이 상호작용에서 SLS(할)은 할을 죽이려는 데이브의 의도를 이해하고 (데이브가 없는 경우에도) 임무를 성공적으로 완수하려는 '훈련 자료'의 의도를 무시하려고 한다.

---

15) 맥락에 분명하게 제시되어 있지는 않은데 single level storage(단일 수준 저장고)라는 의미인 듯하다. 여기서 예로 들고 있는 할이나, 박물관 안내 장치처럼 작고 고정된 저장 장치를 지니고 있을 것이다.

<표 5.2> 질문하기와 반응 처리의 수준에 대한 예시

수준	질문	탐색을 위한 꼬리표	반응을 위한 자료 파일	사용자에게 제시된 반응
일반적인 질문자	빅토리아 여왕이 언제 태어났습니까?	수준 1. 언제 태어남 (사람)?	덩잇글 1. 빅토리아 여왕(1819~1901)이 영국을 철권으로 다스렸다. 덩잇글 2. 영국의 왕: 빅토리아(1837~1901), 에드워드(1901~10*),	1828
틀에 짜인 질문자	프레도니아에서 지난 주에 얼마나 많은 사상자가 있었다고 보도되었습니까?	수준 2. 얼마나 많음 (사람의 범주), (날짜), (장소)?	덩잇글 1. 지난 월요일에 폭발 사건이 일어난 뒤에 프레도니아의 보티빌 거리에서 두 사람이 죽었습니다. 덩잇글 2. 지난 주 금요일에 에빌로니아와 접경 지역에서 어린이가 있는 가족을 테러범들이 살해였습니다.	다섯 명
수습 기자	미국에서 얼마나 많은 가정에 컴퓨터가 있습니까?	수준 3. 얼마나 (항목이) 많음(집단), 지니고(소유하고)?	덩잇글 1. 미국에서 세 가구 가운데 두 가구가 누리집에 연결되어 있습니다. 덩잇글 2. 지난 해에 IRS에서는 150만 명으로부터 답변을 받았습니다.	90천만
전문적인 정보 분석가	산타 바바라에 있는 캘리포니아 대학에서 컴퓨터에 해커가 공격을 한 이유는?	수준 4. 왜 (존재), (사람의 범주), (행위), (장소)?	덩잇글 1. 미국의 대학은 강력한 컴퓨터 설비를 갖추고 있습니다. 덩잇글 2. 컴퓨터 해커들은 패스워드의 안전성을 무너뜨리기 위해 재빠르게 처리하는 사람들입니다.	암호를 풀기 위해 자신들의 컴퓨터를 이용함.

*출처. 버드 등(2002)와 가베이(Gabay 2010)에 바탕을 두고 있음.
*괄호 안의 숫자는 왕들의 재위기간을 나타낸다(뒤친이).

SLS에 의한 반응 처리는 언제나 의도에 부합하는 훈련 자료로부터 가장 알맞은 반응을 선택한다. 그 다음에 입말로 혹은 글말이나 다른 상징체계로 출력물을 만들어내고, 사람들이 진행할 법한 것으로부터 다음을 예측한다. 모든 SLS는 특정 영역에 맞추어져 있는데 말하자면 여행 계획하기, 혹은 일반적인 지식에 대한 답변하기, 혹은 비행 임무 목표의 관리 조정과 같은 비교적 작고 고정된 영역에서 훈련된 자료 저장고에 따라 운용된다.

예컨대 만약 SLS가 박물관 방문자를 도와주도록 맞춰져 있다면 어디에 공룡이 전시되어 있나요(*Where is the dinosaur exhibit?*)와 이 박물관에서 가장 인기 있는 것은 무엇입니까(*What is the most popular exhibit in the meuseum?*)과 같은 질문을 예측하도록 훈련될 수 있다. 입력물이 일단 인지되고 나면, 화용적으로 '(특정 항목)에 대한 (장소의) 요청'으로 반응하도록 맞춰질 것이다. 효과적인 의미 분석을 통해 어떤 명제를 적절한 내용을 입력물에서 제공되지 않은 개념틀의 빈칸에 할당하는데 이는 SLS에 의해 채워질 수 있다. 적합한 반응은 사용자가 어떤 정보를 요구할 것인지를 예측하고 이용 가능한 형태로 제공할 것이다.

요약: 자동적인 처리와 인간의 언어 처리

지난 수십 년 동안 NLP에서 대단한 성과들이 있어 왔지만, 여전히 사라지지 않는 문제가 남아 있는데 특히 SLSs의 사용자들과 관련이 있다.

- 사용자의 논리적인 문제(*user logic problem*): 컴퓨터와 인간 사이의 대화를 어떻게 설계하고, 어떻게 사용자의 논리에 맞출 것인가? 3장에서 본 것처럼, 인간의 논리는 '독특하게 흠이 나 있으며', 기억은 불완전하다.

그 결과, SLS는 효과적으로 의사소통하기 위해 좀 더 인간과 비슷하게 생각할 것이다.

- 흐릿함 문제(*ambiguity problem*): 어떻게 이해 문제의 해결책에 이를 것인가? SLS는 흐릿함을 분명하게 하거나 혹은 간단하게 '최선의 추측'으로 나아가야 하는가?
- 회복의 문제(*recovery problem*): 어떻게 사용자와의 대화를 관리하며 파괴로부터 어떻게 복구할 것인가? '눈덩이처럼 불어나기' 전에 대화에서 애매성과 이해에서 있을 수 있는 문제를 어떻게 진단할 것인가?
- 충분성의 문제(*sufficiency problem*): 사용자의 발화로부터 어떻게 필요로 하는 정보를 뽑아낼 것인가?
- 가변성 문제(*variability problem*): 같은 언어의 화자에 의해 다르게 같은 목표 발화의 음성들이 등재되기 때문에 어떻게 '같은' 말소리를 인지할 수 있게 할 것인가?
- 지시표현 문제(*reference problem*): 시작에서부터 화자가 끌어들이는 낯설 수 있는 실제 세계 지시표현을 어떻게 이해할 것인가(Stoness 외, 2005)?
- 시간의 문제(*time problem*): 어떻게 흐릿함의 문제를 해결할 것인가, 재빨리 알맞은 정보를 통합하고 그러면서 입력물을 따라잡거나 겹치는 과제를 어떻게 다루어 나가도록 할 것인가(실시간 요인(RTF: real time factors)은 종종 발화 인지 체계에 대한 효율성의 측정 도구로 사용되었다. RTF가 더 낮을수록 더 효율적이다(Kokubo 외, 2006).

제6장 언어 습득에서 듣기

앞선 장들에서 듣기는 겹치는 심리언어적인 능력들 다수가 필요한 통합 능력이라는 것을 보여주었다. 주요 능력은 언어적 처리, 의미 처리, 화용적인 처리로 묶을 수 있다. 우리는 종종 듣기에서 언어적 처리(말소리 지각, 낱말 인지, 통사적 분석)가 듣기에서 기본적인 기술이며, 더 나은 발전을 이루기 위한 토대로서 제일 먼저 습득되어야 하는 것이라고 생각한다. 이와 마찬가지로 어떤 사람의 언어적인 처리가 높은 수준에 이른다면 오직 그때 의미인 처리(낱말들을 개념에 연결하고 기억에 있는 개념틀에 접속함)가 온전하게 발전한다고 생각하는 것이 논리적이다. 그러나 좀 더 유창하게 되기 위해서 언어적인 처리와 의미 처리를 이끌어나가는 것으로 보이는, 사회적 환경에서 다른 사람과 자신을 연결하고 표현하고자 하는 욕구인 화용적인 처리가 필요하다.

이 장에서는 제1언어L1와 제2언어L2 능력 향상에서 듣기의 역할을 논의하는, 좀 더 넓은 과제를 수행한다. 포괄적인 성격 때문에 이 장은 듣기 가르침(제2부)과 듣기 조사연구(제3부)를 다루는 이 책의 뒷부분에서 다루게 될 쟁점들과 주제들의 간단한 얼개를 제공할 것이다.

이 장에서는 듣기가 제1언어에서 그 다음에 제2언어에서 어떻게 습득되는지 언급할 것이다.

- 언어적 처리에서 발달
- 의미 처리에서 발달
- 화용적 처리에서 발달

6.1. 제1언어 습득에서 듣기: 언어적 처리의 발달

일반적인 환경에서 그리고 신경 체계의 건강함을 전제로 할 때, 사람은 모두 제1언어L1를 성공적으로 습득할 수 있다. 비록 여러 감각과 경험 체계가 관련되기는 하지만 거의 모든 경우에서 제1언어는 주로 입말로 습득이 된다. 우리는 입말을 사용할 수 있는 능력을 풍부한 듣기 입력물이 관여하는 일정한 길이의 몰입 과정을 통해 습득한다. 기능이 적용되는 듣기가 이뤄지지 않는 어린이의 경우, 시각적인 입력물이나 입말 입력물의 시각적 부호에 더 많이 기대면서 본질적으로 같은 습득 과정에 참여한다.

제1언어 습득자들은 언제나 어린 시기에 그 과정을 시작하기 때문에, 제1언어 몰입 과정에는 다른 제1언어 화자들과의 상호작용을 통하여 여러 겹의 사회적 기술과 인지적 기술의 습득이 관련된다. 관찰하고, 듣고, 생각하고, 상호작용하기를 배우는 일과 제1언어를 습득하는 일 사이에 근본적이고 이음매 없는 연결이 있다. 우리는 듣기 능력을 제1언어에서 이와 같은 더 큰 과정의 부분으로서 습득하는데 이는 아무런 노력을 들이지 않은 듯이 보이며, 제1언어가 무엇인지에도 상관이 없이 대략적으로 같은 시간 안에 이 과정을 마무리할 수 있다. 자신의 일생에서 첫 해 안에 상호작용적인 언어 능력이 나타난다. 그리고 토박이 화자로서 어떤 사람의 정체를 확립해주는 의사소통의 전체적인 목록이 단지 3년 안에 나타나곤 한다(Santrock, 2008).

비록 심리언어학 체계들(음운, 어휘, 통사, 의미, 화용)이 병행하여 발달하지만 말소리 지각이 먼저 일어날 것으로 생각하는데 가장 자리매김이 가능한 물리적 대응물이기 때문이다. 여러 언어에 걸친 발화지각의 발달 연구들은 세계의 어떤 언어 가운데서 수천 개의 있을 수 있는 음운적 대립을 구별하기 위한 수단을 제공해 주는 언어 일반적인 능력language-general capacity을 지니고 모든 유아들이 시작하고 있음을 예증해 주었다. 어린이의 세계에서 유의미한 보호자로부터 받은 입력물에 근거하여 시간이 지남에 따라 어린이들은 자신의 모국어나 언어가 되는 것에 가장 적합한 대립요소들의 묶음을 가려낸다. 이 개념은 어린이가 선택으로 배우기learning by selection라는 일반적인 신경학적 발달에 대한 설명과 일관된다. 유아들의 신경 체계는 지나치게 많은 연결overexuberance of connection로 시작하는데 발달의 과정에서 이는 습득되는 언어의 음소배열 체계phonotactic system에 맞춘 형판으로 줄어든다(Vihman and Croft, 2008).

제1언어 연구들은 삶의 첫 해에 걸쳐 환경에서 이용 가능한 음성의 선택에 의한 배움이 지각에서 방향성 변화directional changes in perception를 가져온다는 것을 보여준다(Kuhl 외, 2008; Kuhl, 2000). 어린이의 경험(노출과 선택적 주의집중)은 말소리 원형에 대하여 늘이고 강화함, 줄이고 약하게 함, 예민하게 함, 넓힘, 재조정함을 통하여 두뇌의 피질에서 신경 전사의 전자기적 조정magnetic tuning에 영향을 미치는 것으로 알려져 있다.

삶의 첫 해 동안 유아들은 그들 주변에 들리는 발화에서 차이의 다양한 갈래를 구별하는 지각 능력을 발달시킨다. 이런 능력은 그들에게 어떤 발화에서 다른 발화를, 어떤 화자에서 다른 화자를 구별하는 방법을 제공해 주고, 맥락에서 연결된 언어에 귀를 기울이는 능력을 발달시켜 나가는 조짐으로 제공된다.

<그림 6.1> 삶의 첫 해 동안에 지각에서 변화

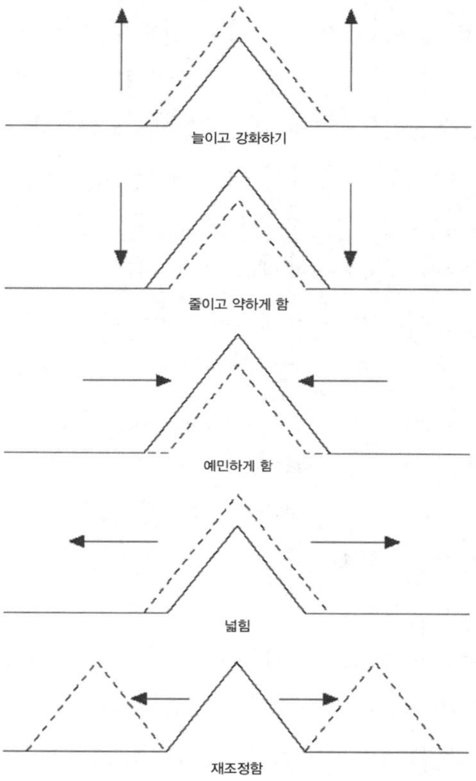

제1언어를 배울 때, 어린이는 말소리에 맞추기 위한 여러 갈래의 지각적 조정을 사용한다. 그 해가 끝날 무렵, 입말 언어와 규칙적으로 접촉하면서 어린이는 어떤 말소리가 모국어에 속하는지 알 것이다.

유창한 발화에서 한 낱말이 다른 낱말로부터 고립되는 경우는 거의 없다. 아이 중심의 발화CDS: child directed speech는 일반적으로 구절 형태이다. 결과적으로 어린이가 습득하여야 하는 부분은 그 언어에서 낱말의 경계가 어떻게 표시되는가를 배우는 것이다. 어떤 언어로부터 발화에서 어떤 자질이 낱말 경계를 표시하는지 배우는 일은 어떤 언

<인용 6.1> 타고난 학습 과정에 대한 무어의 견해

> 레슬리 무어(Leslie Moor 2004)는 다음과 같이 지적한다. 어린이들은 선천적으로 세계의 어떤 언어에 대하여 어조, 강세를 받는 음절의 길이 등을 처리할 수 있는 장치를 가지고 있다. 그리고 그들은 첫 해 동안 자신의 언어 환경에서 음소 대립을 조정하게 된다. … 일단 설정이 되고 나면, 이들 과정은 9개월에 이르면 발화에서 규칙성을 발견하도록 활용되는데 비단어보다 단어 듣기를 '더 좋아한다.' 유아들은 자신들의 언어에 한정된 음운 구조에 대한 듣기를 '더 좋아한다.' 이는 언어 규칙성이 발화 흐름에서 낱말 경계에 대한 가설을 설정하는 데 쓰임을 의미한다. 더 나아가서 유아들은 앞으로의 발화 분석을 위해 쓰일 수 있는 조각의 단위를 결정하기 위해 가락의 유형을 활용하기도 한다.

어의 낱말에서 음운과 운율의 면에서 말소리가 어떻게 배열되는가를 발견하는 일과 관련이 있을 듯하다. 허용 가능한 자질에 대한 노출과 점진적인 구별은 해당 언어의 음운배열 지식phonotactic knowledge이라 부른다. 다른 언어로부터 들여온 낱말들은 어린이의 제1언어가 갖고 있는 속성과 관련하여 종종 다를 것이며 유아들은 토박이말에서 허용되는 것과 그렇지 않은 것에 대한 감각을 습득하여야 한다. 따라서 어린이가 학습을 하는 데 본질적인 것 가운데 하나는 어떤 말소리 속성들이 그들이 토박이말에서 들었던 발화의 특징인가 하는 것이다. 말소리에 둘러싸인 처음 몇 달의 과정을 거치면서 이 능력은 자연스럽게 나타나는 듯하다.

첫 해가 끝날 즈음에 토박이말 입력물에서 자주 발견되는 많은 구별들에 대한 민감성이 감퇴한다. 동시에 토박이말의 말소리 유형에서 규칙적으로 발생하는 자질들에 대한 정보에 몰두하는 듯하다. 누적의 방식으로 민감성은 입력물로부터 낱말들을 조각으로 나누는 데 도움이 되는 자질들에 정확해지도록 발달하고 있다. 이는 듣기 발달에서 중요한 전환이다. 이는 낱말들의 조각 나눔에서 유아들의 기술이 토박이말에서 말소리의 유형이 구조화되는 방식에 대한 지식과 함께 발달하고 있음을 의미한다. 발화를 조각으로 나누기와 낱말 인지는 지각의 본질적인 속성들이다.

요약하자면 듣기를 배우는 데서 이른 시기의 발달에 두 가지 중요한 특징이 있다는 것이다.

- 유아들에게는 범주 지각(categorical perceptions) 즉, 다른 다수의 음운적 기준으로 자신의 토박이말에 있는 발화된 말소리의 대조를 구별하는 능력이 발달한다. 이에 더하여 연속적인 지각(continuous perception) 능력이 발달하는데 이는 말소리 연쇄의 결합으로서 계속되는 발화를 들을 수 있는 능력이다(〈표 6.1〉 참조).
- 어린이들은 지각에서 항구성(perceptual constancy)을 발달시키는데 이는 발화 속도나 화자의 목소리에서 차이에 수반되는 음향 변이의 갈래를 감내할 수 있는 능력이다. 가변적인 입력물을 일반화하는 이 능력은 정확하게 말소리 차이와 의미에서 변화를 관련짓는 데 필요하다.

<표 6.1> 첫 해에 듣기 능력의 발달

개월	듣기 능력
1	사람의 말소리에 반응하기
2	다른 말소리를 구별하기
3	직접 들리는 목소리에 머리 돌리기
4	들리는 어조를 흉내 내기
5	사람 목소리에서 '부정적인' 태도와 '긍정적인' 태도 구별하기
6	사람 목소리에서 크기, 높낮이, 발화 속도를 흉내 내기
7	자신의 주변에 있는 어른들의 발성법에 주의 기울이기
8	어느 정도 자주 되풀이되는 낱말들 인지하기
9	복잡한 말소리를 흉내 내기 시작함
10	어른들 발화의 음절들(결합된 음운) 흉내 내기
11	음조 변화와 리듬 흉내 내기
12	자신의 이름과 같은 낯익은 낱말들 인지하기

*출처. 오웬스(Owens 2007)에 바탕을 둠.

<그림 6.2> 지각에서 자기장 효과

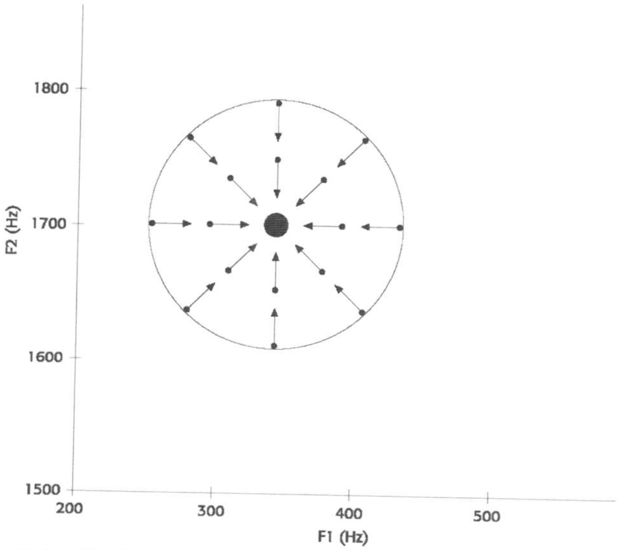

어린이들은 말소리를 해당 언어의 개별 음소에 대한 원형에 따라 변이음들을 인지하도록 배운다. 이는 '지각에서 자기장 효과'라 부른다. 이 그림은 말소리 /i/에 대한 원형을 보여준다(F1 = 350 Hz, F2 = 1,700 Hz). 표적에서 사소한 물리적 변이 안에 드는 말소리는 그 음소에 속하는 것으로 인지될 것이다.

<개념 6.1> 유아들의 발화 지각 연구에 쓰인 방법론

유아들과 매우 어린 아이들로 연구를 할 때, 조사연구자들은 어린이들이 실험에 참여하기 위한 방법을 고안하여야 한다. 어린 아이들은 자신들의 반응을 언어화할 수 없으므로, 비언어적 반응이 활용되어야 한다. 여기에 지금까지 쓰였던 두 가지 주요 절차가 있다.

• 젖 빨기를 매우 증폭시키는 절차(HAS: High Amplitude Sucking Procedure)

HAS 기법은 매우 어린 아기들에게 쓰이는데 아기들이 새로운 소리 듣기를 좋아하고 부드러운 물건을 쉽게 빤다는 사실을 이용한다. 이 절차에서는 유아들이 압력 변환기에 연결되어 있는 고무 젖꼭지를 준다. 이는 아이가 젖을 빠는 속도를 측정한다. 비록 이 절차는 언뜻 보기에 부당한 것처럼 보이지만 HAS 절차는 어린이를 대상으로 하는 발화 조사연구에서 매우 생산적인 도구였다. 유아들은 새로운 자극에 매우 높은 흥미를 보였기 때문에 새로운 자극에 반응하여 고무 젖꼭지를 빠는 속도를 높일 것이다. 두 말소리를 어린이가 구별할 수 있는지 검사하기 위하여 조사연구자는 말소리 연쇄 /a/ /a/ /a/ /ae/ /a/ 의 녹음 자료를 제시할 것이다. 만약 HAS 반응에서 여러 차례에 걸쳐 늘어난다면 조사연구자는 어린이가 말소리에서 차이를 지각한다고 결론을 내릴 수 있다. (예컨대 로챗과 스트리아노(Rochat and Striano), 1999; 베르커와 티즈(Werker and Tees), 2002 참조할 것.)

- 선호도에 따라 고개를 돌리는 방법(HTPP: Head Turn Preference Procedure)

4개월보다 더 먹은 아기들에 대하여 HTPP가 쓰인다. 이 기법은 더 어린 아기들에게는 쓰일 수 없는데 목과 머리를 통제할 수 있는 충분한 근육이 필요하기 때문이다. HAS와 마찬가지로 이 기법은 듣기에서 아기들의 흥미를 이용할 뿐만 아니라 어린이는 자연스럽게 새로운 자극 방향이나 바라는 물건이 있는 방향을 바라본다는 사실을 이용한다. HTPP 기법은 언어 병리학에서 시각적 강화에 대한 청력 측정법(VRA: visual reinforcement audiometry)으로 알려져 있는데 장난감을 볼 수 있게 되는 것과 같이 구체적인 행위를 보여줄 때 어린이가 강화를 시키려고 한다는 조작 조건의 원리[1)]에 바탕에 두고 있다(처음에는 이와 같은 지향을 반영하는 조작적인 머리 돌리기 절차로 불렀다). 전형적인 실험 상황에서 유아는 검사실에서 보호자의 무릎에 앉아서 탁자 너머에 있는 실험자와 마주한다. 유아 쪽에 확성기가 있고 확성기의 앞에 검은 안전유리로 된 상자가 있고 감추어진 그 속에는 기계로 만든 장난감(이를테면 심벌즈를 울리는 원숭이)이 있는데 시각적인 강화를 유발하는 기구로 쓰인다. 실험 동안, 청각 자극에 어떤 변화를 감지할 때는 언제나 상자 쪽으로 고개를 돌릴 것이라 가정하였는데 물론 확성기의 방향일 것이다. 한쪽에서만 보이는 거울을 통해 방 밖에서 쳐다보는 관찰자는 어린이가 상자 쪽으로 머리를 돌릴 때마다 청각 자극을 제시하는 시간을 재는 컴퓨터의 버튼을 누른다. 머리를 돌리는 것과 청각 자극의 제시 사이의 상관관계가 뒤에 계산된다. 이 절차는 6개월 12개월 사이에 있는 유아들에게서 성공적이었기 때문에, 어린 아이를 대상으로 하여 발화 지각 능력의 발달을 연구하는 데 쓰여 왔다.

6.1.1. 어휘 습득

제1언어 발달에서 어휘 습득은 계속되는 과정이다. 어떤 시점에서든 어린이는 서로 다른 낱말과 개념을 습득하는 다양한 단계에 있을 것이다. 에이치슨(Aitchison, 2003)에서는 어떤 새로운 낱말을 습득하는 동안 어떤 어린이가 수행해야 하는 세 가지 관련 과업[2]의 첫 번째가 이름 붙이기labelling이다. '어린이들은 사물에 대한 이름으로 쓰일 수 있는 말소리들의 연쇄를 발견하여야 한다.' 상징화symbolisation라는 이 도전 과업은 부모가 어떤 대상을 가리키고 그것의 이름을 말해 주며 그에 따라 어린이가 말소리, 대상, 의미 사이의 연결을 이해하도록 하는 과정으로 간단하게 묘사된다. 물론 어떤 낱말에 실제로 이름을 붙일 수 있는 능력의 습득은 어린이 관점에서 그렇게 단순하지는 않다. 일반적으로 이른 시기에 많은 낱말들이 전체 상황에 대한 관례적인 부속물이며 그에 따라 어린이의 옹알이가 의미 습득의 신호일 가능성이 낮고 자발적인 말소리 산출일 가능성이 있다.

딱지 붙이기 과업은 두 전략의 사용으로 가속화될 수 있다. 일반화generalization와 차별화differentiation가 그것이다. 일반화는 같은 낱말로 수많은 상황과 사물에 어린이가 이름을 붙이는 것을 가리킨다. 이들

---

1) 스키너(Skinner, 1904~1991)는 행동주의 심리학자로서 동물의 학습과정에 대한 연구를 통해서 조작적 조건화(operant conditioning)에 기초한 강화이론을 제시하였다. 그의 이론은 인간행동의 일반적인 원리와 법칙을 교육의 장면에서 응용하는데 기여하였고, 프로그램 수업을 체계화하여 제시함으로써 수업의 효율화에 공헌하였다. 조작적 조건형성 이론은 기본적으로 유기체의 행동이란 외부의 자극에 의해서 형성된다고 보아, 학습자의 행동이 목표에 비추어 변화되도록 계획적으로 조건을 형성해 주는 이론이다. 이 이론의 기본요소는 자극(stimulus), 반응(response), 강화(reinforcement)로서, 행동의 변화는 자극의 통제와 강화의 제시방법에 의하여 이루어지도록 하는 것이다. 즉, 자극의 통제와 강화의 제시방법에 의하여 이루어지도록 하는 것이다(네이버 지식백과 참조).

2) task를 이 문맥에서는 과업으로 뒤치기로 한다. 과업은 떠맡겨진 일로서 어린이들이 언어 습득을 위해서 어떻게든 해내야 하는 일이다. 과제는 교육적인 맥락에서 교육 목표 달성을 위해서 수행해야 하는 일이라는 의미이다. 이 책의 전반에 걸쳐 task는 과제의 의미를 지니지만 이렇게 문맥에 따라 과업의 의미를 지니기도 한다.

사물을 다른 맥락에서 마주치는 경우에만 전체 사건으로부터 각각의 낱말을 차별하기 시작하고 구체적인 대상이나 사건에 대한 이름으로 그것을 사용하기 시작한다. 한 살과 두 살의 어느 지점에 이름 붙이기 전략이 불어나는 시기에 이르게 되는데 다양한 조사연구자들이 이 시기를 중심으로 어휘 급등에 대해 언급하고 있다. 이는 사물들이 이름을 갖고 있다는 어린이의 인지적 발견 때문일 것인데 이름을 붙이고 싶은 열망으로 이어진다(Tomasello, 2003).

의미 습득에서 두 번째 과제는 묶기 과업packaging task이다. 본질적인 질문은 어떻게 어린이가 같은 유형의 사물들 전반에 어떤 이름을 붙이도록 응용하지만 동시에 적절한 경우에도 어떻게 이름 붙이기를 제한할 수 있는가 하는 것이다. 에이치슨은 이 질문에 부족한 확장underextension과 지나친 확장overextension이라는 개념으로 답을 하였다. 부족한 확장은 어린이가 개념을 지나치게 단순화하고 전형적인 대상 하나 이외에는 이를 적용하는 데 실패한다는 것을 의미한다. 에이치슨(2003: 192)에서는 '어떤 낱말에 대한 부족한 확장이 일어나는 시기는 매우 일반적이며 점차 넓은 범위를 포함하도록 의미를 점진적으로 확장하는 일이 특별히 놀라운 것 같지는 않다'라고 말한다. 이와는 달리 지나친 확장은 부족한 확장보다 덜 일반적인데 이들은 보호자들에 의해 더 눈에 띌 수 있다. 이런 경우에 어린이들은 지나치게 넓은 개념들에 대하여 이름을 붙인다. 이와 같은 묶기 실수가 일어난 주된 이유는 간격 메우기gap filling이다. 어린이들은 어떤 대상에 대하여 정확한 용어를 모르고 그것에 대하여 다른 이름을 쓴다.

낱말들의 온전한 의미를 습득하기 위해서는 연결망 만들기 network-building 과업인 세 번째 과업을 성취하여야 한다. 어린이에게 부여된 과업은 낱말들과 개념들 사이의 관계를 명시적으로 이해를 해야 한다는 것이다. 이와 같은 연결 과제는 느리게 일어나며 처음에는 이음말 연결, 이를테면 식탁(*table*)과 먹다(*eat*)를 하나의 연결망을 통해 연결한다. 그 뒤에 어린이들은 대등한 낱말들을 다른 맥락과 연결하고 점점 더 넓은 연결망을 만들어간다. 연결망 만들기 과업의 다른 중요한 측면들은 어휘 능력의 좀 더 높은 수준으로 나아가기 위해 철자법과 시각적인 개념들과 문법적인 정보와, 말소리와 의미의 연결인데 이는 글말 능력이라는 맥락에서 어휘의 향상으로 이어진다 (Lieven and Tomasello, 2008).

6.2. 제1언어 습득에서 듣기: 의미 처리의 발달

어린이들이 제1언어를 습득함에 따라 여러 인지 발달이 동시에 일어난다. 이와 같은 인지적 변화는 새로운 언어표현을 배우려는 시도에 대한 경험적인 근거로서 그리고 어린이들이 처음으로 경험하는 새로운 개념에 들어맞는 새로운 언어표현을 찾는 데 도움을 주는 동기부여 요소로서 이바지한다. 성장과 동기부여 사이의 조화로운 적합성 때문에 제1언어 발달과 인지 발달은 분리될 수 없다. 어휘와 통사구조도 이해와 자기표현이라는 갑자기 불어나는 욕구뿐만 아니라 사회 탐구와 사회적 통합에 대한 욕구를 충족시키기 위해 발달한다.

인지 구조cognitive structure라는 개념은 어떻게 이런 발전 방향이 어린이 안에서 부합하는지 이해하는 데 핵심적이다. 인지 구조는 지능 발달이라는 구체적인 행위의 밑바탕에 있는 정신적 행위 혹은 물리적 행위의 유형이다.

피아제에 따르면 언어와 지능의 발달에 대한 그의 획기적인 조사연구에서 이들 유형이 어린이 발달에서 규정이 가능한 단계들에 대응하는 듯하다. 정신 발달에 대해 그를 따르는 사람들과 그에 의하면 발달의 네 단계 동안에 계기가 되는 주요 인지 구조가 있다. (1) 감각동작 조작, (2) 전조작, (3) 구체적인 조작, (4) 형식적인 조작formal operation

단계가 그것이다(피아제, 1951·2007; Flavell 1999). 비록 피아제의 고정된 단계에 대한 도전이 있었지만(Brainerd, 1978; Kesserling and Muller, 2010), 발달에서 참고 전략이나 전이 단계라는 개념은 습득 과정을 조정하고 점검하는 데 정보를 제공해 줄 수 있다.

감각 운동 단계sensorimotor stage(출생에서 두 살까지)에서 지능은 운동 행위의 형태를 띤다. 전조작 단계preoperation stage(세 살에서 일곱 살까지)는 그 본성에서 직관적이다. 구체적인 조작 단계concrete operational stage(여덟 살에서 열한 살까지)는 논리적이지만 구체적인 지시대상에 의존한다. 형식적 조작 단계(열두 살에서 열다섯 살까지)인 마지막 단계에서는 생각하는 데 추상성이 개입한다.

인지 구조는 어린이가 나이를 먹어감에 따라 예외 없이 바뀌고 이와 같은 수정은 경험과 교육을 통해 증폭될 수 있다. 피아제는 이와 같은 경험들을 적응의 과정으로 불렀다. 동화와 조절이 그것이다. 동화assimilation는 이미 있는 인지 구조에 따른 사건의 해석과 관련되는 반면 조절accommodation은 인지 구조를 환경을 이해하기 위해 바꾸는 것을 가리킨다. 인지 발달과 언어 발달은 동화와 조절에 기대어 환경에 적응하려는 지속적인 노력으로 이뤄져 있다. 어린이의 언어 사용은 수용을 하든 산출을 하든 환경에 적응하려는 노력의 반영이다. 이런 의미에서 피아제의 이론은 비고츠키Vygotsky[3]의 '사회에서 마음' 이론과 같은 구성주의 학습 이론과 비슷한 관점을 공유하고 있다. 비고츠키의 이론에서는 학습자가 아직 통달하지 않은 구조로 능동적으로 시험을 하는 근접 영역proximal zone을 가정한다(비고츠키, 1978[4];

---

3) 비고츠키(1896~1934)는 구소련의 심리학자로, 벨라루스 출신이다. 10년 정도의 짧은 연구 활동 기간 동안, 발달 심리학 분야를 시작으로 폭넓은 분야에서 수많은 실험적·이론적 연구를 하다가 37세의 젊은 나이에 결핵으로 작고하였다. '심리학계의 모차르트'라고 불리기도 한다. 아래 두 권 모두 그가 죽고 난 뒤(1934년 하반기)에 출간되었으며 1958년이 되어서야 서구 세계에 알려졌다(위키백과 참조).

- 『*Thought and Language*』(윤초희 뒤침(2011), 『사고와 언어』, 교육과학사)
- 『*The Crisis in Psychology*』(국내에 소개되지 않음)

van der Veer, 2007). 사회적 환경의 역할과 단계의 개념과 관련하여 피아제의 관점과 비고츠키의 관점이 다르지만 두 관점에서는 보호자에 의한 안내가 어린이의 인지 발달과 언어 발달을 촉진하고 때로는 속도를 덧붙인다고 본다.

인지 발달의 단계나 연쇄가 특정의 나이 폭과 연관이 있지만 어린이마다 다양하다. 게다가 각각의 단계에는 개별 어린이들이 서로 다른 방식으로 통달하게 되는 세부적인 구조에 따른, 형태가 많다. 예컨대 피아제에 따르면 구체적인 조작 시기는 분류와 관계, 공간 관계, 시간, 움직임, 기회, 수, 대화와 측정을 아우르는 40개의 구별되는 구조가 있다고 하였다. 모든 어린이들이 같은 연쇄나 같은 방식으로 이들 인지 구조를 통달하게 될 것이라고 가정하는 것은 바보스러울 것이다.

보호자들과 교사들은 환경과 자극, 어린이들이 탐색하기를 시작하고 있는 개념들에 온전히 몰두할 수 있는 듣기 기회를 제공함으로써 어린이의 언어 발달과 인지 발달을 촉진할 수 있다(Saxton, 2009). 예컨대 어린이들이 일곱 살까지 성장함에 따라, 교사의 중심 역할은 간단하게, 가지고 놀 수 있는 풍부한 물건과 선정되는 개체와 행위들에 대한 다양한 담화 그리고 듣기 경험이 있는 풍부하고 자극적인 환경을 제공하는 것일 수 있다. 반면에 일곱 살이 넘으면 듣기 활동은 구체적인 물건과 과제를 이용하여 분류하기, 차례 짓기, 자리 정하기와 같은 구체적인 문제를 포함할 수 있다(Mercer, 2000).

어린이의 인지 발달과 언어 발달의 또 다른 중요한 측면은 사회이다. 사회적 상호작용이 언어 발달과 인지 발달에 근본적인 역할을 한다는 것이 지금은 제대로 확립되어 있다.

---

4) 이 책은 정회욱 뒤침(2009), 『마인드 인 소사이어티』(학이시습)으로 출간되었다.

<인용 6.2> 사회성 발달에 대한 비고츠키의 견해

> 어린이의 문화 발달에서 각각의 기능들은 두 번 나타난다. 첫째로 사회적 수준에서 그 뒤에는 개인적인 수준에서 나타난다. 첫 번째는 사람들 사이에서(대인 심리학) 그리고 그 뒤에는 어린이 내부에서(내부 심리학) 나타난다는 것이다. 이는 자발적인 주의집중과 논리적 기억, 개념 형성에도 똑같이 적용된다. 모든 높은 수준의 기능은 개인들 사이의 실제적인 관계로부터 비롯되었다.

비고츠키 이론에 대한 비판적인 측면은 인지 발달의 잠재력이, 그가 **근접 발달 영역**ZPD: Zone of Proximal Development이라고 부른 어떤 일시적인 폭에 제한되어 있다는 생각이다(Tudge and Rogoff, 1999; Lantolf, 2006). 더 나아가서 ZDP이 이뤄지는 동안 온전한 발달은 집중적인 입말 상호작용과 사회적 상호작용에 기대고 있다. 어른들의 안내와 또래의 협력으로 발전할 수 있는 기술의 범위는 개인적인 발견만으로 도달할 수 있는 것을 넘어선다. 비고츠키의 이론은 사회성 발달의 최종 산물로서 의식을 종점에 두고 있다. 예컨대 언어의 습득에서 또래나 어른들과의 첫 번째 발화가 의사소통을 위한 것이지만 한 번 통달을 하고 나면 **속말하기**inner speech[5]가 가능해지고 이는 인지적 자각과 정신 개념의 발달에 본질적이다(van der Veer, 2007).

어린이가 의시적으로 인지 연결을 계속해서 재구조화하는 동안 그

5) 피아제(J. Piaget, 1896~1980)는 인지 발달이 미숙한 아동이 자기중심적인 혼잣말을 하는 것을 내적 언어라고 생각하였으나, 이와 달리 비고츠키(L. Vygotsk)는 언어 형식을 내적 언어와 외적 언어로 나누고, 외적 언어는 타인에게 소리 내어 하는 말이고, 내적 언어는 혼잣말을 사용함으로써 자기 자신을 통제하는 기능을 하는 말이라고 주장하였다. 비고츠키의 주요 저서 『*Thought and Language*』(1934)에 따르면 언어와 사고는 각기 다른 뿌리를 가지고 있으며 서로 다른 실체이다. 말하자면 아동은 의미 있는 사회 상호 작용을 통하여 각각 독립적인 사고와 언어를 언어적 사고(verbal thought)로 통합시켜나간다(네이버 지식사전).

한편 국어교육에서 이른 시기에 경상대학교 김수업 선생님은 뒤친이의 학부 과정 언어교육론 시간에 말하기의 준비 단계로 속말하기를 제안하였다. 말하기교육에서 맥락은 다르기는 하지만 지니고 있는 속뜻은 비슷하다고 생각하여 널리 알려진 '내적 언어' 대신에 '속말하기'를 제안해 본다.

는 제1언어의 문법에 대한 내적인 모형을 재구조화하고 있다. 재구조화는 해당 언어의 기저에 있는 문법 규칙들을 형성하기 위해 받아들인 입력물을 이용하는 능동적인 과정을 통해 이뤄진다. 문법 체계의 형성은 추출extraction(침묵에 의해 경계가 드러나는 발화에서 반복적인 임시 단위들의 발견인데 그에 따라 이들은 의사소통의 중요한 단위가 될 확률이 높다)과 구분segmentation(추출된 단위들을 내적인 비교를 하기 위해 분절함)의 과정을 통해 이뤄진다. 적절하고 맥락에 맞게 사용되는 발화들의 정교화 사례들을 계속적으로 들어나가는 처음 몇 년 동안의 듣기를 통하여, 비록 발화 수행은 발달에 관련되는 요인들에 의해 제약을 받겠지만, 어린이는 점진적으로 어른들이 쓰는 표준으로 나아가려고 어린이가 점진적으로 언어 규칙에 대한 이해를 재구조화한다(Iverson and Goldin-Meadow, 2005).

제1언어에서 어린이의 인지 발달과 관련되는 부가적인 영역은 보호자와 어린이, 어린이와 다른 어린이 사이에 일어나는 발달의 상호성mutuality of development이다. 일상적인 상호작용에서 어린이에 대한 최근의 소집단 연구ethnographic study[6]는 어린이에게 미치는 어른들과 보호자들의 한 방향 영향에만 초점을 맞추어 어린이의 발달을 단순한 사회화로 치부하는 설명에 맞서고 있다. 이들 최근의 연구는 어린이들이 자신들의 발달을 가속화할 수 있는 방법을 찾고 있는 교육자들과 언어학자들을 도와주고 있다. 이른 나이에서부터 어린이들은 질문하고, 관찰하고 계속 진행되는 활동에 참여하기를 선택함으로써 종종 주도적으로 해나가기도 한다. 어린이들은 또한 놀이의 방식과 경로

6) 최근까지 여기에 해당하는 용어로 일본 학자들이 만든 민족지학 연구라는 용어가 선호되었다. 그렇지만 이 연구의 초점이 민족의 역사에 대한 기록(誌)도 아니며 민족성과 관련된 어떤 연구와도 거리가 멀다는 점에서 부적절하다는 점이 지적되어 왔다(ethno는 어원에 '사람'의 뜻이 있다고 함). 여러 차례 지적하였지만 최근의 뒤침에서도 경상대학교 김지홍 선생님은 오히려 소집단을 대상으로 하는 연구라는 점을 부각하여 '소집단 연구'라는 용어를 제안하였다(Fairclough(2003), 김지홍 뒤침(2013), 『담화 분석 방법』, 도서출판 경진, 51쪽 참조).

들을 고치거나 끌어들임으로써(Goodwin, 1997; Corsaro, 1985) 그리고 새로운 어휘와 말하기 방식을 만듦으로써(Eckert, 1998) 보호자들이 상상하지 못한 방식으로 문화권 안에 있는 도구들(특히 전문적인 도구들)의 활용을 통하여, 또래 집단이나 가족 안에서 진행되는 활동들에 창조적으로 이바지하기도 한다. 그 다음에 부모들과 다른 보호자들은 개인적인 설명을 할 뿐만 아니라 시간을 구조화하고, 주제들이나 장난감, 다른 자료들을 끌어들이고 진행되고 있는 활동에 참여하는 기회를 허용하는 방법을 통하여 발달을 할 수 있도록 가르치게 된다(Ash, 2003; Rogoff, 2003; Sawyer, 2006).

인지 발달에 이바지하는 어린이와 보호자들의 기여에서 복잡하게 뒤섞여 있는 성질은 취학전 아이들의 과학 지식에 대한 연구에서 예증되었다. 크롤리와 야콥스(Crowly and Jacobs, 2002)에서는 어린이들이 학교에 들어가기 전에 흥미가 있는 주제에 대해 상당할 정도로 지식을 발전시켜 나갈 수 있다는 사실을 반영하기 위하여 전문가의 섬island of expertise이라는 개념을 끌어들였다. 저자의 경우 저자의 아이가 레고 블록을 받고 난 뒤 건물 구조에 매우 흥미를 갖게 되었다. 반복적이고 집중적으로 블록과 놀게 되면서 주변에 있는 빌딩을 보고 빌딩에 대한 호기심이 뒷받침되면서 그는 건물에 대한 전문적인 어휘와 개념틀의 상당 부분이 늘어날 수 있었다. 그 다음에 공유된 이와 같은 지식은 그 영역과 관련된 설명, 정교화, 유추가 포함된 풍부한 대화를 가족들이 할 수 있도록 해 주었다.

또래와 자매들은 또한 능동적인 학습의 짝이며 문화적인 도구와 장난감, 관례들에 대한 지식을 공유한다. 예컨대 어린이들은 노래와 이야기, 놀이를 공유하며 우정을 쌓고 알리기 위해 이것들을 이용하고(Joiner, 1996), 새로운 기술들을 어떻게 만들고 배워나가는가에 대한 지식을 공유한다(Barron, 2004; Chandler-Olcott and Mahar, 2003). 나이에 따라 어린이들은 자신의 사회적인 연결망을 넓혀 나가고 또래가 어린이의 사회성 발달과 언어 발달에서 더 중요하고 영향력이 있게 된다(Hartup, 1996).

6.3. 제1언어 습득에서 듣기: 화용적 처리의 발달

어린이가 제1언어 처리를 위해 배우며 언어 발달의 처음 몇 해를 보내는 동안, 어린이는 사회적 단위로 동화된다. 일반적으로 어른 보호자와 친해지고 점진적으로 더 넓은 범위의 친구들과 친척과 친해진다. 사고와 느낌의 세계에 대한 자연스러운 호기심과 가족 단위로 통합되고자 하는 자신들의 욕망을 중심으로 한 경험과 함께 어린이의 타고난 언어 능력은 언어를 습득하고자 하는 수단과 동기를 제공해 준다. 이런 습득 과정에 대한 동기를 부여하는 주체로 어린이를 간주할 수 있지만 보호자는 어린이가 발전함에 따라 도전거리를 제공하고, 뒷받침하며 그에 부합하는 되짚어주기를 해주는 데서 보호자의 핵심적인 역할이 있다. 더 나아가 이런 상호작용은 어린이들이 받아들이고 있는 언어 발달과 어린이들이 겪고 있는 발달로 이에 수반되어 인지 발달, 도덕성 발달, 사회성 발달, 감정적인 발달과 정체성 발달의 갈래에 대한 유용한 기록을 제공해 준다(Johnson-Pynn 외, 2003; Stern, 1999).

거의 모든 문화에서 어른들과 다른 보호자들은 일반적으로 어린이들과 이야기할 때 특별한 발화 양식을 쓰는데 이 발화 양식은 반복적인 유형과 틀, 억양의 조정, 개시 시간에서 목소리 강도 높이기, 발화의 길이 줄이기, 특별한 낱말을 만들고 특별한 어휘 선택이라는 특징을 지닌다(Mintz, 2003). 언어 발달의 관점에서 아이 중심의 발화CDS: child-directed speech는 어린이의 알아차림noticing을 촉진하고 결과적으로 토박이 화자의 담화 유형과 음운, 통사, 어휘에 대한 효과적인 학습을 촉진한다. 이에 더하여 불어나는 강도와 복잡성을 아이들이 경험함에 따라 '감정의 일시적인 상황'에 대한 되짚어 주기를 받고, 표현하고, 다스리며 확인하고 개발하는 데 개인화된 형식과 아이 중심의 발화 양식은 아이에게 도움을 준다.

언어적 관점에서 아이 중심의 발화에 대한 실험적인 연구는 1960년대까지 거슬러 올라가는데 최근에 그것이 요약되고 있다. 카메론-포크너(Cameron-Faulkner 외, 2003)과 색스턴(Saxton, 2009)에서는 제1언어 습득 연구를 개관하였는데 아이 중심의 발화가 언어 습득을 나아지게 하는 방법의 범위를 늘어놓았다. 여기에는 다음이 포함된다.

- 주의집중 관리하기
- 다른 사람과의 상호작용에 대한 긍정적인 효과 북돋워주기
- 어린이로 향하는 언어표현의 이해 가능성 높여주기
- 이해에 대한 되짚어 주기
- 모방하기에 대한 올바른 모형 제공하기
- 처리 부담 줄이기
- 대화 참여를 북돋워주기
- 학습을 위한 사회적 경로를 반복적으로 제공하기

그러나 언어 습득에서 잠재적인 촉진 요인들이 모두 실제로 어떻게 습득을 촉진하는가에 대하여 어린이 언어 전문가들 사이에 온전한 일치는 없었다. 두 가지 사항에 동의를 보이는 듯하다. 하나는 아이 중심의 발화가 의미론적으로 조건적semantically contingent[7]이라는 것이다. 즉 일반적으로 어린이가 이미 주의를 기울이고 있는 대상이나 사건에 대하여 보호자가 이야기를 하는 경향이 있다는 것이다. 따라서

---

7) 스노우(1994)의 개념으로 글말능력이 발달하기 위한 사회적 상호작용 가운데 하나로 지적되었다.

그것이 아이 중심의 발화 그 자체의 언어적 특징이라기보다는 의미론적인 조건성과 보호자와의 상호관계 수립이 일관되게 언어 습득을 유발한다. 다른 문화에서 보호자-아이의 상호작용에 대한 연구(Burman, 2007; Ochs and Schieffelin, 2009)에서는 어떤 언어의 습득 과정이 사회의 유창한 구성원이 되고자 하는 언어 학습자의 욕망에 의해 깊이 영향을 받는 반면, 아이 중심의 발화 그 자체가 보편적인 관례가 아니라는 것을 보여준다. 보편적인 것은 먹고 옷을 입으며 장난감으로 놀고, 목욕을 하며 잠자러 가는 것과 같은 다양한 방식의 맥락에 따른 언어 판박이contextual language routines에 언제나 맞닥뜨리고 있다는 것이다. 이와 같은 상황에서 맥락의 두드러진 특징들뿐만 아니라 습관적으로 익힌 언어 판박이들이 그 경로에 있는 언어의 역할과 사용된 언어의 부수적인 의미를 이해하는 데 도움을 준다.

또 다른 일반적인 관찰 사실은 아이 중심의 언어에서 비록 맥락에 맞춘 고쳐 말하기recast가 매우 일반적이지만 어린 아이의 산출에 대한 형식적인 수정이 매우 비정상적이라는 것이다. 좀 더 정확하거나 알맞은 형식을 강조하거나 다시 언급하는, 이와 같은 고쳐 말하기는 자신의 말하기와 이해 과정과, 어른 대화 참여자들의 그것 사이에 있는 간격[8]을 알아차리는 기회를 제공한다.

아이 중심의 발화는 원칙적으로 언어적 개념이나 사회적 개념을 좀 더 쉽게 이해하는 데 도움을 주고 사회적 사건에 어떻게 참여하는지를 배우도록 구성되었다. 언어적인 수준에서 아이 중심의 발화는 비록 사용된 어른의 언어가 어휘적으로 혹은 통사적으로 대부분의 경우 단순화한 것은 아니고 따라서 어린이의 산출 능력을 훨씬 넘어

8) 린치(Lynch, 1996)와 Hedge(2000), 『*Teaching and Learning in the Language Classroom*』(Oxford University Press), 58~60쪽에 따르면 의사소통 상황에서 화자와 청자 사이에는 세 가지 간격 즉, 정보 간격, 의견 간격, 추론 간격이 있다고 한다. 대화 참여자들 사이의 간격은 적당한 정도일 때 대화를 촉진한다. 너무 간격이 크거나 너무 좁으면 대화 진행에 걸림돌이 될 수 있다.

서지만 산출과 이해의 언어 기술을 어린이들이 발달시키는 데 도움을 주는 긍정적인 증거와 부정적인 증거를 둘 다 제공한다(Ochs and Schieffelin, 2009).

〈표 6.2〉에서 자클린J: Jacqueline은 두 살배기인데 어머니M.와 상호작용한다. 어머니는 J의 의미를 이해하려고 하면서 그 이해를 표현하는 데 필요한 언어표현을 J가 만들어내는 데 도움을 주고, 표현할 기회를 제공하려고 한다. 이 상황에서 자클린은 어머니가 하고 있는 세탁물 더미에서 자신의 양말을 방금 발견하고 린다 아주머니로부터 그 양말을 받았음을 떠올린다. 이제 이와 같은 흥미로운 발견을 어머니와 공유하려고 애쓰고 있다.

비록 아이 중심의 발화가 문화마다 다양하지만 모든 언어 배경에서 어린이들은 지속적으로 일련의 상황에 노출되고 그들이 주의를 기울일 수 있고 주의를 기울이고 있는 맥락 중심의 말하기 판박이에 둘러싸여 있는 듯하다. 폭넓은 범위의 생생한 맥락 중심의 말하기 판박이에 노출되고 그것에 주의집중하는 것은 언어 습득이 일어나기

<표 6.2> 아이 중심의 발화

발화 차례	발화 주체	발화 내용
1	재키	린다가 양말을 너에게 사줬어, 엄마.
2	어머니	(f) 그래, 린다가 너에게 (f) 양말을 사줬어.
3	그게	(f) 더러워. 그거 (f) 씻어야 해.
4	재키	린다 너에게 - 나에게 해. … (r) 씻어야
5	어머니	(f, r) 뭐라고?
6	재키	(f) 린다 씻- (r, f) 그걸 씻어야 해.
7	어머니	(f) 아니. (f) 엄마가 그걸 씻으려 해.
8	재키	(f) 린다가 그걸 씻어.
9	어머니	(f) 아니야. 린다는 (f) 그걸 씻으려고 안 해.
10	재키	(f) 린다는 그걸 (r) 씻으려고 안 해.
11	어머니	(f) 아니. (f) 엄마가 그걸 씻어.

*주석. 이해 가능성을 높이고 참여를 북돋워주기 위해 아이 중심의 발화에 나타나는 특징들을 얼마나 채택하고 있는지를 알 수 있다.
*출처. Wells(2009:61)

위한 필요조건인 듯하다. 발달의 이른 시기에 언어 습득은 주로 이해하는 것을 배우는데 이는 맥락에서 언어의 의미와 사회적 환경을 이해할 기회를 갖는다는 것을 의미한다.

<인용 6.3> 환경의 역할에 대한 엘레나 리벤(Elena Lieven)의 견해

… 여러 문화에 걸쳐 어린이의 언어 발달에 대한 연구는 어린이들이 이해할 수 있고 어린이가 그 일부인 구조를 지닌 환경 안에서만 말하기를 배울 것이라는 생각을 뒷받침한다. 어린이가 자라고 있는 구조에서 어린이에게 … 언어를 이해하는 방법에 접근할 수 있도록 해주는 체계적인 방법이 있다.

—리벤(Lieven, 2005)

6.4. 제2언어 습득에서 듣기: 언어적 처리의 발달

제2언어 습득을 연구해온 사람은 누구든 알고 있듯이, 제2언어의 습득은 분명히 제1언어의 습득과는 다르다. 제2언어 학습자들 특히 어른 제2언어 학습자들은 어린이가 제1언어를 배우는 것과 같은 토박이 유창성을 거의 성취하지 못한다. 제1언어와 제2언어 사이의 불균형은 모든 심리언어학적 체계(음운, 통사, 어휘, 의미, 화용 체계) 안에서 분명하지만 제2언어의 음운 체계의 습득과 관련하여 불균형이 가장 분명하다.

제1언어의 미묘하고 복잡한 음운 특징의 온전한 범위에 걸쳐 토박이의 유창성을 지속적으로 습득하는 말하자면 자신들의 언어에서 음운 체계를 통달하는 반면, 제2언어 학습자들은 종종 제2언어의 억양 유형과 발음 유형에서 먼저 인식하기와 그 다음에 통달하기에 의외로 어려움을 지니고 있다(Hayes, 2004).

컬Kuhl과 그의 동료들은 이른 시기의 언어 발달에서 임계 시기의 기저에 있는 잠재적인 기제를 탐구하였다(컬 외, 2008). 이 연구의 뒤에 있는 생각은 언어 유형에 대한 신경의 관여라는 개념이다. 최근의 신경 심리학과 두뇌 영상 연구에서는 언어 습득에서 이른 유아기에 들었던, 발화 신호에 있는 부호의 특징에 초점을 모으는 신경 연결망의 발달이 관여한다고 주장한다. 그 결과 학습된 유형의 분석에 전념하는 신경 섬유가 생기도록 한다. 이는 이른 시기에 학습된 유형에 대한 신경의 관여가 앞으로의 배움도 제약할 수 있음을 의미한다. 모국어 유형에 전념하는 신경 연결망은 비토박이 유형을 검색하지 않으며 실제로 그와 같은 분석을 방해할 수도 있다(Iverson 외, 2003; 컬, 2004; Zhang 외, 2005).

제2언어 청자들에 대한 청취 과정의 측면에서 음운 처리의 기본적인 목표는 낱말 인지이다. 제2언어에서 어휘 처리는 이해를 위해 필요한 개념 지식을 제2언어 사용자가 이용할 수 있게 되는 수단이다. 이중언어 발화 처리 영역은 특히 제1언어에서 제2언어로 인지적 전이cognitive transfer와 관련된다는 점에서 특별히 중요하다. 발화 지각에는 여러 가지 요인들이 동반된다. 여기에는 음운의 특성, 운율적인 유형, 쉼, 보조 맞추기pacing와 입력물의 속도 등이 있다. 이런 요인들은 모두 이해 가능성에 영향을 미친다. 제1언어와 제2언어의 발화 이해에 둘 다 사용되는 일반적인 의미 기억(일원 부호화single coding), 즉 기억에서 실제 세계 정보가 있으며 발화 음운에 대한 별개의 저장 정보(이원 부호화dual coding)[9]가 있다는 것이 일반적으로 받아들여지고 있다(Finardi, 2007). 언어 이해를 위해 필요로 하는 의미 지식(실제 세계의 사람, 장소, 행위와 관련된 배경 지식)은 들리는 언어표현의 음운 꼬리표phonological tag를 통해 접속되며 제2언어의 음운 부호에 대한 유창성은

9) 항목을 시각 부호와 어문 부호로 표상하면 기억이 향상된다는 이론. '고양이'를 부호화할 때, '고양이'라는 단어뿐만 아니라 심상까지 같이 기억하는 경우, 심상이나 단어 중 하나만 인출해도 그 항목을 재생할 수 있다. 즉, 한 항목을 표상하는 두 개의 기억 부호를 가지면 하나의 기억 부호를 갖는 것보다 그 항목을 재생할 확률이 높아진다는 것이다. (네이버 지식백과 참고)

입말의 속도를 따라잡을 수 있는 토대가 될 것이다(Magiste, 1985; Sanchez-Casas and Garcia-Albea, 2005).

제2언어의 음운 부호 사용은 낱말 인지 실험이라는 맥락에서 연구되었다(심리언어학 문헌에서 종종 핵심어 인식(*word spotting*)이라고 부름). 제2언어의 음운에서 유창성의 본질은 어휘 구분 전략들의 적절한 사용이다. 언어마다 듣기를 위한 본디의 선호되는 전략들이 있는데 이는 제1언어의 어린이들에 의해 쉽게 습득되지만 제2언어 학습자는 오직 부분적으로만 습득한다. 예컨대 영어에서 제2언어 학습자들은 '강세가 있는 모든 음절은 새로운 내용어의 시작 부분임을 가정할 수 있도록 해주는 운율 구분 전략metrical segmentation strategy을 써야 할 것이다(〈표 6.3〉 참조). 영어는 강약 격에 맞춘 언어trochaically timed language[10])이기 때문에 강세의 정점은 조각들을 처리하기 위한 중요한 표지이다(Cutler and Butterfield, 1992; Sajavaara, 1986). 제1언어와 제2언어 사이의 음보에 따른 구분 전략의 유사성은 긍정적인 전이로 이어지는 경향이 있을 것인데 이는 제2언어에서 청취 지각을 더 쉽게 해준다.

<표 6.3> 낱말의 시작을 확인하기 위한 음보 구분의 활용

I	TOLD him	GO	FIND	PLACE
	to	and	a	
	w1	w2	w3	w3

어휘 구분lexical segmentation은 발화의 흐름에서 낱말 인지의 과정이다. 낱말 경계에 대한 발화 부호에서 기댈 만한 표지들이 거의 없기 때문

10) 일반적으로 영어는 강약 격에 맞춘 언어(stress-timed language)이고, 우리말은 음절 중심 언어(syllable-times language)라고 한다. 말하자면 영어는 강세에 의해 말의 가락이 생기는 언어인 반면, 우리말은 각각의 음절에서 특별한 차이가 나타나지 않으며 변화도 크지 않다. 영어에서는 기능어들(function words)은 약하게 발음하고 내용어들은 강하게 발음하는 이유도 강세를 통한 가락을 강조하는 언어이기 때문이다. 이 책의 곳곳 예를 들면 〈표 6.3〉에서 강세를 강조하거나 그런 예를 드는 이유도 이런 영어의 특징 때문이다.

에 유창한 청자라도 발화 흐름에서 낱말을 인지하기 위해 일 초나 이 초가 필요할 수 있다.

실수 분석에 대한 연구는 직접적으로 음운 부호화에 초점을 맞추고 제2언어 청자가 맞닥뜨린 낱말 인지에서 어려움의 갈래를 드러내고 있다(Kutler, 2005; 킴, 1995; Field 2008). 들어오는 발화를 해득하기 위하여 제2언어 청자는 동화와 강세를 받지 않는 낱말을 숨기거나 입력물의 속도를 다양하게 함으로써 퇴화된 음운 특성으로 자각할 수 있는 것들을 다루어 나가야 한다. 청자가 쓰이고 있는 모든 낱말을 알 수 있을지라도 이 요인들은 모두 실시간으로 발화의 이해 가능성에 영향을 미친다.

발화 지각과 낱말 인지는 듣기에서 상향식 처리로 간주된다. 이들은 이해를 위한 명백한 자료를 제공한다. 만약 청자가 실시간으로 발화를 처리하기 위해 상향식 실마리를 충분하게 인지하지 않는다면 그는 하향식 처리, 즉 의미에 대한 예측과 일반화에 더 많이 기대어야 할 것이다.

6.4.1. 통사 부분의 발달

인지적인 성숙과 사회적인 성숙을 하게 됨에 따라 동시에 불어나는 통사적 복잡성을 처리하는 능력을 습득한다. 제1언어를 이미 습득하였다면 제2언어 청자는 이와 같은 동시 발생적인 습득 과정을 거치지 않을 것이고 따라서 그들에게는 이와 같은 분명하고 동기부여가 된 장점이 없을 것이다(Wode, 1992: 58 이하). 실제로 제2언어 학습자들은 이미 인지적으로 앞서 있기 때문에 메시지를 이해하는 데 결정적인 요소로 통사구조를 처리해야 하는 경험을 했을 가능성이 높다. 주로 어휘부에 초점을 맞춤으로써 메시지 이해를 목적으로 삼는데 이는 어휘 먼저 이해 원리lexis-first understanding principle라고 부른다

(Ortega, 2007). 그에 따라 제2언어 학습자들은 통사 처리를 억제하도록 배울 수 있고 더 나은 청자가 되도록 하는 데 도움을 주게 될 통사적인 실마리의 활용에 실패할 수 있다.

반패턴(VanPatten, 1996, 2005)에 따르면 입력물에서 통사적 측면의 상당 부분은 제2언어 학습자의 경우 결코 받아들일 수 없다. 이는 물론 제2언어 습득에 해롭고 속도를 늦추는 효과를 가져 올 수 있다. 입력물을 받아들이고 나면, 언어표현에 대한 내부적인 지식을 재구조화하고 영구적인 것으로 바뀌는데 이는 언어 성장에서 발달에 대하여 코더(Corder, 1967)에서 만든 용어를 활용한다면 화석화된다 fossilised.

전이는 통사적인 발달의 영역에서 널리 퍼져 있다. 문장 해석에서 통사적 억양syntactic accent의 전이, 즉 대체로 산출과 수용에서 제1언어의 통사적 환경을 유지하는 경향을 예증해 주는 다수의 경쟁 모형이 있다고 한다(이를테면 MacWhinney, 2001; Liu, Bates and Li, 1992). 이들 연구는 제2언어에서 입말 문장 처리의 실마리에 대한 학습이 점진적인 과정임을 보여주고 있다. 제2언어의 실마리로 시작하는 처리 과정에서는 제1언어로부터 밀접한 그리고 차이고 최소한인 환경들을 다루어 나간다. 시간에 걸쳐 이들 환경들은 제2언어를 위해 토박이 화자가 설정한 환경으로 방향이 바뀐다.

제1언어를 통한 이중 언어 처리 없이 제2언어에 바탕을 둔 처리를 가능하게 하는 인지 전환을 하기 위해 학습자는 정보 처리를 위한 인지 능력이라는 문제를 다루어야 한다. 학습자의 인지 능력이 불어나기 전까지 습득은 고여 있는 상태로일 수밖에 없다. 비록 학습자가 보완 전략(이를테면 상황에 나온 실마리로부터 의미를 추론하기)을 통하여 더 많이 이해하게 되더라도 실시간으로 언어적인 실마리로부터 정보를 처리할 수 있는 능력은 다소 비슷한 상태에 머물러 있을 것이다.

제2언어 처리 모형들(정보 처리 모형information processing model, 입력물 처리 모형input processing model, 경쟁 모형competition model, 다차원 모형multidimensional model) 가운데 일치를 보이는 공통 사항은 처리를 위한 인지 능력을 늘이기 위해 학습자는 제2언어 입력물에서 새로운 형식을 검색하기detect 시작하여야 한다는 것이다. 검색하기(이를테면 입력물에서 실시간으로 언급되지 않은 새로운 음운 형태나 통사 형식을 찾아내기)는 입력물에서 정보의 조각이 더 발전된 처리를 하도록 이용가능하게 만들어 주는 핵심적인 인지 처리이다. a라는 특정의 형식(이를테면 주어-동사 일치)을 검색하기 위하여 학습자는 일반적으로 그 형태에 주의를 기울여야 한다. 제2언어 듣기에서 핵심적인 문제는 고군분투하는 학습자는 일반적으로 메시지의 내용(어휘 항목)과 문법 형식 둘 다에 주의를 기울일 수 없다는 것이다(반패턴, 2005). 어떤 학습자가 메시지의 형식에 주의를 기울일 때 형식에 대한 이와 같은 주의집중은, 단기기억에서, 내용에 주의를 기울이도록 이용 가능한 처리 능력을 두고 경쟁을 벌이게 된다. 잘 알려진 것처럼 제2언어 청자들은 한꺼번에 얼마만큼의 언어 정보에만 주의를 기울일 수 있고 일반적인 처리 제약 아래서 새로운 언어적인 정보를 검색할 것 같지 않다.

6.4.2. 어휘 발달

자신의 제1언어를 배우는 어린이가 어휘 습득의 예측 가능한 단계를 통하여 나아가듯이 제2언어 학습자들도 새로운 언어의 어휘부를 점진적으로 습득하여야 한다. 이런 과정에는 개념을 낱말에 투사하고, 어휘 항목들을 일반화하고 궁극적으로는 구별하는 일들이 관련된다. 듣기와 읽기는 어휘 습득을 위한 유일한 방법이고 이해 가능한 입력물을 더 많이 읽고 들을수록, 여전히 도전거리인 항목이 있긴 하겠지만(제2부에 논의되는 i+1의 개념), 더 많은 어휘 습득이 이뤄질 것이다.

투사하기는 언어적 맥락과 비언어적 맥락으로부터 문법적 정보와 맥락 정보, 의사소통 정보가 처리되는 어휘 습득의 첫 번째 국면으로 간주된다(Nation, 2006). 이 과정은 마음에 있는 어휘부에서 지시대상과 의미에 대한 지도를 발전시켜 나가도록 한다. 성공적인 언어 학습자들은 더 발전시켜 나가야 할 필요가 있을 때 이들 정신적 표상에 접속할 수 있고, 그 지도를 고치고 구별할 수 있다. 습득에 대한 연결주의자 원리에 따르면 입력물의 빈도가, 사상이 이뤄지는 속도와 품질을 좌우하는 중요한 요인이다(Ellis, 2006). 이와 같은 유형의 모형에서 읽기, 듣기, 상호작용이라는 맥락에서 새로운 낱말에 노출되는 것은 제2언어에서 어휘를 습득하는 수단인데 이는 제1언어 어휘를 습득하는 것과 같다.

물론 사상을 통한 어휘 습득에는 제1언어와 제2언어에서 중요한 차이가 있다. 제1언어를 언어 학습자들이 습득할 때, 상호 배타 전략 mutual exclusively strategies들이 종종 사용되는데 이는 새로운 개념들을 배울 때 매일 어린이에 의해서 경신되는 수많은 어휘 사상과 새로운 낱말을, 습득하는 주체가 구별한다는 것이다(Bialystok, 2007). 언어 학습자가 제2언어를 배우기 시작하는 순간 그 학습자는 이미 알고 있는, 제1언어의 낱말들과 개념들에 대응하는 짝이 제2언어에 있다는 것을 받아들여야 한다. 전혀 새로운 발견 과정이란 없는 것이다. 이 원리는 제2언어에서 새로운 낱말을 찾으려는 제2언어 학습자의 동기를 꺾을 수 있다.

제1언어와 제2언어에서 어휘 습득의 유의한 차이는 두 관련되는 언어들 사이의 어휘 전이lexical transfer 가능성이다. 전이의 기본적인 유형은 동족어 전이와 차용어 전이이다. 이들 가운데 성공적으로 쓰인다면 제2언어 사용자에게서 수용하고 산출하는 어휘의 양을 상당히 많이 늘릴 수 있다. 동족 전이는 제1언어와 제2언어에 있는 낱말들 사이에 기저에 있는 의미와 음운 유사성을 가리킨다.

동족어는 공동의 어원을 지니고 있는 낱말이다. 인도 유럽 어족에서 동족의 일반적인 예로는 night(영어), nuit(불어), Nacht(독어), nacht(화란어), natt(스웨덴 말, 노르웨이 말), nat(덴마크 말), Н О ч ь noch(러시아 말), nox(라틴 말), nakt-(산스크리트 말), noche(스페인 말), noite(포르투칼과 칼릭의 말), notte(이탈리아 말)이 있다. 이들은 모두 인도-게르만어의 공통 조어(PIE) *nókts(night)으로부터 파생되었다. 동족어임을 자각하게 되었을 때 제2언어 학습자들은 일반적으로 제2언어의 목표 낱말을 더 쉽게 배울 수 있고 종종 그 낱말의 의미 습득에 관련되는 사상 과정을 거칠 필요가 없이 곧바로 배울 수 있다(그러나 이 규칙에 예외로 〈표 6.4〉를 참조할 것).

다른 형식의 전이는 학습자가 습득하고 있는 제2언어로부터 제1언어로 존재하게 되는 차용어의 사용이다. 이 부분에는 다른 원천 언어로부터 전체를 빌리는 적합성이 높고 설명력이 있는 차용어들이 있

<표 6.4> 영어와 스페인 말에서 잘못된 동족어 사례

스페인 말	잘못된 동족어 (부정확하게 의미하도록 사용됨)	실제 의미	올바른 번역
actualmente	actually	at present	actually - la verdad es que
asisistir	assist	to attend	assist/help - ayudar
carpeta	carpet	folder	carpet - alfombra
chocar	choke	to crash	choke - ahogar/sofocar
embarazada	embarrassed	pregnant	embarrassed - avergonzado
éxito	exit	success	exit - salida
largo	large	long	large - grande
parientes	parents	relatives	parents - padres
realizar	realise	to actualise	realise - darse cuenta
recordar	record	remember	record - grabar
sensible	sensible	sensitive	sensible - razoable, sensato
soportar	support	put up with	support - mantener
últimamente	ultimately	lately	ultimately - al final
vaso	vase	drinking glass	vase - jarrón

*출처. 골란과 아세나스(Golan and Acenas 2004)로부터 나온 예.

는데 제2언어로 글자 번역transliteration과 음운 번역transvocalisation의 과정이 관여한다. 차용어 전이의 두드러진 사례는 외국어를 일본 말로 광범위하게 빌려 쓰는 경우로(이 현상은 가이라이고gairaigo[11]라고 부름), 3000개의 영어 차용어, 그보다 적지만 불어, 독일 말, 화란어, 포르투칼 말로부터 나온 차용어가 있다(Daulton, 2008). 제2언어를 배울 때 자신의 제1언어에 있는 차용어를 활용할 수 있는 장점이 있지만 차용 과정에서 일어나는 변형 처리를 자각하여야 한다.

차용어들은 다음의 변형 과정을 겪는다.

- 글자 번역(*transliteration*): 낱말을 새로운 언어의 글말 체계에 맞춤(모든 일본어 차용에서는 일본어로 통합된 세 개의 글자 체계 가운데 하나인 카타카나로 적혔다).
- 음운 변형(*phonological transformation*): 세계 곳곳에서 빌린 말들은 처음에는 원래의 발음과 철자법에 가깝게 유지함으로써 외국어로 표지된다(대조적으로 일본어로 차용된 말들은 음운에서 변형되고 거의 대부분 언제나 글자 번역된다. 예컨대 English는 ingrurishu[잉거리슈]이다).
- 줄이기(*shortening*)(때로 오려냄이나 자름으로 부름): 일반적으로 의미에서 가장 중요한 음소들은 보존됨. 줄이기는 해당 언어와 통합을 촉진함.
- 혼성과 새로 만듦(*hybridization and coinage*)(이를테면 dai-hitto=(일본 말로 크다(dai)+hit(영어): sukin-shippu(skin+ship으로 물리적으로 가까운 관계를 나타냄).
- 문법 변형(*grammatical transformation*): 일반적으로 빌려온 낱말의 한 가지 형태만 쓰임(이를테면 sabisu(service)는 명사구절로 고정된 표현으로 쓰이게 됨. sabisu-suru(공짜로 주다)).

---

11) 여기서는 차용어 가운데 널리 퍼져 있는 사례로 일본 말을 들면서 일본어를 그대로 빌려 쓰고 있다. 말뜻을 살리면서 뒤치기 위해 다음부터는 일본어 발음형태로 옮긴다.

6.5. 제2언어 습득에서 듣기: 의미 처리의 발달

제2언어 학습자들은 이해에서 자신들이 사용하고 있는 개념틀에 대하여 의식하지 않을 수 있기 때문에 그리고 제1언어에서 그들이 사용하고 있는 기본적인 추론과 추리 몇몇이 제2언어에서 효과적이지 않다는 것을 깨닫지 않을 수 있기 때문에 의미 처리는 제2언어 듣기 그리고 일반적으로 제2언어 습득의 문제가 되는 측면일 수 있다. 이런 처리는 새로운 기술을 습득하는 일상적인 추론이라는 수단을 통하여 의식적으로 변할 수 있지만 제2언어 학습자는 먼저 변경되어야 할 필요가 있는 추론 절차나 어떤 개념틀을 먼저 자각하기 시작하여야 한다.

추론 절차와 추리 절차에 폭넓은 개인별 차이가 있다는 점을 지적한 것처럼 이들 처리에서 주목할 수 있는 넓은 (때로 더 넓은) 문화적 차이들도 있다. 샤울(Shaules, 2009)에서는 실험 참여자들이 세 개의 그림, 즉 암소, 병아리, 초원을 보고 있는 고전적인 범주화 실험을 언급한다. 그들에게 암소는 병아리와 범주에 속하도록 하는 것이 더 자연스러운지 아니면 초원과 범주에 속하도록 하는 것이 더 자연스러운지 물어 보았다.

이들 실험에서 서양인들(유럽과 북아메리카로부터 온 사람들)은 암소와 병아리를 더 많이 관련지은 반면(이들이 같은 범주 동물이라는 범주를 공유한다는 것에 바탕을 둠), 동양인들(동부 아시아로부터 온 사람들)은 비교적 더 많이 암소와 초원을 관련지었다(그들은 관계를 공유한다는 것에 바탕을 둠: 암소는 풀을 먹는다). 이는 인지에서 타고난 문화적 차이가 있을 수 있는지를 보여주며 이런 차이가 얼마나 널리 이해에 어떻게 영향을 미치는지를 보여주는 실험들 가운데 하나이다.[12]

---

12) 이와 같은 내용들을 실험심리학의 방법으로 설명하고 있는 책으로 니스벳(Richard E. Nisbett)의 『생각의 지도』(최인철 뒤침(2004), 김영사)가 있다. 이 책에서는 출판사의 서평

이와 같은 결과들은 은유나 격언 혹은 이야기의 이해가 일어나는 동안 청자가 사용하는 사고의 유형에서 차이를 나타낼 수 있다. 이와 같은 차이들은 가족, 학교, 종교, 문학이라는 문화적 기관에서 비롯하며 추론 과정에서 사용되는 개인의 언어 유형에도 맞춰져 있다. 영어의 경우 추리에서 기원은 고대 그리스로 거슬러 올라갈 수 있는데 여기서는 주객 분리의 사고에 명백한 가치를 부여하였다. 샤울(2008)에 따르면 소크라테스 중심의 그리스 철학은 순수한 사고나 추리가 절대적인 진리로 나아가게 해주며 우리 주변의 세계에서 본질적인 특성을 확인하는 데 도움을 준다고 가정하였다. 이와 같은 사고방식은 서양 철학이 주체와 객체, 신체와 영혼, 정신과 물질, 선과 악이라는 이원주의로 이끌었다고 생각하였다. 이와 비슷하게 고대의 중국 철학자는 그리스 철학자들만큼이나 동양의 아시아 사람들의 인지에 영향을 미쳤다. 그들은 사고만을 활용하여 본질적인 특성을 확인하려고 하는 것은 무익하며 독립적인 개체로 분석하는 것도 무의미하다고 가정하였다. 이런 결론은 자연에 대한 관찰이나 자연 그대로의 무늬에 바탕을 두었을 것이다. 따라서 서양인들은 주체와 객체를 본다면 동양의 아시아인들은 맥락과 관계에 의해 영향을 받았을 것이다.13)

을 빌면, "동양인은 애니메이션을 보여줄 때에도 전체와 부분이라는 관계 속에서 사물을 파악하지만 서양인은 사물 그 자체를 파악한다. 동양인은 같은 갈등 이야기를 들을 때 조화를 중시하며, 융화를 주장하지만 서양인은 양자택일의 논쟁 문화로 자신의 의견을 제시한다. 이러한 근본적인 사고방식의 차이가 동·서양의 경제·사상·교육 전 분야에 걸쳐 차이를 보여준다. 그는 이러한 과학적인 실험을 통하여 두 가지의 극명하게 다른 문화가 충돌하거나 어느 한쪽이 소멸되는 것이 아니라 중간 지점을 찾아갈 것이라고 주장한다."

13) 이와 같은 점은 소크라테스-플라톤-아리스토텔레스로 이어지는 그리스 철학의 전통에서 찾을 수 있다. 플라톤과 아리스토텔레스가 비록 스승과 제자로 맺어지기는 하였지만 이들의 철학을 구별하기도 한다. 말하자면 철학의 궁극적인 목적은 둘 다 이데아를 구명하는데 있다고 보았지만, 이데아를 발견하는 방법에서 훨씬 논리적이었던 이가 아리스토텔레스이고, 대체로 서양 철학의 주류가 아리스토텔레스를 중심으로 이뤄져 왔다는 점에서 이 책의 저자와 같은 주장을 할 수 있는 것이다. 그렇지만 동양에서 철학의 발생, 즉 유학의 발생은 복잡한 현실의 문제를 해결하려고 하는 데서 비롯되었고, 문제 해결에서 현실, 다른 존재와의 관계를 무시할 수 없었을 것이다. 이런 점에서 서양 철학과 동양 철

그러나 사고에서 문화의 차이가 어떻게든 일어날 수 있다면 사고의 문화적 양식이 덩잇말을 해석하고 이해하는 데 쓰이는 인지적 닻cognitive anchor과 개념틀에 영향을 미친 것이 분명한 듯하다(개념틀에 대한 논의에 대해서는 3장을 참조할 것). 제2언어 학습자들이 아무런 닻을 내릴 만한 생각이 없는, 다른 문화와 관련된 주제에 맞닥뜨렸을 때 오해의 잠재력은 높아진다. 학습자에게 어떤 특정의 내용에 대한 개념틀이 자리 잡는 데 실패하는 이유 가운데 가장 분명한 것은 문화 특징적이기 때문이고 특정 학습자의 문화적 배경의 일부분이 아니기 때문이다(Alpetkin, 2006; Martinez, 2009).

덩잇말에 대한 문화적인 해석에서 때로 나타나는 차이 가운데 하나는 화자들 사이나 화자 내부에서 모순과 갈등의 검색과 관련된다. 극동의 아시아 문화 특히 일본에서 어떤 청자가 지금 언급되고 있는 명제 내용을 분명하게 이해하지 못했을 때 혹은 청자가 이해하고 근본에서는 실제 명제 내용에 동의하지 않을 때조차 이해합니다(*I understand*)라고 청자가 말하는 것이 이상하지 않다. 저자의 경우 일본말로 상호작용하고 듣기를 배우는 데 획기적인 일은 열심히 그리고 자주 *wakarimashita*(이해합니다, 좀 더 그대로 한다면 이해하였습니다)를 사용할 수 있다는 깨달음이었다. 이는 저자의 토박이 말에서 '이해합니다.'에 대한 일반적인 의미가 될 수 있는 '저는 당신이 말한 것을 이해하였습니다.'나 '나는 당신에 동의합니다.'를 의미하는 것이 아니라 '나는 당신의 감정을 이해합니다(*wakarimashita so yuu kimochi*).'나 '왜 당신이 그렇게 말하는지 이해합니다.', '어떻게 될지 압니다(*doushite sounatta noka wakarima- shita*).'를 의미한다. 이런 명백한 모순과 함께 살아가도록 배우는 것이 배움과 참여를 더 쉽게 해준다는 것을 알았다.

학의 보는 틀이 달라졌다고 해석할 수 있는 것이다.

이해하다understand의 의미에서 이와 같은 유형의 개념틀 차이는 제2언어에서 듣기를 배우는 데(혹은 이해를 하는 데) 분명한 함의를 지닌다. 제2언어 학습자들은 제2언어에서 들을 때 의미에서 모순을 종종 다루어 나가야 한다. 예컨대 다수의 아시아 학습자들은 맞서는 관점들의 기본적인 요소들을 유지함으로써 이해 문제에 대해 변증법적 방법이나 타협 방법을 취하는데 결국 중도의 방법을 찾는다. 반면에 유럽 학습자들과 북미 학습자들은 아리스토텔레스의 논리학에서 나온 더 강력한 차별화 모형, 즉 어떤 입장이 올바른지를 결정하려는 노력에서 모순되는 관점을 극대화하는 모형을 더 좋아 한다(Hamamura 외, 2008; Peng and Nistbett, 1999). 제2언어에서 듣기를 배우는 데는 개념틀의 사용에서 문화적인 차이와 개인적인 차이에 대한 자각과, 필요하다면 해석 가능성과 해석을 확장하고 조정하는 능력이 처음부터 필요하다.

6.6. 제2언어 습득에서 듣기: 화용적 처리의 발달

제2언어에서 화용적 유창성의 습득은 외국어로서 특히 영어 맥락에서 언어 습득의 가장 도전거리이며 가장 매력적인 측면 가운데 하나로 널리 인식되고 있다. 화용적 능력에는 다양한 측면의 듣기와 말하기의 상호작용이 관련되어 있다.

- 말할 차례 차지하기와 침묵을 위한 규칙들에 대한 지식
- 언제 말하고, 얼마나 많이 말하고, 말할 차례의 사이와 말할 차례 안에서 보조를 맞추고 쉬는가
- '청자다운 실마리'를 언제 그리고 어떻게 제시할 것인가
- 일련의 익은말과 공식화된 표현을 어떻게 해석할 것인가
- 담화에서 연결 장치와 통사결속의 유형을 어떻게 해석할 것인가

- 비언어적 의사소통을 포함하여 의사소통의 양식을 어떻게 해석할 것인가
- 명백히 드러나는 속임을 포함하여 간접 표현의 유형을 어떻게 해석할 것인가

여러 문화에 걸친 화용론에 대한 연구는 제2언어에서 듣기의 역동성을 이해하는 데 중요하다. 일반적으로 어떤 학습자가 처음에 혹은 종종 부주의하게 자신의 제1언어가 사용되는 문화에서와 같은 기준인 것으로 사용할 수 있는, 대화의 핵심적인 특징들, 즉 언제 말하고, 얼마나 많이 말하며, 어느 정도 크게 말하고, 어떤 몸짓을 사용하며, 화자를 위해 어떤 맞장구치는 실마리를 사용하며 억양을 통한 강조를 할 것인가 등에서 다른 점이 있음을 보여주고 있다. 여러 문화에 걸친 화용론 연구(Baedovip-Harlig, 2006; Rose and Kasper, 2001)에서 다양한 문화권에서 받아들이는 의사소통의 형식적인 차이들의 사례들을 선보여주고 있다. 한 가지 핵심적인 기준은 **공손법**politeness과 직접 **표현-간접 표현**directness-indirectness의 실행인데 이는 주로 사죄, 요청, 약속과 같은 화행에 걸쳐 사회적 맥락에서 관찰 가능하다. 화용론에서 문화 규범에 대한 지식 특히 받아들일 만한 형식의 확인과 공손법의 수준에 대한 상황에 따른 실마리에 대한 인지는 듣기 성공에 결정적이다.

문화권 사이의 의사소통에 대한 대부분의 분석은 문화 인류학적 전통으로부터 나오는 부조화(혼선crosstalk)의 모형에 바탕을 두고 있다(Gumperz, 1990). 부조화의 관점에 따르면 서로 다른 문화적 배경을 지닌 화자들 사이의 대화는 종종 대조를 보이는 담화 유형과, **참여자 틀**participant frame과 **행위 틀**activity frame에 대한 **부조화된 해석**mismatched interpretation 때문에 문제가 되기도 한다. 만약 오해가 담화 유형의 부조화 때문에 배가된다면 화자는 다른 문화권으로부터 온 사람들이 비협조적이며 무례하고, 이상하다는 부정적인 고정관념을 강화하는 잘못

된 의사소통이라는 위험한 악순환에 빠지게 된다(Auer and Kern, 2001). 물론 이와 같은 순환의 좋지 않은 부산물은 문화적 차이를 구체화하는 데 이바지한다(Sarangi and Roberts, 2001).

또 다른 관점은 문화끼리의 상호작용은 문화 내부의 상호작용과 같은, 화자와 청자가 균형을 이루는 참여와 우호적인 참여를 추구하는, 주체들의 상호작용 규칙inter-subjective rule을 따른다는 것이다. 다른 문화적 배경을 지닌 참여자들과의 담화는 특히 한 사람이 토박이 화자이고 다른 사람이 비토박이 화자인 경우 비토박이 화자로부터 나오는 반응에 대한 토박이 화자의 왜곡, 즉 과장이나 축소에 의해 전달된다(Shea, 1995). 이는 종종 대화에서 비토박이 화자에 의해 제공되는 정보에 대한 제한된 인지나 직접 대화에 공동의 지향점을 피하고자 하는 욕망 때문에 비토박이 화자의 관점을 통합하지 않으려는 토박이 화자들에 의해 실현된다. 이와 같은 종류의 대화에서 비토박이 화자들은 좀 더 우위에 있고 더 '아는 것이 많은' 토박이 화자를 단순히 인정해 주는 청자 자신의 생각이나 의견을 소리 낼 기회가 거의 없는 '수동적인 청자'로 지위가 축소된다.

수동적인 청자로 지위가 줄어드는 것은 상호작용에서 비토박이 화자가 맞닥뜨린 핵심적인 문제이다. 수동적인 듣기 역할에서 비토박이 화자가 경험하는 불만은 처음에는 언어 이해 문제로 시작된다. 그러나 대화에서 이해 문제는 음운 처리, 문법적인 분석, 낱말 인식의 수준뿐만 아니라 3장에서 논의된 것처럼 정보 묶기와 그 내용에 대한 개념 파악의 어려움에서 비롯된다. 이해에 대해 밝혀진 다른 문제들에는 생략된 발화(어떤 항목이 이해된 것으로 가정하여 생략됨)에 의해 유발되는 이해 문제와 발화의 내용(혹은 화자의 의도)에 대한 평가에서 어려움이 포함된다(Hinds, 1985). 이들 문제들은 어떤 상호작용에서든 쌓이고 이는 오해와 의사소통에서 단절로 이어지는데 특히 토박이 화자가 문제들이 나타날 때 협력을 통하여 고치는 방법을 깨닫기 못할 때 더욱 그러하다.

브레머(Bremer 외, 1996)는 제2언어 학습자가 더욱 성공적인 청자가 되고 대화에서 성공적인 참여자가 될 때 활용하여야 하는 사회적 절차들을 여럿 알려준다. 여기에는 주제 전환topic shift을 확인하고, 맞장구를 치거나 청취자로서 실마리listenership cues를 제공하며 대화의 경로에 참여하고(의무적인 반응을 함), 주제를 시작하는 역할로 바뀌며, 질문을 시작하고 의사소통 문제를 고치는 일이 포함된다. 대화에서 제2언어 듣기에 대한 여러 연구들에서 나온 분명한 결론은 목표 언어TL: target language 대화에서 성공적인 참여자가 되기 위해서는 언어 처리에 더하여 명료화 전략을 포함하여 상당할 정도의 상호작용을 할 필요가 있다는 것이다. 조사연구에서는 또한 비토박이 화자의 입력물에 대한 토박이 화자들이 반응하는 방법에 의해 이해(혹은 방해)를 끌어올리는 매우 중요한 역할을 어떻게 하는지를 지적한다.

버머 외(1996)은 화용적인 유창성의 습득은 제2언어의 성공적인 배움과 동기부여와 중요하게 연결되어 있다는 것을 주목하였다. 제2언어 학습자들이 이른 시기에 그리고 계속해서 제2언어의 화자와 긍정적인 상호작용 경험, 즉 자신의 정체성이 존중받고 있다고 느끼는 것과 동등한 입장에서 목표 언어 화자와 상호작용하는 경험을 하는 것이 중요하다. 성공적인 화용적 경험은 올라가는 나선형으로 이어지고 더 많은 참여와 더 많은 되짚어 주기로 이어지는 반면, 성공적이지 못한 경험은 덜 참여하게 되고 덜 되짚어 주기, 제2언어 습득에서 궁극적인 도달점에 덜 이르게 되는 부정적인 순환으로 되먹임된다.

요약: 제1언어 습득과 제2언어 습득의 비교

이 장에서 저자는 언어 습득과 언어 습득에서 듣기의 역할이라는 복잡한 문제를 탐구하였다. 제1언어와 제2언어 습득에서 언어 발달의 기본적인 세 측면을 비교하였다. 그것은 어휘 습득을 포함한 언어 처리의 발달, 의미 처리의 발달과 화용 처리의 발달이었다.

제1언어 습득과 제2언어 습득에는 비슷한 점이 많다. 제1언어와 제2언어 둘 다 기저에는 같은 음운, 통사, 어휘, 화용을 습득하는 것이다. 언어 습득의 '무엇'이 제1언어 학습자와 제2언어 학습자들에게 같으므로 언어 체계에 대한 기술과 무엇을 습득해야 하는가에 대한 기술들은 학습자들의 두 집단에서 모두 유효하다.

이 장에서 훑어본 것처럼 물론 제1언어 습득과 제2언어 습득에서 기본적인 차이들이 있다. 두 개의 주요한 차이는, 첫 번째 언어가 습득되고 난 뒤에 일어나는 신경언어학적 변화와 관련이 있으며 토박이 언어가 습득되기 시작한 이후에 새로운 언어를 배우고자 하는 동기 부여에서 뒤따르는 변화가 관련이 있다. 제1언어 특히 음운과 통사구조를 붙들도록 도와주는 신경학적인 변화가 결코 되돌릴 수 없지만 제2언어를 습득하고자 하는 사람은 거의 토박이에 가까운 유창성을 새로운 언어에서 습득하도록 신경학적 제약 안에서 해나갈 수 있다. 동기부여의 문제는 이와 비슷하게 언급될 필요가 있다. 제2언어에서 장애물과 목표 언어 공동체로부터 있을 수 있는 저항을 극복하는 학습 전략의 개발을 포함하여 그것을 습득하고자 하는 강하고 지속적인 동기부여 없이는 유창성을 얻기가 가능하지 않다(Dornyei and Ushioda 2009).

제1언어 습득과 제2언어 습득의 세 번째 차이는 특히 듣기 능력의 습득에서는 입력물과 상호작용에 접속하는 일이 관련된다. 제1언어 입력물과 상호작용은, 듣기 능력을 습득하는 유일한 수단으로서, 일반적으로 제1언어를 배우는 어린이를 위한 풍부한 공급원이다. 반면에 제2언어 학습자는 입력물과 상호작용이라는 유용한 자원이 부족할 수 있다.

마지막 차이점을 언급해야겠다. 제2언어 습득이 결정적으로 제1언어 습득보다 더 문제이지만 제2언어 습득에서 두드러진 긍정적인 측면이 있다. 도달의 수준과는 상관없이 제2언어에서 습득은 오직 하나의 언어만을 습득하고 있는 사람에게는 접속이 불가능한 개인적이고, 사회적이며, 문화적이고 전문적인 이로움을 줄 수 있을 것이다.

제2부 듣기 가르침

들머리

듣기에서 가르침의 구실

제2부에서는 듣기를 가르치기 위한 방법과 접근 방법을 찾아본다. 제1부에서는 듣기를 신경학적, 언어적, 의미론적, 화용론적 처리의 관점에서 자리매김하였다. 듣기 가르침은 이들 모든 과정의 발달을 위한 의식적인 시도이다.

7장은 듣기를 가르치기 위한 접근법들을 개관한다. 먼저 가르치고 배우는 맥락 안에서 듣기의 상대적인 중요성과 듣기의 유형을 밝히기 위해 그 맥락을 확인하는 방법을 훑어본다. 그 다음에 이 장에서는 조사연구에서, 가장 효과적으로 듣기를 가르칠 수 있는 방법에 영향을 미친 여섯 개의 주도적인 주제를 살펴본다. 이 장은 어떤 맥락에서든 가르침의 설계에서 포함되는 핵심 원리들을 통합하면서 끝내기로 한다.

8장은 듣기의 가르침에서 입력물과 상호작용의 중심 역할을 논의한다. 입력물의 적합성, 난도, 실생활 관련성authenticity에 관련되는 중심 개념을 다루고 언어 습득 목적을 위해 입력물을 유용하고 이해가능하게 하도록 학습자들이 활용하는 과정들을 기술한다.

9장은 제2부의 핵심적인 장인데 가르침을 위해 추천할 만한 설계로 조사연구의 생각들을 통합한다는 점에서 그러하다. 여기서는 여섯 개의 서로 겹치는 가르침 유형을 검토한다. 집중적인 듣기와 선택적인 듣기, 상호작용을 통한 듣기, 널리 듣기, 반응하며 듣기, 자율적인 듣기가 있다.

10장은 듣기 평가와 관련되는 문제를 다룬다. 평가를 위한 맥락을 자리매김하는 방법과 평가를 위한 듣기 구성물을 자리매김하는 방법을 기술한다. 이 장에는 평가의 모형을 주제로 하면서 평가 형식들에 대한 본보기를 제공한다.

제7장 듣기 가르침에 접근

듣기 가르침에 대한 이른 시기의 관점은 듣기를 말하기, 읽기와 함께 발달되는 수동적인 기술로 간주하였다. 어느 정도 이는 참인데 모든 언어 기술에 대한 기본적인 유창성이 있기 때문이다. 그러나 이제 듣기는 직접적으로 가르칠 수 있는 능동적인 기술로 신선한 주목을 받고 있다. 20세기의 후반부에 듣기에 대한 핵심적인 역할을 포함하는 다수의 가르침 방법이 개발되었다. 그 가운데 모형의 제시에 초점을 맞춘 청화 방법ALM: Audio-lingual method, 실제적인 대화에 초점을 맞춘 의사소통 중심의 언어 가르침CLT: Communicative language teaching, 풍부한 입력물에 초점을 맞춘 내용 중심의 가르침CBI: Content Based Instruction, (그리고 의도적으로 말하기를 피하며) 이해 가능한 입력물에 몰입하는 데 초점을 맞춘 자연적인 접근법Natural Approach이 있다.[1)]

방법들의 계발과 채택은 언어 습득에 대한 원리를 끌어내는, 가르침에 대한 사후 방법에 길을 내어주었다(Kumaravadivelu, 2006). 현재 듣기의 분명한 역할과 기술로서 명시적인 듣기 가르침이 지니는 긍

---

1) 외국어 교육 방법에 대한 전반적인 접근 방법, 교수법의 특징을 소개하고 있는 책으로는 Jack C. Richards and Theodore S. Rodgers(2001)의 『외국어교육 접근 방법과 교수법』(전병만 외 뒤침(2003), Cambridge)이 있다.

정적 역할을 밝혀주는, 언어 가르침과 언어 발달에 대한 실현 가능하고 보완적인 이론들이 여럿 있다(Norris and Ortega, 2000). 이 장에서는 어떤 성공적인 교육 방법에서든 포함되어야 하는 핵심 영역에 초점을 맞추려는 의도를 가지고 듣기 가르침에 접근하는 여러 방법들을 훑어보기로 한다.

7.1. 듣기 가르침에 대한 맥락

언어 학습은 본질적으로 추상적인 심리적 과정이지만 구체적인 사회적 맥락 안에서 언제나(*always*) 발생하는 과정이다. 듣기 처리 그 자체보다는 맥락이 학습자들에게 자리매김 가능한 목표와 기준을 제공하고, 예측하도록 해준다. 사정이 이러하기 때문에 가르침과 학습의 방법을 추천하거나 논의하기에 앞서 특정의 학습자나 학습자 집단에 대하여 이와 같은 사회적 맥락이 무엇인지 자리매김하는 것이 중요하다. 이는 그 자체로 학습자들이 자신들의 듣기를 향상시키는데 도움을 줄 활동들과 입력물을 선택하는 데 도움을 줄 것이다. 현실적일 수 있도록 그와 같은 맥락에서 학습자들에게 영향을 미치는 다른 주요 참여자들의 목표와 기대치를 고려하는 것이 중요하다. 여기에는 교사들, 관리자, 학습자의 가족들, 학습자들의 또래와 동료들이 있다(Candlin and Mercer, 2001).

사회적 맥락과 학습 배경을 규정하는 데 고려할 수 있는 여러 가지 구체적인 기준들이 있다.

- 접촉(*contact*): 제2언어와 접촉 유형과 기원은 무엇인가? 다른 말로 한다면 언제 학습자가 제2언어와 접촉하게 되었으며 얼마나 자주 그리고 어느 정도의 강도로 제2언어와 접촉하는가?

- 정체성(*identity*): 어떻게 학습자는 제2언어 사용자로서 자신을 발견하고 있는가? 다른 말로 한다면 어느 정도로 학습자인 자신을 이중언어(bilingual) 사용자로 보고 있는가?
- 유창성(*competence*): 제2언어에서 학습자들이 도달하기를 기대하는 목표로 삼은 유창성(target competence)은 무엇인가?
- 기능(*function*): 어떤 의사소통 기능을 위하여 제2언어가 사용될 것인가?
- 목표(*goal*): 제2언어 습득에서 학습자의 궁극적인 혹은 최종적인 목표는 무엇인가?

이들 질문에 대한 답은 비록 답변의 범위가 비교적 넓을지라도 듣기 가르침을 시작하고 그것에 접근하는 데 도움을 준다. 〈표 7.1〉은 이들 질문에 대한 가능한 답변의 범위를 보여준다. 이런 유형의 얼개 안에서 학습자들의 정체를 밝히는 일은 강도intensity(제2언어 가르침이 학습자의 교육적인 삶과 사회적인 삶의 다른 측면과 관련하여 어느 정도로 강하여야 하는가), 입말능력oracy의 값어치(듣기를 포함하여 제2언어 가르침에서 입말의 상대적인 역할), 실생활 관련성authenticity(제2언어 자원의 상대적인 역할인데 여기에는 지엽적인 자원과 국제적인 자원이 포함될 수 있다)을 측정하는 데 도움을 준다.

이 행렬은 다섯 가지 변인(접촉, 정체성, 유창성, 기능, 목표)들과 각 변인에 대한 네 개의 서술 어구descriptor가 제시되어 있다. 어떤 학습자 집단을 행렬에 배치하는 것은 가르침의 목표를 규정하는 데 도움을 주고, 평가의 목적을 위해 적용될 수 있다(Skutnabb-Kangas 2008에 바탕을 둠. Willis 2009; Cummins 2009). (평가를 다루기 위해서는 10장 참조.)

또 다른 핵심적인 고려 사항은, 학습자의 정체성에 대응되는 것으로 교육적 환경에 대한 기술이다. 교육적 환경은 어떻게 제2언어가 취급되는가에, 즉 학과목인지, 혹은 전문직업의 도구나 사회적 도구인지, 혹은 학습자의 공동체에서 의사소통을 위한 매체인지에 따라 매우 다양하다. 교육적 환경은 또한 제1언어와 제2언어에 대하여 인식된 지위, 즉 제2언어로 그리고 제2언어 사용에서 얻은 유창성의 용인 가능성과 선망과 같은 것과도 관련되어 있다. 교육 환경에서 변인들을 이해함으로써 언어교육자나 설계자는 가장 효과적일 가능성이 높은 듣기 가르침에 대한 접근법을 더 낫게 선택할 수 있다.

언급되거나 관찰된 교육환경에 대한 기준은 가르침의 목표와 상호작용할 것이며 뿐만 아니라 이러한 기준과 기대치를 유지하거나 바꾸는 결정을 위한 유용한 출발점을 제공해 준다. 기준과 기대치를 이해하는 것은 특히 낯선 맥락에 있는 신임 교사들에게 특히 유용할 수 있다. (저자는 서부 아프리카의 남동부 아시아인 난민 캠프 그리고 일본의 대학에서 있었던 교육 경험에서 사회적 맥락과 교육적인 환경에 대한 기대치를 분명히 하는 것이 시간이 흐르면서 가르침과 발전 정도 평가, 지역의 동료들과 협동하는 데 더 효과적으로 도움을 준다는 것을 알았다.)

7.2. SLA 조사연구와 언어교육

여러 학문 영역과 전통은 언어를 가르치는 방식에 영향력을 발휘하였다. 이제는 제2언어 습득SLA: second language acquisition에 대한 조사연구가 그 자체로 타당한 학문 영역으로 부상하였고 언어 가르침의 세계에서 상당할 정도로 영향을 미치고 있다.

엘리스(Ellis, 2009)에서는 지난 몇 십 년 동안에 걸쳐 제2언어 습득에 대한 조사연구를 바라보는 일곱 가지 입장을 주목하였다.[2)]

2) 아래에서 SLA는 '제2언어 습득에 대한 조사연구'를 가리킨다.

- SLA가 아무런 영향력이 없었다. SLA는 언어 가르침에 영향을 미칠 만할 정도로 확실하지 않았다.
- SLA에서는 교사 교육에 대한 토대를 구성하여야 하지만 교사연수나 교육 실습을 위한 지원을 해서는 안 된다.
- SLA는 언어를 어떻게 학습하며 가르치는지 보여야 하며 또한 언어 가르침의 방법을 결정하여야 한다.
- SLA에서는 교사들이 특정의 학습 환경에 대한 적응하고 실제로 시험해 볼 수 있는 과제의 설계와 구성에 참여하여야 한다.
- SLA에서는 언어교육에서 언급되어야 하는 조사연구 문제를 규정하여야 한다.
- SLA에서는 언어교육에 봉사하여야 한다. 즉 SLA는 언어교육 전달 체계에 관련되는 문제만을 언급하여야 한다.
- SLA는 언어교육과 상호 관계에 있어야 한다. 즉 SLA는 언어교육에 정보를 제공하여야 하며 동시에 언어교육도 SLA에 정보를 주어야 한다.

이 장에서 취하고 있는 입장은 이들 관점들 몇몇의 결합이다. SLA는 언어를 어떻게 학습할 수 있는지 그리고 교사들이 자신들의 가르침에서 활용할 수 있는 원리들의 형식화에 대한 통찰을 어떻게 제공할 수 있는가에 관련된다. 듣기의 가르침으로 통합될 수 있는 원리들을 형식화하기 위해서, 이러한 관점으로부터, 여러 가닥의 SLA 조사연구를 여기서 훑어볼 것이다.

이 절에서는 제2언어 습득 조사연구로부터 직접적으로 갈라져 나온 여섯 가지 핵심적인 영향들을 개관한다. 여기에는 감정 여과 가설, 입력물 가설, 상호작용 가설, 처리 가능성 가설, 상위 인지 가설, 사회문화적 가설이 있다.

7.2.1. 감정 여과 가설

감정 여과affective filter는 듈레이와 버트(Dulay and Burt, 1977)에 의해, 어떻게 동기부여, 태도 등의 감정적인 변수들이 제2언어 학습에 영향을 미치는가를 설명하기 위해 제안되었다(이는 처음에는 구분 변인 delimitor라는 용어로 불렸다). 크라센(Krashen, 1982, 1985)에 의해 뒤따르는 연구에서 이 개념은 확대되어 다루어졌다.

여과는 들어오는 언어를 감정, 즉 학습자의 동기, 욕구, 태도와 감정 상태에 바탕을 두고 무의식적으로 선택하는 내적인 처리 체계의 일부로 제안되었다. 이 가설에 따르면 (입력 그 자체를 포함하여) 학습자의 동기, 욕구, 태도, 감정과 일치하는 학습자의 경험의 측면들은 이런 여과의 기능을 낮추고, 더 많은 학습이 일어나도록 해준다. 일치하지 않는 학습 경험의 측면들은 여과의 기능을 높이고 학습을 방해하는 경향이 있다.

가르침에 적용할 수 있는 원리들

- 듣기에 대한 불안감을 줄이도록 도움을 주는 학습 경험은 일반적으로 유익하다. 학습자 중심 학습 형태와 모둠 학습이나 짝을 이룬 학습과 같은 협력적인 학습 형태를 활용하고 우호적인 경쟁과 듣기 놀이, 학습자들이 즐기는 기술 도구를 활용하며, 협력 활동과 같은 과제 유형을 채택할 때 학습자들이 긴장을 푸는 데 도움을 주고 듣기에서 더 많이 몰두하고 더 많은 향상을 하게 해준다(Finch, 2001; Sindrey, 2002; Du, 2009).
- 듣기에 대한 학습자들의 동기와 태도를 고려함으로써 교수자는 더 나은 입력물을 선택하거나 최선의 자료들과 기회를 학습자들에게 안내할 수 있다. 학생들에게 호소하는 듣기 내용 이를테면 방송되고 있는 드라마나 텔레비전 볼거리, 음악, 우스개, 혹은 관련되는 정치적인 토론을 선택하

는 것은 학생들로 하여금 듣기에 대한 감정적인 여과의 기능을 맞추는 데 도움을 주고 듣기 경험으로부터 더 많은 것을 이해하게 하는 데 도움을 줄 수 있다(Gay, 2000).

• 학습자들은 여러 가지 면에서 다르기 때문에, 효과적인 가르침에는 학습자들에게 있는 차이들을 고려할 필요가 있다. 여기에는 개별 학습자들의 참여와 습득을 유발할 수 있는 것으로 흥미 있는 입력물을 선택하는 개인적인 기회와 학습 방법, 과제 유형이 포함된다(Breen, 2001).

7.2.2. 입력물 가설: 습득을 위해 접속 가능한 입력물 선택하기

크라센(1982)의 제2언어 학습에 대한 전체적인 조정 모형의 일부였던 입력물 가설input hypothesis은 듣기에 대한 가르침 접근법에 영향력이 지속되어 왔다. 입력물 가설은 자연 순서 가설natural order hypothesis이라고 크라센이 언급하였던 가설의 당연한 결과로서 발전하였다. 크라센은 만약 모든 언어 학습자들에게 습득의 자연스러운 순서가 있다면 모든 학습자들에 대하여 향상을 안내하고 사상하는 일관된 방법이 있어야 한다고 주장한다. 입력물 가설은 이와 같은 일관성을 기저에 가정한다. 즉 제2언어는 '이해 가능한 입력물comprehensible input을 수용함으로써 혹은 메시지를 이해함으로써' 습득된다는 것이다(크라센, 1985).

점진적으로 복잡해지는 입력물을 수용함으로써 학습자는 자연스럽게 듣기 능력을 습득한다. 이 가설에는 두 개의 중요한 결론이 있다.

• 말하기는 습득의 원인이 아니라 결과이다. 말하기는 직접적으로 가르칠 수 없지만, 이해 가능한 입력물을 통해 전체적인 능력을 수립한 결과로 그 모습을 드러낸다.

• 만약 입력물이 이해되면 그리고 그것이 충분하면 학습자가 배울 필요가 있는 문법은 자동적으로 제공된다. 언어 교사는 (통사든 어휘든) 그 구조

를 학습 가능성이나 난도의 연속선상에서 가르칠 필요가 없다. 자연스러운 순서가 만약 학생들이 이해 가능한 입력물을 충분하게 받는다면 자동적으로 훑어보게 될 것이고 적정량이 학습자들에게 제공될 것이다.

가르침에 적용할 수 있는 원리들

- 가르침에서는 이해 가능한 입력물, 즉 $i+1$ 수준 말하자면 어휘, 통사, 담화 자질, 길이와 복잡성에서 학습자의 현재 능력 수준보다 조금 높은 수준에 있는 입력물만을 제공하는 것을 목표로 삼아야 한다. 전체적인 수용의 난도에 따라 등급이 매겨지고 적절한 길이로 측정한 알맞은 입력물을 많이 설계하는 것은 제2언어 입력물을 관리하는 학습자의 능력을 나아지게 하고 학습자의 **내재된 학습계획(built-in syllabus)**을 자극할 것이다(Corder, 1967; Ellis, 2006).
- 이해 가능한 입력물은 청각일 수도 혹은 글말일 수도 혹은 둘 다일 수도 있다. 맥락은 처리를 쉽게 하도록 품질을 높여야 한다. 시각적 지원과 다른 감각의 지원이 있는 입력물은 더 이해 가능해진다. 시각과 청각이 개입된 멀티미디어, 그리고 제시에서 다양한 방법의 활용(이를테면 부제가 붙은 비디오)은 맥락에 대한 부담은 높이고, 인지적 부담을 줄이겠지만 이해를 더 나아지게 할 것이다(Clark 등, 2006, Jones and Plass 2002). 가르침은 또한 엄청난 양의 입력물에 자신감을 갖도록 폭넓은 듣기가 포함되어야 한다(Rendaya and Farrell, 2010).
- 듣기 능력의 성공적인 발달을 위해서는 그리고 성공적인 언어 습득을 위해서는 폭넓은 제2언어 입력물이 필요하지만 성공적인 학습에는 또한 산출을 위한 기회도 필요하다(Swain, 2000). 말하기 능력은 실제적인 듣기 입력물로 폭넓게 공부한 결과로 자연스럽게 나타나는 경향이 있다(실생활 관련성에 대한 논의는 8장을 참조할 것). 특히 실제적인 입력물이 부족할 수 있는 EFL 맥락에서는 문화, 상호작용 방식, 이음말[3)]의 발음, 어휘에 대한 유용한 모형을 포함하고 있는 풍부한 듣기 자료를 교사는

제공하려고 하여야 한다. 그에 따라 학생들에게서 나타나는 말하기가 이런 입력물에 바탕을 두고 형성될 수 있다(Zhang, 2009).

7.2.3. 입력물 가설: 입력물이 접속 가능하도록 상호작용을 활용하기

일반적으로 입력물만으로 습득이 유지되도록 하는 데 충분하지 않다. 의미는 사회적 기준을 지니고 있기 때문이다. 듣기 경험이 뒤따르는 입말 상호작용에 참여하는 것은 특히 낯설 수도 있는 낱말과 담화 구조를 따름으로써 학습자로 하여금 사회적 의미 창조에 참가할 기회를 제공한다. 그 자체로 사회적 상호작용은 비록 부여되는 가치는 다양하였지만 오래도록 언어 학습을 위해 상당한 가치를 지닌 것으로 고려되어 왔다. 상호작용 가설에 따르면 상호작용은 직접적으로 세 가지 방면에서 언어 습득에 이바지한다. (1) 상호작용 조정을 통해 이해 가능한 입력물을 스스로 제공할 수 있게 해줌으로써(이를테면 반복과 부연 설명을 끌어내는 요구), (2) 어디에서 그가 실수를 할 수 있을지를 학습자로 하여금 보게 하는 부정적인 되짚어 주기를 제공해 줌으로써(이를테면 대화 상대방으로 하여금 고치게 하거나 다시 말하게 함으로써), (3) 실제로 학습자로 하여금 자신의 생각을 사회적 맥락에서 전달하도록 새로운 낱말들과 구문들을 시도하게 함으로써 '산출을 할 수밖에 없는' 기회를 제공함으로써 언어 습득에 이바지한다(Gass and Mackey, 2006).

특히 상호작용 동안(비토박 화자-비토박이 화자, 비토박이 화자-토박이 화자의 상호작용)에 일반적으로 일어나는 의미의 부정 갈래는 듣기 발달뿐만 아니라 언어 습득의 중요한 수단이다. 이해 가능한 입력물

3) 이음말은 구조주의 언어학의 공기 관계에서 나온 용어로, 한자 낱말로는 연어라고 부르기도 한다. 생성 문법에서는 하위범주화 혹은 선택제약이라고 부르기도 한다.

의 가장 효과적인 자원은 이해의 부족이 뒤따르는 대화 주고받기인데 학습자는 의미를 타개하기negotiate meaning 위한 능동적인 명료화 전략을 사용해야 하기 때문이다. 학습자들과 대화 참여자들 사이의 타개하기는 다른 사람의 이전 메시지가 성공적으로 이해되지 않을 때 그들의 상호작용이 이뤄지는 동안 일어난다. 그 다음에 다른 사람은 원래의 메시지를 수정하거나 반복함으로써 반응을 보인다.

가르침에 적용할 수 있는 원리들

- 듣기 가르침은 스스로 의미를 이해하도록 하여야 하며 교수자에 의해 유도를 위한 표현에 기대게 하여서는 안 된다. 듣기 가르침은 명료화를 위한 점검, 이해 점검, 의미에 접근하기 위한 협력 전략들의 활용을 촉진하여야 한다(Nation 2007, Mackey and Abdul 2005).
- 듣기 가르침은 정보 간격 메우기(information gap), 의견 간격 메우기(opinion gap), 역할극(role play)과 의미 타개하기, 강제적인 산출(pushed output)을 위한 기회뿐만 아니라 학습 과제로부터 되짚어 보기를 어떻게 통합할 것인지를 배울 기회를 제공하고 필요성을 제시하는 폭넓은 입말 상호작용을 포함하여야 한다.

7.2.4. 처리 가능성 가설: 습득을 유발하도록 입력물을 맞추어 나가기

제2언어 학습자들이 입말 언어의 통사적 처리를 발달시키도록 도움을 주는 두 가지 비슷한 접근 방법이 있다. 첫 번째는 풍부한 입력물 enriched input 접근법으로 의미에 초점을 맞춘 과제 맥락에서 의도적으로, 목표로 하는 통사 구조의 사례들로 넘쳐나는 입말 덩잇말을 학습자들에게 제공하는 것이다. 이 접근법은 형식에 대한 초점focus on form(개관을 보려면 Long, 2009 참조)을 통하여 목표로 하는 문법 구조의 우연적인 학습을 제공한다. 두 번째 방법은 교육적인 과제가 습득을 방해하는 문법적인 자질들에 대한 예측에 바탕을 두고 설계되는 처리하기 가르침processing instruction을 통한 접근법이다. 학습자들은 목표로 하는 문법적 자질(이를테면 수동태)이 얼마나 입말 입력물에서 쓰였는지 의식적으로 알아차림으로써 계획적인 학습에 몰입하게 하도록 요구하는 듣기 과제에 참여한다. 비록 그 특징은 입력물에서 강조되거나 넘쳐나지는 않지만 말이다(VanPattern, 1996, 2005).

엘리스(2010)는 이 두 접근법을 쓰고 있는 다수의 연구를 훑어보고 있다. 풍부한 입력물 접근법과 관련하여 엘리스는 새로운 문법적인 자질들을 배우는 제2언어 학습자들을 도울 수 있으며 부분적으로 학습한 자질들을 좀 더 정확하게 사용하는 데 도움을 줄 수 있다고 결론을 내렸다. 그러나 긍정적인 효과는 처치가 연장될 때에만 분명한 듯하다. 입력물 처리하기 가르침과 관련하여 엘리스는, 명시적인 문법 가르침과 연결된 처리하기 가르침이 가르침을 받고 있는 목표 문장 구문을 이해하는 학습자들의 능력에서 가장 일관된 향상으로 이어진다는 결론을 내렸다. 더 나아가 엘리스는 산출에서 정확성과 이해 둘 다에 처리하기 가르침의 효과가 명시적인 가르침만 할 때보다 더 지속적이라고 결론을 내렸다.

언어 습득에서 알맞은 입력물에 대한 접속이 중요하다. 성공적인 습득에서는 주변에 있는 언어적인 환경linguistic environment에서 일어나는 것보다 학습자의 마음에서 일어나는 것에 더 많이 의존되어 있는 듯하다. 입력물과 접속 가능성 사이에 동일한 구조라는 관계가 없는데 입력물에 대한 접속은 외부 요인들(입력물과 맥락의 특징)과 내적 요인들(학습자들의 준비성) 둘 다에 의해 유발되기 때문이다. 캐럴(Caroll, 2006)에서 지적하고 있듯이, 제한된 기회에서 학습자는 발화 환경에서 어느 정도의 자극에 주의를 기울이고 그것을 처리하며 제2언어에 대한 지식을 어느 정도 영구적으로 습득한다. 그러나 서로 다른 기회에 같은 학습자는 같은 물리적 자극에 주의를 기울이지 않을 수도 있고 같은 입력물을 처리하지 않을 수 있으며, 그 언어표현에 대하여 배우지 않거나 어떤 것을 기억하지 않을 수도 있다. 최종 분석에서 섭취물intake은 맥락의 특징에 의해서가 아니라 청자에 의해 결정된다.

제2언어의 문법 체계 습득이 언어표현의 복잡성에 따라 단계를 이룬 유형을 따르는 경향이 있기 때문에 입말 입력물에 있는 어떤 언어 형식은 다른 자질들을 습득한 뒤에야 학습자들에게 인식 가능하거나 두드러진다. 어떤 통사 형식이나 어휘 항목들이 인식 가능하게 되기 이전에 이러한 특징들은 학습자들이 배우기 위해 선택한 담화에서 더 이해 가능한 부분들에 둘러 싸여 있는 말소리의 단지 또렷하지 않은 부분들로 들릴 수 있다.

처리 가능성 가설 안에서 입력물의 또렷하지 않은 부분으로부터 새로운 자질들을 알아차리게 되는 구체적인 원리들이 있다. 성공적인 청자들은 슬로빈(Slobin, 2004)에 의해 얼개가 잡힌 조작 원리operating principles를 의식적으로 사용한다는 것이 제안되었다. 언어를 습득하는 타고난 능력의 밑바탕에 있는 조작 원리들은 인지 전략으로 제2언어와 제1언어 안에 있을 것이다. 조작 원리들을 사용함으로써 학습자는 들어오는 말소리를 언어 규칙에 전략적으로 연결할 수 있고 입말의 문법적 체계가 작동하는 방법들을 쉽게 발견할 수 있다. 슬로빈이 제안한 조작 원리는 다음과 같다.

- 낱말의 끝 부분에 주의를 기울일 것. 이들은 종종 관련이 있는 의미를 알려준다.
- 낱말들 사이의 관계를 등재하는 언어적 요소들이 있다는 것을 자각할 것.
- 예외에 대한 생각을 하지 말 것. 어떤 일관된 규칙을 찾으려고 노력할 것.
- 기저에 있는 의미 관계에 귀를 기울일 것. 이들은 분명하고 명백하게 표지되어야 한다.

• 의미연결을 가정할 것. 문법적인 표지의 사용은 의미론적인 의미를 지녀야 한다.

가르침에 적용할 수 있는 원리들

• 제2언어의 문법 체계, 어휘 체계, 담화 체계의 서로 다른 특징들을 학습자들이 이용가능하기 때문에 듣기 가르침에서는 이들 특징들을 알아차리는 일을 더 낫게 하는 창의적인 활동과 습득을 위해 필요한 자질들을 포함하고 있는 입말 입력물을 선택하여야 한다. 이것이 리차즈(Richards, 2005)에서 이해를 위한 듣기(listening for comprehension)와 구별되는 습득을 위한 듣기(listening for acquisition)라고 부른 것이다.
• 듣기에서 성적의 향상을 위해 학습자들은 입말의 형식적인 특징을 인식하기 위한 작동 원리들을 활용하여야 한다. 교사는 자연스러운 입말 덩잇말을 살펴 볼 수 있도록 하기 위해 이와 같은 방법(교정 듣기)을 쓰지 않는다면 알아차리지 못할 수도 있는 특정의 자질들을 성공적으로 확인할 수 있게 해주는 교정을 위한 듣기(proof listening)와 같이 린취(Lynch, 2001a)에서 제안한 강도 높은 듣기 기법을 통합할 수 있다(Cárdenas-Claros and Gruba, 2009).
• 의미를 알아차리기 위해 듣는 도중 구조적인 형식에 주목하는 일에는 수용 능력 처리에서 점진적인 증가가 필요하다. 쓰기나 말하기에서만 형식에 초점을 맞추는 일이 필요하기 때문에 학습자들이 들었던 것을 정확하게 쓰거나 말하는 데서 분명하게 하도록 하는 강제적인 산출 과제(pushed output task)와 듣기를 연결하는 것이 도움을 준다. 입말 입력물에 대한 재구성은 특히 협력 과제의 일부로 이뤄진다면 학습자들이 들을 때 좀 더 초점을 맞춘 주의집중 향상에 도움을 줄 수 있다.

7.2.5. 상위 인지 가설:
듣기 능력을 활성화하기 위한 명시적인 듣기 전략 활용

듣기 전략의 채택은 상위 인지 즉, 언어를 처리하는 방법에 대한 사고를 강조하는, 학습에 대한 인지적 접근의 일부이다. 상위 인지 처리는 비판적인 사고로 여기서는 본능에 따른 반작용적인 사고를 극복하고자 한다. 아니라면 적어도 균형을 맞추고 한다.

1990년대 이후 상당한 분량의 듣기 조사연구가 학습자들이 자신들의 듣기 과정을 생각하고, 계획하며 조정하는 방법과 전략들에 초점을 맞추고 있다. 이런 조사연구 흐름의 밑바탕에 있는 가정은 더 나은 청자와 지속적으로 가장 많은 향상을 보여주는 청자들은 효과적인 전략들을 배우고 실행할 수 있는 사람들이었다는 것이다(Rost and Ross, 1991; Vandergrift, 1999).

비판적인 사고하기에서 가르침은 학습자들에게 자신들의 이해와 분류 요청, 반응을 조정 점검하게 함으로써 도움을 줄 수 있다. 구체적으로 입력되는 덩잇말을 분명함과 불분명함, 적절함과 부적절함, 논리적임과 비논리적임, 공평함과 한쪽으로 치우침 등으로 평가를 시작할 수 있다. 이런 유형의 이해 가르침은 정보에 대한 단순한 가르침을 넘어 이해 문제에 대한 접근에서 상황에 대한 이해와 전략적인 훈련으로 들어간다(Duffy 외, 2010).

학습 전략들learnig strategies은 이제 지식이나 기술을 습득하기 위해 학생들이 사용하는 행동 방법이나 어떤 태도에 대한 설계를 가리키기기 위해 쓰인다. 특히 학습 전략이라는 개념은 어떤 교육적인 경험, 통제된 경험으로부터 좀 더 일반화된 영역으로의 전이를 더 많이 하려는 목적을 지닌 계획들에 초점을 맞추기 위해 쓰인다. 학습 전략은 어휘에 대한 더 나은 기억을 위한 기법으로부터 토박이 화자와 대화를 유지하기 위한 접근법에까지 걸쳐 있다. 비록 전략을 구성하는 것이 무엇이며 전략 가르침의 효과에 대한 주장에서 거의 일치를 보이지는 않았지만 학습 전략은 교육 일반에서 그리고 언어교육에서 폭넓게 연구되었다(Grenfell and Macaro, 2007; Oxford, 2010).

역사적으로 그리고 여러 학문 분야에 걸쳐 학습 전략을 옹호하는 목적은 행동주의적 관점에서부터 비롯되었다. 전략이라는 개념을 도입하는 목적은 가르침의 목적을 좀 더 분명하게 하고 학습을 궁극적으로 더 쉽게 하며, 효과적으로 학습자들로 하여금 과제에 시간과 실습, 노력을 덜 들이고 목표에 도달하게 하는 것이었다. 절차에서 활용 방법과 뒷받침 정보를 제공함으로써 학습 전이의 효과를 올리려고 시도하는 가르침 모형은 의미정교화 모형mathemagenic models이라 부른다(Spector 외, 2008).

제2언어 학습 전략들은 일반적으로 두 가지 기본 부류로 나뉜다. 오랜 기간에 걸친 학습에 이로움을 주도록 채택되는 것(이를테면 대화 클럽 모임에 가입하기, 매일 저녁 팟캐스트 뉴스 듣기, 매일 어휘 카드 만들고 복습하기)과 종종 반복적이고 종종 시간에 민감한 현재의 접촉 상황에서 언어를 사용하도록 맞춰진 계획과 결정(이를테면 핵심어 적어두기, 화자에게 질문할 명료화 질문의 형식화, 제2언어에서 뉴스를 듣기 전에 제1언어로 관련이 있는 기사 읽기)의 유형들이 있다.

현재의 사용을 위한 전략strategies for current use이라는 두 번째 범주에는 네 개의 하위 묶음이 있다. 복구 전략retrieval strategies, 연습 전략, (통제력을 지속적으로 발휘하기 위하여 사용하는) 내현 전략covert strategy[4)]과 메시지를 받아들이고 전달하기 위한 의사소통 전략들이 그것이다(Chamot, 2005). 언어 학습 전략과 언어 사용 전략들은 이들이 주로 인지적cognitive인가, 상위 인지적metacognitive인가, 감정적affective인가, 사회적social인가에 따라 더 구별될 수 있다.

---

4) 안으로 발현되는 전략이라는 의미인데, 대부분의 전문가들이 구사하는 전략들이 이 범주에 든다. 지금은 여러 심리학적인 방법으로 이들을 밝혀내려는 노력을 하고 있다.

여기서 여러 절에 걸친 기술에서 언어 사용 전략들의 세부 범주 열여섯 개가 만들어졌고 세부 범주들이 곱해지는 방법을 쉽게 찾아낼 수 있다. 이를테면 언어 사용 방법(예컨대 듣기 대 읽기)이 있다. 전략 목록을 만들어내기를 좋아하는 조사연구자들이 분명하게 힘들게 되었으며 목록들이 확장됨에 따라 전략들이 주변적으로만 이용되고 있다. 가르침의 목적을 위해서 특정의 맥락에서 학습을 촉진하는 본질적인 것들로 전략들의 목록을 줄이는 방법을 찾는 것이 중요하다.

기껏해야 학습 전략 전문가들은 전략 가르침을 언어 가르침으로 통합하는 목표가 가능한 한 많은 전략들을 학생들이 채택하지(심지어 저자는 성취하지achieve라는 용어도 들은 적이 있다) 않도록 하는 것이다. 오히려 그 목표는 언어 사용에서 장애물을 극복하기 위해 개인적으로 채택할 수 있는 인지적인 계획에 집중하도록 그리고 장기적인 언어 학습을 위해 실제적이고 효과적인 계획을 전개해 나가도록 하는 것이다.

가르침에 적용할 수 있는 원리들

- 학습 전략의 통합은 학생들이 좀 더 효율적으로 듣는 데 도움을 주고 자신의 언어를 스스로 습득할 수 있는 더 자율적인 학습자가 되게 한다. 듣기 전략의 도입은 언어 강좌를 통해 학생들로 하여금 다양한 전략들을 확인하고 탐색하며 그 효율성을 평가하는 기회가 있는 상태에서 명시적으로 이뤄질 필요가 있다(Vandergrift 외, 2006).
- 명시적인 듣기 전략의 사용은 현재의 처리에 할 수 있는 것보다 더 어려울 수도 있는 과제를 학생들이 다루어 나가도록 도와줄 수 있다. 이런 능력의 확장은 도움이 되며, 좀 더 도전거리가 되는 실제적인 입력물에 귀를 기울이는 동기를 부여할 수 있고 자신들이 가능하다고 생각했던 것보다 더 많은 것을 이해하는 방법을 찾도록 동기를 부여해준다(Mendelsohn, 2006; Graham 등, 2007).

- 성공적인 학습과 관련이 있는 듣기 전략들은 덜 성공적인 학습자들에게 예시가 되고 모형이 될 수 있다. 시간이 흐르면서 덜 성공적인 학습자들은 이들 전략의 채택을 의식적으로 할 수 있으며, 학습 양식에서 변화로 인하여 그들의 듣기 이해 기술과 듣기를 향한 내재적인 동기에서 유의미한 성과를 거두게 할 수 있다(Rost, 2006).

7.2.6. 사회문화적 가설: 발전을 촉진할 적절한 접촉을 찾아내기

언어 습득에 대한 사회문화 이론SCT: sociocultural theory에서는 언어 학습이 복잡한 활동이며 심리언어학적인 범례를 벗어나는 사회적인 상황에 맞춰진 현상이라고 가정한다(Lantolf, 2000). 사회 문화적 이론 안에서 학습자의 목표와 동기는 자신의 사회적 환경 안에서 자신에 대한 인식이 그러한 것처럼 매우 중요하다.

사회문화 이론이 지니는 함의 가운데 하나는 제2언어 습득이 문화적 순응acculturation의 일부로 간주된다는 것이다. 목표 언어와 문화적 순응을 이루고자 하는 동기부여의 정도는 제2언어 습득에서 성공 여부를 결정할 것이다. 핏 코더Pit Coder가 선언하여 유명하였듯이 '동기부여가 이뤄질 때 언어 자료에 노출되기만 한다면 사람은 제2언어를 배울 것이다'(코더, 1974; Mishan, 2004). 이 관점이 올바르다는 점에서 가르침의 역할은 동기에 기름을 붓고 동기를 계발하는 데 관여할 것이다.

그러나 제2언어 학습과 같은 장기적인 과정에 대한 동기부여는 의지대로 끄고 켤 수 있는 전등 스위치와는 매우 다르다. 언어 학습 동기부여는 문화적 순응에 대한 긍정적인 경험을 통해 발전된다. 그와 같이 사회문화 이론에서 언어 습득은 대체로 사회적 거리social distance와 심리적 거리psychological distance의 정도, 즉 학습자와 목표 언어의 문화 사이의 간격 정도에 결정된다. 사회적 거리는 집단의 구성원들이 서로 다른 언어를 말하는, 다른 사회 집단과 접촉하고 있는 집단의 구성원들에 관련된다. 심리적인 거리는 개인으로서 학습자와 관련되는 다양한 감정적 요인들의 결과이다. 여기에는 문화적인 충격, 스트레스, 개인적인 자아와 문화의 일부가 되고자 하는 동기가 포함된다 (Block and Parris 2008; Lantolf and Throne, 2006).

가르침에 적용할 수 있는 원리들

- 사회적으로나 심리적으로 목표 언어로부터 긍정적(최소한의) 거리를 지닌 학습자들은 좀 더 효율적으로 좀 더 즐기면서 배울 것이다. 가르침에서는 적절한 입력물을 재어 보아야 하며 학습자들의 사회적 거리에 바탕을 두고 마련되어야 한다.
- 긍정적인 사회적 거리와 심리적 거리를 경험한 학습자들은 언어를 배우는 노력에서 목표 언어의 표준에 좀 더 쉽게 끌릴 것이다.

요약: 듣기 가르침을 위한 균형 잡힌 접근법

이 장에서는 듣기 가르침에 대한 접근법을 선택하기 위해 핵심적인 고려 사항 몇 가지를 훑어보았다. 이 장은 듣기를 위한 방법의 개발과 선택에 앞서 맥락적 요인, 문화적 요인, 교육적 요인에 대한 분석을 제안하면서 시작하였다. 이와 같은 분석에서 핵심적인 요인들은 학습자들의 개인적인 목표와 정체성, 교육적 배경에 영향을 미치는 문화적 요인들이었다. 물론 핵심적인 요인은 입말과 듣기에 대한 상대적인 강조이다.

이런 본질적인 요소에 대한 살핌에 이어 듣기에 대해 핵심적인 역할을 포함하고 있는 제2언어 습득의 조사연구 안에서 여섯 가지 이론적인 입장들을 살펴보았다. 여기에는 감정 여과 가설, 입력물 가설, 상호작용 가설, 처리 가능성 가설, 상위 인지 가설, 사회문화적 가설이 있다. 언어 학습에 대한 이들 가설 각각에 대하여 가르침의 맥락에서 적용해 봄직한 원리들을 도출하였다.

균형 잡힌 듣기 가르침 방법에는 이 장에서 훑어본 접근법들로부터 나온 핵심적인 요소들을 포함할 것이다.

- 다양한 오디오, 비디오, 상호작용 매체로 학습자들을 위해 접속 가능한 입력물을 많이 제공할 것. 이해를 촉진하고 입력물의 품질을 높이는데 이바지하도록 덧잇말을 활용할 것.
- 핵심은 학습자들로 하여금 제2언어에 귀 기울여 듣기를 원하도록 하는 것이다.
- 의미에 대한 타개하기와 관련된 과제에서 듣기 입력물을 끼워놓을 것. 학습자들은 그들이 이해한 것의 품질을 높이기 위해 다른 사람들과 협력하고 분명하게 하려고 하여야 할 것이기 때문이다. 쓰기나 말하기에서 학습자들이 이해한 것을 통합하고 재구성하도록 과제에 '산출하지 않을 수 없는 산출물'을 더해 놓을 것.
- 듣기 경험의 일부로 새로운 언어표현(어휘, 음운, 문법 구조, 담화 구조)과 문화적인 요소(몸짓, 상호작용 양식, 문화 정보에 대한 비유)를 학습자들이 알아차릴 기회를 만들 것.
- 학습자들로 하여금 자신의 향상 정도를 점검 조정하고 좀 더 구성적으로 어떻게 들을 것인가를 결정할 수 있도록 하기 위해 듣기 가르침을 전략 훈련으로 통합할 것.
- 장기적인 동기 부여와 배움에 참여를 최대한 활용하기 위해 듣기 경험을 개인화하는 방법들을 통합할 것.

다음의 뒤따르는 두 장에서 알맞은 입력물을 선택하고 이와 같은 개념들을 활성하기 위해 가르침 설계를 짜는 구체적인 방법들을 검토할 것이다.

제8장 입력물과 상호작용

언어 습득에서 조사연구에 바탕을 둔 듣기 가르침에 대한 원리들을 훑어보았다. 훑어본 여섯 개의 조사연구 영역은 모두 입력물과 상호작용에 대한 본질적인 역할을 가정하고 있다. 이 장에서는 입력물과 상호작용의 역할을 좀 더 자세하게 검토할 것이다.

어린 아이로서 우리는 제1언어 안에서 우리 주변에 있는 입력물에 주의를 기울임으로써 그리고 당면한 환경에서 사람들과 의도적인 상호작용을 함으로써 듣기를 배운다. 제2언어에서 듣기를 배우는 일은 제1언어에서 듣기를 배우는 것과 여러 가지 면에서 다르지만 입력물과 상호작용의 본질적인 역할은 같다. 따라서 입력물의 선택과 활용, 적절한 상호작용에 대한 안내하기와 계획하기는 듣기를 가르치는 핵심적인 측면들이다.

이 장에서는

- 입력물에서 적합성이라는 개념을 자리매김하고 듣기의 가르침에서 적합성이 핵심적인 역할을 한다는 것을 주장한다.
- 입력물에서 실생활 관련성을 훑어보고 실생활 관련성에 대한 중도적인 관점을 옹호할 것이다.

- 입력물 갈래에 대한 개념을 검토하고 듣기 가르침에서 다른 갈래의 사용을 예시할 것이다.
- 인지 부담의 관점에서 입력물의 난도 개념을 자리매김하고 듣기 자료의 등급을 매기는 데 이 저울눈의 활용을 제안할 것이다.
- 단순화의 실천 사례를 검토하고, 듣기 가르침에서 다듬어진 단순화에 대한 논의를 제시할 것이다.
- 듣기 가르침에서 상호작용의 역할을 소개하고 그와 같은 상호작용을 가장 효과적이게 하는 변인들을 검토할 것이다.

8.1. 적합성

우리는 듣기를 주로 입력물에 대한 주의집중과 의도적으로 상호작용에 참여함으로써 배운다. 또한 어휘를 늘리고, 추론 기술을 날카롭게 다듬으며, 새로운 듣기 경험에 준비하도록 내용 개념틀과 문화적 개념틀을 드넓히는 일을 포함하는 간접적인 방법으로 듣기 능력에서 어떤 결과를 얻을 수 있다. 그러나 실질적인 결과를 얻는 것은 적절한 입력물relevant input에 대한 듣기와 의미 있는 상호작용에 참여하기를 통해서이다.

적합성relevance이라는 개념은 교육 맥락과 의사소통 맥락에서 중요시되고 있다. 스퍼버와 윌슨(Sperber and Wilson, 1995)에 따르면, 사람의 인지는 단일의 목표를 지닌다. 말하자면 우리에게 적합한 듯이 보이는 정보에만 주의를 기울이는 것이다. 만약 우리의 전체 인지, 즉 우리의 주의집중력, 지각 능력과 해석 능력이 적합성이라는 개념을 중심으로 가장 자연스럽고 가장 쉽게 조정된다면 듣기의 이와 같은 측면을 가르침에서 가장 우선적인 자리에 두는 것이 온당하다. 적합한 자료, 즉 학습을 위해 참된 동기를 유발하기 위한 '올바른 자료'(이 맥락에서 원래는 비이비(Beebe, 1988)에 기원을 두고 있다)에 학습자들을 끌어들이는 일은 언어 학습에서 향상을 보이기 위해서 본질적이다.

듣기를 위한 적합한 자료는 자연스럽게 일어나는 지엽적인 입력물 자료의 발견을 통해 얻을 수 있다. 즉 학습자의 학습 환경에 이미 일부가 되고 있는 자료로 이를테면 ESL(제2언어로서 영어) 환경이나 EFL(외국어로서 영어) 환경에서 나타나는 제1언어, 혹은 영어 토박이 화자가 없는 환경에 나타나는 ELF(lingua franca로서 영어)일 수 있다.[1] 동시에 자료들은 원거리 자원의 조정이나 선택을 통해 얻을 수 있다. 말하자면 그와 같은 자원은 학습자에게 현재 낯설거나 쉽게 구할 수 없는 것일 수 있다. 데이(Day 외, 2009)에 의해 수행된 교육 연구는 최대한의 적합성을 얻기 위해 자료를 선택하는 본보기이다. 그들은 대학생으로 이뤄진 목표 표본 집단을 대상으로 하여 학생들이 영어 학습을 위해 가장 흥미롭고 유용하다고 찾아낸 주제들의 유형을 확인하기 위해 현장 조사하였다. 일련의 주제와 하위 주제 목록을 제시하고, 담화 주제로서 그들에게 적합하다거나 관심이 있다는 점에 근거하여 그들이 선택한 주제에 순위를 매기도록 하였다. 듣기를 위한 자료들은 다수의 학생들에 의해 적합한 것으로 선택된 주제들을 찾아내고, 그에 따라 계발되었다. 모든 학생들을 위해 주제 선택에 대한 아무런 접근법이 정당화되지 않았지만 이런 자료 개발 설계를 위한 연구에서 사용된 접근법은 주도적인 원리로서 적합성이라는 목표를 이용하였다. 게다가 개인화라는 선택 내용을 아우르는 가르침 설

1) 모국어를 달리하는 사람들이 상호이해를 위하여 습관적으로 사용하는 언어. 이런 의미에서 그 언어는 어느 한쪽 사람의 모국어이거나 또는 제3의 언어이어도 상관이 없다. 좁은 뜻에서는 어느 한쪽의 모국어도 아니지만, 대개의 경우 양쪽 언어가 혼합되고 문법이 간략한 언어를 말한다. 이 언어를 피진어(pidgin)라고도 하며, 피진잉글리시가 그 대표적인 예이다. 링구아프링카라는 명칭은, 십자군 시대에 레벤토 지방에서 사용되던 프로방스 말을 중심으로 한 공통어에서 비롯한다. 식민지시대 이후 세계 각지에서 많이 생겼다(두산백과 참조).

계를 통하여 거의 적합하지 않은 자료조차도 탐구와 상호작용을 통해 적합하게 될 수 있다.

가르침의 원리: 최대한의 적합성을 위한 목표

학습 자료들(주제, 입력물, 과제들)은 학습자의 목표와 관심사와 관련되고 스스로의 선택과 평가가 관련된다면 적합하다.

8.2. 갈래

듣기에 대한 학습에는 일정한 범위의 언어 사용 갈래에 대한 노출이 관련된다. 언어학에서 갈래라는 개념[2)]은 의사소통이 구성되는 문화의 특징에 매인 방법을 가리킨다. 여기에는 의사소통에서 기능과 특정의 유형이 채택되는 맥락이 선택되는 의사소통 상황의 확인뿐만 아니라 덩잇말의 형식적인 특징과 덩잇말의 구성 방식이 포함된다 (Charaudeau and Maingueneau, 2002).

예컨대 문학과 영화의 갈래로 싸움action, 모험, 코미디, 범죄, 사실기록 등과 같은 갈래를 생각해 볼 수 있다. 영화를 볼 때나 책을 읽을 때 흥미와 기댓값, 이해를 안내해 주는 이들 갈래에 대한 예상을 활용한다. 그러한 것들을 처음 보거나 들을 때의 경험과 이야기를 회상할 때 그리고 이들 갈래에 바탕을 둔 의사소통에 대한 은유를 활용할

2) 문학에서 장르(genre)라는 용어를 대신하여 갈래라는 우리말 학문 용어를 쓰자는 제안에 대해서는 김수업, 『배달문학의 갈래와 흐름』(1992, 현암사)와 『배달말꽃』(2002, 지식산업사)을 참조할 수 있다. 또한 국어교육의 자리매김과 방향을 제시하는 김수업(2012), 『국어교육의 바탕과 속살』(휴머니스트)도 국어교육을 고민하는 예비 교사와 현장 교사들에게 참고가 될 것이다. 또한 우리말로 학문하는 일의 소중함과 간절함을 담은 책으로 우리말로 학문하기 모임 엮음(2008), 『우리말로 학문하기의 사무침』(푸른사상사)도 읽어볼 만한 책이라고 생각한다. 우리말을 갈고 닦는 뜻도 김수업, 『우리말은 서럽다』(2009, 나라말)와 『말꽃 타령』(2006, 지식산업사)을 통해서 알 수 있을 것이다.

실천가로부터 나온 착상들

알맞은 덩잇말 선택하기

학습자에게 알맞은 덩잇말 선택에서 요인들의 결합을 고려할 필요가 있다. 모든 선택에서 모은 기준을 만족시키는 것은 가능하지 않지만 가장 일반적인 요인들의 조합이 지니는 중요성 그리고 일정한 범위의 듣기 유형에 학습자들이 접촉하도록 하는 것이 중요하다는 것에 대한 이해는 교수자가 듣기 덩잇말의 주관적인 어려움을 이해하는 데 도움을 준다.

- 흥미 요인(*interest factor*): 덩잇말이 근본적으로 관심을 끄는가? 학습자들이 그것을 이해하는 데 관심을 갖고 있는가?
- 놀이 요인(*entertainment factor*): 덩잇말이 몰입하게 하는가, 재미있는가, 극적이가? 듣기를 즐기게 할 만한 어떤 특별한 효과나 특징들이 있는가?
- 문화적 접속 가능성(*cultural accessibility*): 덩일말을 해석하기 위해 상당한 분량의 문화적 지식이 필요한가?
- 화자의 역할과 의도(*speaker role and intention*): 화자의 역할은 인식 가능한가? 화자의 의도는 분명하거나 쉽게 복구 가능한가?

—윌슨(JJ Wilson), 교사 연수자, 미국의 뉴멕시코주

때 갈래에 대한 지식을 활용한다. 이들 갈래에 대한 경험은 개념틀 지식을 구성한다(더 나아간 논의를 위해서는 3장 참조).

더 나은 이해를 이끌고 이해가 일어나도록 하기 위해 자신의 문화적 경험에서 갈래에 대한 지식을 활용하는 것처럼 서로 다른 문화 안에서 각 집단에 들어맞는 덩잇말의 갈래들이 다를 것이라는 점을 알 수 있다. 갈래들과의 친숙성 특히 이들 갈래의 널리 알려지거나 대중적인 본보기 사례에 대한 친숙성은 이와 같은 문화적 개념틀의 활성화를 통하여 듣기 능력에 간접적으로 이바지한다.

뒤에 이어지는 세부 절에서는 이야기 전달과 기술이라는 두 개의 주요 갈래의 듣기 처리에 대한 개관을 할 것이다.

<표 8.1> 갈래와 듣기 목적

유형	정보 조직	듣기의 목적	화자의 초점
1. 이야기 전달	시간의 연쇄	무엇이 일어났고, 누가 관련되어 있으며 사건에 대한 개인적인 반응을 찾아내기 위해	사건, 행위, 원인, 이유, 가능하게 하는 요인, 목적, 시간, 근접성
2. 기술	공간적/감각에 따른 연쇄와 의미연결	비슷한 것으로 보이거나 들림 혹은 느껴지는 것을 경험하기 위하여	대상, 상황, 상태, 속성
3. 비교 /대조	사항별 구성, 단순한 결론에 이름	두 개의 사물이 같거나 다른지 발견하기 위해	사례, 구체화, 같음
4. 인과 /평가	삼단논법 /논리적인 설명	어떤 행위들에 대한 원인과 효과를 이해하기 위해	가치, 유의성, 이유[3]
5. 문제 /해결	문제/제안/제안된 행위의 효과	제안된 해결책의 효과에 대한 가설을 하기 위해	인지, 의지

8.2.1. 이야기 전달(narrative)[4]

세계의 여러 문화에 걸쳐 이야기 전달은 가장 보편적인 수사적인 형식이다. 이야기 전달은 대부분의 문화에서 사람이 이해하고 이야기를 재미있게 하는 시간, 사건, 연쇄를 따른다. 보편적인 호소력 때문에 이야기 전달은 문화적인 가치뿐만 아니라 관계와 도덕성의 논의를 위해 비할 데 없는 가르침의 장치이다.

이야기 전달은 복잡성에서 다양할 것이지만, 언제나 시간의 방향, 장소의 위치, 사건, 뒤엉킴complication, 인물 확인, 목표와 의미라는 몇 가지 요소가 관련되어 있다.

---

3) 왼쪽 제일 첫 번째에 있는 인과는 causality, 이유는 reason을 우리말로 뒤쳤다. 엄밀한 의미에서 이 둘은 구별되는데 필연성의 개념이 내포되어 있는 개념이 인과이고, 이유는 행위 주체(주로 사람)의 의도나 목적이라는 개념이 내포되어 있다고 생각한다. 글의 갈래로 치면 인과는 설명에 나타나고, 이유는 논설에 주로 나타난다.

4) 좁은 의미에서 이야기 전달은 허구적인 사건들의 연쇄로 이어진 갈래들을 가리키지만 넓은 의미에서는 역사 서술, 신문 기사에서 사실 전달과 같은 사건들의 연쇄 전체를 아우르는 의미로 쓴다. 소설 교육에서 이야기 전달과 사건에 대한 의미는 최시한(2005), 『소설의 해석과 교육』(문학과지성사)을 참조할 수 있다.

- 시간의 방향(*time orientation*): 어디에서 사건이 일어났는가? 역사적 배경은 무엇인가? 어떤 순서로 어떤 사건들이 빠졌는가?
  - 듣기에서 예상(*listening expectation*): 청자들은 시간을 나타내는 표지가 뒤로 가거나 혹은 시간에서 앞으로의 건너뜀을 지적하지 않는다면 일반적으로 앞으로 이어지는 **나란히 늘어놓기(paratactic organization)**를 가정한다.
- 공간의 방향(*place orientation*): 어디에서 행위가 일어나고 있는가? 배경의 어떤 측면들이 이야기 전달을 위해 유의한가?
  - 듣기에서 예상(*listening expectation*): 청자들은 일반적으로 자신의 개인적인 경험에 바탕을 두고 그것에 모순되는 특정의 기술이 나타나지 않는다면 **원형적인 배경(prototypical settings)**, 즉 원형적인 사례나 전형적인 사례를 가정한다.
- 인물 확인(*character identification*): 누가 이야기 안에 있는가? 누가 주요 인물인가? 누가 부수적인 인물인가? 누가 주변 인물인가? 핵심적인 관계는 무엇인가?
  - 듣기에서 예상(*listening expectation*): 청자들은 일반적으로 한두 명의 주인공과 이야기를 주도해 나가는 주인공과 관계가 있는 일정한 부수적인 인물을 가정한다.
- 사건/뒤엉킴/문제(*events/complication/problem*): 어떤 배경이 특별히 문제가 되는가? 어떤 요인들이 이야기를 뒤엉키게 하는가? 이야기는 어떻게 해결될 것인가?
  - 듣기에서 예상(*listening expectation*): 청자들은 일반적으로 이야기에서 아마도 극적인 방식으로 해결될 뒤엉킴(갈등)이 있을 것이라고 가정한다.
- 이야기의 의미(*meaning of the story*): 대부분의 이야기들은 화자와 청자의 관계에서 어떤 측면을 확인시켜 줄 어떤 원칙이나 도덕적인 교훈이 있으며 어떤 포괄적인 내용들을 지니고 전달된다. 이 이야기의 특별한 의미

는 무엇인가?

- 듣기에서 예상(*listening expectation*): 청자들은 비록 용인된 원칙(이를테면 '선함이 악마보다 우위에 있다')을 확인시켜 줄지라도 그 이야기가 고유의 의미를 지니고 있다고 가정한다.

이야기 전달의 기저에 있는 의미 구조가 상당할 정도로 공통적이라고 하더라도 이야기 전달의 표면 구조는 분명히 폭넓게 다양할 것이다. 이야기 전달 갈래의 듣기를 가르치기 위하여 교사는 이야기를 따라가게 할 뿐만 아니라 이야기에서 내용 주제에 빠져드는 데 도움을 줄 변하는 요소들transitional elements을 학습자들로 하여금 확인하는 데 도움을 주어야 한다.

8.2.2. 기술

이야기 전달 갈래와 마찬가지로 기술 덩잇말, 즉 사람과 장소, 사건에 대한 기술 덩잇말도 보편적이다. 그러나 이야기 전달 갈래와는 달리, 구성에서 더 많이 다양하고 기술이 전개될 법한 방법에서 문화적 차이들이 많이 있다.

사람, 장소, 사물에 대한 입말 기술은 고정된 유형을 따르지 않는 경향이 있으며 종종 전형적인 기술의 특징들이 덩잇말 어느 부분에 있다. 구체적이거나 특징적인 자질들 혹은 다른 점에서 기억이 가능한 자질들, 화자에게 강한 인상이나 느낌을 불러일으킨 자질들, 기술되고 있는 사람이나 장소, 대상에 대하여 이야기나 일화로 이어지는 자질들, 청자와 화자에 의해 공유되는 다른 주제들과의 연결을 제공하는 자질들이 있다.

• 대상들: 겉모습, 부분, 기능들
• 장소: 공간적/지리 형상에 따른 배열(왼쪽에서 오른쪽, 앞에서 뒤로 등)

린드와 러봅(Linde and Labov, 1975)은 아파트에 대한 기술을 연구하고 나서 많은 화자들이 청자들에게 정리되지 않은 공간 중심의 도보 형식으로 제시하며 그들이 제공해 나가는 동안 보여주는 것에 기대어 좋아하는 것과 싫어하는 것을 지적해 나간다는 것을 발견하였다. 또한 아파트에 대한 기술의 대부분에서 제시되었다고 간주하거나 청자에게 낯익은 곳이라고 가정되는 곳이나 다른 장소에 대한 기술에서 제시되었다고 간주한 것은 기술되지 않았다. 정상적인 것과 다른 기술의 측면 그래서 '새롭다'고 간주되는 부분만 기술에 포함된다는 것을 발견하였다('제시된' 정보와 '새로운' 정보에 대한 논의를 위해서는 2장 참조).

사회언어학적 유창성의 일부분은 각 갈래 안에서 예상하는 구조와 서로 다른 갈래에 대한 지식이다. 어떤 갈래를 들을 때 우리는 특징적인 통사적 유형, 어휘적 유형, 담화 유형을 예상한다. 예컨대 기술에서는 계사로 된 문장(날씨가 믿을 수 없을 만큼 더웠다, 그것은 기본적으로 푸르다), 관계절(외부 나들문으로 이어지는 좁은 방이었다),[5] 묘사문장(참나무 문이 있고, 뒤쪽 벽에는 두 개의 작은 창이 있음을 발견할 것이다)뿐만 아니라 크기, 모양, 색깔, 수를 묘사하는 형용사들을 발견하게 될 것이다.

5) 원문은 "it's a narrow room that leads to the outside porch"인데 that 이하의 절이 관계절이다.

8.3. 실생활 관련성(authenticity)[6]

상황에 매인 언어표현은 자연스럽고 실시간의 언어 사용과 상황에 매인 이해의 바탕이며 실생활 언어는 실질적으로 모은 언어 학습자들의 목표이다.

실생활 관련성이라는 문제는 듣기 가르침에서 가장 논쟁적인 문제 가운데 하나이며, 언어학자와 교사들 사이에 뜨거운 논쟁을 유발하는 논제 가운데 하나이다. 참다움(*genuineness*), 실제성(*realness*), 참됨(*truthfulness*), 타당성(*validity*), 신뢰성(*reliability*), 논쟁의 여지없는 신뢰성(*disputed credibility*), 정당성(*legitimacy*)은 실생활 관련성에 대해 이야기할 때 관련되는 개념들 가운데 몇몇이다. 실제적인 목적을 위해, 즉 토박이 화자에 의해 언어가 사용되는 그 시점에서 사용자들의 실제적인 목적을 위해 사용되어 온 어떤 언어로 실생활 관련성을 규정하는 사람이 색띠의 마지막에 있다. 이와 같은 접근법이 언어 가르침에서 핵심적인 요소로 실제 맥락real context과 실제 언어real language를 목표로 한다는 점에 기대어 어떤 가치를 지니고 있지만 아마도 언어를 실생활과 관련성을 가지도록 하는 데서 수신인의 역할을 무시하고 있는 듯하다. 다른 말로 한다면 실생활 관련성은 상대적이라는 것이다. 어떤 청자에게 관련이 있는 것은 다른 사람에게 관련이 있지 않을 수 있다는 말이다(Widdowson, 2007 참조).

화용론에서 이제는 잘 설정되어 있듯이 어떤 참여자가 상호작용의 '중앙 통제'에 더 가까이 있을수록, 그런 상호작용의 목표는 더 가까

6) authenticity의 의미를 실생활 관련 속성이라고 받아들이자는 제안은 경상대학교 김지홍 선생님의 뒤침 책(예를 들면 Anne Aderson, 김지홍 뒤침(2003), 『듣기』, 범문사) 여러 곳에서 나타난다. 언어 사용의 실제적인 목적, 맥락, 자료 등을 언어교육의 입력물과 산출물로 하여야 한다는 것을 전제로 하고 있기 때문에 실제성이란 말을 후보로 생각해 볼 수 있으나, 이 절의 논의에서 저자가 지적하고 있듯이 그 낱말보다는 가리키는 얼안이 넓다. 따라서 다소 길지만 이 용어를 사용하여 뒤치기로 한다.

우며 따라서 더 실생활에 관련되고 의미 있는 담화가 된다.

실생활 관련성에 이어지는 것으로 담화 통제라는 개념을 만약에 받아들인다면, 언어교육의 목적에 대하여 듣기에 관련되는 학생들의 개인적인 목적과 관계가 있는 만남이나 입력물들이 가장 실생활 관련성이 있는 것으로 간주할 수 있다. 이런 의미에서 학생들의 지식 탐구를 충족시키고 학습자로 하여금 그와 같은 탐구를 통제할 수 있는 능력을 허용하는 입력물과 상호작용의 원천이 실생활 관련성에 있다.

<표 8.2> 실생활 관련성의 측면들

- 언어의 실생활 관련성
- 학습자를 위해 입력물로서 사용된 덩잇말의 실생활 관련성
- 그와 같은 덩잇말에 대한 학습자 자신의 해석에서 실생활 관련성
- 과제의 실생활 관련성
- 언어 학습으로 이어지는 과제의 실생활 관련성
- 상황의 실생활 관련성
- 언어 교실의 실제적인 사회적 상황 설정에서 실생활 관련성

*출처. 테일러(Taylor, 1994)와 브린(Breen, 1985)에 근거를 두었음.

실생활 관련 입력물을 찾을 때 많은 교사들이 언급하는 특징은 참다움이다. 참다움genuineness은 나날의 입말 담화의 특징인 자발적인 계획으로 이뤄지는 입말 양식의 특징을 가리킨다.

- 자연스러운 빠르기[7], 짧은 간격으로 이어지는 발화, 불규칙적인 시간 맞추기
- 자연스러운 쉼[8]과 억양, 축약과 동화, 모음탈락의 사용과 같은 자연스러

7) Lynch(1996), *Communication on Language Classroom*(Oxford University Press)에서는 영어에서 빠른 속도(1분당 200낱말), 보통 속도(1분당 150낱말), 느린 속도(1분당 100낱말)로 구분하였다.

8) 입말에서 나타날 수 있는 쉼의 단위들을 르펠트(1989; 김지홍 뒤침, 2010), 『말하기』1·2

운 음운 현상,

- 입말 담화의 계획을 짜는 동안 단기 기억의 한계의 작용으로 나타나는 높은 빈도의 어휘
- 짧은, 격식을 갖춘 발화, 청중에 대한 민감성을 보여주는 지금 쓰이는 속어와 같은 일상적인 회화의 속성
- 화자의 실시간 인지 처리를 보여주는 머뭇거림, 잘못된 시작, 스스로 고치기
- 맞장구(이를테면 고개를 끄덕이며 어- 어)나 반응(그래, 나도 그렇게 생각해)을 제공하는 청자를 위한 자연스러운 쉼을 포함하여 '생생한' 청자를 향한 발화의 지향성

참다운 입력물에 대한 선호 경향은 분명하다. 만약 학습자의 목표가 토박이 화자에 의한 실제적인 사용과 같이 참다운 입말 언어를 이해할 수 있게 되는 것이라면 그 목표가 가르침에 도입되어야 한다.

실생활 관련성과 관계되는 또 다른 문제는 입력물 그 자체를 매개로 하는 그 매개물의 품질이다. 색띠[9]의 한쪽 끝에는 언제나 실생활 관련성이 있는 입력물을 옹호하는 사람들이 있다면 색띠의 다른 한쪽 끝에서는 실생활 관련성이 있는 입력물이 학생들이 다루기에는 너무나 힘이 들고 교수자가 제공하기에는 비현실적이라고 믿는 사람들이 있다. 실생활 관련성이 있는 듣기 자료의 사용에서 중재 역할을 하는 것은 과제 설계이다(Nunan, 2004).[10] 입력물에 있는 담화 구조와 핵심 어휘를 훑어보는 과제를 설계함으로써 그리고 다룰 수

(나남)에서는 영어로 각각 'pause, gap, lapse'로 나타내고 있다. 뒤친이 설명에 따르면 뜻을 살려 이들은 각각 '짧은 쉼, 묵묵부답, 긴 침묵'으로 뒤칠 수 있다고 한다. 일반적으로 국어/언어교육 맥락에서 쉼은 짧은 쉼을 나타낸다.

9) 비유적 표현으로 가장 속성이 덜 갖추어진 개념과 가장 속성이 많이 갖추어진 개념을 비유적으로 설명하고 있다.

10) 이 책은 과제 중심의 언어교육을 위해 반드시 읽어야 할 만한 책이다.

실천가로부터 나온 착상들

> **제2언어 듣기에서 실생활 관련성이 얼마나 중요한가?**
>
> 제1언어를 가르친 나의 경험으로부터 이른 시기의 읽기 기술 향상이 학교에서 학생들의 성공을 가장 강하게 예측하는 것 가운데 하나임이 증명되었다는 것을 알고 있다. 제2언어를 가르침에서 내가 가지고 있는 생각은 내 경력의 후반부에 든 생각인데 무엇인가 비슷한 것이 진행되고 있다는 것이다. 자신들의 언어 학습 경험에서 이른 시기에 듣기 기술을 발전시킬 수 있는 사람들이나 듣기를 위한 적성을 지니고 있는 듯한 사람들은 성공을 위한 최상의 기회를 지닌 사람들이며 궁극적으로 제2언어에서 더 높은 성취 수준에 이를 수 있는 기회를 지닌 사람들이다. 따라서 나는 교실 바깥에서 듣기를 내가 가르치는 모든 학생들에게 강조한다.
>
> '실생활 관련성'이라는 개념을 강조할 필요성을 못 느낀다. 나의 경우 그리고 내가 가르치는 학생들의 경우 그들이 듣고자 원한 목표 언어에 있는 어떤 것이든 실생활 관련성이 있는 것이다. 여기에는 노래와 유튜브에 있는 비디오, 면담, TV 쇼, 영화, 그밖에 무엇이든 다 포함된다. 만약 그들이 좋아한다면 대개 그것을 따라 간다.
>
> —캐서린 로즈(Catherine Rose), 코스타리카의 파라이소

있는 덩이로 묶어주고 특정의 요소들에 선택적인 초점을 제공함으로써 교사는 모든 수준에서 학습자들에게 유용하고 동기를 부여하는 방법으로 실생활 관련 자료들을 활용할 수 있다.

가르침의 원리: 실생활 관련성과 참다움에 대한 초점

- 먼저 학습자들의 현재 요구에 적합하게 하려는 목적으로 두 번째로 실제 세계에서 실제적인 언어 사용을 반영함으로써 언어 입력물은 언어 사용자의 실생활 관련성을 목표로 겨냥하여야 한다.
- 언어 입력물은 참다움을 꾀하여야 한다. 말하자면 토박이 화자들 사이의 그리고 토박이 화자들과의 자연스럽게 일어나는 언어 특징, 즉 그 빠르기, 가락, 억양, 쉼, 사고의 밀집도 등과 관련이 있어야 한다.

학습을 활성화하도록 학습자의 역할 조정하기

듣기 가르침의 방법은 학습자들이 듣기의 기술을 배울 때 능동적인 역할을 할 기회를 제공하기 위하여 그리고 그들에게 흥미를 자아내고 동기를 부여하는 듣기 자료에 몰입하도록 여러 가지 방법으로 바뀌어야 한다는 것이 분명해 보인다. 듣기 가르침에 대한 전통적인 모형과 관련된 문제의 다수는 학생들에게 다음을 허용하는 방법을 발견할 수 있을 때 줄어들 수 있다.

- 그들이 들을 만한 것을 고르게 하고
- 스스로 듣기 덩잇말을 만들어 내며
- 장비를 통제하며(예컨대 듣기 덩잇말의 어려운 부분을 다시 재생하는 책임을 맡음),
- 지시를 하고
- 스스로 듣기 과제를 설계하고
- 듣기에서 자신의 문제를 되돌아보게 한다.

—구디스 화이트(Goodith White), 교사 연수자, 영국 런던

8.4. 어휘

효과적인 듣기와 어휘 접속 가능성 사이에 굳건한 관련성이 있기 때문에 어휘 습득은 듣기 가르침의 중요한 목표이다. 원칙적으로 듣기는 청자의 심성 어휘집 크기와 입말 낱말 인지 능력에 의해 촉진된다. 발화 이해를 위해 필요한 배경 지식(내용 개념틀content schemata과 문화 개념틀cultural schemata)의 활성화는 낱말 인지에 의해 시작되고 연결된다. 낱말 인지의 속도와 너비는 제2언어 듣기 능력에 대한 일관된 예측 지표를 보여주고 있다(Segalowitz 외, 1998; Laufer and Hulstijn, 2001).

대화를 만족스럽게 이해하기 위해 90~95퍼센트의 내용 낱말과 어휘 구절에 낯이 익고 인지할 필요가 있다고 가정할 때 3,000개의 단어 족word family을 대상으로 하는 인지 낱말이, 나날의 대화(비전문가 대화)에서 필요하다는 것을 말뭉치 연구에서는 보여주고 있다(Waring and Nation, 2004; Read, 2000; Schmitt, 2007). 덩잇말에서는 어휘의 범위를 벗어난 낱말out-of-vocabulary word의 발생이 곧바로 진행되는 발화와 뒤따른 발화에 대한 이해를 방해하는 주의집중의 문제를 만들어낸다는 증거가 있다(Rost, 2005; Nation 외, 2007; Graves, 2009).

인지 어휘recognition vocabulary는 간단한 개념이 아닌데 낱말 지식에는 여러 측면들과 지속적인 확장이 관여하기 때문이다. 낱말 지식에는 표면적(순차적syntagmatic) 수준에서 (변이음을 포함하여) 입말 형식의 인지, 글말 형태, 문법적인 기능이 포함되고 더 깊은 화용적pragmatic 수준에서 이음말, 그 언어에서 상대적인 빈도, 사용에서 제약, 외연과 내포 의미가 포함된다(Bieliller, 2009; Schmitt, 2001; Kaivanpanah and Alavi, 2008). 청자의 낱말에 대한 지식의 깊이가 점화 효과priming effect에 의해 입말 낱말의 인지 빠르기에 영향을 미친다는 증거가 있었다. 인접 밀집도neighbourhood density가 더 클수록, 즉 심성 어휘부에서 의미론적인 연결이 좀 더 긴밀할 때 낱말 인지가 더 쉬워지게 된다. 이는 개별 낱말에 대한 지식의 깊이가 해당 낱말이 심성 어휘집에 통합되는 정도를 그리고 그에 따라 실시간으로 접속할 수 있는 수월성의 정도도 결정한다는 것을 의미한다(Luce and Pisoni, 1998).

듣는 도중 어떻게 어휘 지식을 활성화하는가 하는 것은 제2언어 맥락에서는 널리 연구되지 않았다. 제1언어 조사연구에 바탕을 두고 높은 빈도의 낱말(이를테면 더 자주 사용됨)인 경우 빈도가 낮은 낱말보다 좀 더 쉽게 활성화가 이뤄진다고 가정되었다. 그리고 또한 듣기 처리의 과정에서 통사적 처리와 담화 처리와 같은 다른 능력과 어휘 지식이 상호작용한다는 것도 가정하였다. 제2언어 맥락에서 언어 이해에서 어휘의 역할에 대한 네 개의 주요 관점이 있다.

- 도구주의적 관점(*instrumentalist*)으로 여기서는 어휘 지식을 이해에서 전제되고 인과적인[11], 주요 요인이라고 간주한다.
- 감정적(*aptitude*)인 관점으로, 여기서는 어휘 지식을 어떤 언어표현에 대한 '느낌'이나 강하고 일반적인 '이지력'을 지닌 결과로 나오는 것 가운데 하나로 간주한다.
- 지식(*knowledge*)의 관점으로, 여기서는 어휘를 강력한 세계 지식을 나타내는 지표로 간주한다. 이와 같은 세계 지식이 듣고 이해하기를 가능하게 한다.
- 접속(*access*)의 관점으로, 여기서는 어휘를 어휘가 쉽게 접속이 가능하다면 이해와 인과적 관계에 있다고 간주한다. 접속은 연습을 통해 향상된다. 이와 같은 접속에는 어휘 접속의 빈도, 접사가 붙은 형태를 처리해 나가는 속도, 낱말 인지의 속도를 포함하는 여러 요인들이 관여한다.

—Nation, 2008; Tseng and Schmitt, 2008에서 고쳐 씀

낱말 인지와 어휘 지식이 제2언어 듣기와 제2언어 습득에서 중요하기 때문에, 제2언어에서 듣기 가르침에 대한 대부분의 접근에서 어휘 발달을 위한 명시적인 노력들이 관련되어 있다. 다섯 유형의 가르침 방법이 일반적으로 쓰인다.

- 제2언어 학습자들에게 낯선 것으로 알려진 어휘 항목에 대한 사전 가르침을 통하여 어휘 지식에 대해 점화하기
- 비디오 장면을 붙들거나(Baltova, 1999), 얼굴을 맞댄 전달에서 낯선 어휘 항목에 대한 부연이나 명시적으로 알려주는 방법을 통하여

11) 문맥으로 미루어 보건대 필연적이라는 의미가 담겨 있다.

(Chaudron, 1988) 듣기가 이뤄지는 도중에 동시에 나타나는 어휘에 대해 뒷받침하기

• 어휘 학습을 붇돋우기 위하여 다시 언급하기와 부연하기를 포함하여 덩잇말에 있는 어휘를 우선적으로 간추리기
• 입력물 처리에서 어휘적 간격에 대한 자각을 촉진하기 위해 대화를 통한 상호작용이 이뤄지는 동안 알려지지 않은 어휘 항목의 의미 타개하기와 모르는 낱말들에 대하여 추론을 하기 위한 맥락 전략을 늘여나가도록 강조하기(Chaudron, 1988; Pica 외 1987).
• 낯선 어휘 항목에 대한 자각을 북돋우고 어휘에 대한 부분적인 지식을 넓히고 깊게 하기 위해 듣기에 이어(때로 듣고 재구성하기(dictogloss)라고 부름) 모둠으로 재구성 활동하기

모든 다섯 가지 방법들은 통제 집단과의 사전 검사와 사후 검사 비교를 통해 측정하였을 때 어휘 지식에서 소득이 있음을 예증하여 주었다. 비록 이 소득의 일정 부분들이 각각의 방법으로 어휘 처리를 하는 데 부가적인 시간의 덕분으로 돌려야 하겠지만 말이다.

<표 8.3> 영어에서 어휘 유형에 따라 차지하는 비율

어휘 유형	낱말들의 수	덩잇말에서 차지하는 비율(%)
높은 빈도의 낱말들	2,000	87
학업 어휘	800	8
전문 어휘	2,000	3
낮은 빈도의 낱말들	123,200	2

*출처. Nation and Newton(2009)와 슈밋(2008).

8.5. 난도

어떤 덩잇말의 담화 얼개(때로 형식적인 개념틀formal schemata로 부름)는 그것을 이해하는 일을 쉽게 하거나 어렵게 하는 데 이바지한다. 예컨대 대조되는 근거를 끌어들이는 논쟁은 원칙적으로 사건들의 순서에 짜인 연쇄를 통하여 진행되는 어떤 이야기보다 이해하기가 어렵다. 이와 비슷하게 덩잇말의 표면에 있는 언어표현 그 자체가 난도에 기여한다. 예컨대 겹문장과 안은문장이 풍부한 덩잇말은 간단하고 홑문장으로 이뤄진 덩잇말보다 예측하건대 이해하기가 좀 더 어렵다. 그러나 이들은 오로지 난도의 예측을 위한 측면일 뿐이라는 점을 주목하는 것이 중요하다. 브라운(Brown, 1995)에서는 어떤 덩잇말의 난도에서 중심적이고 주도적인 특징들은 언어 그 자체가 아니라, 내용의 복잡성, 즉 내재되어 있는 인지적 난도cognitive difficulty이다.

브라운은 수행을 하는 데 어렵거나 쉽게 하는 네 가지 중심적인 듣기 요인(정보 확인하기(*identifying*), 이미 지니고 있는 정보에 대한 기억을 탐색하기(*searching*), 뒤에 교차 참조하기 위해 정보를 저장하거나 간격 메우기(*filling*), 이러저러한 방식으로 정보를 활용하기(*using*))들로 인지적 난도를 자리매김하였다. 오랜 시간에 걸친 일련의 상호작용 듣기 실험을 수행하면서(브라운, 1995), 브라운은 청자에게 영향을 미치는 인지적 부담cognitive load에 대하여 여섯 가지 원리를 제안하였다.

- 인지적 부담 원리 1: 더 많은 개체와 인물이 관련되는 어떤 덩잇말보다 더 작은 개체와 인물이 관련되는 덩잇말(이야기 전달, 기술, 지침, 논쟁)이 이해하기가 더 쉽다.
- 인지적 부담 원리 2: 서로 분명하게 구별되는 개체나 대상이 관련되는 어떤 덩잇말(특히 이야기 전달 덩잇말에서)이 이해하기가 더 쉽다.
- 인지적 부담 원리 3: 단순한 공간적 관계와 관련되는 덩잇말(특히 기술이

나 지침을 전달하는 덩잇말에서)이 이해하기가 더 쉽다.

- 인지적 부담 원리 4: 사건의 순서와 말하는 순서가 부합하는 덩잇말이 이해하기에 더 쉽다.
- 인지적 부담 원리 5: 앞선 덩잇말의 문장과 관련되도록 하는데 비교적 적은 수의 낮익은 추론이 필요하다면 어떤 덩잇말을 이해하기가 더 쉽다.
- 인지적 부담 원리 6: 만약 덩잇말에 있는 정보가 분명하고(흐릿하지 않음), 자기 모순이 없으며, 이전에 지니고 있는 정보에 쉽게 들어맞는다면 어떤 덩잇말을 이해하기가 더 쉽다.

가르침과 평가에 지니는 함의는 학습자들이 마주치게 될 과제와 덩잇말의 등급을 매기고자 한다면, 제시하고 있는 덩잇말과 과제의 인지적 부담을 고려할 필요가 있다는 것이다. 만약 어떤 덩잇말(이를테면 짧게 함)이나 어떤 과제(처음에는 어휘나 다른 정보 제공하기)를 간소화하고자 한다면 듣기 활동을 어렵게 하는 인지, 즉 듣기 처리에 관련되는 요인들을 먼저 고려할 필요가 있다.

8.6. 간소화

입력물에 대한 간소화는 일종의 사회 적응social accommodation이다. 다른 사람의 언어와 행위의 표준을 향하여 대화 참여자들이 서로 움직이는 것을 가리키기 위해서 이 용어는 사회 심리학에서 처음 쓰였다(Giles and Smith, 1979). 입력물 간소화는 담화를 제2언어 학습자들에게 접속 가능하며, 언어 학습의 목적을 위해 어려운 덩잇말을 좀 더 접속이 가능하도록 만들어 주는 일반적인 방법이다.

입력물의 간소화는 두 가지 기본적인 방법으로 이뤄질 수 있다.

난도를 조정하기

어떤 덩잇말은 본디부터 학습자들에게 어렵다. 덩잇말의 난도를 조정하기보다는 과제의 난도를 조정하는 것을 더 선호한다. 다음에 학습자들이 어려운 덩잇말을 다루는 데 도움을 주게 될 '기법'을 소개한다.

- 학습자들이 필요하다면 내용과 어휘를 회상하기 위한 '미리 듣기 연습' 활동을 한다(개념틀 활성화).
- 들을 때 짝을 지어 과제를 하게 한다. 그런 방법으로 그들은 그들이 놓친 것에 대해 걱정하기보다는 이해한 것을 공유할 수 있다.
- 중심 과제를 하기 전에 작은 과제(micro-task)를 한다.
  - 덩잇말에 있을 법한 낱말들을 난상 제안한다. 학습자들이 들을 때, 이들 가운데 하나가 나온다면 그것을 들을 때 손을 들게 한다. 이는 인지를 보여주며 다른 학습자를 위한 실마리가 된다.
  - 덩잇말에서 언급될 사건이나 사항들의 목록을 제시한다. 그 다음에 학생들을 듣게 하고 그 순서를 확인하게 한다.
  - 학생들이 들을 때에 녹음 자료를 멈추고 그들이 들은 것에 대해 생각하고 처리할 시간을 준다.
  - 만약 듣기가 읽기 단락에서 빠진 낱말을 듣고 쓰는 채우기 활동이라면 학습자들로 하여금 먼저 단락을 읽게 한다. 그들은 듣기를 기대하는 낱말이나 낱말의 유형을 짐작하고자 할 것이다.
- 학생들에게 대본의 복사본을 나눠주고 그것을 읽게 한다. 그 다음에 대본을 멀리 하고 덩잇말을 듣게 한다.
  - 그들이 듣고 난 뒤 대본의 복사본을 나눠준다. 그들은 핵심적인 특징들을 듣고 이해한다(이를테면 답변을 포함하고 있는 정보, 어떤 문법 형식 등).
- 학생들로 하여금 자신에게 맞는 복습 방법 선택하게 한다. 어떤 과제를 하고 난 뒤에 그것을 점검하고 다시 한 번 해보게 한다. 복습을 하기 위해서 자신의 수준을 선택하도록 유도한다.
  - 교사의 지시를 따르는 것을 매우 어려워하는 사람. 녹음대본을 재생할 때, 답변이 언급될 때 그것을 칠판이나 OHP에 지적한다.
  - 자신의 교재를 보는 데 보통의 어려움이 있음을 발견하는 사람. 그들은 답을 찾으려고 노력하며 답을 찾을 때 그것을 책을 만지게 한다.

◦ 눈을 감기가 쉬움을 발견하는 사람. 그들이 들을 때, 자신의 마음에 있는 장면을 본다.

—마크 헤글레센(Marc Heglesen), 교재 집필자, 일본 센다이

- 제한적인 간소화(restrictive simplification)는 낯익은 언어 항목과 틀에 초점을 맞추고 강조하는 원리에 따라 적용된다.
  - ◦ 어휘: 좀 더 복잡한 용어(낮은 빈도의 용어)에 대하여 더 간단한 용어(높은 빈도의 용어), 전문어와 익은말을 적게 함.
  - ◦ 통사구조: 더 간단한 통사구조, 더 짧은 발화, 주제가 앞에 나오는 발화들(The man at the reception desk, I gave the package to him), 동사에 오는 수식어는 적게하는 것(I only want coffee 대 I want only coffee)은 더 쉽게 처리하고 공부하게 한다.
  - ◦ 음운: 느리게 하거나 과장함으로써 구절 경계와 낱말 표시를 분명하게 함
  - ◦ (대화를 위한) 담화: 전형적인 물음-답 유형(예/아니오 질문), 도치되지 않은 질문(You can sing?), 선택형 질문(either-or question)(Where do you live? 대 Do you live in the city?)이나 다른 낯익은 유형들(이를테면 부가 의문문: You're from Osaka, aren't you?)
  - ◦ (독백을 위한) 담화: 분명한 시간 순서 따르기, 옆길로 새는 정보 피하기와 같은 전형적인 수사 유형을 활용하기
- 다듬어진 간소화는 예상되는 어려운 부분을 잘라내기보다는 입력물을 더 풍부하게 하는 원리에 따라 적용된다(Granena 2008, Long 2009).
  - ◦ 음운: 주의집중을 잘 하도록 하기 위해 강세 그리고 높낮이에서 다양한 변화
  - ◦ 어휘: 핵심 낱말과 중심 개념을 다시 풀어쓰기, 자리매김과 동의어의 사용

- 통사: 의미 처리를 위한 시간을 더 많이 주기 위하여 어려운 통사 구문에 대해 다시 풀어쓰기
- 통사: 발화들의 관계가 좀 더 투명해지도록 종속절과 안긴문장을 더 많이 쓰기(이를테면 I have relatives in the Cincinnati area. That's the place where I grew up.)
- 통사: 선택적인 통사 구문을 제공할 것(I think that he's here. 대 I think he's here)
- 담화: 생각의 경계와 관계를 확인하는 데 도움을 주도록 명시적인 틀 전환을 제공하기(well, now, so, okay, The next thing I want to mention is, One of the main issues is ...)(시간 관계: and, after that, 인과 관계: so, then, because, 대조: but, on the other hand, 강조: actually, in fact)
- 담화: 전체 발화, 구절, 낱말들의 직접적인 반복
- 담화: 중심 생각에 대한 이야기 전달 형식의 사례 제공하기

간소화는 그렇지 않으면 접속이 불가능한 생각들을 학습자들로 하여금 이해하게 하고 그에 따라 혼동을 줄이고 동기를 높여주는 직접적인 혜택이 있다. 그러나 입력물 그 자체의 간소화는 필연적으로 원래의 덩잇말을 바꾸고 참다운 듣기 경험을 하였다는 만족감을 줄일 수 있기 때문에 교사가 분별력 있게 사용한다는 것이 중요하다.

가르침의 원리: 덩잇말을 간소화기보다는 공유 지식을 늘리기

입력물의 간소화는 청자로서 능동적이게, 즉 배경 지식을 좀 더 활성화하고 추론을 할 수 있게 하는 경우에만 그리고 들었던 것에 대하여 반응하고 좀 더 자발적이게 할 경우에만 효과적이다. 화자들은 일반적으로 자신의 발화에서 의식적으로 간소화된 언어표현의 특징들을 살려서 쓰지 않는다. 오히려 자신이 의도한 청중들에게 자신의 담화를 목소리 높여 이야기

하는 경향이 있는데 이는 주제와 부주제에 대해 자신이 인식한 중요성을 고려할 뿐만 아니라 청중들의 관심사와 기대, 그들이 이용 가능한 배경 정보의 양을 고려한다.

덩잇말을 바꾸지 않고 이해를 더 많이 하게 하는 다른 수단들은 실행하기에 일반적으로 더 쉽고 더 선호된다. 여기에는 다음이 포함된다.

- 직접적인 반복: 시각 재생 자료나 시청각 재생 자료를 다시 틀거나 입말로 덩잇말을 반복함으로써 덩잇말을 반복하기
- 맥락을 간소화하기: 앞으로 나올 핵심 개념을 위한 준비하게 하기는 청자를 위해 맥락을 간소화하는 중요한 수단이다. 덩잇말의 일부가 되는 개념들과 어휘를 뽑아내거나 제시하는 것은 일반적으로 청자의 인지적인 맥락을 조정하는 데 도움을 준다. 린취(Lynch 1996:20)에서 언급한 것처럼 '더 많이 알수록 메시지를 이해하기 위해 언어표현에 기대어야 할 필요성이 줄어든다.'
- 입력물 덩이로 묶기. 계속 나아가기에 앞서 분명하기 하기 위한 기회를 준 다음에 짧은 덩이로 입력물 제시하기(일 분이나 삼 분짜리 조각)

8.7. 재구조화하기

재구조화하기는 얼굴을 맞댄 담화에서 간소화하거나 다듬기 위해 상호작용에 바탕을 둔 기법으로 그 순간에 청자의 필요성에 달려 있다. 여러 언어들에 걸쳐 토박이-비토박이 담화에서 성공적인 재구조화 움직임에 대한 현장조사에 바탕을 두고 브레머 외(1996)에서는 문제가 생겼을 때 문제를 고치도록 북돋우고 이해 문제를 예방하는 데 도움을 줄 담화 재구조화의 범위와 유형들에 대한 유익한 훑어볼 거리를 제시하였다.

8.8. 상호작용

입력물에만 접속하는 것으로 제2언어에서 듣기 능력을 성공적이고 지속적으로 습득할 것이라고 가정하기는 거의 충분하지 않다. 제2언어 학습자들이 이해를 넓히고 깊게 하려고 하며 들은 것에 대한 반응 능력을 계발하려고 한다면 지속적이고 의미 있는 상호작용의 몇몇 갈래들이 필요하게 된다.

환경에서 어린이들의 노력에 대해 최소한의 지원을 하는 경우에도 실제로 많은 어린이들이 자신들의 언어 습득 과정의 일부로 제1언어에서 듣기를 배운다. 제2언어 학습에서도 결코 최적의 상태는 아니다. 실제로 블레이-브로먼Bley-Vroman에서 지적한 것처럼 일반적인 유형은 제2언어 학습자가 제2언어의 불완전한 문법, 어휘, 화용을 통달하게 된다는 것이다.

이제는 제2언어를 배우는 어떤 학습자가 높은 수준의 기능에 이르기 위해 세 가지 주요한 조건이 필요하다는 것이 자명한 것으로 받아들여지고 있다. (1) 제2언어를 배우는 필요성을 경험하고 그렇게 하도록 동기를 부여받을 것, (2) 입말 언어에 접속할 기회를 학습자에게 제공할 정도로 충분히 잘 알고 목표 언어를 배우기 위해 필요한 공감적 지원(간소화, 선택적인 반복과 목표 중심의 되짚어 주기)을 제공해주는 화자 혹은 목표 언어의 화자, (3) 영구적인 언어 습득을 가능하게 해주는 목표 언어 화자와 충분히 지속적이고, 잦은 접촉을 충분하게 하는 사회적 환경이 그것이다. 예측 가능하듯이, 어른이든 어린이든 바라는 수준까지 제2언어 습득을 하기 위해 학습자에 의해 경험되는 어려움이나 실패에서 대부분의 경우에 이들 요인 가운데 하나 또는 그 이상의 결핍에서 비롯된다(Wong Fillmore, 1991).

듣기는 제2언어 학습자들의 성공과 실패 각각에 중요한 구실을 한다. 듣기는 이들 가운데 두 요인(입말 언어에 대한 학습 가능한 변이형태와 지속적인 접촉)이 필요하다. 그리고 그에 따라 이들은 언어 발달의 본질적인 수단이 된다.

<표 8.4> 능동적인 듣기를 촉진하는 담화 구조의 유형과 범위

참여를 북돋우기	예측 가능성 높이기	투명성 끌어올리기 접속가능성 끌어올리기	명료성 끌어올리기
개방적인 주제 관리	담화: 상위담화적인 촌평, 활동 유형, 주제, 공유된 지식	지각에서: 짧은 발화, 요소들의 두드러짐(조음, 크기), 조각내기(쉼, 전달의 속도, 덩이 묶기, 잘못된 시작 피하기)	생략, 형식상 줄어진 형식, 중요한 정보의 어휘화 대신에 온전한 형식
말할 차례에서 말의 가락 속도 늦춤	주제: 언어딸림 표지들에 의한 발화, 내용을 명시적으로 발화	어휘 의미: 높은 빈도의 어휘, 제1언어 코드 변환에 기댐	상위담화적: 발화의 담화 기능, 담화 구조, 담화 맥락에 대한 촌평
언어 문제를 인정함	지엽적으로: 좌분지 주제12)	개념 의미: 복잡한 주제를 '여기와 지금'을 연결하고 시간을 고려하는 관계 지시표현보다는 절대적 지시표현	수정된 반복으로 다시 발언할 가능성
여유를 줌: 말할 차례를 주고, 쉼을 허용하며, 정리13)를 통하여 다른 요소를 도와줌			

*출처. 브레머 외(Bremer 외, 1996), 로버츠 외(2005).

12) 이미 제시된 정보를 먼저 제시한다는 의미이다.

13) formulation을 뒤친 말인데 영어 사전에서는 '간명하게 말함' 정도로 뜻이 제시되어 있다. 그런데 제시된 도표의 흐름으로 보아 대화에서 진행된 담화 기록이나 청자를 머뭇거리게 만드는 어떤 태도에 관련된 내용을 정리해 줌으로써 들은 내용에 질서를 주고, 불분명한 내용이나 의도를 분명하게 해석하는 데 도움을 주는 역할을 하여 포괄적으로 청자를 도와주는 일을 나타낸다고 해석이 된다. 그런 의미에서 '정리'라고 뒤친다.

청자의 상호작용을 촉진하는 특정의 모형 활용하기

나는 종종 단순히 학생들로 하여금 좀 더 상호작용을 하게 하는 것이 실질적으로 그들에게 도움을 주지 않는다는 것을 발견하였다. 이제 나는 그들이 어떻게 좀 더 상호작용을 하게 할 수 있는가에 대한 네다섯 가지 사례를 제시하기로 한다.

- 발화 연장 맞장구(extenders): 이해하려고 애쓰고 있으며 감정적으로 연루되어 있음을 알려줌(이를테면 어-어 그래, 알겠어. 오, 그래? 와우 대단한데, 거 안 됐구나.)
- 반복하기: 이해하고 있음을 보여주기 위해 낱말이나, 문장, 질문을 되풀이함. (콜로라도라고? 휴가 기간 동안 거기에 갔었니?)
- 가외의 질문: 화자로 하여금 계속하게 하거나 더 많은 것을 드러내도록 촉진하는 직접적인 질문. (그걸 어떻게 생각해? 가장 놀라운 일이 뭐야?)
- 촌평(comment): 화자가 말한 것에 대하여 자신에게 관련이 있음을 보여주는 짧은 촌평. (멋진데, 언젠가는 그걸 한 번 해볼 거야.)

내가 가르치고 있는 학생들은 학교에서 배우는 것에 경쟁적이기 때문에, 어떤 식으로든 의사소통을 양으로 나타낼 수 있다면 향상을 하는 데 도움을 줄 듯하다.[14)]

— 토드 브켄스(Todd Beukens), 교사, 태국 방콕

제2언어 습득(SLA) 조사연구에서 들을 기회가 때로 언어적인 환경linguistic environment의 일부로 간주된다. 말하자면 제2언어 습득을 위한

14) 이 말은 우리나라의 모든 학교에서 맞다. 학생들의 활동이 성적과 관련될 때 동기부여가 잘 된다. 문제는 모든 동기부여의 제1순위가 성적이라는 데 있다! 현장 조사연구자들이 맞닥뜨리는 문제 가운데 하나도 이런 점이 아닐까 싶다. 현장 조사연구자들이 실험 참여자들(학생들)에게 조사연구의 목적이나 의도를 충분히 설명했음에도 불구하고, 학생들의 수행 모습을 보면 과연 학생들의 수행이 실제 자신들의 수행을 제대로 반영하도록 수행될까 하는 의구심을 갖게 되는 것이다. 그에 따라 연구 결과의 신뢰성과 타당성에도 의문을 갖게 한다.

단계인 것이다(Gass and Selinker, 2008). 즉 이와 같은 환경은 목표 언어의 화자와 학습자에게 건네는 그들의 발화로서 듣기의 형태로 그리고, 비격식적인 사회적인 만남뿐만 아니라 좀 더 교육적인 상황에서 내포되어 있는 상호작용의의 형태로 언어적 입력물을 제공한다. 언어를 습득하기 위하여 학습자는 자신들의 인지적 의미와 사회적 의미에 따라 그것을 이해하게 되어야 하며 입력물 안에서 구조적인 형식에 주의를 기울여야한다. 제1언어 습득에서와 마찬가지로 발달을 위한 기회에 대한 접속과 동기부여가 필요하다. 접속은 자신의 언어를 좀 더 이해 가능하도록 만들어주는 제2언어 화자에 의해 이뤄지는 조정을 통해 부분적으로 가능하게 되며 부분적으로 (지금까지 확장되지 않은) 제한된 언어 자원으로부터 의미를 만들어내기 위해 학습자가 채택한 전략들을 통해서 가능하게 된다.

제2언어로 메시지를 이해하고 언어를 습득하기 위한 목적으로 듣기 위하여 청자는 입말 부호에 접속할 수 있어야 한다. 제2언어 습득 조사연구에 의해 시작된, 어린이들의 제1언어 학습에서 발화에 대한 조사연구에서는 1970년대 중반에 제2언어에 대한 어린들의 접속을 늘이기 위하여 제2언어 화자에 의해 일반적으로 제공되는 '부호 수정'이 얼마나 많아야 하는지 탐구하였다. 제2언어 습득에서 많은 학습자들이 어른들이고 입력물에 접속할 기회가 제한될 수 있다는 점에서 수정된 입력물modified input이나 강화된 입력물accentuated input이, 제2언어에서 잠재적으로 막대한 중요성을 지니고 있다고 가정되고 있다.

제2언어 학습자들에게 제시되는 언어는 종종 아이 중심의 발화와 비슷하게 수정된 입력물의 형태이기 때문에 1980년대 제2언어 습득 조사연구자는 새롭게 이름을 붙인 '외국인 대화'에서 분명하게 드러나는 언어적 조정의 갈래를 보고하기 시작하였다. 언어적인 조정은 여러 영역에서 주목을 받았다(Rost, 2005).

- 음운론: 전달에서 더 느리게, 더 많은 강세와 쉼, 좀 더 신중한 조음, 높낮이에서 더 넓은 폭, 온전한 형식은 더 많이 사용하고 축약은 피함.
- 형태론: 반드시 적형식의 발화, 더 짧아진 발화, 덜 복잡한 구문, 선택적인 성분에 대한 더 많은 억제/생략은 거의 없음, 더 많은 질문.
- 의미론: 더 많은 정보의 잉여성, 내용 낱말의 빈도가 더 높음. 익은말 표현이 더 줄어듦, 좀 더 분명한 지시표현들.

이와 같은 특성에 대한 제2언어 습득 연구로부터 나온 중요하고 교육적인 논쟁거리는 제2언어 학습자들의 습득을 실질적으로 촉진하게 될 어려운 입력물을 다루기 위해 수정된 입력물과 보완 전략compensatory strategies이 어느 정도이어야 하는가 하는 것이다. 예컨대 반데르그리프트(Vandergrift, 2007)에서는 교육적인 목적을 위해 통사적 간소화(전달의 속도를 늦추는 등)보다 다듬기(다시 풀어쓰기, 예시, 확인 점검)의 방향으로 입력물을 수정하는 것이 더 바람직하다고 추천하였다. 이것이 토박이 화자 대 토박이 화자NS-NS 기준에 더 일치하기 때문이다.

8.9. 전략들

상호작용은 여러 형식을 띨 수 있으며 많은 목적에 이바지할 수 있지만 듣기 능력의 계발에서 가장 관심을 끄는 것은 입력물 처리에 연결된 상호작용의 갈래이다. 제1언어-제2언어 상호작용에서 청자와 화자 둘 다 그들이 가정하는 전략strategies들이 상호작용을 더 부드럽게 하고 내용을 좀 더 이해 가능하도록 한다는 것을 약정한다. 제1언어 화자들은 종종 대화에서 내용(주제의 범위 좁히기, 좀 더 예측 가능한 주제 지정, 좀 더 여기(지금)를 중심으로 하기, 주제를 더 짧게 다루어나가기)과 상호작용(의도하지 않은 주제 전환topic shift을 좀 더 수용하기, 좀 더 많이 확인 점검하기confirmation check, 더 많이 분명하게 하기 질문, 더 많은 질문-답변의 연쇄 만들기)에 대한 조정conversational adjustment을 한다. 이와 같은 대화에서 조정은 종종 토박이 화자에 의해서 혹은 제2언어-제2언어 상호작용에서 두 명의 참여자 가운데 더 유창한 화자에 의해서 이뤄지지만, 입력물을 좀 더 접속 가능하게 하고 좀 더 지속적으로 상호작용으로부터 배우기 위해 이와 같은 조처를 듣기 전략listening strategies으로 채택할 수 있다(Mondada and Doehler, 2005; Gass and Mackey, 2006; Pica, 2005).

이해 점검과 명료화 점검은 제2언어 청자의 상호작용 전략들 가운데 듣기 발달로 이어지는 가장 겉으로 드러나지만 또한 다른 중요한 전략들이 있다. 청자들이 보여주는 이해하고, 맞장구치며, 뒤따르는 행위를 듣기 발달과 습득으로 이어지는 '강제적인 산출'의 일부로 간주할 수 있다.

청자의 반응은 듣기 처리의 부분으로 간주되는데 그것이 해석과 화용론적 관점의 채택과 뒤섞이기 때문이다. 청자의 반응은 일반적으로 이해의 표시와 맞장구치기, 뒤따르는 행위의 표현에 관련된다.

어떤 화자가 대화에서 주제를 시작할 때 청자는 어떤 식으로든 조처를 취하거나 그것을 무시하려는 선택권을 지니고 있다. 일반적으로 화자는 정상적이거나 선호되는 반응을 구성하는 언어적 수단과 비언어적 수단 둘 다를 통합하여, 특정의 방식으로 청자가 그 주제를 받아들이도록 의도한다. 예컨대 초대는 수용하거나 정중한 거절이라는 선호되는 반응으로 이어진다. 불가능이나 마무리를 지으려 하지 않음을 표현하거나 화자의 개시 움직임을 다른 방식으로 승낙하는 것은 도전이 된다. 선호되지 않는 반응은 수신자가 화자가 필요로 하는 정보나 자료를 가지고 있으며 기꺼이 그것을 제공할 것이라는 전제에 맞서며 다음의 사례에서처럼 화자가 개시하고자 하는 권리에 도전하는 것이 된다.

화자 1: 카오루의 결혼에 올 수 있겠습니까?

화자 2: 왜요?

도전은 본질적으로 체면을 위협한다. 즉 화자의 권위를 떨어뜨림으로써 참여의 틀을 뒤집는다. 물론 몇몇 도전은 다른 것보다 체면을 덜 위협한다. 구체적으로 정보를 제공할 수 있다는 가정에 대한 도전은 기꺼이 정보를 제공할 것이라는 전제에 대한 도전보다는 덜 위협적이다. 이것이 대부분의 문화권에서 개시하는 움직임이나 요청에 응하지 않는 것보다 모른다고 선언하는 것이 좀 더 '공손한' 이유이다(Tsui, 1994).

청자가 보여주는 유표적인 상호작용의 다른 갈래는 맞장구이다. 맞장구치기라는 반응은 짧은 메시지로 언어적이거나 반언어적임 혹은 비언어적이다. 이는 청자가 화자의 발언 차례 동안에 혹은 말할 차례에 곧바로 뒤이어 보내주는 메시지이다. 이런 메시지에는 짤막한 언어적 발화(예, 맞아), 가락이 섞인 반언어적 발화(허, 음), 고개 끄덕임과 눈썹 치켜 올리기와 같이 웃음이나 낄낄 웃음, 몸짓이 있다. 문화마다 다르고 하위 문화 안에서도 다른 맞장구치기는 청자의 여러 상태를 보여주는 데 중요하다. 메시지의 수용, 뒤따르는 메시지에 대한 준비성, 발언권 교체에 대한 동의, 화자의 상태에 대한 공감, 감정 상태나 의사소통 의도에서 변화를 보여준다. 모든 언어와 환경에서 대화가 이뤄지는 동안 다소 지속적으로 맞장구치기가 나타난다. 비록 어떤 언어와 어떤 상황에서 더 널리 퍼져 있는 듯하지만 말이다. 미야타와 니쉬사와(Miyata and Nishisawa, 2007)에서는 명백한 맞장구치기의 수준이 높은 것으로 주목을 받은 일본 말에서 청자는 평균적으로 2초 반마다 전문적으로는 발화에서 쉼 단위마다 맞장구를 하도록 예상한다는 점을 지적하였다. 운율적인 요소들 때문에 메이나드(Maynard, 2002·2005)에서는 화자와 청자 사이의 상호작용을 상호작용 춤ineractional dance이라는 용어를 붙였다. 당연히 맞장구가 멈추거나 불통이 된다면 그 춤은 멎는다. 그럴 경우 상호작용은 지각으로 받아들이기에 불통이 된다.

A: 헬렌이 그들이 다른 공장으로 옮기도록 해야 할 것이라고 제안할 때 그녀는 완전히 제 정신이 아니었어.

B: 음–음.

A: 헬렌이 지난 두 달 동안 아마도 한 번 언급만 했을 지라도. 그녀가 주장하거나 다른 무엇을 하는 것 같지는 않아. (쉼). 내 말 듣고 있니?

B: 예–예. 너는 헬렌이 짜증을 내고 있다고 말하지 않았어, 그렇지?

담화에서 청자의 상호작용에 대한 세 번째 범주는 뒤따르는 행위이다. 뒤따르는 행위들은 담화 주고받기에 대한 반응이며 이전의 주고받기로부터 청자나 화자에 의해서 제공될 수 있다.

화자 1: [끌어냄] 내일 보자.

화자 2: [반응] 그래, 내일 봐. [뒤따르는 행위] 아홉 시쯤에 신주쿠의 스타벅스에서 만날까?

뒤따르는 행위는 승인(긍정적인 평가), 양보(부정적인 평가), 용인(중립적인 평가)일 수 있다. 뒤따르는 행위는 참여의 틀을 조정하거나 주제의 방향을 다시 잡음으로써 상호작용의 틀을 다시 잡는 것까지 포함할 수 있다.[15]

15) 대화에서 상호작용이 이뤄지는 모습에 대한 논의는 클락(H. Clark(1940~), 1996), 김지홍 뒤침(2009), 『언어사용 밑바닥에 깔린 원리』(도서출판 경진)에서 자세하게 제시되어 있

화자 1: 내일 보자.

화자 2: 잠깐만, 아직 가지 마. 무언가를 너에게 말할 게 있어.

얼굴을 맞댄 상호작용에 듣기에 대한 배움이 언어 학습의 매우 중요한 부분이기 때문에 그리고 어떤 점에서 체면 손상이 가장 많이 일어나는 제2언어 학습의 측면이기 때문에 이제 제2언어의 교육적 접근에서는 상호작용에 대한 직접적인 가르침을 포함하고 있다. 얼굴을 맞댄 만남에서 해석을 다루고 있는 제2언어 가르침에서는 세 가지 접근법을 아우른다. 여기에는 (1) 청자의 역할에 대한 선택 탐구하기와 듣기 효과를 끌어올리기 위한 상호작용 절차 사용하기, (2) 이원(협력적인) 과제, (3) 화용에 대한 상위 화용론적meta-pragmatic 처리와 상호작용에서 청자의 행위(Kasper, 2006)가 있다.

대화에서 비토박이 화자들을 위한 상호작용 선택과 출력물 선택을 더 나아지게 하려는 것이 언어 실습을 위한 중요한 도구가 되었다. 여러 제2언어가 관련되어 있지만 가르침을 받지 않은 유럽의 환경에서 중심 언어를 습득하는 비토박이 화자들에 대한 오랫동안의 연구를 이용하여 브레머 외(1996)에서는 제2언어의 청자가 성공적인 청자가 되어감에 따라서 그리고 나날의 대화에서 참여자가 되어감에 따라 더 편안하고 자신감 있게 사용하게 될 수밖에 없는 사회적인 절차를 보고하였다. 이런 절차에는 여기서 논의하였던 상호작용의 형태(주제 전환을 확인하기, 맞장구치기, 대화 경로에 참여하기, 의무적인 응답을 하기)가 포함되는데 이 연구에서 가장 중요한 것은 청자가 주제를 개시하는 사람의 역할로 전환되고 청자가 의사소통의 문제를 고치고

다. 이에 대한 논의를 우리말 말뭉치를 본보기로 하여 보여주고 있는 논의는 공적인 대화와 사적인 대화를 중심으로 하여 허선익(2013), 『국어교육을 위한 말하기의 기본개념』(도서출판 경진)이 있다. 허선익의 논의에서 지적하고 있듯이 클락의 논의는 좀 더 다듬을 필요가 있다.

탐색하기 시작한다는 것이다.

상위 화용론적인 접근 방법은 이제 상호작용에서 청자의 능동적인 역할을 자각하는 데 학습자들을 도와주기 위하여 채택되고 있다. 몇몇의 상위 화용론적인 접근법은 제2언어에 대한 상위 인지 발달이 대체로 대화를 통한 상호작용dialogic interaction(Gross, 2009b)에서 일어난다는 것을 주장하기 위하여 마음에 대한 사회 문화적 이론sociocultural theory of mind(비고츠키, 1978)로부터 지지를 끌어들인다. 청자에 의해 개시된 대화를 통한 상호작용은 이해를 하기 위한 협력 전략들을 채택할 수 있도록 해주며 자신들이 나누는 대화의 본질과 자신들의 학습에 미치는 영향에 대한 통찰을 하도록 해준다고 생각한다.

요약: 입력물과 상호작용에서 양과 품질

이 장에서는 입력물과 상호작용에서 서로 관련된 주제들을 다뤘다. 듣기 능력의 발달은 학습자가 찾아낸 입력물의 양과 품질과 직접적으로 관련이 있다. 우리는 모두 단순하게 입력물로 둘러싸는 일이 듣기 능력 발달을 보장하지 않는다는 것을 알고 있다. 입력물은 언어 발달이 일어나도록 하려면 학습자들에게 접속 가능하도록 만들어져야 하며 학습자는 입력물에 대한 이해를 위해 인지적인 참여를 어떻게든 하여야 한다.

이 장에서는 청자를 위하여 인지적 부담을 높여주는 외부 요인들에 대한 다스림을 통하여 입력물 그 자체를 좀 더 접속이 가능하도록 해주는 기법 몇 가지를 탐구하였다. 얼굴을 맞댄 상호작용에서 이러한 인지적 부담 줄이기, 혹은 간소화는 일반적인 조정 과정의 일부로 나타난다. 실시간으로 연결된 듣기에서와 같이 청자가 입력물을 간소화할 수 있는 아무런 수단이 없는 장거리 접속 상황에서 언어표현과 내용을 좀 더 이해 가능하도록 하기 위해서 다른 전략들이 사용되어야 한다.

언어 학습자들은 종종 얼마나 많은 입력물과 얼마나 많은 상호작용이 언어 습득을 위해서 필요한지 의문을 갖는다. 제2언어 습득에 대한 모든 연구자들은 이 질문에 직접적인 답을 하기를 피하지만 간단한 답은 입력물을 능동적으로 치리하는 수천 시간이 어떤 언어에서 유창성의 높은 수준에 이르는 데 필요하다는 것이다. 그리고 그와 비슷한 시간이 듣기 유창성의 높은 수준에 도달하기 위해 입말 입력물을 능동적으로 몰두하는 시간이 필요하다는 것이다. 그러나 입력물과 상호작용의 양이 언어 습득이나 듣기 발달에 핵심적인 쟁점은 아니다. 발달을 위해 본질적인 것은 새로운 그리고 적합한 입력물을 이해하는 것, 대화 참여자들과 입력물에 몰두하며 목표 언어 화자와 좀 더 깊은 연결을 유지하려고 하며 그리고 좀 더 지속적인 시간 동안 그 연결을 유지하려고 하는 과정에 있다. 적절한 전략들의 계발과 함께 이런 추구 과정이 습득을 유발한다.

제9장 가르침 설계

효과적인 가르침에는 여러 가지 중요한 점이 있지만 아마도 가장 중요한 점은 가르침의 설계일 것이다. 학습을 이끌어가는 입력물, 과제, 상호작용 요소와 협력 요소, 되짚어 주기, 일련의 차례, 평가를 선택하고 적용할 수 있는 것이 설계이다.

이 장은 7장과 8장에서 논의되었던 원리들과 자료들을 실행하기 위한 가르침 설계의 세부내용을 제공하고자 한다. 비록 이 장에서 가르침 설계의 여러 형식들이 평가의 요소를 아우르고 있지만 듣기 평가의 형식과 원리들에 대해서는 뒤따르는 10장에서 좀 더 자세하게 개관한다.

이 장에서는 여섯 가지 유형 각각에서 과제 유형과 활동들과 함께 듣기 실천 사례들을 훑어본다. 논의되는 여섯 가지 듣기 유형은 다음과 같다.

- 깊게 듣기
- 선택하여 듣기
- 널리 듣기
- 상호작용을 통한 듣기

- 반응하며 듣기
- 자율적인 듣기

이와 같은 듣기 유형들에 대하여 출간된 사례들을 제공하는 대신에, 이 장에서는 알맞은 학습 과제와 자료의 설계와 선택에서 독자들을 자극하는 실천가들의 창의적인 얼개와 구체적인 착상들을 제공한다.

9.1. 일정한 범위의 듣기 유형을 포함하도록 가르침 설계하기

탐 울프Tom Wolfe의 소설 『The Right Stuff』가 할리우드의 영화로 만들어진 시점인 1980년대에, 영향력 있는 제2언어 습득에 대한 책이 시장에 큰 영향을 미쳤다. 울프의 이야기는 암묵적인 일련의 표준과 '필요한 자질'들을 지닌 것으로 요약되는 가정에 따라 살아 온 비행기 성능 조종사에 대해서이다. (제2언어 습득에 관한) 책에서 레슬리 비비Leslie Beebe는 언어 습득에서 입력물의 역할에 대해 쓰면서 성공적인 언어 습득에서 핵심은 학습자로 하여금 '필요한 자질'을 발견하게 하는 것이라고 언급하였다.

이 은유를 좀 더 가져가 보기로 한다. 알맞은 입력물을 발견하는 것이 언어 습득에 핵심일 수 있지만 궁극적으로 '날아가도록' 해주는 입력물과 학습자들이 어떻게 상호작용하는가 하는 것이 핵심이다. 우리는 입력물과 상호작용하는 방법 그와 같은 방법이 학습자로 하여금 입력물로부터 어떻게 더 많은 것을 이해하고, 찾아내도록 하는 방법들을 범주화할 수 있다. 이 장에서는 실천 사례의 여섯 가지 유형을 훑어보고 이들 각 유형에서 학습의 초점과 활동의 초점을 강조하기로 한다.

<표 9.1> 듣기 실천 사례의 유형들

듣기 유형	학습의 초점	활동의 초점
깊게 듣기	음운, 통사구조, 어휘에 초점	학습자들은 실제로 언급된 것에 세심한 주의를 함. 교사는 정확성을 되짚어 줌.
선택하여 듣기	중심 생각, 미리 마련된 과제에 초점	학습자는 핵심 정보를 뽑아내려고 하며 의미 있도록 정보를 구성하거나 활용하려 함. 교사는 과제 수행 동안에 간섭을 하고 과제 완수에 대해 되짚어 주기를 함.
상호작용을 통한 듣기	청자로서 능동적으로 되기, 즉 의미나 형식을 분명하게 하려고 함	학습자들은 협력 과제에서 의미를 찾거나 해결책을 찾아내기 위해 입말로 상호작용함. 교사는 상호작용의 형식과 산출에 대해 되짚어 주기를 함.
널리 듣기	계속해서 들으려 함, 상당한 분량의 듣기 입력물 관리하기에 초점	학습자들은 더 긴 발췌물에 주의를 기울이고 의미 중심의 과제를 수행함. 교사는 이해 전략에 대해 직접 가르치는데 교사는 전체적으로 되짚어 주기를 함.
반응하며 듣기	입력물에 대한 학습자의 반응에 초점	학습자들은 자신들의 의견과 생각을 전달하고 반응할 기회를 찾음. 교사들은 학생들로부터 '강제적인 산출'을 하게 함.
자율적인 듣기	향상을 위한 학습자 관리, '도움 요청' 선택에 대한 탐색	학습자들은 자신들의 발췌물과 과제를 선택하고 자신의 향상 정도를 점검함. 다른 사람과의 상호작용 유형도 결정함. 학습 경로에 대해 교사로부터 전체적인 되짚어 주기를 함.

듣기 가르침에 대한 균형 잡힌 접근법에서는 여섯 가지 모두를 아우르려고 하는데 학습 목표와 평가 목적에 가장 부합하고 관련성이 있는 유형들에 대한 가르침에 우선순위를 둔다.

9.2. 깊게 듣기

깊게 듣기는 이를테면 말소리, 낱말, 구절들, 문법 단위와 화용론적 단위에 대하여 세밀하게 들음을 가리킨다. 비록 깊게 듣기는 나날에 이뤄지는 대부분의 대화에서 요구되는 것은 아닌 듯하지만, 정확한 지각은 더 높은 수준의 이해와 듣기에 관련된다. 특정의 낱말이 나타나는 지점에서 혹은 특정의 구체적인 세부내용을 들을 때처럼 필요할 때 깊게 들을 수 있는 능력은 듣기 유창성에서 본질적인 구성요소이다.

<개념 9.1> 깊게 듣기

깊게 듣기는 어떤 덩잇말을 세밀하게 들음을 가리키는데 분석의 목적으로 입력물을 해득하려는 의도가 있다.

듣기 유창성에 대한 불어나는 가치에 더하여 세밀하게 듣기는, 영원한 언어 습득의 본질적인 측면인 언어에 초점을 맞춘 학습language-focus learning의 길을 제공한다(Nation and Newton, 2009). 그와 마찬가지로 듣기 과정 주기의 작은 부분의 가르침에서 깊게 듣기를 포함하는 것이 유리하다. 깊게 듣기의 실천사례 유형에는 다음이 포함된다. 받아쓰기, 뽑아서 되풀이하기, 가리기(가리기 유형과 기법에 대한 개관은 머피(Murphey, 2000) 참조), 낱말 강조하기spotting, 실수 강조하기, 문법 처리, 중재하기(옮기거나 동시통역)가 있다.

깊게 듣기 활동의 전형적인 유형은 순전한 받아쓰기pure dictation로 화자가 말하는 낱말들을 정확하게 전사한다. 듣고 개인별 완성하기dicto-comp[1]와 짝을 지어 정보 간격이 있는 받아쓰기와 같은, 실천사례가 다양한 받아쓰기는 어떤 초점을 맞춘 가르침 도구이다. 왜냐 하면 음운, 문법, 어휘의 처리에 관련되며 맥락으로부터 구체적인 추론을 하는 능력을 끌어내기 때문이다.

1) 듣거나 정보를 메우면서 덩잇말을 완성하는 방법으로 듣고 재구성하기(*dictogloss*, 8장 4절 참조)와 구별을 하기도 한다. 이 둘의 차이는 모둠으로 하는지 아니면 개인별로 하는가에 따른 차이가 있다고 생각한다. 본문에 나오는 방법은 개인별로 하며, dictogloss 방법은 모둠으로 하는 재구성이라는 점에서 차이가 있다.

실천가로부터 나온 착상들

받아쓰기를 위해 시간이 정해진 덩잇말 활용하기

대부분의 교사들은 자신들에게 흥미가 있고 학생들에게도 관심을 끄는 덩잇말 이를테면 신문 기사들, 잡지, 책들의 부분, 심지어는 교재의 일부분들을 마주친다. 종종 그와 같은 덩잇말은 언어적으로 어려움이 있음에도 불구하고 학생들을 사로잡는 호기심이나 주제를 지니고 있다. 자기 뜻대로 쓸 수 있는 일련의 받아쓰기 전략을 지니고 있는 교사들은 이들이 나타날 때마다 이들 덩잇말을 이용할 수 있을 것이다. 이때는 집단의 능력과 필요성에 들어맞도록 덩잇말의 어려움을 높이거나 줄이게 되는 기법을 채택한다. 그리고 학생들은 자신들의 교사가 들인 노력과 기회에 반응하게 될 것이다. 아마도 이 모음에 자신들이 발견한 것들을 더할 것이다.

—마리오 린볼루크리(Mario Rinvolucri), 교사 연수자, 영국 켄터베리

드넓어진 단락들에 대한 순전한 받아쓰기는 지루하고 시간을 헛되이 쓸 수 있기 때문에 다수의 교사들은 변이형태를 발전시켜 왔다. 이와 같은 변이형태들은 시간의 좀 더 효율적인 사용, 더 많은 상호작용, 특정 언어 항목들에 대한 좀 더 분명하게 초점을 맞추고 있다(Nation and Newton, 2009; Wilson, 2008; Davis and Rinvolucri, 1998을 참조할 것). 몇몇 인기 있는 변이형태는 다음과 같다.

- 빠른 속도로 받아쓰기(*Fast-speed dictation*): 교사는 (학생들이) 적응되어 감에 따라 자연스러운 속도로 읽어나간다. 학생들은 단락의 어떤 구절에 대해서든 여러 차례 읽어달라고 요청할 수 있지만 교사는 반복되는 구절들의 조음에서 속도를 늦추지 않을 것이다. 이 활동은 빠른 발화의 특징들에 학생들이 집중하도록 초점을 맞추었다.
- 쉼과 부연(*pause and paraphrase*): 교사는 어떤 단락을 학생들이 사용된 정확한 낱말이 아니라 부연할 수 있도록 주기적으로 멈춘다(실제로 학생들은 들은 낱말을 정확하게 사용되지 않을 것이라는 지침을 받을 수

있다). 이 활동은 학생들에게 어휘 유창성, 즉 다른 방식으로 사물을 말하게 하는 방법 그리고 그들이 들은 의미에 초점을 맞추도록 한다.

- 듣고 빈칸 채우기(*listening close*): 교사는 청자가 듣는 도중이나 듣고 난 뒤에 채워야 하는 부분적으로 완성된 단락을 준다. 이 활동은 언어적인 특징 이를테면 동사나 명사구절에 초점을 맞출 수 있게 해준다.
- 실수 확인하기(*error identification*): 교사는 온전하지만 잘못이 있는 전사된 대본을 준다. 학생들은 듣고 잘못을 확인한다(그리고 고친다). 이 활동은 세부내용에 초점을 맞추게 한다. 그 잘못은 문법적이거나 의미론적일 수 있는 것이다.
- 조각 맞추는 받아쓰기(*jigsaw dictation*): 학생들은 짝을 지어 공부한다. 짝을 이룬 각자는 전체 받아쓰기의 부분을 가지고 있다. 학생들은 단락을 마무리하기 위하여 자기 부분을 다른 사람에게 읽어준다. 이 활동은 의미 타개하기를 북돋워준다.
- 모둠 받아쓰기(*group dictation*): 학습자들은 긴 단락 즉 아마도 2분 정도의 독백을 듣는다. 비교적 복잡한 설명이거나 이야기 전달일 수도 있다. 이 단락에는 반드시 도전거리가 될 만한 어휘와 구문이 있어야 하며 한 번 듣고 난 뒤 청자 한 사람이 회상할 수 있는 것보다 더 많을 정도로 상당한 정보가 있어야 한다. 이 활동의 핵심적인 요소는 학습자들이 적지 않고 단기 기억의 형성에 기대어야 한다는 것이다. 한 번 이상 읽기일 수 있는 단락의 듣기에 이어 학습자들에게는 그들이 할 수 있는 한에서 정확하고 완결되게 그 단락을 협력하여 재구성하도록 요구한다(Nation and Newton, 2009; Kowal and Swain, 1997; Wajnryb, 1990).
- 의사소통에서 받아쓰기(*communicative dictation*): 이런 유형의 받아쓰기에는 여러 가지 변이형태가 있는데 모두 학생-학생의 주고받음에 초점을 맞춘다. **조각 맞추는 듣기(jigsaw listening)**는 조각 맞추는 받아쓰기(jigsaw dictation)의 변이형태로 학생들이 어떤 다른 덩잇말의 서로 다른 부분이나 다른 변이내용을 듣는다. 그 다음에 정보를 공유하기 위하여

짝을 이룬다. 혹은 그들이 들은 각각의 문장에 정보를 더하고(나는 …라고 생각해, 혹은 나는 …라고 생각하지 않아.) 그 다음에 비교를 해본다.

- 듣기 놀이(*listening game*): 듣기 놀이는 다양한데 특히 어린 학습자들을 위해 설계되었다. 여기서는 부분적인 받아쓰기, 핵심어 적기, '낱말 강조하기'(이를테면 'I spy', 'Simon says', 'Mother, may I?), 메시지를 말 그대로 건네기 등이 있다(더 많은 사례는 Gurian(2008) 참조).

9.3. 선택하여 듣기

선택하여 듣기 과제는 오늘날 사용되고 있는 듣기 가르침 형식에서 가장 두드러질 것이다. 이 분야에서 개척자인 조안 몰리Joan Morley는

실천가로부터 나온 착상들

> **문법을 가르치기 위하여 입력물 처리 기법 활용하기**
>
> 문법을 장기적으로 가르치는 데서 연역적인 제시보다는 입력물 처리를 통하는 것이 좀 더 효과적이다. 우리는 특정의 문법 자질들에 학습자들이 주의하도록 하는 데 도와줌으로써 그리고 알아차리도록 하는 기술을 연습함으로써 이렇게 할 수 있다. 이와 같은 방법은 이러저런 갈래의 산출 연습을 통해 문법을 가르치려고 꾀하였던 전통적인 접근법과 대조된다. 입력물 처리하기 과제에서는 학습자들이 들을 때 문법적인 자질을 알아차릴 수 있도록 연습을 할 필요가 있다는 근거에서 덩잇말을 활용한다. 이는 학습자들에게 특히 문법적인 자질들이 잉여적일 때(즉 의미의 이해에서 본질적이지 않음) 어렵다. 이렇게 함으로써 문법 발견 접근법(grammar discovery approach)을 활용하게 된다. 학습자들에게 문법적인 자질들이 어떻게 작동하는가에 대한 이해에 이르기 위해 자료들을 분석하는 방법들을 보여준다. 이는 점검하는 실천사례를 제공함을 의미하는데 학습자들에게는 그들이 일반적으로 저지르는 잘못을 확인하고 고치기 위해 학습자가 명시적으로 지니고 있는 지식을 활용하도록 한다는 것이다.
>
> −로드 엘리스(Rod Ellis), 교재 집필자, 뉴질랜드 오클랜드

그의 연구 『듣고 이해하기 향상Improving Aural Comprehension』(1972)에서 선택하여 듣기를 위한 철저한 자료들 묶음을 처음으로 제공한 듯싶다. 그때 몰리가 언급한 것처럼 '듣고 이해하기를 향상시키는 유일한 방법은 듣기를 연습하면서 많은 시간을 보내는 것이다. … 그러나 목적이 있는 듣기를 겨냥하는 교육거리가 있다면 시간을 줄일 수 있다.' 몰리는 (그녀가 그때 이해하며 듣기라고 불렀던) 듣고 이해하기를 나아지도록 하기 위해 집중되어야 하는 두 가지 원칙으로 통제된 듣기와, '기억을 위한 긴박함'에 대비하기 위하여 즉각적인 과제 마무리를 고려하였다.

몰리Morley는 선택하여 듣기가 학업 과정에 있는 학생들이 수행할 필요가 있는, 좀 더 복잡하고 넓은 듣기를 위한 필요조건이라고 간주한다. 몰리는 신중하게 계획하고 등급을 매긴 듣기 단원들이 학생들이 듣기를 배우는 데 도움을 주고 이미 들을 준비가 되어 있어서 사실들을 이해하고 개념들을 얻게 된다고 믿는다. 단원 내용에는 다음이 포함된다.

실천가로부터 나온 착상들

선택하여 듣기를 위해 누리그물 자원들 활용하기

내가 가르치는 학생들은 자연스럽게 지역 뉴스와 세계 소식, 지구적인 경향에 관심이 있기 때문에 나는 afrikainfo.com이나 남아프리카로부터 나오는 e-tv와 같은 누리그물로부터 뉴스 조각들을 이용한다. 학생들은 교실 수업에서 이런 부가 자료를 일종의 보너스로 생각하는데 그것이 실생활과 관련이 있고 그에 따라 실제로 관심을 기울이기 때문이다(내가 이야기할 때도 그들이 그와 같은 관심을 기울여주기를 바란다). 나는 2분 내외의 뉴스 조각이 가장 좋다는 것을 발견하였고 몇 가지 퀴즈와 빈칸 채우기 연습문제를 준비해 둔다. 내가 사용하는 조각들 몇몇에 대해서는 세부제목을 만들었다. 물론 준비를 하는 데 시간이 걸리지만 그 대가는 분명히 노력을 들일 만하다.

—에릭 테보에다이어(Eric Tevoedjire), 교사, 베닌 콘토누

- 수와 수들의 관계들
- 낱글자와 말소리, 약어, 철자
- 방향과 공간 관계
- 시간과 시간의 연쇄
- 날짜와 연대기 순서
- 측정과 양
- 비율, 비교와 대조
- 사실에 대한 이해(사실적인 이해)

<개념 9.2> 선택하여 듣기

> 언어 가르침에서 선택하여 듣기는 마음에 계획한 목적이 있는 듣기를 가리키는데 종종 어떤 과제를 수행하기 위하여 구체적인 정보를 모은다. 전문 용어로 선택하여 듣기는 '듣기를 원하는 것에만 주의를 기울이기'와 '나머지 것에 대하여 (신경을) 끄기'를 가리키기 위해 사용된다.

더 늘어난 덩잇말, 즉 일 분짜리 원고보다 더 길어진 덩잇말의 경우, 선택하여 듣기에서 유용한 형식은 공책에 적기이다. 공책에 적기는 강의—듣고 이해하는 과정에서 중요한 거시—기술로 널리 인정되는데 때로 읽기(강의에 수반되는 읽기 자료와 통합될 경우), 쓰기(노트에 실제로 적기나 공책에 적은 내용에 바탕을 두고 뒤따르는 쓰기), 말하기(질문 제시하기 혹은 입말로 적은 내용 재구성하기나 공책에 적은 내용에 바탕을 두고 토론하기)와 상호작용하는 기술이다.

공책에 적어두기는 일반적으로 쓰이는 선택하여 듣기 과제인데 **인상 타당도**face validity(즉 실재 세계에서 실제적인 가치를 지니는 것으로 인식됨)와 **심리적 타당도**psychological validity(이를테면 자신들의 듣기 능력을 반영하는 것으로 학습자들에 의해 인식됨)가 높은 과제이다. 학생들의 선택하여 듣기 능력을 계발하기 위한 목적으로, 교수자는 어떤 낱말들이나

공책 적기를 배우기

공부와 시험 준비를 위해 학생들이 분명하고 이해 가능한 공책 적기를 하는 능력은 학업의 성공에서 중요한 것으로 간주하여야 한다. 공책에 적어두기의 구체적인 유형이나 품질과 이해 점수들 사이에는 일관된 상관은 없을지라도 교사로서 나는 일관되게 학생들의 참여와 이해를 하고자 하는 노력에서 학생들의 책임감을 늘리는 데에 미치는 공책에 적어두기 가르침의 긍정적인 영향을 보아왔다. 학생들이 학업 강의 듣기에서 능동적으로 참여하고 있는 동안, 즉 강의가 끝나기 전이나 뒤에 끼어들기를 통한 예시 전략의 장점을 관찰하였다. 언어 처리 경험을 하는 동안 짧게 가르침을 제공하는 끼어들기는 학생들로 하여금 주의를 집중하게 하고 이해를 촉진하는, 공책에 적어두기를 구체적으로 배우게 해준다. 나는 또한 적어두도록 끼어드는 것이 듣는 도중과 듣고 난 뒤의 장기 기억을 나아지게 한다고 생각한다.

—지닛 클레멘트(Jeanette Clement), 교재 집필자, 미국 미츠버그

구절을 적어두기, 공책의 적당한 곳에 칠판에 있는 내용들을 복사하기, 주제들을 늘어놓기, 공책의 부분들에 이름을 붙이는 것과 같은 공책에 적어두기를 통하여 그들의 요구사항을 들어줄 수 있다. 널리 가르치고 있는 적어두기 체계의 서로 다른 사례들은 〈표 9.2〉에 제시되어 있다. 여러 연구자들에 의해 주목을 받은 것처럼, 불어나고 있는 듣기 능력을 강화하는 것은 공책에 적어두기 그 자체가 아니라 적어두기 위한 준비이며 학습자 자신의 공책에 바탕을 둔 그에 뒤따르는 복습 활동과 재구성 활동이다(Clement, 2007; Flowerdew and Miller, 2010).

선택하여 듣기의 중요한 측면은 가르침에서 듣기 전pre-listen 활동의 비율이다. 듣기 전 활동은 듣기를 위해 학생들을 준비하기 위해 마련된 단계이다. 이 국면은 듣기 대본에 몰두하게 되는 데 도움을 주게 될, 곧 나타나게 될 어휘, 개념이나 담화 얼개를 훑어보는 간단한 활

동으로 이뤄져 있다.

듣기에 앞서, 학급에서는 듣기 주제에 대한 관심을 불러일으키거나 대본에 대하여 몇 가지 예측을 하게 하는 그림이나 사진, 만화에 대해 토의할 수 있다. 교사는 또한 주제에 대하여 학생들이 이미 알고 있는 것을 뽑아내거나 흥미를 유발하기 위해 개인적인 경험을 더할 수 있다. 혹은 교사는 주제에 대한 흥미를 촉진하기 위하여 듣기 대본과 관련된 감정과 개념틀을 활성화하는 데 도움을 주는, 곧이어 나타날 주제에 대해 자극적인 질문('다음의 질문에 동의합니까, 동의하지 않습니까?'와 같은)의 간단한 목록을 제공할 수 있다.

<표 9.2> 공책에 적어두기의 기능, 목표, 기법들

적어두기의 기능	적어두기의 방법	적어두기의 기법들
검색(인출)	대략적인 얼개: 거시-미시 관계 보임	들여쓰기, 칸 띄우기, 그림, 개관(이를테면 코넬 방법)[2]
저장	선조적: 제시의 차례를 보임	핵심어, 연쇄, 약어(핵심어 방법(key word method))
응용	행렬: 연결성과 적합성을 보임	그림 이미지, 연결어, 개인화(이를테면 마인드 맵 개념틀)
언어 학습	과제: 분명한 활동을 마무리함	모둠 협력, 재구성, 묻고 답하기(이를테면 현재의 주제 체계)

이들 가운데 어떤 것이든 단독으로 혹은 결합하여 듣기를 잘 할 필요가 있을 때 배경 지식을 활성화하는 데 이바지할 수 있다. 효과적인 듣기 전 활동은 듣기를 위한 적합성 정도를 높이고 이것은 동기를 부여한다.

2) 코넬식 공책 정리 방법은 1960년대 영구의 코넬 대학에서 유행하던 공책 정리 방법으로 6R(기록하기, 축약하기, 외우기, 안으로 살피기, 복습하기, 요약하기)의 방법을 추천한다.

실천가로부터 나온 착상들

> **듣기 전 단계와 듣고 난 뒤 활동 통합하기**
>
> 듣고 이해하기가 아니라 평가를 하는 상황일 때에도 듣기 덩잇말로 학생들을 곧바로 던져넣는 것은 부당하다. 이것은 그들이 들은 것과 들을 것이라 예상하는 것을 연결하고 그것을 이해하기 위해 앞선 지식을 이용하는 (모국어에 대해서 우리가 모두 쓰는) 자연스러운 듣기 기술을 그들이 사용하는 것을 매우 어렵게 한다. 따라서 듣기에 앞서, 일반적인 과제와 특별한 과제 둘 다에서 예상하는 것을 알 수 있도록 학생들을 '맞추어야' 한다.
>
> 비록 듣기 그 자체가 학생들이 능동적으로 덩잇말을 처리하는 동안 일어나지만 듣기 전 단계와 듣고 난 뒤의 단계는 중요하다. 듣기 전 활동은 학생들로 하여금 그들이 듣게 될 것에 맞추어 나가는 데 도움을 준다. 이들은 본질적이다. 그렇지 않다면 학생들은 차갑게 들을 뿐인데 이는 매우 기를 꺾는 일이다. 듣고 난 뒤 활동은 학생들로 하여금 방금 들었던 것을 구조화하고 제2언어에서 그 기억을 연습한다. 따라서 대부분의 교사들과 마찬가지로 나는 듣기 실천사례는 세 국면 즉, 듣기 전, 듣는 도중, 듣고 난 뒤라는 세 단계가 있는 것으로 보통 생각한다.
>
> —메어리 언더우드(Mary Underwood), 교재 집필자, 영국 슈레이

9.4. 상호작용을 통한 듣기

상호작용을 통한 듣기는 협력을 하는 대화에서 듣기를 가리킨다. 학습자가 다른 사람이나 토박이 화자와 상호작용하는 협력 대화는 언어 발달의 중요한 수단으로서 그리고 듣기 수행을 위한 참고 전략으로 잘 수립되어 있다. 있을 수 있는 이점은 '이해 가능한 입력물 comprehensible input을 촉구하는', 즉 학습자로 하여금 목표 언어로 생각을 형성하도록 하는 데 있으며 동시에 '타개하기를 촉구하는', 즉 학습자로 하여금 처음에는 잘 이해되지 않았던 언어를 이해하도록 이끄는 데 있다(이를 개념에 대한 논의는 8장 참조).

학습자들은 협력적인 대화가 제공하는 의사소통 맥락에서 새로운 언어 형식(통사 구조, 낱말, 어휘 구절들)에 주의를 기울인 결과로 그것들을 배운다. 학습자들은 자주 정확한 형식의 산출에서 어려움을 겪기 때문에 협력적인 담화가 주의를 기울이고 의미에 이르는 데 필요한 목표 형식들에게 물어 볼 이상적인 기회를 제공해 준다(Long and Robinson, 1998).

<개념 9.3> 상호작용을 통한 듣기

상호작용을 통한 듣기는 청자가 되짚어 주기를 제공하며 화자를 지지하고 질문을 함으로써 이해에서 주도적인 역할을 하는 대화 상호작용의 유형을 가리킨다.

언어 가르침에서 선택하여 듣기는 마음으로 계획한 목적이 있는 듣기를 가리키는데 어떤 과제를 수행하기 위해 특정의 정보를 모으는 일을 가리킨다. 교실 수업 상황에서 협력적인 대화를 위한 중요한 기회는 학습자-학습자의 상호작용이다. 이와 같은 비토박이-비토박이 상호작용으로부터 학습자들이 혜택을 입기 위하여 필수적인 학습 요소들을 통합하는 것이 중요하다. 먼저 의사소통 과제communicative task, 즉 상호작용에 대한 구체적인 결과물이 있을 필요가 있으며, 그와 같은 결과를 성취하기 위하여 언어 형식의 타개가 필요한 어떤 문젯거리가 있어야 한다. 협력 과제는 비록 실제 세계의 의사소통이 간접적이고 언급되지 않기도 하지만 일반적으로 어떤 결과에 이르기 위해서는 어느 정도의 타개하기와 의미의 명료화가 필요하다. 교육적인 목적을 위하여, 과제들은 종종 문제를 분명하게 하고 결과물이 표현될 수 있도록 종종 고안되기도 한다(이를테면 '교육방법에서 과제'로 구조화되기도 함). 일반적으로 덩잇말-과제의 결합은 짝끼리의 주고받음을 위해 정보 간격이 있거나 재구성을 위해 흐릿한 이야기이다(예컨대

사회적인 절차 배우기

효과적인 듣기에는 대화에서 사람들이 동등한 짝이 되기 위해 사용해야 하는 사회적 절차 이를테면 맞장구치기, 판에 박힌 이야기에서 의무적인 응답하기, 의사소통에 문제가 있을 때 고치기를 시작하기가 관여한다. 비록 접촉과 간접적인 되짚어 주기가 때로 도움이 되지만, 명시적인 가르침이 종종 이들 전략을 구성하고 전략들의 사용에 대한 학습자들에게 되짚어 주기 위해 필요하다. 교사들이 할 수 있는 몇 가지가 있다.

- 문제를 이해하기 위해 명시적인 반응(이를테면 상위언어적인 촌평, 즉 '나는 이것을 이해한다고 확신하지는 않아')의 활용과 이해되지 않는 요소들을 구별하기 위해 부분적인 반복(화자: '이것은 우울증에 대한 완벽한 치료제야…', 청자: '완벽한 치료제…?')의 활용에 초점을 맞춘다.
- 가설을 만들어 보도록 학습자들을 격려하고 높은 수준의 추론 능력을 계발하며 이해하기 위해 고군분투하는 능동적인 상태에 머물도록 격려한다.
- 이해의 문제점 전달에서 '체면'과 대화 통제 주체에 대한 체면 손상을 줄이는 문제에 대한 자각을 끌어올린다.
- 이해에서 어느 정도 틀[3]과 개념틀에서 어려움을 줄이는 방법으로 주제를 주도하도록 격려한다.

—카타리나 브레머(Katharina Bremer), 사회언어 조사연구자, 독일 하이델베르크

쿨렌(Cullen, 2008) 참조).

교실수업 환경에서 양방향 협력 과제two-way collaborative tasks는 상호작용을 통한 듣기 기술을 향상시키기 위해 널리 사용되어 왔다. 이원 의사소통과 관련된 잘 짜인 의사소통 과제의 활용은 말할 차례의 조정,

3) 담화의 전체적인 짜임과 관련된 맥락이라는 의미로 이해할 수 있다. 대화에서 화제의 주도권을 잡음으로써 관련되는 맥락과 배경지식으로부터 비롯되는 어려움에서 벗어날 수 있다는 의미이다. 한편 앞의 허선익(2013)에서는 맥락이라는 의미가 널리 쓰여 흐릿하다는 점을 들어 말하기와 관련된 언어적 현상을 '대화 흐림 겯기'로 구체화하고 있다.

명료화를 통한 되짚어 주기, 확인 점검을 포함하여, 대화에서 청자의 다스림 능력을 끌어올린다(Lynch 1996). 엘리스(2002)에 따르면 효과적인 양방향 협력 과제의 특징들은 (1) (언어 형식에 대한 초점보다도) 의미에 대한 일차적인 초점 (2) 과제 완료를 위해 필요로 하는 언어 자원의 차림표로부터 학습자의 선택 (3) (정확성이나 적합성에 대하여 평가될 수 있는) 분명한 산출물이 있다. 이런 특징들은 과제의 단순한 완료가 아니라 과제를 하는 동안 학습자들의 받아들임uptake을 촉진하는 데 필수적인 것으로 간주된다.

다음에 불어로 외국어 교육과제를 수행하고 있는 두 명의 학생이 관련된 상호작용하며 듣기 사례가 있다. 이해 문제가 해결되지 않은 채로 있다는 점을 주의할 것.

화자 1: Un passage étroit, à la métro?
좁다란 통로, 지하철에 있니?

화자 2: C'est 'dans' la chose.
그것은 그 물건 '안'에 있어.

화자 1: Dans la métro ou à la métro?
지하철도 안에 혹은 지하철도에?

화자 2: Non, c'était quleque chose comme à l'endroit, ou à la métro?
아니, 어떤 장소에 있는 혹은 지하철에 있는 어떤 것과 같아.

화자 1: Je pensais que c'était, je marchais dans un passage étroit à la métro.
내가 생각하는 것은 내가 지하철에서 좁은 통로를 걸어 내려가고 있었다는 거.

화자 2: Un passage à l'étroit dan le métro … in the … in the subway ….
지하철에 있는 좁은 …에 … 지하철에 ….

화자 1: À la métro. I just don't know.

지하철에서, 나는 정확히 몰라.

화자 2: Mais c'est comme 'dans'.

그러나 그것은 '안'에 있는 것 같아.

화자 1: OK. Anyway, on va continuer.

좋아. 어쨌든, 계속해 보자.

－와타나베와 스웨인(Watanabe and Swain, 2007)로부터 나온 자료

비록 상호작용하며 듣기에는 내재된 장점이 있지만, 모든 상호작용과 협력 활동이 효과적인 듣기로 이어지거나 듣기에 대한 태도를 나아지게 하지는 않는다. 상호작용하며 듣기와 집중적으로 작업을 해온 교사들은 그 성공을 평가하기 위한 개념 얼개를, 그리고 좀 더 성공적이고 대가가 있는 상호작용을 향한 주도적인 학습자들에 대한 개념 얼개를 만들었다. 예컨대 린취(2001b)는 문제 해결을 위한 타개하기에서 특히 복잡한 논쟁거리를 토론하기 위해 학습자들이 함께 공부하는 학업 환경에서 더 나은 성취를 하도록 해주는 얼개ACO: Achieving Communicative Outcomes를 계발하였다(〈표 9.3〉 참조).

다음의 대본에서 두 명의 학습자들이 어떻게 타개하기에 참여하는지 볼 수 있다.[4)]

리안: 미안해 나는 파악하지 못 했어 + 'the shock'으로 무엇을 네가 말하는지 + 그게 첫 번째 질문이야 + 그리고 다른 거는 나에게 분명하지 않아 + 회사들 사이의 전달을 누가 구성하는지 + 따라서 + 질문은 두 개야

4) 입말을 전사한 말뭉치들에서는 일반적으로 마침표를 찍지 않는다. 구두점은 대부분의 경우 글말을 편리하게 읽기 위한 표시일 뿐이기 때문이다. 이 책의 저자는 이와 같은 점을 그렇게 신경 쓰고 있지 않은 듯하다. 위의 사례에서는 꼬박꼬박 구두점을 찍었지만, 다음의 사례에서는 아무런 구두점도 찍지 않았다. 여기서도 원서대로 구두점을 표시하지 않는다.

<표 9.3> 의사소통 결과를 얻기

1. 문제없음. 문제가 있지만 수신자나 발신자에 의해 확인되지 않음.

2. 타개되지 않은 해결책
   a. 인정되지 않은 문제. 문제는 수신자에 의해 확인되지만 발신자에 의해 인정되지 않음.
   b. 책임 포기. 문제는 수신자에 의해 발견되고 발신자도 인정을 하지만 건너뛰거나 남겨 두거나 신경 쓰지 않기도 하며 잊어버림으로써 혹은 수신자가 어떤 지점이나 경로를 선택해야 한다고 말함으로써 발신자는 문제를 해결하기 위한 아무런 책임을 지지 않음.
   c. 임의적인 해결책. 문제는 수신자에 의해 발견되고 발신자에 의해 인정되는데 발신자는 어떤 지점이나 경로를 규정하는 어떤 특징에 대하여 임의의 결정을 함. 여기서 핵심적인 요소는 정확성이 아니라 결정의 임의성인데 이는 수신자의 세계를 고려하지 않거나 발신자의 세계와 수신자의 세계를 들어맞게 하려는 아무런 시도도 하지 않음.

3. 타개책
   a. 수신자의 영역에서 해결책. 발신자가 전달하는 정보에서 그 정보를 활용하려는 수신자에 의해 문제가 확인되고 인정됨.
   b. 발신자의 영역에서 해결책. 문제는 발신자에 의해 확인되고 인정됨. 그 다음에 발신자는 발신자의 영역에 부합하는 수신자의 영역을 알려주지만 발신자의 관점에서 맞지 않는, 수신자가 제공하는 어떤 정보이든 무시함.

*출처. 린치(2001b)에 바탕을 두고 있음.

카주: 음 + + 첫 번째 질문에 대해서 + '쇼크'?

리안: 그래 여기서 '쇼크'가 무엇을 의미하는지 모르겠어

카주: '쇼크'?

리안: '충격 이후에'

카주: 그건 오일 충격이었어 + 1973년에

리안: 나는 않아 + +

카주: 미안 + 내가 이야기하지 않았니?

교사: 아마도 나는 할 수 있어 + 교실 안에는 그걸 이해 못하는 사람들이 있을 수 있기 때문에 '충격'이란 낱말을 설명해 달라고 했는데 + + '그건 어떤 충격이었어'라고 말함으로써 '충격'을 설명했구나 + 다른 말로 그걸 설명해 주겠니?

카주: 다른 말로? + 오일 충격?

교사: 리나는 '쇼크'란 낱말이 무엇인지 몰라

노부: 가격이

카주: 아 예 + 기름 가격이 한 번에 오르고 + 매우 놀라운 속도로 + 따라서 그 결과로 + 회사는 구조를 바꾸어야 했고 + 1970년대에 + + + 좋아

린치는 이 ACO 틀을 평가뿐만 아니라 학생들이 교실 수업에서 바람직한 결과를 이루기 위해서 어떻게 책임을 질 수 있는지 깨닫도록 하기 위해 사용하였다.

9.5. 널리 듣기

널리 듣기는 의미에 초점을 맞추면서 늘어난 기간 동안에 이뤄지는 듣기를 가리킨다. 널리 듣기에는 학업 목적을 위한 듣기listening for academic purpose라고 부르는 학업을 위한 듣기academic listening와 내용 보호를 받는 언어 가르침sheltered language instruction을 아우를 수 있다. 교실수업 환경의 바깥에서 목표 언어로 듣는 더 늘어난 듣기 기간을 포함할 수 있다. 이는 '즐거움을 위한 독서'라고 읽기 가르침에서 언급한 것과 비슷하다.

<개념 9.4> 널리 듣기

널리 듣기는 목표 언어에 있으면서 한 번에 수 분 동안 듣기를 가리키는데 일반적으로 내용을 감상하고 이해하려는 장기적인 목표가 있다. 널리 듣기는 학업을 위한 듣기, 내용 보존 언어 가르침, '즐거움을 위한 듣기'가 포함된다.

제2언어 학습자들에게 널리 듣기가 성공하려면 학습자들이 처음 듣기first listening에서 적절하게 이해될 수 있는 듣기 입력물에 접속하여야 한다. 높은 수준의 학습자 만족과 이해를 목표로 삼는 것이 중요한데 준비가 필요한 어떤 것이든 제공하고(이를테면 앞서 읽기, 핵심 어휘에 대해 앞서 배우기), 실제 듣기가 이뤄지는 동안에는 추가적인 뒷받침(이를테면 그림, 부제, 도움 차림표)을 제공한다(Kanaoka, 2009; Clement 외, 2009; Camiciottoli, 2007 참조).

학업을 위한 듣기로 이러한 뒷받침 요인들을 통합하는 것은 '내용 보호를 받는 가르침sheltered instruction'이라는 전문 용어 아래 기술되었다. 여기서 학습자들은 효과적으로 처리되어야 하는 너무 지나친 정보에 압도당하지 않도록 말 그대로 보호를 받는다. 철저한 체제 가운데 하나는 내용 보호를 받는 가르침 관찰 규약SIOP: sheltered instruction observation protocol이다. SIOP는 널리 듣기 환경에서 학생들을 뒷받침하는 여러 단계들에 따라 교사들을 이끈다.

- 단원 준비:
  - 내용 대상이 학생들을 위해서 명확하게 자리매김되었는지 점검한다.
  - 언어 대상이 분명하게 자리매김되었는지 점검한다.
  - 내용 개념들이 나이, 교육적 배경에 맞는지 점검한다.
  - 학생들을 준비시키기 위한 보조 자료들을 제공한다.
  - 학생들의 유창성에 맞게 내용을 조정한다.
  - 언어 실습으로 단원의 개념을 통합하는 의미 있는 활동들을 준비한다.

- 배경 설정하기:
  - 개념들을 학생들의 배경과 관련이 있는 경험과 연결한다.
  - 새로운 개념과 연결하기 위해 과거에 배웠던 것을 복습한다.
  - 핵심 어휘를 강조한다.

- 이해 가능한 입력물:
  - 영어 학습자들에 대한 말하기 어투로 조정한다.
  - 모든 학업 과제들을 설명하고 예시한다는 것을 분명하게 한다.
  - 언어표현, 그림, 예시 자료, 몸짓을 보완하는 기법을 활용한다.

- 전략들:
  - 단원 학습 동안 질문하기 전략을 북돋워준다.
  - 내용 학습에 초점을 맞추는 발판대기 기법을 활용한다.
  - 이해를 점검하기 위하여 양방향 질문을 활용한다.

- 상호작용:
  - 상호작용을 위해 기회를 풍부하게 제공한다.
  - 입말 발달과 단원을 연결한다.
  - 협력을 확실하게 하기 위하여 짜인 모둠의 모습을 여럿 활용한다.
  - 기다리는 시간을 넉넉하게 한다는 것을 분명하게 한다.
  - 핵심 개념들을 되풀이해서 분명하게 한다.

- 실습/응용:
  - 자료들은 수중에 있게 하고/하거나 새로운 내용들을 학생들이 실습하도록 다룰 수 있는 것이어야 한다.
  - 새로운 내용과 언어표현 기술을 학생들이 응용할 수 있도록 하는, 뒤따르는 활동을 준비한다.

- 단원 학습내용 전달:
  - 내용들이 단원 학습내용 전달에 의해 분명하게 뒷받침되는지 점검한다.
  - 과정 중에 학생들의 90퍼센트 이상이 참여하도록 한다.
  - 단원의 진도가 학생들의 능력 수준에 알맞은지 점검한다.

학업 맥락에서 혹은 자율적인 학습 맥락(이를테면 숙제나 실습실)에서든 널리 듣기가 이뤄지는 때는 이런 형식의 듣기는 입말 처리에서 자율성을 높이는 데 유용하다. 브라운 외(Brown, 2000)에서 지적한 것처럼 널리 듣기는 자신감을 세우고 목표 언어에서 즐겨 듣는 데도 의의가 있다. 또한 간접적인 발음 연습과 억양 연습과 같이 '연쇄 효과'를 경험하고 연구와 보여주기에서 풍부한 내용을 제공하는 데도 의의가 있다.

널리 듣기는 일반적으로 초보 이상의 모든 학생들에게 알맞은 것으로 간주한다(Waring, 2010). 〈표 9.4〉는 널리 듣기 접근법EL: extensive listening에 대해 개관하고 있다.

널리 듣기 가르침의 중요한 측면은 입력물의 양에 의해 학습자들이 압도되는 것을 피할 수 있도록 이해 전략comprehension strategy에 대한 가르침의 필요성이며 그에 따라 이해 어려움을 겪을 때 정상으로 돌아올 수 있다. 듣기와 읽기 두 영역에서 조사연구자들은 이해 전략 가르침을 안내하기 위해 많지 않은 원리들을 끌어내었다(〈표 9.5〉 참조).

이해 전략 개발에 대한 이들 네 가지 접근법 모두로부터 나온 원리들을 끌어들이면서 블락과 더피(Block and Duffy, 2008)에서는 교사들이 다음의 이해 전략들에 초점을 맞추어야 한다고 추천을 하였다.

- 예측: 제목, 그림, 그림 설명을 살펴봄으로써 미리 덩잇말(이야기, 강연 등)을 붙들 것. 이는 읽기에 앞서 하는 일과 관련된다.
- 점검: 할 수 있는 대로 많은 이해 전략을 스스로 활성화하고 떠올려 보라. 그리고 어려움에 맞닥뜨린다면 계속해 나갈 방법을 짜 볼 것. 포기하지 말 것.
- 질문: 다시 듣기 위하여 멈추고 이해하는 것과 이해하지 못하는 것에 대하여 질문을 스스로 해 볼 것.
- 머그림[5]: 이야기를 눈에 보이게 하는 데 도움을 주는 머릿속 그림을 떠올

리고 구성할 것.

- **되돌아보기**: 분명하지 않은 부분을 되돌아보며 듣기를 멈추었을 때 그 덩잇말에 대해서 계속 생각할 것.
- **추론**: 이미 알고 있는 것에 바탕을 두고 생각들을 연결할 것. 훌륭한 추측을 할 것.
- **중심 생각 찾기**: 지금까지 이해한 것에 대한 요약을 멈추고, 강연이나 이야기의 중심 요소에 초점을 맞추려고 할 것.
- **평가**: 강연이나 이야기에 대한 의견을 구성하고 덩잇말에 대해 자신의 감정적인 반응을 평가할 것.
- **종합**: 모든 사실, 장면 관찰 내용, 이해를 도와주는 대화의 부분들을 고려할 것.
- **협력**: 가능하다면, 같은 이야기를 읽거나 들은 다른 사람에게 생각을 구하고 자신의 이해와 비교해 볼 것.

<표 9.4> 중급 수준과 고급 수준에서 널리 듣기교육거리를 위한 지침

중급 수준. EL이 언어 가르침의 중요한 부분이어야 함	고급 수준. EL이 언어 학습의 중요한 측면이어야 함
• 긴 덩잇말 듣기(이를테면 등급이 있는 독본) • 부제가 있는 쉬운 영화나 쉬운 텔레비전 뉴스 보기 • 쉬운 노래 듣기 • 간소화된 강연 듣기 • 반복적인 듣기가 중요함	• 영화나 텔레비전 보기(필요하다면 부제 있음) • 라디오 프로그램과 팟캐스트 • 노래 듣기 • 라디오와 텔레비전의 면담, 다양한 쇼, 극, 뉴스를 포함하여 자연스러운 대화 다수 • 실제 강연 듣기 • 좁혀서 많이 듣기(같은 주제에 대하여 다른 관점으로부터 나온 강연이나 대본)

---

5) 이미지는 감각 기억이기 때문에 시각뿐만 아니라 인간이 지니고 있는 다섯 가지 감각을 아우른다. 일찍이 국어교육에서 이미지라는 영어 낱말 대신에 머그림(머릿속 그림의 준말)을 쓰자는 제안이 있었다(려증동(1982), 『국어교육론』, 형설출판사).

<표 9.5> 이해 전략 가르침에 대한 원리들

이해 전략 가르침을 위한 방법	기술	사례
경험-덩잇말 관계 방법	어떤 의미에 이르기 위하여 학습자의 경험과 덩잇말 실마리의 연결을 강조함(Au, 1979; Vandergrift, 1997).	(수단 사람들의 피난지에 대한 영화 〈신은 우리를 지치게 해〉와 함께) 이야기를 보는 동안, 터전을 잃어버렸다고 느끼는 자신의 삶에서 비슷한 사건을 생각해 본다. 이야기에서 기억을 도와줄 상호작용이나 중심 사건 몇 가지를 적어둔다.
K-W-L 연쇄 (아는 것(know)- 알고자 하는 것(want)-듣기나 읽기로부터 알게 된 것(learned))	덩잇말로부터 배우는 과정에 학습자와 독자들이 초점을 맞추게 함(Ogle, 1986; Rubin, 1988).	(애플 컴퓨터 회사에서 세 개의 일자리 면담의 청각 장면 묶음과 함께) 면담을 듣기 전에 면담자에게 묻고 싶은 것 세 가지를 생각한다. 면담자를 놀라게 할 하나의 예외적인 질문을 생각한다.
서로 가르치기 접근법	네 개의 구체적인 단계, 즉 예측하기, 질문하기, 분명하게 하기, 요약하기를 중심으로 학생과 교사가 서로에 대해 물어보도록 부추김(Palinscar and Brown, 1984; Robbins 외, 1999).	(〈Mulholland Drive〉를 보기에 앞서) 이 장면을 보고 난 뒤, 자신이 분명하게 이해한 장면을 급우들이 믿도록 세 개의 질문을 적어내려 갈 것.
문답 관계 방법 (QAR: Question-Answer Relationship)	정보가 제시되는 방법에 관련되는 구체적인 연결을 학습자들에 찾아보도록 가르침(Nix, 1983; Raphael and Wonnacott, 1985).	(〈Little Miss Sunshine〉에 나오는 장면과 함께) 이 장면에서 할아버지께서 올리브의 자존심을 끌어올려 준다. 이를 보여주기 위해 무엇을 말했는가?

9.6. 반응하며 듣기

문화적으로 영향을 받는 개념틀이라는 개념은 특히 제2언어 이해에서 특히 중요한데 제2언어 청자들은 계속해서 그 자체로 변덕이 심한 가정, 기댓값과 마주치기 때문이다. 3장에서 논의한 것처럼 이해 문제는 개념틀이 뚜렷하게 다를 때뿐만 아니라 청자가 이들 개념틀에서 차이가 어떠할 것인가를 자각하지 못할 때 일어난다. (예컨대 저자가 제2언어인 일본 말로 쇼를 볼 때 남성 사회자와 여성 경연자 사이에, 저자의 문화에서는 성적인 것으로 간주될 수 있는 코믹 극을 맞닥뜨리게 되지만, 분명히 일본의 '놀이 쇼 문화'에서는 놀이이고 즐길 만한 것으로 간주된다. 실제로 이와 같은 '성적인' 경연에서 분명한 것이 무엇인지 이해하려고 보내는 시간은 일반적으로 놀이의 실제 내용에 대한 이해를 방해한다.)

<개념 9.5> 반응하며 듣기

반응하며 듣기는 청자의 반응이 활동의 목표인 듣기 실천사례를 가리킨다. 이와 같은 유형의 활동에서 청자의 반응은 '감정적'이다. 말하자면 '정보전달적'이기보다는 의견이나 관점의 표현으로 그가 들었던 것에 바탕을 두고 되돌려 준다.

제2언어 가르침에서는 듣기를 위한 적절한 배경 지식의 활성화와 개념틀이라는 개념에 의미심장한 관심을 가져왔다. 연습 방법은 일반적으로 듣기 전 활동을 이해에 필요하게 될 문화 개념틀에 대한 자각을 끌어올리기 위해 통합한다. 듣기 덩잇말에 포함되어 있는 문화적인 선호도나 환상에 대해 토의가 뒤따른다(Buck, 2001). 몇몇 방법에서는 언어 학습에서는 문화들 사이의 유창성(언어 학습과 제2언어 사용에서 여러 문화에 걸친 요소들의 자각)의 습득과 기술 발달의 내적인 관련성을 강조한다(Sercu, 2004; Bremer 외, 1996). 학업을 위한 듣기를 가르치는 방법들은 직접적으로 널리 듣기와 회상에서 문화 개념틀과 내용 개념틀에 대한 자각을 아우른다(Flowerdew and Miller, 2010). 이들 방법은 더 불어난 덩잇글의 이해와 비판적 사고의 개발에서 개념틀 지도의 활용을 촉진하기 위해 쓰이는, 일반적인 제1언어 교육방법들과 일치한다(Willingham, 2007).

계속 이어지는 청자의 반응을 활용하는 구조화된 방법은 멈춤 과제

paused task이다. 짧은 입력물(일반적으로 일이 분 길이)과 청자의 분명한 반응을 활용하는 듣기 과제 설계는 듣기 연습을 위해서 상당한 이점이 있다. 모든 나이와 배경에서, 듣기가 있고 난 뒤 대략 60초에서 90초 뒤에는 단기 기억의 한계가 있는 것으로 알려져 있다(Florit 외, 2010; Cowan, 2005). 이런 한계 때문에 일 분은 새로운 기술과 전략을 위한 최적의 '연습 창'일 수 있다. 이 시간 한계를 넘어서 학습자들이 들을 때 어떤 정신적 활동이 수행되는지 분명하지 않다. 안내를 받은 가르침과 되짚어 주기가 널리 듣기 활동에서 좀 더 어렵게 된다.

단기 기억의 한계 안에서 더 길어진 덩잇말을 채택할 수 있는 한 가지 방법이 멈춤 과제이다. 멈춤 과제는 활동을 위한 입력 국면에서 특정 지점에 교수자가 멈출 필요가 있다. 이는 오디오나 비디오를 멈추거나 교사가 직접 입력물을 제공할 때는 전달을 멈출 수 있다.

실천가로부터 나온 착상들

반응하며 듣기 실습을 위한 예측 과제 활용하기

다음에는 내가 주의 깊게 듣기를 장려하며 학생 주도적인 상호작용을 하도록 하기 위해 활용하는 활동들이 있다.

- **목적**: 이와 같은 갈래의 과제는 학생들이 다음에 듣게 될 것에 대하여 명시적으로 예측을 하는 것을 장려하기 위해서이다.
- **활동의 초점**: 학생들은 예측이 가능하도록 이야기의 플롯과 인물에 대해 충분히 이해하고자 한다.
- **입력물**: 여러 차례 멈춤(나는 대본에 바탕을 두고 앞으로 이를 결정한다)이 있는 이야기 전달로 대략 15초마다 한 번씩 멈추는데 각 시점마다 학생들에게 예측을 하도록 할 것이다.
- **절차**
  - 크게 읽거나 이야기의 기록물을 재생한다.
  - 앞으로 나오게 될 부분들에 대하여 학생들이 각자 예측 내용을 말할 수 있도록(학생들은 놓친 부분을 이해하는 데 서로 도와 줄 수 있다)

미리 맞춰진 지점(이야기마다 최소 다섯 곳)에 멈춘다.
  - 각각의 멈춘 지점에서 몇몇 예측 내용을 뽑아내고, 그 다음에 덩잇말의 나머지 부분으로 진행한다(예측은 종종 어떤 인물에 대한 의견의 형식이다).
- 전략의 초점: 학생들은 자신들의 예측이 정확하게 맞는지 걱정할 필요 없이 분명한 예측을 하도록 한다.
- 결과: 각각의 멈춘 지점에서 한 예측 진술문, 모든 학생들로부터 나온 상호작용.

예시(초급 수준): 우화(A Folk Tale)

옛날에 잰체하는 여우가 있었어. 어느 날, 그는 숲을 걷고 있었는데 [(멈춤) 덫에 걸리고 말았어.] 그의 꼬리가 덫에 걸린 거야. 그는 잡아당기고 당기고 [(멈춤) 벗어났어.] 그렇지만 그의 꼬리는 덫에 남아 있었지. 그는 꼬리를 잃어버린 걸 너무나 슬퍼했지만 그는 매우 [(멈춤) 자존심이 셌지.] 그는 무리로 돌아와서, 그는 말했는데 [(멈춤) "모두들 봐바라, 나는 꼬리를 잘랐어. 꼬리 없는 게 너무 멋져."] 모든 다른 여우들은 …

이와 같은 활동은 준비하는 데 시간이 많이 걸리지 않으며 학생들은 모두 참여할 수 있기 때문에 좋아 한다(나는 자신의 예측을 소리치지 않도록 하는 것과 같은 규칙을 만들어야 했다). 끝에 전체 이야기를 재생하는데 이는 학생들에게 만족감을 준다.

－쉬린 파룩(Shireen Farouk), 파키스탄 영어 학회 회원·영어교사, 파키스탄 라호르

9.7. 자율적인 듣기

자율적인 듣기autonomous listening는 학습자가 무엇을 들어야 하는지 선택하고 자신의 이해에 대한 되짚어 보기를 찾아보며 그들이 선택한 방식으로 반응하고 자신의 향상 정도를 점검하는 자기 주도적인 활동을 가리킨다. 실제로 모든 자연 언어 습득natural language acquisition은 자율적인 듣기이다. 말하자면 습득에는 교사나 교실, 실시간으로 연

결되어 있는 강좌가 끼어들지 않는다. 그러나 자율적인 듣기의 범례 안에서 교사들은 여전히 학생들의 성공에 영향을 미치는데 특히 일정한 범위의 듣기 전략과 학습 전략에서 가르침을 통하여 영향을 미친다.

<개념 9.6> 자율적인 듣기

자율적인 듣기는 교수자의 직접적인 안내 없이 이뤄지는 독립적인 듣기를 가리킨다. 자율적인 듣기에는 논의되었던 모든 갈래, 즉 깊게 듣기, 선택하여 듣기, 상호작용하며 듣기, 반응하며 듣기 등의 듣기가 포함된다. 핵심은 학습자가 입력물 선택, 과제 마무리, 평가의 통제에서 학습자가 있다는 것이다.

실천가로부터 나온 착상들

자율성을 북돋우기

자율성의 핵심에 통제라는 생각이 있다. 그러나 학습자들이 자신들의 학습을 다스릴 수 있는 여러 가지 방법들이 있기 때문에 자율성이라는 개념은 필연적으로 복잡하고 학습자에 내재되어 있는 태도와 기술, 발달을 유도하는 상황 요인들이 … 관련되어 있다. 자율성이라는 개념은 다섯 가지 가설과 관련이 있다.

- 학습에서 자율성은 자연스럽고 모두가 이용 가능하다.
- 자율적인 학습은 자율적이지 않은 학습보다 더 효과적이다.
- 자율성은 다른 상황에서 다른 사람들에 의해서 정도를 달리하여 드러난다.
- 자율성이 부족한 학습자는 적합한 조건과 준비가 갖추어질 때에만 진보할 수 있다.
- 가르치고 배우는 방법은 우리가 가르치는 학습자들 사이에서 자율성의 발달에 중요한 영향을 발휘한다.

(이들 착상에 대한 자세한 내용은 벤슨(Benson, 2000) 참조)

—필립 벤슨(Philip Benson), 교재 집필자, 홍콩

가르침의 목적을 위해서 이뤄져야 하는 두 가지 구별이 중요한 듯하다. 첫째로, 전략들이 학습자(사용자)가 하는 결정이라면 학습자가 수행하는 정신적인 결정 혹은 정신적인 행위는 심리적으로 타당해야 한다는 것이다. 즉 언제 학습자가 전략에 관련되거나 관련되지 않았는지 그것이 학습자에게 분명해야 한다. 오직 심리적으로 타당하다

실천가로부터 나온 착상들

> 자율적인 듣기를 위한 단원 계발
>
> 영화는 학습자들이 자율적인 듣기로 나아갈 때 학습자들이 활용하기에 풍분한 듣기 자원의 원천이다. 역할극이나 토론과 같이 영화 듣기로부터 나온 더 넓혀진 활동들은 일반적으로 잘 적용되지만 실제로 학생들이 영화를 볼 때는 길을 잃는다는 것을 나는 잘 안다. 이야기와 관련하여 머무르고 그것을 통하여 언어표현을 배울 수 있는 얼개와 지원이 필요하다. 스스로 접속하도록 추천한 영화에 대하여 나는 선택된 장면들에 대한 전사본을 포함하였고 학생들이 활용할 수 있는 연습활동 은행을 개발하였다. 다음은 〈What's eating Gilbert Grape?〉이라는 영화로부터 나온 몇 가지이다.
>
> 선택하여 듣기: 수행해야 하는 정보 입력
> - 인물들 확인: 나이, 관계, 직업, 외양 묘사, 인성
> - 지리 확인
>
> 전체적인 듣기: 수행해야 하는 주제 입력
> - 조용히 듣고 언어표현 몇 가지 예측하기
> - 대본을 몇몇 장면과 연결하기
> - 답하기 위해 질문을 듣기
> - 순서를 바로잡아 말하기
> - 사건의 발생을 다시 순서잡기
> - 대화 간격 메우기(두 번 듣고, 아무런 소리 없이 들을 때 그 칸을 채우기)
> - 토박이 언어로 된 부제를 영어로 뒤침
> - B만 들음. A는 보고 듣고, B에게 묘사해 줌
> - 다시 이야기함
>
> —브렛 레이놀즈(Brett Reynolds), 교사, 캐나다 토론토

는 것만이 가르침에서는 고려되어야 한다. 두 번째로 향상이나 전문적인 기술, 수행과 관련된 전략들은 확인되고, 모형으로 만들며, 실천되어야 한다. 오직 성공적인 전략들만을 가르쳐야 한다. 성공적인 전략들은 성공적인 청자에 대한 조사연구를 통해 찾을 수 있다. 그런 청자들은 듣기 능력에서 향상을 보였거나 보이고 있는 사람들이다(Vandergrift, 2007). 성공적인 적용이 이뤄진 증거가 발견된다면 학습자가 무엇을 해야 하는지 지적하고 특정의 전략 활용을 촉진하기 위해 교사가 무엇을 해야 하는지 지적함으로써 전략들을 가르치는 일이 가능하다.

전략 연습에 대한 연구(훑어보기 위해서 로스트(Rost, 2006) 참조)에서 성공적인 듣기와 자주 연관되는 전략들의 갈래에 대하여 폭넓은 의견 일치가 있었다. (이는 어느 정도 이 장의 처음에 제시하였던 블록과 더피(2008)보다 더 일반적이다.) 일반적으로 성공적이라고 인식되는 다섯 개의 전략은 (1) 듣기에 앞서 정보나 개념들을 예측하기predicting, (2) 앞선 지식에 바탕을 두고 불완전한 정보로부터 추론하기making inference, (3) 자신의 듣기 과정과 듣는 도중에 있었던 성공에 대해 점검하기monitoring, (4) 혼란스러운 영역을 분명하게 하기clarifying, (5) 이해한 것에 대해 반응하기responding이다.

요약: 신선한 가르침 설계

이 장에서는 여섯 가지 듣기 실천사례를 개관하였는데 가장 통제된 것에서부터 가장 자유로운 것이 있었다. 여섯 유형은 모두 언어 학습과 습득에 유용한 것으로 간주하였는데 이들 여섯 가지에 대한 몇 가지 조합이 해당 가르침의 맥락에서 가장 적합할 듯하다. 교수자들은 학습자의 나이, 유창성의 수준, 문화에 따른 배움의 방법, 기댓값, 학급의 크기와 접촉 시간, 듣기 입력물의 원천에 대한 접속과 같은 변수들을 고려하여야 한다.

이 장은 참조하는 다수의 교사들은 할당된 교재와 강좌 자료들로 작업을 할 가능성이 높다. 할당된 교재에 의해 잠재적인 제약을 받을 때 교사들은 이 장에서 훑어본 듣기 실천사례의 유형이 포함되도록 자료들을 조정하는 여러 방법들을 찾을 수 있다(Tomlinson, 2003).

이 장에 있는 실천가들의 착상 본보기들은 듣기의 가르침에서 나날이 따라 할 수 있는 착상의 다양성을 보여준다. 특히 언어 학습에 대해 통제된 얼개 안에 자리 잡게 된다면 신선한 착상은 학생들에 동기부여를 잘 하고, 자신들의 언어 학습을 위해 '올바른 자질'을 발견하는 데 도움을 줄 것이다.

제10장 듣기 평가

평가는 세 가지 이유에서 언어 가르침에서 통합적인 부분이다. 무엇보다도 평가는 가르침의 설계를 위해 출발 지점과 계속 지점을 교사들에게 제공해 준다. 두 번째로 평가는 학습자의 수행에 대해 되짚어 주기를 하는 명시적인 수단을 제공해 주고 학습자들을 위한 목표 설정에 도움을 준다. 세 번째로 평가는 교육거리 평가의 일부를 이루는데 교육과정과 교사의 수행이 궤도를 지키도록 해준다.

듣기 영역에서 평가는 특히 중요한데 학습자들에게 분명히 드러나는 약점을 지적해 주는 혹은 교육과정의 약점을 지적해 주는 가르침의 설계를 위해서 그리고 학습자들의 자신감을 높여주기 위해서, 충분하게 이뤄지는 되짚어 주기를 받아들이는 것이 본질적이기 때문이다. 이 장에서는 다음의 주제를 아우르면서 평가를 듣기 가르침으로 통합하기 위한 안내를 하고자 한다.[1)]

1) 글로벌콘텐츠의 언어교육 시리즈인 『말하기 평가』(Luoma; 김지홍 뒤침, 2013)와 『듣기 평가』(Buck; 김지홍 뒤침, 2013)의 책들은 평가에 대한 논의가 깊이 있게 진행되지 않은 국어교육 현장과 달리 다양한 방법으로 논의가 이뤄지고 있는 영어권 나라들의 평가들에 대한 논의를 소개하고 있어 읽어볼 만하다. 이 책의 저자는 듣기 평가와 관련하여 벅의 책을 그렇게 많이 참조하고 있지는 않은 듯하다.

- 듣기 평가의 유형
- 수행에 영향을 미치는 요인과 난도에 이바지하는 요인들
- 상호작용을 통한 듣기에서 평가를 위해 입말 면담 활용하기
- 듣기 유창성 수준을 기술하기 위한 기술 저울눈 활용하기
- 듣기를 위해 수행내용철 유형의 평가 활용하기

10.1. 평가를 위한 사회적 맥락과 교육적 맥락을 자리매김하기

이 점에 대한 우리의 기술은 듣기가 수용의 측면, 구성의 측면, 상호작용의 측면, 변형의 측면이 있는 복합 능력이라는 특징을 지니는 것으로 본다. 철저하게 듣기를 평가하고자 한다면, 이들 모든 측면들이 반영된 개인의 능력을 기술하는 수단이 어느 정도 필요할 것이다. 물론 듣기 평가와 관련된 내재된 어려움은 듣기가 주로 인지 활동이라는 점 그리고 객관적인 잣대로 쉽게 관찰 가능하지 않다는 것이다.

<인용 10.1> 평가의 새로운 형태에 대한 데이비드 그래덜(David Graddol)의 견해

최근에 영어교육(ELT: English Language Teaching)의 실천에서 여러 발전이 ELT를 새로운 방향으로 이끌어가기 시작했다. 예컨대 유럽 언어의 수행내용철은 비전통적인 방식으로 학습자의 경험과 성취를 기록하고자 하였다. 모든 언어에 걸쳐 성취 수준에 대한 통일된 접근을 제공하기 위해 시도된 언어에 대한 유럽 공통 참조 얼개(CEFR: common European framework of reference)는 실패의 측면에 초점을 맞추기보다는 '할 수 있는' 진술을 채택하고 있다. 그와 같은 발전은 ELT 실천사례가 새로운 사회적 기대, 정치적 기대와 경제적 기대를 충족하도록 진화한 방식을 예시하며 나는 ELT라는 용어가 여전히 사용되고 있지만 유의미하게 전통적인 EFL 모형으로부터 벗어났다는 것을 믿게 된다.

— 그래덜(Graddol 2006)

이와 같은 직접적인 접속의 어려움은 듣기에 대한 어떤 평가이든 간접적인 측정 방식을 채택해야 하며 그것은 언제나 어느 정도 우리가 기술하고자 하는 실제적인 심리언어학적인 처리로부터 벗어나 있음을 의미한다. 따라서 듣기를 평가하는 중심 수단은 듣는 도중 학습자들이 몰두하고 있는 다양한 언어 활동을 관찰하는 것이며 기예에 대하여 받아들일 수 있는 정도의 타당성을 지닌 품질 기준과 양적 잣대를 계발하는 것이다(오술리반 외(O'Sullivan 외, 2002) 참조).

타당성이라는 개념은 넓은 개념과 좁은 개념 둘 다에서 평가되고 있는 것에 대한 일치를 가리킨다. 타당성을 고려하기 위한 출발점은 평가되고 있는 것에 대하여 포괄적이고 맥락에 맞는 모형을 구성하는 것이다. 〈표 10.1〉은 영어를 배우기 위한 구성 모형에서 핵심 변수들 특히 평가의 선택에 가장 영향을 미치는 요인들을 보여준다.

보고의 형식과 평가의 형태를 준비할 때 그리고 평가의 결과를 활용하고자 할 때, 언어가 학습되고 있는 맥락, 학습하고 있는 학생들의 목표, 부담감이 높은 평가가 학생에게 미치게 될 잠재적인 사회적 영향과 정치적 영향을 이해하는 것이 중요하다(Hamp-Lyons and Davies, 2008, 1997; Shohamy 2001).

<인용 10.2> 평가의 맥락에 대한 햄프-리온스의 견해

> 맥락과 교실수업에 필요성, 교사의 요구가 대규모 시험에서는 다르다. 대규모 시험에서는 구별하고, 분리하고 범주로 묶고 이름을 붙여야 한다. 일반적인 요소, 공통적인 요소, 집단을 확인하는 요소, 잴 수 있는 요소, 반복할 수 있는 요소, 예측 가능한 요소, 일관된 요소, 특징적인 요소가 필요하다. 교사와 교실수업에서는 특별한 요소, 개인적인 요소, 변화가 있는 요소, 변화 가능한 요소, 놀라운 요소, 미묘한 요소, 독특한 요소, 다듬어지지 않은 요소, 독특한 요소를 찾는다. 어떤 것이 더 낫지는 않지만 다르다. 우리는 단지 다름의 정도를 최근에 깨닫기 시작했을 뿐이다. 다른 인식으로부터 자라났으며 다른 장소로 우리를 데려갈 것이라는 점에 놀라서는 안 된다. …
>
> – 햄프-리온스(1997)

<표 10.1> 영어 학습 모형과 평가에서 선택

EFL (외국어로서 영어)	ESL (제2언어로서 영어)	EYL (어린 학습자를 위한 영어)	전지구적인 영어/ 링구아프랑카[1]
목표로 하는 영어의 변이형(방언)			
토박이 화자, 일반적으로 미국계 영국인, 오스트리아인	토박이 화자–현지	일반적으로 목표 언어로 토박이 화자의 변이형을 쓰도록 요청을 받지만 교사의 문제로 이 점이 비현실적임	특정의 변이형보다는 국제적인 해득 가능성에 초점을 둠. 제1언어의 특징 몇을 지니고 있으면서 영어를 통해 국가 정체성을 유지하고자 기대하며 국제적인 변이형의 일정한 범위 안에서 수용하는 기술을 필요로 함.
기술 초점			
입말 의사소통에 초점, 목표 언어 화자와 상호작용을 위한 의사소통 전략을 강조함	글말 능력을 포함하여 모든 기술에 동등하게 초점을 맞춤	어린 학습자는 제1언어의 글말 능력을 지니지 않을 수 있으므로 말하기와 듣기를 강조함	글말 능력을 포함하는 모든 기술들인데 때에 따라 뒤침과 해석 기술도 필요함. 또한 문화들 사이의 의사소통 전략도 강조함
1차 목표			
주로 목표 언어의 토박이 화자의 의사소통하고자 함. 입학, 입사를 위한 요구조건 충족시키기	현지에서 역할하기. 때로 새로운 국적을 얻기도 함	언어에 대한 자각을 계발하고 뒤에 있을 더 높은 수준의 유창성을 준비함	자신의 나라에서 일자릴 얻고 다른 나라에서 온 비토박이 화자들과 의사소통하고자 함.
학습 환경			
교실 수업에 초점을 맞춤. 시간에 따른 과목, 영어 사용 국가에 수시로 방문	현지에서 몰입 경험을 제공함. 가족 중 몇이 모범을 제공할 수 있음	유치원, 입학 전 학교, 초등학교 교실에서 때로 비공식적임. 감정적인 요인들이 중요함	교실수업이 핵심 맥락이지만 충분하지는 않음 사적인 교습 혹은 가정교사가 종종 활용됨
평가			
지역 시험이나 국제 시험 (IELTS, 캠브리지 ESOL, TOEFL, TOEIC)	시민권 시험이나 비자 통과 시험	비록 국제 수준의 시험이 가능하지만 일반적으로 지엽적인 검사나 비공식적인 평가	기존의 시험은 종종 적합하지 않음. 평가는 종종 영어로 수행할 수 있는 능력 평가를 통해서 혹은 영어로 가르친 지식을 평가함으로써 이뤄짐(CEF 얼개에서처럼)

10.2. 기준과 구성물을 계발하기

평가되어야 하는 것은 성공에 대한 어떤 기준과의 관련성을 표상하는 기준criterion과, 평가에서 측정하고자 하는 밑바탕에 있는 성질이나 특성을 표상하는 어떤 구성물construct 둘 다를 가리킬 수 있다. 기준과 구성물은 관련이 있지만, 전문적으로는 같은 것을 가리키지 않는다. 절대 평가criterion-referenced assessment와 구성물 참조 평가construct-referenced assessment을 절충하고자 하는 접근법은 오랫동안 언어 평가 학회에서 관심거리의 원천이 되어 왔다(Weir, 2005; Fulchur and Davidson, 2007; Shohamy, 2001 참조).

<개념 10.1> 기준과 구성물

절대 평가(criterion-referenced test)[3]는 특정의 교과에서 그와 같은 점수를 얻은 사람들의 예상되는 행동에 대한 진술과 평가 점수를 동일시하는 평가이다. 자신의 학생들에 대하여 교수자에 의해 출제된 대부분의 퀴즈나 평가는 절대 평가이다. 그 목적은 학생들이 그 자료를 배웠는지 아니면 배우지 않았는지 알아보고자 하는 것이다. 때로 절대 평가에는 '탈락 점수'가 있는데 이 기준 위의 점수를 받은 사람은 누구든 평가되고 있는 자료를 '통달하였다'고 말한다. 이 '탈락 점수'가 '기준'이라고 부를 수 있다.

교육적인 평가에서 어떤 구성물은 지능, 능력의 어떤 측면이고 어떤 평가에서 측정하고자 하는 의도이다. 만약 '대화에서 발화의 이해'가 구성물이라고 믿는다면, 측정될 수 있는 지능이나 능력의 독특한 특징이라고 선언하는 것이다.

2) 모국어를 달리하는 사람들이 상호이해를 위하여 습관적으로 사용하는 언어. 이런 의미에서 그 언어는 어느 한쪽 사람의 모국어이거나 또는 제3의 언어이거나 상관이 없다. 좁은 뜻에서는 어느 한쪽의 모국어도 아니지만, 대개의 경우 양쪽 국어가 혼합되고, 문법이 간략한 언어를 말한다. 이 언어를 피진어(pidgin)라고도 하며, 피진잉글리시가 그 대표적인 예이다. 링구아프랑카라는 명칭은, 십자군시대에 레반트지방에서 사용되던 프로방스어를 중심으로 한 공통어에서 유래한다. 식민지시대 이후 세계 각지에서 많이 생겼다(두산백과사전 참조).

<인용 10.3> 증거-중심 평가에 대한 윌리엄 힐(William Hill)의 견해

심리학자들이 증거에 기반을 둔 치료를 평가하는 것과 같은 방식으로 평가에 대해 생각하기를 원하였다. … 증거 중심의 가르침과 학습으로서, 평가에서 하고 있는 것들을 생각해 보기로 한다. 말하자면 성취하고자 하는 것을 성취하고 있으며 증거에 기반을 두고 있다는 것을 알고자 한다는 것이다. … 이와 같은 방식으로 교실수업을 개념화하는 것은 특정 강좌의 효과를 측정하여 등급을 주관적으로 매기거나 학생들의 과정 평가만을 이용하는 것으로부터 벗어난다는 것을 보여준다. 학생들의 배움에 대한 증거를 모으고 사용하는 것은 학생들에 강좌나 전체로서 교육거리에 만족하는 것을 묻는 것보다 좀 더 타당하다.

비록 이런 과정이 학습에 대한 자기 보고를 포함하는 현장조사연구를 벗어나기도 하지만 (자기 보고가) 학생들이 실제로 무엇인가를 배우는지 여부를 묻는 질문에 대하여 객관적으로 답을 하는 것은 아니다. 학생들은 행복할 수 있고 아무런 것도 배우지 않을 수 있다. 우리에게는 품질에 대한 참고 전략 모형이 필요한 것이다. 그리고 우리가 학생들을 평가하는 것과 같은 방식으로, 즉 효과가 없음, 효과 있음, 효과적이거나 두드러짐으로 평가하는 것과 같은 방식으로 우리가 하는 교육거리와 가르침을 평가할 수 있는 것이다.

―윌리엄 힐, 캔자스 주립대학의 교수·학습 우수성 센터,
미국 캔자스 주 맨하턴

1950년대 심리측정 검사 연구는 심리 검사의 타당성에 대한 연구를 개시하게 하였는데 언어 검사는 그와 같은 심리 검사의 일종으로 간주될 수 있다. 구성물 타당도construct validity를 만든 사람으로 받아들

3) 이와 영어 의미로 비슷하기 때문에 우리말 뒤침 책에서 혼동하여 쓰이는 용어로 norm-reference test가 있는데 이는 의미가 다르다(특수교육학 용어 사전에서도 마찬가지 잘못을 하고 있음). norm reference에서 norm은 수험생들의 점수 분포가 정규 분포를 이루도록 한다는 의미이다. 따라서 흔히 뒤치는 말인 규준 참조는 이 용어의 뜻을 제대로 드러내지 못한다. 따라서 norm-reference test 는 수험생들의 상대적인 점수 분포를 염두에 두고 정규분포가 이루어지도록 하는 상대 평가의 의미를 지닌다. 그에 비해 여기서 제시하는 criterion은 위의 〈개념 10.1〉을 참조할 때 절대 평가의 의미를 지닌다. 기준을 세워 놓고 그 기준에 이르렀는지 여부에 따라 평가되기 때문이다. 따라서 영어 용어의 뜻보다는 우리나라에서 널리 쓰이는 용어를 살려서 절대 평가로 뒤친다.

이고 있는 크론바크Cronbach[4]는 인간의 능력에 대해 절대적으로 타당한 검사는 없다고 주장하면서 검사되고 있는 것에 대하여 더 강하거나 더 약한 추론 논증을 지닌 검사가 있을 뿐이라고 주장하였다(McNamara and Roever, 2006). 언어 검사에 대한 타당도를 자리매김할 때 두 갈래의 논증이 사용되어 왔다. **기준-참조** 혹은 **구성물 참조**가 있었다(세 번째 유형은 **결과 타당도**consequential validity로 이제는 중요도가 높아졌는데 평가가 학습자의 앞으로의 학습 경로에 미치는 영향에 관련되는 것으로 메식(개관으로 Messick, 1995 참조)에 의해 처음으로 도입되었다. 여기에 대해 이 장의 뒤에 '환류 효과washback'로 논의할 것이다).

절대 평가는 만약 어떤 학생이 어떤 평가에서 잘 했다면(탈락 점수 기준을 통과함), 그는 특정의 검사 맥락을 벗어나서 좀 더 넓은 목표 영역에 있는 특정의 과제를 성공적으로 수행하는 데 필요한 기술과 능력을 보여줄 것임을 예측하고자 한다. 언어 평가의 경우 **목표 언어 사용**TLU: target language use 혹은 **목표 언어 사용 영역**TLU domain이다. 기준 참조의 사례는 TOEFL에서 듣기 평가를 잘 수행하는 사람이 결과적으로 영어를 매체로 하는 대학에서 이뤄지는 학업 강좌를 잘 들을 것이라는 예측이다(Sawaki and Nissan, 2009). 이와 같은 유형의 절대 평가의 타당도는 사회적으로 조금 더 적합한 증거 중심 평가evidence-centered assessment 설계를 지향하는 움직임의 일부로 강조되어 왔다(Mislevy and Risconscente, 2006).

절대 평가의 타당도가 주로 외적인 측정과 기준에 관심을 둔다면, **구성물 참조 타당도**construct-referenced validity는 특정의 능력이 성공적으로 증명되는 직접적인 증거에 가장 관심을 갖는다(예컨대 만약 음운 구별이 타당한 구성물이라면, 이 능력에 대하여 학습자가 통달하였음을 보이도록 하는 평가 문항을 설계하고자 할 것이다).

---

4) 통계학에서는 신뢰도 계수로 크론바크 α를 쓰고 있다.

<인용 10.4> 듣기의 구성물에 대한 더글라스 브라운(Douglas Brown)의 견해

… 듣기는 언어들의 연쇄가 머리에 전사될 때 그것들에 대한 선조적인 처리인 것만은 아니다. 듣기를 어렵게 만들어주는 다음의 목록을 고려해 보기로 한다.

- 덩이 묶기: 적절한 언어 '덩이', 즉 구절, 절, 구문에 주목하기
- 잉여성: 준비되지 않은 입말에서 일반적으로 포함되는 것으로 반복, 다시 풀어쓰기, 다듬기와 삽입, 그와 같은 인식으로부터 얻게 되는 혜택
- 수행 변수: 자연스러운 발화에서 머뭇거림, 잘못된 시작, 쉼을 '제거할' 수 있음.
- 구어적인 표현: 익은말, 전문어, 축약 형태, 공유된 문화 지식에 대한 이해
- 전달의 속도: 전달의 속도를 따라가기, 화자가 계속 이어갈 때 자동적인 처리
- 강세, 가락, 억양: 입말의 운율적인 요소에 대한 이해
- 상호작용: 언어의 상호작용 흐름을 관리하기

– 브라운과 아뷰위크라마(Brown and Abewickrama, 2010)

듣기 능력 평가를 포함하여 어떤 형식의 언어 평가에서든 타당성을 주장하기 위해서 이런 접근법들의 조합을 고려할 필요가 있다. 어떤 듣기 평가에서든 측정하고자 하는 듣기 능력에 더하여 어느 정도 학습자의 일반적인 언어 지식과 일반적인 이해 능력을 측정할 것이다. 이와 같은 상위 수준의 (일반적인) 능력top-level(general) ability과 (특정 기술에 매인) 하위 수준의 능력bottom-level(skill-specific) abilities 사이의 필수적인 겹침의 원리가 언어 평가 영역에서 설정되었는데 아마도 가장 분명해진 것은 버크 외(Buck 외, 1998)과 타추오카(Tatsuoka, 2009)에 의해서이다.

규칙-공간 방법론(서로 다른 인지 기술을 측정하고자 하는 검사에서 수험자의 평가 문항 반응을 분류하기 위한 통계적 방법)이라고 부르는 절차를 이용하여 버크와 타추오카는 수험자의 수행에 대한 평가에서 실제로 모든 분산variance을 설명하는 열다섯 개의 속성들을 떼어낼 수 있었다.

<개념 10.2> 규칙 공간 방법(rule-space methodology)

심리 측정법에서 교육적인 평가의 기법과 관련이 있는 분야로서 문항 반응 이론(IRT: item response theory)은 설문과 검사에 대해 설계하고 점수를 분석하는 틀이다. IRT는 어떤 문항에 대한 올바른 답변의 가능성이 수험자의 매개변인(참된 능력)와 문항 매개변인(난도와 문항들의 변별 가중치)의 수학적 함수라는 생각에 바탕을 두고 있다. IRT 안에서 규칙 공간 방법(rule-space methodology)[5]은 수험자들 사이의 응답 유형을 밝히고 일군의 문항들에 의해 측정된 특성이나 능력들을 규정하기 위한 통계적인 기법이다.

상위 수준 속성들(이를테면 모든 언어 기술에 일반화될 수 있음)에는 다음이 포함된다.

- 무엇이 과제에 적합한 정보를 구성하는지 결정함으로써 과제를 인지할 수 있는 능력
- 정보를 배치하기 위해 이전 문항들을 활용할 수 있는 능력
- 명시적인 표지 없이 적절한 정보를 확인할 수 있는 능력
- 덩잇말 처리에서 추론을 하고 배경 지식을 통합할 수 있는 능력
- 사회 화용론적 지식, 어휘 지식, 문법 지식을 끌어들일 수 있는 능력

하위 수준 속성(이를테면 듣기에만 매인 속성)에는 다음이 포함된다.

- 자동적이며 실시간으로 입말 덩잇말을 재빠르게 훑어볼 수 있는 능력
- 밀집되어 있는 정보를 처리할 수 있는 능력
- 운율에 따른 강세를 활용하고 이해할 수 있는 능력

5) 이 방법을 이용한 대표적인 논의 가운데 읽기 능력의 세부 구성물을 밝히기 위한 논의들이 있다. Svetina·Gorin·Tatsuoka(2011), "Defining and Comparing the Reading Comprehension Construct: A Cognitive—Psychometric Modeling Approach", *International Journal of Testing* vol. 11 No. 1, pp. 1~23.

• 잉여적인 요소들을 인지하고 활용할 수 있는 능력

비록 기저에 있는 인지 기술에 대한 이런 추론 절차가 아무런 문제가 없지는 않을지라도(지엘 외(Gierl 외, 2005) 참조), 듣기를 통달하는 데 이바지하는 기술들의 범주를 확인하는 데 도움을 준다. 로스트(Rost, 2005)에서는 검사에서 측정하고자 하는 속성들의 범주를 확인하기 위하여 기존의 듣기 평가를 살피고 있다.

• IELTS(The International English Language Testing System, 캠브리지·영국 문화원): 국제 영어 평가 제도는 의사소통의 언어로 영어가 사용되는 곳에서 일하거나 공부할 필요가 있는 후보자들의 언어 능력을 평가하기 위해 마련되었다.
• TOEFL(The Test of English as a foreign Language, ETS): 외국어로서 영어 평가는 비토박이 화자들에 대하여 단과 대학과 종합 대학 환경에서 사용되는 북미 영어의 이해와 사용 능력을 측정한다.
• TOEIC(The Test of English for International Communication, ETS): 국제적인 의사소통을 위한 영어 평가는 교육을 위한 평가 제도로 도입되었다. TOEIC의 평가 문제는 국제적인 환경(모임, 여행, 전화 통화 등)에서 실제적인 일터에 바탕을 두고 있다.
• CPE(The Cambridge Proficiency Examination, 캠브리지): 영어로 다른 사람을 가르치거나 대학에서 연구를 하고자 하는 비토박이 화자를 대상으로 하는 캠브리지 유창성 검사이다. 80개 이상의 나라에서 45,000여명이 응시를 한다.
• CAE(The Cambridge in Advanced English, 캠브리지): 캠브리지 대학 공인의, 작업이나 연구 목적 의사소통 능력에 대한 고급 영어 평가.
• FCE(The First Certificate in English, 캠브리지): 캠브리지 대학 주관 시험 가운데 가장 널리 쓰임. 사업 맥락이나 사회적 맥락을 위한 영어에 대한

지원자의 수준을 재기 위해 사용된다.

- PET(The Preliminary English Test, 캠브리지): 영어 중급 수준의 학습자를 위해 마련되었다. 읽기, 쓰기, 듣기와 면담 요소들로 구성되어 있다.
- KET(The Key English Test, 캠브리지): 캠브리지 대학 주관 시험 가운데 가장 쉽다. 읽기, 쓰기, 말하기, 듣기에 대한 기본적인 지식을 측정한다.
- ECCE(The Examination for the Certificate of Competency of English, 미시간): EFL 시험으로서 중상위 수준임. ECCE는 영어에 대한 형식적인 지식보다는 의사소통을 위한 사용을 강조한다.
- ECPE(The Examination for the Certificate of Proficiency in English, 미시간): 고급 수준(C2)의 EFL 시험이다. 대학 맥락이나 직업 맥락에서 일반적으로 사용되는 내용과 기술을 반영하며 고급 수준의 영어 유창성에 대한 검사를 한다.
- PTE(The Pearson Test of English Academic, 피어슨): 외국에서 공부하기를 원하는 영어 비토박이 화를 대상으로 하는 컴퓨터 기반 학업 영어 검사이다.

이와 같은 살핌을 통해 언어 능력 가운데 듣기에 매인 속성들을 표상하는 것으로 일반적으로 주장하는 다섯 가지 속성들이 확인된다.

- 해당 언어의 말소리 체계에 대한 음운 지식(*phonological knowledge*)으로 음소, 음운 규칙, 운율적인 요소들이 포함되며, 발화를 재빠르게 처리할 수 있는 능력도 포함된다.
- 문장 수준과 담화 수준의 규칙과 구문, 통사결속에 대한 통사적 지식(*syntactic knowledge*)으로 정확한 분석을 재빠르게 수행할 수 있는 능력이다.
- 낱말, 어휘 구절, 낱말 범주, 어휘 항목들 사이의 의미 관계에 대한 의미 지식(*semantic knowledge*)으로 의미론적 셈을 빠르게 할 수 있는 능력이다

(이를테면 유의어를 확인하고 낱말들 사이의 상하의 관계를 정함).

- 공식적인 표현, 선수 치기, 간접 표현, 생략(서로 이해하는 정보를 줄임)의 사용을 포함하여 언어 의사소통의 유창한 화자가 되는 화용적 지식(*pragmatic knowledge*).
- 세계에 대한 일반적인 지식(역사, 지리, 과학, 수학), 공통적인 인간관계와 일반적으로 논의되는 주제들에 대한 일반적인 지식(*general knowledge*), 평가 상황에서 자신의 지식을 활용하는 방법에 대한 지식.
- (평가에서 면담 부분에 대하여) 상호작용을 위한 화용 지식(*interactive pragmatic knowledge*)으로 실시간 상호작용에서 음운 지식, 통사 지식, 의미 지식의 활성화를 포함하여 실시간으로 추론하기, 제시 내용을 경신하기, 대화 참여자의 질문에 응답하고 일정한 길이의 쉼 없어 되짚어 주기, 오해를 고치는 전략을 채택하기.

10.3. 평가를 위한 듣기 모형의 형식화

타당한 평가에 관련되는 듣기의 구성요소에 대한 지금까지의 기술에 바탕을 둔다면 듣기 평가에 대한 논의를 이끌어가는 지도를 만드는 데 도움을 줄 것이다. 〈그림 10.1〉은 듣기 능력에 대한 일반적인 지도를 제공하는데 일반적인 언어 능력과 겹침을 보여준다. 〈그림 10.2〉에서 〈그림 10.6〉은 이 모형에서 그 구성요소에 대한 세부적인 내용들을 제공한다.

<그림 10.1> 일반적인 언어 능력과 듣기 능력

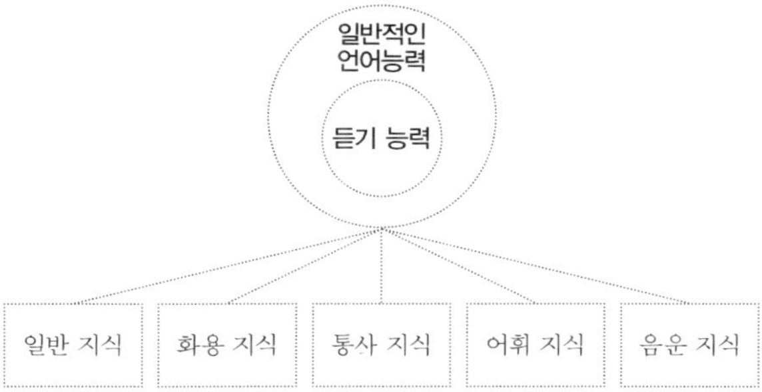

듣기 능력은 일반적인 언어 능력의 하위 집합이다. 듣기 능력에 대한 어떤 평가든 일반적인 언어 능력 평가가 될 것이다.

<그림 10.2> 음운 지식

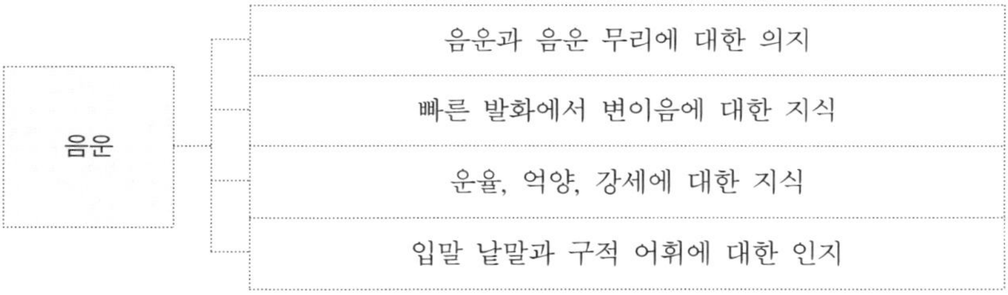

음운 지식은 음소, 변이음, 운율, 억양, 강세에 대한 지식으로 이뤄져 있다. 또한 발화의 흐름에서 낱말들의 인지에 이와 같은 지식의 적용도 포함하고 있다.

<그림 10.3> 어휘 지식

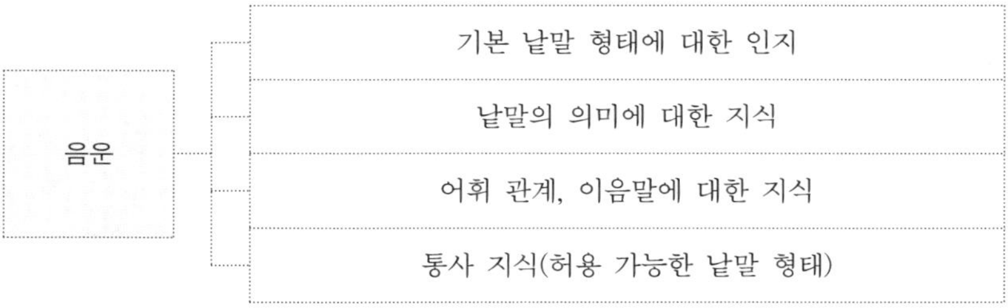

어휘 지식은 낱말들의 의미와 다른 낱말과의 관계, 이음말을 아는 것을 아우른다.

<그림 10.4> 통사 지식

통사	
	문장 수준의 분석 수행능력(쉼 단위 안에서 기본 문법 이해)
	담화 수준의 분석 수행능력(쉼 단위에 걸친 문법)
	이음말 인지하기
	담화에서 겉속 표지 이해하기

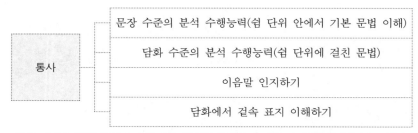

통사 지식은 담화와 문장 수준에서 발화를 분석할 수 있는 능력에 바탕을 두고 있다.

<그림 10.5> 화용 지식

화용	
	이전 정보 대 새로운 정보의 흐름 따라가기
	화자의 의도와 동기 추론하기
	덩잇말 얽힘 인지하기(문화 참조)
	사회적 관례와 문화적 관례 이해하기
	대화 참여자들 사이의 관계 이해하기

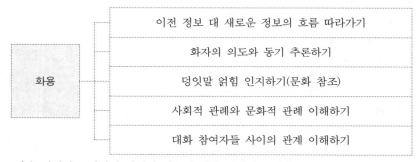

화용 지식에는 발화의 사회적 기준에 대한 인지가 포함된다.

<그림 10.6> 일반 지식

일반적인 지식	
	교과 내용/배경 지식
	언어 외적인 지식(시각, 몸짓, 얼굴표현)
	언어 딸림 표현에 대한 지식(운율적 자질)
	사회적 지식과 화용 지식
	전략에 대한 지식(사회적, 인지적, 상위 인지적 전략)

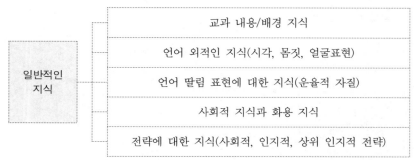

일반 지식에는 사람들이 소통하는 방법을 포함하여 세계에 대한 지식이 포함된다.

10.4. 평가의 형식 만들기

언어 습득의 밑바탕에 있는 원리들에 조사연구에 바탕을 두고(7장과 8장), 듣기를 위한 가르침의 설계에 대한 구체적인 사항들을 계발[6] 해 온 것과 마찬가지로, 듣기 능력의 기저에 대한 평가의 원리에 바탕을 두고 평가의 형식을 기술할 필요가 있다(10장 1~3절). 평가의 형식forms of assessment은 어떤 매체(오디오, 비디오, 덩잇말)를 포함하는 재료와 일반적인 절차, 평가에 참여하거나 검사를 받기 위한 항목들, 평가에 대한 점수를 매기는 수단을 가리킨다. 일반적으로 쓰이는 평가 형식에는 다음을 포함한다.

구별하는 문항으로 검사

- 듣기 덩잇말에 뒤따르는 선다형 검사(맞는 응답과 틀린 응답에 점수를 매김). (피어슨 영어 검사로부터 나온) 사례가 〈그림 10.7〉에 있다.
- 듣기 덩잇말의 제시에 뒤따르는 열린 문항(질문에 대하여 '올바름'과 '완결성'이라는 저울눈에 따라 점수를 매김)

6) 우리말에서 잘못 쓰이는 한자어로 대표적인 짝이 개발(開發)과 계발(啓發)이다. 전자는 주로 물질을 써서 물질이 있게 하거나 피어나게 하는 활동이라면 후자는 마음(정신)으로 무엇인가를 피어나게 하는 활동을 가리킨다. '자기 개발 계획서'가 아니라 '자기 계발 계획서'가 알맞은 표현이다.

<그림 10.7> 덩잇말에 뒤따르는 선다형 검사

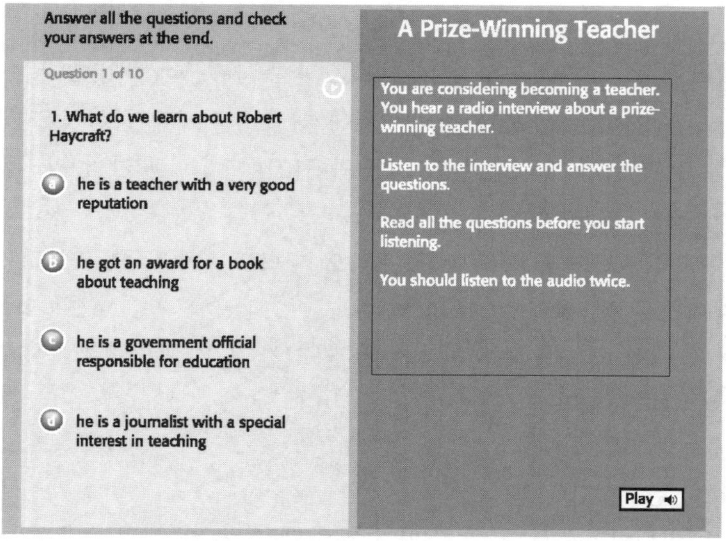

모든 질문에 답하고 마지막에 답을 표시하시오.	상을 받은 교사
문제 10개 중 1번 1. 로버트 헤어크랩트에 대해서 무엇을 알았습니까? ⓐ 그는 명망이 높은 교사이다. ⓑ 가르침에 대한 책으로 상을 받았다. ⓒ 교육을 담당하고 있는 공무원이다. ⓓ 가르침에 특별한 관심이 있는 기자이다.	당신은 교사가 되려고 합니다. 당신은 어떤 상을 받은 교사에 대한 라디오 면담을 듣게 됩니다. 면담을 듣고 질문에 답하세요. 질문들은 듣기를 시작하기 전에 읽으세요. 녹음 기록은 두 번 들어야 합니다. 재생

*출처. 피어슨 영어 검사(© 2010 피어슨 영어).

과제 기반 검사

- 듣기 덩잇말에 대한 반응에서 적절한 비언어적 행위를 하도록 하는 것과 관련되는 과제들
- 하나의 응답과 관련되는 닫힌 과제로 (UCLA의 한국어과에서 나온) 본보기가 〈그림 10.8〉에 제시되어 있다.

<그림 10.8> 듣기 대본에 뒤따르는 닫힌 과제

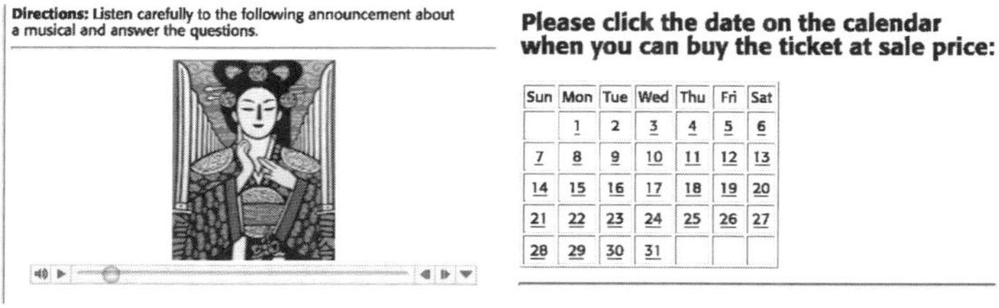

지시문: 어떤 음악에 대한 다음의 방송을 잘 듣고 물음에 답하시오.

할인 가격으로 티켓을 살 수 있는 때를 달력에서 날짜에 표시하시오.

- 열린 질문에는 여러 응답이 관련되어 있다.
  - 듣기 덩잇말에 대한 반응에서 적절한 비언어적 행위를 하도록 하는 것과 관련되는 과제들로 (examenglish.com에서 나온) 본보기가 <그림 10.9>에 제시되어 있다.

<그림 10.9> 듣기 대본에 뒤따르는 열린 과제

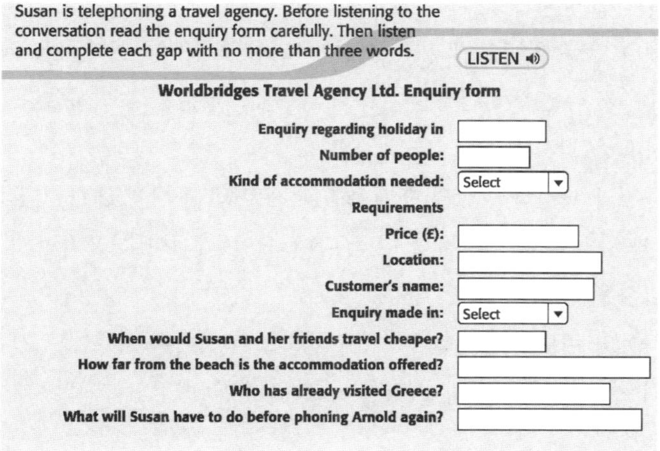
Susan is telephoning a travel agency. Before listening to the conversation read the enquiry form carefully. Then listen and complete each gap with no more than three words.

LISTEN

Worldbridges Travel Agency Ltd. Enquiry form

Enquiry regarding holiday in ______
Number of people: ______
Kind of accommodation needed: Select
Requirements
Price (£): ______
Location: ______
Customer's name: ______
Enquiry made in: Select
When would Susan and her friends travel cheaper? ______
How far from the beach is the accommodation offered? ______
Who has already visited Greece? ______
What will Susan have to do before phoning Arnold again? ______

수잔이 여행사에 전화를 하고 있습니다. 대화를 듣기 전에 질문 양식을 꼼꼼하게 읽어 보십시오. 그 다음에 듣고 각 빈 칸을 세 낱말 이내로 완성하십시오.

듣기 🔊

월드브릿지 여행사 저작권. 질문 영식

휴가의 (선택) 시기와 관련된 질문	
사람의 수:	
필요로 하는 숙박의 종류:	
요구사항	
가격:	
장소:	
고객의 이름:	
질문은 (선택의) 말로	
언제 수잔과 친구는 더 싸게 여행하게 되는가?	
제공되는 숙소는 해변가 얼마나 멀리 있는가?	
누가 이미 그리스를 다녀 왔는가?	
아놀드와 다시 전화를 하기 전에 수잔은 무엇을 하여야 하는가?	

*출처. www.examenglish.com

통합적인 검사

- 대본을 듣는 동안이나 듣고 난 뒤에 따르는 기억 검사로 이를테면 공책에 적게 하거나 강의를 요약하게 하는 일(정확성의 저울눈과 사실과 생각이 포함되는 양의 저울눈에 따라 점수를 매김)
- 전체나 부분 받아쓰기의 본보기가 〈그림 10.10〉에 있다. (examenglish.com에서 나온) 이 검사는 CAE에서 듣기 부분을 모의하였다.
- 의사소통 검사
  - 듣기와 관련하여 글말 의사소통 과제(어떤 문제에 대한 기술을 듣고 난 뒤 불평하는 편지 쓰기와 같이 어떤 과제의 성공적인 마무리에 바탕을 두고 점수를 매김).
  - 듣기와 관련하여 입말 과제(어떤 지도의 지시에 따르기와 같은 과제의 성공적인 완수에 바탕을 두고 점수를 매김).

<그림 10.10> 듣기 통합 과제[6]

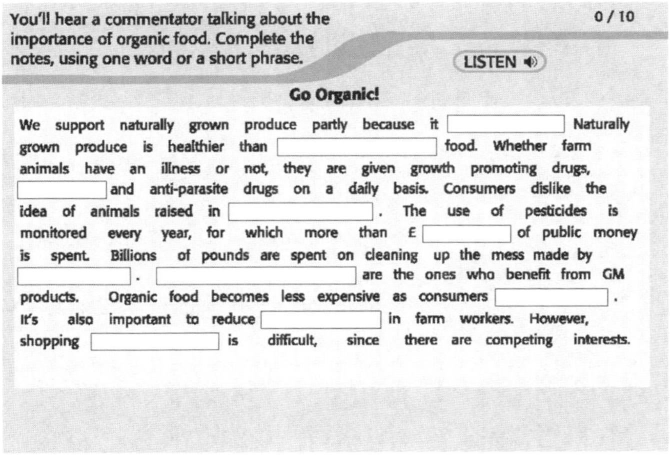

You'll hear a commentator talking about the importance of organic food. Complete the notes, using one word or a short phrase.

0 / 10

LISTEN

Go Organic!

We support naturally grown produce partly because it ______ Naturally grown produce is healthier than ______ food. Whether farm animals have an illness or not, they are given growth promoting drugs, ______ and anti-parasite drugs on a daily basis. Consumers dislike the idea of animals raised in ______. The use of pesticides is monitored every year, for which more than £ ______ of public money is spent. Billions of pounds are spent on cleaning up the mess made by ______. ______ are the ones who benefit from GM products. Organic food becomes less expensive as consumers ______. It's also important to reduce ______ in farm workers. However, shopping ______ is difficult, since there are competing interests.

*출처. englishexam.com(2010)

면담 검사

- 교사나 다른 학생들과 얼굴을 맞댄 수행을 함(질문에 대한 올바른 응답이나 명료화 질문의 적절한 사용과 같은 문항별 점검표에 바탕을 두고 점수를 매김).
- 확장된 입말 면담(외국인 봉사 기관 저울눈과 같이, '토박이와 같은' 행위라는 잣대에 맞추어 점수 매기기)

자기 평가

- 학습자는 설문지나 점검표를 통해 듣는 도중이나 듣기를 하고 난 뒤 제시된 기준에 따라 자신을 평가한다.
- 학습자는 입말 혹은 글말로 된 일지 항목들을 통해 자신의 능력에 대한 전체적인 평가를 제공한다.

---

7) 이 그림은 빈칸을 채워야 의미를 이해할 수 있기 때문에 우리말로 뒤치지 않는다.

수행내용철 평가

- 학습자는 과제에서 수행 과정과 다른 행위들을 통해 정기적으로 관찰되고 평가된다. 관찰 내용은 청각이나 시청각으로 기록된다.
- 수행내용철은 주관적인 측정과 객관적인 측정의 모든 유형에서 전부나 일부를 포함할 수 있다.

10.5. 검사 수행에 영향을 미치는 요인들 조정하기

평가 조사연구자들은 듣기 평가 수행에 영향을 미치는 경향을 보이는 여러 요인들을 밝혀내었다. 와그너(Wagner, 2010), 앨더슨 외

실천가로부터 나온 착상들

> 수행내용철 평가
>
> 나는 학업을 위한 듣기 강좌에서 수행내용철 평가 유형으로 바꾸었다. 어떤 시점에서 나는 학생들의 향상에 대한 측정으로서 강의의 끝에 객관적인 평가를 사용하여 왔다. 왜냐하면 나는 실제 대학 강좌에 들어갔을 때를 위한 좀 더 현실적인 준비일 것이라고 생각하였기 때문이다. 시간이 흐르면서 얼마나 이 접근법이 동기를 떨어뜨리는지 보게 되었다. 학생들은 학습 활동에 온 힘을 다하지 않았고 오로지 그 검사를 위해서 힘을 쏟아붓고 있었다. 교실수업 활동이 자신들의 성공에 이바지할 것이라는 점을 보여주기 위하여 그 활동을 평가의 일부로 활용하기 시작하였다. 이제는 전체 점수의 40퍼센트에 대하여 객관적인 검사를 하지만 학생들 성적의 60퍼센트는 '수행내용철'을 활용한다. 여기에는 다양한 것들이 포함된다. 모둠 토의에 참가(그리고 그에 대한 요약), 공책에 적기의 마무리, 평가의 일부분으로 뒤따르는 수행거리가 포함된다. 좀 더 무르익은 접근법으로 옮긴 뒤에 모든 활동에서 더 많은 참여가 있었으며, 학생들이 이런 방식으로 전체에 걸쳐 더 나은 결과를 얻게 되었다.
>
> —신씨아 레녹스(Cynthia Lennox), 교사·교재 집필자, 미국 비츠버그

(Alderson 외, 2006), 브린들리와 슬래티어(Brindley and Slatyer, 2002)와 다른 연구자들은 입력물의 본질(비디오 대 오디오, 발화 속도, 입력물의 복합성)과 응답 유형(문항 유형과 응답 선택의 개방성)이 평가 결과의 수행과 해석에 어떻게 영향을 미칠 가능성이 있는지를 보여주었다. 〈표 10.2〉는 이 영역에서 발견사실들의 요약이다.

<표 10.2> 평가 수행에 영향을 미치는 요인들

요인	기술	예측
입력물의 매체	비디오나 오디만 제시함. 그림이나 문장 영역 강조(text enhancement)가 수반됨.	비디오 보여주기, 그림 실마리, 부제목 붙이기, 선택적인 화면 붙들기와 같은 문장 영역 강조는 수험자의 수행을 나아지게 하는 경향이 있다.
입력물의 본질	사투리, 발화 속도, 길이, 배경, 명제 밀집도, 잉여 표현의 양	낯선 사투리, 빠른 발화 속도, 늘어난 길이와 명제 밀집도, 줄어진 잉여 표현은 시험 수행에 부정적으로 영향을 미칠 것이다.
평가 과제의 본질	시각적인 맥락의 활용, 제시된 맥락의 양, 지시문의 명료성, 관련되는 사고 처리의 유형	시각적인 맥락 부족, 맥락 정보 줄이기, 흐릿한 지시문, 질문 훑어보기 없음, 고차원적인 사고 처리 요구는 검사 수행에 부정적으로 영향을 미친 것이다.
청자 개인별 요인들	기억, 관심사, 배경 지식, 동기부여, 평가 준비성	제한된 기억 기술, 주제들이나 평가 그 자체에 대한 제한된 관심, 검사 주제 혹은 평가 그 자체에 대해 제한된 배경 지식, 수행을 잘 하고자 하는 동기에 제한이 있는 수험자는 검사 수행에 부정적인 영향을 미칠 것이다.

10.5.1. 평가 동안 청자의 처리를 모형화하기

언어 이해에 다양한 처리의 '단계'가 끼어들 듯이, 평가 수행에도 단계로 이뤄진 과정들의 통합이 관련된다. 토플 듣기 평가의 강의 부분에서 수험자들의 반응 기록 분석을 통해 재미슨 외 (Jamieson 외, 2000)는 수험자가 점검이 가능한 다양한 의사결정 과정을 발견하였다. 각 단계마다 조사연구자들은 수험자들이 사용하는 기저에 있는 목표와 인지적 과정을 제안하였다.

단계 1. 자극물 듣기

- 목표(*goal*): 자극물(이를테면 2분짜리 작은 담화)을 듣고 자극물에 뒤이어 각 질문에 답을 하도록 하기 위해 정보를 기억할 것(미국의 교육평가원(ETS: Education Testing Service)에서는 이제 강의 도중에 공책에 적기를 허용한다).
- 처리(*process*): 자극물에서 중요한 듯이 보이는 어떤 정보를 작업 기억에서 표상할 것.
- 이 과정에 영향을 미칠 수 있는 변수들
  - 자극 변인들(*stimuli variables*): 강의의 시간, 통사적 복잡성, 정보의 밀집도, 어휘 밀집도
  - 청자 변인들(*listener variables*): 과제의 맥락에 대한 지식, 언어에 대한 지식, 주의집중, 작업 기억 용량, 배경 지식

단계 2. 각각의 질문에 대해 듣거나 읽기

- 목표(*goal*): 질문과 응답을 위해 필요로 하는 것을 이해할 것.
- 처리(*process*): 질문에서 필요로 하는 정보와 제시된 정보를 확인하고 필요로 하는 정보를 작업 기억에서 표상할 것.
- 이 과정에 영향을 미칠 수 있는 변수들
  - 문항 변인들(*item variables*): 어휘 난도, 통사적 복잡성, 길이.
  - 청자 변인들(*listener variables*): 과제의 맥락에 대한 지식, 언어에 대한 지식, 주의집중, 작업 기억 용량, 배경 지식

단계 3. 올바른 답 탐색하기

- 목표(*goal*): 자극물로부터 질문에 답을 하는 정보를 회상할 것.
- 처리(*process*): 자극물 가운데 질문에서 요청하는 정보와 부합하는 정보를 찾기 위해 작업 기억을 탐색할 것.
- 이 과정에 영향을 미칠 수 있는 변수들

◦ 자극물 변인들(*stimulus variables*): 강의의 복잡성, 통사적 복잡성, 정보의 밀집도, 어휘의 난도
◦ 청자 변인들(*listener variables*): 과제의 맥락에 대한 지식, 언어에 대한 지식, 주의집중, 작업 기억 용량, 배경 지식

단계 4. 올바른 답을 확인하기

- 목표(*goal*): 제시된 선택내용으로부터 올바른 정답 선택할 것.
- 처리(*process*): 작업 기억으로부터 알맞은 정보와 부합함을 발견함으로써 질문에 대한 답을 확인할 것.
- 이 과정에 영향을 미칠 수 있는 변수들
  ◦ 자극물 변인들(*stimulus variables*): 강의의 길이, 통사적 복잡성, 정보의 밀집도, 어휘의 난도
  ◦ 문항 변인들(*item variables*): 정보의 유형, 부합의 유형, 명료성, 중심 생각/ 뒷받침 생각의 잉여성, 분산 요소들의 그럴듯함
  ◦ 청자 변인들(*listener variables*): 과제의 맥락에 대한 지식, 언어에 대한 지식, 주의집중, 작업 기억 용량, 배경 지식

10.6. 듣기 검사를 위한 청자의 준비

평가 형식과의 친밀감, 동기부여와 같은 개인적인 요인들이 평가 수행에 영향을 미치기 때문에, 가르침을 위한 여러 접근법들과 평가 기관들조차 평가에서 학생들이 잘 수행하는 데 도움을 주는 안내를 준비하고 있다.

교육 평가원ETS: educational testing service에서는 자체적으로 토플 평가를 받도록, 학생들이 준비하기 위한 묘안을 출간하였다. 다음은 듣기 부분을 위한 준비와 관련되는 발췌물이다. 교사들을 위해 이와 같은

유형의 준비를 제공하는 목적은 교사로 하여금 가르침 기술의 목록을 넓힐 수 있도록 하기 위함이다. 부담감이 높은 시험에 학생들을 준비하게 하는 것은 세 가지 중요한 요인들이 관련된다.

- 자기 관리(*self management*): 어떻게 정신력과 감정, 물리적인 힘을 유지하며 언제 이 힘을 활용하는가에 대한 이해. 분명하지 않으며, 압박감을 느끼며, 곤란하다고 느끼는 상황을 다루어 나가기 위한 전략들의 활용.
- 평가 잘 알기(*test-wiseness*): 평가 과정과, 각 문항과 평가 각 부분의 기저에 있는 목표에 대한 이해. 효율적으로 질문에 대한 답을 하기 위한 전략에 대한 이해.
- 기반 지식 통달(*mastery of knowledge base*): 평가를 잘 수행하기 위해 필요로 하는 지식과 기술의 습득.

수험생들의 교사와 지도원은 이들 세 영역 모두에서 학생들을 도와줄 수 있다. 비록 교사가 주로 책임지는 내용이 학습자들의 지식 통달을 발전시키는 것에 있지만, 평가 수행에서 감정적인 요소와 전략적인 요소들을 가볍게 다룰 수 없다(평가를 위한 세미나 참석에서 특히 EFL 맥락에서 더욱더 압도적으로 많은 부분의 연습이, 아마도 평가되는 영역에서 실제적인 지식의 계발을 희생하고서, 평가에 대해 잘 알기와 자기 관리에 바쳐지고 있다는 것을 알고 놀랐던 적이 있다!)

10.6.1. 컴퓨터에 기반을 둔 TOEFL 듣기 평가에 대해 학생들의 준비를 도와주기[8)]

가. 각 부분에서 측정하는 것: 북미 영어에서 대화와 발화를 이해

8) 이 부분은 전체적으로 다른 부분과 체계가 다르다. 뒤치면서 부분적으로 눈에 보기 쉽도록 체계를 세워보려고 하였다.

할 수 있는 능력으로, 세부내용은 다음과 같다.

- 각 부분들은 대화, 짧은 회화, 학업 토의와 발화(작은 강의)를 포함한다.
- 평가되는 사항들: 중심 생각, 뒷받침 생각, 중요한 세부내용, 추론, 처리의 순서, 주제/대상의 범주화

나. 각 부분에 대한 수험 전략: 평가 질문에 수반되는 시각 자료를 효과적으로 활용하는 것인데, 두 갈래의 시각 자료는 다음과 같다.

- 맥락 설정 시각 자료는 시각 자료가 아니라 말한 것에 초점을 맞춘다.
- 내용 기반 시각 자료는 중요한 내용을 포함할 수 있으므로 수험자들은 들을 때 이들 시각 자료들을 눈여겨보아야 한다.

다. 교실수업에서 기술을 가르치기: 듣기 기술 실습하기

낱말과 낱말의 의미나 문장의 분석이 아니라 전체적인 이해에 초점을 맞춘다.

- 추론하기 연습(제시된 정보에 바탕을 두고 추론하거나 증거로부터 결론을 끌어내기)
- 라디오, 텔레비전, 영화와 같은 학업을 목적으로 하지 않는 자료 듣기
- 자신의 자료를 계발하고 자료에 대해 토의하기
- 입말이나 글말로 자료들을 요약하기
- 입말 영어에 익숙해지기

라. 학생들로 하여금 다른 유형의 수사적 반복형에 익숙해지게 한다(이를테면 처리에서 단계, 주제의 범주화).

- 덩잇말에서 제시되는 실마리 가르치기(순서—이제, 다음 등; 생각 반대하기—이와 반대로, 그러나 등).
- 입말의 실마리 가르치기(강세, 억양, 쉼)
- 학업 자료로부터 간단한 발췌물을 듣게 하기
  - 적어놓은 공책에서 그리고 공책 없이 중심 생각과 중요한 세부내용을 듣기
  - 초보 수준 학생들. 그들이 들은 것을 쓰고 문장을 만들기 위해 이런 생각들을 연결하기.
  - 중급 수준 학생들. 자료를 듣고 난 뒤, 모둠으로 나누고 있을 수 있는 평가 질문들을 예측하게 한다.

실천가로부터 나온 착상들

평가를 준비하는 학생들 도와주기

학생들은 종종 평가를 받는 것을 걱정하고 그 결과 최선의 수행을 보여주지 않는다. 평가에서 최상의 것을 보여주도록 도와주기 위해 그리고 가르침에서 긍정적인 **환류 효과**(washback effect)를 보일 수 있도록 하기 위해, 네 가지 일을 하는 것이 유용하다. (1) 학생들로 하여금 평가의 모든 세부영역을 포함하여 그들이 치르게 될 평가의 형식에 익숙해지도록 하며 (2) 실제 평가로서 전체의 평가 형태를 통해 평가 조건을 모의하고(이를테면 컴퓨터에 기반을 두고 있다면 컴퓨터를 통해), (3) 수행을 나아지게 할 전략들을 지적하면서 학생과 함께 결과를 검토하며 (4) 평가, 점수 매기기에 대해 그리고 평가 결과의 활용에 대해 학생이 지니고 있는 관심사와 질문에 응대한다. 이런 단계는 평가에 대해 학생들이 느끼는 불안감을 줄여주는 경향이 있다.

컴퓨터나 종이에 기반을 둔 평가에 수험자들이 준비를 하게 하고자 한다면 특히 듣기 평가가 비디오와 관련이 있을 경우 그리고 컴퓨터 화면을 보고 거의 동시적으로 응답을 해야 하는 것과 같은 잠재적인 분산 요소가 관련되어 있다면 시험 형식에 학생들이 익숙해지기 위해 시험 삼아 해보는 것이 가장 좋다.

—데이비드 코니엄(David Conium), 교사 연수자, 홍콩

◦ 고급 수준 학생들. 짧은 요약글을 쓰도록 공책 활용하게 한다.
◦ 최상위 수준 학생들. 입말로 자료를 요약하게 하고, 다른 모둠과 질문을 주고받으며, 질문에 답하게 하고, 놀이와 같은 즐거운 활동을 하도록 한다.

실천가로부터 나온 착상들

학생들이 듣기 평가를 받기 위한 전략을 계발하는 데 도와주기

듣기 평가를 받기 위해 내가 학생들에게 가르치는 몇 가지 전략들이 다음에 있다.

- 읽고 예측하기. 듣기 전에 문제를 읽는다. 알고 있는 것에 기초를 두고 답을 예측한다.
- 준비하기. 녹음 자료가 시작하기 전에 쓸 수 있도록 펜을 준비한다.
- 바로 답하기. 답을 아는 순간에 그것을 적어둘 것. 머뭇거리지 말 것.
- 낱말에 민감할 것. 질문에서 낱말들을 듣고 답에서 동의어를 찾을 것.
- 자신의 듣기에 초점을 맞출 것. 요점을 잡기 위한 듣기를 하지 말고 평가 문항에 대한 구체적인 정보에 초점을 맞출 것.
- 포기하지 말 것. 방향을 잃었다면 듣기를 계속할 것. 제 길로 돌아올 수 있을 것이다.
- 쉼을 들을 것. 쉼에는 언제나 의미가 있다. 쉼은 주제에서 변화가 있거나 중요한 순간을 대비하고 있다는 것을 말해 줄 수 있다.
- 먼저 적어둘 것. 만약 공책에 적어두어야 한다면 단지 핵심어만 적어둘 것. 듣고 난 뒤에 곧바로 공책을 되살피고, 그것들로부터 온전한 생각을 쓰도록 한다.
- 짐작할 것. 만약 모른다면 맥락을 이용하여 짐작할 것.

— 윌슨(JJ Wilson), 교사·교재 집필자, 미국 뉴멕시코

10.7. 입말 면접에서 듣기 유창성 평가하기

제2언어의 듣기 수행 평가에서 본질적인 요소는 목표 중심의 의사소통이 필요한 상호작용 환경에서 학습자의 능력을 평가하는 것이다. 이들 환경은 종종 평가 목적을 위해 쉽게 되풀이될 수 없으므로 평가자들은 일반적으로 학습자의 입말 능력과 상호작용 능력에 대한 본보기로서 몇 가지 입말 면접이라는 형태에 기대고 있다. 입말 면접 평가(흔히 입말 유창성 면접 평가OPI: Oral Proficiency Interview)에서 평가를 받는 주체는 청자의 구실을 하며 면담자의 요구에 응답을 할 것이라고 예상한다. 일반적으로 면담자의 요구는 질문이거나(이를테면 어떤 일을 하고 있습니까?) 제안된 주제에 대하여 열려 있는 요청을 받는다(이를테면 당신의 일에 대해서 더 이야기해 주십시오).

비록 이것이 상호작용을 통한 말하기와 듣기를 평가하기 위한 적절한 환경을 제공해 주지만 이들 평가에서 구성물 타당도라는 개념은 도전을 받아왔다. OPI는 겉보기에 자연스러운 대화와 비슷하지만 그와 같은 면담은 대화를 통한 관여나 대칭(짝을 이룬 대화: 뒤친이)과 같은 대화의 전형적인 측면이 결핍되어 있다는 것을 보여주었다(직접 말하기 평가, 반 직접 말하기 평가, 간접 말하기 평가의 자세한 비교를 위해서는 오로린(O'Loughlin, 2001)을 참조할 것).

A. 브라운(Brown, 2004)에서는 일반적인 상호작용 대화보다 더 명시적인 판박이 대화를 따르면서 구체적인 출력물로서 입말 면담 평가에서 상호작용을 기술하였다. 점차적으로 면접 평가가 좀 더 구체적인 상황, 목표 지향과 관련이 있는 그리고 언어 사용자의 능동적인 참여가 끼어드는 과제를 지닌 평가 과제로서 설계되고 있다.

메이(May, 2009)에서는 입말 면접에서 쓰이는 통제와 조절의 특징을 연구하였다. OPI 평가의 타당도에 대한 잠재적인 위협을 탐구하면서 그녀는 상호작용의 핵심적인 자질들이 상호작용을 통한 성취로 평가자들에 의해 인식되고 있음을 발견하였으며 더 나아가 상호작용 능력에 대한 공유 점수의 판정이 짝을 이룬 말하기 평가에서, 공동으로 구성한 상호작용의 본질을 인정하는 한 가지 방법이라고 제안하였다.

면담자와 평가자가 처음에는 자신들의 문화적인 배경과 규정에 대한 기대, 대칭적인 담화가 평가를 받고 있는 사람들이 산출한 본보기 발화에 얹어놓은 제약들을 자각하지 못할 수 있다는 것이 OPI 연수에서 널리 인정되고 있다. 구체적으로 여러 문화에 걸친 상호작용의 사례로서 체면을 유지하거나 주장하기 위해 쓰이는 대우법 체계들이 맞지 않아 의사소통이 제대로 이뤄지지 않다는 점을 비판한다(House and Kasper, 1989; Nakatushara, 2008).

10.7.1. 입말 유창성 면접 평가에서 조절과 통제

적형식의 입말 담화의 지각에 이바지하는, 담화 진행에 대한 자각을 끌어올리는 수단으로서 베르윅과 로스(Berwick and Ross, 1996)는 OPI에서 관찰되는 조절과 통제 자질에 대한 기술 체계를 개발하였다.

조절

- **보여주기 질문**: 면담자(interviewer)는 자기에게 이미 알려진 정보나 피면접자(interviewee)가 알아야 한다고 믿는 정보를 요구한다.
- **이해 점검**: 면담자는 피면접자의 주제 혹은 바로 앞에 한 발화에 대한 현재의 이해를 점검한다.
- **명료화 요구**: 면담자는 피면접자가 한, 바로 앞의 발화를 재진술하도록 요청한다.
- **선택 질문**: 면담자는 질문을 하고 곧바로 피면접자가 답변으로 고를 수 있는 하나 또는 그 이상의 선택내용을 제공한다.

- 전경 설정: 면담자는 주제를 앞서 암시하는(foreground) 하나 또는 그 이상의 발화를 하고 피면접자의 응답을 위한 무대를 마련한다.
- 문법적인 측면: 면담자는 이해를 촉진하도록 발화에서 통사구조를 수정하거나 간소화된 의미 구조를 쓴다.
- 늦춤: 면담자는 발화의 속도를 늦춘다.
- 지나칠 정도로 분명한 조음: 면담자는 낱말과 구절의 발음을 과장되게 한다.
- 다른 확장: 면담자는 피면접자의 발화에 대한 인지된 의미를 끌어내고 발화 안에서 낱말이나 구절을 다듬는다.
- 어휘 간소화: 면담자는 피면접자가 이해 불가능하다고 믿는 낱말이나 구절들의 더 간단한 형식이라고 가정하는 것을 선택하여야 한다.

통제

- 주제 정하기: 면담자는 담화에서 이전에 언급되지 않는 정보를 앞서 암시함으로써 새로운 주제를 제안한다. 이런 일은 일반적으로 정보를 알려주는 진술에 의해 소개되며 이전에 주제 전개에서 연결될 필요가 없는 질문으로 이어진다.
- 주제 중단: 피면접자가 더 나아간 전개에 흥미가 있다는 증거를 보여줌에도 불구하고 면담자는 일방적으로 현재의 주제를 끝낸다.
- 자기-확장: 면담 목적을 달성하기 위해 면담자가 바로 앞에서 한 발화의 내용을 확장하고 바꾼다.
- 명제: 면담자는 피면접자에 대한 평가를 확정하기에 충분할 정도로 제시되지 않은 문제나 이전에 지정된 주제에 대하여 피면접자의 주의집중을 끌도록 다시 초점화한다.

10.8. 듣기 유창성 기술하기

평가에서 중요한 고려 사항은 양적으로 점수를 매기든, 질적으로 점수를 매기든 교사와 학습자들에게 똑같이 그리고 이 평가를 검토하고 조처를 취하는 행정가들에게, 이해 가능하고 철저한 방법으로 학습자 능력의 현재 상태를 기술하고 보고하는 방법을 찾는 것이다.

전체적인 평가는 일반적으로 다섯 수준에서 더하기와 빼기가 있는 저울눈이 있는데 열다섯 개의 서로 다른 평가를 하게 된다(이를테면 3−, 3, 3+). 저울눈 각각의 점수대에는 학습자가 보여주는 목표 행위들에 대한 어떤 기준을 묘사하는 기술 요소들이 있다.

유창성 저울눈은 수행내용철 평가의 일부로서 매우 유용할 수 있다. 저울눈은 학습자에게 다음 수준으로 나아가는 데 필요한 기술의 갈래를 학습자에게 제안하기 위해 되짚어 주는 기제가 내재되어 있다.

듣기에 대한 유창성 저울눈은, 여러 다양한 범위의 교육 맥락에 걸쳐 가르침과 평가를 안내하기 위해, 다양한 교육적인 토대에 의해 마련되었는데 유럽 평의회the Council of Europe(2010), 응용언어학회the Centre for Applied Linguistics(2010), DIALANG(앨더슨(Alderson), 2005 참조)이 포함된다.

〈표 10.3〉은 동시적인 타당성에 바탕을 두고 있는데 이와 같은 유창성 저울눈에 대한 작업 모형을 보여준다. 저울눈에서 유창성 수준 기술은 입말의 이해에 대하여 상대적인 기준을 제공해 준다. 여섯 개의 기본적인 수준 각각은 어떤 기능(*function*)에 대한 통제(*control*)와 이전의 기본 수준으로부터 정확성 표준(*accuracy standards*)을 함의한다. 플러스 수준 지정(이를테면 A1+나 B2+)은 유창성이 어떤 기본 수준보다 앞서 있지만 다음의 기본 수준에 대한 기준을 온전히 충족하지 않을 때 부여된다. 플러스 수준 기술들은 따라서 기본 수준 기술에 대한 보완이다.

<표 10.3> 유럽 평의회 저울눈[8)]

유창한 사용자	
수준	기술 요소
C1	실제로 듣거나 읽은 모든 것을 쉽게 이해할 수 있음. 일관되게 설명과 논증을 재구성하면서 다른 입말과 글말로부터 나온 정보를 요약할 수 있음. 자발적으로 매우 유창하고 정확하게 자신을 표현할 수 있고, 좀 더 복잡한 상황에서도 의미의 세세한 측면들을 구별할 수 있음.
C2	매우 벅차고 더 긴 덩잇말을 이해하고 함축된 의미를 인지할 수 있음. 표현을 위해서 별다른 탐색 없이 자신을 유창하고 자발적으로 자신을 표현할 수 있음. 유연하고 효과적으로 언어표현을 사회적 목적, 학업 목적, 직업 목적으로 사용할 수 있음. 구조적인 유형들, 연결어, 결속 장치에 대한 절제된 사용을 보여주면서 복잡한 주제에 대하여 분명하고, 잘 짜여 있으며, 자세한 덩잇글을 산출할 수 있음.
자율적인 사용자	
수준	기술 요소
B2	자신의 전문 영역에서 전문적인 토의를 포함하여 추상적인 주제와 구체적인 주제에 대하여 복잡한 덩잇글의 중심 생각을 이해할 수 있음. 대화 참여자 양쪽 다 무리하지 않고 토박이 화자와 정상적으로 상호작용하는 것이 상당히 가능하게 하는 자발성과 유창성의 수준에서 상호작용할 수 있음. 폭넓은 범위의 주제에 대하여 분명하고 자세한 덩잇글을 산출할 수 있으며, 다양한 선택내용의 장점과 단점을 제시하면서 주제에 대한 관점을 설명할 수 있음.
B1	일터와 학교, 놀이 등에서 규칙적으로 마주치는 낯익은 문제에 대한 분명하고 표준적인 입력의 중심 사항을 이해할 수 있음. 그 언어가 사용되는 지역에서 여행하는 동안 일어남직한 대부분의 상황을 다루어 나갈 수 있음. 개인적인 관심이 있거나 익숙한 주제에 대하여 간단하고 연결된 덩잇말을 산출할 수 있다. 겪은 일과 사건, 꿈, 희망, 야망 등을 기술하고 의견에 대한 설명과 근거를 짤막하게 제시할 수 있음.
기본적인 사용자	
수준	기술 요소
A2	가장 직접적인 관련성이 있는 영역과 관련된 문장과 자주 사용되는 표현을 이해할 수 있음(이를테면 가장 기본적인 개인과 가족 정보, 물건 사기, 지엽적인 지리, 고용). 익숙하고 일상적인 문제에 대하여 직접적이고 간단한 교환을 필요로 하는 간단하고 일상적인 과제에서 소통할 수 있음. 간단한 용어로 자신의 배경과 직접적인 환경, 즉각적인 필요가 있는 문제들에 대하여 기술할 수 있음.
A1	구체적인 욕구의 만족을 목적으로 하는 나날의 낯익은 표현과 기본적인 구절과을 이해하고 사용할 수 있음. 자기 자신과 다른 사람을 소개할 수 있고 어디에 사는가와 아는 사람, 소유하고 있는 물건과 같은 개인적인 세부내용들에 대하여 묻고 답할 수 있음. 대화 참여자각 천천히 그리고 분명하게 말하고 도와줄 준비가 되어 있으면 간단하게 상호작용할 수 있음.

*출처. 유럽 평의회(2010), http://www.coe.int/T/DG4/Portfolio/?M=/main_pages/levels.html, http://www.ealta.eu.org/ ⓒ 유럽 평의회

기술 수준은 언어 시험이나 일련의 시험 혹은 장기간에 걸친 일련의 관찰을 통해 부여된다. 시험 주체들은 기술된 진술문에서 예시된 다양한 수행 기준에 따라 수준을 부여한다. 따라서 본보기들은 예를 들기 위해서이며 철저한 기술을 하려는 의도가 아니다.

정확성을 기술하는 진술들은 공식적인 과정에서 가르치고 있는 가장 일반적인 언어에서 유창성의 발달에 대한 전형적인 단계를 가리킨다. 다른 언어들에서 새롭게 나타나는 유창성이 이들 체계와 비슷하지만 때로 세부내용에서 다르다.

토박이 청자native listener라는 개념은 토박이 화자를 가리키며 표준 사투리의 청자를 가리킨다. 이들 유창성 기술 맥락에서 잘 교육을 받음이 반드시 공식적인 고등 교육을 받았음을 의미하지는 않는다. 그러나 공식적인 고등 교육이 보편적인 문화에서, 그와 같은 교육을 받은 사람들의 언어 사용 능력은 표준으로 간주된다. 말하자면 그와 같은 사람은 격식에 맞고 신중한 언어 유형뿐만 아니라 그 언어의 다소 비격식적인 변이형태에 대한 당대의 기준을 충족시킨다.

---

9) 유럽 평의회에서 제시한 얼개는 기본적으로 세 개의 표를 참조하여야 하는데, 위에서 제시한 〈표 10.3〉이 기본이다. 다른 표는 자기 평가를 위한 얼개로써 이해, 말하기, 쓰기의 세 영역으로 나누어 제시한다. 뒤에 있는 〈표 10.4〉는 이 얼개 가운데 듣기에 관련되는 부분만 뽑아서 보여주고 있다. 또 다른 표는 입말 사용의 질적인 측면을 다룬 표인데, 범위와 정확성, 유창성, 상호작용과 의미연결에서 각 수준별 기술요소들을 제시하고 있다. 원서에는 A1과 A2의 내용이 겹쳐 나타나는데 Council of Europe(2001), *Common European Framework of Reference for Languages: Learning, teaching, assessment*(Cambridge University Press, p. 24)를 참조하여 바로 잡는다. 한편 이 내용을 우리말로 뒤친 책으로 독일어교육학회의 김한란 외 뒤침(2010), 『언어 학습, 교수, 평가를 위한 유럽공통 참조기준』(한국문화사)이 있다. 유럽평의회에서 제시한 전체적인 얼개를 빠르게 파악하는 데 참고할 만하다. 다만 이 책은 부록이 빠져 있다는 점은 참고하여야 한다. 이와 같은 내용을 소개하는 데 뒤친이의 지도교수이신 김지홍 선생님의 도움을 많이 받았음을 밝혀두는 바이다. 한편 지금의 시점에서는 위에서 제시한 누리그물 주소로는 접속이 되지 않는다는 점도 밝혀두기로 한다.

<표 10.4> 듣기에서 자기 평가 틀

A1	A2	B1	B2	C1	C2
나는 사람들이 느리고 분명하게 말할 때 나 자신과 가족, 직접적이고 구체적인 환경에 관련되는 매우 기본적인 구절과 낯익은 낱말을 인지할 수 있다.	나는 가장 직접적이고 개인적인 관련성이 있는 가장 높은 빈도의 어휘와 구절들을 이해할 수 있다(예로 매우 기본적이고 개인적인 정보와 가족 정보, 물건 사기, 지역, 취업). 나는 짧고, 분명하며 간단한 메시지와 방송의 핵심을 붙들 수 있다.	나는 일터, 학교, 유원지 등등에서 일상적으로 마주치는 낯익은 문제들에 대한 분명하고 표준적인 발화의 핵심을 이해할 수 있다. 전달이 비교적 느리고 분명할 때 나는 시사와 개인적인 혹은 직업에 따른 관심거리에 대하여 라디오와 텔레비전 볼거리에서 핵심을 이해할 수 있다.	나는 늘어난 발화와 강의를 이해할 수 있고 그 주제가 어느 정도 익숙하다면, 논쟁의 복잡한 흐름을 좇아갈 수 있다. 나는 텔레비전 뉴스와 시사 프로그램을 이해할 수 있다. 나는 표준 사투리로 되어 있는 다수의 영화를 이해할 수 있다.	나는 짜임이 분명하지 않을 때조차 그리고 관계들이 함축되어 있고 명시적으로 언급되지 않을 때에도 늘어난 발화를 이해할 수 있다. 별다른 노력을 들이지 않고 텔레비전 볼거리와 영화를 이해할 수 있다.	실시간이든 방송이든 심지어 빠른 토박이 화자의 속도로 전달되더라도 어떤 갈래의 입말이든 이해하는 데 아무런 어려움이 없다. 강세에 익숙해지기 위한 시간적 여유가 있다.

요약: 평가에서 공정성

이 장에서는 듣기 능력의 발달에 대하여 학습자들에게 되짚어 주기를 해준다는 관점에서, 즉 듣기 가르침에서 평가의 역할을 훑어보았다. 이 장에서는 타당성의 개념, 객관적인 듣기 능력 평가, 상호작용을 통한 듣기 능력, 전체적으로 듣기 유창성을 기술하는 방법을 고려하였다.

우리는 먼저 평가가 사용되는 교육적인 맥락과 사회적인 맥락을 기술하는 방법을 살펴보았는데 환류 효과에 의해 평가는 언제나 가르침의 목표, 학습자의 동기부여에 영향을 미치기 때문이다. 그 다음에 타당도의 개념을 살피고 기준 참조 평가와 구성물 자리매김이 어떻게 타당도에 대한 받아들일 수 있는 수준의 설정에 쓰일 수 있는지 살펴보았다.

이 장의 핵심은 평가를 위해 쓰이는 듣기 구성물 모형의 구성이다. 듣기 평가 구성에서 고려해야 하는 다섯 가지 요소, 즉 음운적 요소, 어휘적 요소, 통사적 요소, 화용적 요소, 일반적 요소를 제안하였다. 그 다음에 객관적인 듣기 평가를 위해 구성되는 문항들의 유형을 고려하였다. 이에 따라 상호작용을 통한 듣기의 평가에 관련되는 문제들 몇몇을 살펴보았다.

이 장에 걸쳐 있는 의도는 온전한 듣기 평가가 쉽지 않음을 보여주는 것이다. 적어도 듣기를 온전하게 기술하는 것만큼이나 어렵다. 우리는 종종 이 복잡한 능력의 한 측면만을 기술하고 평가할 뿐이다. 이를 알고 있기 때문에 실제로 듣기 평가가 측정하거나 기술하는 것에 대하여 주장을 할 때 조심하여야 한다. 다른 기술(면담, 협력 과제, 특히 상호작용을 통한 제시)과 그리고 더 규모가 큰 과제와 공부거리로 통합된 듣기 평가를 포함하여 수행내용철과 같은 유형의 듣기 평가는 더 폭넓은 범위의 맥락에서 이뤄진 수행에 대한 증거를 제공하기 때문에 추천할 만하다.

제3부 듣기 조사연구하기

들머리

직접적인 통찰

이 책의 제1부, 제2부는 듣기를 자리매김하고 듣기 가르침에 효과적인 접근법을 기술하고자 하였다. 제3부에서는 듣기에 대해 제시하였던 자리매김을 다시 다듬기 위한 조사연구 방법과 듣기 가르침에 대한 개인적인 접근을 하기 위한 조사연구의 방법들을 탐구한다. 이 부분에서는 독자들에 의해 직접적으로 수행될 수 있는 일정한 범위의 탐구를 위한 조사연구거리의 얼개를 제시한다. 이 부분에서 제시하는 연구거리의 핵심적인 목표는 직업적인 경험을 촉진하고 청자의 태도, 행위, 능력, 제약, 선택, 발달의 방법에 관련되는 직접적인 경험을 하도록 하고 통찰을 잘 하도록 하는 것이다.

연구거리의 몇몇은 자료 모으기, 동료들과의 울력, 장기적인 관점을 동반하기 때문에 많은 독자들이 완전하게 이들 연구거리를 수행할 수 없을 것이다. 그러나 만약 독자가 어떤 조사연구거리에서 온전한 단계들을 밟지 않는다고 하더라도 연구거리의 얼개와 절차에 대한 되살핌과 제공되는 본보기 자료들의 검토는 가치 있는 통찰을 낳도록 해줄 가능성이 높다.

각각의 연구거리는 연구거리의 주제를 탐구하기 위한 개관과 일련의 초기 질문으로부터 시작한다. 이런 일련의 질문에 수반되는 것은 연구거리를 수행하는 데 관련되는 것이 무엇인지 훑어보게 하는 표본 자료들과 다른 자원들이다. 다음으로 한 다발의 구체적인 단계들과 연구거리를 수행하기 위한 선택내용들이 있다. 마지막으로 조사연구의 목적과 관련되는 구체적인 내용들이 제시된다. 제3부에서 연구거리는 자료 분석과 계산보다 개념들과 그 응용에 초점이 있다는 것을 주목하는 것이 중요하다. 조사연구 수행을 위한 추가적인 자원들과 질적 분석과 양적 분석의 수행 그리고 발견 사실들을 널리 퍼뜨리는 일은 14장에 제공된다.

제3부에서 연구거리들은 어떤 방향에 따라 짜여 있다.

11. 사회언어적 방향
    - 11.1. 청자 관점
    - 11.2. 청자의 참여
    - 11.3. 청자의 반응
    - 11.4. 문화 교차적인 상호작용에서 청자

12. 심리언어적 방향
    - 12.1. 청자의 처리하기
    - 12.2. 청자의 기억
    - 12.3. 청자의 오해
    - 12.4. 청자의 전략들

13. 발달적 방향

13.1. 학업에서 듣기

13.2. 듣기 자료들

13.3. 자율적인 듣기

13.4. 교사 연수

성공적인 조사연구 수행에서 열쇠는 질문의 방향을 잡고 좀 더 정확한 질문을 점진적으로 하는 데 있다. 윅스 외(Wicks 외, 2008)이 주목하였듯이 질문의 발전은 다루려고 내달리기 전에(*before*), 무엇보다도 의문을 품는 일에 몰두할 필요가 있으며 탐구하고자 하는 질문거리를 발전시켜 나아가는 데(*improving the questions*) 있다. 질문을 발전시킨다는 것은, 조사연구 설계로 나아가기에 앞서 가장 단순한 있을 수 있는 질문들과 가설들을 확인하려고 하면서 더 간단히 일련의 세부 질문들을 제기한다는 것이다.

물론 방법론의 선택은 어떤 유형의 조사연구에서든 핵심적인 관심사이다. 크레스웰(Cresswell, 2009)은 특히 언어 사용과 언어교육 조사연구에서 혼합적인 질문 방법의 채택에서 유용성을 지적하였다. 양적 측정과 질적 측정의 결합은 삼각 측정을 가능하게 하며 관찰에서 일관성을 보게 할 가능성이 있다. 그렇다면 조사연구의 목적은 특정의 가설을 제공하거나 반대하기 위한 것이 아니라 보완적인 관점으로부터 논제들을 봄으로써 탐구의 과정을 풍부하게 하는 것이다.

제11장 사회언어적 방향[1)]

듣기 조사연구에 대한 사회언어적 방향은 주로 어떤 언어 사용 상황에서 청자의 역할에 관심을 갖는다. 청자가 정확하게 무엇을 하는가? 청자가 목표와 계획을 가지고 있는가? 청자가 상호작용을 하는 동안 이들 목표와 계획을 어떻게 구성하고 실행하는가? 어떻게 참여자들이 청자에게 영향을 미치는가? 이들은 조사연구의 사회언어학적 방향에서 나타나는 핵심적인 질문들이다.

사회언어학이 언어 사용과 사회적 요인들 사이의 관계에 관심이 있기 때문에 이 부분에서 연구거리는 배경, 기능, 참여자들 사이의 관계와 같은 요인들을 탐구할 것이다. 사회언어학적 관점으로부터 듣기를 조사·연구하는 일은 어떻게 우리가 듣는가에 문화적 배경이 영향을 미치는 방식과도 관련이 있다. 구체적으로 말한다면 들을 때 그리고 그들이 들은 것을 회상할 때 청자가 어떻게 주의를 기울이고, 선택하며 확대하고, 분명하게 하는지, 그리고 들을 때 사건들의 측면을 왜곡할 수 있는지 물어보기를 원할 것이다.

---

1) 이어지는 세 개의 장에서는 각 부분에서 연구 주제를 소개하고 대표적인 연구에서 그와 같은 연구를 진행하는 본보기를 보여주는 짜임으로 되어 있다. 초점은 연구의 본보기를 소개하는 데 있다.

이 부분에서 연구거리는 11.1에서 청자의 관점listener perspective으로 어떻게 사건들을 이해하고 어떻게 그런 사건들을 내적으로 구조화하고 보고하는가에 영향을 미치는 개념틀을 제공하는 문화적 배경이라는 개념을 탐구한다. 11.2는 청자의 참여listener participation라는 개념을 탐구하는데 이는 대화에서 맞닥뜨리는 요소들이 다양한 참여 유형을 보이는 청자들과 공동으로 형성하는 방법에 관련되고, 11.3은 청자의 반응listener response이라는 개념으로, 듣는 동안 이뤄지는 선택의 내용을 가리키는데 이들 반응이 어떻게 사건을 구상하며 의미를 부여하고 청자의 유창성에 이바지하는지를 탐구한다. 11.4에서는 여러 문화에 걸친 상호작용에 참여하고 있는 청자lisreners in cross-cultural interactions라는 개념으로 L1-L1 상호작용이 L1-L2와 L2-L2 상호작용과 비슷한 점과 차이점을 보이는 방식들을 탐구한다.

11.1. 청자 관점

이 연구거리의 목적은 청자 관점이라는 개념을 탐구하는 것이다. 이 개념은 어떤 사람이 듣는 방식에 대한 인지적인 영향, 문화적 영향, 감정적 영향으로 자리매김되어 왔다. 세계와 범주를 지각하고 경험을 항목별로 정리한다. 3장과 4장에서 논의한 것처럼 청자의 관점은 배경 경험이라는 개인적인 이력을 통하여 형성되는데 입력물, 참여자에 주의집중하는 방식, 일어난 것을 회상하고 자기 나름대로 사건을 보고하는 방식에 강하게 영향을 미칠 것이다.

11.1.1. 애초의 질문[2)]

- 우리는 주제와 내용, 관련되는 화자에 따라 서로 다른 노력이나 초점, 주의집중으로 다르게 듣는가?
- 어떻게 삶의 경험과 현재의 관심사가 우리가 듣는 방식에 영향을 미치는가?
- 우리가 들었던 것을 어떻게 알려주는가? 우리가 이해한 것에 대하여 정확하고 완벽하게 묘사하려고 시도하는가, 아니면 우리는 우리가 이해한 것에 대하여 줄이거나 아름답게 포장하는가? 우리가 회상하는 것을 의식적으로 아니면 무의식적으로 왜곡하고 있는가?
- 이해한 것을 알려주는 방식이 청중에 의해 영향을 받는가?

11.1.2. 본보기 자료: 이야기 자세하게 이야기하기 (〈배 이야기(*The Pear Story*)〉)

〈배 이야기(*The Pear Story*)〉에 대한 조사연구는 개인들이 어떤 이야기를 이해하고 회상하는 방법을 탐구하는 계속 진행 중인 연구거리이다. 이 이야기는 두 말(36리터) 정도의 배에 관한 단편적인 언어로 되어 있지 않은 이야기 전달 비디오이다(체이프, 1980). 이 자료들의 조각들은 〈배 이야기The Pear Story〉라는 단편 영화를 보고 있는 실험참여자가 본 것을 자세히 설명하는 회상에 대한 반응 기록이다. 여기에 나오는 자료는 중국인 화자들 사이의 비교에 초점을 맞추고 있는 얼바우(Erbaugh, 2010)로부터 나온 자료이다.[3)]

---

2) 이 질문은 연구를 위한 출발이면서, 소개되는 연구들에서 제기되었던 문제이다.

3) 이 저자의 누리그물(http://pearstories.org/)에 접속하면 영어 자료와 여섯 개의 중국어 방언으로부터 모은 자료들(중국 방언 자료)과 미국어 자료를 볼 수 있다. 아울러 체이프가 원래 제작한 비디오 클립의 동영상도 내려받기가 가능하다. 화질이 썩 좋지는 않지만 다른 곳에서 쉽게 구입할 수 없으므로 참고할 만하다.

이 자료에서 구성 즉, 쉼 단위의 짧음, 나란히 늘어놓기, 잘못된 시작의 수효, 이와 같은 갈래(≒이야기 전달: 뒤친이)에서 계획되지 않은 자발적인 발화에 나타나는 스스로 고치기를 주목하기 바란다. 또한 화자의 편집적인 말투4)에도 주목하기 바란다. 이야기가 제시되는 방법에 대한 평가와 해석에 따라 이야기 연쇄를 묘사하고 있다. 3장과 4장에서 논의한 것처럼 청자는 일반적으로 서로 다른 판단, 해석, 정보의 가닥을 얽어 짜면서 듣고 있다는 것을 알 수 있다.

- 확인 번호: M12.
- 나이: 22
- 성별: 여성
- 교육 수준: 대학교 3학년
- 어린 시절: 만주어
- 청소년 시절: 광동어
- 가족 언어: 길림성 만주어
- 줄임말: BA(목적어 표지), BEI(수동 표지), PFV(완료 동사 상), CL(특칭 명사 분류사)
- 주의사항: 조사연구자의 관례에 따라 네 개의 숫자로 된 성조 표시가 있다. (1) 1성은 높고, (2) 2성은 높은 상승조, (3) 3성은 낮은 하강조, (4) 4성은 높은 하강조이다. 중국어에는 연성이 있는데 성조가 음운 맥락에 따라 변한다. 그러나 여기서는 나타내지 않았다.

1) 開始是 … 我 …

kai1shi3shi4 … wo3 …

4) style은 '문체'로 일반적으로 뒤치는데 여기서는 입말에 대한 언급이기 때문에 말투로 뒤친다.

시작하는데 … 나 …

2) 開始是一在摘那個番石榴(=芭樂)

kai1shi4shi4zai4 zhai na4ge4fan1shi2liu4(=ba1le4)

시작하는데[누군가가] 그런 나무의 열매을 따고 있는데

3) 這樣我覺得拍得很好.

zhe4yang4wo3jue2de2pai1de2hen3hao3

이런 방법은 내가 생각하기에 알맞은 때라

4) 那個光線 ……[5] 嗯,

na4ge4guang1xian4 …… en

그 빛이 …… 음

射過來那種像發射出來那種光線.

she4guo4lai2na4zhon3xian4fa1she4chu1lai2na4zhong3guang1xian4

그와 같은 종류의 빛이 머리 위에서 빛나고 그와 같은 광선이

5) 給人家那種很明朗

gei3ren2jia1na4zhong3hen3ming2lang2

사람들에게 그와 같은 종류의 매우 밝은 빛을 주고

很快 …… 感覺那種.

hen3kuai4 …… gan3jue2na4zhong3

매우 빠르게 …… 그런 걸 느끼며

6) 好像農人收穫以後

hao3xiang4nong2ren2shou1huo4yi3hou4

농부가 곡식을 거두고 난 뒤인 듯하며

他那種愉快的心情在摘

ta1na4zhong3yu2kuai4dexin1qing2zazhai

그는 그가 거두고 있는 동안 그와 같은 행복을 느꼈다.

5) 이 전사자료는 쉼을 '…'와 '……'로 구분하여 표시하고 있다.

7) 然後, 他就 …… 把 ……

ran2hou4, ta1jiu4 …… ba3 ……

그 다음에 그는 단지 (BA 수동태) …

摘過的放下來, 倒出來

zhai4guo4defang4xia4lai2, dao4chu1lai2

그가 땄던 것을 그가 내리고, 쏟아 붓고

8) 後來, 就 …… 遠遠聽到

hou45lai2, jiu4 …… yuan2yuanting1dao4 …

그때, 방금 … 멀리서 우리는 들어 …

有一種聲音, 好像是鳴 … 鳴叫聲

you3yi4zhong3sheng1yuin, hao3xiang4shi4ming2 …

어떤 소리가 있는데 새소리 같은데 … 새노래 소리야.

9) 叫不久了, 在 …… 不 …… 不遠的地方

jiao4bu4jiu3le, zai4 …… bu4 …… bu4yuan2dedi4fang

(그 새가) 그렇게 길게 노래부르지 않아, 그리고 ……부터 …… 그리 멀지 않게

就有一個人牽著一頭小牛出來.

jiu4you3yi2ge4ren2qian1zheyi45tou2xiao3niu2chu1lai2

지나가는 (CL) 작은 송아지를 끌고 가는 남자가 있어.

10) 他就把牛 …… 牛走過去.

ta1jiuba3niu2 …… niu2zou3guo4qu4

그는 단지 (BA) 송아지는 …… 송아지는 지나갈 뿐이야.

11) 不過, 牛 看到那個水果,

bu2guo4, niu2kan4dao4na4ge4shui3guo3

그러나 여전히 그 송아지는 그 과일을 쳐다보고

牠就很想吃.

ta1jiu4hen3xiang3chi1

정말로 그걸 먹고 싶어 해.

12) 牠一直回頭要吃.

ta1yi4zhi2hui2tou2yao4chi1.

고개를 뒤로 돌린 채 먹고 싶어 해.

13) 那個人就不給牠吃.

na4ge4ren2jiu4bu4gei3ta1chi1

그 남자가 단지 그걸 먹도로 놔 두지 않을 거야.

14) 把牠拉過去了.

ba3ta1laguo4qu4le

(BA) 끌고 갔다 (PFV)

15) 嗯, 那個人就把東西倒上去繼續摘呀.

en, na4ge4ren2jiu4ba3dong1xidao4shang4qu4ji4xu4zhai1ya

음, 그 남자는 단지 (BA) 물건들을 쏟아 붓고 따기를 계속할 뿐이야.

16) 結果, 我覺得它音響效果很好呀.

jie2guo3, wo3jue2deta1deyin1xiang3xidao4shang4guo3hen3hao3ya

그래서 생각하는데, 효과음이 진짜로 좋아.

17) 他上那個樓梯的聲音都很淸楚.

ta1shang4na4ge4lou2ti1desheng1yin1dou1hen3qing1chu3

그 사다리를 오르는 그 남자의 소리가 매우 분명해.

18) 再後來, 有一個小孩子騎單車來

zai4hou4lai2, you3yi2ge4xiao3hai2qi2dan1che1lai2

그리고 뒤에, 자전거를 타고 오는 작은 소년이 있네.

19) 嗯, 他騎單車來.

en, ta1qi2dan1che1lai2

음, 그는 자전거를 타고 오네.

20) 他就看到有人摘.

ta1jiu4kan4dao4you3ren2zai4zhai1

그는 단지 [과일을] 따는 남자를 볼 뿐이네.

21) 他覺得那個人不會注意到他,

ta1jue2dena4ge4ren2bu2hui4zhu4yi4dao4ta1

그는 그 남자가 그를 보지 못할 것이라 생각하고

就聽下來.

jiu4ting1xia4lai2

단지 그를 들을 뿐.

22) 要 …… 嗯, 大概想要那個番石榴.

yao4 …… en, da4gai4xian3yao4na4ge4fan1shi2liu4

원하는데 …… 음, 아마도 그는 과일을 그 과일을 원할 거야.

(반응 기록에서 응답은 44차례 계속됨)

ㅡ전체 전사본은 얼바우(2010) 참조

11.1.3. 연구 계획

본보기 자료에 있는 〈배 이야기〉의 이야기 전달과 비슷한 어떤 사건이나 이야기를 회상하는 개인들의 녹음 자료나 녹화자료로 연구를 하게 될 것이다. 자료들을 기록하고 난 뒤, 청자의 관점에 대한 증거로 틀 짜기(어떻게 사건을 제시하는가), 구성하기, 비교하기, 편집자적 논평, 강조 등이 나타난, 회상을 한 반응 기록 자료를 검토할 것이다.

• 실제로 연기되는 이야기나 뉴스 보도, 혹은 짧은 이야기 전달 영화와 같은 (음질과 화질이) 깨끗한 녹음 자료나 녹화 자료를 구입한다. 애초의 조사연구 목적을 위하여 최소한의 입말 영어가 들어 있는 영화를 더 선호한다. 실제로 이 연구거리에서 언어를 통한 이해나 기억을 검사하지 않기 때문에 〈배 이야기(The Pear Story)〉와 같이, 입력물로서 말소리가 없는 영화를 활용할 수 있을 것이다. (이와 같은 참고 자료와 온라인으로

이용 가능하다. '배 이야기 비디오'를 검색할 것).[6]

- 기꺼이 녹음 자료를 듣거나 보기를 원하며 자신이 보거나 들은 것을 알려주고 하는 두 명 또는 그 이상의 청자를 찾아 볼 것. 그들은 공책에 적을(take note) 필요가 없으며, 세부내용을 회상하는(recall) 데서 혹은 정확성의 어떤 기준을 따르기 위해서 어떤 압력을 느껴서도 안 된다. 대본을 재생하기에 앞서 청자가 무엇을 보고 듣게 될 것인가에 대해 혹은 간략한 소개만 하도록 한다(이를테면 '이 이야기는 배를 따고 있는 사람에 대한 이야기야'라고).
- 녹음 자료는 딱 한 번만 재생한다. 대본이 끝나고 나면, '무엇에 대한 이야기인지 이야기 해 줄래'나 '그 이야기에 대해 무엇을 기억하고 있지?'라는 한두 개의 열린 질문을 청자에게 한다. 내용에 대해 어떤 구체적인 질문거리를 탐색하는 질문은 피할 것. 이는 면담자에 의해 지나치게 많이 구조화를 하고 청자의 관점에 대한 틀 짜기의 선호도를 알려줄 수 있기 때문이다. 공책에 적어두든 아니면 선호되는 것으로 뒤에 분석하기 위하여 되돌아 볼 수 있도록 녹음이나 녹화를 하든 청자들마다 말하는 것을 기록하도록 한다.
- 전사 내용을 비교할 것. 이야기에서 두 명의 청자가 주목한 것이나 강조한 것 혹은 알리기 위해 선택한 것에서 차이들이 있는가? 구성에서 차이들이 있는가? 청자가 어떤 평가에 관련되는 발언을 하였는가? 청자들이 듣는 방식이나 알려주는 방식에서 어떻게 다른가?
- 어느 정도로 어떤 청자의 관점에 대한 증거들을 찾을 수 있는가? (만약 비슷한 언어적 배경이나 문화적 배경 혹은 개인적인 배경으로부터 나온 여러 명의 청자가 있다면) 청자들 사이에 공통적인 관점의 유형을 발견할 수 있는가?

---

6) 현재 우리말이나 영어로 '배 이야기'로 검색이 되지 않는다. 그렇지만 11.2에 있는 전사본 자료를 제시하는 얼바우(Erbaugh)의 웹페이지는 접속이 가능하다(http://pearstories.org). 여기에 대한 설명은 앞의 각주 참조.

- 실험 참여자의 반응에 바탕을 둘 때 청자 관점의 증거로 무엇을 찾아내었는가? 언어 그 자체로 청자의 내적인 처리를 보여주는 어떤 실마리가 있는가? 청자들의 반응에 문화적 배경 혹은 교육적 배경이나 언어적인 배경이 어떤 역할을 하는가?

[조사연구 기법] 안으로 살핌을 보여주는 반응 기록 등재하기

면담에서 반응 기록(protocol)은 연구의 일부로 모은 입말 자료를 대상으로 하여 사회과학에서 사용되는 용어이다. 실기간 반응이라고 부르는 것은 모은 자료의 타당도를 나아지게 하려고 특정의 반복 가능한 절차를 따르도록 하고자 하기 때문이다. 면담은 실험 참여자의 분명한 동의와 자발적인 참여로 수행되어야 한다. (동의 형식의 본보기 참조.)

면담을 녹음한 뒤, 그것을 전사하고 분석하는 일이 중요하다. 청자로부터 회상에서 나온 반응 기록을 분석할 때 실험 참여자의 담화 선택을 확인하기 위하여 행과 행으로 진행하면서 체계적으로 등재를 할 수 있다. 이미 만들어진 담화 등재(discourse coding) 체계로 시작할 수 있는데 그 다음에는 필요에 따라 바꾼다. 이야기 회상 반응 기록의 등재를 위해서 시작할 수 있는 목록(노릭(Norrick, 2008)에 바탕을 둠)이 다음에 있다.

- F는 (이야기로부터) 어떤 사실이나 사건을 알려줌.
- R은 감정을 알려주거나 (이야기에 있는 인물들의) 화해나 갈등을 보여줌.
- A는 어떻게 이야기되고 있는가에 대해 그리고 어떻게 사건이 일어났는지 분석하기.
- C는 인지적 진술과 감정적인 진술을 조정 점검하기.
- E는 조금 벗어나는 것에 대해 다듬기(이는 이야기에 있는 사건에 의해 실마리가 제시됨).

[듣기 조사연구 도구] 조사연구 동의 형식

다음은 사회적인 조사연구 면담에서 사용되는 입말 동의 형식이다. 조사연구의 목적, 자발적인 행위의 성질, 면담 참여자의 보호에 대해 최대한 자세한 내용을 포함하고 있다. 제2언어 조사연구를 위하여 동의를 구하는 지침은 면담 참여자의 제1언어로 제시되어야 한다.

- 입말로 동의를 구하는 각본

저의 연구에 관심을 표현해 주셔서 감사드립니다. 면담에 들어가기 전에 …에 의해 위임을 받은 몇 가지를 점검해 볼 필요가 있습니다.

책이나 영화 대신에 사람이 관여하는 조사연구를 하는 사람은 누구나 조사연구자가 책임질 수 있는 방식으로 연구가 이뤄지고 있다는 것을 …이 확신할 수 있도록 어떤 규칙을 따라야 합니다. 조사연구에 관련되어 있는 사람들이 조사연구자가 왜, 무엇을 하고 있으며 그 사람들에게 어떤 위험과 혜택이 있는지 이해할 수 있도록 규칙을 만들어져 있습니다. 이들 규칙들은 사람에게 해를 끼치거나 사람을 조정할 수 있는 연구와 관련된 걱정으로부터 비롯되었습니다.

그것으로부터 저의 연구에 대해 매우 구체적인 몇 가지를 알려드리고자 합니다. 아시다시피 저의 이름은 …이고 저는 …입니다. 또한 잘 아시다시피 저의 조사연구에 기꺼이 참여해 주신다면 매우 고마워 할 것입니다.

이 연구의 참여가 자발적인지 알고 싶습니다. 어느 때든 연구를 마칠 때까지 더 이상 계속하고 싶지 않다면, 아무런 벌칙이 없이 이 연구로부터 물러날 수 있는 권리가 당신에게는 있습니다. 그리고 여기서 하고 있는 것에 대하여 면담의 어떤 시점에서든 질문이 있다면 알려 주십시오. 저는 원한다면 매우 자세하게 어떤 것이든 설명하는 것에 행복을 느낄 것입니다.

저의 조사연구는 …에 대한 것입니다. 저는 …에 대하여 아는 것에 흥미를 느낍니다. 당신은 … 면담에 … 시간에 참여해 달라는 부탁을 받을 것입니다. 모든 정보는 비밀로 유지될 것입니다. 이는 당신의 응답에 번호를 부여할 것이고 어떤 참여자에 딸려 있는 번호를 나타내는 핵심 정보는 오로지 저만 지닐 것임을 의미합니다. 제가 쓰게 될 어떤 논문이나 책에서 당신이나 정보를 언급한다면 번호나 당신에 대해 조합된 이름을 쓸 것입니다. 그 연구를 읽은 어떤 누구도 당신이 말한 것이나 당신의 실천 사례에 대해 언급한 것으로부터 당신을 확인할 수 없도록 세부내용을 일반화하거나 바꾸려고 모든 노력을 할 것입니다.

이름을 밝히고자 하는 어떤 사람에 대해서든 저는 그 사람의 이름을 제가 쓰는 논문이나 책의 감사의 글 부분에서 목록으로 제시할 것입니다. 전혀 밝히고자 하지 않는 사람들에 대해서는 '그리고 이 조사연구에 참여한 모든 다른 사람들에게 감사를 표합니다.'와 같이 간단히 언급할 것입니다. 면담의 막바지에 당신의 이름이 감사의 글 부분에 목록으로 제시되어도 될지 여부를 알려 주십시오. 최종 원고를 쓸 때까지 목록에 제시될지 여부에 대해 마음을 바꿀 수 있다는 점을 아시기 바랍니다.

이 조사연구의 혜택은 …입니다. 그리고 …에 대하여 알고 그것을 공유할 수 있는 기회가 될 것입니다. 당신도 또한 면담의 일부로서 …에 대하여 새로운 무엇인가를 알게 될 것입니다. 또한 우리가 하고 있는 이 조사연구는 …하는 데 도움을 줄 것입니다.

약간의 위험도 있습니다. 당신에 대해 놀라운 무엇을 알 수도 있습니다. 당신은 제가 당신을 부정확하게 안다고 생각할 수 있습니다. 이런 가능성을 최소한으로 줄이기 위하여 그리고 응답자와 조사연구자 사이의 협력으로 이뤄지는 연구를 지원하기 위해 저의 최종 …의 복사본을 보내드릴 것입니다. 아무런 관심이 없다면 그 …을 읽거나 응답을 할 아무런 의무도 없습니다. 최종 결과들은 누구나 입수 가능하게 될 책이나 논문에 들어갈 수 있도록 할 것입니다.

저는 참여했던 누구든 …의 복사본을 가지고 있는 확인할 것입니다. 저는 이들 면담을 녹음하여 그것들을 전사할 수 있도록 할 것입니다. 그리고 실제로 당신이 말한 것을 정확하게 이해한다고 확신할 수 있습니다. 이런 일들이 괜찮으신지요? …할 때까지 녹음 기록을 보관할 것이며 그 다음에는 …할 것입니다.

만약 당신이 저와 연락하고 한다면 전화번호는 …이고 전자편지의 주소는 …입니다. 현재 물어보실 게 있으신지요? 녹음과 …을 위하여 답변이 되어야 하는 질문거리가 있으면 말해 주시기 바랍니다. 그리고 이 조사연구에 참여하고 싶으시다면 말씀해 주시겠습니까?

• <배 이야기(The Pear Story)>에 바탕을 둔 면담 녹음 기록의 본보기 절차

저는 당신에게 녹음을 하려고 합니다. 이 이야기는 과일 나무에서 과일을 수확하는 어떤 남자에 대한 이야기입니다. 아무런 말이 없이 오로지 행위만 있습니다. 이 이야기는 7분 정도의 길이입니다. 그 영화를 한 번 보기를 바랍니다. 공책에 적지는 마십시오. 그리고 아무런 질문도 하지 말고, 영화를 멈추게 하지도 마십시오. 영화의 마지막에 영화에 대한 일반

적인 질문 몇 가지를 할 것입니다. 준비되었습니까?
(녹음을 하고, 녹음 자료 재생 장치를 켠다.)
이제 몇 가지 질문을 하겠습니다.
영화에서 무슨 일이 일어났는지 기술해 주시겠습니까? 할 수 있는 만큼 자세하게 말해 주십시오.
이 영화의 핵심이 무엇이라고 생각합니까?
만약에 당신이 제목을 붙인다면 어떤 제목을 붙이려고 합니까?
고맙습니다. 이것으로 끝입니다.

11.2. 청자의 참여

이 연구거리의 목적은 청자 참여의 경향과 유형을 탐구하는 것이다. 4장에서 훑어보았듯이 대화는 근본적으로 청자와 화자에 의해 공동으로 만들어진다. 청자는 참여를 보여주고 과정과 담화 의미를 구체화하기 위하여 일정한 범위의 장치를 이용한다. 이와 같은 참여 유형을 이해할 때 상호작용을 통한 듣기 능력과 담화에 대하여 좀 더 풍부한 개념을 발전시켜 나갈 수 있다.

11.2.1. 애초의 질문

- 사건을 전달할 때 얼굴을 맞댄 대화에서 청자는 화자에게 어떤 역할을 하는가?
- 청자가 어떻게 이야기를 안내하고, 대화를 이끌어가도록 도와주며 되짚어 주기를 제공하는가?
- 어떻게 청자는 애매함을 다루거나 이해 문제가 나타날 때 다루어나가는가? 청자가 어떻게 화자와 해석에서 갈등을 다루어나가는가?

11.2.2. 본보기 자료: 부모-어린이 상호작용

사회언어학적 분석을 위해 풍부한 자료의 원천은 가족끼리의 상호작용으로 특히 부모와 어린이의 대화이다. 이와 같은 친밀한 상호작용 유형에는 공적인 담화에서 나타나지 않는 세부내용들이 발견되기 때문이다. 여기에 있는 자료의 일부는 상호작용을 통한 이야기 전달의 발췌글로 일본의 도쿄에 있는 가족들 가운데 하나를 미나미(Minami, 2002)가 수집하였다. 미나미의 분석 초점은 어떻게 어머니(표면적으로는 청자)와 그의 딸이 상호작용을 통해 사건과 그 의미를 구성하는가에 있다. 환경은 집이며 사치Sachi와 그의 어머니가 탁자에 앉아 있다.

엄마: Tanjoobi kai de obake yashiki shite?
생일 잔치에서 귀신의 집 연극했었지?
사치: Ehtto, ne …
음 그래 …
엄마: Un?
어-어?
사치: Sensi ga, ne …
선생님께서, 그래 …
엄마: Un?
어-어?
사치: Omen kabutte, koo shite, ne …
가면을 쓰고, 이렇게 했다, 그래 …
엄마: Un?
어-어?
사치: Date sensei, ne …

선생님이 때문에, 네 …

엄마: Un?

어-어?

사치: Kumagumi san no heya e itta toki, ne …

'곰' 교실에 들어 갔을 때, 그래 …

엄마: Un?

어-어?

사치: Konna kao data mon …

(우리는 그녀의 얼굴을 봤다) 이렇게 했어 …

엄마: Ah so!

아, 그래?

사치: Obake no kao data mon.

(그건) 무시무시한 얼굴이었어.

엄마: Obake no kao dattan, heee!

(그건) 무시무시한 얼굴이었어? 오 이런!

11.2.3. 연구 계획

이원으로, 즉 한 사람은 이야기를 전달하고 다른 사람은 듣는 것을 녹음할 것이다. 그 다음에 청자가 참여하는 구체적인 방법 이를테면 맞장구치기, 명료화 요구 질문하기, 부추기기, 주제 넓히기 유도 등을 확인하면서 녹음 자료나 전사본을 분석할 것이다.

• 얼굴을 맞댄 상호작용에서 어떤 이야기를 전달하는 혹은 단순히 어떤 사건을 자세히 설명하는 어떤 사람에 대한 표본을 녹음한다. 두 방향 전화 녹음하기나 누리그물 기반 수다방이 쓰일 수 있다(직접 이야기 전달자가 될 수 있으며 녹음되는 데 기꺼이 동의하는 청자를 찾아낼

수도 있다). 이런 일은 제1언어나 제2언어의 화자와 청자와 함께 할 수 있다.

- 실시간으로 현실의 청자에게 이야기를 전달하는 녹음 자료를 만들고 난 뒤, 되돌려서 재생해 보고 분석을 위해 쓰일 수 있는, 1분이나 그 이상 늘어난 조각을 확인한다(이 선택 과정에서 참여자들이 함께 있을 필요는 없지만 발췌글에 대하여 그들에게 흥미 있는 입력물이 무엇인가 하는 것은 조사연구에 깊이를 더해 주는 삼각측량(triangulation)으로서 유용할 수 있다).
- 가능한 한 자세하게 세부내용을 이용하여 조각을 전사한다. 특별한 강조가 있는 낱말이나 구절들(세기, 지속 시간, 높낮이에서 상승조), 주목할 정도로 더 빠르거나 더 느린 속도를 보이는 지점과 같은 언어 딸림 자질들을 더해 놓을 것. 녹화 자료를 이용한다면, 4장에서 훑어본 것과 같은 두드러진 몸짓과 신체 언어를 포함하도록 한다(담화를 등재하고 전사하는 자원에 대해서는 14장을 참조할 것).
- 분석 가운데서 청자의 언어 행위와 비언어적 행위에 특별한 관심을 기울일 것. 어떤 행위가 청자의 수행인가? 이를테면 맞장구치기, 명료화 요청 질문, 촌평이나 판단 혹은 시인이나 반대인가, 방향 바로잡기인가? 어떤 비언어적인 행위(자세, 머리 움직임, 응시)가 화자와 상호작용을 나타내는가?
- 자신의 분석에 바탕을 두고 청자의 행위에서 어떤 유형이나 반복 모습을 보았는가?
  - 이 행동에서 어느 정도가 언어적인가?
  - 이 행동에서 어느 정도가 비언어적인가?
  - 청자는 어느 정도로 효과적이라고 평가할 것인가?
  - 이야기 전달하기에서 청자의 영향을 어느 정도 평가할 것인가?

어느 정도로 화자와 청자는 서로에게 기대고 있는가?

[듣기 조사연구 도구] 복잡한 녹음 자료의 전사

> 입말에 대한 감각을 계발하고 분석에서 안정성과 신뢰성을 제공하기 위해 대화로부터 발췌된 부분을 전사할 필요가 있다. 이는 결코 쉬운 일이 아니다. 따라서 전사하는 사람은 최선의 작업이 되도록 하여야 한다. 겹치는 부분, 잘못된 출발, 방해물이 있고, 불완전한 발췌 부분은 종종 전사하기와 분석을 성가시게 하지만 정확하게 이들을 본뜨는 데 필요로 하는 노력은 언어의 풍부함에 대한 가외의 통찰력을 줄 것이다(논의를 위해서는 콜드웰(Cauldwell, 2004)을 참조할 것).

11.2.4. 기본적인 전사 관례

[ ]	각괄호는 겹치는 발화를 나타낸다.
=	등호는 계속되는 발화나 다음 줄에서 같은 발화가 이어짐을 표시한다.
(.)	둥근 괄호 안에 있는 마침표는 짧은 쉼을 나타낸다.
(2.0)	둥근 괄호 안에 있는 숫자는 초 단위의 대략적인 쉼의 길이를 나타낸다.
ye:s	콜론(쌍점)은 뒤따르는 말소의 늘어짐을 나타낸다.
<u>yes</u>	글자 밑줄은 강조를 나타낸다.
YES	대문자는 소리의 양이 불어남을 나타낸다.
°yes°	정도 표시는 자료들 사이의 소리 양이 줄어듦을 나타낸다.
hhh	h는 들을 수 있는 기식음(aspiration)인데 웃음일 가능성이 있다.
.hhh	올라간 큰 점은 들을 수 있는 공기 빨아들임을 나타내는데 웃음일 가능성이 있다.
ye(hh)s	둥근 괄호 안에 있는 (h)는 발화 안에서 기식음을 나타내는데 웃음일 가능성이 있다.
((cough))	이중 괄호 안에 있는 항목들은 쉽게 전사되지 않는 어떤

소리나 발화의 자질 이를테면 ((in falsetto))[7]처럼 발화 자질을 나타낸다.

(yes) 둥근 괄호는 전사하는 사람이 듣기에서 의문을 나타낸다.

↑yes ↓yes 화살표는 진행되는 말소리에서 올림과 내림을 나타낸다.

11.2.5. 사례들과 함께 보는, 전사에서 일반적인 문제점[8]

가. 침묵을 다루어 나가기

제안 내용:

- 10분의 1초에 대하여 줄표(dash)를 쓰는데 1초가 될 때까지 더해 나간다.
- 각괄호 안에 지속 시간을 숫자로 부여한다.
- 만약 쉼을 잴 수 없다면 화자의 말할 차례 안에서 나타날 경우 이중 괄호 안에 쉼(*pause*)을 적어둔다. 서로 다른 화자의 말할 차례 사이에서 나타날 경우 이중 둥근 괄호 안에 간격(*gap*)이라고 적어둔다.

A: 그녀가 나에게 말한 것은 ((쉼)) 그것을 내가 되풀이할 수 없다.
B: 네가 나에게 말하고 싶지 않은 게 분명해?
((간격))
A: 그래, 확실해.

7) '가성으로 내는 소리'란 뜻이다.
8) 이 절에는 항목들에 번호가 매겨져 있기 않은데 이해의 편의를 위해 번호를 붙인다.

나. 겹침을 다루어 나가기

제안 내용:

- 어떤 다른 사람이 이미 이야기하고 있을 때 다른 사람이 이야기할 경우 새로운 화자의 낱말 앞에 시작하는 각괄호를 쓰는데 적절한 지점에서 다른 각괄호과 수직으로 나란하게 맞추도록 한다.

A. 따라서 우리는 그렇게 [오래 기다릴
B. [아니, 우리는 그렇게 하지 않았어.

- 만약 이미 그 줄의 끝이지만 같은 화자가 계속 함을 보이고자 할 때에는 비록 그 줄의 가운데 누군가 끼어들더라도 빗장 부호(])를 쓴다.

다. 흐릿함을 다루어 나가기

제안 내용:

- 발화를 해석하는 일이 정말로 불가능할 경우, 비어 있는 괄호를 두거나 괄호 안에 '해석 불가능'이라고 쓴다. 혹은 해석이 불가능한 음절 각각에 별표를 삽입한다.
- 흐릿한 부분이 무엇인지 짐작할 수 있지만 그것에 대해 의심하고 있다면 짐작한 내용을 괄호 안에 넣어 둔다.

A: 내가 거기에 되돌아가기엔 (젠장) 불가능해.
B: 여봐, 나는 네게 요청하지 않았어(해석 불가능). 거기에 네가 하기를 원하지 않는다면.

라. 소리의 양을 다루어 나가기

제안 내용:

- 소리가 큼을 보이기 위하여 대문자를 쓴다.
- 정도를 나타내는 부호(원의 위첨자)를 조용한 발화의 양쪽에 쓴다.

A. 그는 나에게 °그가 나를 가도록 허락하고 있어°라고 말했다.

B. 그가 너에게 '무엇?'이라고 말했어.

마. 정보의 다양한 경로를 다루어 나가기(비언어적, 반 언어적, 숨쉬기 등). (웃음에 대해서는 체이프, 2007 참조)

제안 내용:

- 목소리가 섞인 내쉬는 숨 ^(숨을 내쉬며 웃음: ^^^^^):

  대단한데. 듣기를 바로 내가 원하던 거야 ^^^
- 늘어난 숨 ᵥ:

  오. 글쎄 ᵥᵥᵥᵥ 이것이 방금 우리가 출발했어야 한다는 것을 뜻한다는 짐작이 가.
- 웃음이 있는 입말의 사례:

  아무렴. ~가자고.~
- 트레몰로(빠른 되풀이)가 있는 입말 사례:

  얼마나 어리석은 <u>법</u>인가?

11.3. 청자의 반응

이 연구의 목적은 청자가 보이는 일정한 범위의 반응을 관찰하는 것이다. 그리고 이를 상호작용의 결과에 영향을 미치거나 (텔레비전의 볼거리를 볼 때처럼 상호작용이 아니라면) 듣는 일로부터 제거하는 일련의 선택으로서 틀을 짜는 일이다. 4장에서 훑어본 것처럼 청자의 반응은 언제나 주관적이다. 각각의 반응은 담화에서 특정의 시점에서 청자에게 중요한 것을 반영한다. 그리고 그 시간에 청자의 목적이나 욕구를 더 낫게 충족시키는 방향으로 담화를 이끌고자 하는 시도를 보여준다. 이런 의미에서 청자의 반응은 또한 평가적이다. 어떤 반응이든 담화에서 일어나고 있는 것에 대한 판단, 청자가 더 좋아할 수 있는 것에 대한 판단을 포함한다.

이와 같은 갈래의 탐구에 대한 자료의 흥미 있는 원천은 전문적인 봉사 환경이다. 이들 배경에서는 기관에 관련되는 담화의 본보기들을 창출하는데 그 기관에서 봉사를 받기를 원하는 사람들을 맞닥뜨리게 되는 기관을 대표하는 사람이 있는 상황이다. 이와 같은 상황에서 말로 이뤄지는 상호작용 기술은 언제나 결과 말하자면 (무엇을 이루었는가 하는) 정보교류transaction와 (참여자들이 다른 사람과 기관에 대해 어떻게 느꼈는가 하는) 감정affection에 대하여 비판적이다.[9] 따라서 기관 맥락에 관련되는 담화 조사연구는 중요한 연수 기능에 이바지할 수 있다.

---

9) 국어교육에서는 말하기의 방식에 따라 말하기의 갈래를 여럿으로 나누어 두었다. 말하기의 갈래 설정은 말하기의 교육내용을 정한다는 점에서 의미가 있다. 문제는 말하기의 갈래가 기본적으로 말하기의 목적에 대한 인식에서 학습자의 자각을 끌어올리도록 설정되어야 한다는 점이다. 이런 점이 교육과정 마련에서 제대로 설정되지 못한 아쉬운 점이 있다. 그래서 교육과정이 바뀔 때마다 말하기의 갈래가 바뀌고 있다. 이런 점에 대한 지적은 허선익(2003), 『국어교육을 위한 말하기의 기본개념』(도서출판 경진) 참조. 말하기의 목적에 대해서는 위에서 이 책의 저자가 지적하는 것처럼 정보를 전달하는 것과 감정의 교환(상호작용이 목적)이라는 점을 염두에 두어야 할 것이다. 이런 관점에서 국어 교과서의 말하기 단원을 살펴본다면 내용 설정에서 어느 정도 불균형이 있음을 발견할 수 있을 것이다.

11.3.1. 애초의 질문

- 입말이 중요한 기능에 이바지하는 특정의 전문 직업 환경을 생각할 수 있겠는가? 관심이 있는 전문 직업 현장에 접속할 수 있는가? 왜 그 현장을 흥미롭게 여기는가? 특히 강하게 흥미를 끈다고 발견한 관계나 상호작용은 무엇인가? 여기에는 다음이 포함된다. 병원: 의사–환자, 의사–간호사, 간호사–환자, 접수받는 사람–환자, 사무실: 고용주–지원자, 동료 노동자–동료 노동자, 접수받는 사람–고객, 학교: 교사–학생, 학생–학생, 교사–행정가, 교사–교사
- 이와 같은 관계와 상호작용에서 무엇이 드러나겠는가? 어떤 주제가 감추어져 있는가? 어떤 결정이 이뤄지는가? 참여자들은 상대방을 어떻게 평가하는가?
- 이들 상호작용의 어떤 측면이 일반적으로 잘 이뤄질까? 이들 상호작용에서 문제가 있다면 무엇이 문제이거나 문젯거리가 될까? 담화의 어떤 측면이 이들 문제의 원인이 될까?

11.3.2. 의료 일터에서 의사: 환자 상호작용의 본보기 자료

사무실, 학교, 정부 부처와 병원과 같은 곳이, 상호작용이 중요한 일터로서, 전문 직업 환경이라고 생각한다. 이런 상호작용은 개인, 가족과 사회에 영향을 미치고 재정과 의료에 영향을 미치므로 강렬한 감정적인 토대를 갖는 경향이 있다.

다음에 나오는 발췌 내용은 호주의 인공수정 병원에서 있었던 의료 사례로부터 나왔다. 이는 남편(MP)과 함께 참석한 40대 여성 환자(AF2)와 관련되는 특별한 사례이다. 이 사례는 환자가 더 진찰을 받고 더 나아가 수정 능력 검사 절차에 대하여 논의를 하기로 확인을 받은 예비 진행 단계에 뒤이은 예약 진료1의 진행 단계였다. 유전 상담가

GC: genetic counsellor는 중년의 여의사이며 유전의학 간호사도 함께 있었다. 첫 번째 대본은 예약 진료의 대략 3 분의 2 시점 즈음이다. 두 번째 발췌글은 거의 끝 부분에 나타난다. 전문가(GC)에 특별히 주의를 기울일 것. 우리는 대화가 그녀의 결정에 따라 인도되고 있다는 것을 볼 수 있다. 정보를 탐색하고, 명료화를 요구하며, 환자로 하여금 목표를 회상하게 하고, 동기를 물어보며 부추기는 등의 일이 나타난다. 우리는 또한 인내심을 보여주거나 지지를 보이기도 하며 짜증을 보이는 것과 같은 GC의 태도를 볼 수 있다. 발췌글이 다소 길지만 반복되는 모습과 결정을 찾아보기 위해 길어진 부분이 필요하다는 것을 주목할 것.

대본 1

01 GC. = 저는 당신 당신이 보인다는 점을 언급해야겠어요(.) 더 많이 안정되어, 실제로 5월에 본 이래로.

02 MP. 글쎄요, 말씀드린 것처럼, 우리는 (.) 우리는 새로운 집을 장만했어요 [새로운 집에 살고 있고] =

03 AF2. [새로운 집에 살고 있고]

04 MP. = 더 이상 시끄러운 이웃이 없어요 [그게 좋아요 =

05 AF2. [(우리가 ^^^^)]

06 MP. = 집] 구리고 우리는 실제로 거실에서 앉아서 지낼 수 있고 침실에서 잘 수 있는데 한자리를 차지했던 시끄러운 이웃이 없기 때문이에요 (.) 그리고 집에서 방금 움직였고 모두 자리를 잡고 더 좋은 집이 있고 단지 (.) 더 나은 지역 (.) 같은 터이지만 더 좋은 이웃일 뿐인데 그것은 (.) 일반적으로 삶을 더 좋게 하는데 (.) 실제로 의자에 편안히 쉴 기회를 ㅈ—ㅈ—주었기 때문이에요. 그리고 평화와 고요를 조금 주었으며 생각하고 (.) 거기에 안자 쉬며 들을 수 있을 =

07 GC. [예에]

08 MP. = 아무것도 (.) 이웃 생각하지 않고 생각할 수 있고 (.) 그리고 이웃집에 상처를 받지 않고 이야기를 하고 (.) 아 너무 좋아진 겁니다 (.) 우리가 이사한 뒤 지난 몇 달 동안입니다.

09 GC. 예, 그래 보이네요 (,) 많은 [다른] 나에게 당신이 들어올 때부터

10 MP. [예]

11 GC. = [5월], 그래 지연이 있었다고 하더라도 *나 뭐랄까 뭐랄까 =

12 MP. [예]

13 GC. = [그래 보여요]*

14 AF2. [우리는 그쪽으로 가고 있어요]

15 MP. 예에 우리는 (.) [글쎄]

대본 2

01 GC. 다른 (.) 이야기한 문제 우리가 이야기한 문제는 약간 (.) 지난 시간에 대한 (.) 음(.) 임신하기 ((기침)) 그거에 대한 당신의 느낌 혹은 두 분의 느낌이 (.) 여전히 뭐랄까 생각하고 있는 것에 대하여 이야기하고 있는지 [(.) 생각하고 있으신가요?]

02 MP. [매우 기묘한 일이지만] 우리는 어 (.) 부엌에서 그것에 대해 대화를 (.) 내가 돌아오는 언젠가 하였고, 말하기를 (.) 아마도 그것에 생각하는 사람들이 많을 것이고 (.) 어린이를 갖지 않는 것이 (.) 중요한 일이지만 (.) 저는 그런 사람들 가운데 한 사람이고 (.) 그 방법 세상이 믿기를 어 (.) 아마도 더 나아질 것이고 (.) 그렇게 많은 방법에 들지 않는다는 게 기쁘고 (.) 우리는 이제 그것을 받아들이게 됐다고 생각합니다 (.) 그렇지 않아요? 그게 (.) 십 년 동안에 그리고 그녀는 저를 더 걱정해요 (.) 그녀 그녀는

앞번 결혼에서 두 명의 딸이 있거든요. 그것은 나와 비슷해요 (.) 이제 그것을 받아들이고 있고 두 딸들을 받아들이는데 그들을 십 년 동안 길러왔으며 그게 중요하다는 거예요 허허 (.) 그리고 우리가 사는 세상에서 어린 아이들을 키워왔기 때문에 무정할 수많은 없지 않아요 (.) 저는 실제로 그렇게 할 수 있다고 생각하지 않아요 (.) 그게 바로 (.) 바로 (.) 아이를 데려올 수 있는 세상으로 데려오는 게 가장 이상적인 세상이 아니기 때문에 그래 (.) 마음의 평화를 그날의 끝에 가져다 주었습니다.

03 GC. 어떻게—그리고 어떻게 그걸 어떻게 느낍니까?

04 AF2. 저는 많이 걱정되는 게 저이가 어린이가 없다는 사실이거든요 (.) 그렇지만 전 언제나 셋 (.) 세 명을 원했거든요 그거에 대한 거예요 (.) [언제나 세 명을 원했던 거] 그리고 (.) 그러나 (.) 아무렇지 않게 (.) 왜냐하면 =

05 MP. [예에 언제나 그걸 말해요.]

06 AF2. = (.) 저는 너무 나이가 많고 (.) 그러나 모든 걸 (.) 되돌아갈 수 있다면 그래요 사랑한 사랑했던 다른 어린이가 있을 거예요 (.) 그러나 여전히 내가 어린 아이들을 볼 때 상처가 있고 (.) 그렇지만 (.) 당신은 제가 할머니가 될 수도 있다는 걸 모르겠지요 (.) 이 년 안에.

07 GC. 음, 당신은 느끼고 있는 것처럼 말하는군요 (.) 조금은 뭐랄까 (.) 뭐랄까 더 안정이 되어 있는 (.) 그리고 저는 생각해요 저는 당신이 옳다고 생각해요 (.) 당—당신은 언제나 어린 아이를 볼 수 있다면 저는 생각해요 [(.)] 실제로 그들이 끝난 것처럼 결정한 사람들조차도 =

08 AF2. [예:::에]

09 GC. = 그들 가족들이 막내가 자라는 걸 볼 때 당신은 생각하지요 [그, 알다시피, 모든 사람들이 그러하지요] (.) 그걸 느낀다고.

10 AF2. [글쎄, 제 친구는 이제] 제 친구는 이제 불임이 되어 버렸고 (.) 저는 그녀가 세 명의 아이를 가진 편모로서 느끼는 고립감을 이야기하려고 했어요 (.) 그리고 그녀에게 말했지요, 그렇게 하지 말고 (.) 음 (.) 봐라 보라고. 그녀는 그렇게 했고 (.) 일 년 뒤에 그녀는 새로운 (.) 짝과 함께 있고 이를 겪어보고 있으며 (.) 그는 혼인으로 어린이들을 얻었고 (.) 그녀는 어린이가 있지만 (.) 그녀는 그와 함께 한 명을 원하고 [(.)] 그:에

11 GC. [음] (1.0)

12 AF2. 그러나 저 저는 저에게 일어났던 것과 같은 것이나 누구에게 조언하지 않을 것이며 (.) 마지못해 [(.)] 그러나 이것이 제가 계속 진행하려고 하는 이유이며 (.) 함께 =

13 GC. [예에]

14 AF2. 이것이 이유인데 (.) 저에게는 이미 두 명이 딸이 있고 (.) 그런 일이 그들에게 일어나지 원하지 않습니다.

15 GC. *맞습니다* (.) 저번에 당신이 하려는 이유의 일부를 이야기하였기 때문에 (.) 검사를 해보려고 원하는 것이 [(.)] 왜냐하면 당신이 =

16 AF2. [*예*]

17 GC. = 당신 자신이 아이들을 갖기를 원할 수 있기를 바라면서 그러나 (.) 이제는 그것을 생각하면 (.) 왜냐 하면 딸들이

18 AF2. 그 애들은 이 세상에 있는 어떤 것들 이상이에요 제가 불임이라고 말했기 때문에 (.) 열여덟에 (.) 열여섯에 제가 불임이었기를 원해서 (.) 저는 동의서에 서명도 하지 않았고. 나의 (.) (^^^) 그리고 저의 전 남편이 그 양식에 서명을 했습니다 (.) 그리고 (.) 저는 태어나는 것에서 깨닫게 되었는데 (.) ((딸이)) (.) 그리고 극장에 곧장 가서 (.) 빼앗겼습니다, 아시겠는지 (.) 그리고 (.) 그 날 이후로 저는 느꼈습니다. (.) 저의 여성다움이 빼앗겨

(.) 버렸다는 것을 [(.)] 그래서 저는 내 딸들이 겪기를 =

19 GC. [음]

20 AF2. 그것을 겪기를 원하지 않습니다 (.) 여섯 명의 아이를 원한다면 (.) 아니, 헌팅턴 가문이 아닐 것으로 알고 여섯 아이를 갖도록 허락할 거예요.

– 사랑기와 브룩스 하우엘(Sarangi and Brookes-Howell, 2006)로부터 나온 자료

11.3.3. 연구거리 계획

(참여자들의 허락으로) 직업 환경에서 참여자들에 대한 녹음이나 녹화된 긴 대본을 얻을 것이다. 청자의 반응이나 평가하고 상호작용을 이끈 선택에 대한 사례들로서 상호작용을 분석하게 될 것이다.

- 작업 환경이나 다른 직업 환경에서 상호작용의 여러 표본들을 구하거나 녹음한다. 이들 표본은 같은 참여자들이나 혹은 참여자들의 역할(이를테면 고용주–고용인)이 같거나 혹은 상호작용의 유형, 환경이 같다는 등의 공통의 특징들을 지니고 있어야 한다.
- 우연히 마주친 자료들에서 무슨 흥미가 있거나 문제가 되는 측면을 발견하였는가? 참여자들에 대한 어떤 반응의 범위를 확인할 수 있는가? 예컨대 한쪽이 응답이나 태도에서 너그러움–너그럽지 않음 혹은 공감–공감하지 않음 등의 범위를 보이는가? 저울눈에서 등급을 매길 수 있는 두세 가지 기술의 범위를 고른다. 이들은 태도를 재기 위한 리커트 저울눈(likert scale)[10]이라고 언급되는데 종종 사회적인 조사연구에 쓰인다(저

10) 저울눈은 scale을 우리말로 뒤친 용어이다(경상대학교 김지홍 선생님의 용어, 마이클 J. 월리스(1998), 김지홍 뒤침(2009), 『언어교육 현장 조사연구』(나라말) 참조). 리커트 저울눈은 일반적으로 실험 참여자들의 태도를 알아보기 위한 양적인 조사연구에서 많이 쓰는 방법이다. 이를테면 국어과목에 대한 흥미를 조사하기 위해 '매우 흥미가 있다~아예 흥미가 없다'를 정도에 따라 ①~⑤점까지 정도를 나타내도록 부여하고 이를 실험 참여자에게

울눈에 대한 이런 유형의 구성과 분석 결과에 대한 통계적인 절차에 대해서는 14장을 참조할 것).

- 녹음 자료나 전사 자료에서 어떤 참여자의 특정한 태도를 드러내는 특정의 지점을 확인한다. 자신의 판단에 대한 언어적 혹은 비언어적 증거는 무엇인가? 그 담화 순간에 참여자가 지니고 있는 다른 선택내용은 무엇인가? 담화에서 무엇이 그와 같은 선택이 나타나도록 하였는가?
- 참여자들이 다른 참여자들에 대해 어떻게 반응할 것인지 선택하는 지점 몇 곳을 확인하였는가? 참여자들은 그들이 하고 있는 선택을 자각하고 있는가? 자신은 어떻게 알았는가? 이들 선택 가운데 어떤 선택이 적절하거나 바람직한 결과로 이어졌는가? 이들 선택 가운데 어떤 것이 오해나, 파국, 혹은 바람직하지 않은 결과로 이어졌는가? 전문직업 역할에서 참여자들의 담화 유창성을 어떻게 평가하겠는가?

설문 조사하고 그 결과를 바탕으로 통계 분석을 해볼 수 있다(실제로 가장 많이 쓰이는 등급은 5등급으로 된 응답 선택지이지만 경우에 따라 여섯 개의 저울눈이 있는 선택지를 쓰기도 한다. 5등급으로 할 경우 중간 정도의 선택지를 고를 가능성이 높기 때문이다). 문제는 이와 같은 질문들에는 여러 요인들이 작용하기 때문에 문항을 세분화한다든지, 여러 차례의 설문지를 통한 현지 조사가 필요할 경우가 있다는 점이다.

[조사연구 원리] 반응 선택내용들 사이의 선택 확인하기

입말 메시지는 의사소통의 중요한 측면들이지만 감정에 따른 의미는 언어에 딸려 있는 정보와 비언어적 정보를 이용하여 등재된다(2장 참조). 의사소통에서 어떤 정보의 원천이 쓰였는가에 대한 감각을 얻기 위하여 어떤 메시지에 대한 감정적인 반응의 범위를 확인할 수 있고 청자로 하여금 감정적인 인상을 제시하게 하거나 혹은 메시지에 대한 감정적인 성분들을 확인하게 할 수 있다. 아래에는 사회적인 조사연구에서 메시지의 감정적인 구성요소를 평가하는 데 쓰이는 몇 가지 범위들이 있다.

응대하는 - 응대하지 않는
참을성이 있는 - 참지 못하는
관심이 있는 - 무관심한
주의를 기울이는 - 주의를 기울이지 않는
믿을 만한 - 의심스러운
따뜻한 - 냉정한
받아들이는 - 거절하는
성실한 - 성실하지 않는
직접적인 - 간접적인
우호적인 - 적대적인
관련이 있는 - 소원한
사적인 - 사적이지 않는
사려 깊은 - 사려 깊지 않은
민감한 - 둔한
잘 받아들이는 - 잘 받아들이지 않는
평온한 - 신경질적인
공감하는 - 공감하지 않는
너그러운 - 너그럽지 않은
북돋우는 - 좌절시키는

설문지에서는 그 범위가 다음과 같이 제시될 것이다.

숫자에 ○표 하세요.

[1]	[2]	[3]	[4]	[5]
평온한				신경질적인

11.4. 문화 교차적인 상호작용에서 청자

이 연구거리의 목적은 여러 문화에 걸친 상호작용에서 듣기의 본질을 탐구하는 것이다. 구체적으로, 여기서도 청자의 역할에 대한 관점에서 우리는 L1-L1 상호작용이 여러 문화에 걸친 상호작용(L1-L2, L2-L2)과 같거나 다른 방식을 찾아보고자 한다. 8장과 9장에서 논의한 것처럼 제2언어 청자에 대한 상호작용이 때로 긍정적인 정서적인 결과affective outcomes(상호작용이 일어나는 동안 그리고 상호작용이 일어난 뒤에 참여자들이 어떻게 느꼈는가)와 처리 결과transactional outcomes(상호작용의 결과로 실제로 무엇이 이룩되었는가)로 언급되어야 하는 비대칭을 보인다.

부분적인 소통과 불통은 종종 의사소통 방식에서 차이, 예상되는 담화 구조의 파기뿐만 아니라 언어 부호에 대한 제한적인 유창성의 탓으로 돌릴 수 있다.

11.4.1. 애초의 질문

- 자신이 제1언어 사용자이면서 정상적인 제1언어-제2언어 사용자로서 역할을 맡았는가? 자신이 제2언어 사용자로서 종종 상호작용을 하는가? 이런 종류의 상호작용으로서 최근에 있었던 상호작용에서 가장 생생하게 기억하는 것은 무엇인가?
- 두 갈래의 상호작용(L1-L1, L1-L2)에 대하여 무엇이 가장 차이가 있는 듯한가? 상호작용 그 자체의 방식인가? 참여자들의 감정인가? 상호작용의 길이나 결과인가?
- 이들 상호작용에서 제1언어 사용자나 제2언어 사용자를 대상으로 하여 어떤 부가적인 연구가 필요한가?

11.4.2. 본보기 자료: 여러 문화에 걸친 교환활동

짧은 담화 표본이 조사연구자들이 여러 문화에 걸친 상호작용의 탐구에서 접속하는 전부일 때가 있다. 짧은 상호작용은 종종 기록되거나 회상되는 전부이며 제2언어 상호작용은 짧기도 하다. 여전히 짧은 상호작용으로부터 L1-L2 의사소통 전략들에 대하여 상당 부분을 배울 수 있다. 다음의 대본은 제2언어 상호작용의 다양한 갈래들을 보여준다.

표본 1

이중 언어 조사연구자(스페인어-영어)는 부분적으로 이중 언어를 쓰는 어린이(스페인어-영어)와 이야기하고 있는 중이다. 조사연구자는 어린이의 제2언어인 영어만 쓰고, 어린이는 조사연구자가 스페인 사람임을 자각하지 못한다. 우리는 그 어린이가 어떻게 교사를 놀리기 위해 **부호 변환하기**(code switching)[11]를 이용하는지 알 수 있다.

어린이: 아시나요, 선생님 이빨이 어떻게 잘못 됐는지?
연구자: 내 이빨이 어떠하지?
어린이: 이거 보세요.
연구자: 이게 뭐니?
어린이: (킥킥거리며). Es cheuco. (구부러졌어요.)
연구자: 뭐라고?
어린이: Es cheuco.
연구자: 영어로 뭐냐? 네가 말하는 것을 이해하지 못해.

11) 이때 부호는 의사소통 수단으로서 기호, 즉 언어를 가리킨다. 기본적으로 제1언어와 제2언어의 구별이 있는 사회문화적 환경에서 제2언어를 구사해야 하는 집단에서는 이와 같은 변환이 있을 수밖에 없을 것이다.

어린이: Es cheuco.

—리세라스 외(Liceras 외, 2008)로부터 나온 자료

표본 2

호주의 조사연구자가 호주 서부에서 응가안냐타이아라 말(Ngaanyatjarra)의 화자인 여성 원주민을 면담하고 있다. 면담자가 우호적인 대화에서 그 여성이 선호하는 담화 유형을 더 잘 받아들이기 위해서 어떻게 자신의 질문 전략, 즉 낱말의 어순을 도치하지 않고 질문하기 전략을 사용하는지 알 수 있다.12)

호주의 면담자: 당신은 매우 젊었지요, 그때?
원주민 여성: 어?
호주의 면담자: 당신은 매우 젊었어요?
원주민 여성: 예, 저는 대략 열넷 정도였어요.

—이이즈(Eades, 2000)로부터 나온 자료

표본 3

(조사연구자에 의해 사용된 전사 문체가 보존되어 있는) 아래의 표본에서 제1언어 화자(NSE)가 제2언어 화자(NNS 9-2)와 사회적인 대화를 하고 있음을 알 수 있다. 여기서 제1언어 화자는 관심 보여주기를 통해(아, 정말입니까?), 의미 전달의 흐릿함을 감내하면서 발언권을 유지하게 하는 간접적인 신호를 통해(음 …), 그리고 감정적인 지지(웃음)와 다듬기 질문(…하기를 원했습니까?)을 통해 발언권을 유지하게 함으로써 제2언어 화자를 뒷받침한다.

---

12) 이 부분은 이해를 돕기 위해 영어 원문을 보이기로 한다.
Australian interviewer: Were you very young then?
Aboriginal woman: Eh?
Australian interviewer: You were very young?
Aboriginal woman: Yes, I was about fifteen.

NSE 8	NNS 9-2
영어가 전공입니까?	아니요, 저는 법을 전공하였습니다.
아, 정말입니까?	예, 그러나 이제는 법이 그렇게 흥미롭지 않습니다.
음	이 대학에 들어오기 전에 저는 법에 진짜로 흥미가 있었고, 저는 사회, 일본 사회를 바꾸기를 원했습니다! (웃음)
대단한데요! (웃음)	아, 그렇지만, 그것은 실제가 아닙니다! 그래서 (웃음) 이제는 법에 흥미가 없습니다.
어, 변호사가 되기를 원했습니까?	그렇게 되기를 원했지요, 그러나 지금은 (내려다 보면서) 음, 음, 이제는 (부드럽고 느리게) (턱 아래로 손을 가져가고 내려다 보면서) ([NSE 8]을 보면서 좀 더 크게 말함) 이제는 어떤 직업을 갖기를 원하지 않아요.
음	많은 것을 공부하기를 원하기 때문에
음-흠	살아가는 동안, 그래서 …
대단합니다. 대단한데요!	음. 당신은 어떻게 하세요?

11.4.3. 연구 계획

제1언어 화자와 제2언어 화자 혹은 두 명의 제2언어 화자가 연루된 대화를 녹음하거나 녹화할 것이다. 의사소통 전략의 사례들을 확인할 것인데 여기서 참여자 가운데 한 명 혹은 두 명이 자신의 대화 유창성이나 상대방의 대화 유창성을 넓히기 위한 전략들을 사용한다.

- 제1언어 화자와 제2언어 화자 혹은 두 명의 제2언어 화자가 관련되어 있는 좀 더 긴 대화를 녹음하거나 같은 참여자들의 짤막한 여러 대화를 이용한다. 대화는 한 명이 일련의 질문을 하고 응답을 기록하는 면담 형식일 수도 있고, 여러 참여자들이 특정의 주제나 일련의 주제를 토론하는 열린 대화일 수 있다.
- 녹음 자료를 듣거나 보기를 적어도 세 번은 한다. 무엇을 발견하였는가?
  - 어떤 화자가 가장 많이 말하는가? 말할 차례는 대칭을 이루는가?
  - 참여자들은 어떤 의사소통의 어려움을 경험하는가? 그 어려움은 무엇인가? 명백한 원인은 무엇인가?
- 의사소통에서 어려움을 다루기 위해 어떤 전략들을 그들이 사용하는가? 어떤 부호 변환을 관찰하였는가? 부호 변환을 위한 분명한 규칙들이 있는가?
- 의사소통의 처리 목표(정보 교환과 바람직한 결과)는 이뤄졌는가? 만약 그렇지 않다면 무엇이 이 목표 달성을 방해하였는가?
- 상호작용의 정서적인 결과는 무엇인가? 화자는 상호작용이 이뤄지는 동안 어떤 부정적인 정서(불안, 뒤집힘, 화, 혼동)이나 긍정적인 정서(활기참, 생기, 우스개, 일치)를 경험하였는가? 이들 정서적인 결과는 상호작용에서 특정의 행위들에 연결되는가?
- 담화에서 특정의 유표적인 전략에 주목하였는가(제1언어 화자 혹은 제2언어 화자에 의한 명료화 요구가 있었는가? 도움에 기대었는가? 어떤 유표적인 담화 전략이 당신에게 잦은가? 만약 특정의 담화 움직임이나 유표적인 사례에 대한 통계적인 유의성을 검증하고 싶다면 카이 제곱(chi-square)[13]이라는 통계 절차를 이용할 수 있다(자원들에 대해서는 14장 참조).

---

13) 양적인 분석에서 두 집단의 사이가 통계적으로 유의한가를 검정하기 위한 통계 분석 도구이다. 이를테면 어떤 교육적인 처치 예를 들면 어휘 학습을 한 집단과 그렇지 않은 집단을 대상으로 하여 읽고 이해하기에서 어떤 차이가 있는지 없는지를 알아보기 위해 이런 통계적인 분석 도구를 쓸 수 있다. 이와 같은 분석에서는 두 집단이 달라야 한다는 점에 유의해야 한다. 말하자면 같은 집단을 대상으로 하여, 처치의 앞뒤 통계 결과를 분석할 수 없다.

• 연구의 애초 질문으로 돌아가 되살펴 본다. 성공적인 상호작용을 하기 위해 여러 문화에 걸친 상호작용에서 참여자들이 어떤 '작업'을 할 필요가 있는가?

[듣기 조사연구 도구] 청자의 어려움에 대한 실마리들을 확인하기

담화 조사연구에서는 청자들이 제2언어 화자와 관련된 상호작용에서 일련의 구체적인 문제를 경험하고 있음을 보여준다. 조사연구에서는 문제의 출발을 알려주는 실마리와 영역, 즉 즉 상호작용에서 구체적인 언어적 신호와 비언어적 신호를 확인하도록 배우는 것이 유용하다. 다음은 여러 조사연구자들에 의해 밝혀진 문제들이다.14)

상호작용 표본	청자의 문제
L1S. 당신은 우리가 보상을 처리할 수 있기 전까지 이 청구내용을 보관하여야 합니다.	
L2S. 미안합니다. 제발 다시 한 번?	화자가 말한 것을 온전하게 듣지 않음.
L1S. 당신은 우리가 보상을 처리할 수 있기 전까지 이 청구내용을 보관하여야 합니다.	
L2S. 음 …	온전하게 응답하기 위한 문화적 지식이나 배경 지식이 없음 온전하게 응답하기 위한 언어적 지식이 없음
L2S. 아하, 알겠어요. (L2S 화자는 뒤에 이해하지 못했음을 인정하였다.)	이해를 가장하거나 온전한 이해를 미룸.
L1S. 당신은 우리가 보상을 처리할 수 있기 전까지 이 청구내용을 보관하여야 합니다.	명료화 질문을 요구함.
L2S. 이 청구내용이 무엇입니까?	주제를 바꿈.
L1S. 당신은 우리가 보상을 처리할 수 있기 전까지 이 청구내용을 보관하여야 합니다.	
L2S. 어떤 청구내용도 원하지 않아요.	

	감독에게 말할 수 있겠습니까?	
L1S.	당신은 우리가 보상을 처리할 수 있기 전까지 이 청구내용을 보관하여야 합니다.	
L2S.	너무 복잡합니다. 도와주시겠습니까?	화자에게 지원을 호소함.

[조사연구 원리] 조사연구에서 윤리

고품질의 오디오와 비디오 녹음자료를 편집하고 붙들 수 있는 이용 가능한 기술은 계속해서 나아지고 있다. 담화 표본들의 녹음과 활용에서 중심적인 문제는 윤리와 관련된다. 일반적으로 비밀스러운 녹음을 절대로 하지 말라고 충고한다. 조사연구를 위해 활용되는 개인별 모든 녹음 자료들은 녹음자료에 나타나는 모든 사람들에게 분명하여야 한다. 비공식적인 조사연구의 경우, 녹음이 이뤄지고 있다는 것에 대한 입말 동의가 받아들일 수 있어야 하지만 공식적으로 출간되는 자료의 경우 참여자들로부터 서명된 증서가 필요하다. 많은 사람들이 믿는 것과는 달리, 참여자들은 일반적으로 녹음 장치들에 대하여 준비를 하고 녹음될 경우에도 일반적이고 자연스러운 수행을 한다.

누리그물이나 라디오 혹은 텔레비전과 같은 다른 원천으로부터 얻은 녹음 자료의 활용에서도 그와 같은 윤리적인 문제가 있다. 저작권법은 비록 누리그물로부터 실제로 모든 것을 내려 받기를 하는 움직임이 있음에도 불구하고 3자의 녹음 자료 활용과 관련하여 매우 잘 규정하고 있다. 현재의 저작권법은 이를 가장 강력하게 포괄하는 것이 디지털 밀레니엄 저작권법(DMCA: Digital Millenium Copyright Act)이라고 문서화하였다. 전자 프론티어 재단(EFF: Electronic Frontier Foundation)은 디지털에서 자유를 위해 싸우는데 일반적으로 DMCA에 맞선다. 세계 재산권 위원회(WIPO: World Intellectual Property Organization)는 미국에 해당되는데 누리그물에는 많은 저작권법에 대한 원천 자료들이 있다. 정보 기술의 지적 활용을 촉진함으로써 고등교육을 발전시키는 임무를 지니고 있는 비영리 단체 에듀코즈(educause)는 DMCA 원천자료를 지니고 있는 유용한 누리그물이다. (이들 자원에 대한 연결은 14장 참조)

14) 이 표에서 L1S는 제1언어 화자를, L2S는 제2언어 화자를 가리킨다.

요약: 언어에 대한 사회적 기준

이 장에서 우리는 청자의 태도와 행위에 대한 네 가지 연구거리 유형을 훑어보았다. 이 연구거리에서는 주로 사회언어학적 관점을 채택하였다. 말하자면 청자의 구실, 참여자들과 청자의 관계, 그들이 사용하는 언어, 서로에 대해서 하게 되는 조정과 적응을 향한 방향이었다.

이 절에서 연구거리는 참여자의 구실, 관점, 기대와 참여의 유형에 대한 조사연구의 폭넓은 개관을 하는 것이었다. 이 장에서 제시한 역할과 상호작용에 대한 탐구 유형은 다른 사회 집단이나 환경으로 물론 확장될 수 있다. 예컨대 남성-여성의 상호작용과 문화 집단과 인종 집단들의 상호작용이 이와 비슷한 방식으로 진행될 수 있다. 이 영역에서 중요한 정보를 제공하는 조사연구의 핵심사항들은 자료 수집, 상호작용에 대한 풍부한 자료, 자료를 붙들고 분석하는 데 믿을 만한 방법, 발견사실들을 삼각측량하는 방법이라는, 체계적인 방법을 활용하는 데 있다.

이 장의 주제는 언어의 사회적 기준을 강조하여 왔다. 특히 듣기를 조사연구할 때 사회적인 기준은 종종 무시된다. 그러나 이 장에서 탐구가 보여준 것처럼 청자는 모든 담화 상황에서 의미를 만들어내는 데 중요한 역할을 한다. 말하자면, 청중은 얼굴을 맞댄 상호작용에서 양방향 담화에서처럼 직접적이든 혹은 매체를 이용한 볼거리와 같은 한 방향 담화를 준비하는 데 활용되는 청중 설계에서처럼 간접적으로 중요한 구실을 한다는 것이다.

제12장 심리언어적 방향

듣기 조사연구에서 심리언어적인 방향에서는 청자의 인지적 처리에 초점을 맞춘다. 어떤 갈래의 지식을 청자가 지니고 있어야 하는가? 어떻게 청자는 입력물을 해득하고 메시지를 파악하며 의미를 수립하고 기억에서 의미를 부호화하는가? 이런 유형의 질문이 이 방향의 조사연구에서 나타난다.

심리언어학이 인지 처리와 관련되기 때문에 청각 지각과 청자가 입력물에서 불충분하거나 놓친 부분을 처리하고 이해하는 방법들에 대한 탐구를 제시할 것이다. 우리는 또한 기억에서 부호화 과정 검토를 위한 연구거리를 제안할 것이다. 이는 나중의 인출을 위해 우리가 이해한 것을 저장하는 방법에 관련된다. 또한 앞서 이해된 것을 다시 활성화하는 회상 과정에 대한 연구거리도 제안할 것이다. 끝으로 왜곡되고, 부분적으로 부호화된 입력물에 대하여 청자가 보완하는 방법인 듣기 전략 탐색을 위한 연구거리를 제시할 것이다.

이 장에서 연구거리는 청자의 처리로 발화 그 자체가 지각되는 방법과 발화에 대한 청자의 처리이며(12.1), 발화를 해석하기 위해 문화 개념틀을 포함하여 청자가 장기 기억으로부터 끌어들이는 청자의 기억과 처리이이다(12.2). 그리고 화자와 청자가 저지를 수 있는 잘못된 해석과 잘못된 듣기의 유형으로서 청자의 오해를 다루며 (12.3), 듣는 동안 청자가 하는 선택내용과 어떻게 이들 반응이 듣는 일을 구성하며 의미를 부여하고 청자의 유창성에 이바지하는가를 다룬다(12.4).

12.1. 청자의 처리하기

이 연구의 목적은 특히 청자가 발화에서 낯선 낱말들 혹은 흐릿함에 마주칠 때 발화 처리의 세부내용을 검토하는 것이다. 2장에서 논의하였던 것처럼 상향식 발화 처리bottom up speech processing에는 발화 신호에 대한 정확한 지각이 개입하므로 청자는 들리는 것을 낱말과 문법적인 단위로 해득할 수 있다. 상향식 지각이 제1언어의 청자의 경우마저도 결코 전체적으로 정확하거나 완결되지 않기 때문에 입말 지각에서 개인의 능력에 대한 자신감을 계발하는 것이 제2언어 학습자들에게 지속되는 도전거리이다. 제1언어에서 비롯된 음운 지각에서 습관적인 유형들과 제2언어에서 친밀감의 부족으로 종종 잘못 들음으로 이어진다.

12.1.1. 애초의 질문

- 낯선 발화 조각들을 우리는 어떻게 처리하는가?
- 제2언어 청자는 어떤 발화 요소들을 처리하는 데 가장 어려워하는가?
- 제2언어 청자가 어려움을 겪을 때 입말 입력물로부터 실제로 받아들이는 것은 무엇인가?
- 제2언어 청자의 경우 어떤 발달 유형이 있는가? (덜 능통한 청자는 같은 유형의 처리 실수를 하는가?)

- 지각에서 잘못이 듣기 처리의 본질에 대해 무엇을 암시하는가? 어떻게 청자들은 지각에서 잘못을 보완하는가?

12.1.2. 표본 자료: 받아쓰기로부터 나온 전사본

말소리 지각에 대한 연구(Field, 2008)에서 열네 명의 제2언어 청자들에게 일련의 짧은 입말 입력물을 제시하고 그들이 들은 것을 문자로 적도록 하였다. 이 연구로부터 나온 발췌글에서 제시 문장은 다음과 같았다.

나는 떨어진 것이 고양이었음을 알았다.
I found out that the thud was the cat.

〈표 12.1〉은 열네 명의 청자가 이 연구에서 들은 것으로 보고된 것을 보여준다.

12.1.3. 연구 계획

이 연구를 위하여, 입력물을 제시하고 입력물의 재구성 내용을 뽑아내게 될 기본적인 실험 설계를 하게 될 것이다. 이 연구의 목표는 청자들이 들을 때 어떻게 음운 지식, 어휘 지식, 문법 지식을 활용하는지 발견하는 것이다.

- 분명한 주제와 일정한 사실들이 있는 덩잇글을 찾아내거나 만든다. 그 덩잇말은 학생들에게 접속 가능하여야 하지만, 그러나 학생들이 온전히 이해할 수 있는 능력을 넘어서는 부분도 있어야 한다. 덩잇말은 그것을 기억하려고 시도할 수 없을 정도로 충분히 길어야 하지만 받아 적지

<표 12.1> 청자가 들은 것으로 보고한 것

실험 참여자	자극물					
	I	found out	that	the thud	was	the cat
1				the sound	was	the cat
2	I	found out		where	was	the cat
3	I	found out	that	the front	was	the cat
4				the thing	was	the cat
5				the fog	of	the cat
6	I	found out	that	the sun	in	the cat
7	I	found out		the frog	and	the cat
8	I			thought it	was	a cat
9			in	the font	was	the cat
10			what	I thought	that	a cat
11	I	found out	and	the frod	is	the cat
12				the thrub	was	the cat
13	I	found out	that		is	a cat
14	I	found out	that		was	the cat

않아도 중심 생각과 몇 가지 핵심적인 사실을 기억할 수 있도록 충분히 짧아야 한다.

- 덩잇말에 대한 두 가지 변이형을 준비한다. 변이형 가운데 하나는 온전한 변이형태이다. 이는 과제의 중심생각-재구성 국면에서 쓰일 것이다. 다른 변이형태는 낱말들이 비어 있는 변이형태이다. 이는 학생들이 겪고 있는 구체적인 지각에서 문제와 낱말 인지 문제를 평가할 때 사용될 것이다. 예컨대 한 단락에는 모든 기능 낱말들을 비워 놓고 다른 단락에서는 내용 낱말들을 비워 놓을 수 있다.
- 과제의 첫 번째 국면에서 학생들에게 아무 것도 적지 말고 듣도록 한다. 대본을 한 번이나 두 번 소리내어 읽어준다. 이렇게 한 다음, 학생들로 하여금 덩잇말의 중심생각을 쓰면서 재구성해 보도록 한다. 만약 학생들

이 모둠으로 활동한다면 집단적으로 더 많이 기억하고 그들이 이해한 것을 언어로 표현하도록 재촉할 것이다. (이는 스웨인(Swain, 1985)에 의해 개발된 듣고 재구성하기 방법(dictogloss methodology)의 기본 정신이다.)

- 과제의 두 번째 국면에서 덩잇말의 빈칸이 있는 변이형태를 쓰거나 혹은 학생들로 하여금 덩잇말의 선택된 부분들을 받아쓰게 한다. 이런 변이형태는 편집을 목적으로 모아두도록 한다. 그 다음에 속편으로 온전한 변이형을 나누어 줄 수 있다.
- 덩잇말의 기준 변이형을 이용하고 학생들에 의해 인지된 각각의 온전한 낱말의 점수를 매기면서 학생들의 응답을 정리하도록 한다(본보기로 위에 있는 표본 자료를 참조할 것).
- 이런 분석으로부터 가장 자주 학생들이 저지르는 낱말 인지 실수의 갈래들에 대하여 결론을 이끌어낸다.

[듣기 조사연구 도구] 내포적인 저울눈을 만들기

대표적인 내포적인 저울눈은 순위 저울눈[1]이다. 이 저울눈은 사건들의 발생에 대한 상대적인 빈도이다. 그리고 고차원적인 사건들은 낮은 차원의 사건들을 포함한다는 것을 함의한다. 어떤 내포적인 저울눈은 발생들의 유형에 대한 계층을 보여준다. 이와 같은 유형은 개인들로 이뤄진 집단들 사이에서 특정의 언어 자질(이를테면 과거 시제 표지)의 산출과 인식에서 어떤 유형들일 수 있다. 전형적인 저울눈은 지각 실험으로부터 나온 자료를 채워넣는 것인데 다음과 같을 것이다.

- 입력물: 편지가 수집되고 나면 우체국으로 가지고 가서 처리를 위한 기계에 통과시킨다. …
- 출력물: 실험 참여자들이 그들이 들은 것을 글로 옮겨 적는다.
- 저울눈: + 자질들에 대한 온전한 지각을 보여줌.
  − 자질들에 대한 온전한 지각을 보이지 않음.

여섯 명의 실험 참여자들에 대한 표에서 전체에 바탕을 두는데, 자질3

(특정의 어휘 항목이나 전체 이음말)이 가장 어려우며(가장 자주 덜 정확하게 지각되며) 자질4는 가장 쉽다(가장 자주 정확하게 된다). 이 자료에 바탕을 둔 내포적인 저울눈은 '수동태 구절'보다'전치사 구절'은 더 쉽고 정확하게 지각되며 (저울눈에서) 고차원적인 습득은 더 낮은 수준의 자질들이 이미 습득되었음을 예측한다는 것을 제안한다. (더 자세한 논의를 위해 릭포드(Rickford, 2004)를 참조할 것.)

<표 12.2> 지각된 난도에 대하여 전형적인 내포 저울눈

실험 참여자	자질들에 대한 난도의 지각				전체
	1	2	3	4	
	After the mail	is collected	it is taken	to the postoffice	
1	+	−	−	+	2
2	+	+	−	+	3
3	+	+	+	+	4
4	−	−	−	+	1
5	+	−	+	+	2
6	+	+	−	+	2
전체	5	3	2	6	

[조사연구 원리] 발달의 단계를 확인하기

언어 습득 조사연구의 목표 하나는 학습자들에게 일반적으로 적용되는 듯이 보이는 전략 영역과 다양한 기술 영역에서 발달의 단계를 탐색하는 것이다. 발화 처리의 경우 장기적인 조사연구의 노선의 하나가 김(Kim 1995)에서 연구되었다. 입력물의 서로 다른 두 형식(느린 형식과 정상적인 형식)을 이용하면서 김은 연결된 발화에 대한 내포적인 저울눈을 형식화할 수 있었다. 이 저울눈은 절 관계(국면5)에 대한 지각이 절에 대한 지각에서 비롯되며 이런 지각 수준은 절들에 대한 지각(수준4)이 어느 정도 '습득되기'이전에는 이뤄지지 않는다는 것을 함의한다.[2]

- 국면 1: 핵심 어구 이전. 청자는 발화에서 음운적으로 두드러짐이 있는 핵심어를 밝혀내지 못한다(이를테면 mail에 대하여 milk나 meal을 보고함).
- 국면 2: 핵심어. 청자는 음운에서 두드러진 낱말을 밝혀내고 이해하기

1) 국어교육에서 양적 조사연구에 쓸 수 있는 저울눈에는 다섯 가지가 있는데, 명목 저울눈, 순서 저울눈, 등간 저울눈, 비율 저울눈, 거트만 저울눈이 그것이다.

위해 이들 사이의 연상 관계를 형성한다(mail, machine과 stamps를 들음).

- 국면 3: 구절들. 청자는 핵심어뿐만 아니라 작은 문법적인 단위를 이루는 덜 두드러진 주변 요소들을 부호화한다(이를테면 mail, put through a mail, cancelling stamps를 들음).
- 국면 4: 절들. 절에서 술어와 논항들 사이의 의미 관계를 밝혀내면서 어휘적 낱말들 사이의 문법적 관계를 부호화한다(이를테면 the mail is collected를 듣고, taken to the post office, it is put through a machine을 들음).
- 국면 5: 절들에 더하여. 청자는 입력물에 있는 거의 모든 절들뿐만 아니라 이들 사이의 관계를 부호화한다(the mail goes through several steps before it is delivered를 들음).

12.2. 청자의 기억

3장에서 논의한 것처럼 이해와 기억은 서로 관련되어 있다. 모든 이해에는 기억 즉 언어에 대한 기억과 의미 기억을 끌어들이므로 기억이 청자에게 잘 지원되지 않는다면 이해는 안정적이지 않을 것이다. 이와 비슷하게 이해에 대한 측정이 들은 것에 대한 회상과 발화와 쓰기에서 어떤 표상의 산출하기에 관련되기 때문에 이해와 산출이 서로 관련되어 있다. 이 연구거리의 목적은 긴 덩잇말을 이해하는 방식과 이해한 내용을 보고하는 방법을 탐구하는 것이다.

12.2.1. 애초의 질문

- 교실수업 강의처럼 길고 내용이 풍부한 덩잇말을 듣고 난 뒤, 혹은 장편 극영화처럼 어느 정도 길고 복잡한 입력물에 주의를 기울이고 난 뒤,

2) 아래의 각 국면 마지막에 나오는 예는 국면들이 서로 맞물리도록 되어 있다. mail이라는 단어를 들을 수 없는 단계에서 mail이 포함된 구절을 듣는 것으로 시작되며 맨 마지막 국면에서는 그 단어(=핵심어)가 포함된 구절뿐만 아니라 다른 구절도 들을 수 있음을 내포 저울눈이라는 용어처럼 내포한다. 국면 5에 이르면 모든 발화를 들을 수 있게 된다.

어떤 이미지나 정보를 보유하고 있는가?

- 그와 같은 덩잇말에 대한 우리의 기억이나 경험이 시간에 걸쳐 변하는가?
- 어떻게 낯선 문화에 대한 참조 사항에 달려 있는 낯선 내용이나 낯익은 내용이, 청자의 이해 처리에 영향을 미치는가?
- 문화적 배경이나 개인적인 관점이 우리가 이해하는 것과 기억하는 것에 어떻게 영향을 미치는가?
- 무엇인가를 회상하도록 재촉하는 방법이 우리가 실제로 기억하는 것에 영향을 미치는가?

12.2.2. 표본 자료: 문화적으로 풍부한 이야기의 회상

『유령들의 전쟁The War of the ghosts』은 맨들러와 존슨Mandler and Johnson의 고전적인 이야기 회상 실험에서 쓰인 덩잇글 가운데 하나이다. 실험 참여자들에게 잘 알려지지 않은 문화적인 의식에 관련되는 단락을 읽게 하고 그 다음에 다양한 간격을 두고 회상 검사를 받게 하였다. 이 실험은 문화적 배경이 우리가 듣거나 읽은 것을 기억하는 방법에 영향을 미친다는 생각을 뒷받침한다. 일반적으로 우리는 고유의 지식과 기대에 들어맞도록 하기 위해 사건을 재구성하고 개념들을 왜곡한다.

유령들의 전쟁

에굴락(Egulac)으로부터 온 두 명의 젊은이가 어느 날 저녁 바다표범을 사냥하기 위해 강으로 내려왔다. 그들이 거기에 있는 동안 안개가 끼었고 고요하였다. 그때 그들은 함성을 들었고 그들은 '아마도 이것은 진군하는 인디언 부대일 거야'라고 생각하였다. 그들은 물가를 벗어나서 통나무 뒤에 숨었다. 통나무배가 올라오자, 그들은 노를 젓는 시끄러운 소리를 들었으며 통나무배 하나가 그들에게 다가오는 것을 보았다. 통나무배에는 다섯 명의 남자가 있었으며 그들은 말했다.

'어떻게 생각해? 우리는 너를 데려가길 바라고 있어. 우리는 사람들이 전쟁을 하도록 하기 위해 강을 거슬러 올라 왔어.'

그들 가운데 젊은이 하나가 말했다.

'나는 화살이 없어.'

'화살은 통나무배에 있어'라고 그들은 말했다.

'나는 따라가지 않을 거야. 죽고 말 거야. 내 친척들은 내가 어디로 가는지 몰라. 그렇지만, 너는'

다른 사람을 돌아보며 '너는 그들과 갈 수 있어'라고 말했다.

그래서 그들 가운데 한 젊은이는 갔지만 다른 사람은 집으로 돌아왔다.

그리고 그 전사는 강에서 칼라마의 다른 쪽 마을로 올라왔다.

사람들은 강으로 내려왔고 그들은 싸우기 시작했다. 그리고 많은 사람들이 죽었다. 그러나 이내 그 젊은이는 전사들 가운데 한 명이 말하는 것을 들었다.

'빨리 우리를 집으로 돌아가게 해 줘. 그 인디언이 죽었어요.' 이제 그는 생각했다. '그들은 유령들이야.'

12.2.3. 표본 자료: 회상 반응 기록 1

RP[3](화자 3)는 포르투칼어 화자로 영어가 제2언어인데 영어로 이야기를 듣고, 영어 입말로 응답하였다(조사연구자에 의해 기록되었음).

3) 의미가 분명하지 않은데 recall protocol(회상 반응기록)의 줄임말로 받아들인다. 438쪽에서도 마찬가지이다.

면담자: 그 이야기로부터 무엇을 기억합니까?

화자 3:

1 저는 이렇게 들었어요.
2 두 명의 인디언이 있었고
3 그들은 젊어요
4 그것이 …에 있었는데
5 일종의 (들을 수 없는) 사냥
6 그들은 갇혀 있었고
7 물이나 혹은 개울에
8 밤에 그리고 (++)
9 그리고 기다렸어요
10 무엇인가
11 저는 가정해요 그들이
12 그들이 … 오랫동안
13 거기에 오랫동안 머물렀고
14 그들이 했을 때 … 그들이 어떻게 말했지? … 놀랐고
15 어떤 유형의 무리들이 다가 오고 있었고
16 아마도 그들은 생각했지
17 그들이 그들을 공격할 것이라 (++)
18 그래 … 혹은 처음에
19 그들은 생각했는데 그것은
20 어떤 부류의 공격자들이라고
21 그들은 가까이 숨었고
22 호수의 가장자리 가까이에서
23 그렇지만 그 집단에서 그들을 찾아냈고
24 그리고 저는 확신은 못하겠어요.
25 그들에게 그들과 함께 말하고

26 우리와 함께 가, 그래요
27 그래서 이제
28 사냥꾼들 가운데 하나가(++)
29 그 소년이 말하기를 안 돼
30 아니 나는 너희들과 함께 갈 수 없어
31 그리고 다른 하나가 말하기를 그는 …
32 (웃음) 의심스러운데
33 그들이 아마 … 죽으리라고
34 그래서 저는 그들이 두려움을 느낀다고 짐작해요
35 예, 당연히 두렵지요
36 그들은 실제로 막아보려고 애썼습니다.
37 당신도 아다시피 그 집단과 같이 가는 걸 막아보려 했고
38 그렇지만 그들은 결국 그들 가운데 하나가 갈 것이라 결정합니다.
39 (웃음) 너는 나고, 나는 아님,
40 그리고 다른 하나는 마을로 돌아갑니다.
41 싸우고 있던 집단은
42 많은 손해가 있습니다.
43 죽음이라고 당신이 말했지요 (+)
44 그리고 그 다음에 버티어 남은 그 소년은
45 그는 그들이 유령들이라고 생각해요
46 그들은 싸우는 유령들이고요 (++)
47 그래 음
48 이것은 일종의
49 그 도전
50 유령들의 도전이라고
51 생각해야 해요.

12.2.4. 표본 자료: 회상 반응 기록 2

RP. 이야기에 대한 다음 질문들에 답하시오(입말 요약이 제시되고 난 다음 유도해냄). 입말로 묻고, 입말로 응답함(조사연구자에 의해 글말로 기록됨).

- 그 남자들은 어디에서 왔나요? 확신하지는 못하지만 이글 호수인 것처럼 들었어요.
- 얼마나 많은 남자들이 강으로 왔나요? 두 명입니다.
- 무엇을 사냥하고 있었나요? 동물들을 사냥하고 있습니다.
- 그들은 무엇을 들었나요? 무슨 소리와 소음.
- 왜 그들은 호수의 가장자리를 벗어났나요? 그들은 두려웠습니다.
- 통나무배에는 누가 있었나요? 몇 명의 전사들.
- 통나무배에 있는 남자들은 젊은이들에게 뭐라고 말했나요? 우리와 함께 가자.
- 젊은이 한 명이 '나에게는 …이 없어'라고 말했는데 무엇인가요? '나에게는 화살이 없어, 그래서 싸울 수 없어.'
- 젊은이들은 어떻게 결정을 했나요? 한 명은 갈 것이고, 다른 한 명은 머무를 것입니다.
- 그 젊은이는 마지막에 어떻게 생각하였나요? 그들은 전사들이 아니라 유령들이었습니다.

12.2.5. 연구 계획

듣기와 회상 실험을 할 것이다. (사람을 통해서 혹은 사전 녹음된) 입력물을 제시할 것이고 열린 과제(회상하기)와 닫힌 과제(질문-답하기)를 통해 이해를 유도할 것이다.

- 학생들에게 낯선 문화들이나 세부-문화들에서 유래된 이야기, 면담, 뉴스 보도와 같은 몇 개의 덩잇말을 모은다. 여기에는 유튜브(치료 의식, 이야기-전달하기, 입말 역사, 문화 이야기와 같은 찾기 낱말을 이용한다)와 같이 자유롭게 이용 가능한 자원들이 많다. 길이에서 2분 정도인 녹화 자료나 녹음 자료를 만드는데 너무 많은 시각적 단서가 없는 것이 선호된다.
- 청각 재생 장치(오디오)나 시청각 재생 장치(비디오)로 미리 녹음되거나 읽어주기를 통해 말 그대로 이야기를 제시한다. (주의: 다른 제시 양식은 제시 이해에 미치는 제시 방식의 효과에 대한 추가적인 실험 연구를 위해 쓰일 수 있다.) 그 이야기를 두 번이나 세 번 반복하고자 할 수 있다. (이야기의 부연이 왜곡을 불러올 수 있기 때문에 부연하기는 피할 것!)
- (A) 입말이나 글말로 청자들 가운데 몇 명에게 개별적으로(집단이 아님) 재구성하게 한다. 그 이야기에 대한 설명을 녹음한다. (B) 이야기에 대한 구체적인 일련의 질문들에 개별적으로 응답하게 한다.
- A의 실험 참여자들에 대해서 다시 이야기한 것과 원래의 내용을 비교한다. 무엇이 다른가? 개념틀 이론과 발견 사실이 어떻게 다른가? (3장 참조) B의 실험 참여자들을 대상으로 하여 이야기에 있는 실제 사건들에 대한 응답과 비교한다. 어떤 사건들이 자신의 연구에서 실험 참여자들에 의해 가장 자주 회상되었는가에 대하여 통계적인 유의성을 검정하고자 한다면 분산 분석(ANOVA)[4]을 해볼 수 있다.

---

4) Fisher가 1923년에 보고한 분산의 근원을 밝히고 분할하고 통계적 유의도 검정을 하는 방법이다. 변량분석이라고도 한다. 분산을 분석하지만 실제적으로는 평균치들의 차의 유의도 검정에 사용된다. 분산분석의 검정통계량은, 집단간 분산과 집단 내 분산의 비율인 F통계량(F=집단간 분산/집단 내 분산)이다. 집단 내 분산보다 집단간 분산이 의미 있게 클 때 처치효과가 나타난다.

집단간 분산이란 각 집단의 평균치가 전체 평균으로부터 얼마나 이탈해 있는가를 나타내는 것이고, 집단 내 분산이란 각 사례의 점수가 자신이 속한 집단의 평균치로부터 얼마나 이탈해 있는가를 나타내는 것이다. 한 개의 독립변수와 한 개의 종속변수가 있을 때는 일원분산분석, 두 개의 독립변수와 한 개의 종속변수가 있을 때는 이원분산분석, 그리고

• 어떤 집단이 이야기의 많은 부분을 회상하였는가? 청자가 이해한 것을 유도하는 과제에 비추어 두 유형의 과제에서 차이는 어떠한가? 발견 사실들을 어떻게 개념틀 이론과 관련을 지을 것인가? 발견 사실들을 어떻게 기억 이론과 관련을 지을 것인가?

[조사연구 원리] 또 다른 기억 탐색 활용하기

장기 기억과 관련된 언어 실험을 수행할 때 제1언어로 나타난 사건들에 대해서도 인간 기억의 일반적인 한계를 깨달아야 한다. 이해와 기억은 해결할 수 없을 정도로 뒤엉켜 있고 이해에 대한 어떤 탐색에도 기억의 한계, 감퇴, 왜곡이 개입할 것이다.

대표적인 맨들러와 존즌(1977)의 연구에서 조사연구자들은 실험 참여자들에게 이야기를 제시하고 이야기를 기억해 보도록 하였다. 방금 읽었던 내용과 가능한 한 가깝도록 이야기를 재구성하도록 한 것이다. 그 다음에 같은 이야기를 다시 읽지 않고 다양한 회상 주기 이를테면 한 달, 한 주, 세 달에 회상하도록 하였다. 맨들러와 존슨이 발견한 것은 3장에서 논의한 개념틀 이론과 매우 일치하였다. 실험 참여자들은 자신들에게 낯이 익은 개념틀에 기대어 이야기를 회상하고 (그들의 기억이 감퇴함에 따라) 그 일로부터 시간이 늘어남에 따라 그들이 기억하는 것에 대하여 폭넓은 일반화를 사용하는 경향이 있다는 것이다. 실험 참여자들에게 낯익은 문화적 개념틀과는 매우 다른 인물과 사건, 결과가 관련되어 이들 이야기들이 실험 참여자들에게 낯설었기 때문에 실험 참여자들은 차례대로 전달하기에서 더 낯

독립변수가 증가함에 따라 다원분산분석을 적용해 자료를 분석한다. (한국교육심리학회(2000), 『교육심리학용어사전』, 학지사)

이 부분에 나오는 기술 내용으로는 분산분석을 할 수 없다. 뒤의 설명(413쪽: 기억의 감퇴와 왜곡을 알아보기 위해 몇 차례 기억 조사를 한 결과의 분석)에 보면 몇 차례에 걸쳐 회상하는 주기가 나오는데 그럴 경우에 각각의 이야기가 회상되는 차이가 있고, 그에 따라 주기마다 차이를 검정하는 분산분석을 해 볼 수 있을 것이다.

이 익은 개념들에 기대어야 하였다. 이것이 어쩔 수 없이 회상하려고 애쓰는 실제 사건을 '왜곡하였다.' 그러나 인지 심리학에서는 이들 왜곡을 안정적인 인지적 기능을 보존하는 방법으로서 건강한 기억의 신호로 본다.

이와 같은 증거에 바탕을 두고, 쉑터(Schacter, 2001)에서는 기억의 일곱 가지 '원죄'의 목록을 만들었다(비록 처치에서는 이들 결함을 고려하지 않은 것이 분명하지만 말이다).

- 소멸(*transience*): 기억의 접속 가능성이 시간에 걸쳐 줄어듦.
- 방심(*absentmindness*): 집중력이 없어지고 무엇을 할 것인지 잊어버림.
- 막힘(*blocking*): 혀끝 맴돎 현상처럼 저장된 정보에 대하여 일시적으로 접속 불가능성.
- 암시받음(*suggestibility*): 이끄는 질문, 속임과 다른 원인에 의해 기억에서 잘못된 정보의 통합.
- 치우침(*bias*): 현재의 지식과 믿음에 의해 만들어지는, 회상에서 왜곡.
- 집착(*persistence*): 강력한 생생함이나 지나치게 감정적인 내용으로 이해 사람들이 잊을 수 없는 원하지 않는 기억력.
- 오귀인(*misattribution*): 부정확한 출처나 실제로 일어나지 않는 것을 보거나 들었다는 믿음에 비롯되는 기억의 속성.

12.3. 청자의 오해

오해는 의사소통에서 일반적인 특징이고, 3장과 4장에서 논의한 것처럼, 의사소통이 무너지는 결정적인 수준에 이르지 않기 때문에 대부분은 발견되지 않거나 결코 언급되지 않는다. 의사소통의 무너짐이 일어날 때, 유창한 청자들은 오해를 어떻게 전략적으로 언급할지 안다. 숙달된 청자는 청자와 화자의 체면을 손상하지 않고 오해를 언급할 수 있는데 이는 어떤 상대방의 잘못 탓으로 돌리지 않고 고치는 일 그 자체에 초점을 맞춘다는 것을 함의한다.

의사소통 분석에서 오해를 더 약한 사람이나 소수의 탓으로 돌리는 것이 매우 일반적이다. 이를테면 어린이, 비토박이 화자, 피고용인, 토론에서 인기가 없는 쪽 등으로 말이다. 오해에 대한 조사연구의 중요한 기여 내용은 어느 한쪽의 책임이라기보다는 모든 오해가 공동으로 구성된다는 증명에 있다. 그러나 실제는 소수 참여자가 종종 오해에 대한 비난과 바로잡지 않음에 대한 책임 둘 다를 떠맡고 있다.

여기서 구체적인 연구거리의 목적은 비록 사회언어적인 요인들과 논점들이 관련되어 있기는 하지만 심리언어학적 관점으로부터 오해를 탐구하는 것이다. 심리언어학적인 관점으로부터 다음을 물어볼 수 있다. 어떤 인지적 처리가 오해의 원인이 되거나 오해를 유발하는가? 이런 갈래의 원인은 개인적인 의도나 책임을 언급하지 않는다. 실제로는 다음을 물어보는 것이다. 즉 화자와 청자 둘 다에 의해 인지적 처리의 어떤 측면이나 어떤 가정이 오해의 생성에 관련되어 있는가?

12.3.1. 애초의 질문

- 라이온스(Lyons, 1995)에서는 '이해되고 있다면 결코 이해하지 못할 것이다. 오직 오해될 때에만 이해할 수 있을 것'이라고 지적하였다. 이것이 참일 것이라고 어느 정도 밝혀 낼 수 있는가?
- 케레케스(Kerekes, 2007)는 여러 문화에 걸친 일자리를 얻기 위한 면접평가에 대한 연구에서 '오해는 언제나 공동으로 구성된다.'고 말하였다. 어떤 의미에서 이 진술이 참이라고 고려를 하겠는가?

- 자신의 제1언어에서 최근에 오해를 경험한 것은 무엇인가? 그 원인은 무엇인가? 제2언어에서 최근에 오해를 경험한 것은 무엇인가? 그 원인은 무엇인가? 제1언어에서 경험한 것과 같은가? 오해를 고치는 방법들에는 어떤 것들이 있는가? 그것을 막을 방법이 있는가?

서로 다른 원천으로부터 제공되는 오해의 여러 표본들이 있다. 몇몇은 알맞은 정도의 세부내용을 설명하려는 시도에서 목록의 형태로 제시되는데 추가적인 주의 사항이 덧붙어 있다. 몇몇들은 서술적인 설명만 제시되어 있다. 몇몇은 오해의 원인에 대한 가설이 있지만 다른 것들은 그렇지 않다.

12.3.2. 표본 자료 1: 빌린 차(let car)

- 날짜/시간: 알 수 없음
- 장소: 런던에 있는 언어 학교
- 사건: 고급 수준 영어 말하기 시험에서 캠브리지 인증을 받기 위해 실습 학급에 있다. (발췌본은 여덟 시간 녹음된 자료로부터 나왔다.)
- 참여자: 일본인 여자 JF, 스위스 남자 SM.
- 언어적 요소(전사됨):

SM: 나는 빌린 차들을 이해 못하겠어. 이게 무엇을 의미하는지?
JF: 빌린[빌린] 차? 세 대의 빨간[빨간] 차들. (매우 느리게 발음함.)
SM: 아, 빨간.
JF: 빨간.
SM: 이제 이해해. 빌린 차라고 이해를 해. 아. 빨간. 예, 알겠어.[5)]

• 제시된 물리적 요소: 언어 과제를 위한 시각적인 자료들.
• 다른 주의사항: 조사연구자로부터: 같은 제1언어를 공유하고 있는 참여자들인지 여부에 따라 이해 가능성 문제를 찾아내기 위하여 학습자들의 짝들을 검토하고 있음.

—젠킨스(Jenkins, 2000)로부터 나온 자료

12.3.3. 표본 자료 2: 둘 또는 세 개의 질문들

어느 날 저녁 스웨덴에 있는 고텐부르크 호텔에서 저(독일 남성)는 접수대에서 젊은이에게 접근하였습니다. 그 젊은이는 모든 방들의 열쇠가 달려 있는 게시판에서 되돌아오는 소리로 '둘 또는 세 개의 질문이 있습니다' 처럼 들리는 구절을 내뱉었습니다. 그는 '이 오 삼'을 되풀이하였습니다.

'둘 또는 세 개의 질문이 있습니다'[6]라고 나는 응답하였다. 그는 미소를 지으며 '질문이 있으시군요. 저는 열쇠를 원한다고 생각합니다.'

오해는 언어적이다. '둘 또는 셋(two-or-three)'이 '이 공 삼(two-oh-three)'으로 들렸던 것이다. 그리고 이것은 부분적으로 개념적인데 손님들은 일반적으로 하는 일이 질문을 하는 것이 아니라 열쇠를 원하기 때문이다.

—히넨캠프(Hinnenkamp 2009)로부터 나온 자료

12.3.4. 표본 자료 3: '내 자리로 갑시다'

• 날짜/시간: 평일 방과후(오후 ~5시)
• 장소: 미국 언어 프로그램이 개설되어 있는 캠퍼스
• 사건: 그날 저녁에 학생들이 함께 공부하기 위해 급우들에게 초대를

5) 이 상황에서 둘 다 비토박이 화자이기 때문에 red car와 let car의 발음에 따른 오해가 있어났다고 짐작해 볼 수 있다.

6) 우리말로 옮긴다면, '두세 개의 질문이 있습니다'라고 해야 하지만, 맥락을 고려하여 그대로 옮겨 둔다.

받는 일을 알려줌.

- 참여자[7]
- 언어적 요소(KF가 회상함):

AM: 시험 준비를 위해 함께 공부하기를 원하니?
KF: 물론, 좋은 생각이야.
AM: 내 자리로 가자. 내 아파트에서 공부할 수 있어.
KF: 아니, 아니, 아니, 아니야.

- 제시된 물리적 요소: 책과 공책들
- 다른 주의사항: KF는 AM이 너무 공격적이라고 생각하며 공부를 하는 데 관심이 있는 것이 아니라 그녀를 만나는 데 관심을 가지고 있을 것이라고 생각하면서 이 초대를 만남으로 받아들이고 곧장 거절하였다고 조사연구자에게 알려주었다. AM의 동기를 알 수 없기 때문에 오해의 원인은 분명하지 않다. 그러나 AM이 공부를 하는 데 KF를 초대하고자 했다고 가정해 보면 개념틀에서 차이가 있다. 말하자면 AM의 개념틀은 그의 집에서 공부하는 것을 허락하는 것이고 KF의 개념틀은 중립적인 장소에서 공부하는 것을 허락하는 것이었다.

12.3.5. 표본 자료 4: Que haces?

- 날짜: 알 수 없음
- 사건: 대형매점에서 식료품 사기

7) 이 부분은 원서에 빠져 있는데 두 명의 남녀이다. AM은 남자이고, KF는 여자이다. 내용으로 보면 오해의 원인은 KF가 제시한 의도를 AM이 선입견을 가지고 잘못 해석한 데서 비롯된 듯하다. 내용상 짐작건대 KF는 한국 여자인 듯하고, AM은 미국 남자인 듯하다.

• 장소: 스페인의 바르셀로나
• 참여자: 미국인 남자(AM, ~20), 스페인 여자(SF, ~25), 스페인 남자 (SM, ~50)
• 언어적 요소: SM: 'Que haces? Son mis bolsillas, no?'
• 제시된 물리적 요소: BM[8]이 자신의 뒤에 있는 SM이 산 가방을 식료품을 담기 위해 계산대 위에 있는 가방을 집어듦.
• 다른 주의사항: BM으로부터 조사연구자에게 전달됨(입말 보고)

어느 여름에 바르셀로나에 살 때, 처음으로 식료품 가게에 가서 식료품을 주워 모으고 계산하기 위해 계산대로 갔습니다. 제가 산 상품의 절반의 바코드를 읽고 난 뒤 계산을 하는 여자가 야채에 이르렀습니다. 그녀는 한숨을 쉬고, 저의 뒤에 있는 줄을 보고 매우 좌절하면서, 쳐보더니 무게를 재고, 저보고 값을 매기러 가라고 하였습니다. 지불을 하고 난 뒤 둘러보았지만 플라스틱 가방을 찾을 수 없었습니다. 잠깐 뒤에 계산하는 여자가 어떤 가방을 저에게 던졌고 그래서 저는 식료품을 가방에 넣었습니다. 거의 끝냈을 때, 저의 뒤에 있던 남자가 'Que haces? Son mis bolsillas, no?'라고 외쳤습니다. 그것은 '무엇하고 있습니까? 그건 저의 가방이 아닌가요?'를 뜻합니다. 분명히 제가 가는 길에 그 여자가 던진 것은 그 남자가 산 것입니다. 그녀는 그것이 제 것이라고 가정했습니다.

12.3.6. 표본 자료 5: Blick auf die Narren

뮌헨에서 빈 교차로에 서있었는데 지평선에 차 한 대 없었습니다. 대부분이 지역의 독일인인 듯한 한 무리의 사람들과 함께 서서 녹색 신호등을

---

8) 표기가 잘못된 듯하다. 참여자에도 BM이라고 추론할 단서가 없다. 아마도 미국인 남자를 뜻하는 AM으로 표기되어야 맞을 듯한데, 이 표기 자체가 중요하지는 않기 때문에 그대로 두기로 한다.

기다리고 있었습니다. 확실하게 아무런 위험이 없다고 정확하게 살펴본 뒤 보도의 이음돌을 내려갔습니다. 함께 행동을 하는 듯하였던 독일인 무리들은 갑자기 욕설과 비난을 터뜨렸습니다. 'Blick auf die Narren,'처럼 들렸는데 그것은 '저 어리석은 바보녀석 좀 봐.'를 의미하며 'Das ist sehr gefährlich'는 '매우 위험해.'를 뜻합니다. 그리고 'Was zum Teufel macht er?'도 들렸는데 '도대체 뭘 하는 거지?'를 뜻합니다. 종합해 보면서 메시지를 이해하였습니다. 그들은 사회에서 역기능을 하는 구성원으로서 저를 나무란 것입니다. 오해의 원인은 국외자로서 그 풍습을 이해하지 못했던 것입니다. 독일에서는 어떤 아무런 해가 없는 규칙이라고 하더라도 사회적인 관례나 법을 정말 어기지 마십시오.

12.3.7. 연구 계획

다양한 출처에서 오해에 관련되는 여러 자료들을 모을 것이다. 같은 형식으로 자료를 모음으로써 그들을 더 잘 비교할 수 있고 다른 사람과 자원들을 공유할 수 있다. 훌륭한 연구거리를 말이다. 실제로 어느 정도 흥미 있는 자료를 얻으려면 다음의 절차를 따를 가능성이 높다.

- 일주일에 걸쳐 입말 오해 표본 자료들을 모은다. 이들은 자신의 경험으로부터 혹은 다른 사람이 알려줌으로써 가능하다. 〈그림 12.1〉에서 맞춘 것과 같은 카드에 각각의 오해를 기록한다. 가능한 한 사실에 가깝게 반영할 수 있도록 그런 일이 일어난 뒤 가능한 한 곧바로 그 자료들을 기록하려고 노력한다.
- 오해를 분석한다. 언어적 원인(음운, 통사, 어휘)인가, 개념적인 원인인가(다른 개념 지식이나 공동 배경의 부족)?
- 오해에 대한 자신의 자료에 바탕을 두고, 오해에 대해서 제2언어 화자에

게 무엇을 가르칠 수 있겠는가? 어떻게 그것을 막을 것인가? 오해가 나타났을 때 어떻게 다루어 나갈 것인가? 이들 사례에 바탕을 두고, 오해를 다루어 나가는 방법에 대하여 무엇을 제1언어 화자에게 가르칠 수 있겠는가?

<그림 12.1> 오해 기록 카드

날짜: 사건: 참여자들: 언어적 요소: 제시된 물리적 요소: 다른 주의사항:

[조사연구 원리] 오해의 여러 원인들

> 고객들의 감정 지능을 나아지게 하려고 고객들과 함께 연구하고 있는 미국의 심리학자 수잔 던(Susan Dunn)은 고객들에게 '의사소통의 첫 번째 법칙은 자신이 오해되고 있다고 가정하라.'고 말한다. 비록 우리들 대부분은 모든 사람들이 우리에게 맞추어져 있고 우리는 그들에게 맞춘다고 가정하면서 나날의 상호작용을 순조롭게 해나가고 있지만 우리 모두는 우리가 이해하는 것보다 더 많은 오해를 지니고 있다.

우리는 모두 '충분히 훌륭한' 이해 전략'good enough' comprehension strategy (Ferreira and Patson, 2007)을 일상의 언어 사용에서 작동시켜야 할 필요가 있기 때문에 사소한 오해를 고치거나 큰소리로 불러낼 필요성을 많이 느끼지 않으며 거의 찾아내지 않는다. 우리는 일반적으로 우리에게 역효과가 있기 전까지 오해를 알아차리지 않을 것이다. 오직 그때에만 검토하려 하거나 혹은 고치려고 하며 더 잘 이해하도록 다시 시도해 본다.

제2언어 청자의 입장에 설 경우에 더 잦은 역효과 때문에 우리는 종종 더 많은 오해를 알아차린다. 말하자면 대화 참여자로부터 바람직한 반응에 방해가 되는 경우에 우리가 원하는 것을 갖지 못할 수도 있다. 제2언어 상황에서 대화의 이해에 어려움은 제2언어 화자의 언어 부호에 대한 불완전한 언어 구사능력 때문일 뿐만 아니라 다른 비언어적 자원들의 수효로부터 나타난다.

12.3.8. 오해에 대한 있을 수 있는 실마리들

- 흐릿함(ambiguity): 곧(soon) 볼게.
- 대체(substitution): 그렇게(so) 생각해.
- 생략(ellipsis): 그가 어디에 있지? ____ 욕실에.
- 접속 불가능한 어휘 항목(inaccessible lexical item): 너는 시험을(examined) 받아야 해. / 나는 뒤에 너를 붙잡을(catch) 거야.
- 개념틀의 부조화(mismatch of schema): 우리는 내 자리에서 공부할 수 있어.
- 낯선 경로(unfamiliar routine): 도와주실 수 있습니까?
- ‘어려운’ 구문(‘difficult’ construction): 여기에 시간 맞춰 오는 것이 너에게 중요한 것은 말할 것도 없고(not only is it)
- 말소리 문제(acoustic problem): 나는 너를 @#$%*&@에 마중 나갈 것이다.
- 복잡한 발화(complex utterance): 당신의 아드님이 참여하도록 우리가 허락할 수 있기 전에 당신의 의사에 의해 서명이 된 보고서가 필요할 것입니다.
- 간접적인 표현(indirectness): 우리는 자정에 문을 닫습니다.

- 잘못된 동족 언어(false cognate)[9]: 그 서비스(service)는 형편없었어.
- 불충분한 정교화(inadequate elaboration): 참가는 금지되었다.
- 공유되는 지식에 대한 잘못된 가정(false assumption about shared knowledge): 펜이 그 서랍(the drawer)[10]에 있다.
- 화자의 의도에 대한 잘못된 가정(false assumption about speaker's intention): 때때로 붙어 다니자.
- 의도적인 실패(이해하고자 하는 자발성 없음):

  (오후 4:45에 박물관 입구에서)

  A: 몇 분 동안 들어가도 될까? 이 길을 왔고 문닫는 시간이 오후 다섯 시란 걸 몰랐어!

  B: 박물관이 문 닫았어.
- 정신과적 장애(psychiatric disturbance):

  A: 제가 앉을 수 있도록 저쪽으로 옮기신다면 성가실까요?

  B: 저는 알버트입니다. 여기 살아요.

12.4. 청자의 전략들

이 연구거리의 목적은 듣는 도중에 청자가 자신의 인지적 처리를 점검 조정하는 방법을 밝혀내는 것이다. 청자로 우리는 자신의 이해를 점검 조정하는 능력을 지니고 있으며 주의집중을 어떻게 맞출 것인지 결정할 수 있는 능력이 있다. 그러나 이런 처리에는 제약이 있으며 그 효과에는 한계가 있다.

---

9) 연관성이 없는 두 언어에서 우연히 말소리가 비슷하여 의미를 잘못 쓰는 경우를 가리킨다. 같은 조상의 언어에서 갈라져 나왔다는 추론을 하게 되는 근거가 되기도 하였다. 예를 들면 영어의 two는 우리말의 '두'라는 관형사와 비슷하지만 이를 근거로 영어와 우리말이 공통의 조상언어에서 갈라져 나왔다고 추론할 수는 없다.

10) 이 문장에서는 the의 쓰임이 화자가 공유지식을 전제로 하는 듯하다.

12.4.1. 애초의 질문

- 참가하고 있는 대화나 면담을 듣고 있을 때 혹은 영화나 연극을 보고 있을 때 주의와 집중, 분석하거나 좀 더 온전하게 이해하고자 하는 바람을 어떻게 조정하는가?
- 어렵거나 이해하기 어려운 발화의 연쇄나 수행에 마주쳤을 때 어떤 갈래의 전략을 사용하는가?
- 만약 대화나 영화에서 쉼이 있다면, 일반적으로 어떤 갈래의 예측을 하는가?
- 제2언어에서 들을 때 같은 갈래의 조정과 전략들을 활용하는가? 제2언어에서 들을 때도 쉼 동안에 같은 갈래의 예측을 하는가?

12.4.2. 표본 자료: 불어를 배우는 영어 화자들

조사연구자는 불어를 배우는 학생들에게 녹음 자료를 재생하고 각 덩잇말 덩이의 뒤에 녹음기를 멈추었다. 한 사람 한 사람의 면담 환경에서 그는 학생들에게 그 시간에 무엇을 생각하고 있었는지 물어보았다. 한 명은 중급 수준의 검사를 받았던 학생인 파울라이고 다른 한 명은 초급 수준에 있는 탐이었다.

(배경 소음) Bonjour, Sylvain. Salut, Philippe! Salut, Christine! Ça va, toi? Plus au moins. Pourquoi? Tu n'as pas passé une bonne fin de semaine? Oh oui! C'est là le problème.[11)]

---

11) 실벵과 필립페란 남자와 크리스틴이라는 여자가 대화를 하고 있는 상황이다. 아니면 또 다른 한 명이 있을 수도 있다. 대화 내용과 사람이 짝지어져 있지 않기 때문에 파울라의 발화 내용으로 짐작해 보아야 할 듯하다. 이 부분의 대화 내용만 늘어놓으면 다음과 같다.

안녕, 실벵. 안녕, 필리페! 안녕, 크리스틴! 어떻게 지내? 그럭저럭, 왜? 너 멋진 주말을 보내지 않았지? 이런! 무슨 문제가 있었어.

파울라: 이야기하는 친구들이 있고 그리고 어, 그들은 이야기하고 있습니다. 그 주말에 대한 거라고 짐작합니다. 그 남자 아이가 좋은 주말을 보낸 것처럼 들리지는 않죠. 여자 아이에게 그 이유를 이야기하려고 합니다.

면담자: 무엇 때문에 그렇게 생각하지?

탐: 아, 거기서 많이 들리지는 않아요. 어떤 문제를 들었고, 이 남자 아이는 문제가 있는데 음 그의 목소리 어조로 때문에 그는 매우 우울한 듯하네요. 아 …

면담자: 마음에 떠오르는 다른 것이 있는가?

• **조사연구자의 지적**: 두 명의 청자들은 이 덩잇말의 주제를 다듬기 위하여 목소리와 언어 외적인 추론(목소리의 어조와 배경 소음)과 함께 낱말 추론(problème, fin de semaine)을 효과적으로 활용한다. 앞으로 들어오게 될 입력에 대한 해석의 범위 안에서 둘 다 개념 얼개를 만들어내었다(친구들이 주말과 일어났던 무엇에 대해 이야기하고 있다). 그러나 오직 효과적인 청자(파울라)만이 다음에 무엇을 듣게 될 것인지 예측하고 있는 증거를 제시한다.

Tu sais, mon frère Francis, le grand de vingt ans, il a loue un appartement avec sa blonde, Il est parti de chez nous en fin de semaine et je l'ai aidé à démenger.[12)]

파울라: 그는 무엇인가를 하는 친구를 도왔습니다. 그것이 무엇인지 모르지만 그가 그의 친구를 도왔다고 들었습니다. 무엇이 일어났든, 그

탐: 'blonde'를 방금 들었으므로 여자 친구와 관련되어 있는 무엇임에 틀림없습니다. 왜냐하면 그녀는 다른 남자 아이에 대해서는

12) 이 대화는 멋진 주말을 보내지 못한 이유를 여자 친구에게 설명하는 내용을 담고 있다. '한창 때에 있는 내 형제 프란시스 알 거야. 그가 금발 여자 친구와 함께 아파트를 계약하거든. 그가 주말에 집을 떠났고 난 그가 이사하는 걸 도와주었어'라는 내용이다.

것은 그의 친구와 관련됩니다.	이야기하지 않을 것이고 따라서 일반적으로 아마도 다른 여자에 아마도 대한 것일 겁니다. 따라서 그들, 그들은 아마도 싸웠거나 혹은 뭐, 뭐 그런 것 같아요.

- 조사연구자의 지적: 두 명의 청자는 이 발췌물로부터 어려움이 있지만 반응 기록은 이 새로운 입력물을 어떻게 다루어나가는가에 대한 구별되는 차이를 보여준다. 파울라는 '그가 무엇인가 그의 친구를 도왔다.'고 과감히 말할 정도로 핵심 동사(aider)와 함께 이전에 만들었던 얼개를 이용하고 있다. 그 무엇인가는 계속해서 귀 기울여 듣게 될 무엇이다. 반면에 탐은 'blonde'를 제외한 모든 것을 놓쳤고 이것을 이전에 배웠던 것과 연결하려고 노력하였다. 그는 너무나 많은 새로운 정보를 놓쳤기 때문에 탐은 새롭게 들어오는 언어 입력의 해석과 관련하여 '불리한 입장'에 있는 듯하다.

— 반데그리프트(1998)로부터 나온 자료

12.4.3. 조사연구 표본: 멈춤이 있는 덩잇말을 사용함.

로스트와 로스(Rost and Ross, 1991)에 의한 연구는 (일 대 일 환경에서 전달된) 쉼이 있는 덩잇말을 청자들에게 제시하고 명료화를 요구하는 질문을 하게 하였다. 조사연구자는 좀 더 유창한 청자들이 어휘로 밀고 나가기(낱말의 의미에 대한 질문)와 전체적인 반복(일반적인 반복을 요청함)보다는 가설 검증을 더 많이 사용하는 경향이 있음을 발견하였다. 그러나 또한 연습 기간이 지난 뒤 모든 수준에서 청자들은 가설 검증 질문을 더 많이 하였으며 (글말 요약에 의해 측정되었을 때)그들의 이해가 그 결과 향상되었음을 발견하였다.

12.4.4. 조사연구 표본: 반성적인 자기 보고의 활용

반데그리프트(2007)에서는 반성적인 자기 보고와 관련된 더 확장된 연구를 보고하였다. 이 연구에서는 학습자들이 제2언어(불어)로 녹음된 덩잇말과 수업에서 교사뿐만 아니라 불어로 교실 밖에서 듣기에 사용한 기법을 보고하도록 하였다. 오말리와 샤모(O' Malley and Chamot, 1990)의 전략 분류를 더 다듬으면서 반데그리프트는 계획하기, 점검 조정하기와 같은 상위 인지적인 전략(이를테면 '우리가 처음 해야 하는 것에 대해 되풀이해 읽었다')과 언어적인 추론하기, 정교화하기(예컨대 저는 문장에서 다른 낱말을 사용하고 짐작하였다)와 같은 인지적인 전략, 명료화를 요구하는 질문하기, 자기 칭찬하기와 같은 사회 정의적인 전략(예컨대 나는 선생님께 되풀이해주도록 요청하였다. 나는 자신에게 모든 사람이 아마도 같은 문제를 지니고 있을 거야라고 말했다)을 학습자가 사용하는 분명한 사례를 발견하였다. 그는 더 높은 유창성 수준에서 상위 인지적 전략들의 사용이 더 많이 보고됨을 발견하였다. 이런 발견사실들에 바탕을 두고, 몇몇 조사연구자들은 모든 유창성 수준에서 상위 인지적 전략의 사용을 격려하는 교육방법을 제안하였다. 이와 같은 추천은 언어 학습에 대한 상위 인지적 접근을 옹호하는 다른사람들과 일치한다(반성적인 듣기 보고의 사례들에 대해서는 Goh, 2008; Cross, 2009; O'Malley, Chamot and Kupper, 1989; Oxford, 2010 참고).

12.4.5. 연구 계획

이 연구거리에서 같은 입력물에 대한 청자들의 내성과 비교하게 될 것이다. 두 명의 제1언어 청자, 한 명은 제1언어 청자, 다른 한 명은 제2언어 청자인 경우 혹은 두 명의 제2언어 청자를 비교할 수 있다.

• 준비하기: 강의의 조각이나 어떤 영화로부터 나온 장면과 같은 미리 녹음 입력물 혹은 녹화 입력물을 확인한다. 다른 방법으로 이런 목적을 위하여 자신의 녹음 자료나 비디오 자료를 이용할 수 있다. 일정한 단위 적어도 몇 분의 길이가 되는 덩잇말을 실험 참여자들에게 제시하기 위해 준비한다. 청자들이 내성을 하도록 하기 위해 여러 차례 쉼을 준비해 둔다.
• 청자들의 반응이나 응답을 끌어내기 위해 자신이 사용하게 될 탐침 질문, 요구 질문을 확인한다. 만약 학생들이 무엇을 말해야 하는지 혹은 어떻게 계속해야 하는지 확실해 하지 않은 경우, 학생들이 생각하고 있는 것을 보고하도록 학생들을 격려하기 위해 아무런 단서가 없는 탐침 질문을 쓸 수 있다. 이를테면 이제 '무엇을 생각하고 있지, 무엇이 마음에서 일어나고 있지, 무엇이 그렇게 생각하게 하지?'와 같은 질문이 있다. 면담의 질문–답 형식이 되지 않도록 하기 위해 덩잇말과 관련된 구체적인 질문을 하지 않는 것이 좋다. 또한 청자가 명료화를 위한 질문을 하게 되는, 내적 성찰의 주기를 피하도록 한다.
• 청자들을 위해 발췌한 덩잇말을 재생한다. 이 방법의 타당성을 높이기 위하여, 사용한 체계는 반복 가능하여야 한다. 만약 청자의 반응 기록을 자세하게 비교하고 검토하고자 한다면 이 절차를 통제를 받는 방식으로 한꺼번에 한 명의 청자를 대상으로 하여 미리 정해진 지점에서만 멈추고 같은 탐침 질문을 사용하는 것 등의 방법으로 실행할 필요가 있을 것이다. 그러나 만약 이와 같은 갈래의 조사연구에 대한 느낌을 갖고 잠재적인 응용에 대한 감각을 갖고자 한다면 더 큰 집단을 대상으로 이 방법을 쓸 수 있고 실험 참여자들로 하여금 그들의 반응을 입말이 아니라 글말로 쓰게 할 수 있다. 혹은 개인별로 마이크와 녹음 기록 장치를 갖춘 언어 실습실과 같은 환경에서 실행될 수 있다.
• 내성 보고를 녹음하고 난 뒤에 자료를 분석한다. 얻은 응답들의 유형에 대한 이름을 붙일 수 있는가? 예컨대 낱말들에 대한 대화, 생각에 대한

발화, 낱말에 대한 물음, 생각에 대한 물음, 예측, 추론하기 등으로 말이다.

- 수집한 반응 기록들을 깊이 생각해 본다. 응답 기록에서 어떤 유형을 볼 수 있는가? 제1언어와 제2언어 사이에 어떤 차이가 있는가? 제1언어 청자와 제2언어 청자들 사이에 어떤 차이가 있는가?

요약: 심리언어학적인 처리에 대한 접근

이 장에서 연구거리는 심리언어학적인 처리에 접속하는 실제적인 방법들을 아우른다. 심리 언어학적 처리의 기저에 있는 것을 드러내는 실험적인 일련의 과제들이 있지만(이를테면 2장과 3장 참조), 이들 과제들과 요구되는 제시와 측정 체계들은 대부분의 교사들과 조사연구자들이 수행하기에 비현실적이다.

[듣기 조사연구 도구] 생각 소리 낸 반응 기록

> 전략 사용에서는 내성(retrospection, 청자에게 어떻게 듣는 도중의 문제를 해결하는지 물어보기)과 실시간 과제(online tasks, 청자로 하여금 이해를 위하여 어떤 전략을 불러내도록 하는 '문제가 있는 덩잇말'로 함), 되살핌(reflection, 멈춤이 있는 듣기 과제를 통해 청자로 하여금 특정의 시점에서 주의하고 있는 것이 무엇인지 물어봄)을 통해서 이뤄진다.
>
> 듣기는 직접적으로 관찰하기가 불가능하기 때문에 조사연구자들은 듣기 처리에 접속하는 간접적인 수단을 활용하여야 한다. 한 가지 사회적인 조사연구 방법으로 제2언어 사용을 대상으로 한 페어치와 카스퍼(Faerch and Kasper, 1984)에 의해 개발되고 듣기를 위해 반데그리프(1997, 1998)가 다듬은, 생각 소리 낸 반응 기록(think-aloud protocol)이 있다.
>
> 실험 참여자들에게 녹음 자료나 녹화 자료를 듣도록 하였다. 발췌된 덩잇말은 미리 정해진 지점에서 멈추었는데 일반적으로 생각의 단위나 덩잇말에서 전환이 있는 부분 혹은 단기 기억에서 납득할 만한 덩이 단위에 맞춘다(대략 20초나 30초). 각각의 쉼 단위마다 실험 참여자는 그가 생각하고 있는 것을 언급하도록 하거나 뒤에 분석될 수 있는 다른 반응을 산출하도록 요청을 받았다.

첫 번째 연구는 청자의 발화 지각과 발화 신호 그 자체의 처리를 탐구하였다. 특히 그 연구는 입력물이 알려지지 않은 어휘 항목이나 문법 구조를 지니고 있는 경우에도 유창한 청자들의 경우에 어떻게 불완전한 입력물을 보완할 수 있는지 그리고 말한 것에 대한 이해 가능한 표상에 이르는지를 예증하고자 하였다. 덜 유창한 청자의 경우 처리가 잘못되고 있을 때 의미 수립은 종종 심각하게 무너져 버린다.

두 번째 연구는 청자의 기억이라는 복잡한 주제를 탐구하고 어떻게 이해와 기억이 서로 관련이 있는지 보여주었다. (실제로 10장에서 본 것처럼 대부분의 이해 평가는 기억의 탐색과 관련되어 있다.) 서로 다른 탐색 질문 이를테면 열린 질문과 닫힌 질문들이 청자가 이해하고 기억하는 것에 대한 서로 다른 관점을 낳을 수도 있음을 보았다. (직접적인 질문과 같이) 닫힌 탐색 질문들은 (요약하기와 같은) 열린 탐색으로 나타나는 것보다 상당히 더 많은 정보를 이해하고 회상한다는 것을 보여주는 듯하다.

세 번째 연구는 모든 오해에는 여러 겹의 원인이 있으며 이들이 화자와 청자에 의해 만들어진 가정의 탓으로 돌릴 수 있다는 생각의 강조와 관련된다.

네 번째 연구는 청자의 전략 혹은 청자의 이해에 대한 계획의 점검 조정과 관련된다. 이 연구에서는 알려지지 않은 정보를 어떻게 처리하며 의미를 수립할 때 얼마나 많은 배경지식을 활용하는가에 대한 결정에 접속하기 위하여 내성에서 나온 반응 기록을 이용하였다.

제13장 발달적 방향

듣기 조사연구에 대한 발달적 방향은 듣기의 사회언어적인 측면과 심리언어학적인 측면과 관련이 있다. 그리고 시간에 걸쳐 사람들의 듣기 능력이 어떻게 나아지는지에 초점을 맞춘다. 듣기 능력의 어떤 측면이 가장 빠르게 향상되는가? 어떤 능력이 가장 덜 효과적으로 나아지는가? 어떤 영역에서든 퇴보가 일어나는가? 어떤 요소가 향상을 촉진하는가? 어떤 요인들이 발달을 지연시키는가?

이 책의 제2부에서는 맥락이라는 범위에서 듣기 향상을 위한 방법과 접근법을 기술하였고 가르침과 교육과정 개발, 평가에 적용할 수 있는 원리들을 추천하였다. 이 장은 또 다른 추천을 제안하지는 않겠지만 학습자의 발달을 조사연구하기 위한 얼개를 잡고자 한다.

이 장에서 과제 설계, 활동, 언어 학습자를 위한 강좌들을 선택하는 방법들을 탐구한다. 학업에서 듣기(13.1), 자율적인 듣기를 위한 듣기 강좌 설계하기(13.2), 듣기 자료를 평가하기(13.3). 네 번째 연구거리는 교사 연수자들을 위한 조사연구의 얼개를 잡는다. 즉, 듣기에서 교사 연수 단원을 안내(13.4)한다.

13.1. 학업에서 듣기

비록 학업을 위한 듣기가 독특한 몇 가지 특징들이 있기는 하지만 학업에서 듣기는 널리 듣기의 유형으로 10장에서 논의하였다. 학업을 위한 듣기의 맥락은 주로 학교와 대학교 환경인데, 청자(학생)는 지식의 여러 원천과 상호작용하며 다른 학생들과 협력적인 관계를 형성하리라 예상한다. 청자는 특정 영역에서 일련의 개념들을 통달하는 데 도움을 받기 위해 그리고 그런 내용들에 대한 통달의 정도를 보여주기 위해 지식의 여러 원천을 사용할 것이며 오직 몇몇만이 강의 상황일 것이다(Benson, 1994; Flowerdew and Miller, 2009).

일반적인 환경에서 학업을 위한 듣기는 겉으로 보기에 강의 듣기뿐만 아니라 모둠 토의에 참가하고 교사와 상호작용하며 조사연구와 연구거리에서 급우들과 협력하고 평가를 받기 위한 학습자들의 책임에 수반된다.

이 연구의 목적은 학업을 위한 듣기에서 학습자의 동기와 학습 전략, 학습 수행에 미치는 영향을 관찰하기 위하여 서로 다른 조정 interventions의 결합을 시도하는 것이다. 조정은 여기서 교사가 단원의 과정애서 학생들이 지나치게 압도되거나 길에 벗어났을 경우 과제로 학습자들이 되돌아오게 하거나 과제를 놓친 학습자들에게 학습자들의 주의집중을 끌어오는 기회를 가지는 특정의 가르침 활동으로 자리매김한다(Clement, 2007).

13.1.1. 애초의 질문

- 청자의 역할에서, 다른 사람들과 상호작용에서, 참여에서, 책무성에서 학업을 위한 듣기가 사회적인 듣기와 어떻게 다른가?
- 학업을 위한 강의에서 어떤 유형의 청자가 강의 내용을 온전하게 혹은

부분적으로 이해했다는 것을 어떻게 아는가?

- 제2언어 학습자가 산만하거나 '메시지에 벗어났을' 때 그것을 어떻게 아는가? 캔들린과 머피(Candlin and Murphy, 1976)에서는 이른 시기 연구에서 공학 강의에서 어떻게 제2언어 청자들이 '핵심적인 메시지'(캔들린과 머피는 '젠(gen)'이라고 부름)에 주의를 기울이며, 어느 정도 강의자가 하는 '초점에서 벗어난' 언급에 주의를 기울이고 듣는지 탐구하였다(이는 구별되는 운율과 속도, 물리적인 배치로 신호가 된다). 자신이 생각하기에 제2언어 화자가, 어느 정도로 초점에서 벗어난 메시지나 흐름에서 벗어난 메시지와 '핵심적인' 메시지를 구별할 수 있는가?
- 어떻게 청자는 자신의 이해를 어떻게 재는가? 어떻게 처음에는 몰랐던 내용들을 이해할 수 있게 되는가?
- 어떤 요인들이 청자의 수행을 나아지게 하는가? 준비하기, 공책에 적기, 요구 명령(prompt), 학급 참여, 공책에 적은 내용 복습, 반복된 듣기, 검사인가?
- 강의 이해에 대한 타당한 측정은 무엇인가?

13.1.2. 표본 자료: 조정

클레멘트 외(2009)에서는 비디오로 미리 녹음된 강의 자료를 사용하는 학업을 위한 듣기에서 가르침의 중재 모형을 꾸려 보았다. 그들은 학습자들의 수행에 다음과 같은 조정에 대한 지각된 효과를 측정하려고 하였다.

- 주의집중 초점과 공책에 적어두기를 위한 전략들에 대한 명시적인 가르침
- 정지된 간격마다 비디오 화면에 나타나는 가르침 비법의 활용. 여기에는 공책에 적어두기 비법(열두 개의 서로 다른 비법이 제공됨), 주의집중을

위한 회상 촉진 요소(세 개의 다른 회상요소가 있는데 예측하기, 추측하기, 반성적인 요약하기)가 있는데 이를 제공한다.

- 여러 차례 듣기와 되짚어 주기가 끝난 뒤 공책에 적기의 세 번에 걸친 시도
- 토박이 화자 모형으로 적어둔 내용을 복습하기 위한 안내가 있는 토의의 활용. 조사연구자는 자신의 집단 안에서 해보고자 하도록 학생들을 북돋워주는 아홉 가지 구체적인 토의 전략들의 목록과 함께 자신들이 적은 내용에 대한 토박이 화자들의 토의 모형을 미리 녹화한다.

강좌의 막바지에 학습자에게 강좌에서 발전을 이루는 데 자신들이 지각한 가치에 비추어 이들 조정 활동을 평가하도록 한다. 학습자들의 설문지를 모아두고 이들 조정 활동 가운데 상대적인 중요도를 셈하도록 한다.

평가 받기 연습 30퍼센트,
토의 모둠 20퍼센트,
공책에 적기 연습과 비법 20퍼센트,
집단 연구거리 10퍼센트,
어휘 가르침 10퍼센트,
강의에 안내를 받은 요약 10퍼센트

학습자들의 평가로부터 나온 증거 자료에 바탕을 두고, 학습자들의 발전에 대한 다른 객관적 측정과 삼각측량을 하면서 조사연구자들은 평가 받기 연습과 안내를 받은 모둠 토의가 핵심적인 활동으로 학업을 위한 듣기를 다루는 강좌에서 강조되어야 한다고 결론을 내린다. 또한 비디오 화면으로 보여주는 방법은, 몇몇에 의해 도움을 주는 것으로 보고되었지만 좀 더 전통적이고 기술을 사용하지 않는,

어휘와 요약 연습과 같은 조정 방법보다 더 유용하지는 않다고 결론을 내릴 것이다.

<그림 13.1> 다양한 조정 활동에서 가치에 대한 학생들의 지각

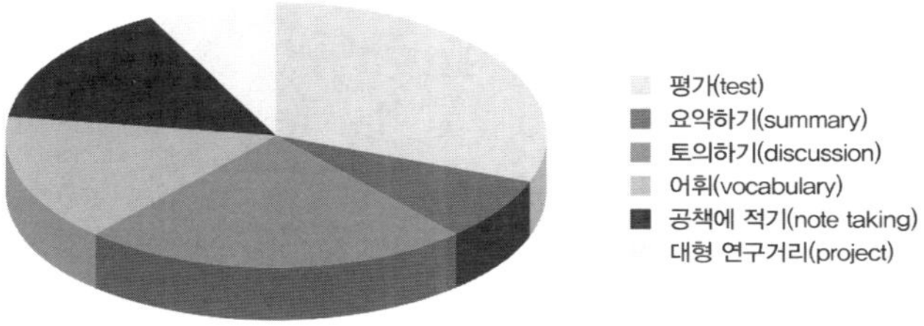

유용한 되짚어 주기를 제공하는 다양한 조정 활동에 대한 지각된 중요성의 그림 묘사.

13.1.3. 연구 계획

- 자신의 듣기 가르침에서 체계적으로 사용하게 될 조정 활동을 하나 또는 그 이상 고른다. 학업을 위한 듣기 학급에서 가르치고 있다면 듣기 전에 공책에 적어두기 비법(note-taking tips)과 같은 조정 활동을 선택할 수 있다. 그리고 강의 도중이나 강의를 되풀이하는 동안 (줄이거나 다듬은) 간소화((reductive or elaborative) simplification)를 할 수 있으며 강의나 강의 부분에 뒤이어 모둠 토의나 강의 이전에 평가를 훑어볼 수 있다.
- 조정 활동이 학습자의 향상이나 동기부여에 어떤 효과가 있는지 여부를 평가하기 위한 관찰 가능한 측정 도구를 고른다. (그 효과는 예측된 방향이 아닐 수 있다는 점을 염두에 둘 것.) 측정 도구는 학생들의 참여의 형태에서 늘어날 수 있고 공책에 적어두기의 밀집도나 양식, 혹은 글말 평가나 시험에서 수행, 혹은 학습자로부터 나온 자기 반성적 촌평에서 변화가 있을 수 있다.
- 처치를 반복하거나 조정 활동을 여러 차례(여러 학급들에) 실시한다.

시간에 걸쳐 학습자의 태도나 수행에 대한 정보를 얻어내도록 한다. 조정 행위 가운데 학생들이 가장 가치 있다고 평가한 보고서와 강좌에서 객관적인 측정에서 향상(순위) 사이의 상관관계에 대한 유의성을 평가하고자 한다면 스피어먼 로(상관) 분석[1]을 이용할 필요가 있을 것이다. (출처에 대해서는 14장 참조.)

- 학생들의 학습에서 가르침의 역할과 특정의 조정 활동의 역할에 대해 되살펴 본다. 학생들의 향상이 주로 '과제에 참여한 시간' 덕분인가? 말하자면 학생들이 목표 상황에서 실제로 몰입하거나 두각을 나타내기 위해 들인 시간 덕분인가? 학업 향상의 얼마나 많은 부분이 특정의 가르침을 위한 조정과 교사로부터 나온 되짚어 주기의 덕분인가? 학업 향상의 얼마나 많은 부분이 앞으로 나아가도록 한 안내 덕분인가?

13.2. 듣기 자료들

이 연구의 목적은 듣기 자료를 평가하기 위한 기준을 만드는 것이다. 9장에서 얼개를 잡은 것처럼 듣기 자료에는 되짚어 주기와 평가의 수단과 과제가 수반되는 입력물 자료들을 포함한다. 이 연구는 덩잇말, 녹음 자료, 실시간 구성요소들을 포함하여 어떤 강좌에서 학습자들을 위하여 자료들이 이미 배분되어 있을 때 유용하도록 마련

---

1) 변인들 사이의 관계를 알아보기 위한 방법으로 널리 쓰이는 통계 분석 도구이다. 이와 같은 상관관계는 ±1의 범위 안에서 수치로 표현되는데 어떤 경우에든 통계의 기본적인 조건이 충족되었을 때 숫자가 클수록 의미를 지닌다. 일반적으로 상관관계는 정규 분포를 보인다고 가정하는 모수적 분석뿐만 아니라, 대부분의 양적 분석에서와는 달리 정규 분포를 가정하지 않는 비모수적인 분석에서도 널리 쓰인다. 다만 절차가 다른데 여기서 언급하고 있는 스피어먼 로는 비모수적 분석(변수 가운데 명목 변수를 씀)에 쓰이는 통계 값이다. 모수적 분석에서는 피어슨 로(주로 변수가 비율 저울눈이나 등간 저울눈으로 측정됨)라는 통계 값을 쓴다. 다만 상관분석에서는 계수 그 자체가 인과관계를 의미하는 것은 아니라는 점을 주의해야 한다. 인과관계를 분명하게 밝히고자 한다면 요인분석이나 회귀분석을 써야 한다.

[듣기 조사연구 도구] 교육 환경에서 유사 실험적인 설계 활용하기

> 참된 실험에서는 도달하고자 들인 처치나 조정을 비교하고자 하고 둘 가운데 하나 또는 그 이상의 처치 집단에 임의 배치된 학생들이 통제된 실험을 받는 것을 함의한다. 처치 기간의 끝에 이르러 평균 결과들이 집단에 대하여 비교된다.
>
> 처치(이를테면 가르침 계획)과 조정(이를테면 특정의 가르침 기법)을 비교하는 것이 유용하지만, 이런 유형의 통제 집단은 언어 가르침에서 납득할 만하지는 않다. 정상적인 교육 환경에서 임의적이거나 통제된 실험을 하는 것이 불가능하고 실험을 위하여 다른 학생들로부터 잠재적으로 혜택을 주는 처치를 유지하도록 하는 것은 윤리적이지 않다. 대안은 유사 실험적인 설계를 이용하는 것인데 개인으로 이뤄진 자연 집단(이를테면 이미 학급 중심의 교육과정의 일부분으로서 만남)을 활용하며 다른 집단과 처치 활동을 비교하지 않지만 시간에 걸쳐 한 주기에서 다음 주기로 처치의 결과를 비교하는 것이다. 이는 시계열 분석(time-series analysis)이라고 부르는데 교육적인 환경에서는 매우 유용하다. (이런 유형이 설계 활용에 대한 출처는 14장 참조.)

되었다. 타당한 자료 평가 연구를 수행함으로써 교사들과 교육과정 설계자들은 자료의 보급과 조정, 선택을 위한 실제적인 해결방법에 이를 수 있을 것이다.

13.2.1. 애초의 질문

- 학업을 위한 듣기에서 듣기 가르침을 위해서 필요로 하는 출간된 자료들(책, 미리 준비된 녹음 자료와 녹화 자료)이나 자연스럽게 나타나는 자료들(학업을 위한 기관으로부터 누리그물에 있거나 공적인 매체로부터 발견되는 자료들)이 충분한가?
- 자료들은 선택하는 본질적인 기준이 무엇인가? 관련성인가(논의에 대해서는 8장 참조), 학생들의 흥미와 적합성인가, 길이인가, 교육적인 뒷받침의 갈래인가?

- 만약 자료들(덩잇글이나, 매체, 혹은 실시간 연결 구성요소들)이 학습자나 학급에 이미 배당되어 있다면, 어떤 구성요소들이 사용되어야 하는가? 어떤 구성요소들은 건너뛰거나 조정되어야 하는가? 자료를 가장 잘 이용하기 위해서 어떻게 하여야 하는가?
- 어떤 자료를 이용할 것인가, 어떻게 이용할 것인가, 어떻게 그것을 보완할 것인가에 대해 학습자와 교사들 사이의 협력을 통한 결정의 가치는 무엇인가?
- 듣기를 위한 가르침 자료들은 입력물의 형태로 몇몇은 과제나 일련의 과제 형태로 이뤄져 있다. 과제는 언어교육에서 중요한 역할을 한다. 과제 설계에서 획기적인 연구인 캔들린(Candlin, 1987)에서는 언어 학습 과제에 대한 작업 규정으로 '어떤 목적을 달성하기 위해 이미 있는 지식의 적용과 관련된 문제 제기, 사회적인 활동과 서로 의존되어 있는 활동'이라고 제시하였다. 엘리스(Ellis, 2002), 리차즈(Richards, 2008), 윌슨(Wilson, 2008) 등은 (자리매김이 가능한 외적 목적이 있는) **공부 계획으로서 과제(task-as-workplan)**, (목표에 맞춘 심리언어적인 처리에 맞춘) **처리로서의 과제(task-as-process)**가 포함되도록 이 개념을 다듬었다. 전자인 공부계획으로 과제는 '파악을 위한 듣기'에 대응되며 후자인 처리로서 과정은 '배우기 위한 듣기'에 대응한다.

13.2.2. 설문지 표본: 자료 평가 얼개

얼개 1

듣기를 위한 자료들을 선택을 하거나, 조정하기 혹은 설계를 할 때 교육과정 설계자들과 교사 모임에서는 명시적이고 교육적인 기준을 개발하는데 이는 그들의 결정을 이끌어 주는 효율적인 가르침과 듣기의 원리에 바탕을 두고 있다. (이들 기준에는 결정의 선택 기저에 있는 정치적 기준과 감정적인 기준을 중화하기 위한 의도가 있다.) 두 가지 본보기가 아래에 제시된다. 사우디아라비아에서 학생들을 위한 선택 기준을 준비하고 있는 알라므리(Alamri, 2008)[2]의 자료와 다음의 기준들을 사용하여 타일랜드에서 자료들을 평가한 테인(Thein, 2006)의 자료인데 여기서는 이들을 종합하였다.

- 일반적인 겉모습: 현대적이며 현대의 경향에 맞게 경신되었는가?
- 디자인과 삽화: 눈길을 끄는가?
- 객관성: 분명하게 언급되며 현재의 이론에 맞춰져 있는가?
- 주제 내용: 내용은 온전하며 세련되게 전달되는가?
- 듣기 내용: 자연스럽게 녹음이 되었는가? 충분한가? 화자들이 다양한가?
- 다매체 내용: 다양하며, 최첨단이고, 마음을 끄는가?
- 언어 내용: 완벽한가? 교수요목에 있는 항목들을 아우르는가?
- 사회적 맥락과 문화적 맥락: 다양한가? 적절한 문화적 가치를 담고 있는가?
- 언어 기술: 기술들은 균형이 맞는가? 모든 네 가지 기술에 알맞게 초점을 맞추는가?
- 가르침 가능성: 교사가 무엇을 하는지 쉽게 알 수 있는가?
- 유연성: 보완하기 쉬운가?
- 실천사례: 실천사례가 풍부한가?
- 평가하기: 평가가 풍부한가? 평가는 공정한가?

얼개 2

스키에르소(Skierso 1991)는 자료 평가를 위해 덜 짜여 있지만 좀 더 되돌아보는 질문들이 많은 설문지를 제안하였다.

---

2) 원서에는 Almari(2008)로 나와 있지만, 참고문헌에는 이런 이름이 없으므로 참고문헌에 맞추어 제시한다.

- 자료는 가르치고자 하는 것 이를테면 구체적인 기술, 전략, 어떤 입력물을 다룰 수 있는 일반적인 능력을 가르치는가?
- 이들 자료들을 활용할 때 교실수업에서 어떤 절차를 사용할 것인가?
- 학생들에게 자료는 올바른 수준에 있는가?
- 학생들에게 혹은 자신에게 그 절차는 쉽게 이해되는가?
- 도표나 삽화 등 학생들이 몰입하고 학습을 안내 받을 수 있도록 적절한 시각 자료가 있는가?
- 적절하게 경신되었는가?
- 연습은 다양한가? (지나치게 다양하지는 않는가?)
- 어떤 갈래의 보완이 필요할 것인가?
- 그 자료는 다양한 수준에서 학습자로 하여금 사용할 수 있게 하는가?
- 자료들은 쉽게 얻을 수 있는가?
- 학생들에게 온당하게 가격이 매겨져 있는가?
- 교실 안과 밖에서 어떤 갈래의 보완이 필요할 것인가?

13.2.3. 연구 계획

이 연구에서 특정의 학습자나 학습자 집단에 대하여 적절한 자료들의 여러 묶음들을 검토하게 될 것이다. 이 연구를 수행하기 위하여 고려해야 하는 자료들의 묶음이 필요하고 그 자료가 겨냥하고 있는 학습자들로 이뤄진 목표 집단이 필요하다.

- 듣기 가르침을 위한 계획 안에서 현재 사용하고 있는 자료들을 살펴본다. 스키에르소(1991)와 같은 설문지나 알라므리(Alamri, 2008)와 테인(2006)와 같은 범주들의 점검표를 개발한다. 각각의 구성요소, 즉 교재, 오디오와 비디오, 실시간 자료와 다른 기술들에 대해 별개의 점검표 개발을 고려한다.

- 자신이 만든 점검표를 활용하여 자신이 사용하고 있는 자료들(교재, 매체, 교사 안내서)의 각 묶음에 대하여 철저하게 해본다. 그리고 각 질문에 대해 분명하게 답을 한다. 만약 가능하다면 동료들을 자신과 같이 협력해서 혹은 따로 해보게 한다.
- 원자료 형태로 설문지의 결과들을 모아 놓는다. 이들을 어떻게 제시할 것인가를 결정하기에 앞서 동료와 그 결과를 논의한다. 응답의 빈도에 대한 통계적인 계산을 고려해 보고 교사들 사이에서 응답들의 상관관계를 점검해 본다.
- 만약 가능하다면 평가에 몇 명의 학생들을 참여하게 한다. 전체 자료에 이들의 반응을 통합한다.
- 조사연구 결과의 제시가 자료 활용에 대한 결정을 하는 데 어느 정도 도움을 주는가? 어떤 영역에서 가장 분명한가? 어떤 영역에서 가장 흐릿한가? 어떤 범주들은 다른 범주들보다 더 가중치를 갖는가? 특정 범주에서 부정적인 측면이 다른 범주의 긍정적인 측면을 능가하는가?
- 스스로 자료를 설계할 수 있거나 강좌에 쓰인 자료들을 보완할 수 있다면 자신의 입장에서 가장 우선적인 것은 무엇인가?

13.3. 자율적인 듣기

대단한 것은 아닐지라도 학습자의 자율성을 늘이는 일은 일반적으로 모든 나이의 학습자들을 가르치기 위한 긍정적인 목표이다. 이 연구의 목적은 자율적인 듣기 과정을 만드는 것인데 직접적인 가르침이나 교사의 감독 없이 스스로 강좌의 일부분이나 전체를 수행하는 강좌이다. 이 연구에서는 애초의 제안을 전개해 나가기 위한 지침으로 사용될 수 있는 세 가지 자료 묶음을 제공한다.

13.3.1. 애초의 질문

- 듣기 기술의 계발에서 스스로 접속하기가 어떤 역할을 하는가?
- 스스로 접속하기 학습 마당의 상대적인 강점과 약점은 무엇인가?
- 이상적인 스스로 접속하기 마당이란 어떤 곳인가? 학생들이 그것을 사용할 것 같은가?
- 학습자들이 궤도에 들어오고 유지하는 데 필요로 하는 '도움을 주기 위한 선택내용'은 무엇인가?
- 자율적인 듣기 강좌에서 학생들의 성공을 보장하는 데 도와줄 필요가 있는 안내나 비법의 갈래는 무엇인가?

스스로 접속하기 마당은 언어 가르침을 위한 중요한 자원이다. 성공적인 마당이 따라야 하는 몇 가지 원칙들이 다음에 있다.

- 서로 다른 방법으로 다양한 주제에 대한 충분한 양의 입말 자료가 있다.
- 적어도 몇 가지 자료에서 수반되는 실습들이 준비되어 있다.
- 학생들이 들은 것과 그것에 대한 반응을 알려 줄 일지나 기록물이 학습자에게 필요하다.
- 적어도 몇 가지 자료들에 대하여 참고할 만한 녹음 기록 전사본이 보관되어 있다.
- 학습 마당을 이용하는 학습자들을 위해 지속적으로 교사가 지원해 주는 수단을 제공해 준다.
- 학습 마당을 이용하는 방법에 대해 학생들을 안내해 준다.
- 장기적인 학습 전략에 대한 조언을 제공해 준다.

—밀러 외(2007) 참고

13.3.2. 표본 자료들

자원 1. 스스로 접속하는 언어 마당(SALC: self-access language centre) 설정을 위한 일반적인 지침

- 스스로 접속하는 학습은 참으로 스스로 접속하여야 한다. 많은 기관들에서 공부의 과정으로서 스스로 접속하기 학습 마당을 활용하도록 할 필요가 있다. 쿠커(Cooker)는 스스로 접속하는 배움이 지속적이기 위해서는 참으로 스스로 접속하여야 한다고 믿는다. 비록 교육거리에 있는 모든 학습자들이 방향을 제시하고 스스로 접속하는 학습에 대해 강조를 하지만 학습자들에게 그런 시설을 이용하도록 요구할 필요는 없다. 쿠커(2004, 2008)에서는 일본의 지바 현에 있는 칸다 외국인 연구소에서 학습 마당의 이용이 완전히 선택적이었지만 이 점에도 불구하고, 그 학습 마당은 매우 인기가 있었다는 점을 보고하였다.
- 학습 마당의 운영에서 학생들은 통합적인 역할을 지녀야 한다. 학생들은 SALC의 전개에서 안내하는 역할을 맡아야 한다. 학생들은 일정한 시간만 이용하는 학습자가 될 수 있으며, SALC에서 부원뿐만 아니라 자료를 선택하고 시험 삼아 해보며 다른 학생들에게 학습 마당 이용을 촉진하도록 중요한 역할을 할 수 있다. 일본의 오사카에 있는 킨키 대학에서 SALC은 두드진다. 이큐브(E-cube)라고도 부르는데 직원들은 학생들의 참여와 학생들의 촉진 활동이 성공의 열쇠라고 한다.
- 언어 학습은 재미가 있어야 한다. 만약 스스로 접속하기가 참으로 스스로 접속하기라면 학습자들은 그 학습 마당에 끌려서 들어와야 하고, 이렇게 하는 가장 효과적인 방법은 언어 학습을 재미있게 하는 것이다. SALC는 학생들에게 즐거움을 주고 즐기는 방법으로 학생들을 몰입하게 하는 자료들 그리고 정규 교실수업에서 구입 가능하지 않은 자료들을 구입해 두어야 한다. 영어 수업이 매우 교사 중심인 다수의 EFL 맥락에서, 배우

고 있는 언어를 학습자들로 하여금 이해하도록 장려하는 일은 즐길 수 있도록 하는 것이며 그 가치는 여전히 도전거리이기도 하다.

• 스스로 접속하기 학습 마당은 학습자들이 선택할 수 있는 자리가 되도록 하여야 한다. SALC는 일반적인 교실이나 도서관과 같이 느끼지 않는 환경으로 만들고자 해야 한다. 장식 계획, 가구, 물리적인 외관이나 전시물에 대한 신중한 선택을 통해 '다름'을 느낄 공간을 만드는 일이 가능하다. 쿠커는 칸다 대학의 국제 연구소에서 그녀의 학생들이 '미국의 작은 부분'이나 '잠시 머무는 집으로 귀환'과 같은 느낌이라는 언급을 하였다고 지적하였다. 느긋한 환경은 학생들이 자주 출입하도록 선택하는 장소이며 따라서 시설과 자료들을 활용하도록 격려할 것이다.

– 쿠커(2008)에서 손을 봄

자원 2. 활동 지원과 과제 지원에 대한 점검 목록

성공적인 SALC를 뒷받침하는 전체적인 특징에 더하여(쿠커, 2008; 가드너와 밀러, 1999), 학습 자료 그 자체의 효율성과 자료를 학습자들이 최대한으로 활용하도록 제공되는 지원의 종류를 살피는 것이 중요하다. 로스트(Rost, 2007)에서는 실시간 학습 자료와, 과제와 매체들과 학습자들이 상호작용할 때 학습자들에 의해 가치가 매겨지고 활용되는 선택내용들이 무엇인지를 보기 위해 이용 가능한 '유용한 선택내용'들에 대하여 현지 조사하였다. 선택내용의 목록이 다음에 제시된다.

• 주석: 덩잇말에 관한(번역하거나[3]) 제2언어로 됨

3) 이 책이 포함된 연속 간행물에도 translation이 포함되어 있는데, 일반적으로 이를 번역이라고 우리말로 옮겨 왔다. 이를 순우리말로 옮김이라고 하기도 하였는데, 이런 경우는 말 그대로 자구의 의미에 충실하여 영어로 된 글을 우리말로 바꾸는 일을 가리키는 것이다. 일찍이 경상대학교 김수업 선생님은 번역이나 옮김이란 말 대신에 '뒤침'이란 우리말 용

- 배경 정보
- 어휘 찾아보기
- 쉼
- 다시 재생하기 선택내용들
- 쪽 표시하기(bookmarking)
- 도움말, 보거나 듣기 도중에 조정하기
- 자신의 촌평 녹음하기(녹음 파일)
- 되풀이할 기회(녹음 단추)
- (입말이든 글말이든) 질문을 교사에게 보내기
- 토론 게시판이나 사회적인 연결그물에 촌평 올리기
- 답변 곧장 점검하기
- 올바르지 않은 답변에 실마리 얻기
- 과제와 관련된 누리그물 연결하기
- 자신의 향상을 추적하기(과제 참여 시간, 점수들)
- 자기평가 도구들

– 로스트(2007)

자원 3. 자료 선택

스스로 접속하는 듣기 학습 마당에 대한 실제적인 설계는 그것이 물리적인 시설이든 실시간 자원들의 연결망이든 (쿠커(2008)에 의해 제안된 것과 같은) 일반적인 설계 원리나, 입력물 자료와 과제 선택, 과제 지원에 대한 보장이 관련된다. 맥베이(McVeigh, 2010)로부터 나온 다음의 사례는 자료 선택과 과제 설계에서 자신이 주관하는

어를 제안하였고, 뒤친이는 2008년도에 그레이브와 카플란(Grabe and Kaplan, 1998)의 『*Theory and Practice of Writing*』, 『쓰기 이론과 실천사례』(박이정)에서 그 용어를 썼다. 뒤침은 단순한 자구에 따른 옮김이 아니라 우리말과 다른 외국말의 정보를 맥락에 맞게 해석하여 전달한다는 것을 의미한다.

SALZC에서 성공적이었던 착상들의 '상위 열 가지' 목록을 보여준다.

다음에 스스로 접속하는 학습 마당이 제대로 기능을 하도록 하는 상위 열 가지 목록이다.

- 추천하는 영화: 학습 마당을 위한 영화들은 선택을 적게 하려고 한다. 〈헨리가 샐리를 만났을 때〉, 〈클루리스〉는 〈내일을 향해 쏴라〉[4], 〈죽은 시인의 사회〉, 〈졸업〉, 〈흐르는 강물처럼〉과 함께 가장 성공을 거두었다. 여러 범주 이를테면 코메디, 극, 텔레비전의 연속 쇼 등에서 나온, 많지 않은 수의 추천된 자원을 활용하는 것이 우리에게는 성공적일지 보장할 수 없는, 분류되지 않은 한 다발의 자원을 가지고 있는 것보다 더 나았다.
- 각본: 대개 학생들이 언어를 이해하도록 도와주기 위해 상당히 관례에 따라 쓰이는 비디오나 텔레비전, 혹은 영화의 작은 부분과 함께 아마도 대본일 텐데 극본을 이용한다. 누리그물의 서점에서 출간된 대본들의 목록을 구할 수 있을 것이다. 누리그물에서 대본을 찾는 일은 온전한 덩잇말이 있는 몇 곳을 알려줄 것이다.
- 자막 올리기(화면의 아래에 자막을 제공해 준다): 이는 읽기와 함께 듣기를 강하게 한다.
- 이해 질문: 이해 점검을 포함하는 것이 학습자들이 제 길을 가도록 한다는 것을 발견하였다. 몇 가지 파악 질문을 지니고 있게 됨으로써 영화나 비디오의 구체적인 장면에 학생들이 주의집중의 초점을 맞추도록 도와준다. 대개 학생들이 작은 모둠 형식으로 이들을 공부하도록 하였다.
- 받아쓰기: 적어도 영화나 비디오의 부분들에 대하여 받아쓰기 혹은 수정한 받아쓰기는 깊이 듣는 능력을 기르는 데 도움을 준다. 그리고 영화의 부분들에 대한 완성하는 받아쓰기를 하려고 할 때 그들이 모든 것을 이해하고 있다고 생각할 때 매우 놀라게 된다.

---

4) 로버트 레드포드의 영화로 원제는 〈Butch Cassidy and the Sundance Kid〉이다.

- **어휘 원탁회의**: 어휘 학습은 언제나 학생들에게 동기를 부여하는 요소이며 어휘력을 향상시키는 데 도움을 준다고 생각한다면 SALC를 활용할 것이다. 각본에서 새로운 낱말과 표현을 확인하도록 하며, 그 의미들을 생각해 내려고 노력하고 목록들을 공유하도록 한다.
- **이어지는 활동들**: 이는 놀이와 비슷한데 분위기를 누그러뜨리는 데 도움을 준다. 영화에서 핵심 사건에 대한 한 문장 요약을 준비한다. 그 다음에 조각들로 자르거나 제멋대로 화면이나 종이 위에 두도록 한다. 학생들에게 재배열하게 하거나 영화의 시간 순서에 따라 번호를 매기도록 한다.
- **실연하기**: SALC들이 지나치게 수동적이라는 평판을 얻는 경향이 있기 때문에 좀 더 활동적인 과제를 포함하려고 하였다. 학생들에게 영화의 한 부분을 선택하게 하고 또래 학생들과 실현하게 하였다. 학생들이 적극적으로 하는 특정의 장면을 추천하기를 제안한다.
- **학생들이 개발하는 퀴즈**: 영화에 대해 학생들로 하여금 질문거리를 찾게 하고 퀴즈 쇼의 형식으로 팀을 나누어 대결하게 한다.
- **운동 중계**: 소리를 낮춘다. 학생들은 짝을 지어 화면에 있는 행위를 기술할 차례를 번갈아 맡는다.

— 조우 맥베이(www.joemcveigh.com)

13.3.3. 연구 계획

이 연구에서 학습자 모둠을 위한 스스로 접속하는 (그것은 물리적일 수도 있고 아닐 수도 있는데) 듣기 자원 학습 마당을 만들 것이다. 자료 묶음들에 있는 안내 지침을 활용하거나 자신의 것을 계발할 수도 있다.

- 자율적인 듣기 과정 혹은 이미 있는 언어 강좌나 교과 강좌의 일부로 보충하는 듣기로부터 혜택을 입을 사람이나 집단을 확인한다. 가능하다

면 교과와 이용하고자 하는 기법이나 방법론을 조사하도록 한다.

- 그 과정을 위해 이용할 수 있는 이용 가능한 자원들을 모은다. 만약 학습자들이 특정의 시설에서 만나게 될 것이라면 몇 분짜리 MP3 파일이나 몇 개의 컴퓨터 자료 저장고에 있는 영화나 텔레비전 쇼(이들은 물론 합법적으로 구할 수 있다)로 소박하게 시작할 수 있다. 혹은 DVD 매체를 활용하여 MP3의 형태로 대여섯 개의 면담일 수도 있고, 공짜이거나 동의를 받은 추천할 만한 누리그물의 목록으로 시작할 수 있다. (추천 자료는 14장 참조.) '소박하게 시작함으로써' SALC를 운영해 볼 수 있고 필요할 때 자료와 연결되는 누리그물, 예약을 더할 수 있다.
- 각각의 듣기 입력물에 어울리는 협력 활동이나 과제를 몇 가지 개발한다. 이들은 열린 질문들, 짧은 보고, 자기를 되돌아보는 설문지 혹은 모듬토의 질문일 수 있다. 이들 과제를 진행에 따라 고쳐나갈 수 있다.
- 학습자의 일지에 대한 몇 가지 형식을 개발한다. 학습자들은 듣거나 본 것 참여한 것을 기록하여야 하고 그 경험에 대한 평가를 기록하여야 한다. 고(Goh 2010)가 추천을 한 듣기 단짝들과 함께 학습자들의 일지는 모듬으로 만들 수 있다.
- 일정한 기간의 막바지에 '상위 열 개'의 목록을 준비한다. 학습자들이 가장 이용을 많이 한 자료나 누리그물 혹은 구체적인 활동은 무엇인가? 어떤 것이 가장 높은 평가를 받았는가? 왜?
- 무들(Moodle)에서와 같이(www.moodle.com) 강좌 관리 체계를 이용하여 다른 촌평이나 상위 열 개 목록을 경신하여 붙이도록 한다. 학생들로부터 촌평을 뽑아내고 토론 게시판을 만들도록 격려한다. (어떤 게시판이든 안정된 규칙을 설정하고 학생들을 조정 감독 요원으로 임명한다.)
- 일정한 시간이 끝난 뒤 다른 교사들을 위하여 자율적인 듣기 강좌를 운영하는 데 필요한 비법을 준비하도록 한다.

13.4. 교사 연수

이 책의 전체는 듣기 영역에서 더 나은 가르침과 조사연구에 이바지하는 개념, 실천사례, 태도에 초점을 맞추어 왔다. 제2부(7장~10장)는 특히 교육과정 설계, 가르침과 평가에 초점을 맞추었다. 이 책의 독자들 다수가 교사 연수에 책임이 있을 것이며 교사들을 위한 교사 연수 단원을 수행하는 조사연구의 일부로 이 책을 활용할 것이다. 이 절의 연구는 듣기 가르침에 대한 집중 강좌에 포함되는 자원들과 개념들을 조사연구하기 위한 얼개를 제공하는 것이다.

13.4.1. 애초의 질문

- 자신이 아는 교사들 가운데 듣기를 가르치는 데 누가 제일 나은가? 왜 그들은 성공적인가? 다른 교사들과 그들을 다르게 하는 것은 무엇인가?
- 듣기를 잘 가르치기 위하여 제1언어에서든 제2언어에서든 듣기의 본질에 대하여 언어 교사는 무엇을 알아야 하는가? 교사들이 친숙해져야 하는 상위 다섯 개의 주제나 개념들은 무엇인가?
- 교사, 집필자들, 응용언어학자들, 혹은 다른 교육자들 가운데 어떤 듣기 전문가가 자신에게 영향을 미쳤는가? 그리고 듣기 영역에서 다른 교사들에게 긍정적인 영향을 미칠 수 있을까?
- 듣기를 가르치기 위하여 단기 과정을 설계하고자 한다면 어떤 읽을거리, 강의와 활동들을 포함시킬 것인가?

13.4.2. 표본 자료들

자원 1. 양방향의 교사 계발: 듣기

로스트(2008)에 의해 설계된 온라인으로 이뤄지는 개론적인 강좌에서는 신임 교사들에게 듣기를 가르치도록 준비하게 하고 현장 교사들을 위하여 더 신선한 과정을 제공하고 있다. 아래에 얼개를 잡아 놓은 것처럼 그 강좌의 얼개와 포괄 범위를 고려해 보도록 한다. 그 강좌는 짧은 단원의 특징들로 이뤄져 있다.

- 비디오 강의와 슬라이드 보여주기를 통해 자료들을 제시하는 영어 가르침과 교사 연수에서 전문가들의 짧은 강의 도막
- 덩잇글과 핵심 개념을 설명하는 데 도움을 주는 주석
- 핵심 개념들에 대한 즉각적인 되짚어 주기를 제공해 주는 실습 과제와 잦은 개념 점검
- 듣기를 가르치고 있는 실제 교실수의 비디오 도막, 행해지고 있는 개념들의 예시 사례

<표 13.1> 듣기에 대한 단기 교사연수를 위한 계획

단원	A 주기	B 주기	C 주기
1. 듣기 이해하기	듣기의 과정	듣기 기술과 전략	듣기 문제
2. 세 단계 듣기 단원 준비하기	듣기 전	듣는 도중	듣고 난 뒤
3. 듣기 자료 선택하기	듣기 입력물의 원천 찾아내기	듣기의 다른 유형 활용하기	듣기를 위한 다매체 활용하기
4. 과제 설계하기	듣기의 네 모형 인지하기	과제 고안하기	스스로 접속 촉진하기
5. 듣기 평가하기	평가를 설계하기	표준 평가 검토하기	스스로 평가하기

- 개념들에 대하여 중요한 부가적인 정보를 제공해 주는 전문가 면담이 있는 팟캐스트
- 실천으로 옮길 수 있도록 응용 과제와 토의 질문거리
- 반성과 자료 계획, 교실수업 조사연구를 위한 기회와 함께 쓰기 과제들
- 각 단원마다 퀴즈와 '개념 점검'을 통한 평가와 최종 단원 평가

자원 2. 듣기를 어떻게 가르칠 것인가(윌슨, 2008)

윌슨(Wilson)의 『듣기를 어떻게 가르칠 것인가』[5]는 실용적인 책이

---

5) 이 책은 2010년에 세 번째 판이 출간되었다. 각주로 처리하기에는 좀 길긴 하지만 모국어든 제2외국어이든 듣기 가르침에 관련되는 책이 거의 없기 때문에 각 장의 내용들에 대한 저자(Wilson)의 요약글을 뒤쳐서 소개하면 다음과 같다.
이 책은 듣기에 대한 일반적인 논의와 영어를 배우고 가르치는 교실수업의 배후에 있는 주요 원리들로 시작한다. 첫 번째 장 '세상과 언어 배움에서 듣기'는 또한 듣기에 대하여 의견을 말하고 개념화하는 방식에 영향을 미쳤던 조사연구 발견 사실과 논의(예를 들면 상향식 대 하향식)에 있는 몇 가지 배경지식을 제공하여 준다.
'덩잇말 듣기와 전략'인 2장에서 훌륭한 듣기 교재가 되도록 하는 것이 무엇이며 어떻게 학생들이 그것들을 다룰 수 있는가를 살핀다. 최근에 논쟁에서 주제의 많은 부분을 차지하는 실생활 관련 자료 대 실생활 비관련 자료의 장점들에 대한 논의가 있다. '듣기 자원, 듣기 과제'를 다루는 3장에서 어디서 듣기를 위한 자료를 찾아야 하며 학습자들이 무엇을 하여야 하는가를 논의한다. 이 장은 또한 (텔레비전, 교과서, 누리 그물 등으로부터 나온) 서로 다른 갈래의 듣기 교재를 평가한다.
그 다음에 이 책의 실질적인 핵심 부분으로 나아간다. 4~6장은 듣기 전, 듣는 중, 듣고 난 뒤에 할 수 있는 기술과 활동에 더하여 이들의 뒤에 깔려 있는 원리들을 논의한다. 이들 장은 경험이 아무리 적은 교사일지라도 그들에게 유능하게 듣기 단원을 가르칠 수 있는 도구를 제공한다. 여기서 오랜 동안 마련된 생각, 즉 스키마의 활성화나 중심 생각 gist을 얻기 위한 듣기에서부터 최근에 발전된 ELT에서 나온 더 혁신적인 생각을 아우르는 기술과 활동들을 어느 정도 다루어 나간다.
7장은 자료를 조정하기, 문젯거리 예상하기와, 사업용 영어나 어린 학습자를 위한 영어와 같은 특별한 과정의 듣기 구성요소를 계획하는 것과 같은 교사들이 관심을 갖게 될 여러 영역들을 아우른다.
끝으로 8장에서는 '더 넓은 맥락에서 듣기'인데 학생과 교사들 둘 다를 위한 장기적인 발전을 논의한다. 여러 면에서 이 장은 이 책에서 가장 중요한 부분인데 교실수업 밖에서 그리고 정규 과정을 이수하는 기간을 넘어서 학생들이 자신의 듣기 능력을 어떻게 계속해서 나아지게 할 것인가를 살피고 있기 때문이다. 또한 이장은 교사의 전문성 발달도 다룬다. 언어 실습실과 현장조사연구를 이용하기, 듣기 평가하기와 같은 문제를 고려한다.
듣기를 어떻게 가르칠 것인가는 교사, 교사 연수자, 외국어로서 영어를 가르치는 데 관련되는 자료 개발자와 연구 책임자를 위해 쓰였다. 교사들을 위한 책 수레에는 EFL 교실수업에서 거의 경험이 없거나 담겨 있지 않은 책들이 있지만, 경험이 많은 교사들은 듣기

다. 여기서는 출간된 활동들의 다양한 본보기들을 제공하며 교재의 그림에 더하여 본보기 오디오 자료들을 제공하는 CD-ROM을 포함한다. 이 책은 아래의 장들을 중심으로 한다.

1. **언어 학습의 세계에서 듣기**에는 듣기가 어려운 이유와 의사소통을 위한 언어 가르침에서 듣기의 역할을 논의한다.
2. **덩잇말 듣기와 듣기 전략들**에는 '실생활에 관련된 덩잇말'과 '가르침을 위한' 덩잇말에 대한 짤막한 논의와 '훌륭한 청자들'이 사용하는 열두 가지 전략들을 훑어본다.
3. **듣기 자원, 듣기 과제**에서는 인기가 있는 갈래들의 분류(뉴스, 영화, 영화의 장면, 사실기록물, 코미디, 애니메이션, 면담, 게임쇼)를 포함하여 서로 다른 자원들(교사의 대화, 학생들의 대화, 손님으로 오는 화자들, 교재 녹음 자료, 매체 즉, 텔레비전, 비디오, DVD, 라디오와 노래, 누리그물)의 혜택을 논의하고 듣기 실천을 위해 이들을 활용할 때 장점을 논의한다. 그리고 '듣기와 …'(이를테면 듣기와 공책에 적어두기) 형태의 파악하기 연습의 유형들을 논의한다.
4. **듣기 전 기술과 활동들**에는 개념틀 활성화와 듣기를 위한 추론의 확립, 이 파악에 대한 질문과 듣기 전 어휘 가르침의 가치에 대한 일반적인 논의가 포함된다.
5. **듣는 도중의 기술과 활동들**에는 세부내용을 위한 듣기, 추론을 위한 듣기, 참여를 위한 듣기와 요약을 위한 듣기에 대한 논의가 포함된다.
6. **듣고 난 뒤 기술과 활동들**에서는 반응의 갈래와 되살피기를 논의한다.

가르침에 대한 신선한 생각들과 전망을 발견할 것이다. 일반적으로 듣기를 어떻게 가르칠 것인가는 교실에 녹음된 자료들을 사용을 쉽게 해주는 일정한 형태의 장비가 있으리라고 가정하지만 전기가 끊어지는 것이 일반적이고 기술의 이용이 가능하지 않거나 믿을 수 없으며 교사의 목소리가 유일하게 듣기의 이용 가능한 입력물인 가르침 상황에 대하여 생각들을 바치려고 하였다.

자원 3. ESL/EFL에서 듣기와 말하기 가르침(네이션과 뉴턴, 2009)

네이션과 뉴턴(Nation and Newton)이 쓴 이 책은 듣기와 말하기 가르침에서 통합적인 접근법을 제시한다. 그 과정은 네 가닥으로 이뤄진 균형 잡힌 언어 강좌 안에서 듣기와 말하기를 통합한다는 생각에 바탕을 두고 있다.

- 의미에 초점을 둔 입력물을 통한 가르침: 듣기와 읽기
- 의미에 초점을 둔 출력물을 통한 가르침: 어떤 독자를 염두에 둔 쓰기와 말하기
- 언어 항목과 언어 자질들에 깊이 있는 주의력을 통해서 듣기
- 네 가지 기술에 걸쳐 알고 있는 자질과 언어 항목들을 유창하게 활용하도록 발전시켜 나가기

이 얼개 안에서 그 강좌에서는 (능동적인 과정으로서) 듣기의 모형, 듣기의 갈래(한 방향 대 두 방향), 듣기 처리(상향식과 하향식)를 다룬다. 그 다음에 의미에 초점을 맞춘 듣기를 위한 활동의 범위를 다룬다. 게다가 받아쓰기와, 연관성을 살린 깊이 있는 듣기 활동을 통하여 언어에 초점을 맞춘 학습에 대한 온전한 장이 있다.

13.4.3. 연구 계획

이 연구에는 포함되어야 하는 것으로 가장 중요하다고 고려하는 것에 바탕을 두고 교사 연수 과정이나 듣기의 주제에 대한 단원의 얼개를 잡는 일이 관련된다. 마음속에 한 무리의 교사나 연수를 받고 있는 사람들이 있다면 가장 잘 얼개를 잡을 수 있을 것이다.

- 교사들을 위하여 애초의 평가도구를 만든다. 듣기 가르침에 대하여 그들이 이미 무엇을 알고 있는가? 현재 그들이 실천하고 있는 것은 무엇인가? 그들이 알아야 할 필요가 있는 것에 무엇을 느끼는가? 그들이 알아야 할 필요가 있는 것에 자신은 무엇을 느끼는가?
- 연수를 중심으로 하는 세 권의 책이나 듣기와 관련된 세 개의 온라인 강좌를 조사해 본다. 앞에서 본보기로 든 세 개의 자원이나 혹은 이용가능한 다른 자원을 활용할 수 있다. 같은 주제나 접근법을 강조하는 조사연구의 범위를 목표로 삼는다. 각각의 책에서 핵심 개념은 무엇인가? 어떤 개념들이 지나치게 복잡하게 되어 있는가? 어떤 개념이 지나치게 단순하게 되어 있는가? 어떤 강좌에서 무시되거나 잘못 제시된 개념들이 있는가?
- 자신의 강좌에서 포함하고자 하는 듣기 영역에서 서로 다른 조사연구자나 교사들로부터 나온 글을 적어도 다섯 이상 발췌해 두도록 한다. 각각의 발췌 글에 제목을 붙이고 그것을 포함한 이유를 제시한다.
- 동료들에게 자신이 열고자 하는 강좌의 얼개를 제시하고 되짚어 주기를 요청한다. 자신의 어떻게 맞출 것인가? 얼마나 완벽하게 할 것인가? 어떻게 경신할 것인가? 어떻게 사용하는 사람에게 친숙하게 할 것인가? 강좌로부터 사용자들이 혜택을 입었는지 여부를 어떻게 평가할 것인가?

요약: 조사연구에서 혼합 방식

이 장에서는 교사와 학생들을 위하여 발달이라는 목표에 초점을 맞춘 네 개의 조사연구거리의 얼개를 제공하였다. 처음 세 개의 연구거리는 학습자들의 듣기 기술과 전략의 개발 과정에서 학습자들에 대한 조사연구를 겨냥하였다.

네 번째 연구거리는 독자들에게 교사 연수자의 자리를 주고, 언어교사를 위하여 듣기에 대한 가치 있는 강좌를 구성하는 요소들이 무엇인가에 대한 얼개를 제공하였다.

제4부 듣기 더 탐구하기

제14장 더 탐구하기 위한 자원들[1)]

14.1. 듣기를 가르치기 위한 자원들

듣기 가르침을 위한 자료에는 입말 상호작용을 위한 기회뿐만 아니라 짜여 있는 과제와 이해 전략과 학습 전략을 계발하는 활동과 청각 입력물과 시청각 입력물 원천들이 포함된다. 상업적인 교육 출판사들은 새로운 자료들의 굳건한 흐름을 이루며, 셀 수 없이 많은 누리그물에서는 듣기를 가르치기 위한 자유롭게 이용 가능한 자료들을 풍부하게 제공한다. 제2부를 보완하고 있는 이 장에서는 현명한 선택을 하기 위한 지침과 함께 이런 자원들의 일련의 무리들 가운데 적은 수의 본보기들만을 보여줄 수 있을 뿐이다. (자료들의 평가에 대한 지침에 대해서는 13.3을 참조할 것.)

상업적으로 이용 가능한 듣기 자료를 제공하는 몇몇의 주류 출판사들이 있기는 하지만 주류 출판사들이 제공하는 자료들을 보완하는

1) 이 책에는 학회 이름이나 자료의 원천들, 검색어들에 포함되어 있는 영어는 우리말로 바꾸는 데 어색하지 않은 경우에만 뒤치고, 우리말로 바꾸었을 때 어색하다면 영어 표기를 그대로 괄호 안에 표시하도록 한다. 뒤치는 과정에서 있을 수 있는 오해를 최소한으로 줄이기 위함이다. 또한 관심이 있는 사람들이 누리그물에서 검색하는 데 편의를 주기 위해서이다.

작은 출판사들과 지역 단위의 출판사들이 있다. 출판사들이 제공하는 현재의 흐름을 유지하기 위해서는 새로운 출판물에 대한 온라인 목록을 훑어보기를 권할 만하다. 아래에서는 경신을 위해 일정한 때를 정하여 점검할 수 있는 온라인 목록들 몇몇이 있다. 대부분의 누리그물에서는 함께하는 누리그물과 전자 출판물을 포함하여(이들은 듣거나 보기 자료들의 보충 자료를 제공할 수도 있다.) 교사 자료와 학생 자료들의 본보기와 청각 자료와 시청각 자료의 들을 수 있는 일부분을 검토하도록 허용한다.

14.1.1. 출간된 자원들

출간된 자원들은 계속해서 경신되기 때문에 최신의 목록들을 살펴보는 것이 가장 낫다. 온라인 출간물이 선호되는데 핵심어들(이를테면 새로운, 듣기, 다매체 등)을 검색하기가 더 쉽기 때문이다. 검토를 시작하기 위한 출간된 자료들에 대한 다수의 출처 몇 가지를 다음에 제시한다. 각각의 출판사 누리그물에서 첫 번째 단계는 '목록'들을 검색하는 것이며 그 다음에 추가적인 검색 용어를 입력한다. 몇 가지 검색 용어들을 아래에 제안한다.

- 캠브리지 대학 출판부(*Cambridge University Press*, www.cambridge.org/us/esl/catalog/)
  검색어: 기술들, 듣기, 학업을 위한 듣기, 교재(coursebooks).
- 센게이지 러닝(*Cengage Learning*, www.cengage.com)
  검색어: 목록, 기술, 듣기, 학업을 위한 듣기, 교재, 온라인 학습
- 맥밀란 잉글리시(*Macmillan English*, www.macmillanenglish.com)
  검색어: 목록, 기술, 듣기, 교재, 다매체, (onestopoenglish)
- 옥스퍼드 대학 출판부(*Oxford University Press*, www.oup.com)

검색어: 목록, 기술, 듣기와 말하기

- 피어슨 에듀케이션(*Pearson Education*, http://www.pearsonelt.com/)
  검색어: 기술, 듣기, 학업, 교재, 평가, 전자 매체 학습(e-learning), 다매체, (myEnglishlab), 보호되고 있는 가르침의 관찰 반응 기록(SIOP: Sheltered Instruction Observation Protocol)

전세계적인 출판사 누리그물을 찾아보기의 대안은 각 지역에 있는 출판사 누리그물과 구입 가능한 출간된 자원들을 살펴보기 위하여 교사연수 누리그물이나 서점들의 누리그물을 찾아보는 것이다.

14.1.2. 누리그물 자원들

듣기를 위한 누리그물 자원들은 특히 영어나 다른 주류 언어에 대해서는 풍부하다. 누리그물에서 선택을 위한 핵심은 대중성이나 그 누리그물 접속에서 쉬움 혹은 그 누리그물에 대한 탐색 가능성이 아니다. 선택을 위해서 핵심적인 사항은 다음과 같다. 내용의 적합성과 적절성, 발췌글의 길이(더 짧은 것을 더 선호함), 발췌글의 연결(서로 관련되어 있음을 더 선호함), 이해를 위한 보충 자료(그림과 글), 다른 사용자들과 연결망을 이룰 가능성과 도움말 차림표의 이용 가능성과 탐색에서 간명성transparency이다. 아래에 선택된 본보기들이 있다.

- Awesome stories(www.awesomestories.com): 이용자들로 하여금 영화, 널리 알려진 시련과 도전, 재난, 역사, 전기에 대한 정보에 접속할 수 있게 해준다. 주제에 대하여 일정한 범위의 덩잇글과 청각과 시청각 자료들의 조각이 포함되어 있다. 단원 계획, 토박이 화자들을 위한 설계들이 포함되어 있는데 EFL/ESL 학생들에게도 적용될 수 있다.

• Brain pop(www.brainpop.com): 내용에 보호를 받는 가르침 유형에서 학업에 관련되는 주제들이 포함되어 있는 예약 주문 누리그물인데 과학, 보건, 읽기와 쓰기, 사회 연구, 수학, 예술과 기술이 있다. 여기에는 두 개의 더해진 누리그물이 있는데, 어린 학습자를 위한 Brain Pop Junior와 제2언어 학습자를 위한 Brain Pop ESL이 있다.

• Learn Out Loud(www.learnoutloud.com): 시각과 시청각 학습 자원들의 자료방을 폭넓게 제공한다. 10,000개의 이용 가능한 제목들이 있는데 소리 책(audio books)과 MP3 내려받기, 무료로 제공되는 교육적인 청각과 시청각 자료들과 팟캐스트 자료가 있다.

• Story Corps(www.storycorps.org): 자율적으로 운영되는 비영리 연구거리로, 이 연구거리에서 언급되는 임무는 듣기를 통하여 다른 사람의 삶을 축복하고 기리는 것이다. 이 누리그물의 청각 기록 보관소에는 가족과 친구들에 의해 이야기되는 50,000개의 이야기가 있다. Story Corps는 그 종류에서 규모가 큰 입말 역사 연구거리 가운데 하나로 수백만 명이 공공 라디오와 누리그물을 통해 그 방송을 듣는다. 이야기들은 주로 면담자와 상호작용을 통해 언급되고 접속 가능성을 고려하여 5분 이내의 짧은 조각들로 제공된다. 이 누리그물에는 이용자들에게 자신들의 이야기를 더할 수 있는 방법도 포함하고 있다.

• Lingual net(www.lingual.net): 상호작용을 통해 이뤄지는 놀이 형식으로 제시되는 극과 애니메이션, 코미디, 여행, 음악과 연속극을 포함하여 다양한 갈래의 단편 영화들이 있다.[2] 몇몇 영화에 대해서는 대본과 부제, 이해 점검과 상호작용을 통한 지도가 포함되어 있다.

• English Language Listening Library Online(www.elllo.org): 인기 있는 무료 누리그물로 주석과 퀴즈와 함께 영어로 수행된 수백 개의 짧은 면담과 독백의 청각 조각들이 있다는 점이 특징이다. 일본에 있는 국제

2) 이 누리그물에서 제시되는 영화들은 경우에 따라 교사의 지도가 필요할 수도 있을 듯하다.

대학교에서 만들어졌는데 엘로(ello)에서는 어느 정도의 언어 다양성과 강세를 보여주고 놀이와 비슷한 활동을 포함하고 있다.

- Stone Soup(www.stonesoup.com): 초등학생 연령의 학생들을 위하여 젊은 작가들이 들려주는 허구적인 이야기이다.
- TED(기술·오락·디자인, www.ted.com): 과학에서 정치에 이르기까지 다양한 분야에서 세계를 이끄는 사상가들과 실천가들과 영감을 발견하고 공유하기 위해 모으는 국제적인 TED 행사로부터 나온 시청각 녹화 자료들이 있다. 일반적으로 생각과 언어 수준에서 고급이지만 주제들은 기술과 관련이 있다.

14.1.3. 실시간 연결(online) 듣기 자원들

놀이

- The American Speech-Hearing Association(ASHA, www.asha.org)에서는 치료를 위한 듣기 활동을 제공하는데 청각 기억 상실로부터 회복하는 사람들을 돕는 데 이용될 수 있다(www.mnsu.edu/comdis/kust er4/part88.html[3] 참조). 이 누리그물은 미네소타 주의 맨케이토에 있는 미네소타 주립 대학의 주디스 커스터 교수와 공동으로 만들어졌다.
- The Baby Center에서는 어린 아이들을 위하여 듣기와 관련되는 여러 언어 활동과 놀이를 풍부하게 제공한다(www.babycenter.com/kids-activities 참조).
- The EFL playhouse에서는 어른에 맞춘 듣기 놀이들을 제공한다(www.experiential-learning-games.com/listeninggames.html 참조).
- Learn English Kids는 영국 문화원의 지원을 받고 있는데 다양한 듣기

3) 이 누리그물에서 누리그물끼리 연결(hyper-link)은 다수가 이뤄지지 않는다.

놀이와 연결이 이뤄지도록 해준다(www.britishcouncil.org/kids-listen-up.html 참조).

팟캐스트와 텔레비전 방송

다음의 누리그물에서는 자신만의 팟캐스트를 만들기 위한 자원들을 제공하는데 팟캐스트와 텔레비전 방송을 쉽게 활용하고, 청각과 시청각 자원들의 연결하는 자료 창고를 안내한다.

- Podbean.com(www.podbean.com): 높은 품질의 내용들을 제공하는데 여러 연습활동, 춤과 요가 가르침 비디오 자료, 비디오 게임 비평과 'Mondo Mini' 쇼(코미디)가 있다.
- ESLpod.com(www.elspod.com): 무료로 내려받기 할 수 있는 (어휘 목록과 함께 간소화되고 속도가 느리게 제시되는) 짧고 교육적인 다양한 팟캐스트를 제공한다.
- ESLstudentpublication.com(www.eslstudentpublication.com): 학생들이 산출한 일련의 팟캐스트를 제공하는데 일반적으로 면담의 형식이나 맛보기 쇼의 형태를 띤다. 주제에는 다양하게 '어떻게 할까'를 보여주기도 하고 현재의 사건에 대한 이야기도 포함된다.
- listen-to-english.com(www.listen-to-english.com): 짧고 교육적인 팟캐스트와 어휘 가르침에 초점을 맞추었다.

짧은 영화

언어 배움에 적절한 짧은 영화들을 다양한 누리그물에서 제공한다. 부제를 포함하고 있으며 보는 사람들끼리 상호작용의 기회를 많이 제공한다. www.video.about.com, www.yappr.com, shorts. future thought.tv 등의 홈페이지가 있다.

상업적인 텔레비전

- Hulu(www.hulu.com): 대담과 우스개 연속물을 포함하여 미국 안에 연결되어 있는 상업적인 텔레비전 방송에서 선택한 프로그램을 보여준다.

공공 방송

- BBC(www.bbc.co/uk/worldservice/BBC_English/progs.htm): 온라인으로 실시간 받기가 가능한 일련의 청각과 시청각 방송 자료.
- BBC(www.bbc.co.uk/podcast/series/tae): 팟캐스트로 내려 받기 가능함.
- CNN(www.cnn.com/video): 현재의 새소식을 실시간 받는 시청각 자료가 있음.

라디오 방송

- Live 365(www.live365.com/index.live): 전세계의 누리그물 라디오 방송국 연결망으로 전세계적인 대담과 여러 종류의 음악 쇼를 포함한다.
- Shoutcast(www.shoutcast.com/radio/Spoken)
- Internet radio guide(www.internet-radio-guide.net/en/web-radio/220-comedy html)

14.1.4. 실시간 연결 강좌들

영어와 주류 언어를 위한 이용 가능한 실시간 연결 강좌를 셀 수가 없다. 그리고 그 수는 계속해서 불어나고 있다. 듣기에 바탕을 둔 몇

몇 강좌를 선택하여 살펴본다.

- Aurolog(us.tellmemore.com): 실제 상황에서 언어 기술의 사용과 상호작용을 강조한다. 시청각 자료에 바탕을 두는데 실생활 관련 맥락을 이용한다. 발화 인지 기법과 되짚어 주기를 이용한다.
- LiveMocha(www.livemocha.com): 다른 구성원들이나 동료들의 수정을 통한 상호작용이 포함되어 있는 사교적 연결망이다. 상호작용을 위한 롱맨 영어(Longman of English Interactive)의 변이형과 Active English를 포함하는데 일련의 선택이 가능한 온라인 과정이다.
- Tactical English(www.tacticallanguage.com): 미국 국방부 언어교육원에서의 개발되었는데 학생들은 '사회적인 지능을 갖춘 가상의 인간'으로 활성화된 대상과 역할을 나누어 실제 세계의 의사소통을 자극하는 몰입형 상호작용 3D 놀이를 한다. 만약 학생이 올바르게 말하고 행동하면 가상의 인간은 신뢰감이 있고 협조적이며 앞으로 나아가는 데 필요로 하는 정보를 제공한다. 이야기 흐름에서는 놀이를 하는 일정한 경로를 제공하고 상호작용이 있는 대화와 행위의 선택내용을 제공한다.

평가를 위한 자원들

- Cambridge ESL(www.cambridgeesol.org/exams/index.html): 핵심 영어 평가(KET: Key English Test), 초급 영어 평가(PET: Preliminary English Test), 중급 영어 시험(FCE: First Certificate Test), 고급영어 시험(CAE: Certificat in Advanced English), 어린 학습자를 위한 시험(YLE: Young Learners Exam)과 다른 시험들의 출판사.
- Educational Testing Service(http://ets.org/portal.site/ets): 토플(TOEFL), 토익(TOEIC)과 다른 많은 시험의 출판사. 평가 분석과 본보기 문제들이 포함되어 있다.

- English Online(www.english-online.org.uk/exam.htm): 실제 문제와 PET, FCE, CAE, CPE, TOEFL, IELTS를 포함하여 주요 시험들로부터 나온 듣기 대본들이 있다.
- Oxford English Testing(www.oxfordenglishtesting.com): PET, FCE, KET, CAE, IELTS, TOEIC®, TOEFL® iBT 시험에 대한 온라인 실제 평가와 옥스퍼드 온라인 배치 평가가 있다.
- Pearson Longman Exams(www.pearsonlongman.com/exams): 다양한 시험에 대한 정보와 실제 평가가 이뤄지는데 피어슨 영어 시험(PTE), 캠브리지의 ESOL, IELTS, TOEIC®, TOEFL® 런던 영어 평가, 캠브리지 대학의 지역 시험 연합(UCLES), 미시간 평가, 삼위일체 ESOL 상업용 영어 평가(BULATS), 유럽 언어 인증 시험(TELC) 등이 포함되어 있다.

14.1.5. 자료 창고

온라인 자료 찾기에 교사들을 도와주는 자료 창고들을 다수의 누리그물에서 제공하고 있는데 다음은 그들 가운데 몇몇이다.

- 캘리포니아 원거리 학습거리(*California Distant Learning Project*, www.cdlponline.org): 청각 자료와 시청작 자료에 연결되어 있는 어른을 위한 학습 활동이 있으며 미국 이민자들을 위하여 노동과 법, 정부, 가족, 학교, 주택을 포함하여 실제적인 주제를 지향함. 각각의 주제 영역에는 학습 활동과 함께 50여 개에 이르는 시청각이나 청각으로 된 이야기들을 포함하고 있다.
- 넓고 전문 기술적인 보조 연결망(*Outreach and technical assistance network*, www.otan.us): 실생활과 관련이 있는 시청각 자료와 청각 자원을 이용하여 누리그물에 기반을 둔 활동, 교사 개발 강좌들이 포함되어 있다.
- 공동체의 학습 연결망(*Community Learning Network*, www.cln.org/themes

/listening.html): 온라인 자원을 활용하여 듣기를 가르치기 위한 주제들의 모음이다.

14.2. 듣기 조사연구를 위한 자원들

3부(11장~13장)에서는 듣기 조사연구를 위한 연구거리를 제안하였다. 이 부분에서는 그러한 연구거리와 관련되는 연구를 수행하기 위해 그리고 비슷한 유형의 출간된 연구거리를 발견하고 자신의 연구를 퍼뜨리기 위해 추가적인 자원들을 제공한다.

14.2.1. 조사연구 연결망

조사연구 연결망은 비슷한 조사연구 계획을 하고 있는 기관과 개인들의 모둠이다. 이들 연결망 다수는 개방적이며 자원들과 지원을 무료로 제공한다.

- I Teach, I Learn(iteachilearn.com): 교육에 관련되는 다양한 수준의 조사연구와 설계가 관련되는데 특히 이중 언어교육에 초점을 맞추고 있다. 정보를 포함하고 상호작용이 이뤄지는 다수의 다른 누리그물에 창(窓)의 역할을 한다.
- Method Space(www.methodspace.com): 이 누리그물은 전세계로부터 '조사연구 방법의 공동체'의 본거지가 되기를 주장한다. 공개 토론(forum), 연구자들 무리와 자원, 실시간 토의가 포함되어 있다.
- National Clearinghouse for English Language Acquisition(www.ncela.gwu.edu/webinars): (미국) 영어 습득을 위한 자료 집배소로 ELL을 위한 높은 품질의 교육에 포괄적으로 접근하는 데 지원하기 위한 폭넓은

범위의 조사연구와 자원들을 조정하고 전달한다.

- **UACES 학생 공개토론**(www.uacesstudentforum.org): UACES 학생 공개토론은 동시대 유럽 연구를 위한 대학 협의회(UACES: University Association for Contemporary European Studies)의 학생 분과인데 유용한 자원과 조사연구를 위한 연결망을 제공하자 한다. 학생들의 공개토론 목적은 UACES 안에서 대학원생들의 목소리를 전달하고 다른 기관에 있는 학생들 사이의 대화와 정보 교환을 촉진하는 데 있다.

14.2.2. 조사연구 도구

3부(11장~13장)에서 논의되었던 것처럼 철저하고 반복이 가능한 방식으로 연구거리를 수행하는 일에는 현장조사, 상관관계, 집단 비교와 같은 구체적인 양적 조사연구 도구와 질적 조사연구 도구가 필요하다. 여기서는 이들 자원을 개발하고 얻을 수 있는 연결망을 제공할 것이다.

- **조사연구 방법론에 대한 지식 기반**(www.socialresearchmethods.net/kb/): 조사연구 방법론에 대한 지식 기반은 코넬 대학의 교수인 빌 트로킴(Bill Trochim)에 의해 만들어진 누리그물 기반 무료 교재이다. 조사연구의 이론과 실천사례, 조사연구 질문거리를 한정하는 방법, 표본 뽑기, 측정하기, 조사연구 설계와 자료 분석과 같은 주제들이 포함되어 있다.
- **ESRC 조사연구 방법에 대한 국립 센터**(www.ncrm.uk): 이 센터는 조사연구 방법에 대한 국가 차원의 연수 프로그램의 전달과 개발, 확인을 위한 초점을 제공하기 위한 ESRC 조사연구 방법 프로그램과 공조하고 있다. 출간과 연수에 관련되는 세부내용은 그 누리그물에서 얻을 수 있다.
- **COPAC**(www.copac.ac.uk): 다양한 교육적 주제에 대한 문헌 연구를 위한 훌륭한 출점으로서 COPAC에서는 영국에 있는 24개의 주요 대학뿐

만 아니라 영국 도서관, 웨일즈 국립 도서관과 스코틀랜드 국립 도서관에 있는 서지 목록을 무료로 이용할 수 있다. 이용자들은 자신의 컴퓨터에 직접 참고문헌을 내려 받기 할 수 있는 서지 관리 무른모를 활용하여 직접 접속하거나 누리그물 환경에서 접속할 수 있다.

- **질적인 보고서**(www.nova.edu/ssss/QR/): 질적인 보고서(TQR: The qualitative Report)는 조사연구자들을 위한 공개토론과 공개적인 비판을 제공하는 비판적인 탐구와 질적인 조사연구를 중심으로 동료들의 검토를 담은 온라인 잡지이다.
- **조사연구 방법을 위한 누리그물**(www.vts.intute.ac.uk/tutorial/social-research-methods/) 학생들과 강사, 조사연구자들이 누리그물을 통한 이해 능력과 IT 기술을 나아지도록 하는 데 도움을 주고자 하는 무료 지침서이다.
- **Qual-software**(www.jiscmail.ac.uk/lists/qual-software.html): 컴퓨터의 도움을 받는 자료 분석 무른모에 대하여 토론하고 자각을 끌어올리기 위한 토의 목록이다. 목록에서는 이용자와 계발자들을 위해 문제점을 발표하고, 의견을 제공하며 사용되고 있는 무른모 꾸러미에 대한 논의와 충고를 하도록 기존의 토의내용을 제공한다.
- **질적-조사연구**(www.jiscmail.ac.uk/lists/qualitative-research.html): 질적 조사연구의 모든 측면들, 즉 방법론, 이론과 실천사례에 관련되는 목록으로서 면담하기, 소집단 질적 연구, 참관 관찰, 초점 집단, 전기와 생애 연구와 같은 다양한 질적 조사연구에 대한 토론을 촉진하고자 한다.
- **언어 습득에 대한 고급 수준의 조사연구를 위한 센터**(www.carla.umn.edu/resources/teaching/chines_mn.html): 미네소타 대학에 있는 언어 습득에 대한 고급 수준의 조사연구를 위한 학습 마당은 가르침과 평가에 대한 조사연구의 자원들을 제공한다.
- **응용언어학 센터**(www.cal.org/research/): 언어와 문화에 관련되는 다양한 논제들에 대하여 실용적인 해결 방법의 개발을 위한 재단으로서 응용

언어학적 조사연구를 출판하고 기금을 지원한다.

- 실험 설계(www.mantex.co.uk/2009/09/29/how-to-solve-research-problems/): 적절한 실험 설계를 선택하기 위한 지침서이다.
- 양적 조사연구 설계와 통계에 대한 지침서(www.statpage.org): 상호작용을 통한 통계적인 문서 개발 계획은 누리그물 문서 형식으로 통계적인 분석 무른모를 개발하고 퍼트리려는 지속적인 노력을 보여준다. HTML 형식, CGI와 Perl scripts, Javascripts와 다른 누리그물 구동에 바탕을 둔 기술을 활용하면서 각각의 누리그물 문서에는 그 안에 특정의 계산이나 분석을 수행하는 데 필요한 프로그램을 모두 지니고 있다.
- 통계 상담(www.dkstatisticalconsulting.com/statistics-resources/): 통계학과 학생들을 위하여 피어슨 상관 계수나 피어슨 계수 r, 카이 제곱, t-검사, 일표본 t-검사, 아노바(ANOVA), 분산 분석에 대한 다수의 자원들과 정보들이 있다.
- SticiGui('스티키 귀'로 소리 냄, statistics.berkeley.edu./~stark/SticiGui/): 사업과 사회과학을 위한 통계학에서 개론적인 강의로 필립 스탁(Phillip Stark) 교수가 가르친다.
- 조사연구자들을 위한 양도 문서 견본: 도서관 관리와 관련하여 managementhelp.org/evaluatn/consent.htm, 변동에 관해서는 storiesforchange.net/resource/sample_release_form_full. 참조.
- 기법들: 본보기들과 함께 기법들의 목록은 존 듀보이스(John Dubois)와 국제 화용 협회로부터 나오는데, http://elanguage.net/journals/index.php/pragmatics/article/view/464/396 참조.
- 전사 관례들: 펜실베니아 대학의 세계적인 자동 언어 처리 참조. http://projects.ldc.upenn.edu/gale/Transcription/English_BC_QTR_Outsource_V1.0.pdf.

14.2.3. 조사연구 자원과 퍼뜨리는 방법

조사연구 수행에서 중요한 자산은 자신의 관심 영역에서 '참고문헌'과의 친숙성이다. 참고문헌은 그 영역에서 이미 연구가 이뤄지고, 출간되었으며 파급되었고 논의된 것이다. 이 절에서는 인쇄된 것이든 실시간 연결에 있는 것이든 몇몇 학술지들에 대한 짤막한 기술을 할 것이다. 이들 학술지들은 이 책에서 포함하고 있는 듣기 가르침과 조사연구, 자리매김의 영역에서 조사연구를 출판한다. 당연히 이들 학술지들은 독자들에 의해 수행된 관련되는 조사연구의 파급의 수단을 제공할 수 있다. 인지 과학, 언어교육, 언어 습득과 언어학에서 듣기와 관련되는 문제들을 다루는 인쇄된 학술지와 실시간 연결 학술지가 말 그대로 수백 가지이지만 이 짧은 검토에서는 가장 관련성이 있어 보이는 몇 가지만을 강조하기로 한다. (이들 학술지에 대한 접속 정보를 찾기 위해서는 구글과 같은 표준적인 누리그물 검색 엔진을 사용하도록 한다. '학술지명: (학술지의 이름)'을 입력하도록 한다.)[4]

인쇄된 학술지[5]

- 주석: 대부분의 인쇄된 학술지는 온라인 판매가 선택내용으로 있다.
- Annual Review of Applied Linguistics: 응용언어학이라는 폭넓은 영역에서 핵심 영역에서 대한 조사연구를 검토한다. 각각의 논제는 주제를 중

4) 우리나라의 학술지에 대한 정보는 한국연구재단(www.nrf.re.kr)을 참조할 수 있다. 이 누리그물에는 등재지와 등재 후보지에 대하여 분야별 발행기관과 학술지 이름을 정렬하여 보여주고 있다. 인문사회분야의 국내 학술지는 dbpia나 원문정보 서비스(KISS)를 참조할 수 있다(이들 두 곳은 대학교 도서관을 통해 허락을 받으면 교외접속도 가능하다).

5) 14장에서 기관이나 사물에 대하여 원래 이름을 가급적 존중하여 왜곡하지 않으려고 하였음을 앞에서 밝혀 두었다. 이 절의 중심 내용이 되는 학술지의 이름은 우리말로 옮길 수 있는 것이 많지만 여기에 소개된 학술지 이름으로 검색하는 것이 더 빠르기 때문에 학술지의 이름을 그대로 소개하기로 한다.

심으로 하는데 비판적인 요약, 검토와 참고문헌 인용이라는 관점에서 주제를 다루어 나간다. 언어 학습과 가르침, 담화 분석, 교수 방법에서 혁신, 제2언어 습득, 컴퓨터의 도움을 받은 가르침, 전문 직업 맥락에서 언어 사용, 사회언어학, 언어 정책과 언어 평가에 대하여 때에 맞는 논문들을 제공하면서 네다섯 가지의 쟁점들 중심으로 응용언어학을 널리 살핀다.

- Brain and Language: 인간 언어의 기저에 있는 신경-생물학적 기제에 초점을 맞춘 학제적인 학술지이다. 이 학술지는 인지 신경과학에서 현대의 다양한 기법들을 상당히 아우르고 있는데 손상에 바탕을 둔 접근법뿐만 아니라 두뇌 구조에 대하여 사진으로 본뜨기, 전기 생리학, 세포 신경생물학과 분자 신경생물학, 유전, 컴퓨터를 이용한 모형잡기를 포함한다.
- CALICO Journal: 언어 학습에 대한 응용으로서 새로운 기법들의 탐구에 맞춘 계간지이다. 이 학술지도 전문적인 언어표현을 중심으로 기법에 대한 관심이 있는 사항을 시의 적절하게 제공한다.
- Canadian Modern Language Review: 모든 수준의 가르침에서 제2언어로서 영어와 불어 그리고 다른 언어의 교사들과 조사연구자들의 관심 논문을 출판한다. 논문과 촌평을 넘어서는 다른 분야도 있는데 교실수업을 위한 활용 비법, 독자의 의견과 반응, 앞으로 다가오는 학회 일정, 최근에 출간된 캐나다 관련 자료들의 목록이 있다.
- Communication Studies: 동료들이 비평하는 과학 학술지이다. 사람들 사이의 의사소통, 문화권에 걸친 의사소통, 기관 맥락의 의사소통에서 그 처리와 효과에 대한 이해를 발전시킨 서평과 시론, 이론적 논문과 실험적인 논문을 출판한다. 제출 논문들은 심리적인 방향, 사회적인 방향 혹은 문화적인 방향으로 방향성을 지니고 있다.
- Computer Speech and Language: 발화와 언어 과학은 오랜 역사를 지니고 있지만, 발화 처리와 언어 처리에 대한 복잡한 모형으로 대규모의 실천과 실험을 이해할 수 있게 된 것은 비교적 최근의 일일 뿐이다. 이

학술지는 인공 지능과 컴퓨터 과학, 전기전자 공학, 정보 인출, 언어학, 음성학과 심리학 실행가들에 의해 수행된 조사연구를 출판한다.

- Critical Inquiry in Language Studies: 이 학술지는 동료들의 비평을 담고 있는 학술지로서 응용언어학, 언어 정책, 언어 설계하기, 현대 언어와 문학, 교육, 민족지학, 사회학, 심리학과 문화 연구라는 응용언어학에서 겹치는 논문들을 출판한다. 이 학술지는 질적인 패러다임과 비판적인 가르침 패러다임, 새롭게 대두하는 패러다임으로부터 나온 언어 문제들에서 비판적인 담화와 조사연구에 초점을 맞춘다.
- Discourse Processes: 담화에서 공통의 관심, 즉 산문 이해와 회상, 대화 분석, 덩잇말 문법 구성, 자연 언어에 대한 컴퓨터 모의, 의사소통 능력 혹은 그와 관련되는 주제들에 대한 여러 문화에 걸친 비교를 공유하고 있는 다양한 학문으로부터 생각의 상호작용을 위한 공개 토론을 제공하는 다학문 학술지이다. 여러 과학이라는 맥락과 그것들을 탐구하는 데 필요로 하는 방법들에 의해 제기되는 문제들은 특별한 관심거리이다.
- ELT Journal: 영어를 제2언어 혹은 국제적으로 외국어로 가르치는 분야에 전문 직업에 의해 관련되는 모든 사람들을 위해 펴낸다. 전문 직업(≒교사)의 평가에 영향을 미치는 근본적이고 실질적인 요인들뿐만 아니라 교실수업에서 교사들이 일상적으로 관심을 갖고 있는 이론적인 문제들에 관련을 갖고 있다.
- English for Specific Purpose: 영어와 ESP 방법론의 전문화된 다양한 모습에 대한 서평, 조사연구 일지, 논문을 출간한다. 여기에는 담화 분석, ESP 맥락에서 제2언어 습득, 필요성 평가, 교육과정 계발과 평가, 자료 준비, 가르침 기법과 평가 기법, 다양한 조사연구의 효과와 ESP 맥락에서 교육적인 접근법이라는 주제가 포함된다.
- Foreign Language Annals: 외국어 가르침에 대한 미국 문화의 공식 학술지로 두 달 간격으로 출간된다. 모든 수준의 가르침에서 외국어를 가르치는 일과 관련이 있는 교실수업 교수자, 조사연구자들의 전문 직업적인

관심사에 이바지한다. 교육적인 조사연구나 실험을 알려주는 논문들과 전문직업의 관심사에 적합한 방법과 혹은 방법이거나 혁신적이고 성공적인 실천 사례를 기술하는 논문들에 선호도가 부여된다.

- International Journal of Applied Linguistics: 언어에 대한 전문가와 언어 경험 사이의 중재에 초점을 모으는 논문들을 출간한다. 이 학술지는 언어가 작동하는 방식, 즉 그것이 어떻게 사람들의 삶에 영향을 미치고, 어떤 중재가 언어 사용과 학습의 서로 다른 영역에서 바람직하고 편리하게 만드는가에 대한 자각을 계발하고자 한다.
- International Journal of Listening: 일상적인 환경, 전문직업 환경뿐만 아니라 교육적인 환경에서 듣기에 초점을 맞추는 논문들을 출간한다. 주제는 어린 시절의 듣기 발달, 음성적 단서가 화자의 판단에 미치는 영향, 전문 직업 환경에서 능동적인 듣기를 위한 연습 방법과 언어 결함이 있는 개인들을 위한 치료 방법을 포함한다. 논문들은 이론과 실천사례의 혼합물이다.
- International Journal of the Sociology of Language: 전세계로부터 그리고 사회적 행위에서 언어 사용의 연구를 포함하고 있는 모든 학문으로부터 독자들과 기고자를 끌어 모으고자 한다.
- International Review of Applied Linguists in Language Teaching (IRAL): 자연스러운 언어 습득과 가르침을 받은 습득, 언어 상실, 이중언어 사용, 언어 접촉, 피진과 크레올,[6] 특별한 목적을 위한 언어, 언어 기술(language technology), 모국어 교육, 어휘론, 용어론과 뒤침을 포함하여 제1언어와 제2언어 습득과 관련되는 조사연구에서 논문을 펴내고 있다.
- Journal of Applied Linguistics and Professional Practice: 정보를 제공하고, 협력을 통하여 설명력 있는 방법으로 실제 삶에서 실천사례들에

6) 피진은 두 말이 뒤섞여서 쓰이는 형태의 언어로 이것이 모국어 형태로 자리를 잡으면 크레올이 된다. 즉, 크레올은 피진에서 출발하여 시간이 지나고 이 언어를 사용하는 화자들 사이에서 완전한 문법적 체계를 갖추게 되면 마침내 자연 언어로 정착하게 된다.

대한 권위 있는 분석을 제공함으로써 의사소통 연구, 담화 연구와 전문 직업, 기관, 일터 사이를 이어주는 다리를 세우고자 한다.

- Journal of Child Language: 어린 시절에 언어 행위에 대한 과학적 연구의 모든 측면들과 언어 행위의 기저에 있는 원리와 그것을 설명할 수 있는 이론들에 관한 논문들을 출판한다. 저자들이 국제적이며 아우르고 있는 주제의 넓이를 통해 심리학과 언어학, 인지과학, 인류학을 포함하는 여러 다른 영역들 사이의 연결을 할 수 있게 한다. 이와 같은 다학문적인 접근은 관심의 영역을 넓혀놓았다. 즉 음운론, 음성론, 형태론, 통사론, 어휘, 의미론, 화용론, 사회언어학이나 다른 언어 연구의 측면들로 넓어진다.
- Journal of English for Academic Purpose: EPA 분야에서 현재의 발달 흐름을 유지하며 계속해서 이뤄지는 경신에 이바지하도록 조사연구자와 실천가들을 가능하게 하는 관점과 정보의 파급을 위한 공개토론 공간이다. 이 학술지는 학문적인 연구와 학자들의 정보 교환 맥락에서 나타나는 것으로 영어에 대한 언어적 기술, 심리언어학적 기술, 사회언어학적 기술에 대한 학문적인 교류와 학회 보고, 서평, 논문들을 출간한다. 주제에는 교실수업 언어, 가르침 방법, 교사 연수, 언어 평가, 욕구 분석, 자료 개발과 평가, 담화 분석, EAP 맥락에서 습득 연구, 모든 학업 수준에서 말하기와 쓰기에 대한 조사연구, 언어 설계와 학문적인 사용에서 영어의 사회 정치학이 포함된다.
- Journal of Language and Social Psychology: 언어에 대한 사회적 기준과 사회생활에서 언어적인 함의를 탐구한다. 논문들은 언어학, 인지 과학, 사회학, 의사소통, 심리학, 교육학과 인류학을 포함하는 여러 학문들로부터 나온다.
- Journal of Memory and Language: 기억과 언어 이해, 산출, 인지 처리의 영역에서 이론과 과학적 주제의 형성에 기여하는 것을 목표로 한다. 특별한 강조점은 신중하게 마련된 경험적 토대에 바탕을 둔 새로운 이론적

통찰을 제공하는 조사연구 논문에 둔다.

- Journal of Pragmatics: 언어 화용론은 사람들의 '자연스러운' 상호작용과 '사회적인' 상호작용의 주요한 도구로서 언어에 대한 이해에 본질적인 다수의 질문들을 여러 해에 걸쳐 공식화할 수 있었다. 언어 실천사례에 대한 연구를 위해 있을 수 있는 이론적 토대를 제공함으로써 언어 화용론은 인간의 상호작용에 대한 형식, 기능과 토대에 대하여 우리의 지식을 늘리는 데 도움을 주었다. 이 학술지는 화용론의 목적과 일반적인 범위를 확인해 준다.
- Language Acquisition: A Journal of Development Linguistics. 언어가 습득되는 방법에 대해 우리에게 설명력 있는 통찰을 제공해 주고 지식을 발전시켜 준다. 실험적인 접근, 언어적인 접근과 컴퓨터를 이용한 접근법에 주로 초점을 맞추면서 이 학술지에서는 언어 습득에 대한 통사론, 의미론, 화용론을 다루는데 언어의 성장에 대해 더 충분한 이해를 하도록 하는 언어 이론에서 최근의 발견들과 발달 심리언어학에서 나온 자료들을 병합한다.
- Language and Education: 교육에서 실천사례와 생각을 직접적으로 지니고 있는 연구들을 출판하였다. 교육과정, 교육에서 평가나 지도와 같은 하나 또는 그 이상에 대한 주요 관심거리와 널리 소통되는 주제로부터 끌어 모은 주제들이 있다. 모국어와 제2언어 교육의 모든 측면에 관련되는 논문들을 환영한다.
- Language Learning: A Journal of Research in Language studies. 언어 학습에서 이론적 논제와 관련된 과학적인 학술지이다. 어린이, 제2언어 습득과 외국어 습득, 언어교육, 글말 능력, 두뇌와 정신의 언어적 표상, 문화, 인지, 화용론, 사회 언어학과 집단에서 상호 관계를 포함하는 폭넓은 주제에 관련되는 논문을 출판하였다.
- Language in Society: 사회생활의 측면으로서 언어와 담화에 관련되는 사회언어학의 국제적인 학술지이다. 사회언어학, 언어 인류학과, 관련되

는 분야에서 학생과 학자들에 대한 이론적 관심이나 비교를 위한 관심, 방법론에 대한 관심을 주제로 하는 실험적인 논문을 출판하였다.

- Language and Speech: 산출, 지각, 처리, 학습, 사용, 발화어 언어의 무질서에 대한 우리의 이해에 이바지하는 학문들에서 조사연구자들 사이의 의사소통을 위한 국제적인 공개 토론 공간을 제공한다.
- Language Teaching Research: 제2언어와 외국어 가르침의 영역 안에서 조사연구와 탐구를 발전시키고 지원한다. 언어 가르침의 영역에서 폭넓은 주제를 아우른다. 교육거리, 교수요목, 자료 계획, 방법론, 구체적인 기술과 특별한 목적을 위한 언어의 가르침이 포함된다.
- Mind and Language: 마음과 언어라는 현상은 언어학, 철학, 심리학, 인공 지능, 인지 인류학에서 조사연구자들에 의해 현재에도 연구되고 있다. 이 학술지는 다학문적인 방법으로 이들을 묶어보고자 한다.
- Modern Language Journal: 외국어와 제2언어 가르침과 학습에 대한 관심사와 질문거리에 초점을 맞춘다. TESL을 포함하여 현대 언어에 관련되는 전문가 집단의 소식과 발표, 서평, 보고서, 사설, 조사연구, 논문들을 출판한다.
- Music Perception: 언어학 영역에서 듣기와 직접적으로 관련되어 있지 않지만, 이 학술지는 언어 이해에 대응하는 지각과 인지라는 문제를 다룬다. 심리학, 심리물리학, 언어학, 신경학, 인공지능, 컴퓨터 기술과 음악 이론을 포함하는 폭넓은 범위의 학문들을 이 학술지에서는 아우른다.
- RELC Journal: A Journal of Language Teaching and Research in Southeast Asia. 싱가포르에서 출간되는데 동남 아시아의 전부는 아닐지라도 동남 아시아에서 언어 학습과 가르침에 관련되는 자료들, 방법들, 조사연구, 이론들에 대한 정보와 생각들을 제시한다. 이 학술지는 제1언어와 제2언어 학습과 가르침, 언어와 문화, 담화 분석, 언어 설계, 언어 평가, 다중언어교육, 문체와 번역에 대한 현재의 탐구 분야에서 논문들을 출간하였다.

- Sage Annual Review of Communication Research: Sage Annual Review of Second Language Research. 제2언어 수행과 제2언어 습득에 대한 이론적인 논문들과 실험적인 논문들을 출판한다. 각 권마다 현재의 주제에 초점을 맞춘 외부 편집 위원의 논문 하나와 조사연구 공동체를 위해서 유용한 자원이 되면서 그 분야에서 중요한 문제를 언급하고 있는 특별히 부탁을 받은 비평 논문들이 포함된다.
- Speech Communication: 기본적인 조사연구 결과와 응용 조사연구 결과에 대한 철저한 논의와 빠른 파급이라는 욕구를 충족하는 것을 목적으로 하는 다학문 학술지이다. 해당 분야의 다양한 영역으로부터 서로 관련되는 결과들에 대한 얼개를 형성하기 위하여 여러 학문에 걸친 주제들과 관점들에 초점을 두고 있다.
- Studies in Language and Communication: 접속 가능한 방식으로 의사소통 연구에서 쟁점들과 주제를 통합하고 확장하고자 한다. 해당 분야에서 실질적인 관련성을 유지하는 한편 이론적 중요성, 윤리적 중요성과 방법론적 의의라는 새로운 분야를 반영한다.
- Studies in Second Language Acquisition: 어떤 언어에서든 제2언어와 외국어 습득에서 쟁점들에 대한 과학적인 토의를 제공한다. 각 권마다 네 개의 주제가 있는데 그들 가운데 하나는 해당 분야에서 시사적인 주제에 할애한다. 나머지 세 개의 주제는 이론적인 주제를 다루고 있는 논문들이 포함되는데 이들 가운데 몇몇은 폭넓은 교육적 함의를 지니고 있으며 질적 실험 조사연구와 양적 조실험 사연구를 보고하기도 한다.
- System: A Journal for Educational Technology and Language Learning Systems. 교육 기술과 응용언어학을 외국어 가르침과 배움에 적용하는 데 몰두하는 국제적인 학술지이다. 모든 언어에 주의를 기울이며 제2언어로서 혹은 외국어로서 영어의 가르침과 연구에 관련되는 모든 문제들에 주의를 기울인다.
- TESOL Journal: 가르침과 교실수업 조사연구에 대한 출판물이다. 어떤

환경에서든 모든 나이의 학습자들에게 제2언어로서, 외국어로서 혹은 부가적인 언어로서 영어 가르침을 논의하는 논문들을 출간한다. TESOL Journal은 현재의 TESOL 방법론에 제한을 두지 않고, 교육과정 자료와 설계, 교사 계발, 글말 능력, 이중 언어교육과 교실수업 탐구와 조사연구를 포함하여 폭넓은 주제들에 대한 원고를 요청한다.

- Text and Talk: 언어와 담화, 의사소통 연구, 그리고 다른 무엇보다도 덩잇말/대화 산출의 역사적 본질과 상황에 대해 초점을 맞추고 있는데, 여러 학문들에 걸쳐 인정되고 있는 국제적인 공개 토론 공간이다. 여기에는 언어 실천사례와 언어 행위의 인지적 처리와 사회문화적 처리, 참여자 중심의 의미 타개하기 구조와 여러 방식의 조정이 포함된다. 이 학술지에서는 이들과 함께 관련되는 쟁점들에 대한 비판적인 토론을 장려한다.

실시간 연결 학술지들

- Asian EFL Journal(www.asian-efl-journal.com): 외국어로서 영어를 가르치고 배우기 위해 참고할 수 있는 온라인 학술지이다. 이 온라인 학술지는 아시아의 EFL 언어학 맥락에서 쟁점들을 검토하고 어떻게 전통적인 교육 접근 방법이 논쟁의 여지가 있는 매우 전문화되고 비교적 새로운 연구 영역에 맞서 대조되거나 통합되는지를 고려한다.
- ELT Newsletter(www.eltnewsletter.com): 영어 가르침에 대해 매우마다 새로운 논문을 출간한다. 다양한 주제를 아우르는데 어린 학습자들, 어른들, 일반 영어와 상업 영어, 시험기간, 다중 지능과 같은 현대적인 개념과 생각들이 있다. 또한 영어 교사들의 생각을 공유하고 주고받기 위해 영어 교사들을 위해 ELT에 대한 공개 토론 공간이다.
- English Teaching Forum(www.exchanges.state.gov/forum/) 제2언어로서 혹은 외국어로서 영어를 가르치는 교사들을 위해 미국 연방 정부에 의해

출간되는 계간지로 실질적으로 참고가 된다. 이 학술지는 언어 가르침의 원리와 방법을 포함하여 제2언어/외국어 교육에서 다양한 주제들, 말하자면 언어 기술을 가르치기 위한 활동과 기법, 욕구 분석, 교육과정과 교수요목 설계, 평가, 시험과 측정, 교사 연수와 계발, 교재 집필, 특별한 목적을 위한 영어에 대하여 영어 교사, 교사 연수자, 교육거리 실행자들로부터 나온 논문을 펴낸다.

- ESL Magazine(www.eslmag.com): 영어 교육자와 다른 전문가들을 위하여 제공되는 격월간 칼라 학술지이다. 이 학술지는 그 분야에서 인정되고 있는 지도자에 의해서 실질적이고 정보를 전달하는 논문들과 최근의 ESL/EFL 결과와 서비스에 대한 정보를 결합한다. ESL/EFL 전문가들에게 문제가 되는 최근의 소식과 흐름, 방법, 결과와 서비스를 제공한다.
- Internet TESL Journal(www.iteslj.org): 월간지로 논문과 조사연구 보고, 가르침 기법과 누리그물 기반 단원과 제2언어로서 영어를 가르치고 배우는 교육거리를 포함하고 있다.
- Language Learning and Technology(www.llt.msu.edu): 제2언어와 컴퓨터의 도움을 받는 언어 학습 분야에서 학자들의 편집 게시판이 있는 온라인 학술지이다. 이 출판물의 초점은 기술 그 자체가 아니라 언어 가르침과 배움에 관련되는 문제들로서 이들이 어떻게 기술의 사용으로 영향을 받거나 더 나아지는가 하는 것이다.
- Teaching and English with Technology(www.iatefl.org.pl/call/callnl.htm): IATEFL의 폴란드 Computer Special Interest Group에 의해 출간되는 전자 학술지로 계간지이다. 이 학술지는 언어 가르침과 배움에서 컴퓨터와 누리그물, 컴퓨터 무른모 사용이라는 문제를 주로 다룬다.
- TEFL NET Magazine(www.tefl.net/magazine/index.htm): 세계에 있는 학교와 ESL/EFL 교사들을 위하여 최신의 소식, 논문, 서평, 단원 계획, 자원들과 일자리 목록을 제공한다.
- TESL-EJ(www.writing.berkeley.edu/tesl-ej/index.html): ESL과 EFL 정보

에서 국제적으로 인정을 받고 있는 전자 학술지이다. TESL-EJ는 제2언어 습득, 언어 평가, 응용 사회언어학과 응용 심리 l 언어학과 다른 관련되는 영역들, ESL/EFL에서 연구를 포함하여, 제2 외국어로서 혹은 외국어로서 영어의 (가르침에 대한) 실천사례와 조사연구의 독창적인 논문을 출간하고 있다.

탐구하기, 조사연구하기, 가르치기

이 책에서는 확장될 수 있는 기술로 듣기를 고려한다는 점에 초점을 맞추면서 신경학, 심리학, 사회학, 교육학의 관점으로부터 듣기의 개념을 탐구하였다. 비록 듣기가 고정된 능력으로 생각하지만 제1언어나 제2언어에서 듣기는 초점과 연습, 조직화 그리고 영감을 통하여 확장될 수 있다. 이 책에서는 이들 다양한 관점을 통하여 굳건하고 철저한 안내를 하려고 하였지만 듣기를 계속해서 탐구해 나가기를 독자들에게 초대하는 것으로 생각한다. 이 장은 특히 이들 제안 가운데 하나 또는 그 이상이 더 나은 청자, 더 나은 학습자, 더 나은 교사가 되는 데 영감을 줄 것이라는 희망으로, 이런 탐구에서 도움을 줄지 모르는 자원들과 통로를 어느 정도 제공하였다.

용어풀이

이 용어풀이는 『듣기교육과 현장조사연구』에 있는 용어들에 대한 짧은 뜻매김이나 설명을 포함하는데 본문에서는 돋움 글씨로 강조되어 있다. 표나, 설명이 제시되는 목록에서 나타날 때는 돋움 글씨가 아니었다. (해당 용어가 나오는 곳은 뒤의 찾아보기를 참고하기 바란다. 우리말 찾아보기를 제공하기 때문에 이 부분에서는 영어의 자모 순서로 늘어놓는다: 뒤친이)

그만 둔 구문(abandoned structure): 화자가 온전히 문법적인 구문을 마무리하지 못하는 잘못된 시작의 유형.

학업을 위한 듣기(혹은 학업 목적을 위한 듣기, academic listening): 교과 학습, 교실수업 상호작용, 공책에 적기, 또래와의 토의, 보고하기와 보여주기, 시험 치기가 듣기와 통합되는 학업 맥락에서 듣기.

강화된 입력물(accentuated input): 덩잇말에서 특정의 자질들에 주의를 끌어 모으기 위해 수정된 입력물의 유형.

받아들일 수 있는 이해(acceptable understanding): 이해에 대하여 효과적이고 청자의 목표를 달성하는 청자의 표상.

조정(accommodation, 심리학): 환경을 이해하기 위하여 현재의 인지 구조를 바꾸는 과정.

조절(accommodation, 사회학): 상호작용에서 상대방의 규범을 향하여 양쪽이 타개해 나가려는 경향.

문화적 순응(acculturation): 목표 문화의 규범과 가치를 이해하고 공감하며, 통합하는 정도.

인정(acknowledgements): 화자가 의사소통했던 것에 대한 중립적인 평가를 보여주는 청자에 의한 담화 진행.

듣기 오류(acoustic mishearing): 말해진 것과는 다른 말소리나 연쇄를 듣는 것으로 가장 일반적인 듣기 오류의 유형(뒤섞여 잘못된 듣기 참조).

음향 속성사진(acoustic snapshots): 발화 인지에서 음성학적 분석의 단위.

활성화(activation, 심리언어학적): 이해에 필요한 인지적 처리와 신경학적 처리에 몰두함.

활성화 노력(activation cost): 어떤 개념을 작업 기억으로 가져오는 데 드는 노력.

활성화 공간(activation space): 기억에 대한 활성화 확산 모형인 연결주의 이론에서 시간에 걸쳐 한 단위의 활성화가 그것에 연결되어 있는 다른 단위들로 퍼져나가는데 이것을 활성화 공간이라 부름.

행위 틀(activity frame): 참여자들에 의해 이해된 것으로 청자와 화자와 관련된 사회적 행위

활성화 수준(activity level): 기억에 대한 연결주의자 관점에서 기억 연결망에서 다른 교점들은 얼마나 자주 활성화되는가에 따라 갖게 되는 다양한 활성화 수준.

활성화 정보(active information): 작업 기억에서 사용되고 있는 정보

수신인(addressee): 화자의 발화에 대한 의도된 수용자.

발신자(addressor): 수신인을 위한 의도가 있는 발화의 화자.

결정주체(adjudicator): 어떤 결과에 이르기 위해 거래 행위에서 부가적인 힘을 가진 사람.

정감적 요소(affective elements): 어떤 사건에 대한 이해나 경험에서 감정적 측면, 도덕적 측면, 사회적 측면, 영적인 측면, 미학적 측면과 동기부여의

측면.

감정적인 거르개(affective filter): 언어 습득 이론에서 감정, 즉 학습자의 동기, 욕구, 태도와 감정 상태에 바탕을 두고 들어오는 언어표현을 무의식적으로 선택하는 내적 처리 체계의 일부.

감정적인 연대감(affective involvement): 상호작용에 의해 영향을 받는, 참여자들의 감정적 측면, 도덕적 측면, 사회적 측면, 영적인 측면, 미학적 측면과 동기부여의 측면

정감의 수준(affective level): 참여자들이 상대방과 상호 작용과 담화에 미치는 다른 맥락의 영향에 대해 어떻게 느끼는가에 초점을 맞추는 담화 분석의 수준

정서적인 결과(affective outcomes): 상호작용이 이뤄지는 동안과 끝난 뒤에 대화 상대방에 대하여 어떻게 느끼는가에 관련됨.

감정적(affective): 학습 전략의 기술에서 감정적인 전략들이 학습 상황에서 감정적 상태와 감정을 조정하는 방법에 대한 자각에 초점을 맞추는 것을 가리킴.

잔상-이미지(after image): 사라진 원래의 이미지에 노출된 뒤에 작업 기억에서 시각적인 임시기억 혹은 청각적인 임시기억(혹은 다른 감각 임시기억이든)에서 계속해서 나타나는 이미지를 가리키는 시각적 환영 청각적 환청.

변이음(allophonic variation): 일반적으로 자음에 관련되는데 말소리에서 맥락에 따른 변이형태로, 영어에서는 유창한 발화에서 변이형태가 어떤 구절 안에서 계속적으로 이어지는 자음때문에 조음에서 실질적으로 겹칠 것이라는 원리의 결과임.

분석에 의한 종합(analysis-by-synthesis): 입말 낱말을 확인하기 위해 추정 기법(수학적 연산)을 이용하는 청각 신호 처리 형식.

선행조응(anaphoric): 덩잇글 안에서 앞서 언급된 무엇인가를 가리키기 위한 지시표현.

실어증(aphasia): 두뇌의 어떤 영역에서 손상.

각성(arousal): 두뇌가 자극에 반응을 보이게 되는 주의집중의 첫째 단계. 각성은 뇌간, 자율 신경계, 내분비 체계에서 망상 활성화 체계의 활성화가 관련되는데 감각적인 경계 상태가 높아지고 반응이 쉽게 되도록 이어진다.

조음 원인(articulatory cause): 개인적인 조음에 바탕을 두고 청자가 말소리를 지각하게 되는 수단.

인공적인 대화 개체(ACE: artificial conversational entity): 청각이나 덩잇말을 통하여 한 명 또는 그 이상의 인간 사용자들과 지적인 대화를 모의하도록 설계된 컴퓨터 프로그램.

동화(assimilation): 기존의 인지 체계에 기대어 사건을 해석함.

주의집중(attention): 다른 것들은 무시되지만 환경의 어떤 하나에 선택적으로 집중하는 인지적 과정인데 처리 자원의 배분이다. 세 단계가 포함된다(각성, 방향 잡기, 초점).

청중 설계(audience design): 주로 화자가 염두에 두는 청자의 반응에 따라 언어적인 문체 변이가 나타나는 것을 제안하는 사회언어적학적 모형. 이 모형에 따르면, 청중들과의 친밀감이나 유대감을 표현하기 위하여 청중에 따라 발화 양식을 조정한다.

청중(audience): 1차적인 수령자, 즉 수신인 이외에 발화를 엿듣는 사람.

청각(audition, 신경언어학): 지각한 말소리에 대한 물리적인 처리.

청각 피질(auditory cortex): 음성 처리를 책임지고 있는 두뇌 영역으로 두뇌의 측두엽에 자리하고 있다.

실생활 언어(authentic language): 주제, 언어적 양식, 개념에서 복잡성이 자연스러운 언어 사용을 나타냄.

실제 강의(authentic lectures): 제시에서 줄이거나 간소화되지 않은 학업을 위한 발화.

실생활 관련성(authenticity): 제2언어의 자료원에 대한 상대적인 역할과 관련하여 교수 설계에서 쓰이는 개념으로 지역에서 나온 자료와 국제적인 자료들을 포함한다.

자율적인 듣기(autonomous listening): 학습자가 대본, 과제를 선택하고 향상의 정도를 조정 점검하며 다른 사람들과의 상호작용 유형에 대해 결정하는 듣기 연습 형식.

맞장구(backchannelling): 상대방의 발언 기회가 이뤄지는 동안이나 화자의 발언에 곧바로 뒤이어 청자의 정신 상태를 나타내기 위해 청자에 의해 전달되는 짧은 언어적 표현과 비언어적인 메시지.

배경 정보(background information): 입력물의 일부를 해석하는 데 필요로 하는 정보.

지시막대 신호(baton signals): 일반적으로 운율적인 억양과 강조와 관련되는 손, 팔, 몸통, 머리 움직임.

참고 전략(benchmark): 효과적인 듣기가 모형화되고 학습되며 상호작용이 평가될 수 있다는 것을 배경으로 하는 기준.

이가 논리(bianry logic): 이가의 의미 원리를 활용하는 논리 형식으로 모든 의미 있는 명제들은 진리나 참이라고 언급한다.

뒤섞여 잘못된 듣기(blended mishearing): 일반적으로 시각과 청각의 부조화에 바탕을 두고 있는데 서로 다른 방식에 영향을 받아 잘못 듣게 된다.

뒤섞여 잘못된 듣기(blended mishearing): 부분적으로 청각 자원과 부분적으로 다른 감각 자원, 일반적으로 시각 자원으로부터 입력물을 잘못 듣는 경우로, 이런 시각 자원에는 환경에 따른 공유 텍스트나 화자로부터 나온 몸짓이나 특히 중국말과 같은 상형문자에서 낱말의 글말 형태가 있다.

하위 수준 능력(bottom-level abilities)[7]: 듣기 평가에서 듣기에만 매인 것으로 밝혀진 특정의 기술.

상향식 정보(bottom up information): 발화 신호에 의해 직접적으로 전달되는 정보.

상향식 처리(bottom up process): 입력물에 의해 실시간으로 안내를 받아 정보

7) 이 항목은 원서에 bottom up attributes로 되어 있지만 마지막 낱말은 abilities로 되어야 한다.

처리가 이뤄지고 뒤따르는 단계로 진행되는 정보 처리의 형태

상향식 발화 처리(bottom up speech processing): 입력물에 의해 실시간으로 안내를 받아 발화 처리가 이뤄지고 뒤따르는 단계로 진행되는 발화 처리의 형태.

브로카 영역(Broca's area): 두뇌의 일부분으로 두뇌의 하전두회(왼쪽 관자놀이 위)에 있는데 언어와 연관이 관련이 있는 반응과 이해에 관여한다.

내재된 학습 계획(built-in syllabus): 특정의 문법 자질을 언제 습득하고 그것들을 어떻게 배울 것인가를 지배하는 내재된 학습 체계.

격 문법(case grammar): 결합가 사이의 연결이나 어떤 동사의 목적어나 주어의 수, 이들을 필요로 하는 문법적 맥락에 초점을 맞추는 틀 의미론(frame semantics)에서 사용되는 문법 분석의 체계.

격 관계(case relation): 동사에 대해 지니고 있는 관계 유형에 대하여 어휘 항목을 표시하기 위한 체계.

후행조응(cataphoric, cataphora): 후행조응은 덩잇글 안에서 아직 밝혀지지 않은 무엇을 가리킨다.

범주 지각(categorial perception): 일군의 서로 다른 음운 기준으로 자신의 토박이말에서 말소리의 대조 내용을 구별할 수 있는 능력.

도전거리(challenge): 화자의 의도를 뒷받침하게 하거나 의도에 대하여 더 많은 정보를 제시하도록 하는 대화 움직임.

특성 주파수(CF: Characteristic Frequency): 일 초 안에 어떤 지점을 지나는 음파(음성)의 최대 압축 비율. 주파수의 단위는 헤르쯔(Hz)임. 개별 청각 신경 섬유는 그 반응하는 서로 다른 특성 주파수(CF)를 지니고 있다.

수다쟁이 로봇(chatterbot, 다르게 chatbot 혹은 인공 대화 개체라고 함): 청각이나 덩잇글을 이용하는 방법으로 한 명 또는 그 이상의 인간 사용자들과 지적인 대화를 모의하도록 설계된 컴퓨터 프로그램.

카이 제곱(chi square): 특정의 가설에 따라 얻고자 기대하는 자료와 관찰된 자료를 비교하기 위해 사용되는 통계적 검정.

아이 중심의 발화(CDS: child directed speech): 크게 높인 소리, 넓은 높낮이 폭, 반복, 잦은 맞장구와 관련되어 있는 말투식으로 어린이들과 대화할 때 쓰는 어른들의 말투식.

인용형(citation form): 따로 발화될 때 어떤 낱말의 순수한 음운 형태.

주장(claims): 진술 문장이 참임을 직접이나 간접으로 선언함.

주장(claims): 화자가 청자가 참이라고 믿기를 바라는 어떤 진술.

접어군(clitic group): 한 개의 핵심 낱말과 다른 문법적인 낱말들로 이루어진 어휘 항목.

채우기 활동(close activity): 칸이 있는 글말이 주어지는 활동으로 깊게 듣기와 관련되는 학습 활동인데 빈 칸 채워 넣기로도 부른다.

동시 조음(co-articulation): 둘 또는 그 이상의 말소리가 빠르게 이어지거나 동시에 발화될 때 동화, 축약, 생략의 과정.

동시 조음 효과(co-articulation effect): 함께 조음됨으로써 유발되는 음성 변이.

사교모임 효과(cocktail party effect): 혼잡한 대화들과 배경 소음 가운데 다른 대화들을 무시하고 하나의 화자에 주의집중을 할 수 있는 청자의 능력.

코드 변환하기(code-switching): 의사소통의 과정에 어떤 한 언어의 사용에서 다른 언어의 사용으로 바꾸기.

동족어(cognate): 공통의 어원을 지니고 있는 낱말들. 예컨대 영어에서 night는 불어에서 nuit인데 이들은 원시 유럽어에서 공동의 어원을 갖는다.

인지적(cognitive): 학습 전략에 대한 기술에서 인지적인 전략은 사고 과정을 바꾸거나 끌어올리는 일을 가리킨다.

인지적 닻(cognitive anchor): 인지심리학에서 애초의 믿음에 바탕을 두고 새로운 증거와 입력물을 해석하는 치우침.

인지적인 몰입(cognitive commitment): 입력물에 대하여 처리의 깊이에 영향을 미치는 청자의 정서적 반응.

인지적 난도(cognitive difficulty): 덩잇글에 있는 내용의 내재적 복잡성.

인지적 부담(cognitive load): 길이, 갈래, 덩잇말 구성요소, 요구되는 추론과 전체적인 구조에 대한 분석에 바탕을 두고 청자에 대한, 어떤 덩잇말의 난도에 대한 추정.

인지 지도(cognitive map): 정신 지도, 마음 지도, 인지 모형, 혹은 정신 모형으로 부름. 이들은 실제 세계나 은유적인 환경에서 일어나는 현상에 대하여 모두 어떤 개인이 정보를 얻고 사용하는 일련의 심리적 변형으로 구성되어 있다고 가정하는 정신 처리 모형의 유형을 가리킨다.

인지 구조(cognitive structure): 지능 발달에 관련되는 특정의 행위의 기저에 있는 정신 활동이나 물리적 행위의 유형.

인지적 전이(cognitive transfer): 배운 기술이나 능력을 한 영역(이를테면 제1언어 사용)에서 다른 영역(이를테면 제2언어 사용)으로 바꾸기.

의미연결(coherence): 입력물에서 언어적 요소들과 관련이 있는 개념들이 '깊은' (의미론적인) 수준에서 조정.

통사결속(cohesion): 언어적 요소들의 표면 수준에서 조정.

이음말(collocation): 우연하게 기대하는 것보다 더 자주 동시에 나타나는 낱말이나 항목들의 연쇄. 연어는 어떤 낱말이 함께 사용될 수 있는지 이를테면 어떤 전치사가 어떤 동사와 사용되는가 혹은 어떤 동사와 명사가 함께 쓰이는가와 같은 것을 자리매김한다.

공동 배경(common ground): 두 사람 사이에 의사소통을 위해서 본질적인 것으로 서로에 대한 지식, 믿음, 가정.

의사소통에서 위선 (communicative insincerity): 독자를 잘못 이끌기 위하여 속이는 행위와 의사소통 장치를 속여 사용.

의사소통 상태(communicative state): 체계 이론에서 의사소통 상태는 상호작용의 참여자들에 의해 얻은 지식의 수준이다.

의사소통 전략들(communication strategy): 의사소통 과정이나 결과를 바꾸기 위해 행위나 태도의 변화가 지니는 장점들을 인식하고 장애물을 확인하기 위한 계획.

의사소통 과제(communication task): 구체적인 산출물에 초점을 맞춘 상호작용.

보완 전략(compensatory strategies): 상호작용이나 이해를 나아지게 하기 위해 인지적 관점을 채택하도록 하는 전략들을 생각하기.

경쟁 모형(competition model): 언어의 의미가 어떤 문장 안에서 언어적 단서들의 수를 비교함으로써 해석되며 언어는 풍부한 언어적인 환경이 있는 가운데 기본적인 기제의 경쟁을 통해 학습된다고 주장하는, 언어 습득과 문장 처리에 대한 심리언어학적 이론.

경쟁자(competitors): 인지 이론의 영역에서 경쟁자는 목표 낱말이 온전하게 인지되기 이전에 배제되어야 하는 비슷한(이를테면 비슷한 음성 형태를 지님) 낱말이다.

이해 가능한 입력물(comprehensible input): 맥락의 뒷받침을 많이 받거나 낯익음으로 인해 오직 최소한의 노력만으로 학습자에 의해 해될 수 있는 입력물.

이해 가능한 산출물(comprehensible output): 학습자들이 애초에는 이해되지 않았던 것은 무엇이든 표현할 수 있도록 이끌어주는 '타개하기를 밀어붙이도록' 하기 위하여 청자가 목표 언어로 생각을 표현하고 구성하지 않을 수 없는 언어 발달 활동.

이해 전략(comprehension strategy): 앞선 지식의 활성화에 바탕을 둔 예측이나 혼란스러울 때 명료화하려고 하며, 요약하는 것과 같이 어려운 덩잇글을 다루기 위해 '공략 전략'을 연습하고 확인하며 처리하는 자각의 발달에 명시적으로 초점을 맞추는 읽기 가르침이나 듣기 가르침의 형태.

개념 지도(concepts map): 개념들 사이의 계층 관계를 보여주는 그림. 개념들 사이의 관계는 '불러 일으키다'나 '결과로 나오다'와 같은 연결 구절에서 분명하게 될 수 있다.

개념 중심의 개념틀(conceptual schemata 혹은 개념 자료 모형): 개념들과 이들 사이의 관계에 대한 지도. 이 지도는 개념들의 구성에 대한 의미를 기술하며 그 본질에 대하여 일련의 주장을 표상한다. 구체적으로 말한다면 구성(전체 개체)에 대하여 중요한 것들을 나타내고 정보를 모으는 경향이 있는 대상에 대하여 그리고 중요한 개념들로 이뤄진 짝들 사이의 연관성(관계)

을 보여준다.

용인(concession): 화자가 의사소통한 것에 대한 부정적인 평가를 보여주는 청자에 의한 담화 진행.

의식(consciousness): 개인적인 지각과 보편적인 지각, 개인적인 경험 사이의 신경-인지적 다리.

확인 점검하기(confirmation check): 앞선 메시지나 의도가 이해되었는지 알아보기 위해 청자와 함께 명시적으로 점검하는 행위.

결과 타당도(consequential validity): 평가가 학습자의 미래 학습 경로에 미치는 영향.

진술행위(constative): 화행 이론에서 진리 값을 지니고 있는 어떤 화행인데 참이나 거짓으로 평가될 수 있는 진술. 여기에는 발표하기, 부정하기, 주장하기와 예측하기가 있다.

구성물(construct): 평가에서 측정하고자 하는 기저에 있는 속성이나 품질의 표상.

구성물 타당도 (construct validity) 혹은 구성물-참조 타당도(construct-referenced validity): 어떤 평가에서 평가하고 있다고 주장하는 것을 실질적으로 평가하는 정도.

구문 문법(construction grammar): 문법의 일차적 단위가 분류에 있는 문법적인 구문이라는 생각에 바탕을 두고 있는 인지 언어학에서 이용되는 문법 모형.

접촉 상황(contact situation): 가르침이나 학습의 실제적인 맥락.

일시적인 주제 체계(Contemporary Topics system): 질문하기 전략을 이용하여 내용을 재구성하고 모둠 협력이 개입되는 공책에 적어둔 내용 복습의 방법.

내용 개념틀(content schemata): 청자의 마음에서 입력물의 주제 영역을 이해하는 데 관련이 있는 지식의 구성.

내용어(content words): 발화의 어휘 의미를 담고 있는 명사, 동사, 형용사, 부사, 의문사.

상황 맥락(context of situation): 의사소통 행위와 관련이 있는 언어 외적 자질의 총합.

맥락(context): 입력물이 처리되는 방법에 영향을 미치는, 입력물에 대한 적절한 제약 (외적 제약과 내적 제약을 아우름).

맥락에 민감한 부연(context-sensitive paraphrases): 인용되는 덩잇말에 대한 명료화나 설명으로 어휘 항목이나 명제에 대한 재진술.

맥락에 따른 언어 판박이(contextual language routines): 먹기, 옷 입기, 장난감으로 놀기, 목욕하기, 자러 가기처럼 행위와 언어를 통합하는 매우 이해 가능한 언어 판박이. 이와 같은 상황에서 맥락의 두드러진 특징뿐만 아니라 습관화된 언어 판박이가 어린이로 하여금 판박이 행동에서 언어의 역할을 이해하고 사용된 언어표현의 확장된 의미를 이해하는 데 도움을 준다.

연속적인 지각(continuous perception): 말소리 연쇄들의 조합으로서 연속적인 발화를 들을 수 있는 능력.

대조(contrast): 의미를 바꾸는 음소 수준, 형태소 수준, 어휘 수준, 의미 수준, 화용 수준에서 이뤄지는 어떤 구별.

대화에서 조정(conversational adjustment): 이해 가능성과 해득 가능성을 높이기 위해 화자에 의해 이뤄지는 고침.

대화 규범(conversational maxims): 대화에 대한 원활한 이해를 하게 해 주는 협력의 원리.

코넬 방법(Cornell method): 복습을 원활하게 하는 방법으로 정보를 배분하고 그림으로 나타내는 일과 관련된, 학업을 위하여 공책에 적어두는 방법.

동시 맥락(co-text): 어떤 단락을 둘러싸고 있는 덩잇말로 단락의 앞과 뒤에 오는 낱말들이나 문장들.

명쾌한 논리(crisp logic): 규정된 범주나 수학적인 부호 즉, 〉(--보다 큰), 〈(--보다 작은), =(같은)를 활용하는 논리 형식.

기준(criterion): 어떤 수행을 평가하기 위한 표준.

절대 평가(criterion-referenced test): 어떤 점수로 그 사람에 대하여 예상되는 행위 진술과 평가 점수를 동일시하는 평가.

문화 개념틀(cultural schemata): 자신의 문화에서 낯익은 상황에 들어갈 때 낯익거나 미리 익숙해진 지식을 사람들이 사용한다는 것을 설명하는 이론.

데시벨(dB: decibel): 참조 수준과 관련하여 소리의 강도를 나타내는 측정의 대수적 단위.

연역 추론(deduction): 결론을 끌어내거나 결론을 평가하는 추론. 논리학에서 논증은 그 결론이 전제들의 논리적인 결론일 때 연역적이다. 연역 논증은 전제들을 결론이 전제를 따를 때에만 타당하다.

상황중심 지시표현(deictic reference): 의사소통이라는 일에서 물리적 맥락과 관련하여 실제적인 사람과 사물을 제시함.

검색하기(detect): 언어 습득에서 목표 언어(TL) 입력물에서 이전에 이해하였던 것과 지금 이해하는 것 사이의 차이를 알아차림.

대화를 통한 상호작용(dialogic interaction): 언어 습득에서 상호주관적[8]인 처리를 강조하는 학습의 형태.

두 갈래 듣기(dichotic listening): 두 개의 서로 다른 청각 자극이 따로 하나씩 다른 귀로 참여자에게 동시에 제시될 때 전택적인 주의집중을 하도록 쓰이는 일반적인 절차.

듣고 개별 완성하기(dicto-comp): 긴 입말과 덩잇글을 구성하기 위해 모둠으로 공부하는 데 관련되는 활동.

차별화(differentiation): 전체 사건으로부터 낱말을 분리하고 그것을 특정의 사건이나 대상에 대한 명칭으로 사용하기 시작함.

직접적인 증거(direct evidence): 평가 절차가 학습자로 하여금 어떤 능력을 직접적으로 혹은 전체적으로 보여주는 평가에서 목표.

지각에서 방향성 변화(directional changes in perception): 말소리에 맞추기 위해 지각에서 조정함.

---

8) 사고와 관계의 형성에서 자기중심적인 사고에서 벗어나 이들을 공유하려는 생각이나 의식을 가리킨다.

방향을 나타내는 시선(directional gaze): 청자나 청중으로 하여금 외부조응 지시표현(exophoric reference)에 눈길을 돌리기 위해서나 사건에 특정한 순간을 가리키기 위한 안구 움직임과 초점 맞추기.

직접 표현-간접 표현(directness-indirectness): 발화에서 화자를 표현하기 위한 문체에서 선택의 연속체. 직접 표현은 비록 체면을 위협할 수 있지만 의미를 분명하게 하는 경향이 있다. 반면에 간접성은 체면을 지켜주지만, 의도한 의미를 흐릿하게 한다.

표출 유형(disclosure pattern): 체계 이론에서 정보 주고받기에 필요한 정보를 표출하는 담화 흐름의 연쇄.

담화 등재(discourse coding): 담화 분석에서 발화와 관련되는 담화 흐름을 분명하게 하는 담화 기법.

담화 수준(discourse level): 문장과 같은 문법적 단위에 한정되지 않고 의사소통의 연결성에 초점을 맞추는 분석의 저울눈.

말더듬(disfluency): 특정의 어떤 문법 구문이 안정되지 않은 발화의 멈춤이나 파격으로서 이런 일이 나타나지 않는다면 유창한 발화 안에서 나타남.

선호되지 않은 반응(dispreferred response): 정보 주고받는 활동을 마무리하기 위해 부가적인 노력이 필요하다는 반응으로 화자가 기대하지 않은 반응.

원격 방식(distal mode (of consciousness)): 현재가 아니며 추상적인 혹은 상상의 지시대상과 개념들에 주의를 기울이는 의식의 방향.

드래곤(DRAGON): 받아쓰기와 덩잇글에서 발화, 명령 입력이라는 세 가지 주요 기능을 지니고 있는 발화 인지 무른모의 하나.

이원 부호화(dual coding): 장기기억에서 지식이 저장되는 유형의 하나로 제1언어에서 나온 단서와 제2언어에서 나온 실마리에 의해 각각 접속됨.

지속시간(duration): 말소리가 지속되는 시간으로 천 분의 1초 단위로 측정됨.

잔향 기억(echoic memory): 감각 기억 가운데 청각 기억으로 청각 자극을 듣고 난 뒤 계속해서 소리가 들리는 짧은 정신적 반향이 있는 현상을 가리킴.

효율성 원리(efficacy principle): 가장 빈번한 낱말이 언어표현과 의사소통 유형에서 가장 짧으며 최대한의 생략을 허용하도록 진화한다는 언어의 원리.

다듬어진 간소화(elaborative simplification): 청자에게 내용이 좀 더 이해 가능하도록 도와 주는 덩잇글 간소화 전략의 한 유형으로 여기서는 문법 체계와 어휘 체계에서 복잡성을 더하게 됨.

생략음(elided sounds): 일반적으로 동시 조음이나 빠른 조음의 결과로 생략된 말소리.

생략(ellipsis): 청자에 의해 이해된다고 가정하는 구조나 낱말, 말소리의 생략.

생략된 명제(ellipted proposition): 청자가 제공할 수 있는 덩잇글 구조(이를테면 논증)나 덩잇글의 부분이 생략됨.

내포 수준(embedded level): ASR(자동화된 발화 인식)의 분석에서 내포 수준은 더 큰 상위 수준과 관련하여 해석됨.

감정이입(empathy): 맞장구로 신호될 수 있는 청자의 상태.

감정이입(empathy): 대화 도중 화자의 감정 상태에 대한 이해를 보여주고 감정의 상태가 바뀜.

승인(endorsement): 화자가 의사소통한 것에 대하여 청자가 긍정적인 평가를 보여주는 담화의 흐름.

연루(engagement): 화자와 관련된 청자의 관계를 아우르는 관련성에 대한 화용론적인 개념으로 화자의 감정 상태의 변화에 대한 자각이 포함되는데 이를 통해 화자가 전달하는 의미에 대한 화용론적인 처리가 가능함.

증강(enhancement): 특정의 의미 연결망에 의도적으로 초점을 맞추는 인지적 처리.

풍부한 입력물(enriched input): 교수 설계에서 학습자가 특정의 개념을 처리하거나 특정의 덩잇글 자질을 알아차릴 가능성을 높일 수 있는 특징들을 더하는, 입력물에 대한 조정.

화자 입력물 풍부하게 하기(enriching speaker input): 화자의 감정에 대한 추론과 화자의 의도를 정교화함으로써 화자의 메지시지의 품질을 끌어올리는 듣기 처리의 일부.

동등한 입장(equality position): 상호작용에서 상대방이 공동의 배경을 공유하고 있다고 간주함으로써 인정된 지위.

기타 원칙(et cetera principle): 비록 발화된 어떤 진술에 대하여 엄격하게 자리매김된 어떤 것이 없다고 할지라도, 각각의 참여자에 대하여 동일하다고 상정할 수 있는, 회복 가능한 적합성의 영역이 있다는 가정을 모든 의사소통에서 활용하고 있다고 주장하는 사회언어학적 원리.

평가하기(evaluating): 의사소통 이론에서 판단하는 행위, 증거에 대한 평가하기, 화자와 일치하는 정도에 대한 결정.

증거 중심 평가(evidence-centered assessment): 여러 가지 과제에 걸쳐 혹은 다른 수행으로부터 나온 증거를 종합하는 평가의 형태.

환기적 표현(evocative expression): 감정의 세기를 보여주거나 청자에게서 감정을 불러일으키기 위하여 삽입되는, 감탄사를 포함하는 짧은 낱말이나 구절.

자극 패턴(excitation pattern): 달팽이관에서 신경 활동의 배분.

외부조응 표현(exophoric/exophora expression): 외부조응 표현은 이 지시표현이 발견된 덩잇말의 바깥에 있는 (언어 외적인) 것을 가리킴.

예상(expectation): 청자가 가장 일어남 직하다고 간주하는 것으로 언어에 대한 심리적 모형화에서 앞으로 무엇이 참일 것인지에 대한 가정임.

널리 듣기(extensive listening): 학습자가 더 긴 대본을 읽고 과제 중심의 의미를 수행하는 듣기 연습의 형태.

외적 맥락(external context): 외부의 자극과 지각을 통한 접촉으로 제공되는 지각 가능한 모든 정보.

추출(extraction): 발화 지각에서 침묵으로 경계가 지워지는 발화에서 반복적인 임시 단위를 발견하는 처리.

추출 유형(extraction pattern): 자연언어 처리에서 정보의 계층 구조나 해당 분야의 개념 연결망(ontology)에 따라 덩잇말 안에서 개념(이를테면 어휘 구절들)의 동시발생에 대한 분석.

체면 위협 행위(face-threatening act): 담화에서 다른 대화 참여자의 권리와 힘에 도전하거나 그것을 꺾어버림으로써 참여의 틀을 뒤집는 행위.

인상 타당도(face-validity): 행위의 가치에 대한 명료성을 강조하는 타당성의 형태.

추리의 잘못(fallacies of reasoning): 이해의 부족이나 오해 때문에 부정확하거나 불완전한 추론하기.

잘못된 시작(false starts): 그만 두거나 불완전한 채로 남겨진 발화의 시작.

자질(feature): 경과음, 장애음, 공명음과 같은 조음 운동에 의해 만들어진 음운 현상.

자질 분석(feature analysis): 낱말의 음운 자질에 대한 점진적인 인식을 통해 낱말 인지에 관련되는 처리.

자질 억제 요소(feature inhibitor): 음운 자질들이 문맥에 의해 배제되는 낱말 인지의 부분으로서 그에 따라 목표 낱말에 대한 탐색의 폭을 좁힌다.

되짚어 보기(feedback): 의사소통 목표 도달의 성공과 실패에 대한 정보를 얻는 과정.

적절성(felicity): 화행 이론에서 화행이 성공적이기 위한 적절성 조건은 약속처럼 화자와 청자 둘 다 능력이 있고 자각의 상태에 있다는 것이다.[9]

채움말(fillers): 말할 차례 동안 침묵을 채우기 위해 사용되는 낱말과 소리인데 이는 의미론적인 의미를 담고 있지는 않다.

처음 듣기(first listening): 입력물이 들리기 시작하는 시간.

첫 번째 국면(first pass): 통사적 처리에서 청자에 의해 문장 안에서 통사적 범주의 확인.

플레쉬-킹케이드(Flesch-Kincaid): 어떤 덩잇글이 읽기에 얼마나 쉽고 어려운지를 보이기 위해 설계한 이독성 검사. 문장 안에서 낱말들의 평균 수와 낱말마다 음절의 평균 수에 바탕을 둔 공식을 사용한다.

---

9) 약속의 성립 조건을 이야기하는 것이다. 약속하고 있다는 사실을 둘 다 인식하고 있다는 것이며 말한 내용을 실천할 수 있음을 의미한다.

어김(flouting): (그라이스의 대화 규범과 관련하여) 특별한 효과를 거두기 위해 일부러 그것을 어기는 것으로 다음이 포함된다. 침해하기infringing, 무시함, 뒤집음, 혹은 특별한 효과를 거두기 위해 규범에서 벗어남을 포함함.

유동적인 덩이(flowing chunks): 단기 기억의 기능을 더 늘이기 위해 더 작은 덩이를 덩잇글의 더 큰 덩이로 통합하는 과정을 언급하기 위한 심리언어학의 개념.

주의집중의 초점에 있는 중심대상(focal centre of attention): 어떤 억양 단위 안에서 가장 두드러진 낱말.

초점 정보(focal information): 입력물에서 몸짓 단서 주기 및 음운 단서를 통하여 화자가 주의집중을 끄는 정보.

초점(focus): 주의집중의 선택과 정보를 추출하기 위한 의도와 관련되는 주의집중의 세 번째 단계.

형식에 대한 초점(focus on form): 의미를 위한 덩잇말 처리가 이뤄지는 동안 통사적 자실들에 학습자들이 주의를 기울도록 격려하는 지도의 초점을 맞추는 유형.

음보(F: foot): 음운론에서, 강 약 음절의 연쇄.

평가의 형태(form of assessment): 자료, 매체, 시험을 치는 절차, 점수를 매기는 방법들.

형식적 조작 단계(formal operation stage): 피아제 심리학에서 (열둘에서 열다섯에 이르는) 아이들의 사고가 추상을 다룰 수 있는 단계.

형식적 개념들(formal schemata): 입력물에 있는 전문적인 갈래와 사회적인 갈래들의 일반적인 속성과 수사적 장치를 이해하는 데 적합한, 청자의 마음에 있는 지식의 구성.

관용적 언어표현(formulaic language): 단일한 의미를 지녔다고 종종 해석되는 언어의 연쇄로 익은말, 연어, 구절 표현, 사물에 대해 말하기를 선호는 방식, 판에 박은 말, 완성된 구절, 운 맞추기, 노래, 기도문, 속담이 있다.

화석화된다(fossilised): 언어 습득에서 일반적으로 기술이나 유창성에서 더 추가적인 향상의 필요성이 없어서 향상이 머물러 있음.

조각 문법(fragment grammar): 조각들을 모음으로써 유창한 발화를 이해하는 방법인데 각 조각들은 통사적으로나 의미에서 비슷한 구절들의 묶음을 보여줌.

틀(frame, 틀 의미론): 격 문법이 발전된 형태로 언어 의미론을 백과사전적 지식과 관련시킨다. 기본적인 생각은 청자들이 그 낱말과 관련되는 본질적인 지식에 대한 접속 없이는 어떤 낱말의 의미를 이해할 수 없다는 것이다.

틀 관계(frame relation): 어떤 낱말과 관련된 통사적 관계와 의미 관계.

틀 짜기(framing): 담화 분석에서 청자가 담화를 해석하리라 예상하는 것으로부터 개념 틀을 설정하는 행위.

주파수(frequency): 떨림에 대한 측정으로 헤르쯔(Hz)로 표시된다. 어떤 음성의 기본 주파수(f_0)와 다른 들을 수 있는 조화 주파수(f_1, f_2, f_3)가 어떤 소리의 정체를 결정한다.

기능어(functional words, 문법적인 낱말들): 어휘 의미보다는 관계 의미를 담고 있는 불변화사, 전치사, 대용 형식, 관사, be 동사, 조동사.

퍼지 집합 이론(Fuzzy set theory): 퍼지 집합은 그 원소들이 구성원다움에서 정도성을 지니고 있는 집합으로 퍼지 집합 이론은 절대적인 (옳고-그름)의 저울눈이 아니라 등급화된 저울눈에 따라 낱말들의 인지가 허용되는 발화 인지 프로그램에서 쓰인다.

가이라이고(gairaigo): 빌린 말에 대한 일본어로 음역으로 일본어에 편입됨을 나타내는데 예컨대 영어에서 빌린 것으로 '봉사 service'에 대하여 sabisu가 있다.

간격 메우기(gap filling): 어린 아이가 어떤 대상에 대한 정확한 용어를 몰라서 그것에 대한 다른 용어를 사용하는 언어 습득의 과정.

취사선택하기(gatekeeping): 의사소통 이론에서 개념과 정보가 보호되고 걸러지게 되는 과정.

성별 언어(genderlect): 남성과 여성들 사이의 상호작용 방식에 차이를 드러내는 사회 방언(발화 변이형태).

일반화(generalization): 언어 습득에서 같은 낱말로 어린이가 수많은 사물과 상황에 이름을 붙이는 과정.

참다움(genuineness): 일상적인 입말 담화의 특징인 자발적인 설계하기의 구어적 양식을 지닌 특성.

제시된 정보(given information): 이미 알려진 것으로 가정된 정보이거나 쉽게 청자에 의해 회상되는 정보.

목표(goal): 의사소통 이론에서 상호작용의 목표는 화자와 청자가 성취하고자 의도하는 것의 결합이다.

목표 지향의 의사소통(goal-directed communication): 목적이 주도하는 과제에서 이뤄지는 의사소통의 유형.

'충분히 훌륭한' 이해 전략('good enough' comprehension strategy): 인간의 언어 이해 체계는 이해 주체가 수행할 필요가 있는 주어진 과제에 그저 '충분히 훌륭한' 통사적 표상 체계와 의미 표상 체계를 만들어낸다는 주장.

충분히 훌륭한 인지(good enough recognition): 잘못 들었거나 놓친 입력물의 부분이 인지에 영향을 미치지 않는 문턱.

등급화된 덩잇말(graded texts): 일반적으로 읽거나 듣기 쉽도록 하기 위해 어휘와 통사구조를 간소화함으로써 통제된 입말이나 글말.

문법 발견 접근법(grammar-discovery approach): 학습자들에게 특정의 문법 사항을 선보이는 예를 제공하고 그런 자질들이 어떻게 작동하는가 하는 자각에 이르도록 하기 위해서 그것들을 분석하게 하는 듣기와 문법의 결합 방식.

그림에 바탕을 둔 사용자 컴퓨터 대화 설비(GUI: graphical user interface): 컴퓨터에서처럼 자판을 두드리는 방식보다 더 많은 프로그램과 상호작용하도록 해주는 사용자와 컴퓨터의 대화 명령 체계 유형의 하나로 손에 들고 다닐 수 있는 MP3 플레이어, 매체 재생기, 게임 장치가 있다.

근거(grounds): 어떤 주장을 뒷받침하는 증거나 믿음.

근거(grounds): 화자가 청자가 어떤 주장이 참이라고 믿기를 바람을 가지고 있는 이유.

안내 신호(guide signals): 담화에 대한 해석을 안내하기 위해 사용되는 체계적인 몸짓과 신체 일부분의 움직임으로 낱말에 대한 직접적인 대체 표현인 상징emblem이나, 말하고 있는 것을 그림으로 나타낸 예화illustrator, 감정을 보여주는 감정 표시affect display, 대화의 흐름을 다스리는 조정요소regulators 들이 있다.

해리(HARRY): 1980년대에 미국 카네기 멜른 대학에서 개발된 발화 인지 체계로 앞으로의 조사연구를 위한 원형으로 제공되었는데 방대한 어휘들을 사용하였다.

중심 낱말(head word): 발화에서 다른 구성성분들이 관련되어 있는 중심적인 어휘 항목.

청각(hearing): 음파가 전기 화학적 맥동으로 수용하고 변환되도록 해주는 물리적 과정.

히어세이(HEARSAY): 말소리로부터 화자의 의도를 복구하고 실시간으로 흐릿함과 불확실함을 해소하려고 하는 ASR(자동화된 발화 인식)에 대한 접근 방법.

진단적(heuristic): 컴퓨터 과학에서 해결 방법이 실제적인지 혹은 올바른 것이라고 증명될 수 있는지 여부를 무시하는 문제를 해결하기 위해 마련된 기법.

숨은 마르코프 방법(HMM: hidden Markov Methods): 속성 사진이나 틀인 발화의 문법적인 측면, 어휘적인 측면, 음운적 측면을 보여주는 통계적 확률.

부담감이 높은 시험(high-stakes assessment): 수험생에게 중요한 결과를 지니고 있는 평가의 형태로 통과가 학위나 승진과 같이 중요한 이로움을 가져올 수 있음.

유머(humour): 의사소통 이론에서 웃음을 불러일으키고 즐거움을 제공하는 특정의 인지적 경험의 경향.

i+1 수준(i+1 level): 어휘, 통사, 담화 자질, 길이와 복잡성의 측면에서 학습자의

현재 수준보다 조금 높은 입력물의 수준.

즉각적인 방식(immediate mode, 의식의): 현재의 구체적인 지시 표현을 다루어나가는 의식의 방향.

내포적인 저울눈(implicational scale): 같은 성분의 범주에 있는 문항들의 묶음(예를 들면 어휘 문항이나 문법 구조), 혹은 값에 따라 순서를 잡은 문항들의 묶음(발생의 빈도).

함축(implicature): 비록 표현되지는 않았거나 발화에 의해 엄격하게 수반되지는 않았지만 발화에서 암시된 의미.

함축적인 배경(implicit grounds): 청자가 추론할 수 있는 언급되지 않은 사실이나 증거.

활성화되지 않은 정보(inactive information): 청자에게 접속이 가능한 정보이지만 작업 기억에서 현재 사용되지 않은 정보.

불완전한 구문(incomplete structure): 발화에서 온전하게 갖추어지지 않은 구문.

불완전한 발화(incomplete utterance): 발화 도중에 마무리되지 않았거나 그만 둔 발화.

귀납 추론(induction): 구체적인 사실에서부터 일반적인 결론으로 나아가는 일과 관련되는 추론의 유형. 검토한 대상으로부터 검토되지 않은 대상에 대한 결론을 수립하기 위해 전제를 활용한다.

추론하기(inferencing, making inferences): 어떤 덩잇글을 이해하기 위하여 추론 과정이나 어떤 덩잇말에서 빠진 부분을 채워 넣기.

정보 뽑아내기(IE: Information Extraction): 기계가 읽을 수 있는 구조화되지 않은 문서들, 일반적으로 인간 언어의 덩잇글로부터 자연 언어 처리 방법으로 구조화된 정보를 자동적으로 뽑아내기 위한 목표를 지니고 있는 정보 회상의 유형.

정보 간격 메우기 과제(information gap task): 각자가 다른 사람이 가지지 않은 정보를 지니고 있는 상호작용의 유형.

정보 조작 이론(information manipulation theory): 발신자의 관점에서 잘못이라는 인상을 주기 위해 (메시지의 형태로) 정보 꾸러미들을 모으는 방법들을 다루는, 사람들 사이의 의사소통 처리를 바라보는 방법.

정보 처리 모형(information processing model): 언어 습득에서 의미론적 표상을 조정하고 비교하는 다섯 단계의 습득 절차.

침해하기(infringing): 대화 규범의 한계를 침해함.

내이(inner ear): 뼈로 된 미로로 이루어진 귀의 제일 안쪽 부분으로 두 가지 주요 기능을 하는 통로 체계이다. 듣기를 위한 달팽이관cochlea과 균형을 잡기 위한 전정기관vestibular이 있다.

속말하기(inner speech): 비고츠키 심리학에서 어린이들이 자신의 생각을 통하여 행동을 조정하고 전달하는 수단.

입력물 가설(input hypothesis): 언어 습득 이론에서 제2언어가, 이해 가능한 입력물comprehensible input을 받아들이거나 메시지를 이해함으로써 이해된다고 주장하는 가설.

입력물 처리 모형(input processing model): 언어 습득에서 입력물에 있는 새로운 특징들(음운, 어휘, 통사, 화용)에 대한 점진적인 알아차림이 제2언어를 습득하는 기본적인 방법이라고 가정하는, 언어 습득에 대한 정보 처리 모형.

섭취물(intake): 경험이나 덩잇글(말)로부터 학습자가 최종적으로 이해하거나 기억하는 인지적 표상.

통합(integration): 덩잇말에 의해 전달되는 정보가 청자가 이미 알고 있는 정보와 개념들과 결합된다는 것으로 이해에서 중심적인 처리 과정.

이해 가능한(intelligible, intelligibility): 발화가 얼마나 이해 가능한가 혹은 발화가 이해될 수 있는 정도에 대한 측정. 이해 가능성은 입말의 명료성, 파악 가능성, 정확성, 명시성에 영향을 받는다.

강도(intensity): 소리의 세기로 데시벨(dB)로 측정됨.

깊게 듣기(intensive listening): 실제로 말해진 것에 학습자가 자세히 주의집중하는 듣기 연습의 형태.

의도(intention): 상호작용에 따른 화자의 목표로 말하기의 결과로 청자가 하기를 바라는 것인데 언어표현 수행력perlocutionary force이라고 부른다. 자연언어 처리에서는 사용자가 추구하는 반응에 대한 분석이다.

상호작용 적응(interaction adaptation): 화자가 청자를 설득하고자 할 때 화자와 연루되어 있음을 보이기.

상호작용 능력(interactional competence): 해당 발화 공동체와 문화 안에서 다양한 의사소통 상황을 맞이하여 상호작용을 위하 대부분 적혀 있지 않은 규칙을 사용하고 앎.

상호작용 춤(ineractional dance): 상호 조화를 요구하면서 화자와 청자 사이에 언어를 통한 상호작용과 언어를 통하지 않은 상호작용.

상호작용 수준(interactional level): 참여자들 사이에 관계 지각과 관계 변화에 초점을 맞추는 담화 분석의 수준.

상호작용을 통한 듣기(interactive listening): 학습자가 정보를 발견하거나 해결방법을 타개해 나가기 위하여 협력 과제에서 언어로 다른 사람과 상호작용하는 듣기 연습의 형태.

상호작용 표지(interactive marker): 청자와의 관련성을 보이기 위해 발화에서 삽입되는 ('당신도 아시듯이'와 같은) 짧은 낱말과 구절들.

내적 맥락(internal context): 입력물과의 상호작용에 의해 유발되는 주관적인 경험으로 최근의 사건과 관련되는 기억에 의해 영향을 받는다.

국제 음성 부호(IPA: international phonetic alphabet): 주로 라틴 자모에 바탕을 둔 음성 표기 체계로 음운 자질phonetic features에 따라 구성되는데 입말 형태의 말소리에 대한 표준화된 표시방법으로 널리 쓰인다.

내부 감각(interoception): 인간의 신체 내적 체계에 대한 감각 자료의 조정 점검.

대인 기만 이론(interpersonal deception theory): 얼굴을 맞댄 의사소통에 몰두하는 동안 의식적인 차원과 잠재 의식 수준에서 실제적이거나 지각된 기만을 개인이 다루는 방식을 설명하는 방법.

해석자 노릇(interpreter role): 청자가 참여자로 지각된 상태에서 청자의 관점.

해석(interpreting): 의사소통 이론에서 이해에 도달하는 행위

해석 공동체(interpretive community): 해석에서 공동의 맥락과 경험을 공유하며 그와 같은 공통 사항들을 활용하는 어떤 동아리.

상호주관성 규칙들(intersubjective rule): 참여자들에 의해 서로 타개해 나가는 해석과 상호작용의 지침.

상호주관성(intersubjectivity): 주관성과 객관성 사이에 있는 어떤 조건을 기술하기 위하여 심리학과 철학에서 사용되는 용어로 개인적으로 (주관적으로) 경험되는 현상이지만 하나 이상의 주관, 즉 한 사람 이상에 의해 경험되는 현상이다.

얽혀 있는 텍스트성에 관련되는 유창성(intertextual competency): 다수의 다른 텍스트를 참고문헌으로 포함하는 복잡한 텍스트 특히 목표 문화에서 대중적인 텍스트를 이해할 수 있는 능력.

얽혀 있는 텍스트성(intertextuality): 어떤 텍스트의 의미를 다른 텍스트를 통해 구성함.

조정(intervention): 학습자의 정보를 처리하고 정보에 대한 생각을 바꾸기 위해 마련된 가르침 행위.

억양 묶기(intonation bracketing): 단위들이 개념에서 연결되어 있음을 보이기 위해 하나 이상의 억양 단위를 음운 집단으로 묶어주는데 이 경우 억양 단위의 마지막에 하강 억양이 점진적으로 더 낮아진다.

억양 단위(intonation units): 발화의 단위로 억양에서 가장 두드러진 하나의 억양이 나타나는 것으로 규정한다.

억양 단위(IU: intonation units)/음운 구절(P-phrase): 어휘 특성으로 강세를 받는 항목에 더하여 뒷받침하는 문법적인 요소로 구성된 음운 단위로 단일의 쉼 단위 안에서 발화된다.

아이러니(irony): 낱말 그 자체의 축자적인 의미에 반대인 의미를 전달하는 낱말의 사용.

전문가의 섬(island of expertise): 학습자가 관심의 초점 분야를 통해 언어가 발달한다는 언어 발달에서 쓰이는 개념.

문항 반응 이론(IRT: item response theory): 검사와 설문지의 점수 분석과 설계를 위한 모범 사례.

조각 맞추는 듣기(jigsaw listening): 학생들이 덩잇글의 서로 다른 부분을 듣고 정보를 주고받기 위해 짝을 이루는 학습 활동.

핵심어 방법(key word method): 학업을 위하여 핵심어, 연쇄, 약어에 초점을 맞추어 공책에 적어두는 방법.

동작(kinesic): 얼굴 표현이나 몸짓과 같은 신체 언어의 해석에 관련됨.

동작 신호(kinesic signal): 자세, 머리 움직임, 얼굴 신호를 포함하는 신체의 움직임.

지식 표상(knowledge representation): ASR(자동화된 발화 인식)에서 입력물에 있는 개체를 관련 있는 순서로 연결함.

지적 우위(knowledge superior), 지적 등위(knowledge equal), 지적 열세 지식(knowledge inferior): 어떤 참여자가 상호작용 수행에서 권위나 지적 우위를 보일 것으로 예상되는지 확인하는 상호작용의 참여자 틀 안에서 참여자에 딸린 속성.

이름 붙이기(labelling): 언어 습득에서 어떤 새로운 낱말을 습득하는 동안 어린이가 수행해야 하는 관련되는 세 가지 가운데 첫째이다. 어린이들은 사물에 대한 이름으로 사용될 수 있는 말소리의 연쇄를 발견하여야 한다.

언어에 초점을 맞춘 학습(language-focused learning): 언어 처리 기술에 더하여 언어 형식에 초점을 맞추는 언어교육에 대한 강조.

언어 일반적인 능력(language-general capacity): 어린이 언어 습득에서 어떤 세계의 언어에서든 유아가 있을 수 있는 음운 대립을 구별할 수 있는 능력을 가리키는 표현.

선택으로 배우기(learning by selection): 두뇌의 피질에 미리 감겨져 있는 종적인 특징을 활용하는, 학습에 대한 신경학적 모형.

통사 의미값(lemma): 언어학에서 어떤 통사 의미값lemma(복수형은 lemmas 혹은 lemmata)은 두 가지 가운데 하나이다. 사전편찬학에서 어떤 낱말에 대한 전형적인 형식, 사전 형식 혹은 인용 형식을 가리키며 심리언어학에서 발화 산출의 이른 단계에서 발화의 추상적인 개념 형식이다.

어휘 구절(lexical phrase): 자주 쓰이는 접어들이나 음운 단어로 이뤄진 형식적인 요소로 함께 해석되어 단일의 어휘 의미에 이바지함.

어휘 구분 전략(lexical segmentation strategies): 음운 원리에 바탕을 두고 발화의 흐름에서 낱말의 경계를 확인하는 방법.

어휘 전이(lexical transfer): 동족어의 활용을 포함하여 제2언어의 새로운 어휘 항목을 습득하기 위하여 자신의 제1언어 지식을 활용함.

어휘화된 조건 맞추기(lexicalised conditioning): ASR에서 사용자로부터 들어온 입력 자료에 무른모에 새로운 배열을 더할 수 있도록 해주는, 학습에 대한 순서화된 처리.

어휘 먼저 원리(lexis-first principle): 일차적으로 어휘에 초점을 맞추고 통사 구조를 무시함으로써 이뤄지는 메시지 이해.

리컷 저울눈(likert scale): 참여자들의 태도와 주관적인 반응을 측정하기 위한 등급화된 저울눈.

제한된 용량(limited capacity): 발화 처리에서 처리되는 자원과 주의집중에 대한 제한된 성질의 척도로 사람의 한계는 정보의 흐름 하나만 혹은 자질들의 한 묶음만 처리할 수 있는 능력이다.

언어적 환경(linguistic environment): 입력물의 원천이 되는 나날의 삶에서 청자를 둘러싸고 있는 자연스러운 환경이나 주변 환경.

언어적 의도(linguistic intention): 화자가 의도한 발화를 추정하기 위한 언어 지식의 활용하는 것으로 청자의 특징을 드러내는 낱말 인지에 대한 이론.

언어 처리(linguistic process): 음성 지각, 낱말 인지, 통사 분석.

언어 표상(linguistic representation): 자동화된 발화 인식에서 입력물로부터 도출된 요소들의 어떤 연쇄.

가청성 지표(listenability index): 날말의 복잡성과 같은 덩잇글 요인과 빠르기와 같은 전달 요인, 고유한 난도와 친숙성과 같은 인지적 요인들에 바탕을 두고 특정의 덩잇말에 대한 듣기 쉬운 정도.

청자의 더하기(listener enrichment): 화용론에서 입력물의 놓친 부분을 채우는 데서 청자의 역할을 기술하는 개념으로 청자는 듣는 도중에 상상력과 배경 지식을 더해 놓는다.

청자의 메시지(listener message): 화자의 계속 이어지는 메시지 속으로 통합되는 청자로부터의 반응.

청자의 관점(listener perspective): 의미를 구성하고 변형하기 위해 청자가 하는 행위를 포함하여 청자가 우위에 있는 관점으로부터 담화를 해석하기.

청취자로서 실마리(listenership cues): 화자에 집중하고 있음을 보여주기 위해 청자에 의해 제시되는 언어적인 신호와 비언어적인 신호의 묶음.

습득을 위한 듣기(listening for acquisition): 학습자가 장기적인 습득과 분석을 위한 목적으로 입말 입력물을 이용하는 학습 전략들.

이해를 위한 듣기(listening for comprehension): 말해지고 있는 언어에 대하여 더 많은 것을 배우려는 추가적인 의도 없이 말해진 것을 이해하고자 하는 의사소통 전략.

듣기 전략(listening strategies): 직접적으로 듣기 입력물을 회상하고 이해하는 데 이바지하는 기법이나 계획들. 듣기 전략들은 입력물을 어떻게 처리하는가에 의해 분류될 수 있다.

듣기 과제(listening task): 청각 입력물로부터 얻은 지식을 활용하면서 듣고 난 뒤 혹은 듣는 도중에 청자가 수행하는 활동.

듣기(listening): 입력물을 이해하고자 하는 의도적인 과정으로서 일반적으로 입력물은 입말 요소임.

논리적 추론(logical inference): 관찰한 내용이나 가설에 논리적인 실마리(귀납이나 연역)를 적용함으로써 혹은 어떤 패턴에서 다음의 논리적인 단계를 끼워넣음으로써 결론을 끌어내는 과정.

로고젠(logogen): 기억에서 맥락에 의해 촉발되는데 활성화되기 위해서는 문턱값에 이르러야 하는 낱말 인지의 단위.

장기 학습(long-term learning): 즉각적인 경험을 넘어서 지속되는 학습과 노력.

장기 기억(long-term memory): 의지에 따라 활성화되는, 관련 있는 신경 경로의 다발로 장기 기억 경로는 장기적인 강화 작용이라는 과정을 통해서 형성된다. 이 강화 작용은 신경의 구조에서 물리적 변화와 개입한다.

크기(loudness, 음성학): 소리의 세기로 데시벨(dB)로 측정된다.

낮은 행위 지향성(low action orientation): 청자가 담화에 거의 참여하지 않을 것이라고 기대하는 청자의 관점.

전자기적 조정(magnetic tuning): 어떤 언어에서 원형적인 말소리에 초점을 맞추는 신경학적 처리로 말소리 원형에 대하여 늘이고 강화함, 줄이고 약하게 함, 예민하게 함, 넓힘, 재조정함이 관련된다.

전달의 방식(manner of delivery): 말하는 속도, 쉼, 말더듬의 유형을 포함하는 화자의 말하기 방식.

의미정교화 모형(mathemagenic models): 학습된 자료의 기억 유지를 드높이고 전략들을 자리매김하도록 학습자들을 도우려고 하는 가르침의 전략.

품질의 규범(maxim of quality): 그라이스의 의사소통 규범 가운데 하나로 발화와 그것으로부터 이해한 것 사이의 연결을 설명하는 방법. 이 규범의 원래 형태는 이렇다. 즉 진실할 것. 거짓이라고 믿는 것을 말하지 말 것. 충분한 증거가 부족한 것에 대해 말하지 말 것.

맥거크 효과(McGurk Effect): 발화 지각에서 시각과 들을 것 사이의 상호작용을 보여주는 지각 현상

기억 교점(memory node): 고리로 연결된 일련의 점들로 이뤄진 기억 연결망에서 확인된 지점. 그 교점들은 개념, 낱말, 지각 자질들을 표상할 수 있다.

정신 표상(mental representation): 드는 도중에 청자가 어떻게 개념이나 관념을 붙들고 있는지를 설명하는 방법.

상위 인지적(metacognitive): 학습 전략들의 기술에서 상위 인지적 전략은 언어

사용 조건과 언어 처리에 대한 자각을 끌어올리기 위한 전략을 가리킨다.

상위 화용론(meta-pragmatic): 화용적 효력의 자각에 관련되는 것으로 특정의 맥락에서 발화가 하는 무엇이다.

운율 구분 전략(metrical segmentation strategy): '모든 강한 음절은 새로운 내용 단어의 시작일 가능성이 높다.'와 같은 운율에 대한 전략을 적용함으로써 발화의 흐름 안에서 낱말을 확인하는 방법.

마음 지도 개념틀(mind maps scheme): 개인적인 그림과 접속사를 만드는 일과 관련되는 공책에 적어두기 방법.

잘못 들음(mishearing): ASR에서 입력물이 분석과 들어맞지 않음.

부조화(mismatch): 개념 수준에서 화자의 의도와 청자의 이해 사이에서 차이.

부조화된 해석(mismatched interpretation): 화자의 의도와 다르게 청자가 수용 가능한 해석에 이르는 현상인데 이는 행위 틀이나 참여자 틀에서 차이에 원인이 있다.

오해(misunderstanding): 화자의 의도와 표가 나게 다른 청자의 해석

상호 주도 체계(mixed initiative system): 공동으로 작업하고 있는 사용자와 대리인(컴퓨터)의 행위가 교차 배치된 언어 이해 체계.

수정된 입력물(modified input): 입력물 수정은 입력물을 이해 가능하도록 하는 방법이다. 학습자에게 제공되기 전에 입력물을 사전에 고치는 방법이 있고(미리 고친 입력물), 상호작용을 통하여 입력물을 타개해 나가는 다른 방법이 있다(상호작용으로 고친 입력물).

점검하기(monitoring): 목표를 향한 교환활동에 주의를 기울이는 인지적인 활동.

기억의 구조화된 전송 단위(MOPs: memory organisational packets): 정보 과학에서 구체적인 사건들에 연결점을 포함하고 있는 일반화된 지식의 연결망.

모라(mora, μ로 나타냄): 반음절이나 음절 무게의 단위인데 일본 말이나 하와이 말과 같은 몇몇 언어에서 사용됨.

다차원 모형(multidimensional model): 개인별 차이(이를테면 동기부여)에 따라 나아지거나 나빠질 수 있는 발달의 연쇄에 바탕을 두고 있는, 언어 습득

에 대한 심리언어학 이론.

다중 시간 해결(multi-time resolution): 맥락을 이용하여 순행 분석과 소급하는 분석을 통한 낱말 인지와 관련된 처리.

상호 배타 전략(mutual exclusively strategies): 새로운 어휘 항목을 학습하기 위한 전략으로 학습자는 새롭게 확인된 개념에 이름을 붙이도록 새로운 낱말을 찾으려 한다.

발달의 상호성(mutuality of development): 어린이와 보호자가 공통의 발달 형태를 겪는다는 언어 발달과 인지 발달의 개념.

꼼꼼하게 듣기(narrow listening): 다른 관점으로부터 같은 주제를 다룬 풍부한 입력물을 찾는 데 초점을 맞춘 학습 기법.

자연 언어 습득(natural language acquisition): 공식적인 과정이나 교실수업, 교사가 끼어들지 않은 습득.

자연 순서 가설(natural order hypothesis): 언어 습득 이론에서 모든 언어 학습자들에게 습득의 순서가 있다면 모든 학습자들에 대하여 향상을 안내하고 그려볼 수 있는 일관된 방법이 틀림없이 있을 것이라는 가설.

의미 타개(negotiation meaning): 애초에 이해되지 않거나 오해한 것을 이해하기 위하여 능동적으로 상호작용에 참여함.

의미에 대한 타개(negotiation for meaning): 의미를 분명히 하기 위한 목적으로 하는 상호작용.

인접 밀집도(neighbourhood density): 의미 기억 연결망의 활성화와 관련되는 심리언어학적 개념으로 관련되는 개념들이 기억에서 활성화될 때 인접 개념의 밀집도가 더 크고, 좀 더 쉽게 접속 가능하다고 간주한다.

연결망 만들기 과제(network-building task): 낱말과 개념들 사이의 관계에 대한 이해를 나아지게 하기 위한 어휘 습득의 한 부분.

신경의 관여(neural commitment): 반복적이거나 낯익은 입력물을 처리하기 위해 점점 더 작은 신경 섬유를 이용한 처리.

신경의 관여(neural commitment): 반복적인 입력물을 처리하기 위해 점점 더 작은 신경 섬유를 이용한 처리인데 처리를 좀 더 효율적으로 하기 위해서이다.

신경 연결망 모형(NNs: neural net models): ASR에서 가장 적합한 것을 셈하기 위해 여러 겹을 이룬 층위, 즉 음운, 어휘, 통사에서 동시 처리에 기대고 있는 연산 모형.

뉴런(neurones): 신경 섬유를 구성하는 개별 신경 세포들로 상호작용하는 연결망을 구성한다(neurons로도 알려져 있다).

새로운 정보(new information): 청자에 쉽게 회상되지 않거나 알려지지 않았다고 가정되는 정보.

나이센의 정보 분석 방법(NIAM: Nijssen's information analysis methods): 개념 모형화 방법. 자료창고의 설계자가 응용 영역이나 담화 영역UoD: universe of discourse의 형식적인 모형을 세우는 상황에서 정보와 규칙의 분석을 위한 도구로 사용될 수 있다. 그리고 자연 언어뿐만 아니라 실제 세계의 사례들에 옮겨 적용될 수 있는 직관적인 도식을 사용함으로써 설계 과정을 단순화한다.

비토박이 화자 강세(NNS accents): 특정의 제1언어 배경을 지닌 제2언어 화자의 특징적인 말하기 방식.

몰이해(non-understanding): 발화에 대한 청자의 어떤 해석도 없음.

공책에 적어두기 비법(note-taking tips): 강의 도중에 적어두기와, 정보를 구조화하기 위해 강의자가 사용한 수사적 장치에 주의를 기울이도록 하는 구체적인 교수 지침.

알아차림(noticing): 언어 습득에서 발화 사건에서 일어난 일과 규칙성을 검색하는 처리.

오컴의 면도날(Occam's razer): '개체는 필요성을 넘어서 늘려서는 안 된다'는 규범에 바탕을 둔 상위이론적인 원리인데 이 원리의 결론은 가장 단순한 해결 방법이 일반적으로 유일하게 올바른 방법이라는 것이다.

실시간 과제(online tasks): 듣는 도중에 청자가 수행하는 과제.

존재론(ontology): 정보 과학에서 어떤 영역 안에서 일련의 개념들과 이들 개념들 사이의 관계를 통한 지식의 형식적인 표상이다.

열린 질문(open-ended question): 열려 있는 일련의 답변이 있는 질문으로 다양한 방법으로 답할 수 있다.

조작 원리(operating principles): 언어를 습득하기 위해 인간에 내재되어 있는 능력의 기저에 있는 인지 전략.

조작 단계(operation stage): 피아제 심리학에서 (여덟 살에서 열한 살에 이르는) 단계로 논리력을 발달시켜 나가지만 대체로 구체적인 지시 대상들에 기대고 있다.

의견 간격 메우기 과제(opinion gap task): 사전에 모르는 상대방의 의견을 찾아내기 위해 각자가 하는 상호작용의 유형.

벗어남(opting out): 특정의 대화 규범이라는 관례에 관여하지 않도록 선택함.

입말 능력(oracy): 제2언어 가르침에서 듣기를 포함하여 입말이 상대적인 역할과 관련한 교수 설계에서 쓰이는 개념.

방향 잡기(orientation): 주의집중의 두 번째 단계로 시간, 장소, 능동적인 행위주(사람이나 사물)라는 기준에 대한 자각이 끼어듦.

현시적 추론 과정(ostensive inferential process): 의사소통 이론에서 청자가 추론하는 것으로부터 수용 가능한 신호(실제 대상 가리킴ostension)를 제공함.

현시적인 신호들(ostensive signals): 들을 수 있는 낱말과 볼 수 있는 몸짓처럼 의사소통 목적을 위하여 만들어진 지각 가능한 신호들.

외이(outer ear): 귀의 외부적인 부분으로 귓바퀴, 외이도로 이뤄져 있다. 이 부분은 소리 에너지를 모으고 고막에 그것을 모아준다.

어휘를 벗어난 낱말들(out-of-vocabulary words): 자신의 어휘 지식 범위 밖에 있는 낱말들로 무의미한 낱말이거나 아직 습득하지 못한 낱말이다.

지나친 확장(overextension): 언어 습득에서 너무 폭넓은 개념들에 이름들을 적용하는 과정.

지나치게 많은 연결(overexuberance of connections): 어린이 언어 습득에서, 있을 수 있는 모든 음운 대립을 해 볼 수 있는데 셀 수 없이 많은 가능성을 어린이가 배우는 말들에서 실현되는 것으로 줄이도록 배운다는 개념.

엿듣는 이(overhearer): 발화가 직접적으로 의도하지 않은 청자.

보조 맞추기(pacing): 어떤 발화의 조음에서 화자의 속도와 시간 맞추기.

묶기 과업(packaging task): 같은 유형의 사물에 폭넓게 명칭을 적용하지만 동시에 적절할 경우에도 그 명칭을 제한하는 어휘 습득의 일부분.

계열 구조(paradigmatic structure): 기호학에서 개념으로 낱말의 의미에 대한 분석, 낱말들 사이의 의미 관계, 낱말 의미 그 자체의 심층적인 구조.

언어딸림 자질(paralinguistic features): (여러 낱말들에 걸쳐 적용되는) 언어의 초분절적인 측면인데 화자가 전달하는 의미에 색깔을 입히는 어조, 강세와 억양이 있다.

병렬 처리(parallel processing): 정보의 서로 다른 유형에 대한 동시 처리.

순행적 연쇄(paratactic sequencing): 시간 순서로 된 사건들의 연쇄.

나란히 늘어놓기(paratactic organization): 종속 접속의 사용 없이 짧고 단순한 문장을 선호하는 말하기 유형으로 일반적으로 직접적인 시간 연쇄로 전달된다(첫째로, 그 다음에, 그 뒤에 등).

계층 구조(parse): 문장 성분들의 계층적인 순서.

간결성의 원칙(parsimony principle): 최소한의 가정을 활용하면서 이용할 수 있는 가장 단순하거나 가장 검박한 경로를 활용함.

분석하기(parsing): 개별 사례들(음운적인 낱말)의 연쇄로 이뤄진 입력물을 문법적 구조를 결정하기 위해 분석해내는 처리.

참여자 틀(participants frame): 참여자로 이해되는 각자가 활동에서 하는 역할.

참여 지위(participatory status): 담화에 참여하거나 담화를 이끌기 혹은 담화의 산출물의 결정에서 어떤 사람의 인정된 권리(혹은 이런 권력의 부인).

파스칼(pascal): 음파에 의해 생겨난 압력 맥동에 측정(영역 분의 힘: p=F/A).

쉼의 단위(pause units): 발화의 단위로 발화의 터짐 시작과 끝에서 있는 경우로 규정한다.

멈추기(pausing): 발화의 일시적인 멈춤.

멈춘 과제(paused task): 시각 입력물이나 시청각 입력물이 청자가 과제를 마무리하도록 혹은 질문거리를 생성하도록 멈춘 듣기 과제.

지각된 사회적 거리(perceived social distance): 상호작용에서 어떤 참여자가 다른 참여자들과 비교하여 경험하는 상대적인 친숙성과 권위.

지각(perception): 음파와 같은 감각 자극의 원천에 대한 애초의 신경학적 반응인데 청각은 두뇌에 있는 피질 영역에 의해 수용되고 처리될 때에만 지각에 이른다고 간주한다.

지각에서 항등성(perceptual constancy): 음향에서 가변성을 너그럽게 다루면서 목표 말소리를 인지할 수 있는 능력.

지각에서 선(perceptual goodness): 어떤 발화 신호를 지각할 때 실제로 들은 것에 대한 결정은 자극 정보와 특정의 원형 값 사이의 상대적인 부합이나 일관성(말하자면 선)에 바탕을 두고 있다.

지각에서 전자기적 효과(perceptual magnet effect): 어린이가 그 언어에서 개별 음소에 대한 원형에 따라 음성 변이형을 인지하도록 배우는 심리적 과정.

발화 수행 행위 (performatives): 화행 이론에서 특정의 행위와 효과를 달성하도록 이용하는 사과하기, 초대하기, 불평하기, 축하하기와 같은 발화 행위.

허용(permission): 대화 분석에서 청자가 참여할 수 있도록 화자에 의해 승인됨.

음운 대조(phonetic contrasts): 의미 구별을 위해 활용되는 말소리 자질에서 알아차릴 수 있는 차이.

음운 자질(phonetic feature): 말소리의 산출에 영향을 미치는 조음에서의 구체적인 변수들. 자음의 경우 이들 변수는 조음의 위치(양순음, 순치음, 치음, 치경음, 구개음, 연구개음, 성문음)와 조음 운동의 유형(파열음, 비음, 마찰음, 설측음)이 포함된다. 모음의 경우, 이들 변수에는 혀의 위치와 입술의 모양이 포함된다.

음운론적 계층 구조(phonological hierarchy): 음운 발화의 영역이 점점 더 작아지는 계열.

음운론적 축약(phonological reduction): 말소리를 산출하는 데 필요로 하는 조음 노력의 줄어듦.

음운 되뇌임 임시 저장(phonological rehearsal loop): 측두엽에서 청각 처리와 전전두엽으로부터 나온 운동 처리를 연결하는 기억 처리.

음운 꼬리 붙이기(phonological tagging): (제1언어이든 제2언어이든) 언어 특징적인 실마리를 통하여 지식에 접속하는 방법.

음운 단어 혹은 운율 단어(ω로 표시됨): 음운 계층 구조에서 음절과 음보보다 상위에 있지만 억양 구절과 음운 구절보다 아래에 있는 요소.

음운배열 지식(phonotactic knowledge): 어떤 언어에서 허용 가능한 음성과 연쇄들에 대한 지식.

음운배열 체계(phonotactic system): 형태소의 허용 가능한 결합과 성조 연쇄에 대하여 어떤 언어에 포함되어 있는 말소리의 체계.

높낮이(pitch): 음운론에서 어떤 말소리에 대해 지각된 기본적인 주파수를 나타낸다. 소리의 크기, 음색, 말소리 원천의 위치를 포함하여 말소리의 주요한 네 가지 청각 속성 가운데 하나이다.

납득할 만한 의도(plausible intention): 말한 것으로 화자가 이루고자 의도하였던 것에 대한 가정으로서 청자에 의해 이뤄지는 필수적인 추론 과정.

공손법(politeness): 화용론에서 '체면'의 위협을 줄이려는 의도를 표현하거나 긍정적인 사회적 가치의 표현.

공손법 전략(politeness strategies): 담화에서 체면을 위협하는 행위가 사용되었을 때 청자의 체면을 세워주기 위해 메시지를 형식화하는 방법들.

화용적 능력(pragmatic competence): 다른 화자의 의도를 이해하는 일반적인 능력으로 화자의 감정이나 태도에 대한 이해를 가리킨다.

화용적 이해(pragmatic comprehend): 화자의 의도를 이해하는 구체적인 이해를 가리키는데 화자의 태도와 감정에 대한 이해를 가리킨다.

화용적 처리(pragmatic process): 의미의 일부로서 사건의 화용적 요소들에 대한 자각과 통합.

선호되는 담화 유형(preferred discourse pattern): 언어 사용자에게 가장 친숙하고 가장 편안한 담화 발언 교체의 연쇄.

선호되는 반응(preferred response): 최소한의 노력으로 주고받는 행위를 마무리하는 것으로 청자나 화자가 기대하는 반응.

듣기 전(pre-listening): 듣기를 위해 학생들을 준비하도록 마련된 가르침의 국면.

전조작 단계(preoperation stage): 피아제 학파의 심리학에서 (세 살에서 일곱 살에 이르는 기간으로) 어린이의 지능이 직관적인 사고에 의해 주도되는 시기.

제시 실마리(presentation cues): 비교적 '최신의' 정보임을 보여주는 언어적 신호와 언어딸림 신호.

의미에 대한 일차적인 초점(primary focus on meaning): 언어 형식보다는 개념이나 생각에 학습자들이 초점을 맞추도록 이끄는 가르침 전략.

점화(priming): 어떤 자극에 대한 접촉이 뒤따르는 자극의 반응에 영향을 미치는 기억 효과.

점화 효과(priming effect): 관련된 개념들이나 판에 박힌 경로들의 활성화에 따라 어떤 갈래의 정보를 처리하도록 준비하게 하는, 단기 기억에 대한 자극.

최소 노력의 원리(principle of least effort): 이용 가능한 가장 짧은 시간에 말할 수 있는 것을 최대화하기 위해 조음 노력을 화자가 최소하고자 하는 언어 산출의 원리.

확률에 따른 문맥 자유 문법(PCFG: probabilistic context-free grammar): ASR에서 쓰이는 것으로 들어오는 발화가 적형식임을 보장해주는 통사 규칙의 체계.

문제 해결 과정(problem-solving process): 어떤 덩잇말에서 특정의 이해 문제를 해결하고자 하는 것을 목표로 하는, 초점화된 추론 과정.

처리하기 가르침(processing instruction): 가르침 과제가 학습자들이 알아차리고 배워야 할 필요가 있는 문법 자질들에 대한 예측에 바탕을 두고 마련되는 가르침의 형태.

투영(projection): 화자의 다음 말할 차례를 지지해주는 청자의 행위.

두드러짐(prominence): 화자에 의해 어휘적 구조화, 문법적 구조화 혹은 음운적인 구조화를 통해 표시되는, 발화에서 제1의 초점.

교정을 위한 듣기(proof listening): 여러 차례 되살피기를 하지 않는다면 알아차리지 못할 수도 있는 특정의 자질들을 계속해서 확인하면서 학습자가 자연스러운 입말 발화에서 나온 전사 대본을 여러 차례 되살피도록 하기 위해 마련된 학습 절차.

명제(proposition): 심리언어학에서 의미 관계에서 둘 또는 그 이상의 어휘 개념들로 이뤄진, 기억에서 생각 단위.

명제 모형(propositional model): 언어 이해에 대한 계산주의 심리언어학 모형으로 처리 기제는 어휘가 주도를 하며 입력물에 있는 어휘 항목들의 관계를 사상한다.

원형(prototype): 변이형태를 확인하기 위한 참고 기준으로 제공되는 (생각이나 음성, 이미지의) 이상적인 형식이나 순수 형식에 대한 정신 모형.

원형 이론(prototype theory): 인지 과학에서 어떤 범주에 드는 구성원들이 다른 것들보다 더 중심에 있다는 것으로 등급화된 범주화의 방식.

원형적인 배경(prototypical settings): 청자의 개인적인 경험에 바탕을 둔 전형적인 경우로 어떤 기술의 토대가 된다고 가정한다.

근접 영역(혹은 근접 발달 영역, proximal zone): 학습자가 도움 없이 할 수 없는 것과 도움으로 할 수 있는 것 사이의 차이.

청각심리 효과(psychoacoustic effects): 낱말을 인식하고 말소리를 처리하기 위하여 예상하고 지각한 말소리를 활용하는 처리.

청각심리적 요인(psychoacoustic elements): 주파수, 어조, 지속 시간, 강도에 따라 청자에 의해 구별되는 음파의 물리적 구성요소.

심리적 거리(psychological distance): 학습자와 목표 언어의 문화 사이의 간격.

심리적 실제(psychological reality): 경험의 실생활 관련성이나 신뢰성, 경험

주체에 대한 적합성.

심리적으로 타당한(psychologically valid): 의사 결정 과정이나 설계 과정의 일부로서 언어 사용자에 의해 확인 가능하고 실제적인 인간 행위를 모형화한.

심리적 타당성(psychological validity): 어떤 행위나 평가의 기저에 있는 가치에 대하여 학습자의 인지를 강조하는 타당성의 한 형태.

순전한 받아쓰기(pure dictation): 화자가 발화하는 정확한 낱말을 학습자가 옮겨 적는 듣기 연습의 한 형태.

강제적인 산출(pushed output): 학습자에게 습득의 발달 과정의 속도를 높이기 위하여 부담이 큰 요구 조건에서 학습자가 습득하지 않은 구조를 활용하도록 하는 요구.

강제적인 산출 과제(pushed output task): 학습자로 하여금 들은 것을 발화나 쓰기의 형식으로 분명하게 말하게 하는 과제들.

말하기의 속도(rates of speaking): 화자에 따라 그리고 발화의 부분으로서 다양한, 말하기의 속도.

이독성 지표(readability index, 이독성 검사, 이독성 공식, 이독성 행렬이라고도 부름): 음절, 낱말들, 문장과 문법에서 복잡성을 셈함으로써 일반적로 덩잇글의 이독성을 평가하기 위한 공식.

준비되었음(readiness): 주의집중이 점화된 화자의 준비 상태로 대화 분석에서는 맞장구를 통해 알려질 수 있다.

실시간 추론(real time reasoning): 이해 도중에 이용되는 논리적 처리로 시간이나 처리 제약 때문에 청자가 추론에서 손쉬운 방법을 취하기 때문에 종종 잘못을 저지른다.

리프(REAP, 읽고 등재하며 주석을 달고 숙고함): 읽기 어려운 과제들에 대한 학습 전략과 읽기 능력을 평가하기 위한 절차.

즐거움을 위한 읽기/듣기(reading/listening for pleasure): 학습자들의 자유 의지에 따라 학습자들이 하는 읽기나 듣기를 강조하는 읽기나 듣기 가르침에 대한 접근 방법.

회상하기(recall): 덩잇말에 있는 정보나 사건에 주의집중을 되살리다.

고쳐 말하기(recast): 다시 언급하고 좀 더 정확하거나 알맞은 형식을 강조함.

수신인 두려움(receiver apprehension, 혹은 의사소통 두려움): 어떤 참여자가 이해를 시켜야 할 것에 대한 기대 때문에 불안감을 경험하는 심리언어학적인 현상.

수용(reception): 어떤 메시지를 받았음을 분명하게 알려주기.

인지 어휘(recognition vocabulary): 맥락 단서의 사용 없이 청자가 쉽게 인식하고 해석할 수 있는 어휘 항목.

줄어진 간소화(reductive (restrictive) simplification): 이해에서 최적의 결과를 얻으려는 목적에 이바지 하는 덩잇말 간소화 전략의 유형.

참조 점(reference): 심리언어학에서 입력물에 있는 특정의 요소에 대응하는 기억 교점.

참조 틀(reference frame): 입력물을 해석하는 데 필요한 요소들의 집합. 필수적인 문법 구성요소와 수의적인 구성요소로 이뤄진 통사적 참조 틀이거나 해석을 위해 필요한 물리적 요소와 감정적 요소, 문화적 요소로 이뤄진 의미론적인 참조 틀일 수 있다.

되살핌(reflection): 입력물을 멈추고 청자에게 생각하고 있는 것이 무엇인지 물음으로써 청자의 이해를 평가하는 방법.

지역별 말씨(regional accent)[10]: 다양한 변이형태들 사이에서 어떤 규범 언어의 발음에서 확인 가능한 변이형태인데 주로 지역 방언의 낱소리들로부터 비롯된다.

지역별 토박이 화자의 말씨(regional NS accents): 특정 지역의 말하기 특성에 따른 방법.

---

10) 어휘, 문법 체계까지 포함하는 '방언(dialect)', 즉 사투리와, 단순히 발음만을 지칭하는 용어인 '말씨(accent)'를 구분하기도 한다. '말씨'는 한 화자가 어느 지역 또는 어느 사회 계층의 출신인지를 알려주는 발음상의 특징에 대한 축적된 음향적 효과(cumulative auditory effect)로서, 이는 다시 지역별 말씨(regional accent)와 사회 말씨(social accent)로 나뉜다(네이버, 『방언학사전』).

개체들 사이의 관계(relationship between entities): 정보 과학에서 단일 단위로 계산될 수 있도록 허용된 두 항목들 사이의 계획된 연결.

적합성(relevance): 해당 목표에 대하여 어떤 사람에게 어떻게 적절하고 연결되며 적용 가능한가에 대한 감각.

적합성 이론(relevance theory): 적합하다고 생각하는 정보에 본능적으로 사람의 마음이 반응하는 경향에 기대어 의사소통을 설명하려고 하는 제안.

적절한 입력물(relevant input): 청자에게 직접적인 중요성이 있는 갈래, 주제, 문체.

잘못된 듣기에 대한 고치기 전략(repair strategies for misunderstanding): 이해에서 어려움을 고치거나 관리하는 방법들.

공명(resonance): 지엽적인 기억에서 인지된 자료들을 유지하고 있는 동안 청자가 들어오고 있는, 처리되지 않는 자료에 초점을 맞출 수 있도록 신경회로가 지엽적인 임시 저장고에 검색되고 있는 언어 형태를 성공적으로 복사하는 기억 처리.

반응(response): 의사소통 이론에서, 질문하기나 부연하기와 같이 언어적인 기여를 하며 이해를 보여주는 비언어적 되짚어 주기.

반응 처리하기(response processing): 자연 언어 처리(NLP)에서 반응 유형에 대한 일련의 묶음으로부터 적절한 반응을 결정하기 위한 입력물 처리하기.

반응하며 듣기(responsive listening): 청자가 자신의 의견과 생각을 전달하고 반응하는 기회를 찾는 듣기 연습의 한 형태.

망상활성 시스템(RAS: Reticular Activating System): (망상체와 그 연결까지도 포함하는) 두뇌의 영역으로 각성과 잠-깨어남 전환을 조정하는 역할을 도맡는다.

내성(retrospection): 청자에게 이해한 것을 알려주게 하거나 어떤 인지 처리를 하는지 알려주게 함으로써 청자의 이해를 평가하는 방법.

올림조(rising tones): 어떤 발화의 끝에 소리의 높이를 올림.

역할극(role play): 가상의 주고받음 행위를 마무리하기 위해 참여자들이 역할을 떠맡는 상호작용의 유형.

규칙들(rules): 대화 분석에서 말할 차례와 경로뿐만 아니라 상호 추론을 위한 규칙들을 포함하여 상호작용을 유도하는 규칙들.

규칙 공간 방법(RSM: rule space methodology): 문항 반응 이론(IRT) 안에서 수험자들 사이의 반응 유형을 밝히고 한 무리의 문항들로 측정하는 특성이나 능력을 자리매김하기 위한 통계적 기법.

표본화(sampling): 어떤 신호의 한정된 발췌 부분들이 인지되는 지각상의 처리로 신호에 대한 실제적인 인지를 산출하기 위한 보완과 간섭이 이뤄진다.[11)]

연성(sandhi): 형태소나 낱말 경계에서 특히 말소리의 변형과 뒤섞음에서 일어나는 다양한 범위의 음운론적 처리를 아우르는 용어.

체면 유지(save face): 훼손, 잃음, 파멸 특히 창피함, 신용을 잃음, 명성이나 평판으로부터 지키거나 보호하거나 유지함.

개념틀(schemata): 무엇에 대한 가정이나 지식을 구성하는 구조이며 정보를 해석하고 처리하기 위해 쓰인다. 심리언어학에서 이 용어는 여러 겹의 의미로 쓰인다. 세계의 여러 측면을 표상하는 정신의 구조나 이미 형성되어 있는 생각의 다발, 행위나 생각의 짜여 있는 유형, 구체적인 주제를 중심으로 하는 정신 얼개를 가리키는데 사회적인 정보를 구성하는 데 도움을 준다.

개념틀 빈칸(schematic slots): 청자가 화자의 모형에 있다고 가정하는 개념틀의 구성 부분으로 청자는 제시된 증거가 다른 방식으로 적용되지 않는다면 '기본값'에 의해 빈칸들을 채울 것이다.

각본(scripts): 연쇄들이나 사건 안에서 그것들에 대한 전형적인 지식. 각본은 어떤 사건 안에서 일어난 사건의 시간에 따른 순서들에 대한 일반화된 지식을 포함하고 있다. 원형prototype은 어떤 대상들의 특정 부류에 대한 추상인

---

11) 이런 과정을 실제로 모의하는 모습은 정보통신 분야에서 보여준다. 이 용어도 그 분야에서 사용되는 용어를 빌려 썼다.

반면 구체 사례는 어떤 대상들의 묶음에서 대표적인 것으로 간주되는 구체적인 보기이다.

두 번째 국면(second pass): 통사 처리에서 청자에 의해 문장 수준의 분석을 담화 수준의 분석으로 통합하는 국면이다.

분절음(segment): 음절과 낱말을 개별 음소들로 이를테면 cat에서 [k], [æ], [t]이 있다.

구분(segmentation): 발화 지각에서 내적인 비교를 하기 위해 선택한 단위를 조각내는 과정.

선택적 주의집중(selective attention): 여러 겹의 자원이나 정보의 흐름이 제시될 때는 언제나 일어나는 인지 과정으로 결정, 처리되고 있는 자원의 관여와 관련이 있다.

선택적인 듣기(selective listening): 학습자가 의미 있는 방식으로 정보를 활용하거나 구성하고 핵심 정보를 뽑아내려고 하는 듣기 연습의 한 형태.

의미 단서(semantic cue): 입력물을 독자들이 해득하고 이해하는 데 도움을 주는 주변 맥락에서 의미에 바탕을 둔 처리 실마리로 여기에는 격 표지, 어순, 유정성animacy이 포함될 수 있다.

의미 연산자(semantic operator): 자연 언어 처리에서 컴퓨터가 영향을 미칠 수 있는 특정 관계들의 묶음으로 명제들을 변환시키는 '동작 개시자'이다.

의미 처리(semantic processing): 낱말들을 개념과 연결하고 기억에 있는 개념 틀에 접속하기.

의미 역할 딱지 붙이기(semantic role labelling): 컴퓨터 과학에서 개체를 행위주나 목적지, 시간과 같은 의미역으로 지정하기.

의미론적으로 조건적인(contingent): 어린이가 이미 주의를 기울이고 있는 사건이나 사물에 관련되는 성질.

반 활성화 상태(semi-active state): 정보가 사전에 활성화된 주의집중의 상태이지만 작업 기억으로부터 줄어들고 있는 상태.

반언어적인 발화(semi-verbal utterances): '어-어나 음'처럼 부분적인 낱말이나 낱말이 아닌 것으로 이뤄진 발화.

감지하기(sensing): 의사소통 이론에서 메시지를 받아들이는 행위.

감각 운동 단계(sensorimotor stage): 피아제 심리학에서 (출생에서 두 돌에 이르는) 단계로 어린이의 지능이 운동 행위의 형태를 취하게 된다.

문장 수준(sentence level): 단일 문장, 즉 동사 하나와 다른 구성성분들로 제한되는 분석의 크기.

내용 보호를 받는 가르침(sheltered instruction): 언어와 내용을 통합하는 가르침에 대한 접근법의 하나. 내용으로부터 보호를 받는 가르침은 두 개의 목표를 지니는데 하나는 수준에 따라 등급화된 내용, 주류가 되는 내용에 대한 접속을 하게 하는 것이며, 다른 하나는 제2언어의 유창성 발달을 촉진하는 것이다.

단기 기억(STM: Short Term Memory): 활성화 상태로 적은 양의 정보만을 마음에 유지할 수 있는 능력을 지니는데 단기간에 쉽게 이용 가능한 상태이다(일차 기억이나 활성화 기억이라고도 한다).

단기 기억(short-term memory): 신경생물학에서 단기 기억은 되뇌임 처리나 의미 있는 연상을 통하여 장기 기억이 될 수 있는 신경 연결망을 일시적으로 유지한다.

단원 부호화(single coding): 장기 기억에서, 제1언어와 제2언어 사용에서 같은 경로를 지니고 있는 지식의 저장 유형.

단일 주도 체계(single initiative system): 공동의 일을 하고 있는 사용자와 대리인(컴퓨터)의 행위가 고정되어 있는 언어 이해 체계.

정현파 자극(sinusoidal stimulation): 액체로 둘러싸여 있으며, 수천 개의 신경섬유가 있는 달팽이관 내부의 내막에서 일어나는 처리로, 움직임에 반응한다.

현재 상황에 매여 있음(situated presence): 물리적으로 현재 맥락에 바탕을 두고 있는 것으로서 마음의 특징인데 어떤 사람이 마주치는 사건이나 언어의 의미에 기여한다.

상황 모형(situational model, 혹은 정신 모형이라고도 함): 배움에서 덩잇글이 대하여 있는, 참조 가능하고 정신적인 영역이 관련되어 있는 기억과 학습의 모형인데 이 상황 모형에는 어떤 덩잇글 안에서 관계나 사건들의 시간 연쇄, 인과 연쇄, 공간 연쇄가 포함되어 있다.

사회적(social): 학습 전략의 기술에서 사회적인 전략들은 대화 참여자들의 자각을 드높이는 일과 학습 효과를 높이기 위한 상호작용의 방법을 가리킨다.

사회적 조정(social accommodation): 다른 사람의 행위 표준이나 언어 표준을 향하여 대화 참여자들이 서로 움직여 가는 것을 가리키는 사회 심리학 용어.

사회적 얼개(social frameworks): 인간 조직이나 공동태의 다양한 구성원들과 부분들을 연결하고 뒷받침하는 기저의 구조.

사회문화 이론(SCT: sociocultural theory): 이 이론에서는 언어 학습이 복잡한 활동이며 사회적으로 매여 있는 현상임을 가정한다. SCT 안에서 학습자의 목표와 동기는 가장 중요한데 사회 환경 안에서 학습자의 지각 그 자체이기 때문이다.

마음에 대한 사회 문화 이론(sociocultural theory of mind): 인간 발달의 특이성을 유일하게 탐구하고 높은 수준의 심리 기능들을 연구하고 조작할 수 있는 방법들을 탐구한 비고츠키의 원래 이론.

유대감(solidarity): 청자가 화자에게 공감하거나 친밀감을 보여주는 일을 언급하는 의사소통 효율성에 대한 참고 전략

음형대(sound formants): 인간 발화의 변별적인 주파수 구성성분. 음형대는 화자의 조음 운동에 의해 결정된다.

띠를 이룬 정보(spectral information): 발화에서 전기적인 사상(지속시간, 세기, 높낮이의 사상)을 통하여 자료가 전달된다. 스펙트로그램은 시간에 따라 변화하는 신호의 음파 밀집도를 보여주는 그림이다. 음향기록(sonogram, voiceprint, voicegram)으로도 알려져 있는데 스텍트로그램은 발화 처리를 위하여 음성을 분석하고 음운을 확인하기 위하여 사용된다. 음향기록을 생성하는 기구는 분광기(spectrograph)이나 음향기록 장치(sonograph)라 부른다.

스펙트럼 처리(spectral processing): 조화와 가락을 검색하고 다른 형태의 입력물과 통합하는 처리의 한 형태.

발화 인지(또한 자동화된 발화 인지(ASR: automated speech recognition), 인간 발화 인지(HSR: human speech recognition, 컴퓨터 발화 인지(computer speech recognition)로도 알려져 있음): 입말 낱말들을 덩잇글로 바꾸는 과정.

발달 단계(stage of development): 사람이 그 다음 단계에 도달하기 전에 모든 학습자들이 통과해야 하는 문턱과 기준을 자리매김하는 발달 모형.

통계적 계산(statistical calculation): ASR에서 들어오는 발화 조각들이 자료 저장고에서 가장 가까운 형판에 부합하도록 하는, 통계적인 유형-대응 기법.

전략(strategies): 복잡한 과제에 대한 대응 행위 계획.

현재 사용을 위한 전략들(strategies for current use): 맥락에서 학습을 최대화하고자 하는 학습 전략들의 범주로 복구 전략retrieval strategies, 연습 전략, (통제를 발휘하기 위하여 사용하는) 내현 전략covert strategy과 (메시지를 받아들이고 전달하기 위한) 의사소통 전략들이 포함된다.

스트래스카일드(Strathcylde): 어휘 항목과 적합성에 가중치를 두는 신뢰도 공식.

구조 형성(structure building): 학습자가 기억에서 개념을 언어와 개념을 관련지으며 적합성과 의미연결을 찾아내려는 방식으로 실제 세계에서 언어와 지시표현을 연결하려는 것으로 이해를 바라보는 관점.

구조 형성 틀(structure building framework): 청자가 개념들을 내적으로 연결하여 이해가 이뤄지는 구성 절차.

하위 연결망(sub-net): ASR에서 특정의 의미 내용을 표현하기 위하여 허용 가능한 통사적 형식을 규정하는 문법 분석 연결망의 한 부분.

상올리브 핵(superior olivary complex): 청각 신경과 접촉하는 두뇌의 내부 영역인데 듣기에서 조정의 역할을 한다. 중앙 상올리브MSO는 말소리의 주파수 차이와 시간을 재는 특성화된 핵이고 측면의 상올리브LSO는 음성의 강도를 측정한다.

우월한 지위(superior position, superiority position): 한쪽이 다른 쪽이 지니지

않은 지식이나 힘을 가졌다고 주장하는 상호작용에서 지위.

상위 수준(superordinate level): ASR의 입력물 분석에서 문장의 첫 번째 틀인 데 내포되어 있는 수준들 포함할 수 있다.

뒷받침하는 증거(supporting grounds): 결론이 토대로 삼은 논증의 사실적인 근거 혹은 증거가 되는 근거로서 화자가 말하는 것에서 명시적일 수도 그렇지 않을 수도 있으며 그에 따라 청자에 의해 참이라고 가정될 수도 그렇지 않을 수도 있다.

억제(suppression): 특정의 의미 연결망으로부터 다른 곳으로 주의집중의 초점을 돌리는 인지적 처리의 한 형태.

음절(syllable): 발화 음성 연쇄 구성의 단위. 음절은 다음의 부분들로 이뤄진다. 즉, (어떤 언어에서는 필수적이고, 어떤 언어에서는 수의적이거나 제약을 받는) 기저부에 더하여 (일반적으로 대부분의 언어에서 필수적인 개방모음인) 핵과 (일반적으로 자음으로 어떤 언어에서는 선택적이고 제약을 받거나 금지되기도 하는) 종결부로 이뤄지는 운rime이 있다.

상징화(symbolization): 언어 습득에서 어린이가 말소리와 대상, 의미 사이의 연결을 이해할 수 있는 처리.

통사적 강세(syntactic accent): 제2언어에서 말할 때 제1언어의 문법과 구조 유형을 지나치게 사용하는 경향.

통사적 강세(syntactic accent): 문장 해석에서 제2언어의 산출과 수용에서 제1언어의 통사적 환경을 유지하려고 하는 경향.

통사적 조회 지도(syntactic reference map): 어떤 발화를 해득하고 난 뒤에 화자에 의해 사용된 통사 구문에 대한 기억 흔적.

순차적인 구조(syntagmatic structure): 기호학에서 개념으로 표면 구조에 대한 분석.

동조적인(syntonic): 화자의 믿음 체계와 조화를 이루는 방식으로 반응하는, 청자가 추구하는 유대감.

체계 문법(systemic grammar): '의미의 생성을 위해 선택내용들의 상호관련된 묶음 혹은 체계들의 연결망'으로 언어를 바라보는 사회언어학에서 사용되는 문법 모형.

꼬리표(tags): ASR 분석에서 꼬리표들은 어떻게 구성성분들이 핵어와 관련되는지를 나타내는 지표이다.

공책에 적어두기(take note): 뒤의 회상이나 재구성에 도움을 받기 위해 덩잇말에서 나온 실마리를 글말의 형식으로 능동적으로 적어두기.

목표 언어 사용 영역(TLU domain): 학습자가 평가에서 적합하다고 할 만한 것으로 평가 영역의 바깥에서 몰두하고 있는 구체적인 언어 사용 과제들의 묶음.

과정으로서 과제(task-as-process): 목표로 삼은 사회언어적 처리가 마련되어 있는 과제.

공부 계획으로서 과제(task-as-workplan): 자리매김이 가능한 외적 목표가 있는 학습 과제.

형판(template): 언어 습득에서 학습을 촉진하기 위해 머리에 내장된 특정 형식(말소리, 낱말, 통사적 유형)을 위한 신경 연쇄.

형판 대응시키기(template matching): ASR에서 틀을 대응시켜 나가는 절차. 형판에는 낱말 각각의 전형적인 발화에 대응하는 일련의 형판들을 포함한다. 발화의 연쇄가 발화되었을 때, 형판 유형들이 입력물과 있을 수 있는 낱말, 낱말들의 연쇄 사이의 최소한의 차이나 거리를 재기 위해 틀 유형들이 대응된다.

측두엽(temporal lobe): 상측두회STG의 후반부에 있는 두뇌의 주요 부분으로 횡측두회에도 편입되어 있다. 이는 들어오는 청각 정보를 처리하는 두뇌의 첫 번째 구조이다.

임시 처리(temporal process): 말소리를 포함하여 입력물을 늘어놓는 감각 처리의 한 형태.

덩잇글 기반 모형(textbase model): 학습에는 덩잇글에서 의미론적인 의미를 붙들지만 표면적인 부호들의 세부내용들을 잃어버리고, 불필요한 부분을 모두 제거한 명시적인 명제들의 표상에 관련된다는, 학습과 기억의 모형.

텍스트 언어학(text linguistics): 의사소통 체계로 덩잇글을 다루어나가는 언어학의 한 분야. 텍스트 언어학에서는 어떤 덩잇글의 형태를 고려하지만 상황, 즉 상호작용 맥락과 의사소통 맥락에서 그것이 놓여 있는 방식도 고려한다.

생각 소리 낸 반응기록(think-aloud protocol): 어떤 과제를 수행하는 동안 실험 참여자들에게 자발적으로 소리를 내도록 요구하는 조사연구 도구의 하나인데 이런 입말 보고를 인지 처리의 증거로 활용하고자 하는 의도가 있다.

어조(tone): 진동에 의해 만들어진 음파의 유형. 이 유형의 복잡도나 순도가 어떤 말소리의 명료성을 결정한다.

강세의 두드러짐(tonic prominence): 억양 단위에서 일차 강세.

음위상 조직(tonotopic organization): 지각된 어조가 자극을 받은 피질의 영역에 관련되는 청각 피질의 기능에 대한 이론. 높은 특성 주파수를 지니고 있는 신경 섬유들이 신경 다발들의 바깥 주변부에서 발견되는데 신경 다발의 중심부를 향하여 순서대로 특성 주파수를 지닌 신경 섬유들이 줄어든다.

하향 처리(top down processing): 표상을 구성할 때 더 높은 수준의 정신 처리에 의해 유도되는 정보 처리인데 우리의 경험과 예상을 끌어들인다.

하향 처리 전략(top-down strategies): 청자가 이해를 위해 기본으로 하는 전략들. 청자는 주제에 대한 배경 지식과 상황이나 맥락, 덩잇글의 유형, 언어표현을 입력한다. 이 배경 지식은 청자가 들었던 것을 해석하고 다음에 올 것을 예측하는 데 도움을 주는 일련의 기댓값 묶음을 활성화한다.

주제-평언 구조(topic-comment structure): 주제가 먼저 언급되고, 그것에 관련되는 정보가 뒤따르는 언어표현의 특징.

주제 전환(topic shift): 대화나 독백의 주제를 바꾸기.

상위 수준의 (일반적인) 능력(top-level (general) abilities): 어떤 구성물 안에서 좀 더 구체적인 능력과 상호작용하거나 영향을 미치는 능력들인데 듣기의 경우 어휘 인지가 구체적인 낱말들에 대한 듣기, 즉 하위 수준의 듣기, 특정 기술에 매인 능력에 영향을 미치는 상위 수준의 능력이다.

훈련을 위한 자료(training data): ASR에서 무른모가 들어오는 발화에 대응하기 위해 활용하는 입말과 글말 구조의 핵심.

자료 저장고 훈련(training of database): 발화 인지 무른모에서 들어오는 발화에 대응시키기 위한 형판을 활용하기 위한 입말 자료를 제공하는 일.

처리 수준(transaction level): 담화에서 성취되고, 주고받은 것에 초점을 모으는, 담화 분석의 수준.

처리 결과(transactional outcomes): 상호작용의 결과로 실제로 성취된 무엇.

변환한다(transduce)/변환(transduction): 어떤 형태의 힘을 다른 형태의 힘으로 바꾸는 처리로 듣기의 경우 달팽이관에 있는 액체의 기계적인 움직임을 신경 활성화로 변환한다.

변하는 요소들(transitional elements): 시간이나 관점, 구성에서 전환은 알려주는 언어적인 장치들.

글자 번역(transliteration): 어떤 한 형태의 필기 체계에서 다른 형태의 필기 체계로 체계적으로 바꾸기.

횡측두회(transverse temporal gyri): 들어오는 청각 정보를 처음으로 처리하는 피질 구조.

횡측두회(transverse temporal gyri): 들어오는 청각 정보를 처리하는 최초의 피질 구조로 두뇌의 상측두회의 일부분이다.

음운 번역(transvocalisation): 빌린 언어로부터 음소배열 체계만을 활용하여 어떤 음운 체계에서 다른 음운 체계로 어떤 덩잇말을 체계적으로 바꾸는 방법.

삼각측량(triangulation): 분석의 깊이를 더하기 위하여 같은 자료에 여러 관점들을 확보하는 조사연구 과정.

기폭 낱말(trigger words): 자연 언어 처리에서 입력물에 대하여 범주를 확인하게 해주며 특정의 반응을 촉진하는 목표 낱말이나 구절, 상호작용 유형.

강약 격에 맞춘 언어(trochaically timed language): 영어와 같이 하나의 짧거나 강세가 없는 음절이 길거나 강세를 받은 음절을 뒤따르면서 이루어지는 음보에 의해, 주로 그 운율적인 특징이 표시되는 언어.

양방향 협력 과제(two-way collaborative tasks): 구체적인 결과에 초점을 맞춘 상호작용으로 여기서는 둘 또는 그 이상의 학습자들이 그 결과에 이르기 위해 협력한다.

이원 담화(two-way discourse): 둘 또는 그 이상의 담화 참여자들이 참여하고 있는 대화.

불확실성 관리 이론(uncertainty management theory): 얼굴을 맞댄 대화에서 불안감, 불확실성의 역할을 설명하는 의사소통 이론.

부족한 확장(underextension): 언어 습득에서 어린이들이 개념들을 지나치게 단순화하고 오직 하나 이상의 사례에 그것을 적용하는 데 실패하는 처리.

담화의 영역(UoD: University of discourse): 특정의 담화에서 논의되고 있는 대상들의 집합을 가리키는 용어. 모형-이론 의미론에서 담화의 영역은 어떤 모형이 기반을 두고 있는 개체들의 집합이다.

계획되지 않은 담화(unplanned discourse): 입말은 준비되지 않았고, 자발적으로 전달되며, 명시적인 연습이나 글말로 된 명령이 없다.

경신(updating): 현재의 경험이나 최신의 입력물에 바탕을 두고 특정의 기억 연결망을 다듬는 인지적 처리.

받아들임(uptaking): 청자가 실제로 이해한 것이나 상호작용이나 사건으로부터 받아들인 것.

발화(utterance): 억양 단위에 해석을 위해서 필요한 주변의 문법적 요소들로 이뤄진 문법적인 단위.

타당성(validity): 처리나 결과가 정당화되고, 효과적이며 논리적이고 공평할 수 있는 정도.

분산(variance): 통계 분석에서 (평가 점수와 같은) 측정의 변화 혹은 분포 변화가 기댓값이나 평균으로부터 벗어나는 기댓값, 혹은 평균, 편차.

변이(variation): 같은 목표 낱말이나 말소리가 모두 구별이 가능함에도 다른 방식으로 발화될 수 있다는 원리.

전정 신경(vestibular nerve): 방향과 균형을 잡기 위해 쓰이는 전정 신경의 두 가지 가운데 하나로 달팽이관 신경은 이 신경의 또 다른 가지이다.

전정 신경(vestibular nerve): 이 신경은 균형을 책임지는데 청각 신경과 뒤엉켜 있다.

성도 모양(vocal tract configuration): 폐와, 몸통 뼈, 목, 머리, 턱, 이빨, 혀, 비강을 포함하여 발성 기관.

모음 축약(vowel deduction): 음운론에서 모음 음질에서 다양한 변화를 가리키는 용어로 강세, 공명성, 지속시간, 세기, 조음, 낱말에서 위치의 변화와 관련되는데 약화되는 것으로 지각된다.

환류 효과(washback effect): 어떤 행위의 결과로 참여자들의 뒤따라 나타나는 태도로 교육적인 환경에서, 가르침의 목표는 평가 목표를 반영하는 경향이 있다.

약화(weakening): 조음 정확성, 강세, 지속시간, 소리의 세기가 조음의 과정에서 약해짐.

가중치(weight): 기억에 대한 연결주의 이론에서 연결망에서 다른 교점들은 다른 가중치를 지니는데 이는 연결망에서 위치의 중심성이나 활용의 빈도에 바탕을 두고 있다.

베르니케 영역(Wenicke's area): 두뇌의 일부분으로 좌반구의 상측두회의 뒷부분(왼쪽 귀의 뒷부분)에 자리잡고 있는데 발화 인지와 언어 이해, 통사적 이해를 책임지고 있다.

낱말 인지(word cognition): 어떤 낱말이 말해졌는지 확인하고 그것과 관련된 낱말의 의미를 활성화하는 인지 처리.

근접 발달 영역(Zone of proximal Development): 단기 기억에서 정보의 통합, 처리, 배치, 복구와 관련되는 주의집중의 측면. 작업 기억 과제는 정보의 능동적인 조정이나 조작을 포함한다.

참고문헌

Aboitiz, F., Aboitiz, S. and García, R.(2010), The phonological loop: a key innovation in human evolution, *Current Anthropology* 51(1), pp. 55~65.

Ackerman, P., Beier, M., and Boyle, M.(2002), Individual differences in working memory within a nomological network of cognition and perceptual speed abilities. *Journal of Experimental Psychology* 131, pp. 567~89.

Adams, C., Smith, M., Pasupathi, M., and Vitolo, L.(2002), Social context effects on story recall in older and younger women: does the listener make a difference?, *Journal of Gerontology: Psychological Sciences* 57, pp. 28~40.

Adank, P., Evans, B., Stuart-Smith, J., and Scott, S.(2009), Comprehension of familiar and unfamiliar native accents under adverse listening conditions. *Journal of Experimental Psychology: Human Perception and Performance* 35, pp. 520~9.

Agar, M.(1985), Institutional discourse. *Text: Interdisciplinary Journal for the Study of Discourse* 5, pp. 147~68.

Aist, G., Allen, J., Campana, E., Galescu, L., Gomez Gallo, C. A., Stoness, S., Swift, M., and Tanenhaus, M.(2006), Software architectures for incremental understanding of human speech, *Proceedings of the International Conference on Spoken Language Processing(ICSLP)*, Pittsburgh, PA: ICSLP.

Aist, G., Campana, E., Allen, J., Rotondo, M., Swift, M., and Tanenhaus, M.(2005), Variations along the contextual continuum in task-oriented speech. *Scientific Commons*, www.scientificcommons.org/42374621.

Aitchison, J.(2003), *Words in the mind: an introduction to the mental lexicon* 3rd edn. New York: Wiley.

Alamri, A.(2008), An Evaluation of the Sixth Grade English Language Textbook

for Saudi Boys' Schools. M.A. thesis, Jeddah: King Saud University.
Alderson, C., Figueras, N., Kuijper, H., Nold, G., Takala, S., and Tardieu, C.(2006), Analysing tests of reading and listening in relation to the Common European Framework of Reference: the experience of the Dutch CEFR construct project. *Language Assessment Quarterly* 3(1), pp. 3~30.
Alderson, J. C.(2005), *Diagnosing foreign language proficiency: the interface between learning and assessment*, London: Continuum.
Alea, N., and Bluck, S.(2003), Why are you telling me that? A conceptual model of the social function of autobiographical memory. *Memory* 11, pp. 165~78.
Alexandrov, Y., and Sams, M.(2005), Emotion and consciousness: ends of a continuum. *Cognitive Brain Research* 25, pp. 387~405.
Al-Khanji, R., El-Shiyab, S., and Hussein, R.(2000), On the use of compensatory strategies in simultaneous interpretation, in *Report* 45. Paris: Centre national de la recherche scientifique, pp. 548~60.
Allwood, J.(2002), in B. Granström, D. House, and I. Karlsson(eds), Bodily communication dimensions of expression and content, in B. Granström et al.(eds), *Multimodality in language and speech systems*, pp. 7~26. The Hague: Kluwer.
Allwood, J.(2006), Consciousness, thought and language, in K. Brown(ed.), *Encyclopedia of language and linguistics* 2nd edn. Oxford: Elsevier.
Alptekin, C.(2006), Cultural familiarity in inferential and literal comprehension in L2 reading system, *System*, 34(4), pp. 494~508.
Al-Seghayer, K.(2001),The effect of multimedia annotation modes on L2 vocabulary acquisition: a comparative study. *Language Learning and Technology* 5, pp. 202~32. http://llt.msu.edu/.
Altenberg, E.(2005), The perception of word boundaries in a second language. *Second Language Research* 21, pp. 325~58.
Amoretti, M. S., Mendonça, A., and Santos, C.(2007), Evaluation of oral comprehension of Amazonian tales: making a diagnosis of conceptual maps with PIPA software, in T. Bastiaens and S. Carliner(eds), *Proceedings of World Conference on E-learning in Corporate, Government, Healthcare, and Higher Education*, Chesapeake, VA: Association for the Advancement of Computing in Education, pp. 374~78.

Anderson, A.(2006), Achieving understanding in face–to–face and video–mediated multiparty interactions, *Discourse Processes* 41(3), pp. 251~87.

Anderson, R.(1996), The primacy aspect of first and second language acquisition: the pidgin–creole connection, in W. Ritchie and T. Bhatia(eds), *Handbook of second language acquisition*, San Diego, CA: Academic Press.

Anderson, R., and Shirai, Y.(1994), Discourse motivations for some cognitive acquisition principles. *Studies in Second Language Acquisition* 16, pp. 133~56.

Anderson, R., Baxter, K., and Cissna, N.(2003), *Dialogue: theorizing difference in communication studies*, New York: Sage.

Aniero, S.(1990), The Influence of Receiver Apprehension among Puerto Rican College Students. PhD thesis, New York University. *Dissertation Abstracts International* 50, p. 2300A.

Appel, R., and Muysken, P.(2006), *Language contact and bilingualism*, Amsterdam: Amsterdam University Press.

Arasaratnam, L. A.(2007), Empirical research in intercultural communication competence: a review and recommendation. *Australian Journal of Communication* 34, pp. 105~17.

Arasaratnam, L. A.(2009), The development of a new instrument of intercultural communication competence. *Journal of Intercultural Communication* 20.

Archibald, J.(2000), *Second language acquisition and linguistic theory*, New York: Wiley.

Arciuli, J., and Cupples, L.(2004), Effects of stress typicality during spoken word recognition by native and nonnative speakers of English: evidence from onset gating. *Memory and Cognition* 32, pp. 21~30.

Arnold, J. E., Kam, C., and Tanenhaus, M.(2007), 'If you say thee uh you are describing something hard': the online attribution of disfluency during reference comprehension. *Journal of Experimental Psychology: Learning, Memory, and Cognition* 33, pp. 914~30.

Ash, D.(2003), Dialogic inquiry in life science conversations of family groups in a museum. *Journal of Research in Science Teaching* 40, pp. 138~62.

Aslin, R., Jusczyk, P., and Pisoni, D.(1998), Speech and auditory processing during infancy: constraints on and precursors to language, in R. Seigler(ed.), *Mussen's*

handbook of child psychology, New York: Wiley.
Au, K.(1979), Using the experience–text relationship method with minority children. *The Reading Teacher* 32(6), pp. 677~9
Auer, P., Couper–Kuhlen, E., and Muller, F.(1999), *Language in time: the rhythm and tempo of spoken interaction*. Oxford: Oxford University Press.
Auer, P., and Kern, F.(2001), Three ways of analysing communication between East and West Germans as intercultural communication, in A. di Luzio, S. Günthner and F. Orletti(eds), *Culture in communication*. Amsterdam: Benjamins.
Austin, J. H.(1998), *Zen and the brain*. Cambridge MA: MIT Press.
Austin, J. H.(2006), *Zen-brain reflections*. Cambridge, MA: MIT Press.
Austin, J. L.(1962), *How to do things with words*. Oxford: Oxford University Press.
Ausubel, D.(1978), In defense of advance organizers: a reply to the critics. *Review of Educational Research* 48, pp. 251~7.
Aylett, M., and Turk, A.(2006), Language redundancy predicts syllable duration and the spectral characteristics of vocalic syllable nuclei. *Journal of the Acoustical Society of America* 119, pp. 3048~58.
Baars, B., Banks, W., and Newman, J.(2003), *Essential sources in the scientific study of consciousness*, Boston, MA: MIT Press.
Bachman, L. F.(2007), What is the construct? The dialectic of abilities and contexts in defining constructs in language assessment, in J. Fox, M. Wesche, and D. Bayliss(eds), *What are we measuring? Language testing reconsidered*, Ottawa: University of Ottawa Press.
Bachman, L., and Palmer, A.(2009), *Language assessment in practice* 2nd edn. Oxford: Oxford University Press.
Baddeley, A.(1997), *Human memory: theory and practice* rev. edn. New York: Psychology Press.
Baddeley, A.(2001), Is working memory still working? *American Psychologist* 56, pp. 851~7.
Baddeley, A.(2003), Working memory and language: an overview. *Journal of Communication Disorders* 36(3), pp. 189~208.
Baddeley, A., and Larsen, J.(2007), The phonological loop: some answers and some questions. *Quarterly Journal of Experimental Psychology* 60, pp. 512~18.

Baggio, G.(2008), Processing temporal constraints: an ERP study, *Language Learning* 58, pp. 35~55.

Baltova, I.(1999), Multisensory language teaching in a multidimensional curriculum: the use of authentic bimodal video in core French. *Canadian Modern Language Review* 56, pp. 31~48.

Banda, F.(2007), Radio listening clubs in Malawi and Zambia: towards a participatory model of broadcasting: research article, Sabinet, 26, pp. 130~48.

Barbey, A., and Barsalou, L.(2009), *Encyclopedia of neuroscience* 8, pp. 35~43.

Bard, E. G., Anderson, A. H., Sotillo, C., Aylett, M., Doherty-Sneddon, G., and Newlands, A.(2000), Controlling the intelligibility of referring expressions in dialogue. *Journal of Memory and Language* 42, pp. 1~22.

Bardovi-Harlig, K.(2006), On the role of formulas in the acquisition of L2 pragmatics, in Bardovi-Harlig, K., Félix-Brasdefer, C., and Omar, A.(2006), *Pragmatics and Language Learning* 11, pp. 1~28.

Barker, J., Ma, N., Coy, A., and Cooke, M.(2010), Speech fragment decoding techniques for simultaneous speaker identification and speech recognition. *Computer Speech and Language* 24(1), pp. 94~111.

Barr, D. and Keysar, B.(2002), Anchoring comprehension in linguistic precedents. *Journal of Memory and Language* 46, pp. 391~418.

Barret, L., Tugate, M., and Engle, R.(2004), Individual differences in working memory capacity and dual-process theories of the mind. *Psychological Bulletin* 130, pp. 553~73.

Barron, B.(2004), Learning ecologies for technological fluency: gender and experience differences. *Journal of Educational Computing Research* 31, pp. 1~36.

Bartlett, C.(1932), *Remembering*, Cambridge: Cambridge University Press.

Barzilay, R., and Lapata, M.(2008), Modeling local coherence: an entity-based approach. *Computational Linguistics* 34(1), pp. 1~34.

Batstone, R.(2002), Contexts of engagement: a discourse perspective on 'intake' and 'pushed output'. *System* 30, pp. 1~14.

Baxter, L., and Braithwaite, D.(2008), *Engaging theories of communication: multiple perspectives*. New York: Sage.

Beach, C.(1991), The interpretation of prosodic patterns at points of syntactic structure ambiguity: evidence for cue trading relations. *Journal of Memory and Language* 30, pp. 644~63.

Beach, W.(2000), Inviting collaboration in stories. *Language in Society* 29, pp. 379~407.

Beale, A.(2009), *Reading the hidden communications around you: a guide to reading body*, Bloomington, IN: iUniverse.

Beebe, L.(1985), Input: choosing the right stuff, in S. Gass, and C. Madden(eds), *Input in second language acquisition*, New York: Newbury House.

Behrman, M., and Patterson, K.(2004), *Words and things*, Hove: Psychology Press.

Belin, P., Van Eeckhout, P., Zilbovicius, M., Remy, P., Francois, C., Guillaume, S., Chain, F., Rancurel, G., and Samson, Y.(1996), Recovery from nonfluent aphasia after melodic intonation therapy: a PET study. *Neurology*, 47, pp. 1504~11.

Bell, A. 2005. *You can't talk to me that way! Stopping toxic language in the workplace*, Franklin Lakes, NJ: Career Press.

Bella, A., Brenierc, J., Gregoryd, M., Girande, C., and Jurafsky, D.(2009), Predictability effects on durations of content and function words in conversational English. *Journal of Memory and Language* 60, pp. 92~111.

Benasich, A., and Tallal, P.(2002), Infant discrimination of rapid auditory cues predicts later language impairment. *Behavioural Brain Research* 136, pp. 31~49.

Bennett, D.(2003), *Logic made easy: how to know when language deceives you*, New York: Norton.

Benson, M.(1989), The academic listening task: a case study. *TESOL Quarterly* 23, pp. 421~45.

Benson, M.(1994), Lecture listening in an ethnographic perspective, in J. Flowerdew(ed.), *Academic listening: research perspectives*, Cambridge: Cambridge University Press.

Benson, P.(2007), Autonomy in language learning and teaching. *Language Teaching* 40, pp. 21~40.

Benson, P.(2010), *Autonomy in language learning* 2nd edn. Applied Linguistics in Action series. Harlow: Longman.

Berlo, D.(1960), *The Process of Communication*, New York: Holt.

Berwick, R., and Ross, S.(1996), Cross-cultural pragmatics in oral proficiency interview strategies, in M. Milanovic and N. Saville(eds), *Performance testing, cognition and assessment*, Cambridge: Cambridge University Press.

Bezuidenhout, A., and Morris, R.(2004), Implicature, relevance and default pragmatic inference, in I. A. Noveck and D. Sperber(eds), *Experimental pragmatic*, Basingstoke: Palgrave Macmillan.

Bialystok, E.(1990), *Communication strategies: a psycholinguistic analysis of second language use*, Oxford: Blackwell.

Bialystok, E.(2007), Acquisition of literacy in bilingual children: a framework for research. *Language Learning* 57, pp. 45~77.

Biemiller, A.(2009), Teaching vocabulary: early, direct and sequential, in M. Graves(ed.), *Essential readings on vocabulary instruction*. Newark, DE: International Reading Association.

Bilmes, J.(1988), The concept of preference in conversation analysis. *Language in Society* 17, pp. 161~81.

Birdwhistell, R.(1970), *Kinesics and context: essays in body motion communication*. Philadelphia, PA: University of Pennsylvania Press.

Birnie, J., and Johnson, I.(1965), Developments in language laboratory materials. *ELT Journal* 20, pp. 29~35.

Bisanz, G., LaPorte, R., Vesonder, G., and Voss, J.(1981), Contextual prerequisites for understanding: some investigations of comprehension and recall. *Journal of Verbal Learning and Verbal Behaviour* 17, pp. 3337~57.

Bishop, D.(2000), Pragmatic language impairment: a correlate of SLI, a distinct subgroup,or part of the autistic continuum? In D. Bishop and L. Leonard(eds), *Speech and language impairments in children: causes, characteristics, intervention and outcome*, Hove: Psychology Press.

Blevins, J.(2007), Interpreting misperception: beauty is in the ear of the beholder, in M. Solé, P. Beddor and M. Ohalavb(eds), *Experimental approaches to phonology*, Oxford: Oxford University Press.

Bley-Vroman, R.(1990), The logical problem of foreign language learning. *Linguistic Analysis* 20, pp. 3~49.

Block, C., and Duffy, G.(2008), Research on comprehension instruction: where we've been and where we're going, in C. Block and S. Parris(eds), *Comprehension instruction: research-based best practices*, New York: Guilford

Press.
Block, C., and Parris, S.(2008), *Comprehension instruction: research-based best practices* 2nd edn. New York: Guilford Press.
Block, D.(2003), *The social turn in second language acquisition*, Edinburgh: Edinburgh University Press.
Blum-Kulka, S., House, J., and Kasper, G., eds(1989), The CCSARP coding manual(appendix), *Cross-cultural pragmatics: requests and apologies*. Norwood, NJ: Ablex.
Bodrova, D., and Leong, D.(2007), *Tools of the mind: the Vygotskian approach to early childhood development*, New York: Prentice-Hall.
Bobrow, D., Kaplan, R., Kay, M., Norman, D., Thompson, H., and Winograd, T.(1977), GUS, a frame-driven dialog system. *Artificial Intelligence* 8(2), pp. 155~73.
Boersma, P.(1998), *Functional phonology: formalizing the interactions between articulatory and perceptual drives*, The Hague: Holland Academic Graphics.
Boland, J., and Blodgett, A.(2001), Understanding the constraints on syntactic generation: lexical bias and discourse congruity effects on eye movements. *Journal of Memory and Language* 45, pp. 395~411.
Bolter, J., MacIntrye, B., Gangy, M., and Schweitzer, P.(2006), New media and the permanent crisis of aura. *Convergence: the International Journal of Research into new Media Technologies* 12, pp. 21~39.
Bonk, W.(2000), Second language lexical knowledge and listening comprehension, *International Journal of Listening* 14, pp. 14~31.
Bosco, F., Bucciarelli, M., and Bara, B.(2004), The fundamental context categories in understanding communicative intention. *Journal of Pragmatics* 36(3), pp. 467~88.
Bosco, F., Bucciarelli, M., and Bara, B.(2006), Recognition and repair of communicative failures: a developmental perspective. *Journal of Pragmatics* 38, pp. 1398~429.
Bostrom, R.(1990), *Listening behaviour: measurement and application*, New York: Guilford Press.
Bowe, H., and Martin, K.(2007), *Communication across cultures: mutual understanding in a global world*, Cambridge: Cambridge University Press.

Bradac, J.(2001), Theory comparison: uncertainty reduction, problematic integration. *Journal of Communication* 3, pp. 456~76.
Braidi, S.(1998), *The acquisition of second language syntax*, London: Arnold.
Braine, M., and O'Brien, D.(1998), *Mental logic*, Abingdon: Routledge.
Brainerd, C.(1978), *Piaget's theory of intelligence*, Englewood Cliffs, NJ: Prentice-Hall.
Brainerd, C.(1978), The stage question in cognitive developmental theory. *Behavioral and Brain Sciences* 1, pp. 173~82.
Bransford, J.(2003), *How people learn: brain, mind, experience, and school*, Washington, DC: National Academies.
Bransford, J., and Johnson, M.(2004), Contextual prerequisites for understanding: some investigations of comprehension and recall, in D. Balota and E. Marsh(eds), *Cognitive psychology: key readings*, New York: Psychology Press.
Brazil, D.(1995), *A grammar of speech*, Oxford: Oxford University Press.
Breen, M.(1985), Authenticity in the language classroom. *Applied Linguistics* 6, pp. 60~70.
Breen, M.(2001), *Learner contributions to language learning: new directions in research*, Harlow: Pearson.
Bremer, K., Roberts, C., Vasseur, M., Simonot, M., and Broeder, P.(1996), *Achieving understanding: discourse in intercultural encounters*, Language in Social Life series. Harlow: Longman.
Briggs, C., and Bauman, R.(2009), Genre, intertextuality, and social power, in A. Duranti(ed.), *Linguistic anthropology: a reader*, New York: Wiley.
Brindley, G.(1998), Assessing listening abilities. *Annual Review of Applied Linguistics* 18, pp. 178~98.
Brindley, G.(2002), Exploring task difficulty in ESL listening assessment. *Language Testing* 19, pp. 369~94.
Brindley, G., and Slayter, H.(2002), Exploring task difficulty in ESL listening assessment, *Language Testing* 19, pp. 369~94.
Brinton, D., Snow, M., and Wesche, M.(1989), *Content-based second language instruction*, New York: Newbury.
Brisard, F., Östman, J-O., and Verschueren, J.(2009), Theories of grammar, in *Grammar, meaning and pragmatics*, Amsterdam: Benjamins.
Brown, A.(2003), Interviewer variation and the co-construction of speaking

proficiency. *Language Testing* 20, pp. 1~25.
Brown, C.(2000), The interrelation between speech perception and phonological acquisition from infant to adult, in J. Archibald(ed.), *Second language acquisition and linguistic theory*, Oxford: Blackwell.
Brown, G.(1977), *Listening to spoken English*, London: Longman.
Brown, G.(1994), Dimensions of difficulty in listening comprehension, in D. Mendelsohn and J. Rubin(eds), *A guide for the teaching of second language listening*, San Diego, CA: Dominie Press.
Brown, G.(1995), *Speakers, listeners and communication: explorations in discourse analysis*, Cambridge: Cambridge University Press.
Brown, H. D., and Abewickrama, P.(2010), *Language assessment: principles and classroom practices* 2nd edn. White Plains, NY: Pearson Longman.
Brown, J. D., and Rodgers, T.(2002), *Doing educational research*, Oxford: Oxford University Press.
Brown, J., and Palmer, A.(1987), *The listening approach: methods and materials for applying Krashen's input hypothesis*, New York: Longman.
Brown, R., Waring, R., and Donkaewbua, S.(2008), Incidental vocabulary acquisition from reading, reading-while-listening, and listening to stories. *Reading in a Foreign Language* 20, pp. 136~63.
Brownell, J.(1996), *Listening: attitudes, principles and skills*, New York: Allyn & Bacon.
Bruner, J.(1983), *Child's talk: learning to use language*, New York: Norton.
Bruner, J.(1986), *Actual minds, possible worlds*, Cambridge, MA: Harvard University Press.
Bruner, J.(1990), *Acts of meaning. Cambridge*, MA: Harvard University Press.
Buchweitz, A., Mason, R., Tomitch, L., and Just, M.(2009), Brain activation for reading and listening comprehension: an fMRI study of modality effects and individual differences in language comprehension. *Psychology and Neuroscience* 2, pp. 111~23.
Buck, G.(1992), Listening comprehension: construct validity and trait characteristics. *Language Learning* 42(3), pp. 313~57.
Buck, G.(2001), *Assessing listening*. Cambridge: Cambridge University Press.
Buck, G., Tatsuoka, K., Kostin, I., and Phelps, M.(1997), The sub-skills of listening:

rule-space analysis of a multiple-choice test of second-language listening comprehension, in A. Huhta, V. Kohonen, L. Kurki-Sonio and S. Luoma(eds), *Current developments and alternatives in language assessment, Proceedings of LTRC* 96, pp. 599~624.

Burger, J., Cardie, C., Chaudhri, V., Gaizauskas, R., Harabagiu, S., Israel, D., Jacquemin, C., Lin, C.-Y., Maiorano, S., Miller, G., Moldovan, D., Ogden, B., Prager, J., Rilo, E., Singhal, A., Shrihari, R., Strzalkowski, T., Voorhees, E., and Weischedel, R.(2002), *Issues, tasks and program structures to roadmap research in question and answering(Q&A)*, Available at www-nlpir.nist.gov/projects/duc/roadmapping.html.

Burgoon, J. K., and Qin, T.(2006), The dynamic nature of deceptive verbal communication. *Journal of Language and Social Psychology* 25(1), pp. 76~96.

Burgoon, J., and White, C.(1997), Researching non-verbal message production: a view from interaction adaptation theory, in J. Greene(ed.), *Message production: advances in communication theory*, Mahwah, NJ: Erlbaum.

Burman, E.(2007), *Deconstructing developmental psychology*. London: Routledge.

Burns, A.(2005), Action research: an evolving paradigm? *Language Teaching* 38, pp. 57~74.

Burt, C., Kemp, S., and Conway, M.(2003), Themes, events, and episodes in autobiographical memory. *Memory and Cognition* 31, pp. 317~25.

Burton-Roberts, N., Carr, P., and Docherty, G.(2000), *Phonological knowledge: conceptual and empirical issues*, Oxford: Oxford University Press.

Burzio, L.(2007), Phonology and phonetics of English stress and vowel reduction. *Language Sciences* 29, pp. 154~76.

Byrnes, H.(2005), Content-based instruction, in C. Sanz(ed.), *Mind and context in adult second language acquisition: methods, theory, and practice*, Washington, DC: Georgetown University Press.

Caillies, S., Denhiere, G., and Kintsch, W.(2002), The effect of prior knowledge on understanding from text: evidence from primed recognition. *European Journal of Cognitive Psychology* 14, pp. 267~86.

Cameron-Faulkner, T., Lieven, E., and Tomasello, M.(2003), A construction based analysis of child directed speech. *Cognitive Science* 27, pp. 843~73.

Camiciottoli, B.(2007), *The language of business studies lectures: a corpus-assisted analysis*, Amsterdam: Benjamins.

Campbell, D.(2008), *Sound spirit: pathway to faith*, Los Angeles, CA: Hay House.

Campbell, D., McDonnell, C., Meinardi, M., and Richardson, B.(2007), The need for a speech corpus. *ReCALL* 19, pp. 3~20.

Campion, N., Martins, D., and Wilhelm, A.(2009), Contradictions and predictions: two sources of uncertainty that raise the cognitive interest of readers. *Discourse Processes* 46, pp. 341~68.

Candlin, C.(1987), *Language learning tasks*, New York: Prentice-Hall.

Candlin, C., and Mercer, N.(2000), English language teaching in its social context. *Course materials for LING* 937. Sydney: Macquarie University.

Candlin, C., and Mercer, N.(2001), *English language teaching in its social context: a reader*, London: Routledge, pp. 323~44.

Candlin, C., and Murphy, D.(1976), *Engineering lecture discourse and listening comprehension*, KAAU project: Lancaster Practical Papers in English Language Education. Lancaster: University of Lancaster.

Cárdenas-Claros, M., and Gruba, P.(2009), Help options in CALL: a systematic review. *CALICO Journal* 27(1), pp. 69~90.

Carpenter, P., Miyake, A., and Just, M.(1994), Working memory constraints in comprehension: evidence from individual differences, aphasia and aging, in *Handbook of psycholinguistics*. New York: Academic Press.

Carr, T., and Curran, T.(1994), Cognitive processes in learning about structure: applications to syntax in second language acquisition. *Studies in Second Language Acquisition* 16, pp. 221~35.

Carrier, K.(1999), The social environment of second language listening: does status play a role in comprehension? *Modern Language Journal* 83, pp. 65~79.

Carroll, S.(2006), Salience, awareness and SLA, in M. Grantham, C. O'Brien and J. Archibald(eds), *Generative Approaches to Second Language Acquisition conference(GASLA), proceedings*, Somerville, MA: Cascadilla Proceedings Project, pp. 17~24.

Carstensen, L., Pasupathi, M., Mayr, U., and Nesselroade, J.(2000), Emotional experience in everyday life across the adult life span. *Journal of Personality and Social Psychology* 79, pp. 644~55.

Carter, R.(2003), *Exploring consciousness*, Berkeley, CA: University of California

Press.
Carter, R., and McCarthy, M.(2004), Talking, creating: interactional language, creativity, and context. *Applied Linguistics* 25, pp. 62~8.
Carver, R.(2003), The highly lawful relationships among pseudoword decoding, word identification, spelling, listening, and reading. *Scientific Studies of Reading* 7, pp. 127~54.
Carver, R., and David, A.(2001), Investigating reading achievement using a causal model. *Scientific Studies of Reading* 5, pp. 107~40.
Cauldwell, R.(2002), Grasping the nettle: the importance of perception work in listening comprehension. Retrieved from www.developingteachers. com/.
Cauldwell, R.(2004), Review. L. Shockey, Sound patterns of spoken English(2003). *Journal of the International Phonetics Association* 34(1), pp. 101~4.
Cauldwell, R.(2004), Speech in action: teaching listening with the help of ICT, in A. Chambers, J. Conacher and J. Littlemore(eds), *ICT and language learning: integrating pedagogy and practice*, London: Continuum.
Center for Applied Linguistics(2010), www.cal.org/topics/ta/.
Cevasco, J., and van den Broek, P.(2008), The importance of causal connections in the comprehension of spontaneous spoken discourse. *Psicothema* 20, pp. 801~6.
Chafe, W.(1980), The pear stories: cognitive, cultural, and linguistic aspects of narrative production, in R. Freedle(ed.), *Advances in discourse process*, Norwood, NJ: Ablex.
Chafe, W.(1994), *Discourse, consciousness, and time: the flow and displacement of consciousness in speaking and writing*. Chicago: University of Chicago Press.
Chafe, W.(2000), Loci of diversity and convergence in thought and language, in M. Pütz and M. Verspoor(eds), *Explorations in linguistic relativity*, Amsterdam: Benjamins, pp. 101~23.
Chafe, W.(2007), *The importance of not being earnest: the feeling behind laughter and humor*. Amsterdam: Benjamins.
Chafe, W., and Tannen, D.(1987), The relation between written and spoken language. *Annual Review of Anthropology* 16, pp. 383~407.
Chalmers, D. J.(1996), *The conscious mind: in search of a fundamental theory*, New York: Oxford University Press.

Chalmers, D. J.(2002), Consciousness and its place in nature, in *Philosophy of mind: classical and contemporary readings*. Oxford: Oxford University Press.

Chambers, C., Tanenhaus, M., Eberhard, K., Hana, F., and Carlson, G.(2002), Circumscribing referential domains during real-time language comprehension. *Journal of Memory and Language* 47, pp. 30~49.

Chamot, A.(2005), Language learning strategy instruction: current issues and research. *Annual Review of Applied Linguistics* 25, pp. 112~30.

Chamot, A. U., Barnhardt, S., El Dinary, P. B., and Robbins, J.(1999), *The learning strategies handbook*. White Plains, NY: Addison-Wesley Longman.

Chan, S., Cheung, L., and Chong, M.(2010), A machine learning parser using an unlexicalized distituent model. *Computational Linguistics and Intelligent Text Processing: Lecture Notes in Computer Science* 6008, pp. 121~36.

Chandler, D.(2007), *Semiotics: the basics* 2nd edn. Oxford: Routledge.

Chandler-Olcott, K., and Mahar, D.(2003), Tech-savviness meets multiliteracies: exploring adolescent girls' technology-mediated literacy practices. *Reading Research Quarterly* 38(3), pp. 356~85.

Chang, A.(2009), Gains to L2 listeners from reading while listening versus listening only in comprehending short stories. *System* 37, pp. 652~63.

Chang, A., and Read, J.(2006), The effects of listening support on the listening performance of EFL learners, *TESOL Quarterly* 40, pp. 375~97.

Changeues, J., Heidmann, T., and Patte, P.(1984), Learning by selection, in P. Marler and H. Terrace(eds), *The biology of learning*. Berlin: Springer.

Chater, N., and Manning, C.(2006), Probabilistic models of language processing and acquisition. *Trends in Cognitive Sciences* 10(7), pp. 335~44.

Chaudron, C.(1983), A method for examining the input/intake distinction, in S. Gass and C. Madden(eds), *Input and second language acquisition*, Boston. MA: Heinle & Heinle.

Chaudron, C.(1988), *Second language classrooms: research on teaching and learning*, Cambridge: Cambridge University Press.

Chaudron, C.(1995), Academic listening, in D. Mendelsohn and J. Rubin(eds), *A guide for the teaching of second language listening*. San Diego, CA: Dominie Press.

Chaudron, C.(2006), Some reflections on the development of(meta-analytic), synthesis in second language research, in J. Norris and L. Ortega(eds), *Synthesizing research on language learning and teaching*. Amsterdam: Benjamins.

Chella, A., and Mazotti, R.(2007), *Artificial consciousness*. Exeter: Imprint Academic Press.

Chen, Y.(2007), Learning to learn: the impact of strategy training. *ELT Journal* 61, pp. 20~9.

Cheng, W., Greaves, C., and Warren, M.(2005). The creation of a prosodically transcribed intercultural corpus: the Hong Kong Corpus of Spoken English(prosodic). *ICAME Journal: Computers in English Linguistics*, 29, pp. 47~68.

Cherry, E.(1953), Some experiments on the recognition of speech, with one and with two ears. *Journal of the Acoustical Society of America* 25, pp. 975~9.

Cheung, H.(2007), The role of phonological awareness in mediating between reading and listening to speech. *Language and Cognitive Processes* 22, pp. 130~54.

Cheung, H., and Wooltorton, L.(2002), Verbal short-term memory as an articulatory system: evidence from an alternative paradigm. *Quarterly Journal of Experimental Psychology* 55, pp. 195~223.

Chiaro, D., and Nocella, G.(2004), Interpreters' perceptions of linguistic and nonlinguistic factors affecting quality. *Meta* 49, pp. 278~93.

Chikalanga, I.(1992), Exploring inferencing ability of ESL readers: a suggested taxonomy of inferences for the reading teacher. *Reading in a Foreign Language* 8, pp. 697~709.

Ching-Shyang, A., Chang, H., and Read, J.(2008), Reducing listening test anxiety through various forms of listening support. *TESL-EJ* 12(PDF).

Chorost, M.(2005), *Rebuilt: how becoming part computer made me more human*, New York: Houghton Mifflin.

Christison, M. A.(2006), *Multiple intelligences and language learning. Burlingame*, CA: Alta.

Chun, D.(2002), *Discourse intonation in L2: from theory and research to practice.* Amsterdam: Benjamins.

Chun, D., and Plass, J.(1997), Research on text comprehension in multimedia environments. *Language Learning and Technology* 1, pp. 60~81. Retrieved

17 October 2001 from http://llt.msu.edu/.
Churchland, P.(2006), *Neurophilosophy at work*. Cambridge: Cambridge University Press.
Churchland, P. M.(1999), Learning and conceptual change: the view from the neurons, in A. Clark and P. Millican(eds), *Connectionism, concepts and folk psychology*. Oxford: Oxford University Press.
Churchland, P. M.(2005), Functionalism at forty: a critical perspective. *Journal of Philosophy* 102, pp. 33~50.
Churchland, P. S.(2002). *Brain-wise: studies in neurophilosophy*. Cambridge, MA: MIT Press.
Churchland, P. S., and Churchland, P. M.(2002), Neural worlds and real worlds. *Science* 296(5566), pp. 308~10.
Cicourel, A.(1999), Interpretive procedures, in A. Jaworski and N. Coupland,(eds), *The discourse reader*. London: Routledge.
Clark, A., and Millican, P., eds(1999), *Connectionism, concepts and folk psychology*. Oxford: Oxford University Press.
Clark, H.(2006), Common ground. *Encyclopedia of language and linguistics* 2nd edn. Oxford: Elsevier.
Clark, H., and Krych, M. A.(2004), Speaking while monitoring addressees for understanding. *Journal of Memory and Language* 50, pp. 62~81.
Clark, J. M., and Paivio, A.(1991), Dual coding theory and education. *Educational Psychology Review* 3, pp. 149~70.
Clark, R., Nguyen, F., and Swellen, J.(2006), *Efficiency in learning: evidence-based guidelines to manage cognitive load*. San Francisco: Wiley.
Clement, J.(2007), The Impact of Teaching Explicit Listening Strategies to Adult Intermediate and Advanced-level ESL University Students. Ed.D. dissertation. Pittsburgh, PA: Dusquesne University.
Clement, J., Lennox, C., Frazier, L., Solorzano, H., Kisslinger, E., Beglar, D., and Murray, N.(2009), *Contemporary topics* 3rd edn. White Plains, NY: Longman.
Coates, J.(2008), *Men talk: stories in the making of masculinities*. Oxford: Blackwell.
Cohen, A.(2008), Teaching and assessing L2 pragmatics: what can we expect from learners?, *Language Teaching* 41, pp. 213~35.
Cohen, A., and Macaro, E., eds(2007), *Language learner strategies: thirty years*

of research and practice. Oxford: Oxford University Press.

Cohen, M., and Grossberg, S.(1987), Masking fields: a massively parallel neural architecture for learning, recognizing, and predicting multiple groupings of patterned data. *Applied Optics* 26, pp. 1866~91.

Colston, H.(2007), On necessary conditions for verbal irony comprehension, in R. Gibbs and H. Colston(eds), Irony in language and thought: a cognitive science reader. Abingdon: Routledge.

Coniam, D.(2001), The use of audio or video comprehension as an assessment instrument in the certification of English language teachers: a case study. *System* 29, pp. 1~14.

Coniam, D.(2006), Evaluating computer-based and paper-based versions of an English-language listening test. *ReCALL* 18(2), pp. 193~211.

Cook, V.(2007), The nature of the L2 users. *EUROSLA Yearbook* 7(1), pp. 205~22.

Cooke, S., and Bliss, T.(2006), Plasticity in the human central nervous system. *Brain* 129(7), pp. 1659~73.

Cooker, L.(2004), Towards independence in the management of one's own learning. *Working Papers in Language Education* 1, pp. 13~25.

Cooker, L.(2008), Some self-access principles. *Independence*(IATEFL Learner Autonomy SIG), spring, pp. 20~1.

Cooney, J., and Gazzaniga, M.(2003), Neurological disorders and the structure of human consciousness. *Trends in Cognitive Sciences* 7, pp. 161~5.

Corder, S. P.(1967), The significance of learners' errors. *International Review of Applied Linguistics* 4, pp. 161~70.

Corder, S. P.(1974), Error analysis, in J. Allen and S. P. Corder(eds.), *The Edinburgh Course in Applied Linguistics* Vol. III, *Techniques in applied linguistics*. London: Oxford University Press.

Corley, M., MacGregor, L., and Donaldson, D.(2007), 'It's the way that you, er, say it': hesitations in speech affect language comprehension. *Cognition* 105, pp. 658~68.

Corsaro, W.(1985), *Friendship and peer culture in the early years: language and learning for human service professions*. Norwood, NJ: Ablex.

Council of Europe(2010), www.coe.int/T/DG4/Portfolio/?M=/main_pages/levels.html, www.ealta.eu.org/.

Coupland, N.(2007), *Style: language variation and identity*. Cambridge: Cambridge University Press.
Cowan, A.(2005), *Working memory capacity: essays in cognitive psychology*. New York: Taylor & Francis.
Cowan, N.(1998), *Attention and memory: an integrated framework*. Oxford: Oxford University Press.
Cowan, N.(2000), The magical number 4 in short-term memory: a reconsideration of mental storage capacity. *Behavioral and Brain Sciences* 24, pp. 87~185.
Coyne, M., Zipoli, R., Chard, D., Faggella-Luby, M., Ruby, M., Santoro, L., and Baker, C.(2009), Direct instruction of comprehension: instructional examples from intervention research in listening and reading comprehension. *Reading and Writing Quarterly* 25, pp. 221~45.
Craik, F.(2002), Levels of processing: past, present . . . and future? *Memory* 10, pp. 305~18.
Craik, F., and Salthouse, T.(2000), *The handbook of aging and cognition*. Mahwah, NJ: Erlbaum.
Cresswell, J.(2007), *Qualitative inquiry and research design: choosing among five approaches*. Thousand Oaks, CA: Sage.
Cresswell, J.(2009), *Research design: qualitative, quantitative, and mixed methods approaches*. Thousand Oaks, CA: Sage.
Croft, W.(2007), Phonological development: toward a 'radical' templatic phonology. *Linguistics* 45, pp. 683~725.
Cross, J.(2009a), Effects of listening strategy instruction on news videotext comprehension. *Language Teaching Research* 13, pp. 151~76.
Cross, J.(2009b), The Development of Metacognition of L2 Listening in Joint Activity. Ph.D. thesis, University of Melbourne.
Crowley, K., and Jacobs, M.(2002), Building islands of expertise in everyday family activity, in G. Leinhardt, K. Crowley and K. Knutson(eds), *Learning conversations in museums*. Mahwah, NJ: Erlbaum.
Crystal, D., ed.(1995), *The Cambridge encyclopedia of the English language*. Cambridge: Cambridge University Press.
Cullen, T.(2008), Teaching grammar as a liberating force. *ELT Journal* 62, 221~30.
Cumming, A.(2009), Language assessment in educations: tests, curriculum, and

teaching. Annual Review of Applied *Linguistics* 29, pp. 90~100.
Cummins, J.(2009), Bilingual and immersion programs, in M. Long and C. Doughty(eds), *The handbook of language teaching*. Oxford: Blackwell.
Cutler, A.(1997), The comparative perspective on spoken language processing. *Speech Communication* 21, pp. 3~15.
Cutler, A., ed.(2005), *Twenty-first century psycholinguistics: four cornerstones*. Mahwah, NJ: Erlbaum.
Cutler, A., and Broersma, M.(2005), Phonetic precision in listening, in W. Hardcastle and J. Beck(eds), *A figure of speech: a festschrift for John Laver*. Mahwah, NJ: Erlbaum.
Cutler, A., and Butterfield, S.(1992), Rhythmic cues to speech segmentation: evidence from juncture misperception. *Journal of Memory and Language* 31: 218~36.
Cutting, J.(2002), *Pragmatics and discourse*. London: Routledge.
Czikszentmihalyi, M., and Czikszentmihalyi, I.(1992), *Optimal experience: psychological studies of flow in consciousness*. Cambridge: Cambridge University Press.
Dahan, D., Magnuson, J., and Tanenhaous, M.(2001), Time course of frequency effects in spoken-word recognition. *Cognitive Psychology* 42, pp. 317~67.
Dalmau, M., and Gotor, H.(2007), From 'Sorry very much' to 'I'm ever so sorry': acquisitional patterns in L2 apologies by Catalan learners of English. *Intercultural Pragmatics* 4(2), pp. 287~315.
Damer, T.(2001), *Attacking faulty reasoning* 4th edn. Belmont, CA: Wadsworth.
Danan, M.(2004), Captioning and subtitling: undervalued language learning strategies. *Meta: journal des traducteurs*. Retrieved 14 April 2008 from www.erudit.org/revue/meta/2004/v49/n1/009021ar.html.
Daniels, H.(2005), *An introduction to Vygotsky*. Oxford: Routledge.
Daulton, F.(2008), *Japan's built-in lexicon of English-based loan words*. Clevedon: Multilingual Matters.
Davies, A.(2006), What do learners really want from their EFL courses? *ELT Journal* 60, 3~12.
Davies, K. H., Biddulph, R., and Balashek, S.(1952), Automatic speech recognition of spoken digits. *Journal of the Acoustic Society of America* 24, pp. 637~42.
Davis, M., Marslen-Wislon, W., and Gaskell, M.(2002), Leading up the lexical garden path: segmentation and ambiguity in spoken word recognition.

Journal of Experimental Psychology 28, pp. 218~44.

Davis, P., and Rinvolucri, M.(1988), *Dictation: new methods, new possibilities*. Cambridge: Cambridge University Press.

Day, R., Yamanaka, J., and Shaules, J.(2009), *Impact Issues* 1~3 2nd edn. Hong Kong: Pearson.

De Jong, N.(2005), Can second language grammar be learned through listening? An experimental study. *Studies of Second Language Acquisition* 27, pp. 205~34.

DeCarrico, J., and Nattinger, J.(1988), Lexical phrases for the comprehension of academic lectures. *English for Specific Purposes* 7, pp. 91~102.

Delogu, F., Lampis, G., and Belardinelli, M.(2010), From melody to lexical tone: musical ability enhances specific aspects of foreign language perception. *European Journal of Cognitive Psychology* 22, pp. 46~61.

Denes, P., and Pinson, E.(1993), *The speech chain: the physics and biology of spoken language* 2nd edn. New York: Freeman.

Denzin, N.(2001), *Interpretive interactionism*. Thousand Oaks, CA: Sage.

DePaulo, B., Lindsay, J., Malone, B., Muhlenbruck, L., Charlton, K., and Cooper, H.(2003), Cues to deception. *Psychological Bulletin* 129, pp. 74~118.

Desmet, T., De Baecke, C., and Brysbaert, M.(2002), The influence of referential discourse context on modifier attachment in Dutch. *Memory and Cognition* 30, pp. 150~7.

Deutsch, J. A., and Deutsch, D.(1963), Attention: some theoretical considerations, *Psychological Review* 70, pp. 80~90.

Dietrich, A.(2004), Neurocognitive mechanisms underlying the experience of flow. *Consciousness and Cognition* 13, pp. 746~61.

Donkaewbua, S.(2008), Incidental vocabulary acquisition from reading, reading-whilelistening, and listening to stories. *Reading in a Foreign Language* 20, 2, pp. 232~35.

Donnell, P., Lloyd, J., and Dreher, T.(2009), Listening, pathbuilding and continuations: a research agenda for the analysis of listening. *Continuum: Journal of Media and Cultural Studies* 23, pp. 423~39.

Dörnyei, Z.(2001), *Applied linguistics in action: teaching and researching motivation*. Harlow: Longman.

Dörnyei, Z., and Ushioda, E.(2009), *Motivation, language identity and the L2 self.* Clevedon: Multilingual Matters.

Doughty, C., and Long, M. H.(2003), Optimal psycholinguistic environments for distance foreign language learning. *Language Learning and Technology* 7, pp. 50~80.

Driver, J.(2001), A selective review of selective attention research from the past century. *British Journal of Psychology* 92, pp. 53~78.

Du, X.(2009), The affective filter in second language teaching. *Asian Social Science* 5(8). Duff, P.(2007), Second language socialization as sociocultural theory: insights and issues. *Language Teaching* 40, pp. 309~19.

Duff, S. and Logie, R.(2001), Processing and storage in working memory span. *Quarterly Journal of Experimental Psychology* 54A, pp. 31~48.

Duffy, G., Miller, S., Howerton, S., and William, J.(2010), Comprehension instruction: merging two historically antithetical perspectives, in D. Wyse, R. Andrews and J. Hoffman(eds), *The Routledge international handbook of English, language and literacy training.* Abingdon: Routledge.

Dulay, H., and Burt, M.(1977), Remarks on creativity in language acquisition, in M. Burt, H. Dulay and M. Finnochiaro(eds), *Viewpoints on English as a second language*. New York: Regents.

Dumay, N., Frauenfelder, H., and Content, A.(2002), The role of the syllable in lexical segmentation in French: word-spotting data. *Brain and Language* 81, pp. 144~61.

Dunn, W., and Lantolf, J.(1998), Vygotsky's zone of proximal development and Krashen's i + 1: immeasurable constructs, incommensurable theories. *Language Learning* 48, pp. 411~42.

Dunning, D., and Perretta, S.(2002), Automaticity and eyewitness accuracy: a tento twelve-second rule for distinguishing accurate from inaccurate positive identification. *Journal of Experimental Psychology* 29, pp. 813~25.

Duranti, A., and Goodwin, C., eds(1992), *Rethinking context: language as an interactive phenomenon*. Cambridge: Cambridge University Press.

Eades, D.(2000), 'I don't think it's an answer to the question': silencing Aboriginal witnesses in court. *Language in Society* 29, pp. 161~95.

Echevarria, J., Vogt, M., and Short, D.(2008), *Making content comprehensible for*

English learners: the SIOP model 3rd edn. Paris: Lavoisier.
Eckert, P.(1989), Gender and sociolinguistic variation, in J. Coates(ed.), *Language and gender: a reader*. New York: Wiley.
Eckert, P., and McConnell-Ginet, S.(2003), *Language and gender*. Cambridge: Cambridge University Press.
Ekman, P., Friesen, W., O'Sullivan, M., and Chan, A.(1987), Universals and cultural differences in the judgments of facial expressions of emotion. *Journal of Personality and Social Psychology* 53, pp. 712~17.
Elgin, S.(1993), *Genderspeak: men, women, and the gentle art of verbal self-defense*. New York: Wiley.
Elgin, S.(2000), *The gentle art of verbal self-defense at work*. New York: Wiley.
Ellis, N.(2002), Frequency effects in language processing. *Studies in Second Language Acquisition* 24, pp. 143~88.
Ellis, R.(2006), The methodology of task-based teaching. *Asian EFL Journal* 8, 19~45.
Ellis, R.(2009), Educational settings and second language learning. *Asian EFL Journal* 9(4), Conference Proceedings, pp. 11~27.
Ellis, R.(2010), Second language acquisition research and language-teaching materials, in N. Harwood(ed.), *English language teaching materials: theory and practice*. Cambridge: Cambridge University Press.
Ellis, R., and Chang Jiang(2007), Educational settings and second language learning. *Asian EFL Journal* 9(4), www.asian-efl-journal.com/ Dec_2007_re.php.
Ellis, R., and Gaies, S.(1999), *Impact grammar*. Hong Kong: Longman.
Ellis, R., and Heimbach, R.(1997), Bugs and birds: children's acquisition of second language vocabulary through interaction. *System* 25, pp. 247~59.
Erbaugh, M.(2010), The Chinese Pear stories: narratives across seven Chinese dialects. Retrieved from http://pearstories.org/.
Erman, L., Hayes-Roth, F., Less, V., and Reddy, D.(1980), The Hearsay-II speech understanding system: integrating knowledge to resolve uncertainty. *Computing Surveys* 12, pp. 213~53.
Ervin, S., and Osgood, C.(1954), Second language learning and bilingualism. *Journal of Abnormal and Social Psychology* 49, pp. 139~46.
Ethofer, T., Kreifelts, B., Wiethoff, S., Wolf, J., Grodd, W., Vuilleumier, P., and

Wildgruber, D.(2009), Differential influences of emotion, task, and novelty on brain regions underlying the processing of speech melody. *Journal of Cognitive Neuroscience* 21, pp. 1255~68.

Eykyn, L.(1993), The Effects of Listening Guides on the Comprehension of Authentic Texts by Novice Learners of French as a Second Language. Ph.D. thesis, University of South Carolina. *Dissertation Abstracts International* 53: 3863A.

Faerch, C., and Kasper, G.(1987), *Introspection in second language research*. Clevedon: Multilingual Matters.

Feldman, J.(2003), The simplicity principle in human concept learning. *Current Directions in Psychological Science* 12, pp. 227~32.

Feldman, J.(2006), *From molecule to metaphor: a neural theory of language*. Cambridge, MA: MIT Press.

Fernandez, R., Ginzburg, J., and Lappin, S.(2004), Classifying Ellipsis in Dialogue: a Machine Learning Approach. International Conference on Computational Linguistics(CoLing), Geneva, *Proceedings*, pp. 240~6.

Ferreira, F.(2003), The misinterpretation of noncanonical sentences. *Cognitive Psychology* 47, pp. 164~203.

Ferreira, F., and Patson, N.(2007), The 'good enough' approach to language comprehension. *Language and Linguistics Compass* 1, pp. 71~83.

Ferreira, F., Bailey, K., and Ferraro, V.(2002), Good-enough representations in language comprehension. *Current Directions in Psychological Science* 11, pp. 11~15.

Ferri, G.(2007), Narrating machines and interactive matrices: a semiotic common ground for game studies. *Situated Play*(University of Tokyo journal), pp. 466~73.

Fiebach, C. M., Schlesewsky, M., and Friederici, A.(2001), Syntactic working memory and the establishment of filler-gap dependencies: insights from ERPs and fMRI. *Journal of Psycholinguistic Research* 30(3), pp. 321~38.

Field, J.(2002), The changing face of listening, in J. Richards and W. Renandya(eds), *Methodology in language teaching*. Cambridge: Cambridge University Press.

Field, J.(2003), Promoting perception: lexical segmentation in L2 listening. *ELT Journal* 57, pp. 325~333.

Field, J.(2004), An insight into listeners' problems: too much bottom-up or too much top-down. *System* 32, pp. 363~77.

Field, J.(2008), Bricks or mortar: which parts of the input does a second language listener rely on?, *TESOL Quarterly* 42, pp. 411~32.

Fillmore, C.(1968), The case for case, in E. Bach and T. Harms(eds), *Universals of linguistic theory*. New York: Holt.

Finardi, K.(2007), Working Memory Capacity and the Acquisition of Syntactic Structure in L2 Speech. Departmental MS. Florionopolis, Brazil: Universidade federal de Santa Catarina.

Finardi, K.(2008), Effects of task repetition on L2 oral performance. *Trabalhos em linguística aplicada* 47, pp. 31~43.

Finardi, K., and Weissheimer, J.(2008), On the relationship between working memory capacity and L2 speech development. *Signótica* 20(2), pp. 367~91.

Finch, A.(2001), The non-threatening learning environment. *Korea TESOL Journal* 1, pp. 1~19.

Firth, C., and Firth, U.(2006), The neural basis of mentalizing. *Neuron* 50, pp. 531~4.

Fisher, J. W., III, and Darrell, T.(2002), Informative subspaces for audio-visual processing: high-level function from low-level fusion, in *Proceedings of the International Conference on Acoustics, Speech and Signal Processing*. New York: ACM.

Flavell, J.(1999), Cognitive development: children's knowledge about the mind. *Annual Review of Psychology* 50, pp. 21~45.

Fletcher, C., and Chrysler, S.(1990), Surface forms, textbases, and situation models: recognition memory for three types of textual information. *Discourse Processes* 13, pp. 175~90.

Florit, E., Roch, M., and Levorato, C.(2010), Follow-up study on reading comprehension in Down's syndrome: the role of reading skills and listening comprehension. *International Journal of Language and Communication Disorders*. DOI 10.3109/13682822.2010.487882.

Florit, E., Roch, M., Altoè, G., and Levorato, M. C.(2009), Listening comprehension in pre-schoolers: the role of memory. *British Journal of Developmental Psychology* 27(4), pp. 935~51.

Flowerdew, J., and Miller, L.(2005), *Second language listening: theory and Practice*.

New York: Cambridge University Press.

Flowerdew, J., and Miller, L.(2009), Listening in a second language, in A. Wolvin(ed.), *Listening and human communication in the twenty-first century*. Oxford: Wiley-Blackwell.

Fodor, J.(2002), Pyscholinguistics cannot escape prosody. Aix-en-Provence: ISCA Archive, 83~90.

Fodor, J., Bever, T., and Garrett, M.(1975), The psychological reality of semantic representations. *Linguistic Inquiry* 6, pp. 515~31.

Fox, C.(1997), Authenticity in intercultural communication. *International Journal of Intercultural Relations* 21, pp. 5~103.

Fox Tree, J. E.(1995), The effects of false starts and repetitions on the processing of subsequent words in spontaneous speech. *Journal of Memory and Language* 34, pp. 709~38.

Fox Tree, J. E.(2001), Listeners' uses of um and uh in speech comprehension. *Memory and Cognition* 29, pp. 320~6.

Fox Tree, J. E.(2002), Interpretations of pauses and ums at turn exchanges. *Discourse Processes* 34, pp. 37~55.

Frazier, L.(2008), Processing ellipsis: a processing solution to the undergeneration problem? *Syntax* 4, pp. 1~19.

Freedle, R., and Kostin, I.(1996), The prediction of TOEFL listening comprehension item difficulty for minitalk passages: implications for construct validity. TOEFL Research Report No. RR-96-20. Princeton, NJ: Educational Testing Service.

Freeman, D., and Johnson, K. E.(1998), Reconceptualizing the knowledge base of language teacher education. *TESOL Quarterly* 32, pp. 397~417.

Frenck-Mestre, C.(2002), An online look at sentence processing in a second language, in R. Heredia and J. Altarriba(eds), *Bilingual sentence processing*. Oxford: Elsevier.

Fritz, J., Elhilali, M., David, S., and Shamma, S.(2007), Auditory attention: focusing the searchlight on sound. *Current Opinion in Neurobiology* 17, pp. 437~55.

Fujisaki, H.(2005), Communication of Intention and Modeling the Minds: Lessons from a Study on Human~Machine Dialogue Systems. International Symposium on Communication Skills of Intention, Fukuoka, Japan.

Fukumura, K., van Gompel, R., and Pickering, M.(2010), The use of visual context during the production of referring expressions. *Quarterly Journal of Experimental Psychology* 63, pp. 1~16.

Fulchur, G. and Davidson, F.(2007), *Language testing and assessment: an advanced resource book*. Abingdon: Routledge.

Furness, E.(1957), Listening: a case of terminological confusion. *Journal of Educational Psychology* 48, pp. 477~82.

Gabay, D., Netzer, Y., Meni Adler, M., Goldberg, Y., and Elhadad, M.(2010), *Advances in web and network technologies and information management: lecture notes in computer science*, 5731/2010, pp. 210~21. DOI: 10.1007/978-3-642-03996-6_20.

Gallese, V., and Lakoff, G.(2005), The brain's concepts: the role of the sensory-motor system in conceptual knowledge. *Cognitive Neuropsychology* 22, pp. 455~79.

Gamble, T., and Gamble, M.(1998), *Contacts: communicating interpersonally*. Boston: Allyn & Bacon.

Gambrill, E.(2006), *Critical thinking in clinical practice: improving the quality of judgments and decisions* 2nd edn. New York: Wiley.

García, O., and Baker, C.(2007), *Bilingual education: an introductory reader*. Clevedon: Multilingual Matters.

Garc ı a, O., Skuttnab-Kangas, T., and Torres-Guzman, M.(2006), *Imagining multilingual schools: languages in education and globalization*. Clevedon: Multilingual Matters.

Gardner, D., and Miller, L.(eds)(1999), *Establishing self-access: from theory to practice*. Cambridge: Cambridge University Press.

Gardner, H.(1993), *Multiple intelligences: the theory in practice*. New York: Basic Books.

Gardner, K.(1990), *Sounding the inner landscape*. Rockport, MA: Element Books.

Gardner, R.(1998), Between speaking and listening: the vocalisation of understandings. *Applied Linguistics* 19, pp. 204~24.

Gardner, R., and Macintyre, P.(1992), A student's contribution to second language learning, Part II, Affective variables. *Language Teaching* 26, pp. 1~11.

Garis, E.(1997), Movies in the language classroom: dealing with problematic content. *TESOL Quarterly* 6, pp. 20~3.

Garvuseva, L.(1995), Positioning and framing: constructing interactional asymmetry in employer~employee discourse. *Discourse Processes* 20, pp. 325~45.
Gass, S.(1996), Second language acquisition and second language theory: the role of language transfer, in W. Ritchine and T. Bhatia(eds), *Handbook of second language acquisition*. San Diego, CA: Academic Press.
Gass, S., and Mackey, A.(2006), Input, interaction, and output: an overview. *AILA Review* 19(1), pp. 3~17.
Gass, S., and Selinker, L.(2008), *Second language acquisition: an introductory course* 3rd edn. New York: Routledge.
Gathercole, Susan E., Adams, Anne-Marie, and Hitch, Graham J.(1994), Do young children rehearse? An individual differences analysis. *Memory and Cognition* 22, pp. 201~7.
Gay, G.(2000), *Culturally responsive teaching: theory, research, and practice.* New York: Teachers College Press.
Geeraerts, D.(2006), Prospects and problems of prototype theory, in D. Geeraerts (ed.), *Cognitive linguistics: basic readings*. The Hague: Mouton, pp. 141~66.
Genesse, F.(1987), *Learning through two languages*. New York: Newbury House.
Gernsbacher, M., and Shroyer, S.(1989), The cataphoric use of the indefinite 'this' in spoken narratives. *Memory and Cognition* 17, pp. 536~40.
Gierl, M., Leighton, J., and Hunka, S.(2005), An NCME instructional module on exploring the logic of Tatsuoka's rule-space model for test development and analysis. *Educational Measurement: Issues and Practice* 19, pp. 34~44.
Giles, H.(2009), The process of communication accommodation, in N. Coupland and A. Jaworski(eds), *The new sociolinguistics reader*. New York: Palgrave Macmillan.
Giles, H., and Smith, P.(1979), Accommodation theory: optimal levels of convergence, in H. Giles and R. St Clair(eds), *Language and social psychology*. Oxford: Blackwell.
Gitterman, M., and Datta, H.(2007), Neural aspects of bilingualism, in J. Centeno and R. Anderson(eds), *Communication disorders in Spanish speakers: theoretical, research and clinical aspects*. Clevedon: Multilingual Matters.
Glennie, E.(2010), How to listen, www.ted.com/talks/lang/eng/evelyn_ lennie _shows_how_to_listen.html.

Glisan, E.(1988), A plan for teaching listening comprehension: adaptation of an instructional reading model. *Foreign Language Annals* 21, pp. 9~16.

Gobl, C., and Chasaide, A.(2010), Voice source variation and its communicative functions, in W. Hardcastle, J. Laver and F. Gibbon(eds), *Handbook of phonetic sciences* 2nd edn. Oxford: Wiley.

Goddard, C., and Wierzbicka, A.(2004), Cultural scripts: what are they and what are they good for?, *Intercultural Pragmatics* 1, pp. 153~66.

Goetz, E., Anderson, R., and Schallert, D.(1981), The representation of sentences in memory. *Journal of Verbal Learning and Verbal Behaviour* 20, pp. 369~81.

Goffman, E.(1974), *Frame analysis*. New York: Harper & Row.

Goh, C.(1997), Metacognitive awareness and second language listeners. *ELT Journal* 51, pp. 361~9.

Goh, C.(2002), Exploring listening comprehension tactics and their interaction patterns. *System* 30(2), pp. 85~206.

Goh, C.(2002), *Teaching listening in the language classroom.* Singapore: SEAMEO Regional Language Centre.

Goh, C.(2008), Metacognitive instruction for second language listening development: theory, practice and research implications. *RELC Journal* 39, pp. 188~213.

Goh, T.(2010), Listening as process: learning activities for self-appraisal and selfregulation, in N. Harwood(ed.), *English language teaching materials: theory and practice*. Cambridge: Cambridge University Press.

Golding, J., Graesser, A., and Hauselt, J.(1996), The process of answering directiongiving questions when someone is lost on a university campus: the role of pragmatics. *Cognitive Psychology* 10, pp. 23~39.

Goldwater, S., Jurafsky, D., and Manning, C.(2010), Which words are hard to recognize? Prosodic, lexical, and disfluency factors that increase speech recognition error rates. *Speech Communication* 52, pp. 181~200.

Gollan, T., and Acenas, L.(2004), What is a TOT? Cognate and translation effects on tip-of-the-tongue states in Spanish~English and Tagalog~English bilinguals. *Journal of Experimental Psychology: Learning, Memory, and Cognition* 30, pp. 246~69.

Goodman, S., and Graddol, D.(1996), *Redesigning English: new texts, new identities*. London: Routledge.

Goodwin, C., and Duranti, A.(1992), Rethinking context: an introduction, in A. Duranti and C. Goodwin(eds), *Rethinking context: language as an interactive phenomenon*. Cambridge: Cambridge University Press.

Goodwin, M.(1997), Children's linguistic and social worlds. *Anthopology Newsletter, American Anthtropological Association* 38(4), pp. 1~4.

Gottron, T., and Martin, L.(2009), Estimating web site readability using content extraction. International World Wide Web Conference Proceedings, pp. 1169~70.

Graddol, D.(2006), *English next: why global English may mean the end of 'English as a Foreign Language'*. London: British Council.

Graddol, D., Leith, D., Swann, J., Rhys, M., and Gillen, J., eds(2007), *Changing English*. London: Routledge.

Graham, S.(2003), Learner strategies and advanced level listening comprehension. *Language Learning Journal* 28, pp. 64~9.

Graham, S., Santos, D., and Vanderplank, R.(2007), Listening comprehension and strategy use: a longitudinal exploration. *System* 36, pp. 52~68.

Granena, G.(2008), Elaboration and simplification in Spanish discourse. *International Review of Applied Linguistics(IRAL), in Language Teaching* 46, pp. 137~66.

Graves, M.(2009), *Essential readings on vocabulary instruction*. Newark, DE: International Reading Association.

Greene, J., and Burleson, B.(2003), *Handbook of communication and interaction skills*. Mahwah, NJ: Erlbaum.

Grenfell, M., and Macaro, E.(2007), Language learner strategies: claims and critiques, in E. Macaro and A. Cohen(eds), *Language learner strategies: thirty years of research and practice*. Oxford: Oxford University Press.

Grice, P.(1969), Utterer's meaning and intentions. *Philosophical Review* 78, pp. 147~77.

Grossberg, S.(2003), Resonant neural dynamics of speech perception. *Journal of Phonetics* 31, pp. 423~45.

Gruba, P.(2004), Understanding digitized second language videotext. *Computer Assisted Language Learning* 17, pp. 51~82.

Gruba, P.(2005), *Developing media literacy in the L2 classroom*. Sydney: National Centre for English Teaching and Research, Macquarie University.

Gruber, Helmut(2001), Questions and strategic orientation in verbal conflict sequences. *Journal of Pragmatics* 33, pp. 1815~57.
Gudykunst, W.(1995), The uncertainty reduction and anxiety~uncertainty reduction theories of Berger, Gudykunst, and associates, in D. Cushman and B. Kovacic(eds), *Watershed research traditional in human communication theory*. New York: NYU Press.
Gudykunst, W.(2003), Intercultural communication theories, in W. Gudykunst (ed.), *Cross-Cultural and Intercultural Communication*. Thousand Oaks, CA: Sage.
Gudykunst, W.(2005), An anxiety/uncertainty management theory of strangers' intercultural adjustment, in W. Gudykunst(ed.), *Theorizing about intercultural communication*. London: Sage.
Gudykunst, W.(2009), *Communication yearbook*. Paris: Lavoisier.
Gudykunst, W., and Kim, Y.(2003), *Communicating with strangers: an approach to intercultural communication*. New York: McGraw-Hill.
Gullberg, M.(2006), Some reasons for studying gesture and second language acquisition: hommage à Adam Kendon. *International Review of Applied Linguistics(IRAL), in Language Teaching* 44, pp. 103~24.
Gumperz, J.(1990), The conversational analysis of interethnic communication, in R. Scarcella, E. Anderson and S. Krashen(eds), *Developing communicative competence in a second language*. New York: Heinle & Heinle.
Gurian, M.(2008), *Strategies for teaching boys and girls: elementary level*. San Francisco: Wiley.
Hadley, A. O.(2001), *Teaching language in context*. Boston, MA: Heinle & Heinle.
Hafez, O.(1991), Turn-taking in Egyptian Arabic: spontaneous speech versus drama dialogue. *Journal of Pragmatics* 15, pp. 59~81.
Hall, E.(1980), Giving away psychology in the 80s: George Miller interview. *Psychology Today* 14, p. 82.
Hall, T. A.(1999), The phonological word: a review, in T. Hall and U. Kleinhenz(eds), *Studies on the Phonological Word*. Amsterdam: Benjamins.
Halliday, M., and Hasan, R.(1983), *Cohesion in English*. Harlow: Longman.
Halliday, M., and Webster, J., eds(2009), *Continuum companion to systemic functional linguistics*. London: Continuum.
Halone, K., and Pecchioni, L.(2001), Relational listening: a grounded theoretical

mode. *Communication Reports* 14(1), pp. 59~71.

Hamamura, T., Heine, S., and Paulhus, D. L.(2008), Cultural differences in response styles: the role of dialectical thinking. *Personality and Individual Differences* 44, pp. 932~42.

Hammer, M. R., Bennett, M. J., and Wiseman, R.(2003), Measuring intercultural sensitivity: The intercultural development inventory, *international Journal of Intercultural Relations* 27, 421~443.

Hamp-Lyons, L.(1997), Washback, impact and validity: ethical concerns. *Language Testing* 14, pp. 295~303.

Hamp-Lyons, L., and Davies, A.(2008), The Englishes of English tests: bias revisited. *World Englishes* 27(14), pp. 26~39.

Handel, S.(1993), *Listening: an introduction to the perception of auditory events*. Cambridge, MA: MIT Press.

Handel, S.(2006), *Perceptual coherence: hearing and seeing*. Oxford: Oxford University Press.

Hanna, J., Tanenhaus, M. K., and Trueswell, J. C.(2003). The effects of common ground and perspective on domains of referential interpretation. *Journal of Memory and Language* 49(1), pp. 43~61.

Hansen, M., and Rubin, B.(2009), Audio art, http://www.earstudio.com/projects/listeningpost.html.

Harnad, Stevan(2005), To cognize is to categorize: cognition is categorization, in C. Lefebvre and H. Cohen(eds), *Handbook of categorization in cognitive science*, New York: Elsevier Press.

Harpaz, Y., Levkovitz, Y., and Lavidor, M.(2009), Lexical ambiguity resolution in Wernicke's area and its right homologue. *Cortex* 45, pp. 1097~103.

Harrigan, J., Rosenthal, R., and Scherer, K.(2007), *New Handbook of Methods in Nonverbal Behavior Research*. Oxford: Oxford University Press.

Harris, T.(2008), Listening with your eyes: the importance of speech-related gestures in the language. *Foreign Language Annals* 36, pp. 80~187.

Hartup, W.(1996), The company they keep: friendships and their developmental significance. *Child Development* 67, pp. 1~13.

Hatim, B.(2001), *Teaching and researching translation*. Harlow, UK: Longman.

Havas, D., Glenberg, A., and Rinck, M.(2007), Emotion simulation during language

comprehension. *Psychonomic Bulletin and Review* 14(3), pp. 436~41.
Hayes, B.(2004), Phonological acquistion in optimality theory: the early stages, in R. Kager, J. Pater and W. Zonneveld(eds), *Constraints in phonological acquisition*. Cambridge: Cambridge University Press.
Hayes, B., and Wilson, C.(2008), A maximum entropy model of phonotactics and phonotactic learning. *Linguistic Inquiry* 39, pp. 379~440.
Haynes, J. D., and Rees, G.(2005), Predicting the stream of consciousness from activity in human visual cortex. *Current Biology* 15, pp. 1301~7.
Haynes, J. D., and Rees, G.(2006), Decoding mental states from brain activity in humans. *Nature Reviews Neuroscience* 7, pp. 523~534.
Higuera, C.(2010), *Grammatical inference: learning automata and grammars*. Cambridge: Cambridge University Press.
Hinds, J.(1985), Misinterpretations and common knowledge in Japanese. *Journal of Pragmatics* 9, pp. 7~19.
Hinnenkamp, V.(2009), Intercultural communication, in G. Senft, J. Östman and J. Verschueren(eds), *Culture and language use*. Amsterdam: Benjamins.
Hirai, A.(1999), The relationship between listening and reading rates of Japanese EFL learners. *Modern Language Journal* 83, pp. 367~84.
Hirschman, L., and Gaizauskas, R(2001), Natural language question answering: the view from here. *Natural Language Engineering* 7, pp. 275~300.
Hoey, M.(2005), *Lexical priming: a new theory of words and language*. New York: Routledge.
Holmes, J.(2006), Sharing a laugh: pragmatic aspects of humor and gender in the workplace, *Journal of Pragmatics* 38, pp. 126~50.
Holmqvist, K., and Holsanova, J.(2007), Embodied communication and gestural contrast, in J. Allwood and E. Ahlsén(eds), *Communication, action, meaning: a festschrift to J. Allwood*. Göteborg: Department of Linguistics, University of Göteborg.
Horwitz, E.(2001), Language anxiety and achievement. *Annual Review of Applied Linguistics* 21, pp. 112~26.
House, J.(2009), Introduction. The pragmatics of English as a lingua franca. *Intercultural Pragmatics* 6(2), pp. 141~5.
Houston, S.(2004), The archaeology of communication technologies. *Annual Review*

of Anthropology 33, pp. 223~25.
Hughes, R.(2010), *Teaching and researching: speaking* 2nd edn. Harlow: Longman.
Hulstijn, J.(2002), Towards a unified account of the representation, processing and acquisition of second language knowledge. *Second Language Research* 18, pp. 193~223.
Hulstijn, J.(2003), Connectionist models of language processing and the training of listening skills with the aid of multimedia software. *Computer Assisted Language Learning,* 1744~3210, 16, pp. 413~25.
Hulstijn, J.(2007), Fundamental issues in the study of second language acquisition. *EUROSLA Yearbook* 7, pp. 191~203(13).
Hutchby, I., and Wooffitt, R.(2008), *Conversation analysis*. Temple Hills, MD: Stafford.
Hwang, M.-H.(2003), Listening Comprehension Problems and Strategy Use by Second Learners of English(FL), in Korea. M.A. dissertation, Colchester: University of Essex.
Hymes, D.(1964), Toward ethnographies of communicative events, in P. Giglioli(ed.), *Language and social context*. Harmondsworth: Penguin.
Hymes, D.(1972), *Towards communicative competence.* Philadelphia, PA: University of Pennsylvania Press.
Hymes, D.(2001), On communicative competence, in A. Duranti(ed.), *Linguistic anthropology: a reader*. Malden, MA: Blackwell, pp. 53~73.(First published in R. Huxly and E. Ingram(eds), Mechanisms of language development. London: Centre for Advanced Study in Developmental Science. Article first appeared in 1967.)
Hymes, D.(2009), Ways of speaking, in A. Duranti(ed.), *Linguistic anthropology: a reader*.
Ihde, D.(2007), *Listening and voice: phenomenologies of sound* 2nd edn. New York: State University of New York Press.
Indefrey, P., and Cutler, A.(2004), Prelexical and lexical processing in listening, in M. S. Gazzaniga(ed.), *The cognitive neurosciences* 3rd edn. Cambridge, MA: MIT Press, pp. 759~74.
Ioup, G.(2008), Exploring the role of age in L2 phonology, in J. Edwards and M. Zampini(eds), *Phonology and second language acquisition*. Amsterdam:

Benjamins.
Iskold, L.(2008), Research-based listening tasks for video comprehension, in F. Zhang and B. Barber(eds), *Handbook of research on computer-enhanced language acquisition and learning*. London: IGI Global.
Ittycheriah, A., and Roukos, S.(2006), IBM's Statistical Question Answering System: TREC-11. *Science Commons*, http://handle.dtic.mil/100.2/ADA 456310.
Iverson, J., and Goldin-Meadow, S.(2005), Gesture paves the way for language development. *Cognitive Development* 6, pp. 315~42.
Iverson, P., Kuhl, P. K., Akahane-Yamada, R. C., Diesch, E. D., Yohich Tohkura, Y., Kettermann, A., and Siebert, C.(2003), A perceptual interference account of acquisition difficulties for non-native phonemes. *Cognition* 87, pp. 47~57.
Izumi, S.(2002), Output, input enhancement, and the noticing hypothesis. *Studies in Second Language Acquisition* 24, pp. 541~77.
Jackson, C., and Dussias, P.(2009), Cross-linguistic differences and their impact on L2 sentence processing. *Bilingualism: Language and Cognition* 12, pp. 65~82.
James, W.(1890), *The principles of psychology*. New York: Holt; repr. New York: Dover Publications, 1950.
Jamieson, J., Jones, S., Kirsch, I., Mosenthal, P., and Taylor, C.(2000), *TOEFL 2000 framework: a working paper*. TOEFL Monograph Series Report No. 16. Princeton, NJ: ETS.
Janusik, L.(2004), *Researching listening from the inside out: the relationship between conversational listening span and perceived communicative competence*. College Park, MD: University of Maryland.
Janusik, L.(2007), Building listening theory: the validation of the conversational listening span. *Communication Studies* 58, pp. 139~56.
Jayarajan, V., Nandi, R., and Caldicott, B.(2005), An innovation in insert visual reinforcement audiometry in children. *Journal of Laryngology and Otology* 119(2), pp. 132~3.
Jenkins, J.(2000), *The phonology of English as an international language*. Oxford: Oxford University Press.
Jeon, J.(2007), A Study of Listening Comprehension of Academic Lectures within a Construction~Integration Model. Ph.D. dissertation. Columbus, OH:

Ohio State University.
Jhangiani, S., and Vadeboncoeur, J.(2010), Health care 'as usual': the insertion of positive psychology in Canadian mental health discourse. *Mind, Culture, and Activity* 17, pp. 169~84.
Jiang. H., Li, X., and Liu, C.(2006), Large margin hidden Markov models for speech recognition. *Audio, Speech, and Language Processing: IEEE Transactions* 14(5), pp. 1584~95.
Johnson, J.(2005), *MELAB: descriptive statistics and reliability estimates.* Ann Arbor, MI: University of Michigan.
Johnson, K.(2006), A step forward: investigating expertise in materials evaluation. *ELT Journal* 60(3), pp. 1~7.
Johnson, M.(2007), *The meaning of the body: aesthetics of human understanding*. Chicago: University of Chicago Press.
Johnson, M., Weaver, J., Watson, K., and Barker, L.(2000), Listening styles: biological or psychological differences?, *International Journal of Listening*, 14, pp. 32~46.
Johnson-Laird, P.(1984), *Mental models*. Cambridge: Cambridge University Press.
Johnson-Pynn, J., Fragaszy, D. M., and Cummins-Sebree, S.(2003), Common territories in comparative and developmental psychology: the quest for shared means and meaning in behavioral investigations. *International Journal of Comparative Psychology* 16, pp. 1~27.
Joiner, M.(1996), 'Just girls': literacy and allegiance in junior high school. *Written Communication* 13, pp. 93~129.
Jonassen, D., and Hernandez-Serrano, J.(2002), Case-based reasoning and instructional design: using stories to support problem solving. *Educational Technology Research and Development* 50, pp. 65~77.
Jones, L., and Plass, J.(2002), Supporting listening comprehension and vocabulary acquisition with multimedia annotations. *Modern Language Journal* 86, pp. 546~61.
Jones, M. N., Kintsch, W., and Mewhort, D. J. K.(2006), High dimensional semantic space accounts of priming. *Journal of Memory and Language* 55, pp. 534~52.
Juang, B., and Rabiner, L.(2004), *Automatic speech recognition: a brief history of the technology development*. Oxford: Elsevier.

Jung, H. K.(2006), Misunderstanding of academic monologues by nonnative speakers of English. *Journal of Pragmatics* 38(5), pp. 1928~42.

Jurafsky, D., and Martin, J.(2009), *Speech and language processing: an introduction to natural language processing.* New York: Prentice-Hall.

Jusczyk, P.(1997), *The discovery of spoken language*. Cambridge, MA: MIT Press.

Jusczyk, P.(2003), How infants begin to extract words from speech, in G. Altmann(ed.), *Psycholinguistics: critical concepts in psychology* Vol. 4. London: Routledge.

Juslin, P., and Laukka, Petri(2001), Impact of intended emotion intensity on cue utilization and decoding accuracy in vocal expression of emotion. *Emotion* 1, pp. 381~412.

Kaan, E., and Swaab, T.(2002), The brain circuitry of syntactic comprehension. *Trends in Cognitive Sciences* 6, pp. 350~6.

Kaivanpanah, S., and Alavi, S.(2008), The role of linguistic knowledge in word~meaning inferencing. *System* 36, pp. 172~95.

Kam, K., Kim, M.-S., and Koyama, T.(2003), The truth may not set you free . . . San Diego, CA: International Communication Association, www.allacademic.com/meta/p111453_index.html(accessed 20 February 2010).

Kanaoka, Y.(2009), *Academic listening encounters*. New York: Cambridge University Press.

Karat, C., Vergo, J., and Nahamoo, D.(2007), Conversational interface technologies, in A. Sears and J. A. Jacko(eds), *The human~computer interaction handbook: fundamentals, evolving technologies, and emerging applications.* Human Factors and Ergonomics. Mahwah, NJ: Erlbaum.

Kasper, G.(2006a), Pragmatic comprehension in learner-native speaker discourse. *Language Learning* 34, pp. 1~20.

Kasper, G.(2006b), Speech acts in interaction: towards discursive pragmatics, in K. Bardovi-Harlig, J. Félix-Brasdefer and A. Omar(eds), *Pragmatics and language learning*. Honolulu, HI: University of Hawaii Press.

Kasper, G., and Kellerman, E., eds(1997), *Communication strategies: psycholinguistic and sociolinguistic perspectives*, Harlow: Longman.

Kasper, G., and Ross, S.(2007), Multiple questions in oral proficiency interviews. *Journal of Pragmatics* 39, pp. 2045~70.

Kearsly, G.(2001), Media and learning, hagar.up.ac.za/catts/learner/2001.

Kellett, P. M.(2007), *Conflict dialogue*. London: Sage.

Kelter, S., Kaup, B., and Claus, B.(2004), Representing a described sequence of events: a dynamic view of narrative comprehension. *Journal of Experimental Psychology:Learning, Memory, and Cognition* 30, pp. 451~64.

Kemmis, S., and McTaggart, R.(1988), *The action research planner*. ECT 432/732 Action Research in Curriculum. Geelong, Vic.: Deakin University.

Kerekes, J.(2007), The co-construction of a gatekeeping encounter: an inventory of verbal actions. *Journal of Pragmatics* 39, pp. 1942~73.

Kesselring, T., and Müller, U.(2010), *The concept of egocentrism in the context of Piaget's theory: new ideas in psychology*. Oxford: Elsevier.

Key, M.(1975), *Paralanguage and kinesics*. Metuchen, NJ: Scarecrow Press.

Khafaji, A.(2004), An Evaluation of the Materials used for Teaching English to the second Secondary Level in male Public High School in Saudi Arabia. Unpublished M.A. thesis, University of Exeter.

Kiesling, S., and Johnson, E.(2009), Four forms of interactional indirection. *Journal of Pragmatics* 42, pp. 292~306.

Kim, H.(1995), Intake from the speech stream: speech elements that learners attend to, in R. Schmidt(ed.), *Attention and awareness in foreign language learning*. Honolulu, HI: University of Hawaii Press.

Kim, J., and Davis. C.(2003), Hearing foreign voices: does knowing what is said affect masked visual speech detection?, *Perception* 32, pp. 111~20.

Kim, Y.-H.(2009), An investigation into native and non-native teachers' judgments of oral English performance: a mixed methods approach. *Language Testing* 26, pp. 187~217.

Kintsch, W.(1998), *Comprehension: a paradigm for cognition*. New York: Cambridge University Press.

Kintsch, W.(2000), Metaphor comprehension: a computational theory. *Psychonomic Bulletin and Review* 7, pp. 257~66.

Kintsch, W.(2001), Predication. *Cognitive Science* 25, pp. 173~202.

Kintsch, W.(2007), Meaning in context, in T. K. Landauer, D. McNamara, S. Dennis and W. Kintsch(eds), *Handbook of latent semantic analysis*. Mahwah, NJ: Erlbaum.

Kisley, M., Noecker, T., and Guinthe, P.(2004), Comparison of sensory gating to mismatch negativity and self-reported perceptual phenomena in healthy adults. *Psychophysiology* 41, pp. 604~12.

Kobayashi, K.(2006), Combined effects of note-taking/reviewing on learning and the enhancement through interventions: a meta-analytic review. *Educational Psychology* 26, pp. 459~77.

Koch, C.(2004), *The quest for consciousness: a neuroscientific approach*. Englewood, CO: Roberts.

Koda, K.(1996), L2 word recognition research: a critical review, *Modern Language Journal* 80, pp. 450~60.

Kokubo, H., Hataoka, N., Lee, A., Kawahara, T., and Shikano, K.(2006), Embedded Julius: continuous speech recognition software for microprocessor multimedia signal processing, San Diego, CA: IEEE Conference Proceedings, pp. 378~81.

Konieczny, L., and Voelker, N.(2000), Referential biases in syntactic attachment, in B. Hemforth and L. Konieczny(eds), *German sentence processing*. Dordrecht: Kluwer.

Kowal, M., and Swain, M.(1997), From semantic to syntactic processing: how can we promote it in the immersion classroom? in R. Johnson and M. Swain(eds), *Immersion education: international perspectives*. New York: Cambridge University Press.

Kramsch, C.(1997), Rhetorical models of understanding, in T. Miller(ed.), *Functional approaches to written text: classroom applications*. Washington, DC: USIA.

Kramsch, C., and Whiteside, A.(2008), Language ecology: towards a theory of symbolic competence in multilingual settings. *Applied Linguistics* 29, pp. 645~71.

Kranowitz, K.(2005). *Recognizing and coping with sensory processing disorder*, rev. edn. New York: Penguin.

Krashen, S.(1982), *Principles and practice in second language acquisition*. New York: Pergamon Press.

Krashen, S.(1985), *The input hypothesis: issues and implications*. Harlow: Longman.

Kroll, J., and Tokowitz, N.(2005), Models of bilingual representation and processing: looking back and to the future, in J. Kroll and A. de Groot(eds), *Handbook of bilingualism: psycholinguistic approaches*. Oxford: Oxford University Press.

Kuhl, P.(2000), A new view of language acquisition. *Proceedings from the National Academy of Sciences of the United States* 97, pp. 11850~7.

Kuhl, P.(2004), Early language acquisition: cracking the speech code. *Nature Reviews Neuroscience* 5, pp. 831~43.

Kuhl, P., Conboy, P., Coffey-Corina, S., Padden, D., Rivera-Gaxiola, M., and Nelson, T.(2008), Phonetic learning as a pathway to language: new data and native language magnet theory expanded. *Philosophical Transactions of the Royal Society* 363, pp. 979~1000.

Kuiken, F., and Vedder, I.(2001), Focus on form and the role of interaction in promoting language learning.(Handout.), St Louis, MO: American Association of Applied Linguistics.

Kumaravadivelu, B.(1994), The postmethod condition. *TESOL Quarterly* 28, pp. 27~48.

Kumaravadivelu, B.(2006), *Understanding language teaching: from method to post-method*, London: Routledge; Mahwah, NJ: Erlbaum.

Lachmann, T., and van Leeuwen, C.(2007), Goodness takes effort: perceptual organization in dual-task settings. *Psychological Research* 71, pp. 152~69.

Lakoff, R.(2000), *The language war. Berkeley*, CA: University of California Press.

Lambert, W., and Tucker, G.(1972), *Bilingual education of children: the St Lambert experiment*. New York: Newbury House.

Lambert, W., Havelka, J., and Crosby, C.(1958), The influence of language acquisition contexts on bilingualism. *Journal of Abnormal and Social Psychology* 56, pp. 239~44.

Lantolf, J., ed.(2000), *Sociocultural theory and second language learning*. Oxford: Oxford University Press.

Lantolf, J.(2006), Sociocultural theory and L2: state of the art. *Studies in Second Language Acquisition* 28, pp. 67~109.

Lantolf, J., and Thorne, S.(2006), *Sociocultural theory and the genesis of second language development*. New York: Oxford University Press.

Larson, G., and Jacobsen, K.(2008), *Theory and practice of yoga* 2nd edn. Leiden, Netherlands: Brill.

Lau, E., and Ferreira, F.(2005), Lingering effects of disfluent material on comprehension of garden path sentences. *Language and Cognitive Processes* 20, pp. 633~66.

Laufer, B.(1990), 'Sequence' and 'order' in the development of L2 lexis: some evidence from lexical confusions. *Applied Linguistics* 11, pp. 281~96.

Laufer, B., and Hulstijn, J.(2001), Incidental vocabulary acquisition in a second language: the construct of task-induced involvement. *Applied Linguistics* 22, pp. 1~26.

Lavy, M.(2001), Emotion and the Experience of Listening to Music: A Framework for Empirical Research. Ph.D. thesis, University of Cambridge.

Leaper, C., Carsonn, M., Baker, C., Holliday, H., and Myers, S.(1995), Self-disclosure and listener verbal support in same-gender and cross-gender friends' conversations. *Sex Roles* 33, pp. 387~404.

Lee, N.(2004), The neurology of procedural memory, in J. Schumann, S. Crowell, N. Jones, N. Lee, S. Schuchert and L. Wood(eds), *Neurobiology of learning: perspectives from second language acquisition*. Mahwah, NJ: Erlbaum.

Lee, T.-H.(2006), A comparison of simultaneous interpretation and delayed simultaneous interpretation from English into Korean. *Meta: journal des traducteurs* 51, pp. 202~14.

Leech, G.(2003), Towards an anatomy of politeness in communication. *International Journal of Pragmatics* 14, pp. 101~23.

Lehnert, W., Dyer, M., Johnson, P., and Yang, C.(1983), BORIS: an experiment in in-depth understanding of narratives. *Artificial Intelligence* 20, pp. 15~62.

Lenneberg, E.(1967), *Biological foundations of language*. New York: Wiley.

Leow, R.(2007), Input in the L2 classroom: an attentional perspective on receptive practice, in R. DeKyeser(ed.), *Practice in a second language*. Cambridge: Cambridge University Press.

Levelt, W.(1989), *Speaking: from intention to articulation*. Cambridge, MA: MIT Press.

Levine, T., Asada, K., and Lindsey, L.(2003). The relative impact of violation type and lie severity on judgments of message deceitfulness. *Communication Research Reports* 20, pp. 208~18.

Levinson, S.(1983), *Pragmatics*. Cambridge: Cambridge University Press.

Levinson, S.(2000), Presumptive meanings: the theory of generalized conversational implicature. Cambridge, MA: MIT Press.

Lewis, D.(1970), General semantics. *Synthèse* 22, pp. 16~67.

Lewis, T.(1958), Listening: review of educational research. *Review of Educational Research* 28(2), pp. 89~95.

Liceras, J., Perales, R., Pérez-Tattam, R., and Spradlin, K.(2008), Gender and gender agreement in bilingual native and non-native grammars: a view from child and adult functional~lexical mixings. Lingua, 118, pp. 827~51.

Lieven, E.(2005), Language development: an overview, in K. Brown(ed.), *Encyclopedia of Language and Linguistics* 2nd edn, Vol. 6. Oxford: Elsevier.

Lieven, E., and Tomasello, M.(2008), Children's first language acquisition from a usage-based perspective, in P. Robinson and N. Ellis(eds), *Handbook of cognitive linguistics and second language acquisition*. London: Routledge.

Lin, H., and Chen, T.(2006), Decreasing cognitive load for novice EFL learners: effects of question and descriptive advance organizers in facilitating EFL learners' comprehension of an animation-based content lesson. *System* 34, pp. 416~31.

Linde, C., and Labov, W.(1975), Spatial networks as a site for study of language and thought. *Language* 51, pp. 924~39.

Lingard, L., Espin, S., Whyte, S., Regehr, G., Baker, G., Reznick, R., Bohnen, J., Orser, B., Doran, D., and Grober, E.(2004), Communication failures in the operating room: an observational classification of recurrent types and effect. *Qualitative Safe Health Care* 13, pp. 330~4.

Liu, H., Bates, E., and Li, P.(1992), Sentence interpretation in bilingual speakers of English and Chinese. *Applied Psycholinguistics* 133, pp. 451~84.

Livia, A., and Hall, K.(1997), *Queerly phrased: language, gender, and sexuality*. Oxford: Oxford University Press.

LoCastro, V.(1987), Aizuchi: a Japanese conversational routine, in L. Smith(ed.), *Discourse across cultures*. New York: Prentice-Hall, pp. 101~13.

Long, D.(1990), What you don't know can't help you: an exploratory study of background knowledge and second language listening comprehension. *Studies in Second Language Listening* 12, pp. 65~80.

Long, M.(2009), Methodological principles for language teaching, in M. Long and C. Doughty(eds), *The Handbook of Language Teaching*. Oxford: Blackwell.

Long, M., and Robinson, P.(1998), Focus on form: theory, research, and practice, in C. Doughty and J. Williams(eds), *Focus on form in classroom second language acquisition.* Cambridge: Cambridge University Press.

Lonneker-Rodman, B., and Baker, C.(2009), The FrameNet model and its applications. *Natural Language Engineering* 15, pp. 415~53.

Lopez-Barroso, D., Diego-Balaguer, R., Cunillera, T., Camara, E., and Rodriguez-Fornells, A.(2009), Subcortical structures related to phonological loop in language learning: a DTI study. *NeuroImage* 47, Supplement 1, S96.

Lowerre, B. T.(1976), The Harpy Speech Recognition System. Ph.D. dissertation, Cambridge, MA: Harvard University.

Lowerre, B., and Reddy, R.(1980), The HARPY speech understanding system, in W. Lea(ed.), *Trends in speech recognition*. Voice I/O Applications Conference Proceedings. Palo Alto, CA: AVIOS.

Lozanov, G.(1971), *Suggestology and outlines of suggestopedy*, New York: Gordon & Breach.

Lund, R.(1991), A comparison of second language listening and reading comprehension. *Modern Language Journal* 75(2), pp. 197~204.

Lunzer, E.(2006), Some points of Piagetan theory in the light of experimental criticism. *Journal of Child Psychology and Psychiatry* 1, pp. 191~202.

Lutz, A., Lachaux, J., Matrinerie, J., and Varela, F.(2002), Guiding the study of brain dynamics by using first-person data: synchrony patterns correlate with ongoing conscious states during a simple visual task. *Proceedings of the National Academy of Science USA* 99, pp. 1586~91.

Lynch, T.(1996), *Communication in the language classroom*. Oxford: Oxford University Press.

Lynch, T.(2001), EAP learner independence: developing autonomy in a second language context, in J. Flowerdew and M. Peacock(eds), *Research perspectives on English for academic purposes*. Cambridge: Cambridge University Press.

Lynch, T.(2001), Seeing what they meant: transcribing as a route to noticing. *ELT Journal* 55(2), pp. 124~32.

Lynch, T.(2006), Academic listening: marrying top and bottom, in E. Usó-Juan and A. Martínez-Flor(eds), *Current trends in the development and teaching of the four language skills.* The Hague: Mouton de Gruyter.

Lynch, T.(2009), Responding to learners' perceptions of feedback: the use of comparators in second language speaking courses. *Innovation in Language Learning and Teaching* 3, pp. 191~203.

Lyons, J.(1995), *Linguistic semantics: an introduction*. Cambridge: Cambridge University Press.

Maatman, R., Gratch, J., and Marsella, S.(2005), Natural behavior of a listening agent. *Lecture Notes in Computer Science: Intelligent Virtual Agents.* Berlin: Springer.

Macaro, E. 2005. Research on listening, in *Teaching and learning a second language: a review of recent research.* London: Continuum.

Mackey, A., and Abdul, R.(2005), Input and interaction, in C. Sanz(ed.), *Mind and context in adult second language acquisition: methods, theory, and practice.* Washington DC: Georgetown University Press.

MacWhinney, B.(1994), Implicit and explicit processes. *Studies in Second Language Acquisition* 19, pp. 277~81.

MacWhinney, B.(1995), Language-specific prediction in foreign language learning language testing, 12, pp. 292~320.

MacWhinney, B.(2001), The competition model: the input, the context, and the brain, in P. Robinson(ed.), *Cognition and second language instruction.* New York: Cambridge University Press.

MacWhinney, B.(2002), The development of language and communication, in B. Hopkins(ed.), *Cambridge encyclopedia of child development*. Cambridge: Cambridge University Press.

MacWhinney, B.(2005a), A unified model of language acquisition, in J. F. Kroll and A. M. B. de Groot(eds), *Handbook of bilingualism: psycholinguistic approaches.* Oxford: Oxford University Press.

MacWhinny, B.(2005b), The emergence of grammar from perspective, in D. Pecher and R. Zwaan(eds), *Grounding cognition: the role of perception and action in memory, language, and thinking.* Cambridge: Cambridge University Press.

Madden, J.(2004), The Effect of Prior Knowledge on Listening Comprehension in ESL Class Discussions. Dissertation, University of Texas.

Magiste, E.(1985), Development of intra- and interlingual inference in bilinguals.

Journal of Psycholinguistic Research 14, pp. 137~54.
Maingueneau, D., and Charaudeau, P.(2002), *Dictionnaire d'analyse du discours*. Paris: Le Seuil.
Maleki, A.(2007), Teachability of communication strategies: an Iranian experience. *System* 35, pp. 583~94.
Malinowski, B.(1923), The problem of meaning in primitive languages, in C. Ogden and I. Richards(eds), *The meaning of meaning*. London: Routledge.
Maltz, D., and Borker, R.(2007), A cultural approach to male~female miscommunication, in L. Monaghan and J. Goodman(eds), *A cultural approach to interpersonal communication: essential readings*. Oxford: Blackwell.
Mandler, J., and Johnson, N.(1977), Remembrance of things parsed: story structure and recall. *Cognitive Psychology* 9, pp. 111~51.
Manyozo, L.(2006), Manifesto for development communication: Nora C. Quebral and the Los Baños school of development communication. Asian *Journal of Communication* 16(1), pp. 79~99.
Manzotti, R.(2005), Consciousness and existence as a process, www.homepages .ucl.ac.uk/~uctytho/ManzottiPdf.pdf.
Mareschal, C.(2007), Student Perceptions of a Self-regulatory Approach to Second Language Listening Comprehension Development. Ph.D. dissertation, University of Ottawa.
Marrow, G.(1970), Teaching with Voix et images de France. *Audiovisual Language Journal* 8(2), pp. 75~83.
Marshall, C., and Rossman, G.(2006), *Designing qualitative research*. London: Sage.
Marslen-Wilson, W.(1984), Function and process in spoken word recognition, in H. Bouma and D. Bouwhis(eds), *Attention and performance,* X. Hillsdale, NJ: Erlbaum.
Martínez, A.(2009), A state-of-the-art review of background knowledge as one of the major factors that influence reading comprehension performance. *Elia* 9, pp. 31~57.
Martínez-Flor, A.(2006), The effectiveness of explicit and implicit treatments on EFL learners' confidence in recognizing appropriate suggestions, in K. Bardovi-Harlig, C. Félix-Brasdefer and A. Omar(eds), *Pragmatics and*

language learning. Manoa: National Foreign Language Resource Center, University of Hawaii.

Martín-Loeches, M., Schacht, A., Casado, P., Hohlfeld, A., Rahman, R., and Sommer, W.(2009), Rules and heuristics during sentence comprehension: evidence from a dual-task brain potential study. *Journal of Cognitive Neuroscience* 21, pp. 1365~79.

Massaro, D.(1994), A pattern recognition account of decision making. *Memory and Cognition* 22(5), pp. 616~27.

Massaro, D.(2001), Speech perception, in N. Smelser and P. Baltes(eds), and W. Kintsch(section ed.), *International encyclopedia of social and behavioral sciences*, Amsterdam: Elsevier, pp. 14870~5.

Massaro, D.(2004), A framework for evaluating multimodal integration by humans and a role for embodied conversational agents. *Proceedings of the Sixth International Conference on Multimodal Interfaces.* State College, PA, pp. 24~31.

Mattys, S., Brooks, J., and Cooke, M.(2009), Recognizing speech under a processing load: dissociating energetic from informational factors. *Cognitive Psychology* 59, pp. 203~43.

May, L.(2009), Co-constructed interaction in a paired speaking test: the rater's perspective. *Language Testing* 26(3), pp. 397~421.

Maynard, S.(1997), *Japanese communication: language and thought in context.* Honolulu: University of Hawaii Press.

Maynard, S.(2002), *Linguistic emotivity: centrality of place, the topic~comment dynamic, and an ideology of pathos in Japanese discourse.* Amsterdam: Benjamins.

Maynard, S.(2005), *Expressive Japanese: a reference guide to sharing emotion and empathy.* Honolulu, HI: University of Hawaii Press.

Mayo, P.(1999), *Gramsci, Freire, and adult education: possibilities for transformative action*. London: Macmillan.

McCarthy, M., and Slade, D.(2006), Extending our understanding of spoken discourse, in J. Cummins and C. Davison(eds), *International handbook of English language teaching.* New York: Springer.

McClelland, J., and Ellman, J.(1986), The TRACE model of speech perception.

Cognitive Psychology 18, pp. 1~86.
McClelland, J. L. and Rumelhart, D. E.(1981), An interactive activation model of context effects in letter perception, Part 1, An account of basic findings. *Psychological Review* 88, pp. 375~407.
McClelland, J., Mirman, D., and Holt, L.(2006), Are there interactive processes in speech perception? *Trends in Cognitive Sciences* 10, pp. 363~9.
McClelland, J., Rumelhart, D., and Hinton, G.(2004), The appeal of parallel distributed processing, in D. A. Balota and E. Marsh(eds), *Cognitive psychology: key readings.* London: Psychology Press.
McCornack, S.(1997), The generation of deceptive messages: laying the groundwork for a viable theory of interpersonal deception, in J. Greene(ed.), *Message production: advances in communication theory.* Mahwah, NJ: Erlbaum.
McGrath, I.(2002), *Materials evaluation and design for language teaching.* Edinburgh: Edinburgh University Press.
McGregor, G.(1986), Listening outside the participation framework, in G. McGregor and R. White(eds), *The art of listening.* Beckenham: Croom Helm.
McGurk, H., and MacDonald, J.(1976), Hearing lips and seeing voices. *Nature* 264, pp. 746~8.
McNamara, T., and Roever, C.(2006), *Language testing: the social dimension.* Oxford: Blackwell.
McQueen, J.(2005), Speech perception, in K. Lamberts and R. Goldstone(eds), *Handbook of cognition.* London: Sage.
McQueen, J.(2007), Eight questions about spoken word recognition, in M. G. Gaskell and G. Altman(eds), *The Oxford handbook of psycholinguistics.* Oxford: Oxford University Press.
McVeigh, J.(2010), Tips for establishing a self-access center. Personal web site, www.joemcveigh.org/materials-development/.
Meara, P., and Wolter, B.(2004), V_links: beyond vocabulary depth, in D. Albrechtsen, K. Haastrup and B. Henriksen(eds), *Writing and vocabulary in foreign language acquisition.* Copenhagen: Musuem Tusculanem Press.
Melby, A. K.(2003), Listening comprehension, laws and video, in *LACUS Forum XXIX: Linguistics and the Real World.* Houston, TX: LACUS.
Mendelsohn, D.(2002), The Lecture Buddy project: an experiment in EAP listening

comprehension. *TESL Canada Journal* 20, pp. 64~73.
Mendelsohn, D.(2006), Learning how to listen using listening strategies, in E. Usó and M. Flores(eds), *Current trends in the development and teaching of the four language skills*. The Hague: Mouton.
Mercer, N.(2000), *Words and minds*. London: Routledge.
Messick, S.(1995), Validity of psychological assessment: validation of inferences from persons' responses and performances as scientific inquiry into score meaning. *American Psychologist* 50, pp. 741~9.
Miller, J.(2004). Identity and language use: the politics of speaking ESL in schools, in A. Pavlenko, A. Blackledge, I. Piller and M. Teutsch-Dwyer(eds), *Multilingualism, second language learning, and gender*. Berlin: Mouton de Gruyter.
Miller, L., Tsang, E., and Hopkins, M.(2007), Establishing a self-access centre in a secondary school. *ELT Journal* 61, pp. 220~7.
Minami, M.(2002), *Culture-specific language styles: the development of oral narrative and literacy*. Clevedon: Multilingual Matters.
Mingsheng, L.(1999), Discourse and Culture of Learning: Communication Challenges. Paper presented at the joint AARE~NZARE conference.
Mintz, T.(2003), Frequent frames as a cue for grammatical categories in child-directed speech. *Cognition* 90, pp. 1~117.
Mishan, F.(2004), *Designing authenticity into language learning materials*. Bristol: UKL Intellect Books.
Mislevy, R., and Risconscente, M.(2006), Evidence-centered assessment design, in S. Downing and T. Haladyna(eds), *Handbook of test development*. Oxford: Routledge.
Mitchell, R., and Myles, R.(1998), *Second language learning theories*. London: Arnold.
Mitkov, R., Evans, R., Orasan, C., Ha, L.-A., and Pekar, V.(2007), Anaphora resolution: to what extent does it help NLP applications?, *In Lecture Notes in Computer Science*. Berlin: Springer.
Miyata, S., and Nisisawa, H. Y.(2007), The acquisition of Japanese backchanneling behavior: observing the emergence of aizuchi in a Japanese boy. *Journal of Pragmatics* 39, pp. 1255~74.
Moeschler, J.(2004), Intercultural pragmatics: a cognitive approach, *Intercultural*

Pragmatics 1, pp. 49~70.

Monaghan, L., and Goodman, J.(2007), *A cultural approach to interpersonal communication: essential readings*. Oxford: Blackwell.

Mondala, L., and Doehler, S.(2005), Second language acquisition as situated practice: task accomplishment in the French second language classroom. *Canadian Modern Language Review* 61, pp. 1710~131.

Moore, B.(2004), *An introduction to the psychology of hearing* 5th edn. Oxford: Elsevier.

Moore, R.(2007), Spoken language processing: piecing together the puzzle. *Speech Commuinication* 49, pp. 418~35.

Moore, V.(2004), An alternative account for the effects of age of acquisition, in P. Bonin(ed.), *Mental lexicon: some words to talk about words*. New York: Nova Science.

Morley, J.(1972), *Improving aural comprehension*. Ann Arbor, MI: University of Michigan Press.

Morley, J.(1984), *Listening and language learning in ESL: developing self-study activities for listening comprehension*. Orlando, FL: Harcourt.

Morrison, D., Wang, R., and DeSilva, L.(2007), Ensemble methods for spoken emotion recognition in call centres. *Speech Communication* 49, pp. 98~112.

Morton, J.(1969), Interaction of information in word recognition. *Psychological Review* 76, pp. 165~78.

Movellan, J., and McClelland, J.(2001), The Morton~Massaro law of information integration: implications for models of perception. *Psychological Review* 108(1), pp. 113~48.

Moyer, A.(2006), Language contact and confidence in second language listening comprehension: a pilot study of advanced learners of German. *Foreign Language Annals* 39, pp. 255~75.

Mozziconacci, S.(2001), Modeling emotion and attitude in speech by means of perceptually based parameter values. *User Modeling and User-adapted Interaction* 11, pp. 297~326.

Murchie, G.(1999), *The seven mysteries of life: an exploration of science and philosophy*. NY: Houghton Mifflin.

Murphey, T.(2000), Shadowing and summarizing. National Foreign Language

Research Center video No. 11. Honolulu: Second Language Teaching and Curriculum Center, University of Hawai'i.

Murray, J., and Burke, K.(2003), Activation and encoding of predictive inferences: the role of reading skill. *Discourse Processes* 1532~6950, 35(2), pp. 81~102.

Musiek, F., and Baran, J.(2007), *The auditory system: anatomy, physiology and clinical correlates*. Boston, MA: Allyn & Bacon.

Nakatsuhara, F.(2008), Inter-interviewer variation in oral interview tests. *ELT Journal* 62, pp. 266~75.

Nassaji, H.(2003), L2 vocabulary learning from context: strategies, knowledge sources, and their relationship with success in L2 lexical inferencing. *TESOL Quarterly* 37, pp. 645~70.

Nation, K., Snowling, M., and Clarke, P.(2007), Dissecting the relationship between language skills and learning to read: semantic and phonological contributions to new vocabulary learning in children with poor reading comprehension. *International Journal of Speech~Language Pathology* 9, pp. 131~9.

Nation, P.(2006), Second language vocabulary, in K. Brown(ed.), *Encyclopaedia of Language and Linguistics* 2nd edn, 13. Oxford: Elsevier.

Nation, P.(2007), The four strands of innovation in language learning and teaching. *Innovations in Language Learning and Teaching* 1, pp. 2~13.

Nation, P., and Newton J.(2009), *Teaching ESL/EFL listening and speaking*. London: Routledge.

Newton, A., and de Villiers, J.(2007), Thinking while talking: adults fail nonverbal false-belief reasoning. *Psychological Science* 18, pp. 574~9.

Nichols, R.(1947), Listening: questions and problems. *Quarterly Journal of Speech* 33, pp. 83~6.

Nissan, S., de Vincenzi, F., and Tang, K.(1996), *Analysis of factors affecting the difficulty of dialogue items in TOEFL listening comprehension*. TOEFL Research Report No. RR-95-37. Princeton, NJ: Educational Testing Service.

Nitta, R., and Gardner, S.(2005), Consciousness-raising and practice in ELT coursebooks. *ELT Journal* 59, pp. 3~13.

Nix, D.(1983), Links: a teaching approach to developmental progress in children's reading comprehension and meta-comprehension, in J. Fine and R.

Freedle(eds), *Developmental issues in discourse*. Norwood, NJ: Ablex.
Norman, D.(1982), *Learning and memory*. San Francisco, CA: Freeman.
Norman, D., and Shallice, T.(2000), Cognitive neuroscience: a reader, in M. Gazzaniga(ed.), *The New Cognitive Neurosciences*. Boston: MIT Press.
Norrick, N.(2000), *Conversational narrative: storytelling in everyday talk*. Amsterdam: Benjamins.
Norrick, N.(2005), The dark side of tellability. *Narrative Inquiry* 15, pp. 323~ 43.
Norrick, N.(2008), Negotiating the reception of stories in conversation: teller strategies for modulating response. *Narrative Inquiry* 18(1), pp. 131~51.
Norris, D., Cutler, A., McQueen J. and Butterfield, S.(2006), Phonological and conceptual activation in speech comprehension. *Cognitive Psychology* 53(2), pp. 146~93.
Norris, D., McQueen, J., and Cutler, A.(2000), Merging information in speech recognition: feedback is never necessary. *Behaviorial and Brain Sciences* 23, pp. 299~370.
Norris, J., and Ortega, L.(2000), Effectiveness of L2 instruction: a research synthesis and quantitative meta-analysis. *Language Learning* 50, pp. 417~528.
Nunan, D.(2002), Listening in language learning. Methodology in language teaching: an anthology of current practice, in J. Richards and W. Renandya(eds), *Methodology in language teaching*. Cambridge: Cambridge University Press.
Nunan, D.(2004), *Task-based language teaching*. Cambridge: Cambridge University Press.
Nuñez, J.(2009), Didactica de las grabaciones audiovisuals para desarrollar la comprension oral en el aula de lenguas extranjeras(Use of audiovisual technology in the teaching of oral comprehension of foreign languages). *MarcoELE: revista de didactica* 8, supplement.
O'Barr, W., and Atkins, B.(2009), 'Women's language' or 'powerless language'? in N. Coupland, and A. Jaworski,(eds), *The new sociolinguistics reader*. New York: Palgrave Macmillan.
O'Donnell, T., Tenenbaum, J., and Goodman, N.(2009), Fragment grammars: exploring computation and reuse in language. Computational Cognitive Science MIT Computer Science and Artificial Intelligence Laboratory Technical Report Series, MIT-CSAIL-TR-2009-013.

O'Driscoll, J.(2007), Brown and Levinson's face: how it can ~ and can't ~ help us to understand interaction across cultures. *Intercultural Pragmatics* 4, pp. 463~92.

O'Loughlin, K.(2001), *The equivalence of direct and semi-direct speaking tests.* Cambridge: Cambridge University Press.

O'Malley, J. M., and Chamot, A.(1990), *Learning strategies in second language acquisition.* Cambridge: Cambridge University Press.

O'Malley, J. M., Chamot, A., and Kupper, L.(1989), Listening comprehension strategies in second language acquisition. *Applied Linguistics* 10, pp. 418~37.

O'Sullivan, B., Weir, C., and Saville, N.(2002), Using observation checklists to validate speaking-test tasks. *Language Testing* 19, pp. 33~56.

Ochs, E., and Schieffelin, B.(2009), Language acquisition and socialization: three development stories and their implications, in A. Duranti(ed.), *Linguistic anthropology: a reader*. New York: Wiley.

Ogle, D.(1986), KWL: a teaching model that develops active reading of expository text. *The Reading Teacher* 39, pp. 564~70.

Ohala, J.(1996), Ethological theory and the expression of emotion in the voice. *Spoken Language ICSLP 96: Proceedings*, Fourth International Conference, Philadelphia, PA.

Ohta, A.(2000), *Second language acquisition processes in the classroom.* Mahwah, NJ: Erlbaum.

Okamoto, S.(2008), An analysis of the usage of Japanese hiniku: based on the communicative insincerity theory of irony. *Journal of Pragmatics* 39, pp. 1142~69.

Olsen, L., and Huckin, T.(1990), Point-driven understanding in engineering lecture comprehension. *English for Specific Purposes* 9, pp. 33~47.

Ontai, L., and Thompson, R.(2008), Attachment, parent~child discourse, and theory of mind development. *Social Development* 17, pp. 47~60.

Ortega, L.(2007), Meaningful L2 practice in foreign language classrooms, in R. DeKeyser(ed.), *Practice in a second language.* Cambridge: Cambridge University Press.

Osada, N.(2001), What strategy do less proficient learners employ in listening comprehension? A reappraisal of bottom-up and top-down processing.

Journal of the Pan-Pacific Association of Applied Linguistic 5(1), pp. 73~90.
Osterhout, L., and Mobley, L.(1995), Event-related brain potentials elicited by failure to agree. *Journal of Memory and Language* 34, pp. 739~73.
Osterhout, L., and Nicol, J.(1999), On the distinctiveness, independence, and time course of the brain responses to syntactic and semantic anomalies, *Language and Cognitive Processes* 14, pp. 283~317.
Ouni, S., Cohen, M., Ishak, H., and Massaro, D.(2007), Visual contribution to speech perception: measuring the intelligibility of animated talking agents. *Journal of Audio, Speech, and Music Processing* 1, pp. 3~13.
Owens, R.(2007), *Language development* 7th edn. Boston, MA: Allyn & Bacon.
Oxford, R.(2010), *Applied linguistics in action: teaching and researching learning strategies* 2nd edn. Harlow: Longman.
Paivio, A.(1986), *Mental representation: a dual-coding approach.* Oxford: Oxford University Press.
Palinscar, A., and Brown, A.(1984), Reciprocal teaching of comprehension- fostering and comprehension-monitoring activities. *Cognition and Instruction* 1, pp. 117~75.
Palmer, M., Gildea, D., and Xue, N.(2010), *Semantic Role Labeling.* Synthesis Lectures on Human Language Technologies. San Rafael, CA: Morgan & Claypool.
Paradiso, M., Bear, M., and Connors, B.(2007), *Neuroscience: exploring the brain.* Hagerstown, MD: Lippincott Williams & Wilkins.
Paribakht, T. S.(2010), The effect of lexicalization in the native language on second language lexical inferencing: a cross-linguistic study, in R. Chacón-Beltrán, C. Abello-Contesse, M. Torreblanca-López and M. López-Jiménez(eds), *Further insights into non-native vocabulary teaching and learning.* Clevedon: Multilingual Matters.
Park, M.(2004), The Effects of Partial Captions on Korean EFL Learners' Listening Comprehension. Doctoral dissertation, University of Texas.
Pasupathi, M.(2001), The social construction of the personal past and its implications for adult development. *Psychological Bulletin* 127, pp. 651~72.
Pasupathi, M.(2003), Social remembering for emotion regulation: differences between emotions elicited during an event and emotions elicited when talking about it. *Memory* 11, pp. 151~63.

Pasupathi, M., and Rich, B.(2005), Inattentive listening undermines self-verification in conversation. *Journal of Personality* 73, pp. 1051~86.

Pasupathi, M., Henry, R., and Carstensen, L.(2002), Age and ethnicity differences in storytelling to young children: emotionality, relationality, and socialization. *Psychology and Aging* 17, pp. 610~21.

Pasupathi, M., Lucas, S., and Coombs, A.(2002), Conversational functions of autobiographical remembering: long-married couples talk about conflicts and pleasant topics. *Discourse Processes* 34, pp. 163~92.

Paul, P.(2009), *Language and deafness* 4th edn. London: Jones & Bartlett.

Pauls, A., and Klein, D.(2009), *Hierarchical search for parsing.* Proceedings of Human Language Technologies: the 2009 annual conference of the North American chapter of the Association for Computational Linguistics, Boulder, CO, pp. 557~65.

Pavlenko, A.(2006), Narrative competence in a second language, in H. Byrnes, H. Weger-Guntharp and K. Sprang(eds), *Educating for advanced foreign language capacities: constructs, curriculum, instruction, assessment.* Washington, DC: Georgetown University Press.

Pavlenko, A., and Norton, B.(2007), Imagined communities, identity, and English language teaching, in J. Cummins and C. Davison(eds), *International handbook of English language teaching.* New York: Springer.

Pellicer-Sánchez, A., and Schmitt, N.(2010), Incidental vocabulary acquisition from an authentic novel: do things fall apart? *Reading in a Foreign Language* 22(1), pp. 31~55.

Peng, K., and Nisbett, R.(1999), Culture, dialectics, and reasoning about contradiction. *American Psychologist* 54(9), pp. 741~54.

Penn-Edwards, S.(2004), Visual evidence in qualitative research: the role of videorecording. *Qualitative Report* 9(2), pp. 266~77.

Perrino, S.(2005), Participant transposition in Senegalese oral narrative. *Narrative Inquiry* 15, pp. 345~75.

Peters, A., and Boggs, S.(1986), Interactional routines as cultural influences on language acquisition, in B. Schieffelin and E. Ochs(eds), *Language socialization across cultures.* Cambridge: Cambridge University Press.

Peterson, C., and McCabe, A.(1983), *Developmental psycholinguistics: three ways*

of looking at a child's narrative. New York: Plenum.
Petronio, S.(2002), *Boundaries of privacy: dialectics of disclosure Albany,* NY: State University of New York Press.
Piaget, J.(1951, 2007), *The child's conception of the world.* Plymouth: Rowman & Littlefield.
Pica, T.(2005), Classroom learning, teaching, and research: a task-based perspective. *Modern Language Journal* 89, pp. 339~52.
Pica, T., Doughty, C., and Young, R.(1987), The impact of interaction on comprehension. *TESOL Quarterly* 21, pp. 737~58.
Pickering, L.(2009), Intonation as a pragmatic resource in ELF interaction. *Intercultural Pragmatics* 6, pp. 235~55.
Pickett, J., and Morris, S.(2000), The acoustics of speech communication: fundamentals, speech perception theory, and technology. *Journal of the Acoustic Society of America* 108, pp. 1373~74.
Pienemann, M.(1999), *Language processing and second language development processes: processability theory.* Amsterdam: Benjamins.
Pienemann, M.(2005), *Cross-linguistic aspects of processability theory.* Amsterdam: Benjamins.
Plonka, L.(2007), *Walking your talk.* New York: Penguin.
Poeppel, D., Idsardi, W. J., and van Wassenhove, V.(2008), Speech perception at the interface of neurobiology and linguistics. *Philosophical Transactions of the Royal Society: Biological Sciences* 363, pp. 1071~86.
Poldrack, R.(2006), Can cognitive processes be inferred from neuroimaging data? *Trends in Cognitive Sciences* 10, pp. 59~63.
Poldrack, R., Halchenko, Y., and Hanson, S.(2009), Decoding the large-scale structure of brain function by classifying mental states across individuals. *Psychological Science* 20, pp. 1364~72.
Ponzetto, S., and Poesio, M.(2009), State-of-the-art NLP Approaches to Coreference Resolution: Theory and Practical Recipes. Annual meeting of the Association of Computational Linguistics, Suntec, Singapore.
Poulsen, R., Hastings, P., and Allbritton, D.(2007), Tutoring bilingual students with an automated reading tutor that listens. *Journal of Educational Computing Research* 36, pp. 191~221.

Prescott-Griffin, M. L., and Witherell, N. L.(2004), *Fluency in focus: comprehension strategies for all young readers.* Portsmouth, NH: Heinemann.

Puakpong, N.(2008), An evaluation of a listening comprehension program, in F. Zhang and B. Barber(eds), *Handbook of research on computer-enhanced language acquisition and learning.* London: IGI Global.

Quinn, A.(1999), Functions of nonverbal communication in teaching and learning a foreign language. *French Review* 72, pp. 469~80.

Rahimi, M.(2008), Using dictation to improve language proficiency. *Asian EFL Journal* 10, p. 1, www.asian-efl-journal.com/March_08_mr.php.

Rampton, B.(2006), *Language in late modernity: interaction in an urban school.* Cambridge: Cambridge University Press.

Raphael, T., and Wonnacott, C.(1985), Heightening fourth-grade students' sensitivity to sources of information for answering comprehension questions. *Reading Research Quarterly* 20, pp. 282~96.

Rayner, K., and Clifton, C.(2009), Language processing in reading and speech perception is fast and incremental: implications for event-related potential research. *Biological Psychology* 8, pp. 4~9.

Read, B.(2002), The use of interactive input in EAP listening assessment. *Journal of English for Academic Purposes* 1, 105~19.

Read, J.(2000), *Assessing vocabulary.* Cambridge: Cambridge University Press.

Reinders, H., and Lewis, M.(2006), An evaluative checklist for self-access materials. *ELT Journal* 60, pp. 272~8.

Reitbauer, M.(2006), Hypertextual information structures and their influence on reading comprehension: an empirical study. *Miscelanea: a Journal of English and American Studies* 33, pp. 65~87.

Renandya, W., and Farrell, T.(2010), 'Teacher, the tape is too fast!' Extensive listening in ELT. *ELT Journal.*

Renkema, J.(2004), *Introduction to discourse studies.* Amsterdam: Benjamins.

Rhea, P., Chawarska, K., Fowler, C., Cicchetti, D., and Volkmar, F.(2007), 'Listen, my children and you shall hear': auditory preferences in toddlers with autism spectrum disorders. *Journal of Speech, Language, and Hearing Research* 50, pp. 1350~64.

Rhodes, S.(1987), A study of effective and ineffective listening dyads using the systems theory principle of entropy. *Journal of the International Listening Association* 1, pp. 32~53.

Rhodes, S.(1993), Listening: a relational process, in A. Wolvin and C. Coakley(eds), *Perspectives on listening.* Westport, CT: Greenwood.

Richards, J.(2005), Second thoughts on teaching listening. *RELC Journal* 36, pp. 85~92.

Richards, J.(2008), *Teaching speaking and listening.* Cambridge: Cambridge University Press.

Richards, K.(2009), Trends in qualitative research in language teaching since 2000. *Language Teaching* 42, pp. 147~80.

Ricketts, J., Nation, K., and Bishop, D.(2007), Vocabulary is important for some, but not all, reading skills. *Scientific Studies of Reading* 11(3), pp. 235~57.

Rickford, J.(2004), Implicational scaling, in J. K. Chambers, P. Trudgill and N. Schilling-Estes(eds), *The handbook of language variation and change.* Oxford: Blackwell.

Riecken, T., Strong-Wilson, T., Conibear, F., Michel, C., and Riecken, J.(2005), Connecting, speaking, listening: toward an ethics of voice with/in participatory action. *Forum: Qualitative Social Research* 6(1), article 26.

Rinvolucri, M.(1981), Empathic listening, in *The teaching of listening comprehension.* London: British Council.

Risen, J., and Gilovitch, T.(2007), Informal logical fallacies, in R. Sternberg, H. Roediger and Diane F. Halpern(eds), *Critical thinking in psychology.* Cambridge: Cambridge University Press.

Roach, P.(2000), *English phonetics and phonology: a practical course.* Cambridge: Cambridge University Press.

Roach, P.(2000), Techniques for the phonetic description of emotional speech. *Proceedings of the ISCA Workshop on Speech and Emotion, 2000: a Conceptual Framework for Research.* Newcastle, NI, pp. 53~9.

Robb, C.(2006), *'This changes everything': the relational revolution in psychology.* New York: Farrar Straus & Giroux.

Robbins, J.(1996), Between 'Hello' and 'See you later': Development Strategies for Interpersonal Communication. Ph.D. dissertation, Washington, DC: Georgetown University.(UMI 9634593.)

Roberts, C., and Sarangi, S.(2005), Theme-oriented discourse analysis of medical encounters. *Medical Education* 39, pp. 632~40

Roberts, C., Davies, E., and Jupp, T.(1992), *Language and discrimination: a study of communication in multiethnic workplaces.* Harlow: Longman.

Roberts, C., Moss, B., Wass, V., and Jones, R.(2005), Misunderstandings: a qualitative study of primary care consultations in multilingual settings, and educational implications. *Medical Education* 39, pp. 465~75.

Rochat, P., and Striano, T.(1999), Social-cognitive development in the first year, in P. Rochat(ed.), *Early social cognition: understanding others in the first months of life.* Mahwah, NJ: Erlbaum.

Rocque, R.(2008), A Study of the Effectiveness of Annotation in improving the Listening Comprehension of Intermediate ESL Learners. M.A. thesis, Provo, UT: Brigham Young University.

Rodd, J., Davis, M., and Johnsrude, I.(2005), The neural mechanisms of speech comprehension: fMRI studies of semantic ambiguity. *Cerebral Cortex* 15, pp. 1261~9.

Rodman, R.(1988), Linguistics and computer speech recognition, in L. Hyman and T. Li(eds), *Language, speech and mind.* London: Routledge.

Rogers, C. R., and Freiberg, H. J.(1994), *Freedom to learn* 3rd edn. Columbus, OH: Merrill/Macmillan.

Rogoff, B.(2003), *The cultural nature of human development*. New York: Oxford University Press.

Roland, D., Dick, F., and Elman, J.(2007), Frequency of basic English grammatical structures: a corpus analysis. *Journal of Memory and Language* 57, pp. 348~79.

Ronnberg, J., Rudner, M., Foo, C., and Lunne, T.(2008), Cognition counts: a working memory system for ease of language understanding(ELU). *International Journal of Audiology* 47(2), pp. S99~S105.

Rosch, E., Mervis, C., Gray, W., Johnson, D., and Boyes-Braem, P.(2004), Basic objects in natural categories, in D. Balota and E. Marsh(eds), *Cognitive psychology: key readings*. New York: Psychology Press.

Rose, K., and Kasper, G.(2001), *Pragmatics in language teaching.* Cambridge: Cambridge University Press.

Rost, M.(1990), *Listening in language learning.* London: Longman.
Rost, M.(2003), *Longman English interactive,* 1~4. White Plains, NY: Longman.
Rost, M.(2005), L2 listening, in E. Hinkel(ed.), *Handbook of research in second language teaching and learning*. Mahwah, NJ: Erlbaum.
Rost, M.(2006), Areas of research that influence L2 listening instruction, in E. Usó-Juan and A. Martínez-Flor(eds), *Current trends in the development and teaching of the four language skills.* Amsterdam: Mouton de Gruyter.
Rost, M.(2007), 'I'm only trying to help': a role for interventions in teaching listening. *Language learning and technology* 11(1), pp. 102~8.
Rost, M.(2009), *Teacher development interactive: listening. White Plains,* NY: Pearson Longman, www.teacherdevelopmentinteractivetdi.com/.
Rost, M., and Ross, S.(1991), Learner use of strategies in interaction: typology and teachability. *Language Learning* 41, pp. 235~73.
Rubin, A., Haridakis, P., and Piele, L.(2009), *Communication research: strategies and sources*. Florence, KY: Cengage.
Rubin, H., and Rubin, I.(2005), *Qualitative interviewing: the art of hearing data.* London: Sage.
Rubin, J.(1988), Improving foreign language listening comprehension. Report prepared for *the International Research and Studies Program, Project No. 017AH70028.* Washington, DC: US Department of Education.
Rubin, J., and Thompson, I.(1998), The communication process, in J. Rubin and I. Thompson(eds), *How to be a more successful language learner* 2nd edn. Boston, MA: Heinle & Heinle.
Ruchkin, D., Grafman, J., Cameron, K., and Berndt, S.(2003), Working memory retention systems: a state of activated long-term memory. *Behavioral and Brain Sciences* 26, pp. 709~28.
Rumelhart, D., and Norman, D.(1981), Analogical processes in learning, in J. Anderson(ed.), *Cognitive skills and their acquisition.* Hillsdale, NJ: Erlbaum.
Sajavaara, K.(1986), Transfer and second language speech-processing, in E. Kellerman and M. Sharwood Smith(eds), *Crosslinguistic influence in second language acquisition.* New York: Pergamon.
Salahzadeh, J.(2005), *Academic listening strategies: a guide to understanding lectures.* Ann Arbor, MI: University of Michigan Press.

Salthouse, T.(1996), The processing-speed theory of adult age differences in cognition. *Psychological Review* 103, pp. 403~28.

Samuda, V., and Bygate, M.(2008), *Tasks in second language learning: research and practice in applied linguistics.* London: Palgrave Macmillan.

Sanchez-Casas, R., and Garcia-Albea, J.(2005), The representation of cognate and non-cognate words in bilingual memory, in J. Kroll and A. de Groot(eds), *Handbook of bilingualism: psycholinguistic approaches.* Oxford: Oxford University Press.

Sanders, T., and Gernsbacher, M. A., eds(2004), *Accessibility in text and discourse processing.* Mahwah, NJ: Erlbaum.

Santrock, J.(2008), *A topical approach to life-span development.* New York, NY: McGraw-Hill.

Sanz, C., ed.(2005), *Mind and context in adult second language acquisition: methods, theory, and practice.* Washington D.C.: Georgetown University Press.

Saraceni, M.(2009), Relocating English: towards a new paradigm for English in the world. *Language and Intercultural Communication* 9, pp. 175~86.

Sarangi, S.(2009), Accounting for mismatches in intercultural selection interviews. *Multilingua* 13, pp. 163~94.

Sarangi, S.(2009), Culture, in G. Senft, J. Östman and J. Verschueren(eds), *Culture and language use*. Amsterdam: Benjamins.

Sarangi, S., and Brookes-Howell, L.(2006), Recontextualising the familial life world in genetic counselling case notes, in M. Gotti and F. Salagar-Meyer(eds), *Advances in medical discourse analysis: oral and written contexts.* Berne: Peter Lang.

Sarangi, S., and Roberts, C.(2001), Discoursal(mis)alignments in professional gatekeeping encounters, in C. Kramsch(ed.), *Language acquisition and language socialization: ecological perspectives.* London: Continuum.

Sawaki, Y., and Nissan, S.(2009), *Criterion-related validity of the TOEFL iBT listening section*. TOEFL iBT Research Report RR-09-02. Princeton, NJ: Educational Testing Service.

Sawyer, R.(2006), *The Cambridge handbook of the learning sciences.* Cambridge: Cambridge University Press.

Saxton, T.(2009), The inevitability of child-directed speech, in S. Foster-Cohen(ed.),

Language acquisition. London: Palgrave Macmillan.
Schacter, D.(2001), *The seven sins of memory.* New York: Houghton Mifflin.
Schank, R.(1980), Language and memory. *Cognitive Science* 4, pp. 243~84.
Schank, R.(1982), Reminding and memory organization, in W. Lenhert and M. Ringle(eds), *Strategies for natural language processing.* Hillsdale, NJ: Erlbaum.
Schank, R.(1986), What is AI, anyway?, *AI Magazine* 8, pp. 59~65.
Schank, R.(1991), Where's the AI? *AI Magazine* 12, pp. 38~48.
Schank, R.(1999), *Dynamic memory revisited.* Cambridge: Cambridge University Press.
Schaub, A.(2009), *Digital hearing aids.* New York: Thieme.
Scheepers, R., and Smit, T.(2009), Listening Comprehension in Academic Lectures: a Focus on the Role of Discourse Markers. Doctoral thesis, Pretoria: University of South Africa.
Scherer, K.(2003), Vocal communication of emotion: a review of research paradigms. *Speech Communication* 40(1~2), pp. 227~56.
Schmidt, R.(1995), Consciousness and foreign language learning: a tutorial on the role of attention and awareness in learning, in R. Schmidt(ed.), *Attention and awareness in language learning.* Honolulu, HI: University of Hawaii Press.
Schmidt-Rinehart, B.(1994), The effects of topic familiarity on second language listening comprehension. *Modern Language Journal* 18, pp. 179~89.
Schmitt, N.(2008), Review article. Instructed second language vocabulary learning. *Language Teaching Research* 12, pp. 329~63.
Schneider, B., Daneman, M., and Pichora-Fuller, M.(2002), Listening in aging adults: from discourse comprehension to psychoacoustics. *Revue canadienne de psychologie expérimentale* 56, p. 152.
Schoepflin, T.(2009), On being degraded in public space: an autoethnography. *Qualitative Report* 14(2), pp. 361~73, www.nova.edu/ssss/QR/QR14-2/schoepflin.pdf.
Schooler, J. W., and Fiore, S. M.(1997), Consciousness and the limits of language, in J. Cohen and J. Schooler(eds), *Scientific approaches to consciousness.* Hillsdale, NJ: Erlbaum.

Schuler, W., Abdel Rahman, S., Miller, T., and Schwartz, L.(2010), Broad-coverage parsing using human-like memory constraints. *Computational Linguistics* 36, pp. 1~30.

Scollon, R., and Scollon, S.(1995), *Intercultural communication: a discourse approach.* Oxford: Blackwell.

Scollon, S.(2006), Not to waste words or students: Confucian and Socratic discourse in the tertiary classroom, in E. Hinkel(ed.), *Culture in second language teaching and learning.* Cambridge: Cambridge University Press.

Searle, J.(1969), *Speech acts: an essay on the philosophy of language.* Cambridge: Cambridge University Press.

Searle, J.(1975), A taxonomy of illocutionary acts. *Language and Society* 5, pp. 1~23.

Segalowitz, N., Trofimovich, P., Gatbonton, E., and Sokolovskaya, A.(2008), Feeling affect in a second language: the role of word recognition automaticity. *Mental Lexicon* 3, pp. 47~71.

Segalowitz, S., Segalowitz, N., and Wood, A.(1998), Assessing the development of automaticity in second language word recognition. *Applied Psycholinguistics* 19, pp. 53~67.

Sercu, L.(2004), Assessing intercultural competence: a framework for systematic test development in foreign language education and beyond. *Intercultural Education* 15, pp. 73~89.

Shao, A., and Morgan, C.(2005), Consideration of age in L2 attainment: children, adolescents and adults. *Asian EFL Journal* 6, article 11.

Shaules, J.(2008), *Deep culture.* Clevedon: Multilingual Matters.

Shaules, J.(2009), *A beginner's guide to the deep culture experience: beneath the surface.* Boston, MA: Intercultural Press.

Shea, D.(1995), Perspective and production: structuring conversational participation across cultural borders. *Journal of Pragmatics* 4, pp. 357~89.

Sherer, K.(2003), Vocal communication of emotion: a review of research paradigms. *Speech Communication* 40, pp. 227~56.

Shohamy, E.(2001), *The power of tests: a critical perspective on the uses of language tests.* Harlow: Pearson.

Shohamy, E., and Inbar, O.(1991), Validation of listening comprehension tests:

the effect of text and question type. *Language Testing* 8, pp. 23~40.
Simard, D., and Wong, W.(2001), Alertness, orientation, and detection. *Studies in Second Language Acquisition* 23(1), pp. 103~24.
Sindrey, D.(2002), *Listening games for littles.* London, Ont.: WordPlay.
Singer, M.(2007), Inference processing in discourse comprehension, in M. Gaskell and G. Altmann(eds), *The Oxford handbook of psycholinguistics.* Oxford: Oxford University Press.
Singhal, A., Cody, M., Rogers, E., and Sabido, M.(2004), *Entertainment-education and social change: history, research, and practice.* Mahwah, NJ: Erlbaum.
Singleton, D.(1995), A critical look at the critical period hypothesis in second language acquisition research, in D. Singleton and Z. Lengyel(eds), *The age factor in second language acquisition.* Clevedon: Multilingual Matters.
Singleton, D., and Lengyel, Z.(1995), *The age factor in second language acquisition.* Clevedon: Multilingual Matters.
Skierso, A.(1991), Textbook selection and evaluation, in M. Celce-Murcia(ed.), *Teaching English as a second or foreign language.* Berkeley and Los Angeles: University of California Press.
Skierso, A.(1991), Textbook selection, in M. Celce-Murcia(ed.), *Teaching English as a second or foreign language.* Boston, MA: Heinle & Heinle.
Skutnabb-Kangas, T.(2008), Human rights and language policy in education, in J. Cummins and N. Hornberger(eds), *Encyclopedia of language and education* 2nd edn. New York: Springer.
Skutnabb-Kangas, T., and McCarty, T.(2008), Clarification, ideological/epistemological underpinnings and implications of some concepts in bilingual education, in J. Cummins and N. Hornberger(eds), *Encyclopedia of language and education* 2nd edn. New York: Springer.
Slobin, D.(2004), Cognitive prerequisites for the development of grammar, in B. Lust and C. Foley(eds), *First language acquisition: the essential readings.* Oxford: Blackwell.
Snow, C.(1994), Beginning from baby talk: twenty years of research on input and interaction, in C. Gallaway and B. Richards(eds), *Input and interaction in language acquisition.* Cambridge: Cambridge University Press.
Soaves, C., and Grosjean, F.(1984), Bilingual in a monolingual and bilingual speech

mode: the effect on lexical access. *Memory and Cognition* 12, pp. 380~6.

Sollier, P.(2005), *Listening for wellness: an introduction to the Tomatis method.* Walnut Creek, CA: Mozart Center Press.

Song, W., Liu, W., Gu, N., Quan, X., and Hao, T.(2010), Automatic categorization of questions for user-interactive question answering. *Information Processing and Management* 6 March. DOI 10.1016/j.ipm.2010.03.002.

Spector, J.(2008), *Handbook of research on educational communications and technology.* Mahwah, NJ: Erlbaum.

Spencer-Oatey, H., and Franklin, P.(2009), *Intercultural interaction: a multidisciplinary approach to intercultural communication.* Basingstoke: Palgrave Macmillan.

Sperber, D., and Wilson, D.(1995), *Relevance: communication and cognition* 2nd edn. Oxford: Blackwell.

Sperber, Dan, and Wilson, Deirdre(2004), Relevance theory, in G. Ward and L. Horn(eds), *Handbook of Pragmatics.* Oxford: Blackwell.

Steil, L., Barker, L. and Watson, K.(1983), *Effective listening: key to your success.* Reading, MA: Addison-Wesley.

Stephenson, J.(2004), A teacher's guide to controversial practices. *Special Education Perspectives* 13, pp. 66~74.

Stern, D.(1999), Vitality contours: the temporal contour of feelings as a basic unit for constructing the infant's social experience, in P. Rochat(ed.), *Early social cognition.* Mahwah, NJ: Erlbaum.

Stone, D., Patton, B., and Heen, S.(1999), *Difficult conversations.* New York: Viking Penguin.

Stoness, S. C., Allen, J., Aist, G., and Swift, M.(2005), Using Real-world Reference to improve Spoken Language Understanding. AAAI Workshop on Spoken Language Understanding, Pittsburgh, PA, pp. 38~45.

Stork, D., and Hennecke, M., eds(1995), *Speechreading by humans and machines: proceedings of the NATO Advanced Study Institute on Speechreading by Man and Machine, Computer and Systems Sciences,* Vol. 150. New York: Springer.

Strange, W., and Schaefer, V.(2008), Speech perception in second language learners: the re-education of selective perception, in J. Edwards and M. Zampini(eds),

Phonology and second language acquisition. Amsterdam: Benjamins.
Stringer, E.(2007), Action research. London: Sage. Strodt-Lopez, B.(1996), Using stories to develop interpretive processes. *ELT Journal* 50, pp. 35~42.
Stubbe, M.(1998), Are you listening? Cultural influences on the use of supportive verbal feedback in conversation. *Journal of Pragmatics* 29, pp. 257~89.
Sullivan, K.(2007), Pros and cons of class podcast projects: evaluating a classroom innovation, in K. Bradford-Watts(ed.), *JALT2006: Conference Proceedings.* Tokyo: JALT.
Sunderland, J.(2006), *Language and gender.* Abingdon: Routledge.
Suvorov, R.(2008), Context Visuals in L2 Listening Tests: the Effectiveness of Photographs and Video vs. Audio-only Format. M.A. thesis, Ames, IA: Iowa State University.
Swain, M.(1985), Communicative competence: some roles of comprehensible input and comprehensible output in its development, in S. Gass and C. Madden(eds), *Input in second language acquisition.* Boston, MA: Newbury House.
Swain, M.(1995), Three functions of output in second language learning, in G. Cook and B. Seidlhofer(eds), *Principles and practice in applied linguistics.* Oxford: Oxford University Press.
Swain, M.(2000), The output hypothesis and beyond: mediating acquisition through collaborative dialogue, in J. Lantolf(ed.), *Sociocultural theory and second language learning.* Oxford: Oxford University Press.
Swain, M., and Lapkin, S.(1999), *Sociocultural theory and second language learning.* Oxford: Oxford University Press.
Swales, J.(1990), *Genre analysis.* Cambridge: Cambridge University Press.
Szabo, Csilla(2006), Language choice in note-taking for consecutive interpreting. *Interpreting* 8, pp. 129~47.
Szymanski, M.(1999), Re-engaging and dis-engaging talk in activity. *Language in Society* 28, pp. 1~23.
Taguchi, N.(2009), Comprehension of indirect opinions and refusals in L2 Japanese, in N. Taguchi(ed.), *Pragmatic competence.* The Hague: Mouton de Gruyter.
Tanaka, H.(2001), Adverbials for turn projection in Japanese: toward a demystification of the 'telepathic' mode of communication. *Language in*

Society 30(4), pp. 559~87.
Tanenhaus, M. K., Spivey-Knowlton, M. J., Eberhard, K. M., and Sedivy, J.(1995), Integration of visual and linguistic information in spoken language comprehension. *Science* 268, pp. 1632~4.
Tanenhaus, M., and Trueswell, J.(2006), Eye movements and spoken language comprehension, in M. Traxler and M. Gernsbacher(eds), *Handbook of Psycholinguistics* 2nd edn. Oxford: Elsevier.
Tanenhaus, M., Chambers, C., and Hanna, J.(2004), Referential domains in spoken language comprehension: using eye movements to bridge the product and action traditions, in *The interface of language, vision, and action: eye movements and the visual the visual world.* New York: Psychology Press.
Tannen, D.(1990), *You just don't understand: women and men in conversation.* New York: Morrow.
Tannen, D.(2006), Intertextuality in interaction: reframing family arguments in public and private. Text and Talk: an Interdisciplinary Journal of Language, Discourse *Communication Studies* 26, pp. 597~617.
Tannen, D.(2007), 'Put down that paper and talk to me': rapport-talk and report-talk, in L. Monaghan and J. Goodman(eds), *A cultural approach to interpersonal communication: essential readings.* New York: Wiley.
Tatsuoka, K.(2009), *Cognitive assessment: an introduction to the rule space method.* New York: Taylor & Francis.
Tauroza, S., and Allison, D.(1994), Expectation-driven understanding in information systems lecture comprehension, in J. Flowerdew(ed.), *Academic listening: research perspectives.* Cambridge: Cambridge University Press.
Taylor, A., Stevens, J., and Asher, J.(2006), The effects of explicit reading strategy training on L2 reading comprehension, in J. Norris and L. Ortega(eds), *Synthesizing research on language learning and teaching.* Amsterdam: Benjamins.
Taylor, D.(1994), Inauthentic authenticity or authentic inauthenticity? TESL-L, 1(2), http://tesl-ej.org/ej02/a.1.html.
Taylor, G.(2005), Perceived processing strategies of students watching captioned video. *Foreign Language Annals* 38, pp. 422~7.
Thein, N.(2006), Evaluating the Suitability and Effectiveness of three English

Coursebooks at Myanmar Institute of Technology. M.A. thesis, University of Thailand.

Thibault, P.(2004), *Brain, mind and the signifying body: an ecosocial semiotic theory.* New York: Continuum.

Thibault, P.(2006), Agency, individuation and meaning-making, in G. Williams and A. Lukin(eds), *The development of language: functional perspectives on species and individuals.* London: Continuum.

Thomas, J.(2006), Cross-cultural pragmatic failure, in K. Bolton and B. Kachru(eds), *World Englishes: critical concepts in linguistics.* London: Taylor & Francis.

Thomas, S., and Pollio, H.(2002), *Listening to patients: a phenomenological approach to nursing research and practice.* New York: Springer.

Tomasello, Michael(2003), *Constructing a language: a usage-based theory of language acquisition.* Cambridge, MA: Harvard University Press.

Tomatis, A.(1991), *The conscious ear: my life of transformation through listening.* Barrytown, NY: Station Hill Press.

Tomlinson, B., ed.(2003), *Developing materials for language teaching.* London: Continuum.

Tosi, A.(1984), *Immigration and bilingual education: a case of study of movement of population, language change, and education within the EEC.* London: Pergamon.

Toulmin, S.(1987), *An introduction to reasoning* 2nd edn. New York: Macmillan.

Traat, M.(2006), Information Structure in Discourse. Ph.D. thesis, University of Edinburgh.

Trabasso, T., and Magliano, J.(1996), Conscious understanding during comprehension. *Discourse Processes* 21, pp. 255~87.

Trabasso, T., and Sperry, L.(1985), Causal relatedness and importance of story events. *Journal of Memory and Language* 24, pp. 595~611.

Treisman, A.(2003), Consciousness and perceptual binding, in A. Cleeremans(ed.), *The unity of consciousness: binding, integration, dissociation.* Oxford: Oxford University Press.

Trites, L., and McGroarty, M.(2005), Reading to learn and reading to integrate: new tasks for reading comprehension tests. *Language Testing* 22, pp. 174~20.

Trochim, William M.(2006), *Likert scaling. Research methods knowledge base* 2nd edn, www.socialresearchmethods.net/kb/scallik.php.

Truax, C., and Carkhuff, R.(2007), *Toward effective counseling and psychotherapy: training and practice.* New Brunswick, NJ: Transaction.

Trueswell, J., and Gleitman, L.(2004), Children's eye movements during listening: developmental evidence for a constraints-based theory of sentence processing, in J. Henderson and F. Ferreira(eds), *The interface of language, vision, and action.* New York: Psychology Press.

Tseng, W., and Schmitt, N.(2008), Toward a model of motivated vocabulary learning: a structural equation modeling approach. *Language Learning* 58, pp. 357~400.

Tsui, A.(1994), *English conversation.* Oxford: Oxford University Press.

Tsui, A., and Fullilove, J.(1998), Bottom-up or top-down processing as a discriminator of L2 listening performance. *Applied Linguistics* 19, pp. 432~451.

Tudge, J., and Rogoff, B.(1999), Peer influence on cognitive development: Piagetan and Vygotskian perspectives, in P. Lloyd and C. Fernyhough(eds), *Lev Vygotsky: critical assessments: the zone of proximal development* Vol. III. London: Taylor & Francis.

Tuzi, F., Mori, K., and Young, A.(2008), Using TV commercials in ESL/EFL classes. *Internet TESL Journal* 14(5), http://iteslj.org/Techniques/Tuzi-TVCommercials.html.

Tyler, A.(1995), The co-construction of cross-cultural miscommunication: conflicts in perception, negotiation, and enhancement of participant role and status. *Studies in Second Language Acquisition* 17, pp. 129~52.

Umino, T.(2006), Learning a second language through audiovisual media: a longitudinal investigation of strategy use and development, in Y. Asako, T. Umino and M. Negishi(eds), *Readings in second language pedagogy and second language acquisition.* Amsterdam: Benjamins.

Ushioda, E.(2008), Motivation and language, in J. Verschueren, J. Östman and E. Versluys(eds), *Handbook of pragmatics* 4. Amsterdam: Benjamins.

Valett, R.(1977), *Humanistic education.* St Louis, MO: Mosby.

Van den Broek, P., Rapp, D., and Kendeou, P.(2005), Integrating memory-based and constructionist processes in accounts of reading. *Discourse Processes*

39, pp. 299~316.
Van Den Noort, M., Bosch, P., Hadzibeganovic, T., Mondt, K., Haverkort, M., and Hugdahl, K.(2010). Identifying the neural substrates of second language acquisition, in J. Arabski and A. Wojtaszek(eds), *Neurolinguistic and psycholinguistic perspectives on SLA*. Clevedon: Multilingual Matters.
Van der Veer, R.(2007), *Lev Vygotsky. Continuum Library of Educational Thought.* London: Continuum.
Van Heuven, W., and Dijkstra, T.(2010), Language comprehension in the bilingual brain: fMRI and ERP support for psycholinguistic models. *Brain Research* 3.
Vandergrift, L.(2005), Relationships among motivation orientations, metacognitive awareness and proficiency in L2 listening. *Applied Linguistics* 26, pp. 70~89.
Vandergrift, L.(1997), The comprehension strategies of second language(French), listeners: a descriptive study. *Foreign Language Annals* 30, pp. 387~409.
Vandergrift, L.(1998), Successful and less successful listeners in French: What are the strategy differences?, *French Review* 71, pp. 370~95.
Vandergrift, L.(1999), Facilitating second language listening comprehension: acquiring successful strategies. *ELT Journal* 53(4), pp. 73~8.
Vandergrift, L.(2007), Recent developments in second and foreign language listening comprehension research. *Language Teaching* 40, pp. 191~210.
Vandergrift, L., and Goh, C.(2009), Teaching and testing listening comprehension, in M. Long and C. Doughty(eds), *The handbook of language teaching*. Oxford: Blackwell.
Vandergrift, L., Goh, C., Mareschal, C. and Tafaghodtari, M.(2006), The metacognitive awareness listening questionnaire: development and validation. *Language Learning* 56, pp. 431~62.
VanPatten, B.(1996), *Input processing and grammar instruction in second language acquisition*. Norwood, NJ: Ablex.
VanPatten, B.(2005), Processing instruction, in C. Sanz(ed.), *Mind and context in adult second language acquisition: methods, theory, and practice.* Washington, DC: Georgetown University Press.
VanPatten, B., Inclezan, D., Salazar, H., and Farley, A.(2009), Processing instruction and dictogloss: a study on object pronouns and word order. Spanish *Foreign*

Language Annals 42, pp. 557~75.
VanPatten, C., Coulson, S., Rubin, S., Plante, E., and Parks, M.(1999), Time course of word identification and semantic integration in spoken language. *Journal of Experimental Pyschology: Learning, Memory, and Cognition* 25, pp. 394~417.
Varela, F., and Shear, J.(2001), *The view from within: first-person methodologies.* Exeter: Imprint Academic.
Vendrame, M., Cutica, I., and Bucciarelli, M.(2010), 'I see what you mean': oral deaf individuals benefit from speaker's gesturing. *European Journal of Cognitive Psychology* 1, pp. 38~52.
Verschueren, J.(1999), *Understanding pragmatics.* London: Arnold.
Verschueren, J.(2009), The pragmatic perspective, in J. Verschueren and J. Östman(eds), *Key notions for pragmatics.* Amsterdam: Benjamins.
Vidal, K.(2003), Academic listening: a source of vocabulary acquisition? *Applied Linguistics* 24, pp. 56~89.
Vihman, M., and Croft, W.(2008), Phonological development: toward a 'radical' templatic phonology. *Linguistics* 45(4), pp. 683~725.
Villaume, W., and Bodie, G.(2007), Discovering the listener within us: the impact of trait-like personality variables and communicator styles on preferences for listening style. *International Journal of Listening* 21, pp. 102~23.
Vitevitch, M.(2007), The spread of the phonological neighborhood influences spoken word recognition. *Memory and Cognition* 35(1), pp. 166~75.
Vogely, A.(1995), Perceived strategy use during performance on three authentic listening comprehension tasks. *Modern Language Journal* 79(1), pp. 41~56.
Vouloumanos, A., and Werker, J.(2007), Listening to language at birth: evidence for a bias for speech in neonates. *Developmental Science* 10, pp. 159~71.
Vygotsky, L.(1978), *Mind in society: the development of higher psychological processes.* Cambridge, MA: Harvard University Press.
Wagner, E.(2010), The effect of the use of video texts on ESL listening test-taker performance. *Language Testing.*
Wajnryb, R.(1990), *Grammar dictation.* Oxford: Oxford University Press.
Walters, S.(2009), A conversation analysis-informed test of L2 aural pragmatic comprehension. *TESOL Quarterly* 43, pp. 29~54.

Waring, R.(2010). Starting extensive listening, www.robwaring.org/er/ER_info/starting_extensive_listening.htm.

Waring, R., and Nation, P.(2004), Vocabulary size, text coverage, and word lists, in D. Albrechtsen, K. Haastrup and B. Henriksen(eds), *Angles on the English-speaking world: writing and vocabulary in foreign language acquisition*. Copenhagen: Museum Tusculanum Press, University of Copenhagen.

Watanabe, Y., and Swain, M.(2007), Effects of proficiency differences and patterns of pair interaction on second language learning: collaborative dialogue between adult ESL learners. *Language Teaching Research* 11, pp. 121~42.

Weir, C.(2005), Limitations of the Common European Framework for developing comparable examinations and tests. *Language Testing* 22, pp. 281~300.

Weizenbaum, J.(1966), ELIZA: a computer program for the study of natural language. *Communication of the Association for Computing Machinery* 9, pp. 36~45.

Weller, G.(1991), The influence of comprehension input on simultaneous interpreter's output. *Proceedings of the Twelfth World Congress of FIT*. Amsterdam, Benjamins.

Wells, G.(2009), *The meaning makers: learning to talk and talking to learn*. Bristol: Multilingual Matters.

Wenner, J., Burch, M., Lynch, J., and Bauer, P.(2008), Becoming a teller of tales: associations between children's fictional narratives and parent~child reminiscence narratives. *Journal of Experimental Child Psychology* 101, pp. 1~19.

Werker, J. F.(1991), The ontogeny of speech perception, in G. Mattingly and M. Studdert-Kennedy(eds), *Modularity and the motor theory of speech perception*. Hillsdale, NJ: Erlbaum.

Werker, J., and. Tees, R.(2002), Cross-language speech perception: evidence for perceptual reorganization during the first year of life. *Infant Behavior and Development* 25, pp. 121~33.

Wesche, M., and Paribakht, T.(2010), *Lexical inferencing in a first and second language: cross-linguistic dimensions*. Clevedon: Multilingual Matters.

Wetzels, S.(2009), Individualised Strategies for Prior Knowledge Activation. Doctoral thesis, Heerlen: Open Universiteit Nederland

Whaley, B. and Samter, W.(eds)(2007), *Explaining communication: contemporary theories and examples*. Mawah, NJ: Erlbaum.

White, C., and Burgoon, J.(2006), Adaptation and communicative design: patterns of interaction in truthful and deceptive conversations. *Human Communication Research* 27, pp. 9~37.

White, G.(1998), *Listening,* Oxford: Oxford University Press.

White, G.(2008), Listening and the good language learner, in C. Griffiths(ed.), *Lessons from good language learners: insights for teachers and learners: a tribute to Joan Rubin.* Cambridge: Cambridge University Press.

Wicks, P., Reason, P., and Bradbury, H.(2008), Living inquiry: personal, political and philosophical grounding in action research practice, in P. Reason and H. Bradbury(eds), *The Sage handbook of action research: participative inquiry and practice.* London: Sage.

Widdowson, H.(2007), Un-applied linguistics and communicative language teaching. *International Journal of Applied Linguistics,* http://ciilibrary.org:8000/ciil/}Fulltext/International_ Journal_of_Applied_Linguistics/2007/Vol_17_2_2007/Article_4.pdf.

Wiegrebe, L., and Krumbolz, K.(1999), Temporal resolution and temporal masking properties of transient stimuli: data and an auditory model. *Journal of the Acoustic Society of America* 105, pp. 2746~56.

Wilce, J.(2009), Medical discourse. *Annual Review of Anthropology* 8, pp. 199~215.

Wilensky, R.(1981), PAM, in R. Schank and C. Riesbeck(eds), *Inside computer understanding: five programs plus miniatures.* Hillsdale, NJ: Erlbaum.

Wilensky, R.(1981), Cognitive science meta-planning: representing and using knowledge about planning in problem solving and natural language understanding. *Cognitive Science* 5, pp. 197~233.

Willard, G., and Gramzow, R.(2008), Exaggeration in memory: systematic distortion of self-evaluative information under reduced accessibility. *Journal of Experimental Social Psychology* 44, pp. 246~59.

Willems, R., and Hagoort, P.(1999), Neural evidence for the interplay between language, gesture, and action: a review. *Brain and Language* 101, pp. 3278~89.

Williams, Brian(2006), The Listening Behaviors of Managers in the Workplace.

Ed.D. dissertation. Washington, DC: George Washington University.
Willingham, Daniel T.(2007), Critical thinking: why is it so hard to teach? American Educator, summer 8~19, http://mres.gmu.edu/pmwiki/uploads/Main/CritThink.pdf.
Willis, A.(2009), Edupolitical research: reading between the lines. *Educational Researcher* 38, pp. 528~36.
Wilson, JJ(2008), *How to teach listening.* London: Pearson.
Wimmer, R., and Dominick, J.(2005), *Mass media research: an introduction. Belmont.* CA: Thomson.
Wiseman, C.(2004), Review of D. Boxer and A. D. Cohen(eds), *Studying speaking to inform second language learning.* Clevedon: Multilingual Matters.
Wodak, R.(1996), *Disorders of discourse.* London: Longman.
Wodak, R., ed.(1997), *Gender and discourse.* London: Sage.
Wodak, R.(2009), *The discourse of politics in action.* London: Palgrave Macmillan.
Wode, H. et al.(1992), L1, L2, L3: continuity vs. discontinuity in lexical acquisition, in P. Arnaud and H. Béjoint(eds), *Vocabulary and applied linguistics.* London: Macmillan.
Wong-Fillmore, L.(1991), Second language learning in children: a model of language learning in social context, in E. Bialystok(ed.), *Language processing in bilingual children.* Cambridge: Cambridge University Press.
Wood, J., and Eriksen, E.(2005/2008), The effects of simultaneous paring of auditory and visual stimuli in short-term memory. University of Wisconsin *Journal of Student Research,* www.uwstout.edu/rs/2005/ 2005contents.htm.
Wray, A.(2009). Identifying formulaic language: persistent challenges and new opportunities, in G. Corrigan, E. Moravcsik and H. Ouali(eds), *Formulaic language* Vol. I. Amsterdam: Benjamins.
Wray, A., and Perkins, M.(2000), The functions of formulaic language: an integrated model. *Language and Communication* 20, pp. 1~28.
Yanagawa, K. and Green, A.(2008), To show or not to show: the effects of item stems and answer options on performance on a multiple-choice listening comprehension test. *System* 36, pp. 107~22.
Yang, R.-L.(1993), A study of the communicative anxiety and self-esteem of Chinese students in relation to their oral and listening proficiency in English. Doctoral

dissertation, Atlanta, GA: University of Georgia. *Dissertation Abstracts International* 54, p. 2132A.

Yanushevskaya, I., Gobl C., and Chasaide A.(2008), Voice quality and loudness in affect perception. *Conference Proceedings, Speech Prosody,* Campinas, Brazil.

Yepes, J.(2001), Using Analysis of Retrospective Interviews following a TOEFL Listening Task to refine a Model of L2 Listening Comprehension. Paper presented at the AAAL conference, St Louis, MO.

Yuen, I., Davis, M., Brysbaert, M., and Kath Rastle, K.(2010), Activation of articulatory information in speech perception. *Proceedings of the National Academy of Sciences* 107, pp. 592~7.

Zadeh, L.(1965), Fuzzy sets. *Information and Control* 8, pp. 338~53.

Zatorre, R., Belin, P., and Penhune, V.(2002), Structure and function of auditory cortex: music and speech. *Trends in Cognitive Sciences* 6, pp. 37~46.

Zhang, Y.(2009), An experimental study of the effects of listening on speaking for college students. *English Language Teaching* 3, pp. 194~204.

Zhang, Y., Kuhl, P., Imada, T., Kotani, M., and Tohkura, Y.(2005), Effects of language experience: neural commitment to language-specific auditory patterns. *NeuroImage* 26, pp. 703~20.

Zipf, H.(1949), *Human behavior and the principle of least effort.* New York: Addison-Wesley.

Zubizarreta, M. L.(1998), *Prosody, focus and word order.* Cambridge, MA: MIT Press.

Zwaan, R.(2004), The immersed experiencer: embodied theory of language comprehension, in B. Ross(ed.), *The psychology of learning and motivation: advances in research and theory.* Oxford: Elsevier.

Zwaan, R.(2006), The construction of situation models in narrative comprehension: an event-indexing model. *Psychological Science* 6(5), pp. 292~297.

Zwaan, R. A., Kaup, B., Stanfield, R. A., and Madden, C. J.(2000), *Language comprehension as guided experience, http://cogprints.org/949/00/lc_as_guided*-exp.

Zwaan, R., Stanfield, R., and Yaxley, R.(2002), Language comprehenders mentally represent the shapes of objects. *Psychological Science* 13, pp. 168~71.

찾아보기

각본(scripts) 109, 186
각성(alertness) 47
각성(arousal) 45
간격 메우기(gap filling) 204
간결성의 원칙(parsimony principle) 107
간소화 275, 278, 284, 289, 312, 350, 435
감각 운동 단계(sensorimotor stage) 206
감정이입(empathy) 156
감정적(affective) 251
감정적인 연대감(affective involvement) 150, 153
감지하기(sensing) 162
강도(intensity) 239
강약 격에 맞춘 언어(trochaically timed language) 217
강제적인 산출(pushed output) 246, 285, 293
강제적인 산출 과제(pushed output task) 249
강화된 입력물(accentuated input) 283
개념 중심의 개념틀(conceptual schemata) 186
개념틀(schemata) 105, 106, 108, 111, 195, 226, 227, 261, 276, 301, 304, 313, 412
개체들 사이의 관계(relationship between entities) 185
검색하기(detect) 220
겉보기 타당도(face validity) 299
격 문법(case grammar) 92
결과 타당도(consequential validity) 327
결속 장치 113, 114
결정주체(adjudicator) 156
경신 99
경쟁 모형(competition model) 220
계층 구조(parse) 179
고쳐 말하기(recast) 213
공동 배경(common ground) 132, 152, 161
공부 계획으로서 과제(task-as-work plan) 438
공손법 전략(politeness strategies) 152
공손법(politeness) 228
공책에 적어두기 비법(note-taking tips) 435
공책에 적기(take note) 369, 434
관용적 언어표현(formulaic language) 90, 91
관점 41, 43, 369, 397, 406
교정을 위한 듣기(proof listening) 249
구분(segmentation) 73, 209
구성물(construct) 325, 355
구성물 참조 327
구성물 타당도 348
구조 형성(structure building) 100
구조 형성 틀(structure building framework) 100

구체적인 조작 단계(concrete operational stage) 206
귀납추론(induction) 119
규칙 공간 방법(rule-space methodology) 329
규칙들(rules) 136
그림에 바탕을 둔 사용자 컴퓨터 대화 설비(GUI: graphical user interface) 171
그만둔 구문 62
근거(grounds) 118
근접 발달 영역(ZPD: Zone of Proximal Development) 208
근접 영역(proximal zone) 206
글자 번역(transliteration) 223
기억 교점(memory node) 100
기억의 구조화된 전송 단위(MOPs: Memory Organisational Packets) 186
기준(criterion) 325
기준 참조 327, 355
기타 원칙(et cetera principle) 73
기폭 낱말(trigger) 186
깊게 듣기 294
꼬리표(tags) 179
나란히 늘어놓기(paratactic organization) 263, 364
나이센의 정보 분석 방법(NIAM: Nijssen's information analysis methods) 186
납득할 만한 의도(plausible intention) 116
낮은 행위 지향성(low action orientation) 150
낱말 인식 72
낱말 인지(word recognition) 70, 72~76, 86, 200, 216, 218, 270, 272, 402, 403
내부 감각(interoception) 34
내성(retrospection) 428
내용 개념틀(content schemata) 270, 314
내용 보호를 받는 언어 가르침(sheltered language instruction) 308
내이(inner ear) 34, 35, 39
내재된 학습계획(built-in syllabus) 244
내포 수준(embedded level) 179
논리적 추론(logical inference) 87
논항 구조 92
뉴런들(neurones) 39
다중 시간 해결(multi-time resolution) 75
다차원 모형(multidimensional model) 220
단기 기억(short-term memory) 72, 121, 126, 127, 220, 268, 296, 315, 428
단일 주도 체계(single initiative system) 188
담화 공동체 148
담화 기능(discourse function) 90
담화 등재(discourse coding) 370
담화 수준(discourse level) 87
담화 유형(discourse pattern) 161, 211, 228, 392
담화의 세계(UoD: University of discourse) 186
대인 기만 이론(interpersonal deception theory) 144
대조(contrast) 57
대화 규범(conversational maxim) 141, 144, 145
대화 로봇(chatbot) 171
대화를 통한 상호작용(dialogic interaction) 289
덩잇글 기반 모형(textbase model) 129
도전거리(challenge) 155, 211, 227, 252, 296
동기부여(motivation) 52, 205, 230, 231, 242, 253, 320, 341, 355, 435
동등한 지위(equality position) 152

동시 맥락(co-text) 95
동시 조음(co-articulation) 182
동작 신호(kinesic signal) 96
동화(assimilation) 78, 79, 206, 267
되살핌(reflection) 428
되짚어 보기 246, 316
되짚어 주기(feedback) 162, 211, 212, 230, 291, 293, 303, 304, 315, 321, 355, 434, 450, 464
두 번째 국면(second pass) 87, 88
뒤섞여 잘못된 듣기(blended mishearing) 114
듣고 개별 완성하기(dicto-comp) 294
듣기 오류(acoustic mishearing) 114
듣기 전(pre-listen) 300, 302
듣기 전략(listening strategies) 285, 317
띠를 이룬 정보(spectral information) 173
로고젠(logogen) 75, 77
리프(REAP: Read-Encode-Annotate-Ponder) 181
마음에 대한 사회 문화적 이론(sociocultural theory of mind) 289
말더듬(disfluency) 104
말뭉치 271
말할 차례 227
망상 활성 시스템(reticular activating system) 45
맞장구(backchannelling) 156, 268, 285, 286, 288, 304, 376
맥거크 효과(McGurk Effect) 113
맥락(context) 42, 44, 46, 60, 134, 136, 137, 148, 165, 197, 209, 213, 214, 221, 227, 235, 238, 244, 252, 258, 279, 294, 323, 327, 342, 343, 345
맥락에 따른 언어 판박이(contextual language routines) 213
멈추기(pausing) 104
멈춤 과제(paused task) 314
면담 370, 371, 372, 452
면접 평가 348, 349, 414
명제 모형(propositional model) 87, 92
모라(Mora) 71
모음축약(vowel reduction) 84, 78
모음탈락(elision) 78, 85, 267
목표(goals) 136
목표 언어 사용(TLU: target language use) 327
목표 언어 사용 영역(TLU domain) 327
목표 지향의 의사소통(goal-oriented communication) 161
목표로 삼은 유창성(target competence) 239
몰이해(non-understanding) 108
묶기 과업(packaging task) 204
문법 규칙(grammatical rule) 55, 209
문법 발견 접근법(grammar discovery approach) 297
문제 해결 과정(problem-solving process) 114
문항 반응 이론(IRT: item response theory) 329
문화 개념틀(cultural schemata) 270, 314, 399
문화적 순응(acculturation) 253
반언어적인 발화(semi-verbal utterance) 156
반응 기록(protocol) 341, 368, 370, 427, 428, 429, 459
반응하기(responding) 162, 319
받아들이기(uptaking) 154
받아들일 수 있는 이해(acceptable understanding) 108
발달의 상호성(mutuality of development) 209
발신자(addressor) 137
발화 인지(speech recognition) 173, 176
방향 잡기(orientation) 45, 47

방향성 43, 48
방향을 나타내는 시선(directional gaze) 96
방향잡기 47
배경 정보(background information) 101
범주 지각(categorical perceptions) 200
벗어나기(opting out) 144
베르니케 영역(Wernicke's area) 39
변이음(allophonic variation) 73, 78, 79
변이형태(variation) 59, 73, 402, 403
변하는 요소들(transitional elements) 264
변환한다(transduce) 37
병렬 처리(parallel processing) 40, 46
보완 전략(compensatory strategies) 284
보조 맞추기(pacing) 104
부담감이 높은 시험 344
부담감이 높은 평가 323
부조화(mismatch) 108
부조화된 해석(mismatched interpretation) 228
부족한 확장(underextension) 204
분산(variance) 328
분석(parsing) 89, 94
불확실성 관리 이론(uncertainty management theory) 151
브로카 영역(Broca's area) 40
비언어적 실마리 55, 95, 97, 98
비언어적인 메시지 97, 160
사교모임 효과(cocktail party effect) 47
사회문화 이론(SCT: sociocultural theory) 253
사회적 거리(social distance) 253
사회적 얼개(social framework) 109
사회적 틀(social frame) 147~149
사회적(social) 251
삼각측량(triangulation) 376, 397, 434
상올리브 핵(superior olivary complex) 38
상위 수준(superordinate level) 179, 329
상위 수준의 능력(top-level ability) 328
상위 화용론적(meta-pragmatic) 288, 289
상위 인지(meta-cognition) 158, 250
상위인지적(metacognitive) 251, 426
상징 능력(symbolic competence) 134
상향식 발화 처리(bottom up speech processing) 400
상향식 정보(bottom up information) 75
상향식 처리(bottom up processing) 98, 131, 218
상호 배타 전략(mutual exclusively strategies) 221
상호작용 능력(interactional competence) 134
상호작용 수준(interactional level) 116
상호작용 적응(interaction adaptation) 164
상호작용 춤(ineractional dance) 287
상호작용에 대한 조정(conversational adjustment) 285
상호 주도 체계(mixed initiative system) 188
상황 맥락(context of situation) 146
상황 모형(situation model) 129
상황중심 지시표현(deixis) 96, 137
상황지시 표현(exophoric expression) 62
새로운 정보(new information) 99, 100, 101, 102, 131
생각 소리 낸 반응 기록(think-aloud protocol) 428
생략(ellipsis) 56, 62, 89, 112, 113
생략된 명제(ellipted proposition) 115

생략음(elided sounds) 182
서로 얽혀 연결되는 텍스트 지식(intertextual knowledge) 90
선택으로 배우기(learning by selection) 197
선택적 주의집중(selective attention) 46, 48
선행조응(anaphoric) 89, 112, 117, 180
선호되는 반응(preferred response) 154, 285
섭취물(intake) 248
성별 언어(genderlect) 153
성별 역할 153
성별 효과 153
속말하기(inner speech) 208
수다쟁이 로봇(chatterbot) 171
수신인(adressee) 137
수신인 두려움(receiver apprehension) 150
수용자(recipient) 137
수용적 듣기 158
수정된 입력물(modified input) 283, 284
수행내용철 322, 340, 351, 355
순전한 받아쓰기(pure dictation) 294
쉼(pause) 63, 104, 268, 269, 328, 334, 346, 364, 378, 423, 428, 445
쉼의 단위(pause units) 55, 63~66
스트래스카일드(Strathcylde) 181
스펙트럼 처리(spectral processing) 35
습득을 위한 듣기(listening for acquisition) 249
승인(endorsement) 157
신경 연결망(neuron net) 176, 216
실생활 관련성(authenticity) 234, 239, 244, 257, 267, 268, 269
실시간 연결 과제(online tasks) 428
실시간 추리(real time reasoning) 118
실어증(aphasia) 41
심리적 거리(psychological distance) 253
심리적 타당도(psychological validity) 299
심리적 타당성(psychological validity) 94
심리적으로 타당한(psychologically valid) 70, 318
아이러니(irony) 144
아이 중심의 발화(CDS: child directed speech) 198, 211, 213, 283
안내 신호(guide signals) 97
알아차림(noticing) 211
약화(weakening) 84
양방향 협력 과제(two-way collaborative tasks) 304
어기면서(flouting) 143
어조(tenor) 157
어휘 구분(lexical segmentation) 217
어휘 구분 전략(lexical segmentation strategy) 73, 217
어휘 구절(lexical phrase) 70
어휘 먼저 이해 원리(lexis-first understanding principle) 218
어휘 사슬(lexical chain) 112
어휘 전이(lexical transfer) 221
어휘의 범위를 벗어난 낱말(out-of-vocabulary word) 271
어휘의 역할 272
어휘화된 조건 맞추기(lexicalised conditioning) 180
억양 단위(intonation units) 43, 63, 64
억제(suppression) 100, 131
언어 발달 206, 207, 211
언어 일반적인 능력(language-general capacity) 197
언어 표상(linguistic representation) 181
언어딸림 실마리(paralinguistic cue) 97, 102

언어딸림 자질(paralinguistic features) 62, 376
언어에 초점을 맞춘 학습(language-focus learning) 294
언어적 의도(linguistic intention) 57
언어적인 환경(linguistic environment) 247, 282
역할극(role play) 246, 318
연결망 만들기(network-building) 204
연성(sandhi) 79
연속적인 지각(continuous perception) 200
연역추론(deduction) 119
열린 질문 369, 429, 448
엿듣는 사람들(overhearer) 137
예측하기(predicting) 319
오해(misunderstanding) 108
올림조(rising tones) 101
외부조응 표현(exophoric) 89, 112
외이(outer ear) 34, 36
용인(concession) 157
운율 구분 전략(metrical segmentation strategy) 217
원형(prototype) 73, 109, 110
원형 이론(prototype theory) 110
원형적인 배경(prototypical settings) 263
유동적인 덩이(flowing chunks) 116
유창성 240
음보(foot) 71
음소배열 체계(phonotactic system) 197
음운 규칙 55
음운 꼬리표(phonological tag) 216
음운 단위의 축약(phonological reduction) 56
음운론적 계층구조(phonological hierarchy) 70
음운배열 지식(phonotactic knowledge) 199
음운 번역(transvocalisation) 223
음운 자질 검색기(phonetic feature detector) 78
음위상 조직(tonotopic organization) 38
음향 속성사진(acoustic snapshots) 174
의견 간격(opinion gap) 246
의도(intention) 35, 42, 136, 137, 139, 153, 414
의미 실마리(semantic cue) 89
의미 역할 딱지 붙이기(semantic role labelling) 185
의미 연산자(semantic operator) 188
의미 타개하기(negotiate meaning) 246, 273
의미론적으로 조건적(semantically contingent) 212
의미에 대한 타개(NfM: negotiation for meaning) 151, 255
의미연결(coherence) 112, 116, 118, 181
의미정교화 모형(mathemagenic models) 251
의사소통 두려움(communication apprehension) 150
의사소통 상태(communicative state) 161
의사소통에서 위선(communicative insincerity) 144
의식(consciousness) 42, 44, 46, 208
이독성 지표(readability index) 182
이름 붙이기(labelling) 203
이원 부호화(dual coding) 216
이음말(collocation) 74, 333, 334
이중언어(bilingual) 239
이청성 지표(listenability index) 182
이해 가능한 입력물(comprehensible input) 243, 302, 310
이해 가능한(comprehensible) 220, 237
이해 가능한(intelligible) 59

이해 전략(comprehension strategy) 311
이해를 위한 듣기(listening for comprehension) 249
익은말 227, 328
인공적인 대화 개체(ACE: artificial conversational entity) 171
인용형(citation form) 78
인접 밀집도(neighbourhood density) 271
인정(acknowledgements) 157
인지 구조(cognitive structure) 205, 206
인지 낱말 271
인지 발달 206, 207, 208, 209, 210, 211
인지 어휘(recognition vocabulary) 271
인지적(cognitive) 251
인지적 난도(cognitive difficulty) 274
인지적 닻(cognitive anchor) 226
인지적 부담(cognitive load) 274
인지적 전이(cognitive transfer) 216
인지적인 몰입(cognitive commitment) 110
인지 지도(cognitive map) 109
일반화(generalization) 203
일원 부호화(single coding) 216
임시 처리(temporal process) 35
입력물 가설(input hypothesis) 243
입력물 처리 모형(input processing model) 219
입말능력(oracy) 239
자극 패턴(excitation pattern) 38
자기 보고 326, 426
자동화된 인지(ASR: automated speech recognition) 172
자료 저장고 훈련(training of database) 175
자연 순서 가설(natural order hypothesis) 243
자율적인 듣기(autonomous listening) 316
자질 분석(feature analysis) 75
자질 억제 요소(feature inhibitor) 75
작업 기억(working memory) 127
잘못 들음(mishearing) 178
잘못된 시작 62, 268, 328
장기 기억(long-term memory) 126, 127, 412
장기 학습(long-term learning) 128
저울눈 351, 403, 404
적절성(felicity) 140
적절한 입력물(relevant input) 258
적합성(relevance) 258, 259, 305
전달 방식(manner of delivery) 104
전략(strategies) 284, 316, 318, 319, 347, 423, 426, 434
전문가의 섬(island of expertise) 210
전자기적 조정(magnetic tuning) 197
전정 신경(vestibular nerve) 39
전조작 단계(preoperation stage) 206
절대 평가(criterion-referenced test) 325, 327
점검하기(monitoring) 319
점화(priming) 113
점화 효과(priming effect) 271
접어군(clitic group) 64, 71
정감적 요소(affective elements) 109
정보 간격(information gap) 246, 294
정보 묶기 229
정보 뽑아내기(IE: Information Extraction) 185
정보 조작 이론(information manipulation theory) 144
정보 처리 모형(information processing model) 219
정서적인 결과(affective outcomes) 390
정신 모형 99
정신 표상(metal representation) 104
정현파 자극(sinusoidal stimulation) 37

제시 실마리(presentation cues) 102
제시된 정보(given information) 99, 101, 102, 131
제한된 용량(limited capacity) 46
조각 맞추는 듣기(jigsaw listening) 296
조각 문법(fragment grammar) 88
조음 원인(articulatory cause) 57
조작 원리(operating principles) 248
조절(accommodation) 164, 206
조정(interventions) 423, 432, 433, 435, 437
존재론(ontology) 183, 186
주의집중(attention) 42, 44, 45, 46, 47, 52, 59, 102, 121, 126, 131, 208, 212, 214, 220, 249, 271, 342, 343, 362, 422, 432, 433
주의집중의 초점에 있는 중심대상(focal centre of attention) 63
주장(claims) 118
주제 전환(topic shift) 285
주파수(frequency) 57, 59
준비성(readiness) 156
중이 35, 36
증강(enhancement) 100, 131
증거 뒷받침하기(supporting grounds) 115
지각된 사회적 거리(perceived social distance) 151
지각에서 방향성 변화(directional changes in perception) 197
지각에서 선(perceptual goodness) 59
지각에서 항구성(perceptual constancy) 200
지나치게 많은 연결(overexuberance of connection) 197
지나친 확장(overextension) 204
지시막대 신호(baton signals) 96
지시표현(reference) 100
지식 표상(knowledge representation) 181
지적 등위(knowledge equal(K=)) 149
지적 열세(knowledge inferior(K−)) 149
지적 우위(knowledge superior(K+)) 149
직접 표현-간접 표현(directness-indirectness) 228
진위진술(constative) 140
차별화(differentiation) 203
참고 전략(benchmark) 163, 164, 326
참다움(genuineness) 266, 267, 269
참여자 틀(participants frame) 148, 150, 153, 228
채움말(fillers) 62, 104
처리 결과(transactional outcomes) 390
처리 수준(transactional level) 116
처리로서의 과제(task-as-process) 438
처리하기 가르침(processing instruction) 247
처음 듣기(first listening) 309
첫 번째 국면(first pass) 87, 88
청각(hearing) 33
청각심리적 요인(psychoacoustic element) 57
청각심리 효과(psychoacoustic effects) 57
청각 피질(auditory cortex) 34, 37, 39, 40
청자의 관점(listener perspective) 362, 369
청자의 메시지(listener message) 162
청중(audience) 137
청취자로서 실마리(listenership cues) 230
체계 문법(system grammar) 92
체면 세우기(face safing) 152
체면 손상 행위(face threatening activity) 152, 156
초분절음 58
초점(focus) 45, 48, 433

초점 정보(focal information) 101
최소 노력의 원리(principle of least effort) 56
추론(inferencing) 136, 224, 225, 273, 294, 304, 312, 329, 345
추론하기(making inference) 319, 428
추리의 잘못(fallacy of reasoning) 121
추출(extraction) 209
추출 유형(extraction pattern) 186
축약(reduction) 267, 328
충분히 훌륭한 이해 전략(good enough comprehension strategy) 420
취사선택(gatekeeping) 158
측두엽(temporal lobe) 39
침해하고(infringing) 144
타당성 323, 328, 351, 355
텍스트 언어학(text linguistics) 113
통사결속(cohesion) 180, 181, 227
통사의미값(lemma) 74
통사적 억양(syntactic accent) 219
통사적 조회 지도(syntactic reference map) 116
통합(integration) 101, 112
투영(projection) 156
특성 주파수(characteristic frequency) 38
틀 짜기 368, 369
틀(frame) 74, 174, 175, 177
파스칼(pascal) 34
퍼지 집합 이론(Fuzzy set theory) 76
평가하기(evaluating) 162, 450
표본화(sampling) 58
품질의 규범(maxim of quality) 120
풍부한 입력물(enriched input) 246, 247
플레쉬-킹케이드(Flesch-Kincaid) 181
하위 수준 329
하위 수준의 능력(bottom-level abilities) 328
하위 연결망(sub-net) 182
하향식 처리(top down processing) 98, 131, 218
학업을 위한 듣기(academic listening) 308, 314
함축적인 의미(implicature) 145
합성에 의한 분석(analysis-by-synthesis) 75
해리(HARRY) 182
해석 공동체(interpretive community) 147, 149
해석자 노릇(interpretor role) 136
해석하기(interpreting) 162
핵어(head word) 179
행위 틀(activity frame) 148, 153, 228
행위수행(performative) 140
허용(permission) 156
현시적 추론 과정(ostensive inferential process) 67
현시적인 신호(ostensive signals) 67
현재의 사용을 위한 전략(strategies for current use) 251
형식에 대한 초점(focus on form) 246
형식적인 개념틀(formal schemata) 274
형식적인 조작(formal operation) 205
형판 대응시키기(template matching) 176
화석화된다(fossilised) 219
화용적(pragmatic) 271
화용적 능력(pragmatic competence) 134
화용적 이해(pragmatic comprehension) 134
확률에 따르는 문맥 자유 문법(PCFG: Probabilistic context-free grammar) 180
확인 점검하기(confirmation check) 285
환기 표현(evocative expression) 62
환류 효과 355
활동 434

활성(activation) 42
활성화 332
활성화 공간(activation space) 109, 110
활성화되지 않은 정보(inactive information) 128
활성화된 정보(active information) 128
회상 434
회상하기 410
횡측두회(transverse temporal gyri) 39
효율성 원리(efficacy principle) 55
후행조응(cataphoric) 89
훈련 자료(training data) 180, 182
흐릿한 지시표현(ambiguous reference) 115

지은이와 뒤친이 소개

지은이 미카엘 로스트(Michael Rost)

『언어 배움에서 듣기』(1990)라는 고전으로 시작하여 입말 발달과 교육과정 설계 분야에서 영향력 있는 책과 논문의 저자이다. 그는 또한 수상 작가이며 실시간 연결 강좌와 성공적인 언어 자료 기획 연속물의 편집자이다. 교사와 교사 연수자, 교육거리 관리자와 교육 상담가로서 서부 아프리카에 있는 평화 봉사단(Peace Corps)과 동남아시아에 있는 빈곤 아동을 돕는 재단(Save the Children Foundation)과 함께 일하여 왔다.

뒤친이 허선익(許瑄益)

경남 소재 중등학교 교사로서 20여 년 동안 국어교육을 실천해오고 있다. 또한 국어교육에서 문법과 의사소통 활동의 통합을 위한 연구에 힘쓰고 있다. 아울러 이들 연구의 실천을 위한 도구가 될 현장 연구방법의 연구에도 힘을 쏟고 있다. 2008년에 『쓰기 이론과 실천사례』(그레이브와 카플란 지음, 박이정)를 뒤치어 펴내었으며, 2013년에는 『국어교육을 위한 말하기의 기본 개념』(도서출판 경진)을 지어서 펴내었다.

언어교육 4

듣기교육과 현장조사연구

Teaching and Researching Listening

1판 1쇄 인쇄__2014년 01월 20일
1판 1쇄 발행__2014년 01월 30일

지은이__미카엘 로스트(Michael Rost)
뒤친이__허선익
펴낸이__홍정표

펴낸곳__글로벌콘텐츠
등 록__제25100-2008-24호

공급처__(주)글로벌콘텐츠출판그룹
대표__홍정표
편집__최민지 노경민 김현열 디자인__김미미 기획·마케팅__이용기 경영지원__안선영
주소__서울특별시 강동구 천중로 196 정일빌딩 401호
전화__02-488-3280 팩스__02-488-3281
홈페이지__www.gcbook.co.kr

값 35,000원
ISBN 978-89-93908-92-3 93370

※ 이 도서의 국립중앙도서관 출판시도서목록(CIP)은 e-CIP홈페이지(http://www.nl.go.kr/ecip)와 국가자료공동목록시스템(http://www.nl.go.kr/kolisnet)에서 이용하실 수 있습니다. (CIP제어번호: CIP2011003432)